森鷗外の世界像

小泉浩一郎
Koizumi Koichiro

翰林書房

森鷗外の世界像

目次

第五章　地誌と時誌

第六章　石川淳『森鷗外』管見

第七章　鷗外と遺言状

序に代えて

〈森鷗外展の鷗外〉前史をめぐるエスキス

──逍遙・二葉亭・鷗外における〈想実〉の問題

かつて、詩人・作家佐藤春夫は、その評論「森鷗外のロマンティシズム」（「群像」昭24・9、後『近代日本文学の展望』〈講談社、同25・7〉所収）の冒頭部分で「自分は自分の見解によつて明治十七年、若い陸軍二等軍医として戦陣医学と衛生学との研究のためにドイツに渡つた鷗外森林太郎の洋行の事実を近代日本文学の紀元としたいと思ふ」と述べたことがある。本展の趣旨と同一の佐藤のこの文学史的把握は、一見奇異に見えて、実は正統的なものである。それは、坪内逍遙『小説神髄』（明18〜19）や二葉亭四迷「小説総論」（明19・4）及び『浮雲』（明20〜22）の発表とを併せ数え、そこに日本近代文学史の起源を置こうとする従来の図式を、「明治のジャアナリズムが構成した俗論的輿論」として斥け、とりわけ「後年蕪村、秋成を時の埋没のなかから発掘してこれを珍重した明治の文学」が「（本居）宣長の「玉の小櫛」の文学観を演繹したといふ「小説神髄」から発足したといふ見方」は、佐藤自身にとつても「深い興味が無いでは無い」が、しかし『小説神髄』や『浮雲』など「逍遙や四迷の文学が同時代の後期の文学に影響感化を及ぼした程度を計量してこれを森鷗外のそれと比較してみる時、自分は自分の見解によつて」云々という周到、綿密な文学史的展望を前提として立言されたものであるからだ。今日、佐藤の鷗外再評価には改めて深い注意が払われて良いと私は思う。

つまり、佐藤は慎重に「同時代の後期の文学」という言い方をしているが、私はむしろ「（明治から昭和・平成の現代に至る迄）その後の日本の文学に影響感化を及ぼした程度を計量して」、逍遙・二葉亭の当時の文業は、鷗外の初期文業のそれに及ばない、と言い換えることの妥当であることを思うものである。

かつて木下杢太郎は「森鷗外は謂はばテエベス百門の大都である。東門を入つても西門を窮め難く、百家おのおの其一両門を視て而して他の九十八九門を遺し去るのである」（「森鷗外」〈『講座・日本文学』岩波書店、昭7・11〉）といみじくも指摘したが、木下の指摘を深く肯《うけが》いつつ、若年客気の病に冒されていた私も、かつて初期鷗外の文業の本質を〈抒情と認識〉なる語を以て把握する大胆不遜の立言を敢えてなしたことがある。しかし、逍遙・二葉亭と鷗外との関わりは、文学史的には今なお興味を惹かれる課題であり、逍遙と二葉亭との関わりから、これら二者と鷗外との関わりに至る時、改めて日本近代文学史の原点が彷彿とするやに思われる。小論に「〈想実〉の問題」なる語を付与した所以である。

抑も二葉亭四迷「小説総論」の前書きに次のように述べられていることは、周知の事実であろう。

人物の善悪を定めんにハ我に極美（アイデアル）なかるべからず。小説の是非を評せんにハ我に定義なかる可《べか》らず。されバ今書生気質の批評をせんにも、予め主人の小説本義を御風聴して置かねバならず。（後略）

ここで分るのは、「小説総論」が逍遙『当世書生気質』評の理論的前提として書かれたと云うことなのだが、肝腎の『書生気質』評は遂に書かれなかった。それは、なぜか――しかし、書かれなかった『書生気質』評を、二葉亭は実作『浮雲』として世に問うたのではないか。私の言いたいのはこの二点に尽きている。しかし、この二点は、実は二葉亭と逍遙における、〈想〉と〈実〉とに相亘る自己決定の対極性に由来していると見ることができるから興味深いのである。例えば、『当世書生気質』第十一回で芸妓田の次との関係により停学処分となった小町田粲爾は次のように呟く。

（略）佳人才子の奇遇を羨み。そを身の上になぞらへたる。我身の行《おこなひ》のおぞましさよ。さもあらバあれ架空の病ハ。行はずしてハ悟るに由なし。行つて後に非を悟るハ。已に後れたるに似たりと雖も。智恵浅はかなる凡夫の身にてハ。之を如何ともすべきやうなし。経験ハ智識の母。蹉躓ハ覚悟の門。あゝ田の次。我身もろともザイセルフ〔汝《そなた》が身〕ハ。わがおろかなるアイデヤリズム〔架空癖〕の unfortunate《アンフホウチユネイト》 victim《ビウクチム》〔不便《ふびん》な犠牲〕で。ありけるぞや。今ハ不実といはるゝとも。結句そなたの幸なり。また我為の幸福なり。pardon《パアドン》 me《ミイ》〔ゆるしてくれよ〕と小町田が。自問自答のひとり語《ごと》。洋語まじりにつぶやきたる。其語気さながら西の国の。稗《はい》史を学ぶごとくなるハ。尚架空癖のすつかりとハ。脱《ぬけ》ぬしるしと思はれて。聞く人ありなバ笑止と思はん。

（傍点稿者）

引用末尾の一文には、人は青年の「架空癖」「アイデヤリズム」（＝恋情）を脱して現実に就くべきであるとする、作者逍遙の小町田批判が示されており、それは自己が懸恋する芸妓田の次を「わがおろかなるアイデヤリズム〔架空癖〕の unfortunate《アンフホウチユネイト》 victim《ビウクチム》」とする小町田自身の定義とも軌を一にするものなのだが、「想」を「実」の下位に位置づける、このような逍遙の「人情世態小説」の自己決定性こそ、逍遙の『小説神髄』にも通底する「想」の不在の問題として二葉亭に「あの小説神髄の根拠、議論の根本となる哲学、其《それ》が僕には分らない。何か持つて居るべき筈だと思ふが其が分らない。種々突撃《つつつい》て見るが分らない。なあに何もないと言つて居るが、無い筈がないからねへ」[1]と痛嘆せしめたものでもあろう。「此人生の因果の秘密」「人生の大機關《おほからくり》」（『小説神髄』「小説の主眼」）などの「想」を思わせる語の使用はあっても究極において「実」に始まり、「実」に還る逍遙の「摸写小説」的にして「人情世態小説」的世界観の輪郭は、ここに明らかなのであり、にも拘わらず二葉亭は、なお逍遙に「実」（＝摸写）の根拠としての「想」を求めてやまなかったのである。しかし、逍遙からの答はなかった。[2]

答のなかったのは、唯、逍遙にその用意がなかったからであって、それは「後に二葉亭に其根柢を叩かれた時に、「何も無い」と答へないわけに行かなかつたほどに、それは薄弱な基礎の上に築かれた小説論であつた」という『神髄』についての逍遙の回想[3]が何よりも良く証《あか》し立てていると言えよう。ここには、〈実〉の彼方に〈想〉を夢見る二葉亭の稟質と、〈実〉に始まって〈実〉に還る逍遙の賦性とのスレ違いを見ることもできようが、ベリンスキー「芸術の理念」を媒体として、観念論美学を背景とする二葉亭の哲学的芸術観と、英文学（思想）に立脚する逍遙の経験主義的芸術観との決定的落差が存在することを否定することはできない。確実なことは、このスレ違いが二葉亭の側に、逍遙への敬意と相俟って、「小説総論」における〈想〉と〈実〉の二重構造―一層正確に言えば、〈想〉の文学論を説きつつ、それを自覚化せず、逆に「摸写」という〈実〉の立場にそれを接《つ》ぎ木するというダブルスタンダードの矛盾を齎《もたら》し、それは、やがて実作『浮雲』において本田昇に代弁される〈実〉の立場と、主人公内海文三に象徴される〈想〉の立場との対峙・緊張関係という真の現実認識（＝「虚相」）の入口に到達しながら、[4]不幸にも自覚的で明晰な現実批判としての〈想〉の立場への確信を構築しえなかったことの必然的帰結として、懐疑主義者としての自己規定を二葉亭に齎しめたことである。[5]その意味で、逍遙・二葉亭における〈想〉と〈実〉の問題には、逍遙における哲学的教養の不備と二葉亭における一種盲目的な逍遙崇拝との交錯の結果としての曖昧にして不徹底な、文学史的近代の確立を彼岸にしての〈実〉と〈想〉をめぐる問題の境界領域性が露頭していることを敢えて指摘しておかなければならない。

さて、ここで冒頭に還るのだが、明治二一年（一八八八）九月八日、足懸け五年にわたるドイツ留学から横浜に帰着した鷗外においては、逍遙・二葉亭の理論や実作に現れた〈想〉と〈実〉の問題をめぐる文学史的過渡期性や本人の自覚をめぐる境界領域性は一切無縁であった。しかし、鷗外も亦、自己が留学中の日本文壇の状況の概略を承知していたとは言え、問題の核心が〈想〉〈実〉にあることを意識化するには、半年有余の時間が必要であったと見られる。その意味で明治二二年五月、『国民之友』五〇号の誌上に発表された巌本善治の評論に関説しての「「文学ト自然」ヲ読ム」が叙上の問題をめぐる鷗外の立場の自己闡明として最も早いものであることが注目される。

（略）「空想」ノ「美」ヲ得ルヤ「自然」ヨリス然レドモ「自然」ノ儘ニ「自然」ヲ「精神」中ニ写シタルモノニ非ズ「自然」ニ付帯セル多少ノ塵埃ヲ「想」火ニテ焚キ尽シテ能ク「美」ヲ成セシナリ「美」既ニ「空想」中ニ成レリ廼《すなわ》チ将ニ我躯《からだ》ヲ還セト叫バントス之ヲシテ其躯ヲ得セシムルモノハ則チ「美術」ナリ（略）然バ則チ美術ハ「製造」ス「美」ノ「自然」ニ殊ナルハ恰モ「製造」ニ在リ之ヲ「点化」（トランス、ズブスタンチアチオン）ト謂フ　彼ノ「自然」ヲ「模倣」スルノ徒ノ得テ知ル所ニ非ザルナリ

（「「文学ト自然」ヲ読ム」「国民之友」五〇号　明22・5、但し、傍点稿者）

巌本善治「文学ト自然」（「女学雑誌」明22・5）の所論に批判的に関説、文学における「空想」即ちファンタジーの創造作用（「製造」）の重要性を説いた鷗外のこの論は、ゴットシャル Rudolph von Gottshall の『詩学』“Poetik” 第一巻第一篇第一章「美と芸術」“Das Schöne und die Kunst” に拠っていることが小堀桂一郎氏によって夙《つと》に明らかにされており（『若き日の森鷗外』）、傍点部の本文は「ゴットシャルが（略）特に強調しているわけではないことで、鷗外が特に強く打ち出しているテーゼ」であるとの指摘[6]も同氏によってなされている。そして、「「文学ト自然」ヲ読ム」の文末に付されたこの文の重みに注意すれば、文中の「美」の語が、逍遙や巌本善治の「事実」や「自然」（＝「摸倣」）の立場に対する、鷗外なりの「想」（＝「美」〈「製造」〉）の立場の対置であることが

透視されるような仕組みが、ここには確かにある、と私は思う。二葉亭において分裂、矛盾もしくは倒立していた「想」と「実」との関係式をめぐる矛盾は、鷗外においては、明確に整理、選択、統一され、逍遙における「実」＞「想」の関係式は、そこにおいては「想」＞「実」という関係式として定着し、逆転した。そして同時に逍遙らの「実」即ち「摸写」の立場の提唱に対する、「想」にして「美」としての芸術もしくは作品概念の確立こそが、鷗外をして日本近代文学史における理想主義・ロマンチシズムの源流たらしめる論理的根拠であったことは言う迄もないが、むしろ鷗外の偉大さは「想」の「実」に対する敗北を時代の必然として重く受けとめつつ、文学、芸術を理想的近代としての「想」の隠れ家として位置づけ、それを自覚的意識的に選択、持続しえたところにこそあろう。のみならず、それは単なる逃避としての隠れ家ではなかった。前引の一文に「点化（トランス、ズブスタンチアチオン）」なる造語によって集約されている「美」（想）の自発的積極的なる創造性（＝「製造」）に着目すれば、十分であろう。そのような「想」の隠れ家としての鷗外文学、鷗外思想の魅力を除いては、鷗外の初期三部作も語れず、「理想・没理想論争」の意味も図れず、まして、透谷・藤村・一葉ら若き「文学界」派との密かな関係も決して忖度しえず、大正、昭和ひいては現代文学との関係も慮ることはできない。

以上、佐藤春夫「森鷗外のロマンティシズム」の驥尾に付して、日本近代文学における「想」「実」の関係式の逆転劇において、鷗外の果した役割の大きさについて一言先鞭を付し、以て〈「森鷗外展」の鷗外〉前史として位置づける蕪雑な一文を以て責を塞ぐ所以である。

注

（1）　嵯峨の屋おむろ「春迺屋主人の周囲」（『早稲田文学』大14・6）。なお、この一文からの引用は、宗像和重「［解説］「小説」をノベルに」（坪内逍遙著『小説神髄』〈岩波文庫　二〇一〇・六〉）に拠る。

（2）坪内逍遙「回憶漫談」（「早稲田文学」大14・7）。引用は前注に同じ。
（3）前注所出「回憶漫談」。
（4）十川信介『「浮雲」の世界」（『文学』昭40・11）。後、『二葉亭四迷論』（筑摩書房、昭46・11）所収。
（5）二葉亭四迷「私は懐疑派だ」（『文章世界』明41・2）。なお「実」への明晰な批判としての「想」の立場の不成立が、二葉亭の懐疑主義の遠因であるとする見方は、稿者の臆断による。
（6）本文前出、小堀桂一郎『若き日の森鷗外』（東京大学出版会、昭44・10）

【付記】本稿は、もと「神奈川近代文学館年報　二〇〇九年〈平成二一年〉度」（二〇一〇・四、財団法人神奈川文学振興会）に、二〇〇九年四月二五日（土）から六月七日（日）にかけて同館で開催された特別展「森鷗外展――近代の扉をひらく」について、編集責任者の一人としての立場からの総括報告文として掲載されたものである。

第一章　「舞姫」の空間

前田愛氏「ベルリン一八八八年――都市小説としての「舞姫」」をめぐり

はじめに

前田愛氏「ベルリン一八八八年――都市小説としての「舞姫」」（「文学」一九八〇・九）は、近頃稀にみる刺激的な論文であった。記号論、空間論、都市論の立場からの作品分析は、従来の「舞姫」論に見られぬ方法的斬新さとともにベルリンへの実地踏査の努力と相俟って、少くとも類稀な自己完結性を誇りえていることは、確実である。それは又、日本文学研究が漸く迎えようとしている記号論の季節の逸早い幕開け――少くとも近代文学研究の領域においては――を示す、一つのメルクマールとも見られよう。その意味では、今、前田氏のこの論文を批評の対象として取り上げ、その意味を究明し、ひいては、前田氏の立論にあって、獲得されたものと捨てられたものとを、ともどもに明らかにしようと試みることは、今後の鷗外研究の方法――広く言えば日本近代文学研究の方法に対して、幾分かの意義を持ち得るのではないか。これが、今回運営委員会からの委嘱に応えて、私があえて例会発表をお引き受けした動機である。

前田氏のこの論は雑誌頁数にして、二三頁、四〇〇字詰原稿用紙八〇枚に及ぶ長論であり、その凡てに亘り、委曲を尽した検討を施すことは、とりわけ今回の限られた時間内においては難しい。しかし、又、方法的な一貫性と緊密な論理構成を持つ、この論にあっては、一部のみを取り上げ評隲《ひょうしつ》することは、技術的にも難しく、又この力作を発表された前田氏に対しても非礼に当るであろう。とりわけ氏は発表者である私の敬愛する最もすぐれた研究者の一人であり、さまざまの啓発を授けられている研究上の先輩でもある。そこで以下、可能な限り前田氏の行論に即しつつ、私なりの読解と分析を、これ又可能な限り簡潔に遂行してみたい。

その際、予めお断りしておきたいのは、私自身は、前田氏が準拠される記号論に対して特に詳しい者ではなく、さりとて記号論の有効性を全否定するごとき固陋な立場に拠る者でもない、ということである。記号論に詳しくない者が、記号論に基づいて書かれた作品論を批評するというのは、あるいは僭越かも知れないが、元来作品研究の本道が、作品のテキストから出発し、テキストに終るというべきならば、共通の対象であるテキストを見据えつつ、前田氏の提起する作品的イメージを、私なりに批評することは許されてよいだろう。

以下、氏の論文の五つの章段について、逐条的に検討するが、誤読、誤謬の類いは、後にご注意頂きたく思う。

一

第一章において氏はまず一八八三年の秋、ベルリンに姿を現わした、普仏戦争の決定的勝利の瞬間を描くウェルナーの画を収める巨大なパノラマ館から筆を起し、しかし鷗外の場合は、「パノラミックな視角をかりてベルリンという近代都市の景観を領略しているところ」に「独特な精神のかたち」があるとし、そのような氏の立論の根拠として、かの有名な「舞姫」のウンテル・デン・リンデンの描写をあげている。

余は模糊たる功名の念と、検束に馴れたる勉強力とを持ちて、忽ちこの歐羅巴の新大都の中央に立てり。何等の光彩ぞ、我目を射むとするは。何等の色沢ぞ、我心を迷はさむとするは。菩提樹下と訳するときは、幽静なる境なるべく思はるれど、この大道髪《はつ》の如きウンテル・デン・リンデンに来て両辺なる石だゝみの人道を行く隊々《くみぐみ》の士女を見よ。胸張り肩聳えたる士官の、まだ維廉一世の街に臨める窻に倚り玉ふ頃なりければ、様々の色に飾り成したる礼装をなしたる、妍《かほよ》き少女の巴里まねびの粧《よそほひ》したる、彼も此も目を驚かさぬはなきに、車道の土瀝青《アスファルト》の上を音もせで走るいろ〳〵の馬車、雲に聳ゆる楼閣の少しとぎれたる処には、晴れたる空に夕立の音を聞かせて漲り落つる噴井の水、遠く望めばブランデンブルグ門を隔てゝ緑樹枝をさし交はしたる中より、半天に浮び出でたる凱旋塔の神女の像、この許多の景物目睫の間に聚りたれば、始めてこゝに来しものゝ応接に遑《いとま》なきも宜《うべ》なり。

氏はこの描写に「細密画《ミニチュア》のパノラマ」「銅版画のイメージ」を見出しつつ、しかし一層根底的には、それらの印象が「鷗外特有の分析的な叙述のスタイル」に基づくものとし、描写の内容に立ち入り、「人道を行きかう人びとを『士』＝軍人と『女』＝パリモードの少女によって代表させ」ているのは、普仏戦争後のベルリン風俗の「きわめて的確」な「要約」であると指摘する。

即ち氏によれば、ウンテル・デン・リンデンや「凱旋塔の女神像」に象徴される周辺のモニュメントに示されるのは、「プロシャ軍国主義のイデオロギー」の「露骨」な「浸透」であり、又ウンテル・デン・リンデンにおいて「毎日正午行なわれる近衛兵の行進と、それを宮殿の窓から見下す老皇帝の姿とは、(略) プロシャ軍国主義の威容を誇示」する「生きたパノラマ」であったのである。

さらに又、ウンテル・デン・リンデンのバロック空間に鷗外のまぎれ込ませた「妍き少女の巴里まねびの粧したる」のイメージは、フランス的なものの撲滅が叫ばれていたにも拘わらず戦後ベルリンにおけるパリ・モードの氾濫——具体的にはフランスの小説本や女優のブロマイドの氾濫、フランスのスペクタル劇の大当り、「舞姫」のヒロイン、エリスの所属するヴィクトリア座の踊子たちの肉いろのタイツなど――を象徴的に示すもの、とされる。

かくして、ベルリンのこの二つの表情を、鷗外のウンテル・デン・リンデンの叙景のうちに見出した前田氏は「そうだとすれば、このヴィクトリア座の踊り子エリスに太田豊太郎が魅かれて行く「舞姫」の設定には、ベルリンのなかに持ちこまれたパリ、プロシャ的な規律と秩序の世界への裏切りがかぶせられていることになろう。」と論ずることになる。前田氏の明らかにしたベルリンの二つの表情そのものは、氏のベルリン追求の成果として有意味であることは、否定できない。又、豊太郎がエリスに魅かれていく設定に、「プロシャ的な規律と秩序の世界への裏切り」が重ねられているという読みにも異論はない。しかし、この後者の指摘の生ずるプロセス――パリ・モードの氾濫→ヴィクトリア座→エリスというつながりは、稍説得力に欠けるのではあるまいか。抑もウンテル・デン・リンデンの叙景の分析において、氏は「士」=軍人と「女」=パリ・モードの少女を、個々別々の切り離された現象として捉えているようだが、実はこれらはテキストに「隊々の士女」とあるように、男女一対のアベックなのである。従って、おそらく鷗外は、ここで軍人とその恋人という西洋的な風俗――ウンテル・デン・リンデンというハレの場においてさえ許容されうる「恋愛」という新しい西洋の価値観に豊太郎を直面させている、ということも不可能ではあるまい。

テキストの「妍き少女の巴里まねびの粧したる」という叙述から「軍国の首都にそれとはうらはらなもうひとつの表情」を見出したのは、前田氏のベルリン研究の成果だが、作者鷗外の次元においては、「様々の色に飾り成したる」「胸張り肩聳えたる士官」も、「巴里まねびの粧したる」「妍き少女」も、プロシャ軍国主義のパノラミックな景観としてのウンテル・デン・リンデンというハレの場において公的に受容せしめられていることこそ、重要なのであり、それはやがて故国日本においては決して受容されえず、許されることのないエリスと豊太郎の秘められた恋愛と、鋭い断絶関係において浮き彫りされる、と読まれるべきではないだろうか。一歩進めて言えば、テキストにおける「隊々の士女」の一句に注目する限り、「妍き少女の巴里まねびの粧したる」イメージもプロシャ軍国主義の威容を示す一要素——むしろ、「規律と秩序の世界」への自己同化を示すものとして捉えられなければならない。クロステル巷の住人エリスは、そのようなプロシャ軍国主義のついに救抜せざる存在であり、「妍き少女の巴里まねびの粧したる」イメージとエリスとを、「肉いろのタイツ」をはくヴィクトリア座の踊り子であるが故に、連続関係にあるものとする把握は、テキストそれ自体のコンテクストや作者の意識を離れた、前田氏の空間論、都市論の要請でしかないのではあるまいか。

二

第二章で前田氏は、「舞姫」のベルリン描写に「一種の遠近法の効果」を見るJ・J・オリガス氏の論（「「蜘蛛手」の街——漱石初期の作品の一断面」）を紹介、賛同した上で、「舞姫」のウンテル・デン・リンデン描写を「遠近法の視角が作中人物の内面に導入された、日本の近代小説ではさいしょの試み」と評価する。この評価は、前田氏論とほぼ同時期（正確には一ヵ月前）に刊行された柄谷行人氏『日本近代文学の起源』（講談社）と共に新しい評価軸の打ち出しとして注目されなければなるまい。しかし前田氏論の面目は、単なる遠近法の視角をもう一歩押し進めて「「舞姫」のこの部分のテキストは、パノラミックな視野から線遠近法が浮き出してくる微妙なずれを軸にして構成されている」と見るところにある。氏は、そこに大久保喬樹氏の分析（『夢と成熟——文学的西欧像の変貌』）をも含み込みつつ、「ウンテル・デン・リンデンの一角にはじめて佇んだ五年前の太田豊太郎の印象と、その印象をサイゴンの港で反芻する彼との重層性」、即ち「空間の遠近法」と「物語時間の遠近法」との重層性を見出すに至る。

このような氏の分析は、越智治雄、浅井清、三好行雄氏等によって指摘された「舞姫」における「過去と現在という二つの時間系列」（三好氏）の存在を、ウンテル・デン・リンデンの空間叙述そのものの内部から抽き出したという意味で画期のものである。にも拘わらず、作品「舞姫」の根源的モチーフに関わるとも云うべき、この時間の遠近法は、遂にこれ以上深められることがない、というのが、前田氏の「舞姫」論の特徴なのである。換言すれば、時間論は空間論に関わる限りでしか展開されない、という一点に、氏の「舞姫」論における自己決定がある。それは恐らく、氏の「舞姫」分析の到達点即ち明らかにしたものと、限界即ち捨象したものとを、やがてともどもに明らかにするだろう、というのが、私の密かな予感である。

ともあれ、以上の行文における「「模糊たる功名の念」と「検束に馴れたる勉強力」を心のなかにみなぎらせつつ、「欧羅巴の新大都」のバロック空間を見つめかえす」太田豊太郎の姿に「ヨーロッパ文明の精華を東洋の君主国に持ちかえる使命感に勇みたっていた秀才青年の昂然たる姿勢」を見、そこに「立身出世の情熱にかりたてられた青年と都市のパノラマ」との対比という「近代の小説でくりかえしとりあげられる」構図を見出す前田氏の視角は、説得力に富んでいる。

しかし、おそらくこの章における前田氏の分析の真骨頂は、ウンテル・デン・リンデンに直面した豊太郎が「許多の景物」が投げかける印象の多彩さに、その自我の輪郭がゆらぎはじめるひそかな予感にとらえられてもいる」、「「あだなる美観」への畏れは、修学時代から彼がかぶりつづけてきたかたい仮面《ペルソナ》、「耐忍勉強」の擬態のしたにかくされていたやわらかい心の証しなのであった」とした上で、「豊太郎があらためて確認した自己防衛の障壁は、彼をとりまく外界との距離をつくりだす。（略）認識する主体としての豊太郎自身がたしかな輪郭をとりもどした分だけ、生きられた空間としてのウンテル・デン・リンデンは、遠近法の秩序に嵌めこまれた画面に縮少され、高みから俯瞰したパノラマであるかのように描きだされる」という指摘を始めとする、空間（↔自我）認識論を壮大に展開するところにこそあろう。少くとも、このような前田氏の論の展開が、従来の分析をこえる作品テクストの空間論的変換であること、そして最も高度の記号論的空間論の開示であることは、率直に認めなければならないだろう。そのような氏の論の斬新さは、続く第三章においても引きつがれて行く。

三

前田氏は第三章において、ウンテル・デン・リンデンの描写における「欧羅巴の新大都」という語の豊太郎、鷗外における意味にふれつつ、「じつはその背後に、普仏戦争の目ざましい勝利を手に入れたドイツ人の自負と誇りを、想定することも許されていいのだ」とした上で、「舞姫」を「この炸裂する「世界都市」にまぎれこんだ異国の青年のものがたり」とする新たな視角を提出する。前田氏はさらにベルリン市街の構図及びその矛盾を実証的に明らかにし、T・フォンターネやW・ラーベの作品から、それらの反映としての「二つの顔をもったベルリン」の存在を指摘する。即ち「ひとつは大通りや広場で整然と区画されている新市街の近代的生活であり、もうひとつは曲りくねった薄暗い小路が密集する旧市街にのこされていた過去の時代のおもかげ」である。前田氏はフォンターネ『つくられた微笑』、ラーベ『雀横丁年代記』に、とりわけ後者の「彼ら」と「我々」の対立に「ベルリンの都市空間を構成している基本的な対立――新市街と旧市街」の「変換」を見、「「舞姫」もまたベルリンの都市空間を「内」と「外」の対立項で分節化したテクストである」との視角を提示する。

要するに、実証的手続きによりベルリンの持つ「二つの顔」を明らかにし、文学作品に示された、そのようなベルリンの二つの空間の対立の変換を例示するこの章における前田氏の論旨も、示唆に充ちていると言えるだろう。にも拘わらず、やや先取りした言い方をすれば、そのような前田氏の空間感覚が、現実の空間と平面的な連続関係に立つ文学的空間の解読における尖鋭さに比較し、現実のどこにも占めるべき場所を持たぬ、人間内面の孤独な空間、密室の領略においては、著しく抑制的であり、作品の内包する空間のふくらみを十分に領略することに失敗しているのではないか、という率直な疑問が存在することも又、指摘しておかなければならない。

四

そのような私の疑問もしくは予感をもたらしめたものは、第四章冒頭における次のような叙述である。

太田豊太郎がエリスと出会うクロステル街は、ウンテル・デン・リンデンとはまったく異質な空間として意味づけられている。ウンテル・デン・リンデンの大通りが、へだたりとひろがりをもったモニュメンタルな空間であるとすれば、こちらは内側へ内側へととぐろを巻いてまわりこむエロティックな空間である。

ここに突然出現する「エロティックな空間」という語は、私たち読者をとまどわせる。その意味するところは、既に小堀桂一郎氏（『若き日の森鷗外』）が、「クロステル巷」の「古寺」＝「三百年前の遺跡」への豊太郎の「恍惚」感のうちに読みとった「生への誘惑」に近いものであろうか。しかし、詳しい説明を省いていえば、ここで前田氏の言わんとするものが、文字通り「エロス」の領域であると見て良いだろう。その所以は、のちの氏の行論が自ずと示すであろうが、「クロステル巷」を、ウンテル・デン・リンデンというモニュメンタルな、即ちパブリックな空間に対する「無意識」と「禁忌」のエロスの空間と規定したとき、氏の空間論が著しく抽象的な性格を帯びるにいたったことだけは、確実であると言えよう。

ともあれ氏は「クロステル巷」への歴史的地誌的考証を施したうえで、「鷗外は「クロステル巷」を特定の場所を指し示す名辞であるよりも、古《アルト》ベルリンの暗鬱なイメージ総体を表徴する符牒として、「舞姫」のテクストのなかに象嵌した。何よりもそれはウンテル・デン・リンデンのバロック空間に対峙する反世界のしるしでなければならなかったのだ」として、鷗外が、ウンテル・デン・リンデンとクロステル巷とを、人物・視角・神女像とエリス等との具体的イメージを通じて、対比的に描いていると指摘したうえで、描写の視線について次のように述べる。

一方には遠近法の軸線にそって無限に広がる空間をひとすじに志向する視線があり、他方には閉ざされた空間のなかで街の表層をジグザグにゆれうごく視線がある（略）。あるいは「クロステル巷」の親密で秘めやかな空間の壁が視線を包みこんでしまうといいかえてもいい。さまざまな対象を一つに結び合わせて行くこの視線の統辞法から、対峙する二つの異質な空間の構造があらわになるのである。

さらに又、氏は、豊太郎の「まことの我」のめざめと、留学生仲間の彼に対する嫉視と猜疑による豊太郎の「孤立」化をさし挿みつつ、次のように説く。

都会が提供する多様な快楽、他者との出会いの場をかたくなに拒みとおした豊太郎にとって、生きられたベルリンはいたるところに落丁があり、空白なページがのこされている書物であった。おそらく、その分だけクロステル巷の界隈は、アイデンティティを回復するやすらぎの場としての意味をもちはじめるのである。クロステル街の一角にそそりたつ古寺院をふりあおぎながら、束の間の快惚感《エクスタシー》に身をゆだねる豊太郎の体験は、ベルリンの中心的な部分から疎外され、逸脱してしまった彼がしだいにその周縁的な部分に魅きつけられて行く過程を指し示している。（略）

ウンテル・デン・リンデンの空間と、クロステル巷との截然たる対照《コントラスト》についての前田氏のこれらの分析は、一先ず納得できよう。しかし、たとえば、引用前者の直前に位置する次のようなエリスへの把握は、作品構造上、はたして妥当といいうるであろうか。

　豊太郎のまなざしを魅きつけるのは、この「鎖したる寺門の扉」に倚るエリスの姿であるが、それは凱旋塔の頂きを飾っていた勝利の女神像と一対のイメージをかたちづくっているようにおもわれる（このモチーフは、少女マリイと「女神バワリアの像」を照応させた『うたかたの記』でもういちどくりかえされる）。

作品構造上、ウンテル・デン・リンデンにおける「凱旋塔の神女の像」という客観的構築物に対し、「クロステル巷」でそれに対応するものは「古寺」（＝「三百年前の遺跡」）であると見る方が、遥かに妥当な筈である。強いて、エリスという生きた存在に対応するものをウンテル・デン・リンデンに求めるならば、あの「妍き少女の巴里まねびの粧したる」があげられよう。氏の解釈に潜む飛躍を正当化するために、氏は『うたかたの記』におけるヒロイン、マリイと「女神バワリアの像」との対比をあげるが、氏は再度ここでつまづいている。なぜなら、『うたかたの記』において「女神バワリアの像」と対応するものは、少女マリイではなく、画工巨勢胸中の画像「ロオレライ」であることは言う迄もないからである。

　ともあれ、私たちは、このような前田氏の論理の飛躍のなかに、氏の空間論的作品解釈を一層ドラマティックにするための配慮のみならず、第五章以下で展開されることになる〈エロス〉の象徴としてのエリスのイメージへの論理的架橋のための伏線設定のモチーフを読みとって置けば、足りるのである。

以上のような論理の飛躍はそれとして、この第四章で私が最も深い感銘を受けたものは、冒頭第一段落におけるクロステル街をめぐる次の叙述であった。

（略）カイゼル帝国の政治戦略を演劇的に表現していたウンテル・デン・リンデンのバロック空間とはうらはらに、過密な人口と密集する家屋がつくりだしていた暗鬱な景観は、支配と抑圧の構造を、その裏側から垣間見せていたのである。夜の闇に包みこまれようとするクロステル街の界隈に、太田豊太郎が入り込んで行く『舞姫』の設定には、鷗外の意外に深い用意がかくされている。

ここには、氏の空間論的「舞姫」像を歴史的社会的視点に結びつけてゆくための重要なモチーフの発見がある、と言えよう。にもかかわらず、氏の以後の空間論的「舞姫」論は、ウンテル・デン・リンデンとクロステル街とを対比せしめた、鷗外のかかる歴史的社会的視点を、作品の全構造と絡めて遂に正当に発展せしめることはないのである。蓋し、「エロティックな空間」という歴史的社会的脈絡を捨象した、氏のクロステル街に対する根本的規定が、作品テクストの持つ歴史的社会的なふくらみを捨象するに至っているからである。しかし、都市空間（もしくは景観）の対比に示された「支配と抑圧の構造」こそ、「舞姫」本来の主題、モチーフへの作品構造上の必須の通路ではなかったのか。

五

第五章において氏は、前章における「エロティックな空間」というクロステル街への把握を一層徹底させ、クロステル街の古寺の門の向うに豊太郎を待ちうけている場面が「迷路特有の両義的な構造に仕組まれている」と指摘し、豊太郎――エリスにおける「見る」「見られる」関係の両義性の分析を通じ、「彼がエリスに導かれてたどることになる陋巷の迷路は、無意識の深みに下降する行程を、空間の次元に変換した一種のイニシェーション」と規定する。その規定の延長上に出現するのが、「エリスは豊太郎を迷宮に導きいれる案内者であり、その中心に秘められた謎の女性でもある」という視角である。

以上の氏のエリス把握は、まさに蠱惑的なまでに魅力的であり、その妖しいまでの叙述の美しさは私たちを眩惑すると言ってよいだろう。しかし、そのような氏の把握に眩惑される前に、私たちは例えば、次のような氏の空間分析の適否にこだわらなければならない。

教会の扉とその筋向いにある大戸からワイゲルト家の入口へ、ついでエリスの寝室へ通ずる扉口へ、というように豊太郎はエリスに導かれるままにいくつもの戸口をくぐりぬける。螺旋を描いて内側にまわりこむ迷宮の奥へと誘いこまれる。

以上のような叙述の延長上に、このような作品における空間構造の「描写の精密さが迷宮の空間を紙上に再現しようとする鷗外の情熱にかかわるもの」とし、「幾重にもたたみこまれた空間の襞の奥に可憐な美少女をこもらせておこうとする鷗外のかくされた動機はたしかに読みとることができる」とする氏の見解が引き出されてくる。

しかし、私たちが、前田氏の叙述に点綴される華麗な記号論的文彩に眩惑されることなく、テキストそのもの、作品表現それ自体に目を戻すならば、豊太郎とエリスの出会いから、ワイゲルト家の戸口に至るまでの豊太郎の足どり、その空間的叙述は、氏が公平にも引用しているように次の如くでしかない。

人の見るが厭はしさに、早足に行く少女の跡に付きて、寺の筋向ひなる大戸を入れば、欠け損じたる石の梯あり。これを上ぼりて、四階目に腰を折りて潜るべき程の戸あり。

前田氏の妖しい迄に眩惑的な叙述に較べて、これは何と余りにも散文的な簡潔さ、エリスという最下層の民衆の生活環境を描くに必要にして十分の条件を最小限に充たす禁欲的表現ではなかろうか。ここから、あの豊太郎を惑わす「迷宮」のイメージが抽き出せるものだろうか。

さらにテクストを辿れば、ワイゲルト家の描写は次の如くである。

（略）戸の内は厨にて、右手《めて》の低き窓に、真白に洗ひたる麻布を懸けたり。左手《ゆんで》には粗末に積上げたる煉瓦の竈あり。正面の一室の戸は半ば開きたるが、内には白布を掩へる臥床あり。伏したるはなき人なるべし。

「右手《めて》」「左手《ゆんで》」「正面」という方位の指定による、この室内描写のどこに「錯綜」した「空間」による「迷路」のイメージがあるのか。逆に豊太郎の視線は、ここにおいても対象との正確な距離や方位を測ることによって、室内の幾何学的な見取り図が引けるほど再現可能な空間描写をもたらしている。ただ彼のそのような視線の働らきが、遠近法的な劇的効果をもたらさないのは、抑も視線の働く場所、即ち、エリス一家の置かれる生活空間がマンサルドという限られた狭い空間であるからに過ぎない。このような幾何学的なまでに正確で再現可能な空間把握は、引き続く、いっそう局限された空間というべき、エリスの私室においては、部屋の空間的形態そのもののいびつさを、その儘正確に紙上に再現することになった。

竈の側なる戸を開きて余を導きつ。この処は所謂「マンサルド」の街に面したる一間なれば、天井もなし。隅の屋根裏より窓に向ひて斜に下れる梁を、紙にて張りたる下の、立たば頭の支ふべき処に臥床あり。（略）（傍点稿者）

「斜に下れる梁」によっていびつさを与えられるエリスの部屋は、確かに密室と呼ばれるに適しい。しかし、それを見る豊太郎の視線が、極めて的確に所与の空間構造のいびつさ、その不整形性を冷静に測定しえていることを見過すことはできない。

　以上辿り来った豊太郎とエリスとの出会いから、エリスの室に至るまでの豊太郎の視線の幾何学的なまでに正確な空間把握は、対象を解読し、正確に位置づける明析な意識を前提としてのみ可能なのであり、この意識性は、前田氏の所謂「陋巷の迷路」の背後に措定された豊太郎の「無意識」性と元来相反するものとしてしか、少くとも私には受けとれないのである。

　同一のテクストを対象としての前田氏と私との、この余りにも対蹠的な把握の生ずる所以は、どこにあるのか。恐らくそれは、「舞姫」におけるクロステル巷の空間把握を、陋巷の空間それ自体の客観的反映、即ち豊太郎における意識的な対象領略の所産として受けとめるか、逆に豊太郎の無意識性の反映として受けとめるかという一点をめぐる対立、別の言い方をすれば、この陋巷の空間をあくまでも豊太郎の主体（観）の客観的対象物とするか、それとも豊太郎の主体（観）それ自体の反映とみるかという一点をめぐる対立から生ずるのではないか。しかし既に見てきたように、豊太郎における見る視線、空間再現の意識性の介在に注目する限り、そこに前田氏の言われるような対象と主体との融合は、本来ありえない、というのが大方の率直な印象であろう。

豊太郎における見る視線、即ち対象測定の意識の介在を率直に認めるならば、陋巷の空間という客体と豊太郎の認識する主体との截然たる距離を架橋することは不可能である。この不可能を敢えて可能ならしめるのが、あの「エロティックな空間」というクロステル巷に対する前田氏の基本的規定だった訳である。ここにおいて客体は主体の内部に包摂され、主体は客体のうちに解消する。しかし抑も、それは、前田氏の空間論構築のための必須の与件ではあっても、テクストにおける見る視線それ自体の意識性（尤もクロステル巷の古寺の前に佇む豊太郎のそれと、エリスとの出会いからエリスの室に至るまでのそれとの間には、度合の違いのあることを私は否定しない。即ち無意識性、半意識性から明瞭な意識性へというプロセス。）と、その意識性によって再現された空間構造のリアリティは、遂に駆逐することができない以上、逆に「エロティックの空間」という基本的前提そのものの強引さが疑われるべき筈なのである。

同様に以下において展開されるクロステル街やエリスをめぐる陋巷の空間に対する前田氏の把握も亦、妖しいまでに魅惑的であることは否めない。そこには、意識に対する無意識――いわばエロティシズムの神話が精妙に奏でられている。そしてそれは、あの清水茂、川副国基両氏の二つの論文を発条としての、エリス売春の可能性を踏まえての「救いの手を求める清純な美少女であるかと思えば、屋根裏のベッドを背にして、「人に否とはいはせぬ媚態」をこめたまなざしを投げかけてくる美少婦」エリスの「あいまいで謎めいた姿」のうちに、「この迷宮の空間に仕掛けられたもっとも底のふかい惑わし」を見る氏の視角――いわばエリス像の変換に至って最高潮に達している。

既に要約したように、前田氏は、このようなエリスのイメージのうちに「珈琲店で客を引く娼婦の誘いをうけいれる勇気をもたなかった（略）豊太郎の自我のかたくなで未熟なかたち」を見、見るものと見られるものとの両義的関係に及んでいるのだが、このような氏の論の展開が、それ自体として極めて整合的であり、完結的であることは、言うまでもあるまい。

しかし、このような蠱惑的なまでに妖しい魅力に充ちた氏の論理の自己完結性が、作品テクストの客観的反映というより、「舞姫」をかりたエロティシズムの神話の開示――いわば氏自身の想像力によって先導されたロマンの開示であったのではないか、というのが私の率直な印象である。そのようなエロスの神話の文脈から放逐されたのは、陋巷の空間を、陋巷そのものとして把握しようとした主人公豊太郎の客観的な対象把握のモチーフであり、ひいては、豊太郎の意識的な自己測定のモチーフである。

*

ところで作品「舞姫」の分析において駆使された氏の空間論的分析、ヒロイン、エリスのイメージの新たなる変換という氏の論の全容がほぼ明らかになった、この段階で、そろそろ氏の「舞姫」分析が何を指向しているか、その潜在的なモチーフ、あるいは方向性を、いささかドラスチックな形で要約することは、許されてもよいだろう。

要するに前田氏の論理を要約すれば、エリスはヴィクトリア座の座頭を自己の室に今宵招き入れようとする実質的な娼婦であったのに、「かたくなで未熟」な自我をもつ豊太郎は、それを見抜くことができなかったに過ぎない。いずれにせよ、身を売る決意をしていたエリスであれば、豊太郎が彼女のユングフロイリヒカイトを破った責任も、それと絡む豊太郎のエリスへの裏切りに伴って生ずる近代的自我の当為性もしくは負い目の問題も、もはや問われるべき筋合いはなく、豊太郎は完全に免責される。そもそも近代的自我云々などという問題設定それ自体が、時代遅れであり、今日においては何らのアクチュアリティーもない、ということになろう。

以上の要約は、先にも言ったごとく、些かドラスチックではあるが、少くとも前田氏の胸底に秘められた尖端的な問題意識が、そこにあることを私は疑わない。その証拠に前田氏の「舞姫」分析に〈自我〉の語はあっても、それは一般的抽象的な意味での〈自我〉であり、作品「舞姫」、ひいては作者鷗外における公と私、思想と実行、封建と近代との対立という歴史的社会的コンテクストにおける〈自我〉ではないのだ。従って特殊具体的な日本的〈近代〉の問題は、そこから捨象されている。しかし「舞姫」は、ベルリンという異国の大都会を舞台とはしていても、あくまでも日本的〈近代〉を生きつつある作者の、日本的〈近代〉の矛盾と〈自我〉もしくは〈主体〉との関わりを凝視しようとした作品であることは言うまでもない。

かくして前田氏の「舞姫」解釈は、従来の「舞姫」研究史を支え来った近代自我史観的「舞姫」像に対する果敢な挑戦状であることが明らかである。前田氏の「舞姫」像に秘められたイデオロギー的性格は、そこにある。

しかし、そのような近代自我史観的「舞姫」像に対する氏の挑戦が、近代自我史観的「舞姫」像と正当に対決し、それらの成果を含み込みつつ、より高い次元に止揚するというプロセスを採らず、一方では、近代自我史観的「舞姫」追究の明らかにした成果を捨象、無視し、他方では、あのウンテル・デン・リンデンとクロステル巷との空間の対比、開かれた空間と閉じられた空間、モニュメンタルな空間とエロティックな空間という機械的な対比のもとに、豊太郎の意識と無意識のドラマ、即ち「舞姫」の全構造を截断する、という手法を採用する時、作品のテクストそれ自体のもつふくらみや豊かさそのものを取り落すことになった所以を、以下において、私たちは見ることができるだろう。

*

前田氏の行論に戻っていえば、たとえば、以上において氏が提起し来ったエリスのイメージと、次に前田氏が指摘する豊太郎と同棲後のエリスにおける「共同生活を支える健気なはたらき手としての」、「もうひとつのイメージ」とを媒介する論理は、ついに発見することができない。氏がここに章変えでなく、一行アキの空白を設定したことの意味がそこにある。

以下で氏は、エリスとの共棲に入る前の、豊太郎に訪れる「いくつかの試錬」を、作品構成に即して摘出し、豊太郎がエリスとの肉体関係に入る際の「恍惚」と、作品末尾に「用意される熱病」とが構成の上で見合っていることを指摘し、前者が豊太郎の「横断しなければならない外的空間の境界を指し示す記号」とすれば、後者は「内的空間から外的空間に向う境界の横断を記号的に変換したプロット」と規定する。（この規定を支える前田氏の作品像は既に第三章末尾で「外的空間から内的空間に入り込んだ異邦人の豊太郎が、最終的にはエリスを破滅させ、ふたたび外的空間に帰還して行く、ほとんど神話的と呼んでもいい構図」と要約されていた。）

この指摘を含め、やや先走って言えば、以後の氏の「舞姫」の構造分析は、ついに既成の作品論的イメージの枠外に出ることはない。それはなぜか。即ち氏の「舞姫」分析の独創性は、何よりも客観的もしくは外的空間の構造分析のうちに込められていたし、その限りでは有効性を発揮しえたが、一たび「内的空間」や「エロティックな空間」という如き、抽象的一般的な概念を採用するとき、それはついに従来の「舞姫」研究の設定した枠組――意識と無意識、「まことの我」と「弱くふびんなる心」との対立――の余りにも単純な変換に陥ってしまうからである。

たとえば、第五章後半の冒頭部分における「豊太郎の無意識の深みが見えかくれする迷宮としてまず描きだされたエリスのすまいは、やがてもうひとつのイメージ――彼の傷ついた生をつつみこむやすらぎの巣のかたちを、私たちの前にあらわすことになる」という叙述は、前引小堀氏著における「いささかわびしいながらも、太田の夢は意外に早く、こんな形で実現したのである。（略）太田が夕暮れごとにクロステル街の一角に佇んで夢想したのは、まだ具体的な形をとっていなかったとはいえ、こうしたささやかな市民生活の幸福ではなかったろうか。このことも「舞姫」が明治における市民的生活意識の最初の文学的定着だということを証している」という既に著名な叙述の空間論的変換以外の何ものでもあるまい。

小堀氏の「ささやかな市民生活の幸福」を「エロティックな空間」における「やすらぎの巣のかたち」と言いかえれば、前田氏の把握となるといえる訳だが、それにしても小堀氏の把握の含みもつ歴史的社会的文脈が、前田氏の「やすらぎの巣のかたち」という把握から脱け落ちた分だけ、前田氏の把握が抽象化されていることは否定できない。この「やすらぎの巣のかたち」を、前田氏はさらに「出口のない円環のなかに封じこめられた時間」「二人の生きられた時間が夢みる時間に昇華されて行く閉じた世界」と言いかえて行くのだが、この「封じ込められた時間」や「閉じた世界」の実質については、前田氏はついに一歩も立ち入ろうとはしない。

ここに従来の自我史観的「舞姫」像の立場から、前田氏の「封じ込められた時間」や「閉じた世界」において欠落した領域を補えば、そこにあるのは、クロステル巷の住人として、エリスとの共同生活を基盤とする民間ジャーナリストとしての豊太郎の獲得した「綜括的な一種の見識」に対する自負の念である、と言えよう。そのような彼の自負の念を何よりも良く示すものは、民間ジャーナリストとしての彼の活躍を描くテキスト二段の冒頭に掲げられた「我学問は荒みぬ」の句のリフレーンであり、このリフレーンは、実は学問より尊い「綜括的な一種の見識」を得たのだという豊太郎の秘められた自負に発する強烈な反語表現なのだ。そして「綜括的な一種の見識」はかつての官僚としての豊太郎の突き進んだ「一筋の道をのみ走りし知識」、具体的には政治・法律の学に対する反措定であることは、言うまでもない。

この「一筋の道をのみ走りし知識」が、将来有能な官僚として君臨するであろう豊太郎の支配する立場への必須のパスポートであったとすれば、民間ジャーナリストとしての豊太郎の獲得した「綜括的な一種の見識」は、支配される立場、即ち民衆の中に根を下した反権力、反秩序の立場をその延長線上に含み持つものであろうこともまた明らかである。そこに〈上からの近代化〉という国家路線に対する、〈下からの近代化〉というもう一つの〈近代〉のイメージを読みとることもまた可能な筈である。

前田氏が「エロティックな空間」における「閉じた世界」「封じこめられた時間」と規定する世界の実質は、このようなものであった。そして実はここにこそ、エリスとの共同生活の豊太郎主体における自らに下した意味づけ、歴史的社会的な自己規定の具体的様相が存在したのである。（しかし、翻っていえば、従来の自我史観的「舞姫」像においても、クロステル巷における豊太郎とエリスとの生活のうちに作者がこめた、以上のような歴史的社会的な意味の闡明化は、まだ十分とは言えない。）

豊太郎とエリスとの共有したクロステル巷における「閉じた世界」「封じこめられた時間」は、以上のように解釈してこそ、強大な国家権力によって主導され、築かれ来ったプロシャ軍国主義の威容をデモンストレイトする、あのウンテル・デン・リンデンのバロック空間に対峙する、クロステル巷というベルリンのもう一つの空間、その反語的性格を明らかにする筈である。そしてクロステル巷に秘められたこの〈上からの近代化〉への反語的性格は、プロシャにならって強大な軍国主義的国家権力によって、近代化路線を突っ走ろうとする日本的〈近代〉に対する、もう一つの反語的性格をオーヴァーラップさせていることもまた明らかであろう。

かくして豊太郎がエリスと所有した「閉じた世界」や「閉じこめられた時間」は、豊太郎における「禁忌の領域」「エロティックな空間」という抽象的一般的な〈生〉の領域を指し示すのみでなく、豊かにして具体的な歴史的社会的な意味性を含み込んでいることが明らかである。前田氏が「閉じた世界」「封じこめられた時間」という規定によって、太田とエリスとの共同生活から捨象したものはこのような意味での豊太郎の歴史的かつ社会的意識であり、ひいては、それがどれほど端緒的なものであろうとも、豊太郎、そして作者における、あの「支配と抑圧」の構造（＝秩序）をみすえる炯々たる認識の目の存在であった、と言えよう。

かくして「明治廿一年の冬は来にけり」以下、相沢の出現を介して、エリスと豊太郎との愛が破局へ向う作品プロットに即しての前田氏の分析は、「北欧の苛烈な自然は、エリスと豊太郎がこもっている内部空間をしめつけ、その境界をつきくずそうとする外部空間の表徴」であるとか、豊太郎の外遊をめぐっての「凍りついた窓を開け、乱れた髪を寒風になびかせながら、晴れの姿に身を固めた夫を見送る」エリスの姿を「家屋の母性（バシュラール）とひとつにとけあった（略）イメージ」と見る視点の提示とか、興味深い幾つかの指摘をさしはさみつつも、基本的には従来の読みをトータルに変換する新しみを付け加えることはない。

　この部分の氏の叙述の方向を一文で要約するとすれば、私たちはそこに「豊太郎の行動圏の拡大とエリスの生活世界の縮少が、それぞれに加速されて行く物語後半の展開は、「舞姫」の破局が描きだす都市の構図をいっそうくっきりと浮きあがらせる」という叙述を引き出すことができよう。

　この指摘は、確かに氏の空間論的もしくは都市小説論的「舞姫」像の自己完結性を示すものであろう。にも拘わらず、私たちは、そのような完結した氏の空間論的作品分析が、完結的であればあるほど、氏の空間論から脱落せざるを得なかったものとしての、作品後半に著しく顕在化し来る豊太郎における「弱くふびんなる心」の否定的役割――無意識の領域に潜むエゴの問題の所在に目を向けざるを得ないのである。それは、氏のいう無意識の世界、即ち「エロティックな空間」のもう一つ奥の、エリスと決して共有されることのない、豊太郎の「閉じこめられた」世界であるにも拘わらず、氏の視線は決してそこまで届こうとはしないのだ。そして、この事態は、氏の完結した作品把握からは、「舞姫」冒頭の、あの「人知れぬ恨」に収斂する、みごとな構造的かつ求心的文体についての分析が、すっぽりと脱け落ちてしまっていることと、ぴたりと対応する。

　すなわち、氏の空間論は、エリスと豊太郎の共有する〈エロス〉の世界には視界を拡げつつ、さらにその奥の、豊太郎と作者との共有する最も暗い「窖《あなぐら》」の空間――いわば「牢獄」としての空間の存在については、おそらく意図的に捨象してしまったのである。なぜなら、いったんそこに論理の網の目を広げるや否や、氏の空間論は氏が切り捨てようとした作家論の領域に関わらざるをえないのみならず、又、必然的に自我史観的「舞姫」像に絡めとられるであろうからだ。しかし、この「舞姫」最奥の最も暗い「窖」こそ、豊太郎が、あのクロステル巷でのエリスとの共同生活に課した歴史的社会的意味づけの、必然の反照であったことは、既にいうまでもないであろう。

そこに私は、前田氏の記号論的作品解釈の高次元の達成に敬意を表しつつ、近代自我史観的「舞姫」研究の成果を一方的に捨象、もしくは回避した前田氏の「舞姫」像の抽象性、一般性という限界をもはっきりと見定めておきたいと思う。

（一九八二・六・一五）

鷗外「舞姫」の空間・再説——二つの地理的契機をめぐって

鷗外「舞姫」(「国民之友」明23・1)におけるウンテル・デン・リンデンの描写が、「遠近法の視角が作中人物の内面に導入された、日本近代の小説ではさいしょの試み」とする故前田愛氏の指摘は、それに先行・雁行した柄谷行人氏『日本近代文学の起源』(講談社、昭56)や大久保喬樹氏『夢と成熟——文学的西欧像の変貌』(講談社、昭55)における指摘と相俟って、既に定説化され、疑われることのない、「舞姫」論の不動の前提となっている、と言えよう。確かに前田論の啓蒙的効果には計り知れないものがあったが、遠近法という原理が「個人」という近代の概念と表裏して成立したものであるとすれば、又、古く客観という概念が主観という概念の成立と同時であるという認識論的視点がなお有効であるとすれば、遠近法という方法自体の中に、主観という契機が胚まれるであろうことは、既に十分予測可能であった、と言って良い。つまり、原理的に遠近法はその誕生の瞬間から既に主観という契機に浸潤せしめられていたと言うことになろう。

このような立場からすれば、前田氏が同じウンテル・デン・リンデンの描写をめぐって、「パノラミックな視野」と「線遠近法」との二重構造を周到に指摘し、大久保氏が「仰視」の視覚と「鳥瞰」の印象との複合性を率直に認めているのは、遠近法という方法原理そのものに纏わるアプリオリティーを先駆的に感得しえたものとして、今日、ひときわ興味深い。しかし、前田氏も大久保氏も、共に遠近法をめぐる主観と客観の密接不可分な相互浸潤性を、直感的もしくは感覚的に把握しえたけれども、これを作品テクストに即しつつ、実証的論理的には確証しえなかった。大久保氏の用いた「印象」なる語は、この間の事情を虚飾を排して端的に証し立てていた、と言えよう。

私はもともと、遠近法は、その存在を前田氏が否定するクロステル巷の空間描写においても適用されている、という立場(2)であったが、近年の「舞姫」研究の著しい進展ぶりは、「舞姫」におけるクロステル巷の「狭く薄暗き巷」という設定そのものが、既に虚構の原理に浸潤されたものという実態をも照らし出すに至っている。実在のクロステル・シュトラーセは、幅広い大通りであって、少なくとも物理的には、決して閉じられた空間などではなかったのである。つまり、ここでも、遠近法という客観は、主観に浸潤されていたのである。

日本近代文学の研究者以外の専門家たちによって立証され、確定されたこの事実(3)は、ウンテル・デン・リンデンの描写においても又、立証可能であろうか。今日に至る迄、私は考えあぐねていたが、どうやら、遂に決め手になる事実の発見に辿りついた、と思う。この短文では、私が決め手と思うその事実を公開し、広く学界諸兄姉の批判を仰ぎたい。順序として、「舞姫」における該当部分を先に引用する。

余は模糊たる功名の念と、検束に慣れたる勉強力とを持ちて、忽ちこの歐羅巴の新大都の中央に立てり。何等の光彩ぞ、我目を射むとするは。何等の色澤ぞ、我心を迷はさむとするは。菩提樹下と譯するときは、幽靜なる境なるべく思はるれど、この大道髮の如きウンテル・デン・リンデンに來て兩邊なる石だゝみの人道を行く隊々の士女を見よ。胸張り肩聳えたる士官の、まだ維廉一世の街に臨める窻に倚り玉ふ頃なりければ、樣々の色に飾り成したる禮裝をなしたる、妍き少女の巴里まねびの粧したる、彼も此も目を驚かさぬはなきに、車道の土瀝青の上を音もせで走るいろ〳〵の馬車、雲に聳ゆる樓閣の少しとぎれたる處には、晴れたる空に夕立の音を聞かせて漲り落つる噴井の水、遠く望めばブランデンブルク門を隔てゝ緑樹枝をさし交はしたる中より、半天に浮び出でたる凱旋塔の神女の像、この許多の景物目睫の間に聚まりたれば、始めてこゝに來しものゝ應接に遑なきも宜なり。されど我胸には縦ひいかなる境に遊びても、あだなる美観に心をば動さじの誓ありて、つねに我を襲ふ外物を遮り留めたりき。

この作品テクストを辿ると、「舞姫」の主人公太田豊太郎は、まずウンテル・デン・リンデンの印象を概括的に捉えた上で、個別具体的なる対象として前景ともいうべき「両邊なる石だゝみの人道を行く隊々の士女」を捉え、ウィヘルム一世が姿を見せる窓の存在を前提として、更に「士女」の「禮裝」、「巴里まねびの粧」へと視線を凝らし、ついで中景として、「車道」の「馬車」群の疾駆、「雲に聳ゆる樓閣」そして「噴井の水」を捉えた上で、「遠く望めば」と、それらの彼方、遠景へと目を移して「ブランデンブルク門を隔てゝ」、半天に浮かび出た「凱旋塔の神女の像」へと視線を収斂せしめている。近景、中景、遠景とも要約しうる、視線の移動に従って捉えられたものは、ベルリン初夏の候のみごとな風物誌であったとも言えようが、視点人物豊太郎の位置は、ウンテル・デン・リンデンの東方から、遥か西の外れのブランデンブルク門を望む地点にあることは、「遠く望めば」の一句に明らかである。即ち、ブランデンブルク門から遥か東、全長八九〇メートルのこの大道の東外れに近い、王宮前の辺りに豊太郎はいる、と考えるのが最も自然であろう。そこから、約八九〇メートルの距離のあるブランデンブルク門が眺めうるのか、各街路を隔てる、うっそうたる樹木の列なりに遮られて見えないのではないか、という疑問の提示は、野暮の至りで、そのような位置に立つことで、彼はウンテル・デン・リンデンの千メートルに満たない全景のすべてを領略しうるのだ、とする物語の意志を尊重すべきであろう。まして、著名な老国王ウィルヘルム一世の窓（「隅窻」〈山口虎太郎「舞姫細評」〉“Eck fenster”）という設定さえあるのであるから。

この短文の主題との関わりで、とりわけ注目すべきは、豊太郎の視線が、既に見たようにそのような位置から、前景、中景、遠景へと徐々に遠方に移動し、やがてブランデンブルク門の彼方に浮かび上がる「凱旋塔の神女の像」に収斂せしめられていることである。つまり、この事態を地理的方位的に帰納せしめれば、「凱旋塔の神女の像」はウンテル・デン・リンデンの西の端にあるブランデンブルク門の彼方、ウンテル・デン・リンデンの直線をほぼ真西に延長した位置にあったということになる。二〇〇三年の現時点で、この勝利の女神像は確かにそこに存在している。

ところが、豊太郎が留学した一八八五（明18）年当時、「凱旋塔の神女の像」は、そこには存在しなかったのである。地図①を参照されたい。即ち「凱旋塔の神女の像」＝勝利の女神像は、ウンテル・デン・リンデンの西の外れ、ブランデンブルク門からウンテル・デン・リンデンを基線として約三〇度北側に逸れた、直線距離四三〇メートルの地点にあるケーニッヒ広場（König Platz）に存在したのである。そして、このケーニッヒ広場にあった神女像は、ブランデンブルク門の付近からは眺めることはできても、角度の関係でウンテル・デン・リンデンのそれ以外の地点からは、絶対に見えなかった筈である。言う迄もなく、「雲に聳ゆる樓閣」が視界を遮るからである。因みに現在の位置にある神女像は、はるか後にナチス・ドイツが国威発揚の効果を考えて、ウンテル・デン・リンデンの延長上にケーニッヒ広場から移設したものである。

こうして、ウンテル・デン・リンデンの空間描写の遠近法が客観的に見えて、実は主観に浸潤された存在であったことが漸くにして確証され得ることになった、と私は考える。言い換えれば、「舞姫」におけるウンテル・デン・リンデン描写の遠近法は、歪んだ遠近法であったと言えるが、遠近法が前述の如く、必然的に主観的契機によって浸潤されたものである限り、文学・芸術における遠近法は、むしろ作者の主観的契機の浸潤によって歪められた遠近法であることの方が、一般的である、と考え得るであろう。そして、この歪みのあり方にこそ、作者の主張が含まれていると言えよう。

「舞姫」の作者鷗外は、遠近法の原理に潜む、この主観の浸潤性という契機を十分に意識化した上で虚構という

地図①「←」の起点（A）は、豊太郎の佇む位置（推定）。なお、上下が南北、左右が東西。地図上の方位は、北東方向にややズレている。

もう一つの正当な権利を十分に駆使しつつ、それをフルに活用している。その時、実際には見えないが、作中では見えるものとして作者によって択ばれた「凱旋塔の神女の像」は、豊太郎の遠近法的視線が収斂する場所――視線の焦点であると同時に、豊太郎の意識が収斂する場所――認識の焦点である。いや、それ以上に重要なのは、豊太郎がその視線によって領略したウンテル・デン・リンデンの総ての諸景物は、遥か彼方の戦う女神像に集約されると同時に今度は逆に、彼女の視線によってかえり見られ、統括され、その意味を反照される仕組になっているということである。それは、豊太郎が眺めた女神像が、逆に豊太郎を眺め返すという両義性の成立であり、ここにウンテル・デン・リンデンにおける豊太郎の究極的な世界観の構図が存在したことになる。それは、戦う女神像の支配する空間としてのウンテル・デン・リンデンの神話的イメージと共に、そこに一体化する豊太郎の主体の位相をも開示している。

ところで、もし以上のように、ウンテル・デン・リンデンの空間描写に、実際は見えなかった筈の「凱旋塔の神女の像」が必須不可欠の与件であり、彼女によって統括され、支配される空間であることの強調に作者の遠近法をめぐる主観的契機の投影があるとしたら、この事実は、作品構造上、対立するクロステル巷の空間の解読にどのような影響を与えることになるだろうか。

もはや言う迄もなく、それは、エリスというもう一人の女神の支配する空間としてクロステル巷が定位されなければならない、と言うことだ。言い換えれば、凱旋塔の神女の像の空間的配置換えをめぐる作者の意図は、ウンテル・デン・リンデンの女神像に対立するもう一人の生きたる女神像を作中に投入したところに遺憾なく発揮されている、と考えることで、いっそう良く諒解しうるのではなかろうか。前田愛が指摘したウンテル・デン・リンデンとクロステル巷という、作品「舞姫」における二つの都市空間の対立は、その深部に、二つの女神像が君臨する空間の対立という神話的構図を秘めていたことになろう。そして、私は、これを、作品「舞姫」をめぐる最も重要なモチーフ、即ち物語の意志と呼びたい。

従ってそのような物語の意志によって、豊太郎が三年後、ウンテル・デン・リンデンからクロステル巷に迷い込むのは、戦う女神の支配する空間から、それと対立するもう一人の女神の支配する空間へと越境することであった。無論、それは、ウンテル・デン・リンデンのきらびやかな外装の裏側にあって、プロシヤ軍国主義国家の「支配と抑圧の構造」（前田愛）を垣間見せる、もう一つの都市空間――いわば底辺の民衆の空間の発見と不可分のものである。豊太郎が散歩の途次目撃した、「クロステル巷の古寺」の門の扉に倚って泣いていた「一人の少女」エリスは、このもう一人の女神の生きたる、そして、幼い形である。やがて、豊太郎の免官に伴い、この可憐な美少女は、豊太郎の生そのものを支える、共同生活者へと成長して行く。民間ジャーナリストとしての豊太郎における、思想と実行の一元化としての「まことの我」の実現や、「綜括的」な「一種の知識」（＝見識）の獲得は、エリスという底辺の民衆の発見と不可分のものであった限り、それは、豊太郎における、もう一つの近代、即ち、民衆とともにある近代の、いまだ萌芽ではあっても、一つの確実な可能性の発見(4)と同義であった、と言って良い。

ここで注目すべきは、クロステル巷における豊太郎の視線が、同じ遠近法(5)でも、ウンテル・デン・リンデンにおける平面的距離的なものに向けられるそれとは違い、あく迄、垂直に働く上下方向の距離に向けられるそれに転移せしめられていることである。

或る日の夕暮なりしが、余は獣苑を漫歩して、ウンテル・デン・リンデンを過ぎ、我がモンビシュウ街の僑居に帰らんと、クロステル巷の古寺の前に來ぬ。余は彼の燈火の海を渡り來て、この狭く薄暗き巷に入り、樓上の木欄に干したる敷布、襦袢などまだ取入れぬ人家、頬髭長き猶太教徒の翁が戸前に佇みたる居酒屋、一つの梯は直ちに樓に達し、他の梯は窖住まひの鍛冶が家に通じたる貸家などに向ひて、凹字の形に引籠みて立てられたる、此三百年前の遺跡を望む毎に、心の恍惚となりて暫し佇みしこと幾度なるを知らず。

右の引用に現れる、豊太郎の視線が捉えた対象物を整理すれば「頰髭長き猶太教徒の翁が戸前に佇みたる居酒屋」（一階）、「楼上の木欄に干したる敷布、襦袢などまだ取入れぬ人家」（二、三階）「一つの梯は直ちに楼に達し、他の梯は窖住まひの鍛冶が家に通じたる貸家」（地階〜四、五階）という具合であって、本来バラバラの存在がクロステル巷に実際に見られた単一で巨大な共同住宅の垂直軸的な把握という印象が齎らしめられるのは、否定し難い。つまり、ここには豊太郎の視線における仰角の視線の強調という意志もしくは主観性が垂直軸の強調という形で立ち現れているのである。

このような仰角の視線が「狭く薄暗き巷」という物理的限定によって必然化せしめられた事態であることは言う迄もないが、そこには、無言の物語の意志が作用していることを見逃してはなるまい。蓋し、もう一人の女神に成長すべきエリスは、そのような豊太郎の仰角の視線がやがて焦点を結ぶであろう場所、即ちテクストに現れたクロステル巷の最高処とも言うべき、「四階の屋根裏部屋《マンサルド》」にその居を定めていたからである。

その意味で、二人の邂逅後、エリスが彼女の居処に豊太郎を導いて階段を昇ってゆくプロットの設定は、その叙述（「寺の筋向ひなる大戸を入れば、欠け損じたる石の梯あり。これを上りて、四階目に腰を折りて潜るべき程の戸あり。[6]」）の簡潔性にもかかわらず、豊太郎のクロステル巷に向けた下から上に向けて働く、仰角の視線を、彼自身の行動において具体的になぞる形になっている訳で、その到達点としてのエリスの居処と同じ比重で、実は重要であったのだ。

私達が「四階の屋根裏部屋」の最下層のエリスの室に、貧民窟のイメージを予期するのとは逆に、現実に私達がそこに見いだすのは、地上から離れる度合いに従って、神聖性を増すという神話や物語の原理を適用したエリスの室の純潔性や神聖性の強調である、と言って良いだろう。

正面の一室の戸は半ば開きたるが、内には白布を掩へる臥床あり。伏したるはなき人なるべし。竈の側なる戸を開きて余を導きつ。この處は所謂「マンサルド」の街に面したる一間なれば、天井もなし。隅の屋根裏より窻に向ひて斜に下れる梁を、紙にて張りたる下の、立たば頭の支ふべき處に臥床あり。中央なる机には美しき氈を掛けて、上には書物一二巻と寫眞帖とを列べ、陶瓶にはこゝに似合はしからぬ價高き花束を生けたり。そが傍に少女は羞を帯びて立てり。

この狭い空間においてさえ、正確に働く豊太郎の遠近法的な視線が収斂するところの、「美しき氈を掛け」、「書物一二巻と寫眞帳とを列べ」、「陶瓶にはこゝに似合はしからぬ價高き花束」を生けた、部屋の中央に置かれている机の描写は、その清潔な美しさの過剰な迄の強調において、読み手の幾人かに、エリス売春婦説という誤読の種子を胚胎せしめることとなったのだが、事実においてエリスは売春婦ではなかった。机上の陶瓶に活けられた「こゝに似合はしからぬ價高き花束」の存在と矛盾するとされる、豊太郎にさし向けられた、彼女の「家に一銭の貯だになし。」という言葉も、救い手豊太郎の同情を牽くために、咄嗟に口を衝いて出た本能的な一種の誇張表現と見ることに、何の不都合もなかろう。

序でに、エリスがクロステル巷の最高処に棲むもう一人の女神像——結果的には、豊太郎によって裏切られる女神像であったが——であることを暗示する神話的ニュアンスを伴う垂直空間的叙述を、テクストから二つ抜粋して置こう。

エリスが母の呼びし一等「ドロシュケ」は、輪下にきしる雪道を窻の下まで來ぬ。余は手袋をはめ、少し汚れたる外套を背に被ひて手をば通さず帽を取りてエリスに接吻して樓を下りつ。彼は凍れる窻を明け、亂れし髪を朔風に吹かせて余が乘りし車を見送りぬ。（傍点稿者）

四階の屋根裏には、エリスはまだ寢ねずと覺ぼしく、烱然たる一星の火、暗き空にすかせば、明かに見ゆるが、降りしきる鷺の如き雪片に、乍ち掩はれ、乍ちまた顯れて、風に弄ばるゝに似たり。（同上）

＊

ところで、この短文は、空間論や遠近法による十全なる作品論の展開を意図してはいない。むしろ「凱旋塔の神女の像」の位置をめぐる、作品と現実との落差への着眼に発して、それが、作品内において如何に機能するかを考察し、エリスというクロステル巷の女神の存在、という仮説に至った、というのが率直なところである。そしてこの短文の最後に到り着く処も、今度は逆に作品「舞姫」と現実のベルリン空間との、殆ど奇蹟的な符合の発見という、極めて形而下的な次元の問題に外ならない。

＊

おそらく、「凱旋塔の神女の像」を、ウンテル・デン・リンデンの西の直線上に配置せしめた作者鷗外の意図は、作品内におけるクロステル巷のエリスの居処を現実のベルリンの都市空間のそれに一致せしめ、幾何学的な迄に正確な地理的符合に基づいて、作品内に定着せしめるという野心的企てを、その奥処《おくが》に秘めていたに違いあるまいと私には思われる。反復になるが、ここで私が言う地理的空間性は、テクスト空間という形而上的な虚構の世界にお

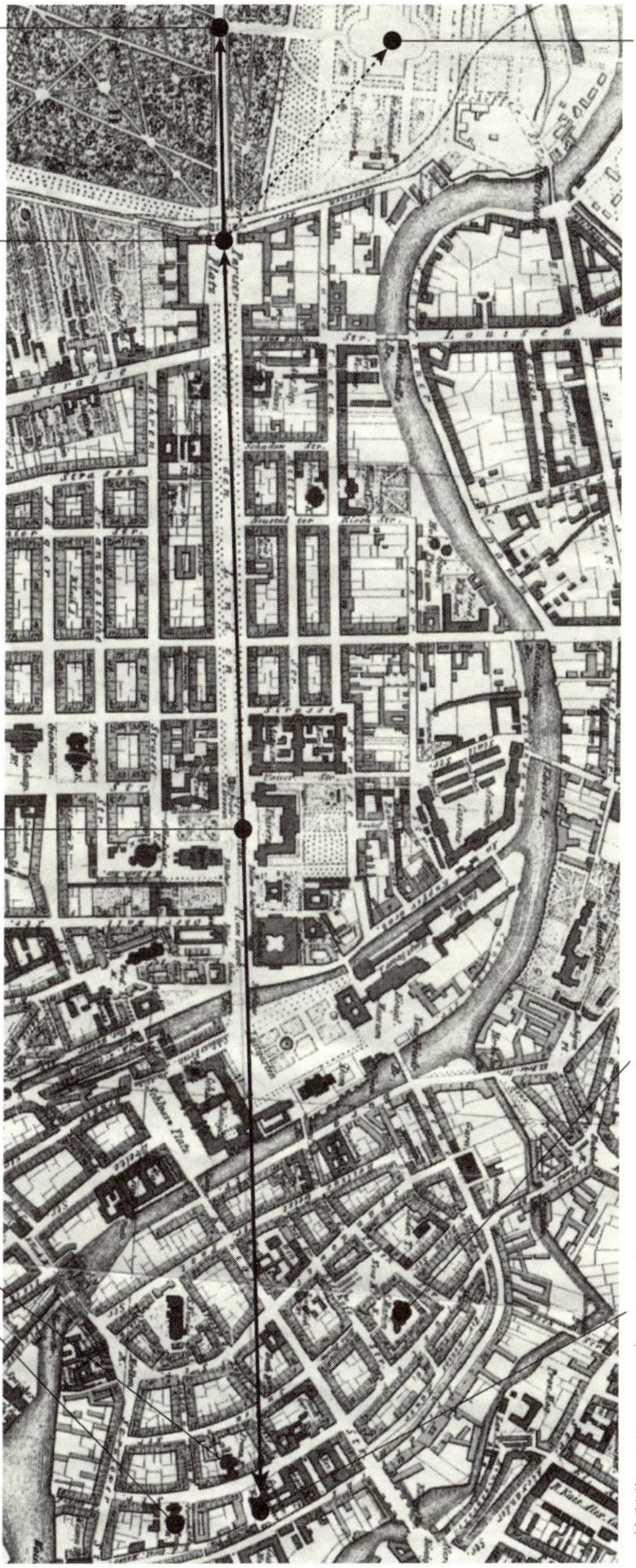

地図②「――→」の突き当たる教会Fがクロステル教会。なお、Eのマリエン教会を囲むアパート群の北西の面は、1888年当時、とり払われていた。西側の広場がマルクト広場。Eが背面し、F（クロステル教会）、G（パロヒアル教会）が西面する弧線状の通りが、クロステル・シュトラーセ。なお、本書P. 65の「（図4）」を併せ参照されたい。

けるそれのことではない。既にJ・J・オリガス氏が、その精到な作品（『青年』）分析において言う作者固有の「「測地師」の眼」[7]が発見し、定着した、現実の都市空間との対応の厳密性の謂においてである。地図①を踏まえた地図②を参照されたい。

即ち、既に見たように、作者は、実在の勝利の女神像を、ケーニッヒ広場から、ウンテル・デン・リンデンの西方、ブランデンブルク門の彼方に移し直すことによって、ウンテル・デン・リンデンの東のはずれ、王宮の前辺りに佇む豊太郎に、その姿を幻視せしめていた。ところで、逆にこのウンテル・デン・リンデンの直線を、豊太郎の佇む王宮の前という、その東外れに近い辺りから、その儘東方に延長せしめると仮定すると、その仮想の直線は、真直ぐにクロステル教会につき当たるのだ。これは偶然にしては余りにも話が出来すぎているのではあるまいか。従って、私はそれを作者鷗外の意識的な計算と見るものである。そして、この事実によって、勝利の女神像のテクスト上における移設をめぐる必然的理由が判明してくる。

却説「クロステル巷の古寺」のモデルについては①マリエン教会（地図②E）説　②パロヒアル教会（同G）説　③クロステル教会（同F）説　④ユーデンホーフ説（同H）などがあって、紛糾錯雑、帰する処なき状況だが、少なくとも叙上のような二つの女神像の対立という神話的構造の構築という物語の意志を尊重する限り、作中の「古寺」をもし実在の教会に還元しうるとするならば、それはクロステル教会以外にありえない。

「クロステル巷の古寺」をクロステル教会と解してこそ、東の方《かた》、クロステル巷の女神とイメージされるエリスと、ウンテル・デン・リンデンを差し挟んで、遠く西方に聳える「凱旋塔の神女の像」とは、共に同一直線上の西と東とにおいて、正対することになるからである。いう迄もなく、エリスの居処は「寺の筋向ひ」の共同アパートの「四階の屋根裏」にあったのであり、「クロステル巷の古寺」の位置は、その儘エリスの居所の位置に等しいからである。

「クロステル巷の古寺」のモデルをクロステル教会に求める立場は既に小堀桂一郎、前田愛両氏によって提示されており(8)、私も両氏の説かれる理由に全く異論がない。逆に世俗的に有名にのみなりつつあるマリエン教会説は、この教会がクロステル巷に背面し、マルクト広場に斜めに正面を向けており、クロステル巷には存在しない教会であるという地理的理由からのみでも、もはやモデル論議からは、放逐してよい対象であると考える。「クロステル巷の古寺」の概念を、如何に拡大しても、地図上、クロステル巷（街）に存在しない教会をも包摂しうるとする立場は論理的に余りにルーズである。抑もモデル論議それ自体が、物語の意志を優先する虚構の原理には昵まないのだが、それ故にこそ、鷗外は、この事実を作品テクストの背後に、ひっそりと伏在せしめ、心ある読者にのみ分かるに任せ、自ら会心の微笑を浮かべていたに違いない、と私には思われる。そして、この事実について指摘することは、ベルリンの二つの都市空間各々の本質と、その対立を掘り下げた「都市小説」（前田愛）とも目される「舞姫」の名誉を、いっそう高めこそすれ、決して貶めるものではない、と言って良いだろう。

注

（1）「ベルリン一八八八年——都市小説としての「舞姫」」（「文学」昭56・9）、のち「Berlin 1888」として『都市空間のなかの文学』（筑摩書房、昭58）に収録。

（2）拙論「前田愛氏「ベルリン一八八八年——都市小説としての「舞姫」」をめぐり」（本書所収）「『舞姫』——クロステル巷の空間」（『テキストのなかの作家たち』翰林書房、平4）など参照。

（3）神山伸弘「「普請中」のベルリン——一八八七年・八八年当時の森鷗外第二、第三住居環境考——」（「跡見学園女子大学紀要」第三三号、平12・3）ほか参照。

（4）（2）所出拙論、後者参照。

（5）クロステル巷でも遠近法が成立するとの立場については、注（2）所出拙論参照。

（6）引用部分に該当する草稿には、抹消部分として「表家の後ろに煤みて黒みたる層接にて取り囲まれたる中庭あり片隅には芥溜の箱あれど街の準には清らなり石の梯を登りて見れば（「登ること三たび、と見れば」と再度修正して抹消）四階目に腰を折りて潜らば頭や支えんと思ふ計りの（以上、抹消）戸あり」と詳細な描写があった。とりわけ「黒みたる層接」及び「中庭」についての描写の省略には、四階への上昇のプロセスに重点を置く作者の配慮が見える。

（7）J・J・オリガス「物と眼―若き鷗外の文体について―」（「国文学研究」三〇輯、昭39・10。のち『日本文学研究資料叢書　森鷗外II』〈大屋幸世「解説」、有精堂、昭54〉に再録。現在は、同氏著『物と眼　明治文学論集』〈岩波書店、平15〉所収。

（8）前田愛前出論及び小堀桂一郎『若き日の森鷗外』（東京大学出版会、昭44）参照。

空間の言葉――「舞姫」を視座として

森鷗外「舞姫」（明23・1、「国民之友」）におけるウンテル・デン・リンデンの空間描写が、日本の近代小説に初めて登場した遠近法による空間描写であり、又、遠近法が〈個人〉という概念の成立を前提としたものである所以は、改めて指摘する迄もない事柄である訳ですが、「明治の言葉・文学―伝統と革新をめぐって―」という本日のテーマに関わらせて申しますと、〈遠近法〉と云う〈空間の言葉〉と、〈文学〉と云う〈主体の言葉〉が「舞姫」のウンテル・デン・リンデン描写において、如何なる具体的関係を取り結んでいるかという問題の解明においては、いまだ未知の領域が存在しているのではないかと云うような些か漠然とした物言いから話を始めることをお許し頂きたいと思います。

例えば、柄谷行人さんの『日本近代文学の起源』（講談社、昭55・8）と並んで「舞姫」における空間描写の問題をめぐって画期的な成果を挙げたと言い得る前田愛さんの『都市空間のなかの文学』（筑摩書房、昭57・12）という書物に収められた論文「BERLIN 1888」（初出題「ベルリン一八八八年―都市小説としての「舞姫」」『文学』昭55・9）において、前田さんは、「舞姫」作中におけるウンテル・デン・リンデンの空間的対立項として、いわゆる古《アルト》ベルリンのクロステル巷を取り上げ、ウンテル・デン・リンデンを遠近法に支えられたバロック空間であり、又、国家的な「モニュメンタルな空間」であるとする傍ら、クロステル巷を「迷宮の空間」もしくは「エロティックな空間」と定義されて居られる訳ですが、そこでクロステル巷を「迷宮の空間」「エロティックな空間」とする前田さんの解釈は、論理的に「舞姫」におけるクロステル巷の空間描写からの遠近法の消失を前提とされている。確かに、クロステル巷を閉じられた、いわば密室空間とする前田さんの見解は、作中に「狭く薄暗き巷」という叙述がある訳ですから、それとして十分説得的であると言い得るでしょう。

しかし、作品の具体的叙述に固執する時、そこに問題がないか、と言うと、必ずしもそうではないのです。例えば、クロステル巷における先に挙げた遠近法の消失という視座ですが、これは、どうも疑わしいのではないか。クロステル巷全体を把握する主人公太田豊太郎の視線の動きや、同じくエリスの居室である屋根裏部屋の歪つな空間構造に向けられる彼の視線の動きを子細に辿って行くと、上下、左右の方向性や遠近の距離を正確に測ろうとする認識の目は確かに存在しているのであって、そのような、巨視と微視に相亘る遠近法的な目の作用は、ウンテル・デン・リンデンにおいてのみならず、クロステル巷においても確実に機能していると言わざるを得ない。むしろ作品は、ウンテル・デン・リンデンという開かれた空間にも、クロステル巷という閉じられた空間にも、共に遠近法を適用することによって、それぞれの空間の固有の特徴をよく救抜しえていると見るのが客観的な見方と云うものではなかろうかと思います。

のみならず、遠近法は、作品では、太田豊太郎の意識の世界と無意識の世界とを有機的な統一体として捉える内面認識の方法としても機能しえているとさえ言い得るのではないか。そして、そのように見てこそ、遠近法的な外界の発見が同時にそれと呼応する内面世界の発見であったという意味で、作品「舞姫」における遠近法空間は、遠近法の誕生が個人と云う意識の誕生と同義であったという歴史的事実とよく対応しえていると言うことができ、かつ又、この事情は、「舞姫」という作品の文学史的意義と正確につり合っているということになるのではないでしょうか。

以上は、前田さんの「BERLIN 1888」における、それとして優れた、「舞姫」の空間描写の分析と定位とに対する私なりの修正意見の提出であります。

そこで、作品「舞姫」における空間的対立項としての二つの都市空間は、いずれも遠近法空間であったと云う事実の確認を前提として、話を前へ進めますと、ここに新しい問題の発生が予測されることになります。それは、抑も遠近法というものが視覚という感覚を拠り処として対象世界の領略をめざす芸術的方法である限り、原理的に肉体と精神、もしくは客観と主観という二つの領域に相跨がるものとならざるをえないのではないかという仮説の提示であります。そこに柄谷さんや前田さんが作品「舞姫」をめぐる遠近法という問題をめぐって、結果として未分化の儘に放置している未発の問題領域が存在しているのではないか、と云うことを私は指摘したいのです。具体的に申し上げれば、私達は、一般に芸術——ここでは小説ですが——に登場する遠近法空間を、実在の物理的空間、いわば自然其儘の空間の再現として受けとめてきているという心理的にして経験的な事実がある訳ですが、創作主体としての画家や小説家の内面に迄立ち入れば、事情は、そのように単純ではない。つまり、芸術においては、デフォルメされた、もしくは意識的に再構築された虚構としての遠近法空間というものの存在も十分予測可能な訳ですね。というより、むしろ優れた芸術家においては、自らの作品空間をデフォルメされた遠近法空間として虚構化することによって傑出した作品効果を創出している例があり、例えば、葛飾北斎の富嶽三十六景中の神奈川沖浪裏（図1）や歌川広重の東都名所中の両国之宵月（図2）などは、その典型じゃないか、と思う。

しかし、少し先を急ぎ過ぎたようですので、話を元に戻しますと、以上のような事情から遠近法というものは、近代芸術においては、二つの方向に分岐すると云って良いのではないか。その一つは、今申し上げたような作者の主観や作品の主題を尊重し、客観的空間のデフォルメ化、虚構化を厭わない方向。他方は、あくまで客観的空間の客観性に忠実であろうとする方向です。いずれも近代的な個人の成立と表裏する遠近法空間の表現には違いないが、後者は、客観を重んじて主観を抑制する立場、前者は、客観を踏まえつつ、作品を究極的には主観もしくは〈想〉

（図１） 葛飾北斎「神奈川沖浪裏」
右端一部カット

（図２） 歌川（安藤）広重「両国之宵月」

の表現たらしめようとする立場と云い得るでしょう。

そこで話を端折って申し上げれば、「舞姫」の遠近法的な空間叙述は、まさにこの二つの立場の前者に属するものと云い得るのではないか、と私は思う訳です。この辺が、「舞姫」の空間叙述を、現実空間に忠実な、いわば写実的なものとして暗黙に受けとめてきたと言って良い今迄の論と私の見方との大きな違いです。そこで、もし、私の申し上げた通りとすると、それを如何にして実証し得るか。具体的には、「舞姫」におけるウンテル・デン・リンデンとクロステル巷という二つの遠近法空間における客観的空間からの離れもしくはデフォルメ性をどのように立証し得るか、という問題になりますが、そのためには作品の二つの空間叙述と、一八八八年当時のベルリンにおける実在の二つの客観的空間とを比較検討してみれば良い。

しかし、ベルリンの客観的空間というものは、実際にベルリンに行った者でなければ、分らないのですから、昭和二十年代迄には、こういう問題意識それ自体が見られなかった訳です。昭和三十年代に入って勝本清一郎さんが『座談会　明治文学史』（昭36・6　岩波書店）「鷗外」の項（初出、昭33・10『文学』）で太田豊太郎がティーア・ガルテンからウンテル・デン・リンデンを過ぎ、モンビジュー街の下宿に帰るために、クロステル巷を通るのは「方角違い」で不自然だ、という指摘をなさったのが、初めての例であると思います。しかし、近年、容易に海外に渡れるようになって、作品空間と実在の空間を対比することが比較的簡単に出来るようになったので、作品内空間と実在の空間の離れという問題が切実に意識化されるようになって参りました。私も昭和五十年代初頭にベルリンの壁崩壊以前の東ベルリンに往った経験があるが、その当時は、まだこういう問題意識を持っていなかった。その後、柄谷さんや前田さんのお仕事が出て、さらについ最近——と云っても五、六年前ですが——岩波書店刊の新古典文学大系の注釈作業との関係でベルリンの古地図や写真帳などを机上で眺めたりしているうちに少しずつ、この問題への見通しがつくようになって参りました。以上の私的体験を広く研究の場に置き換えると以下のようになります。

まず、そのような対比研究の成果の第一は、クロステル巷の空間描写をめぐって示されました。川上俊之さんという最近亡くなった外交官経験者が東ベルリンに滞在中、「舞姫」の舞台を調査して、実在のクロステル巷は、三十六メートル幅の大通りで貫かれており、作品に描かれたような「狭く薄暗き巷」などではなかったことを指摘されたのです（「「舞姫」エリスの原像—小説技法上の序論的考察—」『鷗外』二九号、昭56・7）。川上さんのこの指摘は、「舞姫」の「古寺」のモデルをマリエン教会と仮定して、当時新しく開発されつつあったカイザー・ヴィルヘルム通りについてのものですが、これを実在のクロステル街に適用したとしても、道路幅が十五メートルから二十メートルになるが、アルト・ベルリンを弧状に貫く立派な大通りです。又、川上さんは、その外にもクロステル巷の描写の虚構的データを挙げて居られるが、ここでは省きます。尤も論の先後関係から言えば、これより十ケ月早く、先の前田論が作中のクロステル巷と、実在のクロステル街との離れに注目して作中のクロステル巷の空間描写は、古《アルト》ベルリンのローゼン街やいわゆる「王壁沿い（An-der Königsmauer）」の売春なども行われていた狭隘な空間を藉り用いたものであろうと指摘されたのが最も早い。しかし、この二論は、実際は殆んど同時に執筆された、それぞれ独自の業績と見るのが妥当でしょう。

つまり、「舞姫」のクロステル巷は、「クロステル巷（街）」という実在の地名を使ってはいるが、実際はデフォルメされた虚構空間であることが判明するに至った訳です。

さて、このように「舞姫」作中のクロステル巷が虚構の遠近法空間であることがはっきりしてくると、前田論文によって作中、その対立項であることが明確化されているウンテル・デン・リンデンの空間も亦、虚構の遠近法空間ではなかったのか、と疑いたくなるのは、人情の自然というものでしょう。

そこで、私は「舞姫」のウンテル・デン・リンデン描写やベルリンの古地図を机上で比較しながら、とつおいつ考えて居りました。そのうちに一八八八年当時のベルリンにおいては「舞姫」のウンテル・デン・リンデンの遠近法空間の焦（消）点として、「半天に浮び出でたる」とされる「凱旋塔の神女の像」つまり凱旋記念柱《ジーゲスゾイレ》は、ウンテル・デン・リンデンとブランデンブルグ門を結ぶ直線の延長上にあったのではなく、ブランデンブルグ門を起点に先の直線から約四十度ほど北西方向に逸れた四百三十メートルの距離にある国王広場《ケーニッヒプラッツ》にあったのだという情報が齎されました。これは実に示唆的な情報でした。何故なら、もしそうだとすれば、作中において、ウンテル・デン・リンデンの遠近法空間の焦点としてブランデンブルグ門の彼方に「緑樹枝をさし交はしたる中より半天に浮び出でたる凱旋塔の神女の像」という空間的イメージは虚構であるということになります。つまり、作中に描かれたそのような形では実在のウンテル・デン・リンデンやブランデンブルグ門の直線上の彼方にジーゲスゾイレが中空に「浮び出」ることは方位的にあり得ないからです。

この事情をより具体的に御説明申し上げますと、主人公の太田豊太郎は全長八百九十メートルのウンテル・デン・リンデンを近景・中景・遠景の三段に分けて次のように描写している。

> 胸張り肩聳えたる士官の、まだ維廉一世の街に臨める窻に倚り玉ふ頃なりければ、様々の色に飾り成したる礼装をなしたる、妍き少女の巴里まねびの粧したる、彼も此も目を驚かさぬはなきに、（以上、近景）車道の土瀝青の上を音もせで走るいろ〳〵の馬車、雲に聳ゆる楼閣の少しとぎれたる処には、晴れたる空に夕立の音を聞

かせて漲り落つる噴井の水、（以上、中景）遠く望めばブランデンブルク門を隔てゝ緑樹枝をさし交はしたる中より、半天に浮び出でたる凱旋塔の神女の像、（以上、遠景）（（　）内は、発表者の注）

右の通りですから、彼がウンテル・デン・リンデンの全景を見通せる場所に立っていることは否定できません。とすれば、彼が立っている場所は、ウンテル・デン・リンデンの東の外れ——当時のベルリン大学（現フンボルト大学）の前あたりと考えるのが最も自然です。そこでブランデンブルグ門の東側のパリ広場を含めて約千メートルも離れた場所から、季節柄四列の菩提樹が鬱蒼と枝葉を繁茂させている街路の彼方にブランデンブルグ門が果たして見えるのかという自然な疑問が起る上に、実際は北西方向に逸れて、約千三百メートル強の彼方にある「凱旋塔の神女の像」——高さ六十二、三メートルの高見にあるとは云え——が望まれるか、どうか。これはもう殆んど絶望的に不可能です。

と云うのは、東西に走るウンテル・デン・リンデンを挟んでその南北両側には「舞姫」本文に「雲に聳ゆる楼閣」とあるような高層建築群が列なっている。それらは今日的に言えば四、五階建で精々十五、六メートル位の高さしかないと思われますが、それにしてもジーゲスゾイレは、その北側の高層建築群の列に遮られて姿を現わすことが出来ないのではないでしょうか。私は幾何学的に紙の上に図面を書いて検証して見たが、どうも見えない。見えるという確証がつかめなかった。まして、この方が一層重要だが、ジーゲスゾイレが「ブランデンブルク門」の直線上の中空に姿を現わすなどということは、先に述べたようにあり得べからざることです。こうして「舞姫」作中のウンテル・デン・リンデン空間は、クロステル巷の空間と同様に虚構の遠近法空間であるという確信を私は持つに至った訳です。

しかし、近年、神山伸弘という方は、豊太郎はウンテル・デン・リンデンの内部を移動しているのだ、と新説を披露（「鷗外はブランデンブルク門の彼方に凱旋塔を見なかったのか――「舞姫」における「目睫の間」の「景物」をめぐって――」『跡見学園女子大学人文学部フォーラム』平16・3）した上で、ブランデンブルク門の前のパリ広場からは、門の北側の建物の屋根の上にジーゲス・ゾイレの女神像がちょこんと姿を現わしているのを見ることができると指摘して、その証拠写真を提示しています（「歪まぬベルリン空間――鷗外が「舞姫」で伝えたかった情景について」『国文学　解釈と教材の研究』第五〇巻二号、平17・2）。これら二論は、先のような私の立論への反駁なのですが、パリ広場は既にウンテル・デン・リンデンではない上に、氏が前提とする、豊太郎がウンテル・デン・リンデンの内部を移動している事実の明示は、作品内にはありません。パリ広場から神女像が見えるという事実に持って行くために移動説を立ち上げたのだ、としか思えない。大体パリ広場から神女像が見えることは、神山氏の指摘以前に、神山氏の資料本（Unter den Linden ; Photographien・Herausgegeben vom Stadtmuseum Berlin, 1997）と同じものを早く嘉部嘉隆氏から頂いて、私は知っていた（図3）からこそ、逆に確信を持ってウンテル・デン・リンデンから「凱旋塔の神女像」は見えないと主張したのです。

　と言うのも、神山氏の提示する写真のような形でしか、パリ広場から見えないとすれば、約千三百メートルも離れた、主人公の佇むベルリン大学の前辺りからは、先に指摘したような角度の関係から高層建築群が障害となって、「凱旋塔の神女像」を見ることはできないと考えるのが自然だからです。言い方を換えれば、神山氏の提示した証拠写真は、私の立場の正しさを補強する一資料に反転するのです。

　神山氏が私を常識を外れた文学テクスト至上主義者（「国文学者」）として悪罵の限りを尽くすのはご自由ですが、私の立論は、氏の主人公移動説のようにテクスト内にないという意味で御都合主義のものではない。主人公はあくまでウンテル・デン・リンデンの内部に身を置いていると見るのです。

　大体、「舞姫」本文においては、主人公がパリ広場に居ることの叙述がないばかりか、今申し上げたように、逆

Das Brandenburger Tor, 1901. Etwa vom Haus der Akademie der Künste aus blickt man zum Brandenburger Tor. 1787 ordnete König Friedrich Wilhelm II. den Bau eines neuen Stadttores anstelle des alten Pfeilertores von 1736 an. Der Oberhofbaudirektor Karl Gotthard Langhans schuf dazu den Entwurf in Anlehnung an die Propyläen der Akropolis von Athen. 1789 wurde mit dem Bau begonnen, und am 6. August 1791 wurde das noch unfertige Tor eröffnet. Erst im Sommer 1793 war der Bau – einschließlich der Quadriga – ganz fertig. Ausgerechnet Kaiser Napoleon I. diente das Tor nach dem Sieg über Preußen als Triumphpforte bei seinem Einzug in Berlin am 27. Oktober 1806. Er eröffnete damit die Reihe der festlichen oder triumphalen Einzüge in die Stadt, die ihren nationalen Höhepunkt mit dem Truppeneinzug nach dem Krieg gegen Frankreich am 16. Juni 1871 und ihren Tiefpunkt mit dem Fackelzug der SA am 30. Januar 1933 hatte. Aufnahme von Waldemar Titzenthaler

（図３） 神山氏が拠った “Unter den Linden; Photographien・Herausgegeben vom Stadtmuseum Berlin” P126におけるパリ広場からの景観並びに説明文。

右手の３階建の建物の上に、「凱旋塔の神女の像」（ジーゲスゾイレ）が全身を現わしているのが見える。○印は、筆者の付したもの。なお、この書は、2004年以前に、畏友嘉部嘉隆氏より寄贈された架蔵本。因みに嘉部氏もジーゲスゾイレがウンテル・デン・リンデンから見えないと云う私の説に賛成の由を私的に語られている。

に彼（太田豊太郎）が終始一貫ウンテル・デン・リンデンの全景を眺め得る場所に居ることが明記されています。その上、神山氏がパリ広場からの眺めに合致するとして「舞姫」本文から抜粋した叙述は、当の「舞姫」本文においては、あく迄、ウンテル・デン・リンデンの叙景なのです。そこで先の引用分と一部重複しますが、証拠として次に神山氏が引用した部分を核とする作品における一段落全体を引用して見ます。

余は模糊たる功名の念と、検束に慣れたる勉強力とを持ちて、忽ちこの欧羅巴の新大都の中央に立てり。何等の光彩ぞ、我目を射むとするは。何等の色沢ぞ、我心を迷はさむとするは。菩提樹下と訳するときは、幽静なる境なるべく思はるれど、Ⓐこの大道髪の如きウンテル、デン、リンデンに来て両辺なる石だゝみの人道を行く隊々の士女を見よ。胸張り肩聳えたる士官の、まだ維廉一世の街に臨める窻に倚り玉ふ頃なりければ、様々の色に飾り成したる礼装をなしたる、妍き少女の巴里まねびの粧したる、彼も此も目を驚かさぬはなきに、Ⓑ車道の土瀝青の上を音もせで走るいろ〳〵の馬車、雲に聳ゆる楼閣の少しとぎれたる処には、晴れたる空に夕立の音を聞かせて漲り落つる噴井の水、Ⓒ遠く望めばブランデンブルク門を隔てゝ緑樹枝をさし交はしたる中より、半天に浮び出でたる凱旋塔の神女の像、この許多の景物目睫の間に聚まりたれば、始めてこゝに来しものゝ応接に遑なきも宜なり。されど我胸には縦ひいかなる境に遊びても、あだなる美観に心をば動さじの誓ありて、つねに我を襲ふ外物を遮り留めたりき。

右引用文のうち傍線部（B）が神山氏の引用する部分なのですが、御覧のように傍線部（A）には「この大道髪の如きウンテル、デン、リンデンに来て」云々とある以上、神山氏の引用に係る以下の部分がウンテル・デン・リンデンの叙景であることは否定できない事実である上に、神山氏の引用部分を挟んで、傍線部（C）には、「この許多の景物目睫の間に聚まりたれば、始めてこゝに来しものゝ応接に遑なきも宜なり。」とあり、文中の「ここ」が、傍線部（A）に所出した「ウンテル、デン、リンデン」を指す指示代名詞であることは誰の目にも明白です。

序でに言えば「この許多の景物」が神山氏の引用部分を含む、ウンテル・デン・リンデンの具体的な叙景の数々を指すことはこれ又、否定すべくもなく明白なのですから、「舞姫」本文においては、主人公太田豊太郎は、終始一貫、ウンテル・デン・リンデンの内部に居る、より正しくは、ウンテル・デン・リンデンの空間のみを見ているのです。パリ広場に居て、パリ広場の空間を見ているとは、どこにも書いていない。そこで初めて、果してウンテル・デン・リンデンから「凱旋塔の神女の像」が見えるのか、見えないのか、と云う私の提起した問題が起る訳であって、パリ広場からは見えるのだと言われたって、「舞姫」本文におけるウンテル・デン・リンデンの問題が解決される筋合いのものではありません。全く関係のない事柄です。従って、神山氏は、全く関係のないパリ広場の眺めに現を抜かすより、ウンテル・デン・リンデンの内部から直線上の彼方に「凱旋塔の神女の像」が見えるという証拠（写真）を提出すべきでしょう。そうすれば私の虚構空間説は立ち所に真正面から覆されるのですから私としても否応を言うべき筋合いではないのです。神山氏が、そうしなかったのは、必ずや、そのような証拠写真を探し出そうとして、遂に発見できなかったからでしょう。そういう訳で、現段階では、神山氏の批判は、何らの証拠の伴わない——従って無根拠の批判であるから、私の虚構空間説は、少なくとも仮説としての十分なる有効性を依然として保ち得ていると言わざるをえません。（神山説には、ウンテル・デン・リンデンの東端に位置するフリードリヒ大王の騎馬像をめぐる拙論の不備をつく批判もありそれはそれとして正当ではあります——私は、その正当性を受け容れて、後出（図4）では、主人公の立つ位置をフリードリヒ大王像の前に移動せしめています。と云うのも、ベルリン大学の前の空間は、オペラ広場であって、既にウンテル・デン・リンデンではない、と云うことに改めて気づかされたからでもあります——が、私の立場から敢えて言わせて貰えば、「舞姫」本文におけるフリードリヒ大王像の削除も作品の芸術的意図に基づくもの——後述のように作品においてはウンテル・デン・リンデンの支配者はあくまで「凱旋塔の神女の像」であって、フリードリヒ大王像は不要だからです——で、私の虚構空間説を補強するもう一つのデータに転化するものだ、と云うことに氏はお気づきでないようです。)

又、ごく最近庄司達也氏は、ウンテル・デン・リンデンの空間描写において、鷗外はコラージュの手法を採用しているのだ、という説を提示している(「森鷗外「舞姫」のベルリン—その空間描写をめぐって—」『湘南文学』四三号、平21・3)。これは、庄司氏の論理としては完結しているが——尤も「コラージュ」という捉え方それ自体は、前掲神山論に所出しているものでもあるのですが——わが国の文学テクストにおいて、遠近法やパノラミックな視点が漸く意識化されてきた明治二十年代初頭の作品に、西洋でもそれより二、三十年も遅れて登場する芸術的方法を適用するのは、如何なものでしょう。鷗外においては、それ以前に、日本近代文学において未だ確立しえていない、遠近法空間やそれと表裏する個人という概念の確立こそが喫緊の課題であったのではないでしょうか。

勿論、それらを前提とした上で、作品「舞姫」の表現の深部に、遠い未来に顕現するコラージュの手法や、それと表裏する個の解体という歴史的方向性への予見が胚胎していると言うのであれば、前田氏の云うパノラミックな視座や大久保喬樹氏の云う俯瞰と仰角の重層性の問題とも絡めて、「舞姫」という作品の深部に潜む多層的多元的可能性への先駆的知見の提示として庄司氏の意見を受け容れることは十分可能です。

そこで、結論的に申し上げると、クロステル巷の空間が虚構の遠近法空間であったように、ウンテル・デン・リンデンの空間も亦、虚構の遠近法空間であったのだ、と云うことになります。そうして、この作品「舞姫」における対立項としてのベルリンの二つの遠近法空間には、それぞれの焦(消)点に、それぞれの女神がいることになる。つまり、前者に「凱旋塔の神女の像」がいるように、後者にはエリスという生きた女神がいる。前者が軍国主義的近代の象徴であるとすれば、後者は、それと対立するもう一つの近代の象徴である。のみならずエリス

（図4）　エリスと「凱旋塔の神女の像」との正対を示す空間概念図。右の太い黒の弧線を引いた部分がクロステル巷（街）。

が、「凱旋塔の神女の像」の対立項である可能性については、既に前田論も指摘しています（前出「BERLIN 1888」）。

エリスがなぜ女神か、ということに関説すれば、エリスとの屋根裏部屋での共棲生活を通じてこそ豊太郎は「まことの我」の具体的な顕現としての、ハイネ、ビョルネなど〈青年ドイツ派〉の文学者達に自らを擬《なぞら》えた新聞通信員としての活躍と、それらを通じての、「同郷の留学生などの大かたは、夢にも知らぬ境地」としての「綜括的」な「一種の見識」の獲得を誇ることが出来たのだと云う作品内の事実があるからです。

のみならず、豊太郎におけるこの透徹した認識力の獲得は、殆んど、やがて日本の歩む軍国主義的近代に対する暗黙の批判を込めた、もう一つの近代のイメージの対置であることは否定できないように思われるのです。そして、それらすべての根底に、豊太郎とエリスとの共棲生活があるのですから、その意味で美少女エリスは、作品「舞姫」において、現にある近代の象徴としての「凱旋塔の神女の像」に対立する、もう一つの理想の近代を象徴する生きた女神であったと断じても良いのではないかと思うのです。

そして、この時、「舞姫」という作品は、その空間性の側面において、思いがけない奇蹟的な契合性を私達の眼前に提起して呉れています（図4）。と言うのも、豊太郎とエリスが出会うクロステル巷の古寺（「三百年前の遺跡」）のモデルが、その「凹字の形に引籠みて立てられたる」固有の平面的形態や屏の門の存在などから、モデル説が世上に知れ渡っているマリエン教会（図中のE）ではなく、又、パロヒアル教会（図中のG）でもなく、クロステル教会（図中のF）であるとすれば、エリスの住居は、その「筋向ひ」の巨大な共同アパートの四階の「屋根裏」部屋ということになるのですが、それは殆んど実在のクロステル教会の位置と重なることは言う迄もありません。

そこで、作中における「凱旋塔の神女の像」の位置を、現実の国王広場《ケーニッヒプラッツ》から、作品に叙述された直線的印象に従って、ブランデンブルク門の延長線上に移すと、驚くべきことに、「凱旋塔の神女の像」の作品内の位置と、エリスの棲むクロステル巷の四階の屋根裏部屋の位置とは、ベルリンの中心を東西に貫くウンテル・デン・リンデンを挟んで一直線で結ばれることが分って参ります。

つまり、「凱旋塔の神女の像」とエリスとは、ドイツの首都ベルリンの上空において、ウンテル・デン・リンデンを間に、二千数百メートルの距離を介して、直線上に正対しているのです。この奇蹟的な空間的契合性は、偶然にしては余りに出来過ぎたものではないでしょうか。

私は、ジャン・ジャック・オリガス氏に倣って鷗外を「測地師の目」を持つ作者と云うことに吝かではないのですが、空間のテクストとしての「舞姫」の深部に暗黙に仕組まれた、この奇蹟的契合を前にすると、殆んど「虚構空間の魔術師《マジシャン》」と云う呼称をさえ鷗外に呈したい思いを禁じ得ません。作品「舞姫」の深奥に瞑々の裡に組み入れられた、この虚構としての空間的契合性は、「舞姫」を殆んど物語のレベルをさえ越える、〈近代の神話〉の域に到達せしめえていると言っても過言ではないのではないのでしょうか。

この観点から見るとき、作品「舞姫」は、遠い東洋からやってきた優秀な日本人留学生太田豊太郎をめぐる、それぞれの近代を体現する二人の女神によってベルリン上空で展開された壮絶な綱引きのドラマです。初め、「凱旋塔の神女の像」に跪ずいた豊太郎は、やがて彼女の支配圏（ウンテル・デン・リンデン）を脱し、越境して、もう一人の女神エリスの膝元（クロステル巷）に移る。しかし、故国日本からやって来た親友相沢の忠告や天方大臣の慫慂もだし難く、帰国を承諾してしまう。それは、一旦離れた軍国主義の女神の膝元に立ち帰ることでもあります。作品では、この事態を空間的に見事に隠喩しています。

即ち、天方大臣への帰国承諾後、彼が自責の念に駆られて雪に埋もれて眠り込む路傍のベンチのある場所は、作中で「モハビット、カルゝ街通ひの鉄道馬車の軌道も雪に埋もれ、ブランデンブルゲル門の畔の瓦斯燈は寂しき光を放ちたり」という叙景を可能とする位置（「獣園の傍」）にあり、モハビット街、カルゝ街は、いずれもブランデンブルク門の西北方にある地名であり、鉄道馬車の軌道がブランデンブルク門の西の畔を南北に通っている以上、明らかにブランデンブルク門の西の門外、即ち、作中の虚構空間に聳える「凱旋塔の神女の像」が、一旦は自分を裏切った男としての豊太郎を高空から冷然と見下している筈の場所なのですね。その後、太田は、ウンテル・デン・リンデンを経て、もう一人の女神エリスの下に帰り着くのですが、裏切られた女神エリスの敗残の姿は、路上から空中高く聳える「烱然たる一星の灯」として次のように豊太郎によって先取りされています。

四階の屋根裏には、エリスはまだ寝ねずと覚ぼしく、烱然たる一星の火、暗き空にすかせば、明かに見ゆるが、降りしきる鷺の如き雪片に、乍ち掩はれ、乍ちまた顕れて、風に弄ばるゝに似たり。

既に、指摘があるようにエリスに鳥のイメージがつきまとい（例えば「明治廿一年の冬」の年次設定に続く「飢ゑ凍えし雀の落ちて死にたる」イメージは、彼女に近づく不吉な運命の予兆です）、彼女が「常ならず軽き、掌上の舞をもなしえつべき少女」でなければならなかった所以も、高処に棲む女神のイメージの隠喩的強調と云う意図に発していたことが自然に諒解されてくる訳ですが、先にも述べたような、この二人の女神の対立図式の殆んど幾何学的な迄の空間的契合性は、私達の想念を再び作品「舞姫」における都市空間把握に示された遠近法をめぐる虚構の問題に回帰せしめねばやまない所以のものと云い得るでしょう。

ところで、私は今迄作品「舞姫」における遠近法の虚構化という問題に絞って話を進めさせて頂いたつもりなのですが、それが何時の間にか二人の女神の対立という作品主題の中核に迄及ぶことになってしまったのは、作者鷗外における遠近法をめぐる虚構の問題が、作品の主題と有機的につながっている事態を予想せしめることは云う迄もなく、それは抑も〈小説〉という表現形態に対する鷗外の私かな自己決定のありかを示す重要な符牒にもなっているると見ることができるのではないかと思います。

鷗外における〈小説〉概念の生成過程については、既に磯貝英夫さんや小堀桂一郎さんを始めとする数多の先行研究がある訳ですが、ここでは、とりあえず、「舞姫」執筆以前の次のような鷗外自身の発言の裡に、既に〈小説〉というジャンルに留まらず、〈芸術〉一般に対する彼の明瞭な論理的自己決定の位相が示されている、ということに注目したいと思います。

「空想」ノ「美」ヲ得ルヤ「自然」ヨリス　然レドモ「自然」ノ儘ニ「自然」ヲ「精神」中ニ写シタルモノニ非ズ「自然」ニ付帯セル多少ノ塵埃ヲ「想」火ニテ焚キ尽シテ能ク「美」ヲ成セシナリ「美」既ニ「空想」中ニ成レリ廼チ将ニ我軀ヲ還セト叫バントス之ヲシテ其軀ヲ得セシムルモノハ則チ「美術」ナリ（略）然バ則チ美術ハ「製造」ス「美」、「自然」ニ殊ナルハ恰モ「製造」ニ在リテ之ヲ「点化《トランス・ズブスタンチアチオン》」ト謂フ彼ノ「自然」ヲ「模倣」スルノ徒ノ得テ知ル所ニ非ザルナリ（「「文学ト自然」ヲ読ム」『国民之友』明22・5）

右文中、「空想」の語が、「ファンタジー」と読まれるべきことは、引用文の前にあるこの語へのルビによって明らかです。更に文中に示される「点化」の概念をめぐっては、夙に清水茂氏「「エリス」像への一視覚——「点化」（トランスズブスタンチアチオン）の問題に関連して——」（『日本近代文学』第一三集、昭45・10）のように、エリス像に関わってのこの概念の「深浅、その真実味」を批判的に問題視した著名な論文もある訳ですが、私は寧ろ、遠近法の虚構化に迄及ぶものとしての「点化」の概念の作品「舞姫」における徹底的な首尾貫徹性をこそ重視したい。つまり、作品「舞姫」は、フランスの自然主義文学者ゾラのような写実的な方向でのエリス像—そこでは最早「点化」の方法概念自体が解体、無化される筈です—のあるべき可能性を十分承知しつつ、そのような写実主義・模写主義への先駆的にして自覚的なアンチ・テーゼとして実作化されたわが国最初の近代小説であり、ヒロイン、エリスの純潔美こそ、そのようなアンチ・テーゼのモチーフの中核をなす必須の芸術的一要素に他ならないと解釈すべきではないかと思うのです。

そこで私は作品「舞姫」における虚構の遠近法の問題を、鷗外の明治二十二年来の評論活動に示される文学や芸術をめぐる「想」と「実」の関係をめぐる考察、いわゆる「想実論」の流れに棹さす鷗外固有の態度決定に立脚した、「実」の遠近法空間に対する「想」の遠近法空間の自覚的な対置であったと見ること――ひいては「実」の文学に対する「想」の文学の対置であったと見ることの有効性をここに主張したいのです。

一体、「舞姫」という作品をめぐっては、それが日本近代文学史上、二葉亭四迷「浮雲」と並ぶ、小説としての始発点であることにおいては諸説一致しつつも、単にリアリズムという曖昧な規定が冠せられるだけで、具体的な概念分析が施されてはこなかったと云う研究史的事実がある訳です。しかし、以上見てきたような遠近法空間の虚構的再構築は、「舞姫」が決して「写実」や「模写」の文学ではないことを示しています。評論「「文学ト自然」ヲ読ム」で言うごとく、「自然」即ち「現実」に「付帯セル多少ノ塵埃ヲ「想」火ニテ焚キ尽シテ能ク「美」ヲ成セシ」、「製造」即ち「創造」としての小説であった訳です。そして私は、作品「舞姫」をめぐる鷗外のこのような虚構的にして空間論的な態度決定のあり方の裡に、やがて『小説神髄』の著者にして「模写」文学の提唱者、坪内逍遙との間で交わされることになる彼《か》の〈理想・没理想論争〉（明24～25）に向けた鷗外の文学概念の形成過程、即ち「想」の文学概念の明瞭な成熟過程を重ね合わせることが出来るのではないかと思います。そこに又、遠近法という空間概念に立脚した作品「舞姫」の芸術的固有性の問題のみならず、来るべき写実や「模写」の文学の時代を先取りした作家鷗外固有の闘い、即ち伝統と革新の劇もあったと云うべきではないでしょうか。

※なお（図1）（図2）は、共に『週刊朝日百科　世界の美術』一二七巻「浮世絵II」（朝日新聞社、昭55・8・31）

の図版に拠る。（図4）は、Boehm, Lieut 製作、Carl Jättnig 刻版「GRUNDRISS VON BERLIN mit nächster Umgegend. 1850.」（Verlag von D. Reimer〈Wilhelms Str. 75.〉刊、Walter de Gruyter & Co. 翻刻、一九六二）に拠る。なお、この図は「舞姫」の作中時間を三十八年遡るものであるが、この間ベルリン市街並びに主要建造物の位置に殆ど変化が見られない――尤も、ジーゲスゾイレなどまだ建造されていないものもあるが――ので、空間考証上差し支えないものとして使用していることを諒とされたい。

［付記］　本発表の内容の構想は長きに亘ったが、その間、ベルリン市街図については庄司達也氏、ジーゲスゾイレの移動については千金楽健氏、「「文学ト自然」ヲ読ム」については、小川康子氏（以上、時系列に従う）から、それぞれ、資料提供及び示唆を受けた。記して深い謝意を表する。

『於母影』の評価

西洋詩の翻訳は可能か

S・S・S・同人訳『於母影』（『国民之友』明22・8）発表後、最初の反響は、依田学海「夏期付録の評言」（『国民之友』明22・9）であった。〈歌は歌の妙味あり詩は詩の佳境あり日本西洋支那ともに各その趣味同しからす（略）文章は趣向の良否を主として字句はその末なれとも支那の文と日本の文とは趣異れるもてこれを訳して漢文を和文とし和文を漢文とするときは忽ちその妙を失へり（略）詩歌に至りてその趣向は平凡なるも字句と音調によりて許多の妙味を生するものなれは彼此《ひし》互に訳したるものは各その趣味を見るによしなく労して功なきものといふへし〉という立場に立つもので、要は〈洋詩を漢詩国歌に訳するは無益の労と思へり又詩を歌に訳し歌を詩に訳すも亦同しされと聖賢の語を採りて歌の意に採り用ひ国朝の故事を詩に作るはこの限にあらす〉という明確な洋（漢）詩邦訳否定論であった。それなりに首尾一貫した学海の訳詩否定論は、所詮西洋詩移入を至上命題とするS・S・S・同人の姿勢とは相ふれぬ批評であったことは事実だが、原理的には今日もなお克服され尽したとは言えぬ本質的な問題を秘めていることも否定できない。ともあれ、S・S・S・の署名のもとに『志がらみ草紙』第四号（明23・1）に掲げられた鷗外「明治二十二年批評家の詩眼」における訳詩論（後、「俤に就きて」と題し『月草』に収録）は、学界の立論への理論的回答であった。ここにおいて訳詩否定論に対する鷗外の反駁の根拠は、詩の「情（想）」「文（形）」両面における「美」の普遍性の主張であったと言って過言ではない。

〈想は千古に亘り万邦に通じて変更なし、古言にて出さんも今語にて出さんも鳥跡の字に写さんも郭索の文に写さんも、一想は永く是れ一想なり、此想自身に於て美不美は既に存ぜり、其乍《たちま》ち千古の絶調となり乍ち悪詩となるは工拙《こうせつ》の相異なるのみ夫れ詩を訳して情文兼ね至ることを得バこれに優ることあるべからず若し又た情（想）のみを得てこれを伝ふるものあらば文ハ未だ至らずとも一国の文学界に他方の趣味を輸入する功あるべし又た文（形）のみを得てこれを伝ふるものあらば情は未だ達せずとも一国の句法、韻式を他国に輸入する功あるべし独逸の趣味を輸入して文章驟かに興りしは魯西亜にあらずや、「アレキサンドリーネル」調を輸入して詩風大に革まりしは北欧諸邦にあらずや〉（傍点原文）。

このような立場から『於母影』の意味は次のように説かれる。

〈其本意は聊かまた新趣味新詩想を以て我文学界を富まん《ママ》とするに在りき而れども彼《かの》字句、平仄《ひょうそく》、韻法さへ流石にこれを抛棄せず、その根を托し芽を萌さむは覚束なしとは思ひ乍らも移植の労をバ辞せざりしなり〉（原文、全文に〇印）。

即ち『於母影』の訳業が「美想」の移植を眼目としつつ、「形美」（フォルメン、ショーンハイト）の移植にも留意したことへの言及である。「意」訳（従原作之意義者）、「句」訳（従原作之意義及字句者）、「韻」訳（従原作之意義及韻法者)、「調」訳(従原作之意義字句及平仄韻法者)の四訳法にこめられた苦心への自負がここに窺える。鷗外は、このような「字句、平仄、韻法」の翻訳への努力について、当初『於母影』の「緒言」として吐露しようとしたが、〈思ひかへすよしありて〉これをドイツ語に写し『東漸新志』に掲げ、次の一文を結語としたという。

〈こゝにてハ唯だいはむ、吾党が西詩の格調方式を其儘に東に移すことの決して為し得べからざることにあらざるを示したるを又た吾党が訳詩の法に依りて独り西詩の意思世界と情感世界との美のみならず又た西詩の外形の美をも邦人に示し得んかと望めるを〉(原文、全文に○印)。

『於母影』の影響

学界評に見られる『於母影』の訳業へのほぼ全面的な否定は、実は例外中の例外で、その芸術的完成度の高い訳詩が、『新体詩抄』以下の試みとは全く次元の異なる強度で圧倒的な影響を日本近代詩史の上に与え、その進路を一変して了ったことは、今日否定し難い事実である。たとえば島崎藤村は『春』第五章において透谷を始めとする『文学界』同人達の「オフエリヤの歌」への感激を伝え、岩野泡鳴は「新体詩の初期」(『文章世界』明40・9)において当時のバイロン熱と『於母影』との暗合に言及しつつ、当代青年への「一種の厭世思想」鼓吹の一例として、「オフエリヤの歌」を口ずさみつつ狂人となった一少女の逸話を挙げている。「マンフレット一節」に示された内観的傾向や自意識の苦悶が透谷『蓬萊曲』に及ぼした影響は、周知の事実であろう。

『於母影』の材源と史的意義についての最も早い包括的な研究の一つである島田謹二「S、S、Sの『於母影』」(『翻訳文学』昭26、至文堂)は、『於母影』の詩想を①一九世紀風なロマンチズムの風潮(「あるとき」「わが星」「月光」

「笛の音」「わかれかね」「花薔薇」「オフエリヤの歌」)、②生の神秘に対するあくがれや苦悶を歌う厭世観《ペシミズム》(「マンフレット」二曲、「あしの曲」)、③一種の郷愁の新様式(「ミニヨンの歌」)の三種に分類し、それぞれの『抒情詩』(明30)の同人(湖処子・花袋・国男)、『文学界』派(透谷・藤村)、三〇年代における泣菫・有明・清白・泡鳴・敏らへの影響を指摘し、さらにその次代へ及ぼした形態的意義を〈七五の優美調、婉雅調、八・六、八・七の哀婉調などの定形律が、『若菜集』その他、殆んど全部の日本新詩のモデルとなったこと〉、〈十音二単位一行二十音の試体が後の自由律の一先蹤となったこと〉、〈平明にして雅趣あるその用語が、特にこれといって指摘することが出来ないくらい、明治二十年代三十年代の新詩壇に普遍的な流通を結果したこと〉の三項に分けている。日夏耿之介『明治大正詩史』上(新潮社、昭4・1)における〈この詩薈を今迄の詩集に比べると卒然として時代が一変した観がある。新らしい悲哀をもたらし新らしい悒鬱《ゆううつ》を導き入れ、新らしい歓喜を吹き込んで、荒燥粗雑な日本青年の小汚ない足を近代詩壇の燦然《さんぜん》たる一室に追ひ入れたのはこの詩叢の功績である〉という評言を引く迄もなく、『於母影』は、日本近代詩の偉大な先導者としての役割を遺憾なく達成したことは否定できない。

近代詩の出発点

『於母影』が近代詩史に与えた圧倒的影響力については衆目の一致して認めるところだとしても、日本近代詩の出発点と『於母影』との関わり方を如何に捉えるかという問題設定においては、ことは必ずしも単純ではない。創作詩と翻訳詩との別を論外におくとしても、これには大別して三つの立場がある。第一は、国文学者岩城準太郎『明治文学史』(明39・12、育英舎)に発する見解で、明治一五年の『新体詩抄』に近代詩の出発点を見るもので、今日の定説的立場は、この延長上にあると言えるだろう。第二は、藤村『若菜集』(明30)に置く立場である。高田瑞穂「「於母影」前後」（『成城文芸』昭33・6）は、『新体詩抄』の史的位置の重さを認めつつ、訳者と新体詩との関わりにおける〈内的関連の完全な欠如〉を指摘、『於母影』については、その〈詩的到達点の高さ、その影響力の偉大さ〉を認めつつも、詩の世界が〈決して鷗外の全貌を示すものとはなり得なかった〉こと、彼が〈明治の詩人として、浪漫的抒情の中に生を賭した人ではなかった〉ことを指摘、『若菜集』に至って初めて〈詩人の運命が自覚された〉と見ているのは、その代表的な立場と言えようか。以上のような両極の見解の間にあって、日本近代詩の創立を他ならぬ『於母影』のうちに認めようとする立場を積極的に打ち出したのは、佐藤春夫「新体詩小史――『近代日本文学の展望』第二章」（『三田文学』昭24・10）である。佐藤は『於母影』における訳詩の選択、訳法にふれつつ、それが〈単に訳詩集を目的にしたのではなく、我が国に新体の詩歌を興さうとする目的のための教科書編纂を旨としてゐた事が明瞭である〉とし、さらに〈初期の新体詩壇が『於母影』の出現以来急激に活気を帯びて来てゐるといふこの事実に鑑みて新詩の教科書といふ目的で編纂された『於母影』は完全にその目的を達成した。『新体詩抄』がしやうとして遂げる事の出来なかつた新体詩の創設は『於母影』によつてここにはじめて成功したと自分は見るのである。（略）普通今までの見解によると、新体詩の成立は明治三十年八月島崎藤村の『若菜集』の出版の時と見てゐるか、十五年八月の『新体詩抄』と見るかで、二十二年八月の『於母影』の史的意義と詩的価値とを知る人のなかつたのは、一知半解も甚だしいと思ふ〉と述べた。

通説的立場への批判として提出された佐藤の『於母影』評価は、『於母影』の訳法の実態を完璧に洗い上げ、そこに新たなる「詩学」の樹立を見る小堀桂一郎の長論「『於母影』の詩学」（『比較文学研究』昭49・3）において継承された。小堀は、神田孝夫「詩における伝統的なるもの――異説・『新体詩抄』の詩史的位置――」（『講座比較文学』2、昭48・7、東京大学出版会）における近代詩史上における『新体詩抄』の影響に対する完全な否定論を援用しつつ、『於母影』の四訳法を分析、その近代詩史への影響を明らかにした上で〈ここで敢て皮肉に『新体詩抄』の凡例の辞句を借りて言へば、「詩ニアラズ、歌ニアラズ」「泰西ノ「ポエトリー」ト云フ語即チ歌ト詩トヲ総称スルノ名ニ当ツル」物の創出にこそ新声社同人達の苦心は存し、かつこの集が当時の多くの所謂「新体詩」と決定的に評価を隔絶してしまふ、新しき詩学の樹立であったことの所以が見られるわけである〉と論じた。『於母影』の「詩学」への重視が、『新体詩抄』における新体詩創出へのモチーフに見られる目的意識の意味迄を否定してしまう傾きがあるのは気がかりであるが、『新体詩抄』と『於母影』との関わり方には、看過できぬ別種の問題もある。

『於母影』の功罪

近代詩の出発点をどこに置くかはともかく、『於母影』が〈格法の自由（略）言語の豊富、語格の近様〉（井上哲次郎「新体詩論」『帝国文学』明30・1〜2）という『新体詩抄』の出発点から、一歩後退した地点において、その美的達成を実現しえたことは否定しえない。前出佐藤説は、西洋の詩と日本の詩との範囲の広狭にふれつつ〈鷗外が国文学者と共訳した事の用意が少し行き過ぎであつたかと思へるふし〉を主として用語の面に求め、次のように述べている。〈鷗外が信頼した専門家たちも、専門家であるがために甚だ巧妙に、といふのは結局どこまでも日本風に洗練された語感によつて日本風の詩趣に富んだ語彙によつて西洋の詩を見事に手際よく処理して人々によく納得させた。（略）人々が納得したものは果して西洋の詩想であつたらうか。最も新奇な日本の詩的語彙に過ぎなかつたのではあるまいか。（略）所謂星菫派と呼ばれた新体詩の発達を見るに及んで、事の志と違つたのを見て慊焉《けんえん》たらぬ者は決して最初の企画者ばかりではなかつた〉。吉田精一「新体詩から初期浪漫主義」（『日本の近代詩』昭42・12、読売新聞社）「解説」（『日本近代文学大系』52『明治大正訳詩集』角川書店、昭46・8）が又、『於母影』における〈用語の古典性〉に『新体詩抄』からの〈後退〉〈逆行〉を認め、それが以後の近代詩展開における詩風の高踏化をもたらし、明治三〇年代の「擬古詩人たちの、情熱なく修辞のみ目立つ悪しき詩風を産む一因をなした」上に、現代に迄及ぶ詩の一般民衆からの乖離という現象を産むに至った所以であることを指摘したのも又、佐藤説の延長上に位置づけられよう。

翻訳と創作の間

以上の如き『於母影』の評価にまつわる幾つかの論点と同時に、『於母影』の正確な文学史的位置づけのために無視されてならないのは、『於母影』の訳者、特に鷗外の原詩に対する主体的摂取――その所産としての〈原詩離れ〉の問題である。たとえば矢野峰人『新訂『文学界』と西洋文学』（学友社、昭45・9）が指摘する「オフエリヤの歌」の原詩（俗謡）離れの問題にしても、氏が説かれるように〈この邦訳が、斯うした境地を十分理解した上で為されて居るとは考えられず、またその措辞も古謡の面影を伝えるものとしては高雅優婉に過ぎる〉が、〈そうした原作の羈絆《きはん》から放たれて独立した詩として見るならば、其処に点出された景物は斬新奇異に、対話のつたえる内容は悲韻哀音に満ちたものとして、読む人の胸を打たずにはおかない〉と言い得るのである。このような生産的な〈誤解〉の観点から見るならば、最近、「花薔薇」の七五調律の内面的屈折に近代詩としての〈心意の微妙なゆらぎ〉を見つつ、「マンフレット一節」における著しい原詩への誤解、離れを批判した小川和夫「「於母影」からの二三の感想」（『成蹊大学文学部紀要』昭51・2）の所説にも又、別途の視角が必要とされるのではないか。即ち、マンフレットは〈「時計の如くひまなくうちさわぐ」胸をこそ欲しているのであって、うちさわぐ胸によって苦しめられているのではない〉、〈「わがふさぎし眼はうちにむかひてあけり」の一行も、それによって「自分がまどろんで眼を閉じるといっても、それは内なるものを見るためなのだ」という原義にある、のっぴきならぬ主人公の苦しみを想像させることは困難であろう〉という批判の正当性をそれとして肯定しつつ、なおかつそのような原詩離れや〈誤解〉の芸術的定着化のうちにこそ、明治二〇年代初頭の日本的現実を生きる知識人の鬱屈した自我の表現がこめられているとも見られ、そこに日本的現実との関わりにおける鷗外訳の芸術的リアリティが確固として存在することを無視することはできない。「オフエリヤの歌」や「マンフレット一節」に象徴される『於母影』の詩的世界には、明治一〇年代から二〇年代にかけての啓蒙主義的世界像の崩壊を踏まえた新たな内面認識と、外界から自立した美的世界の確立を望む内発的モチーフがこめられていた、と言えようか。その意味では『於母影』は措辞の上で『新体詩抄』の地点より後退しつつ、確実に何ものかを獲得したことを否定し難い。日本の近代詩が『於母影』から美的高踏性のみを学んだとすれば、少なくとも彼らは『於母影』の叙情や内面への暗い凝視にこめられた訳者たちの内発的モチーフの本質的な何かを取り落すことによってであったというのは酷であろうか。

〈書評〉嘉部嘉隆編『森鷗外「舞姫」諸本研究と校本』

この数年、その刊行が待望されていた嘉部嘉隆・檀原みすず両氏による共同研究『森鷗外「舞姫」諸本研究と校本』（桜楓社、昭63・1）がついに完成、刊行された。鷗外研究においてのみならず、日本近代文学研究における新たな一頁を開くものとして、第一に祝意と快哉とを呈したい。

嘉部氏は、この七、八年来、「舞姫」を開講するに際し、最初に次のような内容のせりふを繰り返してきたと言う。即ち「今年度中には「舞姫」に関するすべての説を整理した上で、諸説集成とも言うべき注釈書を出す予定である。これ一冊があれば、私の講義の受講者にとっても、世の「舞姫」に関心を持つ、すべての人々にとっても大変便利になるであろう。乞う御期待！」（「あとがき」）と。即ち本書は「舞姫」研究においてのみならず、広くは近代文学研究の分野における、最初の、少くとも先駆的な文献学的に十分信頼するに足る本文批判の達成であると同時に、著者の根本目標である「舞姫」諸説集成に向けての研究の第一段階の突破でもあるのだ。本書の完成により著者の中心目標である諸説集成の完成も、確実に日程の中に組み込まれつつあるのであり、両者を合せて「舞姫」研究への画期的な基礎的作業の全貌が我々の前に立ち現われる日は真近いと言えよう。

それにしても嘉部氏の前著『森鷗外——初期文芸評論の論理と方法——』（桜楓社、昭55・9）が、すべての予断を排して対象を直視し、肉眼で資料にあたるところから研究を開始するという研究者の初心に徹することで、偶像化のベールを剝し、数々の新見を打ち出しえたと同じく、本書もまた「舞姫」研究史の試みから底本の確定のための本文批判へ、さらにその基盤としての七稿体（この「七」の数にも発見が含まれている訳だが）すべてについて「少くとも二冊以上入手している」（「あとがき」）という徹底的な現物実見主義（にとどまらぬ原物入手主義）を通じて、従来の研究が見逃してきた画期的な数々の新見を打ち出しえているのである。

「あとがき」が明瞭に示しているように、本書は嘉部氏固有の問題意識に発し、その指導のもとに意欲的な数々の論文を発表しつつある檀原氏との共同作業として結実した訳だが、それぞれ個性的な師と弟子との緊張関係に充ちた切磋琢磨の姿を私たちは厳密にして細心な「執筆者分担表」のうちにも垣間見ることを許されている。各項に付された「執筆」、「執筆」「補」、「執筆」「改稿」、「原案・補」「執筆」、「編」「補」などの厳密な分担の明示に、煩しさより逆に、旧来の師弟の「共著」なるものにまつわる不透明さを払拭した新時代の爽かさを感じさせられるのは私一人ではないだろう。ともあれ、本書の作業の正確さと厳密さ、それを貫ぬく対象の本質へ肉迫しようとする論理の網の目の緻密さや、数々の新発見には、個人の孤独な密室の営みには望めない共同研究・共同討議なるものに特有の緊張関係がプラスに作用し、与って力があった、と高く評価しうる筈である。

＊

さて本書は「本文研究篇」（二一五頁）「資料篇」（二二〇頁）「あとがき」（八頁）より成る。「本文研究篇」は「はしがき」「『舞姫』諸本文書誌解題」「広本選定の理由」「分節の立て方」「本文研究の問題点」「本文改稿過程の検討」「諸本の系統」「漢字の読み方に関する諸問題」の七章より成る。このうち「本文改稿過程の検討」は、本書の中心部たるべきもので「鷗外自筆草稿」「国民之友」「国民小説」「美奈和集」「改訂水沫集」「塵泥」「縮刷水沫集」「改稿過程における統一意識の問題点」の八項目から成っている。一方、資料篇は「凡例」「校異」（六五頁）「「舞姫」諸本文影印」（二一九頁）から成り、「「舞姫」諸本文影印」には「自筆草稿」「国民之友」「国民小説」「美奈和集（初版)」「塵泥」五稿体の各「舞姫」影印を収める。「校異」の底本に「影印」に収めなかった『縮刷水沫集』本文を採り、『改訂水沫集』は最も相異点の少い本文なので「本文改稿過程の検討」の「改訂水沫集」の項を以て補うこととしている。従って実質的には本書で検討の対象とした七稿体は、ほぼ完璧に収録されていると言えよう。即ち本書は「本文研究篇」において改稿過程の検討を行って底本を確定することに努めるかたわら、「資料篇」によって「本文研究篇」の分析を裏づけるとともに、本文研究の基礎たるべき資料集としての意味を併せ持たせたことになる。ゆえに、本書の刊行によって齎される今後の研究上の利便は図り知れないものがある、と言えよう。

　以下、主として「本文研究篇」の各章各項の概容に触れながら私感を挿んでみたい。「「舞姫」諸本文書誌解題」で著者は(以下著者の単複に拘わらず「著者」と称する——小泉)、長谷川泉氏「「舞姫」の顕匿」(『続・森鷗外論考』)に倣い(但し、長谷川氏のあげる二葉亭訳露文「踊り子」は邦文が併載されていないようなので省き、逆に『縮刷版水沫集』(異装本)『水沫集上巻』(春陽堂文庫)の二冊を加える)、岩波版全集が刊行される迄の「舞姫」本文十八種を掲げ、掃葉翁神代種亮・内田魯庵等の書誌的先行文献をも視野におきつつ、それぞれについての詳細な解説を加えているが、この章の意図は「以上、主として「舞姫」本文の問題を中心に、岩波版全集が刊行されるまで、換言すれば『塵泥』本文が定着されるまでに、どのような経過が見られるかを、順を追ってたどってみた」という結びの一文に明らかである。即ち岩波版全集「舞姫」本文の底本たる『塵泥』本文の底本としての適格性に対する批判的問いかけこそは、本章のみならず本書全体を貫ぬく根本的主題であり、先走って言えば『塵泥』本文の排除、『縮刷水沫集』本文の底本としての採用にこそ、本書の全幅をおおう戦略的目標が存在するのである。そして、上記二つの本文の性格と相俟って、著者のいわゆる水沫集系本文に鷗外の真の文体を見ようとする本書の主張の背景に、私は著者の鋭い反権威主義的在野精神の鋒《ほこさき》の存在を確実に感じとりうるのである。

　続く「底本選定の理由」は、「解題」の姿勢を一歩進め、本書の底本として前出水沫集系本文の最終到達点たる

『縮刷水沫集』「舞姫」本文を採用した理由を具体的に明かしている。即ち①『縮刷水沫集』が「鷗外生存中の最終版である」ことと②岩波版全集底本の決定にあたり「『塵泥』における改稿の過大視と、逆に（略）『縮刷水沫集』の軽視、ならびに諸本の調査不足」③『縮刷水沫集』への鷗外の力の入れ方④加筆訂正の量的比較において『塵泥』におけるより『美奈和集』収録時の方が大きく「本文の異同の根本的なところ」は、後者において決ったと言うことができ、「「舞姫」諸本の中では『美奈和集』系本文（先の「水沫集系」に同じ――小泉）が主流になっていると考えられる」こと⑤『縮刷水沫集』と『塵泥』の売れ方⑥岩波版全集以前の底本は、すべて『縮刷水沫集』であったこと⑦『縮刷水沫集』の改訂が『塵泥』でなく『改訂水沫集』を底本としていること⑧『塵泥』を底本とすべしとする、七松庵（神代種亮）「鷗外舞姫異本考略」が『縮刷水沫集』を底本として採用した鷗外全集刊行会版『鷗外全集』（普及版）付録「月報」（二号）に掲載されていることは、七松庵の主張が打ち消されていることになると考えられることなどが、その具体的理由としてあげられている。これらは後出「本文改稿過程の検討」中「塵泥」「縮刷水沫集」の項目において再びくり返され、本書の主張の論理的基盤たるべきものである。

次いで「分節の立て方」は、岩波版全集本文（第二次）を基準とする阿達義雄氏「森鷗外『舞姫』の改訂とその意義」の論においての六八節の区分を出発点として諸本を比較検討した結果、新たに『塵泥』および水沫集系を七七節、初出系（「草稿」「国民之友」「国民小説」）を七八節に区分、確定したもので、客観的な本書の討究のうちでも最も信頼するに足る確実な業績の一つであろう。続く「本文研究の問題点」は、七松庵前出「略考」、小島政二郎「鷗外先生略伝」、岩波版第一次全集第二巻「月報」、同「後記」、浅井清・越智治雄氏「『舞姫』」、長谷川泉氏「草稿」複製「解説」、阿達氏前出論、小堀桂一郎氏「『舞姫』論」など本文研究上の先行文献の到達点と限界とを確定した批判的討究であるが、ほぼ完璧と言いうる自らの本文研究の到達点もしくは手続きを前提としての立論であるため、間々、先行諸説の限界をつく批判には峻厳の評のあてはまる場合がある（例えば、小堀氏論の批判におけるように）。しかし思うに、その峻厳さは手続きの省略を許されぬ本文批判という学それ自体の持つ峻厳さに外ならないのである。それにしても検証の欠落を表現で彌縫して恬然たる権威主義的心性は断罪されて当然だろう。すでに著者も言うように（「あとがき」）、「ここまでが、いわば研究篇の前半」で、次の「本文改稿過程の検討」は「原稿から『縮刷水沫集』にいたる、本文改訂の問題を取り上げた研究篇の中心部」に外ならないことは、本稿でも先に述べたところである。そしてこの「中心部」は、確かに「執筆が長期にわたったため、引用例の長さ、異同の表示などに一部不統一が生じた上に、多少の重複があり、できるだけ統一を心がけたものの多少読みにくくなっているかもしれない」と「はしがき」で言う懸念の当っている面もあるが、分析の細心、目配りの周到の上に、表現の改訂をめぐる典拠の出現という画期的な展開もあって圧巻と言えよう。採り上げられている本文は七稿体であるが、ここでは、もっとも問題の多い「自筆草稿」「美奈和集」「塵泥」「縮刷水沫集」の四項目について概観したい。

先にも記したように、これら四稿体をめぐる著者の分析は細心かつ周到であり、厳密をきわめている。このことは「鷗外自筆草稿」の項における前半の「特に問題になりそうな部分」「やや書き直しの多い部分」、後半の「多少書きかえに意味のある部分」についての分析の大半にあてはまる。総じていわゆる「低度批判」の領域において本書の作業には間然するところがない、と言っても決して過言ではなく本書の普遍的価値はそこにある。しかし、本書においては、著者の戦略的目標に裏打ちされて「低度批判」は容易に「高度批判」に接続、転用されうるのであり、ここに至れば研究主体の相違による表現解釈の断層も亦、浮び上るのは自然であろう。たとえば「特に問題になりそうな部分」における「⑩余は我〔性質〕身の今の世に雄飛すべき政治家、〔能〕善く法典を諳んじて獄を断する法律家など《と》なるに宜しからぬを發明したり《と思ひぬ》（何ぞ況や刀筆の吏〔をや〕となるをや）」の部分における、豊太郎がベルリンの大学での「最初の講義の撰択に「政治学」「政治科となるべき特科」を選ぼうとしたことは、某省から独立すべき意図を秘めている」と見、「某省にとっては、せっかく留学させた吏員が、省を離れて独立することは好ましいことではあるまい。とすれば作者が豊太郎をして「政治学」を修めようとし「政治家となるべき特科」を求めさせたことは、この作品に則して読む限り矛盾しているということになる」と論じるのは、私のように豊太郎は元来「刀筆の吏」に甘んじる気持はなく「今の世に雄飛すべき政治家」「〔能〕善く法典を諳んじて獄を断する法律家」たらんとする青雲の志を持つ典型的な明治の立身出世型の青年像として造型されていると見る者からは、首をかしげざるをえない論理に思われる。

このような青年像においては「某省から独立すべき意図を秘めている」ことは不自然ではないし、そのことと官長の覚えがめでたかったこととは決して矛盾しない筈である。このような例もあるものの後半の「名詞の変更」、「助詞・助動詞を主とする改訂」を含めて肯綮に当る分析が多く、とりわけ前半の分析中における「一人称視点」による統一もしくは破綻という視点は成功しており、又後半の助動詞「たり」の「ぬ」への変更（五例）に注目しての「これが「舞姫」本来の文体ではないか」という問題提起は、助動詞「つ」の多用の目立つ『塵泥』本文への反措定という本書の一貫した主張への戦略的布石として周到であろう。

「自筆草稿」の分析に示された「低度批判」と「高度批判」との相関関係が、次の『美奈和集』冒頭においての「一節の削除」の項に、いっそう拡大再生産されることになるのは、事柄の性質上、当然であろう。削除の意図をめぐる「学識、才幹人に勝れたりと思ふ所もなき身の行末」云々の叙述が「選りすぐられたエリート」としての豊太郎の人物造型を「後退させ、矛盾が生じる」との指摘は、すぐれて高度批判的なるものだが、いまだ研究史の全幅をおおい、その蓄積に拮抗しうる立言か否かは軽々に判じ難い。ともあれ、この章は他に「作品の内容に関する変更」「文章表現に関する変更」「用語の変更」「語法の変更」「送りがなの変更」「漢字の用字変更」「かなの用字変更」「外来語表記の変更」「漢字からかなへの変更」「かなから漢字への変更」「表現の形式の変更」「誤植の訂正」「誤植の受け継ぎ」「誤植」の十四の検討項目を持ち、これだけでも検討の徹底ぶりに圧倒されるのであるが、さらにその上に、助動詞（「つ」「ぬ」）の用法をめぐる典拠としての大槻文彦「語法指南」（『言海』）、送り仮名をめぐる典拠としての官報局編『送仮名法』の発見（「あとがき」によれば、前者は檀原氏の着想・嘉部氏の指示、後者は嘉部氏の着想・発見に拠る）に至り、画期的でスリリングな事実追求の醍醐味を味わわせられるのである。

かくして本項のまとめにおいて著者も言うように『美奈和集』での鷗外の改訂意識について「内容面では作品の完成度を高め」、「表現効果の面から文をより緊密により明確にするために推敲された」ことを明らかとし、「語法の面において国語学的見地からの解釈が可能とな」り、「送り仮名法についても改訂の方針を明確にすることが出来た」ことは、本項の大きな手柄であり、従来の本文研究を飛躍的に前進せしめたものと言えよう。

「最も手こずったのは／**塵泥**／である。檀原がよりよいものを書こうと意気込み過ぎたため、かえって自縄自縛に陥ったという感もある。結局、私が山田文法との関連を示唆し、やっと出来上ったのであるが」云々とは嘉部氏（「あとがき」）の弁であるが、既に再三言及したように今日の「舞姫」研究が拠り所とする岩波版全集の塵泥系本文を否定し、『縮刷水沫集』本文を採用することの正しさを論証せんとする本書の根本的趣旨からしても『塵泥』の検討には最も細心な注意が求められたであろう。そして事実、ここでも画期の前進と発見が見られるのであり、たとえば「助動詞の変更」の項で過去・完了の助動詞（「き」「けり」「つ」「ぬ」「たり」「り」）をめぐる著しい改変に着眼し、さまざまな角度からの周到な分析を踏まえて「『塵泥』における過去・完了の助動詞の書き換えは、それぞれの意味用法が識別され使い分けられたところに、従来の鷗外の語法意識とは違う新たな規範の下に改訂された（略）」と見、そのような「鷗外の語法意識の変革」の典拠として山田孝雄『日本文法論』（明41・9）を想定、『塵泥』改訂時の語法とのつき合わせにより、少なからぬ一致点のあることを証明、「鷗外は山田説を参照し『塵泥』改訂の際に拠るべき規準としたのではないか」と結論づけたことは、他方で与謝野晶子『新訳源氏物語』への鷗外の序文（明45・1）を拠りどころとして鷗外の中古語法への再認識を想定、『源氏物語』文体の『塵泥』への影響という視点を打ち出したことと相俟って本項の読みどころと言えよう。

したがって本項のまとめにおいて『塵泥』での「舞姫」の改訂に「語法面および語彙面における極めて中古的な特徴」が認められるとするのは自然なのだが、さらに「改訂内容を吟味してみると、何箇所かはより良く効果的にもなっていた。しかし全体を把握した場合、誤植の多いことも考え合わせて、必ずしも改善されたとばかり言い難い面もある。送り仮名など国語表記を当時の表記法に合せようとした結果、見落し部分が続出し、かえって全体に表記が不統一となっている」とした上で、「要するに、『塵泥』収録の「舞姫」文は、鷗外が当時の文法意識や表記法にならい改訂を試みた文体であって、中古和文に近づけようとしたのが特徴である。「舞姫」の三系統の諸本文中、『塵泥』文は、鷗外の規範意識が最も強く現われた文章であるので、鷗外本来の文章感覚による文体ではないようである。このような特異な性格をもつ『塵泥』文が、鷗外特有の文体と呼べるだろうか」と問題提起してゆくのは必ずしもスラリと呑み込める論理展開とは言えまい。「鷗外本来の文章感覚」とは「草稿」の項目中にさきに出た表現であった（前出）が、その具体相が明確であるとは言えないのが第一。次いで「中古和文に近づけようとしたのが特徴」で「規範意識が最も強く現われた文章」は「鷗外本来の文章感覚による文体ではない（略）」という論理構造そのものへの疑問が第二。「規範意識」というなら『塵泥』を遡ること二十有余年、『於母影』（明22・8）の訳詩ぶりのうちにも、それは既に明らかであろう。そのような「規範意識」は、少くとも鷗外の表現意識における生得のものの一つではなかったか。と言って私は、著者の言う「鷗外本来の文章感覚」を概念的に全く理解しえず、感覚的に触れえないとする者ではない。それを理解した上で（あくまで私なりにであろうが）、言わんとするところがあるのであり、それは『縮刷水沫集』の項の検討と合わせて改めて考えてみたい。（唯、叙述の混乱を冒して言えば『塵泥』本文を否定しようとして著者のあげる理由には、表現に即して内在的なものと外在的なものとの二種があり、明らかに評価軸に混乱・混同がある〈その著しい例は「誤植」の多さや売れ行きの多寡によって本文としての価値が減ずるかのような論じ方である〉。著者の意図はよく分るのだが、苦しいことは苦しい。）

『縮刷水沫集』における「舞姫」本文の重視という本書の姿勢は「『縮刷水沫集』における最も重要な問題は、『改訂水沫集』から『塵泥』へ収録するに当って大幅な改訂を行ないながら、『縮刷水沫集』における本文では、『塵泥』における改訂が、かなり無視されている（略）ということであろう。この問題は「縮刷本たる事其他の理由から深くあやしむべき事ではない」（「校正雑記」）と簡単に片づけてしまうわけにはゆかない。（略）」とする点を第一の出発点としていると言って良いだろう。（その点「『縮刷水沫集』における「舞姫」の本文は、作者鷗外が最後に手を入れた本文」という視座は、むしろ外在的要素とさえ思われる。）この立場から『縮刷水沫集』の項では、①『改訂水沫集』と『縮刷水沫集』との比較②『塵泥』と『縮刷水沫集』とに共通する改訂部分の検討③『改訂水沫集』から『塵泥』に収録するに際して改訂を施しながら、結局は『塵泥』から『縮刷水沫集』に受け継がれず、『塵泥』のみの改訂に終ってしまったものの検討の三段に分けて周到な作業を行ない、①においては「『改訂水沫集』から『縮刷水沫集』への改訂は（略）わずか八六箇所にすぎない。たしかに「『舊版水沫集』を原稿として、それに聊か手を入れられた程度のもの」という外観を呈しているのである。しかしながら、外観だけで判断してもよいものなのかどうか。」とし、②においては二〇例のうち「重要な変更は「パラノイア」一例だけと言っても過言ではあるまい。つまり『縮刷水沫集』は、その基本的姿勢において『改訂水沫集』と隔りはないのである。逆に言えば、『改訂水沫集』から『塵泥』にかけて改訂された一六九箇所のうち、一五六箇所は『縮刷水沫集』において完全に無視されたということになる。」と論じ、③においては、②で無視された一五六箇所の改訂の検討を通じ、「（略）何箇所かは確かに良くなっているとも言える。しかし全体として把握した場合、主観的な問題になってしまうが、誤植の多いこととも考え合せて、必ずしも良くなっているとばかりは言い難い面もある」とした上で、「結局、『塵泥』における改訂の必然性を考えることは、約半年後に『縮刷水沫集』が刊行されていることを考え合わせると、きわめてむつかしい」とするが、これは、むしろ筋が逆ではなかろうか。「改訂の必然性」は『塵泥』の文体の内部からしか証明できないと私は考えるのだが、著者の論理では、「主観的な問題になってしまうが、誤植の多いこととも考え合せて」と二重に自らの論理の弱さを認め、あるいは外在的理由をあげた上で、「約半年後に『縮刷水沫集』が刊行されていること」という、もう一つの外在的理由を決定的な根拠として「改訂の必然性」を否定しているのであるから、『塵泥』の文体の内部からの「改訂の必然性」は遂に否定されてはいないのである。むしろ事態は逆で内部からの「改訂の必然性」は正の方向では「何箇所かは確かに良くなっている」とも言える」と認められ、負の方向では「必ずしも良くなっているとばかりは言い難い面もある」(傍点いずれも稿者)と言う歯切れの悪い否定の仕方であるから、むしろ「改訂の必然性」はその存在を認める方が率直なのではあるまいか、と思うのは、おそらく私一人ではないだろう。

ともあれ、前記三段階の検討の結果、『縮刷水沫集』は殆ど『改訂水沫集』と同一であるためか「『縮刷水沫集』独自の改訂部分」の検討が流されてしまったようであり、おそらくそれに対応して『縮刷水沫集』の項のまとめが、『塵泥』の位置づけにスライドさせられ、『改訂水沫集』から『縮刷水沫集』に至る本文の本来の性格（著者の言う「鷗外本来の文章感覚による文体」に重なろう）が明確に規定されずに終っているのは物足りない。

にもかかわらず、上記①において『改訂水沫集』と『縮刷水沫集』の同質性を、②において『縮刷水沫集』と『塵泥』との断絶性を、③において『塵泥』の孤立性を、各々証明することにより『塵泥』本文の非正統性を立証しようとする著者の意図は、きわめて明快である。しかし、そのような戦略的な意図の裏面には、事態の複雑さを見すえる著者のもう一つの誠実な目が伏在するかのごとくである。即ち③において、それは「主観的な問題になってしまうが」と端なくも自らの論理の限界を告白せざるを得なかったところに露頭し、いっそう端的には、抑も『塵泥』改訂の必然性を否定するために用いられた半年後の『縮刷水沫集』の出現が、本項まとめの部分では、「わずか半年間の間隔で、一頁に対し平均一〇箇所も異なる「舞姫」の本文が二種類印刷刊行されている」という「確かな事実」のもつ説明不可能性への直視として再度とりあげられるところに示されていよう。それはたとえば、この困難な事態をめぐる「『縮刷水沫集』における改訂作業の方が早くから手がけられていたのではないか（略）」とし、「『改訂水沫集』に鷗外が加筆訂正したものを、春陽堂が大正四年のうちに入手しておき、版を組んではおいたものの、何らかの事情で出版が遅れ、そのあと『塵泥』刊行の話が出たために鷗外が大幅に手を加えた本文が、結局は先に出てしまったのではないか（略）」、「このように考える場合、『縮刷水沫集』の版は『塵泥』の刊行予定前に組上っていたと推測しなければならない」という仮定的説明において示されているといえよう。この仮定的説明自体は、なかなかに示唆的であるが、もしこの仮定の有効性を信じるならば、少くとも時間的順序においては「舞姫」最終本文は『縮刷水沫集』本文に非ずして、『塵泥』本文であるということになる。著者の論理を逆手に取るようで心苦しいのだが、揚げ足とりに真意があるのではない。逆に事態の困難さへの著者の誠実な直視を高く評価したいのである。

尤も矛盾は、ここに留らないので「第二に考えられることは、『塵泥』において鷗外が「舞姫」（あるいはドイツ三部作）の既成の雅文体の範囲内で、新しい文体を試みようとしたのではないかということである」としながら（この視点自体は示唆的である）、「鷗外は山田孝雄の文法説に共鳴し、源氏物語に影響された本文を試みたものの、結局は鷗外自身が気に入らず、あるいは『塵泥』に重版が見られないことから考えても、鷗外はこの文体を失敗と見、あるいは愛着を持つ本文とならなかったとも考え得る」という具合に論じるのは、それこそ客観的ではあるまい。「鷗外自身が気に入ら」なかった証拠もなく、「失敗と見、あるいは愛着を持つ本文とならなかったと考え得る」根拠が、先の「鷗外自身が気に入らず」という全くの仮定と、「『塵泥』に重版が見られないこと」という外在的理由にあるのでは、説得力が弱過ぎよう。とはいえ、この困難な事態を解決するデータが全く欠如している以上、著者の論理を強く責める訳にも行かない。唯、明らかなのは、著者が本書の『塵泥』否定の論理のすべてをあげても、結局は『塵泥』本文の否定性を内部から証明することに遂に成功しえていないことである。いっそう厳密に言えば、『縮刷水沫集』本文の『塵泥』本文への決定的な優位性を、文体それ自体の内部から遂に証明しえなかったという一事である。

それでは、嘉部・檀原両氏の力倆を以てして、なぜそれが証明しえないか。端的に言って『塵泥』文体の完成度の高さこそ、その究極の原因であろうと思う。それでは『縮刷水沫集』本文を高く評価しようとする著者の鑑定眼は、偏見により曇っていたのであろうか。そのようなことはない。本書のさまざまなデータは著者らの主張の正しさを裏書きしている。唯、一点を除いては。その一点とは何か。

以下は、本書によって触発された私の恣意的な感想であるかも知れない。しかし、それは私自身の鷗外観には奇妙に一致する見方である。具体的には、著者は、常に発想において、『塵泥』か『縮刷水沫集』かであった。しかして、この二者択一的発想法は、遂に鷗外のものではない。「物の両端を敲かずには置かない（略）思量」は、「灰燼」の主人公のみならず、作者鷗外のものであった。両極（端）の併立は、まさに鷗外の精神的衛生法ですらあろう。先の一点とは、そのような鷗外精神の両極性を踏まえず、「舞姫」の底本の選定において二者択一的発想法を適用しようとしたことを指す。その結果が「自縄自縛」ではなかったか。

そこで私は、著者が『塵泥』をめぐり著者の提起した「新しい文体」への試み＝文体実験の企図という視点を推し進め『塵泥』に鷗外文体の一方の到達点を認めるとともに、従来等閑視されてきた『縮刷水沫集』の文体を、『塵泥』と相拮抗し、それと緊張関係を以て対峙する、もう一つの鷗外文体の極致として再評価する路線を採用することで、二者択一的発想法によって陥ったジレンマを脱却することを私かに願うものだが、僭越は御宥恕願いたい。たとえば、「箇々の変更を判断した場合、前章で検討したように改善と判断できる部分も少なくはなかったと思われ、見方によっては、「舞姫」本文中において比較的善本と見ることも可能であろう」という、『塵泥』の項での位置づけとは逆のベクトルでの『塵泥』本文の位置づけの遂行、この二者の間の距離に窺える著者の思考の内部でのユレの存在には、二者択一的発想法によって陥ったジレンマを勇気を以て直視しようとする微かな可能性が予見されるのではなかろうか。

こうして、本書は『縮刷水沫集』を『塵泥』より高きに置こうとする意図において必ずしも成功したとは言いえないが、『塵泥』と相拮抗しうる、埋もれていたもう一つの鷗外文体（『縮刷水沫集』もしくは水沫集系本文）を発掘し、その意義を高く評価し、併せて鷗外文体の多元的な局面、スタイルの重層性を示唆しえた点で、今後の鷗外文体の研究に量り知れない可能性を齎したと言えよう。「研究篇」「資料篇」（「校異」）に亘るテキスト・クリティックの信頼度や「影印」の資料的価値の高さについて再言の必要はあるまい。

本稿では他に「改稿過程における統一意識の問題」や「漢字の読み方に関する諸問題」の章にも触れる予定であったが、余裕を失った。特に後者は、「舞姫」の漢字のヨミを考える上で必読文献となっているにもかかわらず。最後に、この地味で労多い作業、考察に取り組まれた嘉部・檀原両氏に深甚なる敬意を捧げ、「舞姫」諸説集成の早期の完成を期待して筆を置くことにする。

（一九八八・二・二三）

第二章　鷗外の社会思想

鷗外の社会思想・序説——ブルジョア・デモクラットへの道

近年、明治三十二年六月から三十五年三月まで、足かけ四年にわたる鷗外の小倉第十二師団軍医部長時代を、来るべき対露開戦を踏まえての陸軍上層部の決定した妥当な人事であって左遷ではないとする見解が学界の内外において一般化している趣があるが、陸軍の人事決定のルールに通暁していた鷗外の目から見ても、また、鷗外を陸軍の獅子身中の虫として警戒し続けた石黒忠悳や小池正直らから見ても、それは鷗外を陸軍中枢部から逐うために意図的に仕組まれた左遷人事であったはずである。肝腎なことは、この左遷人事が、一般に言われるように鷗外の文名への嫉妬というような卑俗なモチーフの所産としてではなく、鷗外の反秩序意識——「風流家ノ風」[1]を明瞭に洞察していた上司たちによる意図的な決定であった、ということにある。したがって、エリーゼ事件の処理や作品『舞姫』の構図に示された鷗外主体の日本的近代への敗北の自認を踏まえ、小説執筆の断念の上に立った陸軍、官僚機構そのものの内部を、青春の「冢穴《つかあな》」(『文づかひ』)として、逆に自らの主体を外部(陸軍上層部)の視線から遮断する防塁として逆手に取ろうとした鷗外の狡知も、自身の安全を図るためには、けっして万全には機能しなかったことを私たちは知るべきであろう。

にもかかわらず、小倉への赴任に当って「私に謂ふ、師団軍医部長たるは終に舞子駅長たることの優れるに若かずと」(「小倉日記」明32・6・18)と記し、「鷗外漁史はここに死んだ」(「鷗外漁史とは誰ぞ」『福岡日日新聞』明33・1・1)と宣言した鷗外だが、そのような鷗外の意識を超えて小倉という地にあって得たものは大きかった。それは第一に、東京にあっては親しく目睹《もくしょ》しえなかった資本主義的経済機構の即物的現実――金と物へのあくなき欲望の渦巻く社会的にして人間的な現実に直接触れえたことである。

たとえば、評論「我をして九州の富人たらしめば」（『福岡日日新聞』明32・9・16）には、そのような直接体験に立脚しての九州の企業家たちへの社会改良的な啓蒙的指針が示されている。そこにおける鷗外の視点は、猥雑な資本主義的現実を悪とすることで、新しい社会主義的秩序の創出をめざすものでは、むろん、なかった。総じて鷗外は、資本主義的現実を現実として受けとめた上で、その欠陥を正し、その弊害を除去して、資本主義社会の相対的に健全な発達を念願したのである。鷗外の目は、人間が経済的動物であること、欲望が社会発展の原動力であることを見抜いていたのであり、剰《あまつさ》え、人間における物質的欲望の作用を、デモーニッシュなまでに冷徹な好奇に満ちた目差しで見つめていたことを、後年の小倉物三部作（「鶏」「独身」「二人の友」）――とりわけ「鶏」の一篇は如実に示している。

猥雑な現実を猥雑なる儘《まま》に一先ず許容すること――それが小倉時代が鷗外に齎した最大の収穫であった。鷗外の目には、在東京時代における文学・医学両面にわたる戦闘的啓蒙時代には見えなかった、原理・原則ではけっして割り切ることのできない混沌として錯雑した現実が映り始めていた。そもそも、彼の小倉左遷という事実そのものが、そのような現実の徴標であったはずである。おそらくそれは、単に日本一国に留まらない世界史的事実としての資本主義的な現実に対する開眼でもあったはずである。それはまた、鷗外における形而上学の時代の終焉であり、観念美学の時代の終焉でもあった。やがて講演「混沌」（明42・1・17、於在東京津和野町小学校同窓会第九回例会。神田松本亭で開催）の状況確認に収斂される現実認識生成への胎動がそこに生まれた、と言って良いだろう。

倫理学への注目が語るもの

このような状況認識の新旧交替の過渡期に当って、まさに猥雑なる学としての倫理学に鷗外が注目しているのは興味深い。「フリイドリヒ・パウルゼン氏倫理説の梗概」(「福岡県教育会会報」明33・12)および「倫理学説の岐路」(『福岡日日新聞』明34・1・1)がそれであるが、後者の結語としての「以上述ぶる所を通観するに、倫理説の岐路多き吾人の未だ容易に議論終結の域に達すること能はざること明白なるべし。然れども経験上事実に徴するに、諸説皆多少の真理を有するに似たり。今之が折衷を試みんか、哲学史上折衷の見解の大抵膚浅にして見るに足らざるを奈何せん。彼多数の学者の単に材料の採集に従事して新案を下すことを憚るも亦宜ならずや」という、ほとんど倫理学自体の無効を指摘するかのような総括の語っているものも、形而上学的思惟の論理的カテゴリーを以てしては、けっして整理することのできない多元的かつ多義的なる現実の出現に対する率直な認識の表出にほかならないだろう。

したがって、おそらくこれら二論の意義は、その内容にあると見るよりも、その枠組・構成にあると見る方が妥当であろうと思われる。「善悪の標準」「義務、良心」「自利、利他」「人欲、徳行」(「フリイドリヒ・パウルゼン氏倫理説の梗概」)「権柄主義と自主主義と」「先天主義と経験主義と」「思議主義と感情主義と」「個人主義と普遍主義と」「主看主義と客観主義と」(「倫理学説の岐路」)——ややシニカルに言えば、これら観念的な実践道徳の諸項目は、いわば資本主義の即物的現実を前にして、解体されつつある論理的にして倫理的、観念的にして形而上的なる諸学の解体された諸項目の博物館展示の壮大なる見本にほかならない。そしてこの視点に立てば、それら解体された論理や倫理の諸形骸こそ、多元的多義的なる、新しく出現した現実の捕捉しがたさの反照なのである。

にもかかわらず、シニカルな視点を離れて言えば、論理とは、多元的多義的なる現実の抽象化された形骸であることを宿命とするものである以上、それが現実の諸形骸であることによって論理を否定するのはまさに論理的自家撞着にほかなるまい。肝心なことは、先の二論の構成に少くとも混沌たる現実の全幅を覆おうとする、いわば両極の認識の運動が見られることであり、しかもその運動は、対極を統一する媒介の論理を発見する折衷の道を取らず、逆に現実を截断する一元的立場の不可能性を証明する点に眼目があるように見受けられることである。そこに「物の両端を敲」（「灰燼」拾肆）こうとする鷗外の思考の徹底性があるとも言えようが、そのような両極の措定そのものの裡《うち》にこそ、少くとも一元的なる論理や論理の時代の終焉が見据えられているのだ、という理解の有効性は動くまい。

最も明瞭なる徴標を取って言えば、利他や徳行、権柄主義や先天主義一元説の時代が終り、自利や人欲、自由主義や経験主義のめざめの時代がやってきているのである。そしてそれは、鷗外の目前に見つつある九州小倉における即物的な資本主義的現実に対応し、符合するものでもあったはずである。いわば、国家という共通の枠組をも、つき動かさずには置かない人欲、物欲の乱舞がそこにはあったはずであるから。……

しかも、それら一元的形而上学や一元的倫理学の時代の終焉の確認は、旧き論理的かつ倫理的カテゴリーを以てしては、けっして拮抗・克服しえない新しい哲学・思想としての虚無主義や無政府主義、とりわけニーチェの出現の必然性の認識と相伴うものであった。「良心の闕乏は道徳上虚無主義を生ず。その説に曰く。社会の生活は生存競争のみ、競争して勝つものは善、敗るゝものは悪とせらると。是れ真の成敗論なり。此の如き主義は甚だ恐るべしと雖も、論理上に之を反駁するに由なし」（「フリイドリヒ・パウルゼン氏倫理説の梗概」「二、義務、良心」、傍点稿者）という倫理学的論理の限界の確認や、「近時ニイチエは以為へらく、道徳には君道と臣道とあり。前人は唯だ臣道を知る故に卑屈に陥いる。若し夫れ君道は超越人間なる者の応に行ふべき所にして、行はんと欲する所の事、一として行ふべからざるなし。拿破崙《ナポレオン》の生涯の如きもの是なりと。亦一種の順自然説にして相待上に存立の権なきに非ず。若し絶待上に之を承認するときは、倫理は滅尽し去らん。矯激の語と看て可なり」（「倫理学説の岐路」「五、主看主義と客観主義と」、傍点稿者）というニーチェへの言及と批判には、単なる要約や紹介の域を超えた鷗外の危機意識が込められていることを見逃すわけには行かないだろう。(2)

ともあれ、「フリイドリヒ・パウルゼン氏倫理説の梗概」や「倫理学説の岐路」は、観念的に逆立ちした実践倫理の諸項目の形骸の一覧表によって、旧き形而上学的世界への訣別を語りつつ（むろん暗黙裡に）、日本という国家の枠組をも超えた猥雑な資本主義的現実における秩序をめぐる未解決な課題への鷗外の先駆的な注目を語っている、いまだ解答の与えられていない陰画であったのである。

「金色夜叉評」と「新社会評」

おそらく、そのような二十世紀的にして資本主義的なる現実下における、秩序をめぐる未解決な課題への一歩踏み込んだ追求として、ほぼ同時期に発表された「金色夜叉評」（明35・6・29、日本橋倶楽部での合評会における鷗外の発言。タイトルは便宜上、岩波戦後版全集に従う。『藝文』明35・8）並びに矢野龍溪の社会小説『新社会』（大日本図書株式会社、明35・7）への書評「新社会評」（『萬年艸』明36・2）の二文を挙げることは許されて良いだろう。

「金色夜叉評」は、その発表時までに鷗外の手元に届いていた尾崎紅葉『金色夜叉』前編（明31・7）、中編（同32・1）、後編（同33・1）、続編（同35・4）四冊のうち、前中後の三篇を対象とした書評である。書評とはいえ、紅葉の『金色夜叉』を評しながら、鷗外の汎世界的な資本主義的現実に対する状況認識の成立を明確に語っている点で、鷗外の社会思想の成熟のプロセスを考察する上で逸することのできない重要な文献である。約二千八百字、四百字詰原稿用紙七枚という短文ながら、内容の貴重さは、その分量に反比例するものがある。

「金色夜叉評」で鷗外は第一に、この作において紅葉が高利貸を主人公とした点を「頗る妙」とする。高利貸間貫一の設定に、「現世間を代表するに、最も適切なもの」即ち典型としての人物設定の適切さを見たのである。ここで言う「現世間」について、鷗外は「私の現世間といふのは、狭く明治と云ふ考ではない。所謂十九世紀の紀末からこのかたの世間を指して言ふのだ。」と補説する。即ち十九世紀末から二十世紀初頭にかけての、汎世界的な資本主義的現実下における典型的人物が、高利貸間貫一なのだ、という解釈にほかならない。

> 若し広く東西諸国に通じた眼から見て、現世間の小説を募つて見るとしたなら、技倆の紅葉君に勝るものは多々あることであらう、随つて其材の攫みやう、こなしやうは、猶これより上に凌駕することも出来るであらう。併し高利貸を以てMODERNE《モデルネ》 MENSCHEN《メンシエン》（現代人物）を代表するといふことは、殆ど企及し難くはあるまいか。想ふに、これから幾千万年の後に、（略）開明史家は此小説を研究して、これをたよつて今の人物、今の思想を推知するだらう。（略）

換言すれば、鷗外は主人公間貫一の設定を通じて、「現代人物」の高利貸的本質を語ることに打ち興じているとも言い得るわけだが、そのような高利貸的思想の性格については、「准高利貸」として位置づける鴫沢宮への言及において、さらに歩を進めるのである。

> 金色夜叉に至つては、（略）貫一の情婦鴫沢宮さへ、准高利貸ともいふべき人物だ。宮の事を、後篇に「惑深き娘気」と書いてあつたが、惑の字は寧ろ慾の字を以て代へたいのだ。「心を許し肌身を許しゝ初恋」をも、

三百円の金剛石の光に眩せられて、忽ち擲つたとして見ると、准高利貸と称しても誣ひないではないか。（略）宮が性質は、啻に富その物を慕ふといふばかりではなくつて、「自ら其の色よきを知」つて、其色を資本として、出来る丈の栄華を贏ち得やうとして居る、その思想の全体が高利貸的だ。私が金色夜叉を以て、全世界の現時代の思想を、或る方面から代表して居るとするのは、此高利貸的思想に在る。（傍点稿者）

すなわち鷗外は、宮の行動が「慾」を起点としていること、「啻に富その物を慕ふ」のみでなく、「『自ら其の色よきを知』つて、其色を資本として、出来る丈の栄華を贏ち得やうとして居る」点に注目し、そこに「全世界の現時代の思想を、或る方面から代表」するものとしての「高利貸的思想」を見ているのだが、このような間貫一や宮に対する鷗外の解釈から、逆に私たちは、間貫一や宮の分析を通じて語られた鷗外の「全世界の現時代の思想」に対する状況認識のかたちを知ることができるのである。鷗外がそれを「高利貸的思想」と端的に概括したのは『金色夜叉』の主題や人物設定に由来するのだが、それはまさに十九世紀末から二十世紀初頭にかけての現時代の汎世界的な現実としての資本主義的現実下における資本主義的なる典型人物のもつ資本主義的世界観に対する鷗外の明確な認識の確立を示す簡潔にして的確な、具体的なる一個不抜の比喩でもあったのである。その意味で「金色夜叉評」は一作品評の域を超えて、汎世界的な現代文明論となりえている。「金色夜叉評」の面白い所以は、二十世紀初頭を迎えて本格的に訪れつつある汎世界的な資本主義的現実に対する鷗外の飽くなき興味が、その全篇に充ち溢れているからにほかならない。そして「金色夜叉評」の以下の叙述において、鷗外がRolph《ロルフ》の道徳論“Biologische Probleme, Zugleich als Versuch zur Entwickelung Einer Rationellen Ethik”（『生物学的問題、同時に理性的倫理学発展への試論として』〈試訳〉、一八八四年）における、「人間の生活形式の発展（略）といふものは、決して前から定まつて居るものではない、（略）即ち理想が実現するのでも、天道が行はれるのでもない、此発展は競争の成果だ、

（略）此発展は実は生活増殖競争（KAMPF UM LEBENSMEHRUNG）の成果で、人間は己れが生存するに足る丈の物を得て、そこに満足することを慊《あきたら》ないとして、機会の許す限、出来得る限、生活の増長を謀るものだ、生存を願ふのではない、増殖を願ふのだ、不屬饜《あくことをしらないこと》（UNERSAETTLICHKEIT）が人間の本性だ（略）」という趣旨を踏まえつつ、「人間の本性が、機会の許す限たくし込むに在るとして、道徳が此本性に基いて居らねばならないとすれば、高利貸をするのは、最も妙ではないか。又縦ひ高利貸をせぬ迄も、色のあるものは、機会の許す限、其色を資本として、己れの生活形式の発展を謀らねばなるまい。私は紅葉君が明白に意識して、高利貸を以て現代人物を代表せしめたか、どうだか知らない。併し現世間の思潮には、紅葉君をして高利貸小説を作らしむる趨勢がある。又読者をして同情を以て、此小説を読ましむる趨勢がある」とし、「ROLPHの哲学は金色夜叉の哲学で、紅葉君の小説は不屬饜の小説だと謂って好からう」と論じつめたとき、あの小倉時代以来の資本主義下の猥雑な現実に対する鷗外の率直な受容は、ここに明瞭な認識の焦点を結ぶに至っていることを否定することができないのである。そのような鷗外の認識の焦点を象徴する言葉こそ、「生活増殖競争」時代の「不屬饜《あくことをしらないこと》の思潮」という語であったのである。そして、そのような現代文明の根幹に関わる鷗外の認識は、「NIETZSCHE《ニイチエ》の威力に向つての意志（WILLEN ZUR MACHT）は、此生活増殖競争から出て居るらしい」という認識の副産物をも産んだ。その意味で「金色夜叉評」は、汎世界的な現代の思潮に対する鷗外の統一的認識の基盤を用意したもの、と位置づけて良いと思われる。

　巨視的に見れば、「金色夜叉評」に現れた鷗外の現代に対する観察の興味の焦点は、日清戦から日露戦に至る明治三十年代に漸く顕著となってきた利他的にして儒教的なる道徳のアクチュアリティの喪失の深まりと、日本資本主義の曲りなりの自立を背景とする自利的にして個人的なる道徳の台頭――いわば、利他から自利へと動く時代思潮の大きな変化への注目にこそあった、と言えよう。その意味では、既に見た「フリイドリヒ・パウルゼン氏倫理説の梗概」や「倫理学説の岐路」における旧き倫理学の博物館展示もまた、単なる遺品の展示や解体模型の陳列に留まるものではなく、自利と利他との両極の分類項目を展示する、その並列的一貫性への固執において、利他から自利へと推移する時代思潮の動向、並びに両者の相拮抗する時間の境界領域をみごとに象徴してみせていた、とも言い得るはずである。

「金色夜叉評」は、そのように利他から自利へと動く時代思潮の潮流が、漸くにして混沌の期を脱し、自利を中核として明瞭な形を取りつつあることを、作品『金色夜叉』を媒体として、鷗外の時代認識として初めて提示した画期の評論であった、と言えよう。

むろん、状況認識は、行為の出発点であって行為そのものではない。語を換えれば、認識は未《いま》だ思想ではない。しかし、認識の成立なくして、思想の成立はない。鷗外は「金色夜叉評」において、自利を中核として形をとり始めた現実の味を先ず舐めてみたのだ、と言えよう。(3) そして、それは殆ど鷗外における現代（国家）思想形成への最初の行為であったはずである。

そして、鷗外における現代（国家）思想形成への、この期におけるもう一つの行為が、「金色夜叉評」の半年後に発表された「新社会評」であった。「金色夜叉評」の眼目が自利を中核とする資本主義的人間像を支える「不羈」というエートスの把握にあったとすれば、利他を中核とする国家思想としての社会主義を、矢野龍溪『新社会』を媒体として、考察の秤にかけたのが「新社会評」であった、と言えよう。

先走って言えば、「新社会評」が評価されなければならないのは、ここには明らかに鷗外の社会主義・共産主義に対する原理的に正確な理解があり、社会主義の未来国家像から見た『新社会』の著者の主張の、折衷性や観念性が見透されているからにほかならない。即ち鷗外は、資産の一極集中という現社会の趨勢と、「独占統一」（資本集中）の極度を踏まえた、この社会主義国家の樹立を「MARX《マルクス》一派の理想、極致で、反対者から云えば妄想（ILLU-

SION)」と断ずるのであるが、この「理想、極致」から見て、「既往の不平均」(富の少数者への集中)を放置し、未来については「独占統一の趨勢を遮断」する「新組織」を樹立するという『新社会』の著者の立場を「大胆なる社会改良家では無くて、抑損せる社会主義家」と定義する。著者龍渓の提示する新社会が、私有財産制の保全と社会主義とを両立させようとしているところに「矛盾」を見たのである。ここに、私有財産制の否定こそが社会主義の要諦である、とする正確な認識があるのである。

鷗外が「妄想(ILLUSION)」とした資本主義国家の転覆＝革命は、十四年後の一九一七年(大6)、ロシアで成立する。その点、鷗外の認識は甘かったかも知れないが、「理想、極致」の語を、理想社会という概念にまで拡大すれば、私有財産制の否定がけっして理想社会を実現しなかったことを、現代におけるソビエト連邦を初めとする社会主義国家の自己崩壊そのものが如実に示している。結果として鷗外の洞察が正しく、社会主義の「理想、極致」が「ILLUSION」であったことを、今や誰しもが認めざるをえない地点に、私たちは到達してしまっているのである。

要約すれば「新社会評」は、矢野龍溪『新社会』を素材として、鷗外の的確な社会主義(国家)観を披瀝したものにほかならない。そこに「金色夜叉評」の場合にも通じる、鷗外における先駆的なあるべき現代国家像構築への営みがあった。ついでに言えば、それはけっして台頭しつつあるプロレタリア階級及びその思想への先制攻撃などという体制的なる自己防衛戦略の発動などではなかった。鷗外の対処の仕方は、遥かに論理的であり、根源的であった。その論理性や根源性は、現代思潮への鷗外の深い関心にこそ根ざしていたのである。なぜなら、「金色夜叉評」における資本主義の問題と、「新社会評」における社会主義の問題と、短い期間に考察されたこの二つの問題こそは、汎世界的な現代の、最も大きな二つの思潮にほかならなかったからだ。しかし、私たちは、ここに鷗外固有の二元性や「二つ寝床に身を横たえ」(平野謙)る姿勢を見ることを許されていない。なぜなら、鷗外は明らかに一方の軸を選択しているからである。

小倉時代の鷗外が、倫理学における二つの基軸に注目したことは既に見たところである。その並列性を既に解体された古き倫理学の博物館展示と呼んだのだが、「金色夜叉評」や「新社会評」の執筆時点において、鷗外の現代認識は、もはや並列的展示の次元に留まっていない。「金色夜叉評」における資本主義の問題と、「新社会評」における社会主義の問題を、あの「フリイドリヒ・パウルゼン氏倫理説の梗概」並びに「倫理学説の岐路」における一対の概念のそれぞれに対応せしめることができるのが、その論拠である。

即ち資本主義の「不羈」「生活増殖競争」の側には、「良心」「自利」「人欲」（「梗概」）「自主主義」「経験主義」「感情主義」「個人主義」「主看主義」（「岐路」）の系列が対応し、社会主義の「私産否定」の「未来国家」の側には、「義務」「利他」「徳行」（「梗概」）「権柄主義」「先天主義」「思議主義」「普遍主義」「客観主義」（「岐路」）の系列が対応する。（「梗概」の「善悪の標準」は分類の対象としては不適当なので外す。——稿者注）

要約すれば、鷗外は「自利」の精神や「人欲」のめざめを資本主義に見、その資本主義の欠陥の上に必然と（社会主義の側から）みなされる「未来国家」の私産否定に、「利他」の精神の復活や「人欲」の否定をこそ見たのである。そして前者の倫理的規準は内在的（「良心」）であり、後者のそれは外在的（「義務」）である。前者は自主主義を以てし、後者は権柄主義（外的権力による強制）である。そして肝心なことは、一旦めざめた「自利」「人欲」「自主主義」etc. は、もはやけっして既往の眠りに還ることはできないという点にこそある。[4] ニーチェに代表される「道徳上虚無主義」さえ、「甚だ恐るべしと雖も、論理上に之を反駁するに由なし」とさえあったことを想起すべきであろう。

かくして、鷗外が「人欲」「自利」のめざめを、もはや昔に戻すことのできない現代思潮の転換点と見、そこに資本主義経済や資本主義国家成立の必然性を認め、「人欲」「自利」そして「自主主義」etc. を否定する社会主義の理論的観念性を鋭く衝いていることが最早明らかであろう。鷗外にとって、それは観念的なる規律主義、外在的他律的なる論理主義の立場であり、いわば、もう一つの儒教的エートスへの復帰の立場として把握されるべきものであった。言いかえれば、鷗外にとって、資本主義の欠陥は、制度・精神の両面にわたり、資本主義の内部からのみ、克服・是正が可能なものとして把握されていたのである。そのような鷗外の主観の一つの現われが「大胆なる社会改良家」（「新社会評」）への期待であった、と言えよう。

資本主義と民主主義

こうして「金色夜叉評」及び「新社会評」の二文は、作品評というスタイルを取ってこそいるものの、その実質は、現代国家論――極言すれば資本主義的にして反社会主義的なる、鷗外の国家思想確立の場であったことが漸くにして明確となる。そして、ここにおいて確立された鷗外の反社会主義的なる国家論は、以後彼の生涯に一貫する立場となった。にもかかわらず、鷗外の国家論は、国家存立の基盤としての経済もしくは利欲をめぐるそれに限定され、政治思想的側面が希薄であることに強く注目すべきであろう。このことは、鷗外の国家思想を今日、客観的に定位するに当り、特に留意しなければならない点である。近代日本の文学史・思想史においては、政治思想としての民主主義は、ともすれば社会主義・共産主義の側にあり、資本主義は反民主主義的なものと位置づけられがちであったことを否定できない。資本主義は、それ自体が悪なるものであった、とも言えよう。しかし、鷗外の社会主義論を延長して行けば、社会主義こそが一元論的（「極致」）であって、非民主主義的な存在となるのである。逆に資本主義は、個人の利欲に根ざす多元的にして猥雑な現実から出発するゆえに、原理的に民主主義の基軸を離れえないことになる。鷗外にとっての悪は現実（利欲）を離れることであり、観念（「極致」）を、実現しうる現実と錯覚することであった。つまり、実現しえない「極致」をめざす社会主義・共産主義が善であり、「利欲」に根ざす資本主義は現実に埋没するゆえに悪である、とする日本近代文学史・思想史の長年にわたる不問の前提、発想上の制度を逆倒するところに鷗外の国家論をめぐる周囲の状況のアポリアが存在するのである。しかし、観念を善とし、現実を悪とする、私たちにしみついている長年の悪習（それは人間論としてはなかなか求道的かつ魅力的ではあるが）こそが、近代日本の文学・思想から、現実とあいわたる戦闘力を削《そ》いできたのではなかったか。

さて、以上のようなアポリアを自覚化した上で言えば、少くとも鷗外の資本主義国家論の原理性は、原理的なるがゆえに民主主義的政治思想を発想的に内包しえている、と言えよう。それは、何よりも先ず明治的なる絶対主義的かつ一元主義的なるものへの闘いのイデオロギーとして評価しうるものである。それは、第一に社会主義の「極致」を標的として撃ちながら、原理的にはもう一つの一元主義である近代天皇制的国家秩序と対立し、これを世界観的に内部から突き崩しうるものであった。[5] のみならず、それは、「利欲」や自我や資本主義的精神を極限まで伸張せしめたニーチェの「力への意志」（これまた、究極の一元主義であろう）への否定へと転化しうるものですらあった。これらが何よりも、健康な初期資本主義精神の原理性――「人生の所有形式《あらゆる》にはその生れた時に意義がある」（「礼儀小言」）――への固執、という鷗外生涯にわたる発想の原形質の一ヴァリエーションの所産であった点に特徴があるのである。

注目すべきは、鷗外自身この事態に必ずしも自覚的ではなかったことである。逆に自覚的には鷗外は、なかなかに反民主主義者《アンチ・デモクラット》でさえあったのである。日露戦を挟んで、軍医総監陸軍省医務局長の地位に昇りつめた鷗外の展開した「仮名遣意見」[6]は、反民主主義者《アンチ・デモクラット》にして貴族主義者《アリストクラット》たる鷗外の自覚を明瞭に示しえている。そこに投影しているのは、無論、ニーチェの貴族の哲学なのだが、民主主義は社会主義の側にあり、というその後の近代日本の思想史・文学史にしみついた意識化されざる観念的制度が、発想原理的なる民主主義者《デモクラット》である鷗外の言説のうちにさえ、立ち現われているところにアイロニカルな面白ささえあるのだ。

(大槻説は) 少数者の用ゐるものは余り論ずるに足らない、多数の人民に使はれるものでなければならぬと云ふのが御論の土台になつて居ります。併し何事でもさう云ふ風に観察すると云ふと、恐くは偏頗になりはすまいかと思ふのであります。政治で言つて見ても多数に依ればDemokratie少数ならばAristokratieと云ふ者が出て来ます。此の頃の思想界に於て多数の方から、多数の方に偏して考へますると云ふと、社会説などもそれであります。それから之れに反動して極く少数のものを根拠にして主張するNietzscheの議論などもある。之れに拠ると多数人民と云ふものは芥溜《ごみため》の肥料のやうなものである。其中に少数の役に立つものが、丁度美麗な草木が出て来て花が咲くやうに、出て来ると云ふ様な想像を有つて居る。(略) 一体古来仮名遣と云ふものは少数のものであつたかも知れぬ。(略) 併し契沖以来の諸先生が出て来られて仮名遣を確定しようとせられた運動に、之れに応ずるものは国民中の少数ではあるけれども、国民中の精華であるとも云はれる。斯う云ふ意見を推広めて人民の共有にしたいと斯う云ふやうな議論が随分反対の側からは立ち得ると自分は信じます。兎に角多数者の用ゐる者に限つて承認すると云ふ論には同意しませぬ。(略)

鷗外の貴族主義《アリストクラシー》は彼の自我が明治国家の枠組に自己同定し得る限りで有効に機能しえたものとしても、彼が明治四十年代現実への参画の出発点を前出、「混沌」という多元的なる状況認識に置く限り、そのような彼の貴族主義《アリストクラシー》が、社会的政治的、かつ文学的芸術的、ひいては人間的倫理的に、内と外との現実との関わりにおいて、絶えざる自己解体への傾向を必然化せしめられるに至ったことは当然のなりゆきと言えよう。それは、凡ゆる一元主義的なものとの闘いであった。彼は社会主義の「極致」を否定するとともに、天皇制国家秩序の一元的イデオロギーをも容認しなかった。(7)それはまた、資本主義の「利欲」の極端なるイデオロギー的形式としてのニーチェの「力への意志」への明確な拒否の姿勢の確立でもあった。ニーチェの貴族の哲学に自己の孤高を支える足場を求めながら、彼の具体的闘いは常に多元的にして猥雑なる、多数と共にある資本主義的現実に根ざしていた。そこに初期資本主義精神、その健康な原理・原則にあくまでも忠実であろうとする、鷗外における自らにも明確に意識化されざる、市民的な民主主義的イデオロギーの貫徹の形が存在したのだ、と言えよう。

「里芋の芽と不動の目」の位置

鷗外の明治四十年代における全作品も、形式的には貴族主義、実質的には民主主義という二元的視点から再検討されなければならないものと考えられるが、ここではとりあえず鷗外の反絶対主義的にして反一元主義的、多元主義的にして相対主義的、反急進主義（反社会主義）的にして資本主義的なる足場を、もっとも平易かつ明快に示した作品として短篇「里芋の芽と不動の目」（明43・2）に注目しておきたい。

「里芋の芽と不動の目」の主人公理学博士増田翼《たすく》のモデルは、陸軍衛生材料廠長・薬剤監羽田益吉であるとされている（森潤三郎『鷗外森林太郎』）が、作中では主人公は東京化学製造所長である。即ち今日流に言えば「里芋の芽と不動の目」は、企業家小説なのだ。この作品には、のちの「カズイスチカ」（明44・2）の主人公花房医学士の名前と共通する東京化学製造所入社一年目の理学士花房が登場するのが御愛嬌だが、作品のスタイルは客観小説であって、主人公増田翼の言説に一篇の主題があるので、花房物とは呼べまい。早く高橋義孝氏は、(8)この作品の問題点として、鷗外における「自分というものへの、なんとも強烈な関心」を挙げるとともに、酔った増田の話の結末部における「狂熱主義者《ファナティイケル》」への嘲笑にファナティスムスを否定する「鷗外の気質、資性」を見、さらに「明治末年の社会運動や文化運動の中にあった一種の急進主義に対する鷗外の反撥」、「明治貴族の保守主義の一切のラディカリスムスにたいする反応」という二点を挙げ、近く竹盛天雄氏[9]は、工場法をめぐる議会内外の攻防を睨んでの「「私は私」の距離化のエネルギー」の発動に、増田翼という主人公の造型と「一夕話の形式」の生成というモチーフの成立過程を見ている。

この作品の展開を見ると、冒頭部分における、主人公増田翼の工場経営上の信条、とりわけ職工の賃銀値上げ率を決定するのは「己の意志」とする増田の強烈な信念に対する語り手の照射と、製造所の創立二十五周年記念宴会の終了後、居残った親しい人々に対する酔った増田のべらんめえ口調での信条の直接的披瀝との二つの部分に大別される。二者を架橋するのは、「己は己」という増田の強烈な意志であるから、後の部分は、前の部分のパラフレーズとも言え、高橋の二つの指摘の前者や、竹盛の指摘の枠組もしくは前提も、その限りでは正しい。しかし、よく見ると「己は己」という増田の信念は、作品前段において「工場を立てゝ行くには金がいる。併し金ばかりでは機関が運転して行くものではない。職工の多数の意志に対抗する工場主の一人の意志がなくてはならない。」（傍点稿者）と論理的に普遍化される意志である。だから、それは気質的な意志ではなく、資本主義という経済機構それ自体から要求される意志なのである。竹盛氏が「利他的」と指摘する所以[10]であろう。この意志の存在が総論（冒頭）に示され、そのパラフレーズが各論（展開）であると理解されうるとするならば、この作品は資本主義経済機構の要求する過酷な意志によく応《こた》ええた理想的なる経営者の姿を描いたものと言うことになるのではあるまいか。換言すれば、資本主義経済機構が経営者に要求する、諸々の過酷な意志を、よくそれらに応《こた》ええた増田翼という人物の言葉を通じて活写した作品が「里芋の芽と不動の目」なのである。だからこの作品は、工場法の制定の要請に示される多数意志とは、逆の位相から資本主義経済機構の問題に迫った作品と言えよう。

この作品で解析される資本主義経済機構が経営者に要求する意志は、二つである。一つは、金が重要であることを知りつつ、金に囚われないこと、即ち節欲であり、自律である。(11) もう一つは、高橋説が着目する、狂熱主義・急進主義の排斥である。前者は欲望とその抑制という資本主義の抱えるアポリアの問題とも言えるが、いっそう正確には資本主義が資本主義となる必要条件としての精神・モラルの問題であり、後者は資本主義を破壊しようとする意志への防衛・抵抗の論理である。さらには、早くマックス・ヴェーバー『プロテスタンティズムの倫理と資本主義の精神』(一九〇四)が指摘する、資本主義の生成に決定的役割を果したプロテスタンティズムの禁欲の倫理に匹敵する、精神的倫理的な日本的対価物の存在を照射したものが前者であり、反社会主義のイデーを仮託したものが後者であると言えよう。そして、主人公増田翼の言葉に仮託された資本主義経済機構の意志は、前者から後者へと展開することで掘り下げられ、白熱化する。そしてそこに、猥雑な現実に対する多元的多層的な認識の位相、あえて言えば極めてプラグマティックな認識の地平が出現する。それが、増田翼の「己は己」の意志の究極、即ち資本主義の要求する究極の意志としての、この作の主題そのものであることは、否定できない。

「己なんぞも西洋の学問をした。でも己は不動の目玉は焼かねえ。ぽつぽつ遣つて行くのだ。里芋を選《よ》り分けるやうな工合に遣つて行くのだ。兄きなんぞの前へ里芋の泥だらけな奴なんぞを出さうもんなら、かます籠め百姓の面へ敲き付けちまふだらうよ。」

「己は化学者になつて好かつたよ。化学なんといふ奴は丁度己の性分に合つてゐるよ。酸素や水素は液体にはならねえといふ。ならねえといふ間はその積りで遣つてゐる。液体になつても別に驚きやあしねえ。なるならなるで遣つてゐる。元子は切つたり毀《こは》したりは出来ねえ。Atom は atemnein で切れねえんだといふ。切れねえといふ間はその積りで遣つてゐる。切れたつて別に驚きやあしねえ。切れるなら切れるで遣つてゐる。同じ江戸っ子でも、己は兄きのやうな Fanatiker とは違ふんだ。どこまでもねちねちへこまずに遣つて行くのも江戸っ子だよ。（略）」

主人公増田翼の説く「Fanatiker とは違ふ」、「どこまでもねちねちへこまずに遣つて行く」多元的にしてプラグマティックな社会参画の姿勢のうちに、鷗外は資本主義経済機構がその担い手である企業家に要求する、あるべき現実参画の姿勢を見出している訳で、そこに資本主義の多元性を是とし、社会主義や急進主義の一元性を排する鷗外の世界観の枠組が示されている、と言って良い。そして、この時見逃すべからざるは、この作品の提示する増田翼のごとき企業家が現実の明治四十年代においてけっして多くはなかったことと、だからと言って社会主義や急進主義の説く未来のユートピアがけっして是認される訳ではない、という「物の両端を敲」かざるをえない鷗外の思考法の枠組にほかならない。換言すれば、主人公増田の漸進主義は、「己は化学者になつて好かつたよ。」という自然科学的枠組を前提として初めて可能化される訳で、その前提が取り払われれば、容易に「普請中」（明43・6）の渡辺参事官の「ここは日本だ。」という淋しい普遍的認識に反転するものでもある。この時、渡辺の言葉を通じて作者が見据えているのは、社会科学や自然科学のみならず、健康な資本主義のもつ「将来発展すべき萌芽」（「妄想」）さえ、「徒らに枯れてしま」う以外にない、近代日本における「雰囲気」の欠如の問題にほかならないであろう。

そして、鷗外のその予感は「普請中」執筆の直後に大逆事件、やや遅れて南北朝正閏問題の生起という形で的中するのである。いわば、作品「里芋の芽と不動の目」における多元的多層的認識を必須とし必然とする、混沌にして猥雑なる現実に代って、自然科学も社会科学も人文科学も、芸術も思想も、ひいてはあるべき資本主義的国家像をも、天皇制的秩序へと一元化せしめずには已まない「強権」（石川啄木「時代閉塞の現状」）としての現実が出現した訳で、それが時代の混沌の受容とともに歩き始めたこの期鷗外にとって、殆ど世界観上の亀裂に等しい衝撃を与えたことを、以後の彼の執筆、発表した諸作品が示していることは、既に再言の要はないだろう。
それにしても「物の両端を敲」かざるをえない鷗外の「思量」は、このような劇的な転換の期においても依然健在である。鷗外が大逆事件や南北朝正閏問題の生起への直面を通じて、新たに再編・強化されつつあった天皇制絶対主義国家日本に対する合理主義的危機意識の表明に吝《やぶさ》かでなかったとしても（「かのやうに」）、彼が社会主義・急進主義の描く未来像に一歩たりとも譲歩したと想像することは滑稽ですらある。彼は、天皇制絶対主義国家の未来に不吉な予感を覚えつつ、社会主義・急進主義の描く未来像に人間性への楽天観の存在を見透す反社会主義者《アンチ・ソシアリスト》であった。そのような鷗外の立脚地を照し出したものとして、五条秀麿物第三作「藤棚」（明45・6）の結末部の主人公の次のような思考は、再評価されて良いだろう。

秀麿は社会の秩序と云ふことを考へた。自由だの解放だのと云ふものは、皆現代人が在来の秩序を破らうとする意嚮《いかう》の名である。そしてそれを新しい道徳だと云つてゐる。併し秩序は道徳を外に表現してゐるもので道徳自身ではない。秩序と云ふ外形の縛《いましめ》には、随分古くなつて、固くなつて、改まらなくてはならなくなる所も出来る。道徳自身から見れば、外形の秩序はなんでもない。さうは云ふものゝ、秩序其物の価値も少くはない。秩序があつてこそ、社会は種々の不利な破壊力に抵抗して行くことが出来る。秩序を無用の抑圧だとして、無制限の自由で人生の諧調が成り立つと思つてゐる人達は、人間の欲望の力を侮つてゐるのではあるまいか。（略）若し秩序を破り、重みをなくしてしまつたら、存外人生の諧調の反対が現れて来はすまいか。人は天使でも獣でもない。Le《ル》 malheur《マリヨオル》 veut《ヴヨオ》 que《ク》 qui《キイ》 veut《ヴヨオ》 faire《フエエル》 l’ange《ランジエ》 fait《フエエ》 la《ラ》 bête《ベエト》である。（略）

「藤棚」の右の一節が示すように、鷗外の反社会主義イデオロギーは、社会主義の「極致」「理想」の実証不可能性という理論的立場と、「多数《マス》」としての人間の個々人の活動が「利欲」に基づく生活増殖活動であるという冷厳な現実認識とから成り立っていた。鷗外は、体系的な論述をなすことはしなかったが、その論理的かつ直観的洞察の的確さは、彼を近代日本最高の反社会主義イデオローグたらしめると同時に、最高度のブルジョワ・イデオローグたらしめたのである。端的に言って、鷗外は社会主義の説く完全《ユートピア》なる自由を信じなかったが、資本主義の描く現実としての不完全なる自由を信じたのである。鷗外のこの期、ブルジョワ・イデオロギーに限界があるとすれば、それは「多数《マス》」への不信にこそあったと言えよう（上引「仮名遣意見」他参照）。「多数《マス》」への不信は、民主主義《デモクラシー》をめぐる彼の自己認識の無意識性を育んだ当のものですらあった。

「多数《マス》」との和解

大正六年（一九一七）、ロシアに共産主義国家が成立する。ロシア革命について鷗外が直接論評した資料は見当らないけれども、重大な関心を抱いて情報収集に努めた形跡は窺える。しかし、先に挙げた二つの一元的なるものとの闘いは、依然、鷗外のあるべき国家像模索の枢要の課題であったことは疑いない。かつて唐木順三氏は、大正八年十二月から九年四月にかけての賀古鶴所宛鷗外書簡群における、あるべき国家体制模索への鷗外の関心の高まりを踏まえて、山県有朋を拠点とした国家社会主義革命への鷗外の企図の存在を推察したが（『森鷗外』世界評論社、昭24・4）、今日においては古川清彦氏の実証的考察(12)が結論づけているように、その事実性は甚だ疑わしい。賀古宛書簡の背景に、ソビエト・ロシア出現の問題があり、かつ社会問題の激化、社会主義運動、とりわけ大正デモクラシー運動の澎湃たる勃興等の問題のあることは疑えないが、これら書簡群に示された、あるべき国家像構築への鷗外の模索に、明確な自己決定の形があるとは思われない。おそらく、これら鷗外の書簡群に示されたあるべき国家像模索のプロセスを意味づけるに当って注意しなければならないのは、それらがあくまでも過渡的なものであるということ、苦渋に充ちた試行錯誤のプロセスのうちにあるということにほかなるまい。そして、この事態を逆説的に証するものこそ、これら書簡群に示された鷗外の立場の究極的な未決定性なのだ、と言って良いだろう。そして、おそらくそのような未決定性の核に存在したものは、既にみた「多数《マス》」への不信の問題であった、と言えるのではあるまいか。逆に言えば、鷗外の自覚的なる貴族主義、無意識的なる民主主義という政治思想の二元性は、近代日本における資本主義の本格的な爛熟、そのような下部構造に対応するデモクラシーの時代風潮の盛り上りとともに、ここに真に自覚的な終焉の期を迎えつつあると言えよう。そして、鷗外は、そのような時代動向と手を携えつつ（むろん暗黙裡に）、資本主義的にして民主主義的なる国家像の確立へと突き進んで行ったのである。その明確な思想的徴標が「古い手帳から」[13]（『明星』大10・11―11・7、絶筆）にほかならない。しかし、この一文については、既に別稿があるので、ここでは分析を割愛したい。ただ、それが鷗外における「多数《マス》」との自覚的なる和解であったことだけを最後に付記しておくこととする。

（一九九六年五月三日、憲法記念日に際して擱筆）

注

（1）石黒忠悳帰朝演説草稿。石黒日記「日乗第四」記載ノート末尾に記されたもの。竹盛天雄「石黒・森のベルリン滞留と懐帰をめぐって——緑の眼と白い薔薇」（『文学』昭50・9）に拠る。

（2）小堀桂一郎氏は、その著『西学東漸の門』（朝日出版社、昭51・10）「第四部　ニーチェの光と影」で、「倫理学説の岐路」が、オスヴァルト・キュルベ Oswald Külbe の『哲学入門』“Einleitung in die Philosophie” 第二巻（一八九八）の全三十二章のうち、第九、二七、二八、二九、三〇章の要旨より成り立つことを明らかにした上で、本論引用部分の原書該当部分について「（略）現代ではニーチェが「超人」の像を樹立することによつて自己の自然の衝動のままに行動し、力を揮ふことを肯定した、と簡単に記してゐるだけである。そこに鷗外の抄譯に見るやうな〈道徳には君道と臣道とあり、云ミ〉といふ、すなはち君主道徳・奴隷道徳の概念は言及されてゐない。〈矯激の語と看て可なり〉といふ断定的批評も原書にはないもので、これは鷗外自身の言葉が付加へられたものである」と指摘している。鷗外の危機意識の表出を、そこに見ることができよう。

（3） 巨大な砂の穴に象徴される一九六〇年代状況下における行為の可能性を追求した安部公房『砂の女』（新潮社、昭37・6）箱書に「色も、匂いもない、砂との闘いを通じて、その二つの自由（「脱出」の自由と「定着」の自由—稿者注）の関係を追求してみたのが、この作品である。砂を舐めてみなければ、おそらく希望の味も分るまい。」という作者の自註がある。認識や行為の成立は、先ず現実を現実として受容するところから始まるのである。

（4） 『青年』二十章の大村荘之助の発言に「遠い昔に溯つて見れば見る程、人間は共同生活の束縛を受けてゐたのだ。それが次第にその羈絆を脱して、自由を得て、個人主義になつて来たのだ。（略）今になつて個人主義を退治しようとするのは、目を醒まして起きようとする子供を、無理に布団の中へ押し込んで押さへてゐようとするものだ。そんな事が出来るものかね。」とあり、「かのやうに」（明45・1）の主人公五条秀麿にも「神が事実でない。義務が事実でない。これはどうしても今日になつて認めずにはゐられないが、それを認めたのを手柄にして、神を瀆す。義務を蹂躙する。そこに危険は始て生ずる。行為は勿論、思想まで、さう云ふ危険な事は十分撲滅しようとするが好い。併しそんな奴の出て来たのを見て、天国を信ずる昔に戻さう、地球が動かずにゐて、太陽が巡回してゐると思ふ昔に戻さうとしたつて、それは不可能だ。さうするには大学も何も潰してしまつて、世間をくら闇にしなくてはならない。黔首《けんしゅ》を愚にしなくてはならない。それは不可能だ。」云々という「かのやうに」の立場成立の前提もしくは必然性をめぐる判断の提示の形での、一旦めざめた新しい世界観を過去の無に戻すことはできない、との主張がある。

（5） 前注所出「かのやうに」は、「歴史」（近代合理主義精神）と「神話」（天皇制国家秩序）とを思想的・哲学的に折衷・妥協せしめようとしながら、そのような試みの現実的不可能性を論理的に証明することで、逆に天皇制的絶対主義国家秩序成立の前提としての明治四十年代における合理主義の梗塞状況を照し出すことに成功している。拙論「「かのやうに」論——主題把握の試み」（『日本文学』昭47・11、のち『森鷗外論　実証と批評』〈明治書院、昭56・9〉所収）参照。

（6）明治四十一年六月二十六日、文部大臣官邸における臨時仮名遣調査委員会第四回会合における委員としての鷗外の演説。同日夜、再演し速記させたものを、七月二日、印刷、刊行。原題は「仮名遣ニ関スル意見」。なお岩波新版全集第二十六巻には翌四十二年一月、文部大臣官房図書課発行の『臨時仮名遣調査委員会議事速記録』所収の鷗外関連部分の漢字片仮名文のテキストが収められている。ここでは戦後版全集に拠った。
（7）注（5）参照。
（8）高橋義孝『森鷗外』（五月書房、昭32・11）「作品解説」。
（9）竹盛天雄『鷗外　その紋様』（小沢書店、昭59・7）第一部中「Resignationと「詞」、そして形式」の内「『里芋の芽と不動の目』の一夕話の形式について」。
（10）前注に同じ。
（11）増田は金になるアイデアを人に教えて事業を成功させるが、金にこだわらない。作中に「（略）己には己の為事がある。己なんぞは会社の為事をして給料を貰つてゐりやあ好いのだ。為事は一つありやあ好いのだ。思付なんぞはいくらでもあるから、片つ端から人にくれて遣る。それを一つ摑まへて為事にする奴が成功するのだ。中には己の思付で己より沢山金をこしらへるものもある。金が何だ。金くらゐ詰まらないものが、世の中にありやあしねえ。」との増田の言がある。
（12）古川清彦「森鷗外と常磐会」（「宇都宮大学学芸学部論集」第一〇・一一号、昭36・1、同37・12）ほか。
（13）稿者編『付遺言　鷗外論集』（講談社〈学術文庫〉、平2・12）「解説」及び拙論「森鷗外」（『国文学解釈と鑑賞』別冊「卒業論文のための作家論と作品論」至文堂、平7・1）。いずれも本書所収。

■『付遺言鷗外論集』「解説」

劇的な転換――貴族主義《アリストクラシー》から民主主義《デモクラシー》へ

森鷗外が夏目漱石とともに、近代日本を代表する最大の文豪であることは、広く知られている。しかし漱石が、小説家として本格的な出発を果して以後、東京朝日新聞社に入社し、あくまで一人の民間人としての立場から自由な執筆活動を展開しえたのに対し、鷗外は、明治十四年（一八八一）に軍医として陸軍省に出仕して以来、ほぼ以後の全生涯を官界に身を置き、そのかたわら文学活動に従ったのは、両者の実生活上の最大の相異点と言わなければならない。いわば、文学者漱石が一人の〈私人〉として芸術と実生活を統一的一元的に生きえた幸せな存在と言いうるなら、鷗外の不幸は、晩年のごく限られた一時期を除いて、そのような統一的一元的な生を、ついに自己のものにすることができなかった点にある、と言えよう。

鷗外の生に終始まつわりついて離れなかったものは、官界――それも陸軍省・宮内省という封建色の強い、しかも軍国主義国家として日本の近代化路線を推し進めなければならなかった明治国家の中枢に位置する権力機構としてのそれのくびきであった。むろん、生活者鷗外の旺盛なエネルギーは、小倉左遷という一時の挫折こそあれ、やがて彼を軍医総監陸軍省医務局長という軍医最高の地位にまで押しあげて行く。それを鷗外における立身出世主義の貫徹のかたちとみることも、けっして不可能ではない。

にもかかわらず、彼の生は、その基底にそのような秩序指向や権力指向に甘んじることのできない余りにも混沌とした全人間的エネルギーを充ち溢れさせていた。この地点からみれば、官吏としての〈昼〉の生活は、むしろ仮のもの、創作に従う〈夜〉の生活こそ、真実のもの――精神の自由に属するものであった。だからと言って、彼は〈夜〉の生活のために〈昼〉の生活を犠牲にすることもできなかった。むろん、〈昼〉の生活のために〈夜〉の生活を抹殺することは、なおさらできなかった。この〈公〉と〈私〉、〈秩序〉と〈自由〉をめぐる両極の緊張関係に身を横たえ、その二元的矛盾を二元的矛盾として、あるがままに追求するところに鷗外の文学の真の眼目があったのである。

そのような鷗外の生の構造それ自体にまつわる矛盾のパラフレーズとして生まれるのが、〈功名〉と〈恋愛〉、〈国家〉と〈個人〉、〈封建〉と〈近代〉、〈保守〉と〈合理〉、〈東洋〉と〈西洋〉という日本的近代における根源的な二元的矛盾の課題の諸相であり、そのような二元的矛盾の究極に浮上するのが、「かのやうに」(『中央公論』明45・1)に示されたような〈神話〉と〈歴史〉――天皇制国家秩序と歴史追求の合理主義精神との決定的対立への凝視の課題であったのである。今日、鷗外文学の意義を問うならば、それは、鷗外における全人間的エネルギー解放の欲求にささえられ、自己の生の矛盾をそのような日本近代の現実の矛盾にまで普遍化しえた、鷗外における〈認識〉の自由と、それが到達しえた社会的歴史的な射程距離の長さを措いてない、と私は考えたい。

鷗外の生と精神には、たしかに全と個、国家と個人との調和を夢想しえた明治精神の歴史的限界が刻印されている。しかし、そのような歴史的限界そのものが、実現されつつある明治国家の矛盾を明敏に洞察しうる認識の〈自由〉〈合理主義精神〉の母胎であった。そして、鷗外の剔抉しえた〈秩序〉と〈自由〉の二律背反性――そのパラフレーズとしてのもろもろの矛盾を、今日の私たちは未《いま》だに克服しえてはいない。その意味で鷗外の課題は、今なお私たちに課せられている課題と言えるのである。

本書には、そのような鷗外の精神のありかたを、ヴィヴィッドに示している評論・エッセイなど二十篇を収めた。本書を通読することによって、鷗外の精神のアウトラインを理解し、鷗外の課題を読者それぞれに課された課題として受けとめて頂ければ、編者の幸い、これに過ぎるものはない。以下、簡単に各篇についての解説を付記する。

大学の自由を論ず

明治二十二年（一八八九）七月二十二日、『国民之友』第五十七号に発表。のち『衛生療病志』第二十一号（明24・9・9）に再掲。鷗外が明治十七年（一八八四）から二十一年（一八八八）にかけて足かけ五年に及ぶドイツ留学において、ライプチヒ、ミュンヘン、ベルリンの各大学に学んだことは広く知られている。本篇は、その間に鷗外の得た知見に基づいており、その中核に大学における〈自由〉の問題があった。大学の〈自由〉は、学問の自由、認識の自由の基盤に外ならない。鷗外が西洋文明の本質にみたものは〈自由〉と〈美〉の認識であった。そして英仏の大学が、学生の生活に拘束を加え、実質において温順な官吏を養成するための機関に過ぎないのに対し、ドイツの大学の学生が不羈《ふき》奔放な生活を許され、そのような生活の自由が「独立の気象」と「責任」の観念を培《つちか》い、やがて彼らを「真成の男子、真成の学者」として育てる最良の教育法となっている、と論じるところに本篇の眼目がある。ここに私たちは、鷗外の文壇的処女作「舞姫」（『国民之友』明23・1）において、主人公太田豊太郎に「まことの我」のめざめを促した「自由なる大学の風」の現実的諸条件を読みとることもできるであろうし、また「まことの我」にめざめた豊太郎を「独立の思想を懐《いだ》きて、人なみならぬ面もちしたる男」と形容した作者の現実的根拠を想定することも可能である。そして「舞姫」のコンテクストに照して言えば、そのような「真成の男子」としての豊太郎の自我が直ちに官長に代表される秩序（官僚機構）との対立を呼びおこすように、鷗外の論じた「大学の自由」の裏面にもまた、彼が心の奥底深く秘めた〈秩序〉に対する反抗のモチーフの存在を読みとることも、けっして不自然ではあるまい。ドイツを舞台として行われた豊太郎における〈秩序〉対反〈秩序〉のドラマは、英仏の大学対ドイツの大学の対比という暗喩のかたちで、この論の底部にうけつがれ、ヨーロッパならぬ日本の現実を生きつつある鷗外のひそかな情念のありかたを明かしている。

しがらみ草紙の本領を論ず

明治二十二年（一八八九）十月、『しがらみ草紙』第一号巻頭に発表。のち評論集『つき草』（春陽堂、明29・12）に収録。大幅に改稿。本文は『つき草』に拠った。

『しがらみ草紙』は、明治二十二年八月、『国民之友』第五十八号の夏期付録にS・S・S・（新声社）の名で発表された訳詩集『於母影』の稿料五十円を資本に刊行された文学評論誌。誌名は、文壇の流れに柵（しがらみ）をかけるの意で、本論は、その趣旨をパラフレーズしたもの。和漢洋の諸要素からなる当時の文学界の無秩序な状態の秩序化を招きよせるために、「批評」の必要性を説き、その基準を西洋美学に求めるとともに、「批評」の「批評」によって文学批評の近代化を推進しようとする『しがらみ草紙』発刊の意図を述べている。やがて同誌は、鷗外と坪内逍遙との間に交わされる近代日本最初の文学理念をめぐる大論争としての理想・没理想論争において、鷗外論発表の主要舞台となる。

西洋美学、その一環としての詩学に基礎を求め、文学批評、とりわけ〈小説〉批評の基準をうち立てようとする鷗外の姿勢は、逍遙『小説神髄』（明18―19）や高田半峰『美辞学』（明22）のごとき原理論や修辞論の出現に呼応して、その現実的応用の具体的方法を文学界に啓蒙しようとするもので、いわばジャーナリスチックな実践的性格に一特徴があったと言えよう。私たちはそこに、鷗外初期の啓蒙的文学活動をめぐる、文学ジャーナリストとしてのいきいきした現実への関心と文学近代化への限りない自負と使命感の所在を明らかに読みとることができるのである。もっとも、医学面にもわたって展開された、鷗外のそのようなジャーナリストとしての旺盛な啓蒙活動が、やがて彼を九州小倉の第十二師団軍医部長の地位に逐《お》うことにもなるのだが。

鷗外漁史とは誰《た》ぞ

明治三十三年（一九〇〇）一月一日、『福岡日日新聞』に発表。これに先立つこと半年、明治三十二年六月八日、鷗外は陸軍軍医監に昇進すると同時に、それまでの近衛師団軍医部長兼陸軍軍医学校長の職を解かれて、小倉師団軍医部長に任命された。いわゆる小倉左遷である。その経緯は、なお詳《つまび》らかでないとしても、明治二十年代における余りにも戦闘的な啓蒙的批評・ジャーナリズム活動が、陸軍上層部の忌避する原因となったことは、疑いえない。なぜなら、小倉左遷が鷗外から奪ったものこそ、そのような戦闘的ジャーナリズム活動であり、「公衆」に対する余りにも率直な訴えかけであったからだ。いわば、〈鷗外〉の名は、彼のそのようなジャーナリズム活動が奪われるとともに死んだのである。語を代えれば、文学・医学両面にわたる鷗外のジャーナリズム活動が、「公衆」に対する語りかけを通じて真の〈近代〉のイメージを追う試みであったとすれば、小倉左遷という〈秩序〉からの逆襲は、彼を尖端的現実から隔離し、「生埋《いきうめ》の運命」を彼に用意したのである。本論は、そのような鷗外の無念の思いから生まれた。文壇との関わりの回顧、現時文壇への批評という本篇の趣旨の背景に、自己を逐った〈秩序〉に対する鷗外のひそかな反噬《はんぜい》が透視しうると見るのは、一人稿者の予断によるものとは言えまい。しかし、無念とは言いながら、本論にはなお、「公衆」にかける、かつてのジャーナリスト鷗外の面影は、刻印されている。「鷗外漁史はここに死んだ」、「鷗外は殺されても、予は決して死んでは居ない」という、形と影を使いわけるレトリックの背後には、フェニックスのように他日の甦りを期す鷗外の不屈の意志のありかを示すものがある。そして鷗外の帰京は、これから二年三ヵ月後に実現する。

洋学の盛衰を論ず

明治三十五年（一九〇二）六月、『公衆医事』第六巻第四号および同五号に掲載。同年三月二十四日、小倉偕行社における上長官会議での演説に基づくもの。これに先立ち三月十四日付で、鷗外は第十二師団軍医部長の職を解かれ、第一（近衛）師団軍医部長に復帰した。帰京は三月二十八日である。すなわち本篇は、鷗外の告別演説に外ならない。内容は、逍遙は姉崎嘲風の言説に象徴される洋学無用論の高まりの兆《きざし》に対し、西洋における学問的状況を踏まえつつ、日本の近代化の成功が西洋の学問の果実のみの輸入によるものであり、果実を自《みずか》ら育くむ「雰囲気」を、日本はまだ持ちえていないことを指摘し、洋学輸入の已《や》むべからざることを説いたもの。ベルツ Erwin von Baelz（一八四九～一九一三）が指摘した「雰囲気」欠如の問題は、のち小説「妄想」（明44・3～4）の文明批評に継承され、洋行における「椋鳥主義」については、後出「混沌」等にも所出する。日本の近代化の一応の整備とともに、その歪みをみすえる鷗外の認識は逆に深まっており、本篇は、来るべき明治四十年代の文学活動を通じて現われる日本的近代への批判的認識の出発点をなすものである。

仮名遣意見

明治四十一年（一九〇八）六月二十六日、第四回臨時仮名遣調査委員会において行われた意見演説。速記による原稿化を経て、七月六日、私的に印刷、配布。同四十二年一月、文部大臣官房図書課発行『臨時仮名遣調査委員会議事速記録』に掲載。本篇は同速記録に拠った。

臨時仮名遣調査委員会は、仮名遣いについての文部省試案を審議する諮問機関として同年五月二十五日に文部省官制によって制定された。試案は、文語・口語の別を廃し、字音（漢字音）については表音式に、テニヲハおよび動詞の活用における「ゐ」「ゑ」「は」「ひ」は残すという折衷案であったが、鷗外の演説により撤回されることになった。

鷗外の意見は、歴史的仮名遣いを正則とし、歴史的に口語として定着したものは順次認める、というもので、事実上、戦前における仮名遣いのありかたを決定したものである。表音式仮名遣いとなった今日からみれば、一見古くさく思える鷗外の意見だが、日本語固有の歴史と伝統を踏まえた主張には、文化の本質についての重要な指摘が潜んでいる。多数より少数のエリートを文化の担い手とする鷗外の見解がそれだが、それは、デモクラシーよりアリストクラシーを望ましいとする彼の政治的見解に対応している。鷗外に錯誤があったとすれば、鷗外の文化観にふさわしい真の〈貴族〉が決定的に不在であった、という日本的近代の特質による。文化の「精華」ともいうべき真の〈貴族〉は、西洋においてこそかつては実在したが、日本近代においては、いわば、ひとり鷗外によって代表され、鷗外によって終ったとみることの方が、はるかに客観的である、と言えよう。（そのような鷗外の〈貴族〉主義を、外から挑発したものは、ニーチェの〈貴族〉の哲学であったであろう。）

鷗外にのみ可能であった文化的〈貴族〉主義を、私たちがくり返しうると、今日考えることは不可能である。私たちの困難は、無限に猥雑な現実の渦中にたたずまざるをえないところにあるのであって、仮名遣いの問題に留まらぬ鷗外の困難もまた、そのような現実の猥雑性――〈混沌〉の渦中にわが身をさらさなければならないところにやがて浮上するはずである。にもかかわらず、鷗外の指摘した歴史と伝統を踏まえた正則の問題は、多数である「凡俗」（「古い手帳から」）を主人公とした上で、私たちの固有性《アイデンティティ》認識の課題として、永遠の理念としての普遍性を主張しうるのである。

夜なかに思つた事

　明治四十一年（一九〇八）十二月、『光風』に発表。「仮名遣意見」に表われたような歴史と伝統——日本文化の固有性《アイデンティティ》をみつめる鷗外の眼は、同時に実現されつつある日本的近代と、歴史と伝統（「雰囲気」）に支えられた西洋近代との距離を測る眼であった。本篇において、そのような鷗外の眼は、西洋近代を「とにかく正直に、無遠慮に書く」もしくは〈書きうる〉世界として捉えている。しかし「是はみんな遠い、遠い西洋の事」なのだ（後の短篇「普請中」には「ここは日本だ。」のリフレインが示される）。空間的距離の越え難さは、ほとんど文化の質的な越え難さの認識に近づいている。にもかかわらず「夜」の世界に仮託して、ここで鷗外は自己の思念の一コマ一コマを「無遠慮」かつ「正直」にぶちまけようとする。「昼」の世界の原理と「夜」の世界の原理とを峻別することによって、〈公〉の世界の原理と〈私〉の世界の原理とを峻別し、同時に〈秩序〉の原理と〈個〉の原理とを峻別しようと企てている。この二元的峻別の原理のめざすところのものは、〈夜〉〈私〉〈個〉を踏まえた自由な芸術・思想家としての自己の確立にほかならない。こうして鷗外は、一切の前ぎめを排した認識の自由の世界に漕ぎ出ようとしている。「精神の運動」（石川淳『森鷗外』）としての鷗外の芸術家としての再活躍が、ここから始まる。なお文壇復活第二作、短篇「追儺」（『東亜之光』明42・5）中に本篇の趣旨をパラフレーズした「昼の思想と夜の思想」の弁がある。

混沌

明治四十二年（一九〇九）一月十七日、在東京津和野小学校同窓会第九回例会での講演。同会会報六号に載り、のち『妄人妄語』（至誠堂、大4・2）に収録。日露戦争（明37—38）後における自然主義・個人主義ひいては無政府主義・社会主義などの新思想の台頭と、戦後不況による社会不安の増大は、それまでの社会秩序を支えた儒教的な伝統倫理の有効性の喪失を誰の目にもはっきりと証拠立てた。本篇における「今の時代では何事にも、Authorityと云ふやうなものがなくなつた。古い物を糊張にして維持しようと思つても駄目である。（略）或る物は崩れて行く。色々の物が崩れて行く」という鷗外の発言は、そのような時代思潮の転換を歴史の必然として捉える鷗外の率直な姿勢を示して印象的である。「仮名遣意見」に示されたものがアリストクラチックな鷗外の「舵を取」る姿勢であったとすれば、「混沌」にあるものは、多数国民の現実を現実とし、歴史の推移を推移として捉える、健康で合理的な現実感覚に外ならない。保守と合理という鷗外精神の二つの柱を、そこに見出すことも可能である。本篇において鷗外は、固定化し反動化しようとする〈制度〉や〈秩序〉の彼方に、〈混沌〉という根源的な歴史形成のエネルギーを措定することで、伝統的倫理の崩壊に対処する精神の衛生法を説いているのである。〈混沌〉という潜在的エネルギーを自らのものとし、自己を新しい現実に架橋するために要請されるものが、「椋鳥主義」という対現実姿勢であり、「正直」という自らを偽らない態度である。それは、激動する明治四十年代現実の内部に、一切の先入見を棄てて、空白の画布《タブラ・ラサ》として立ち入って行こうとする鷗外の自己変革の姿勢を示す徴標でもあった。

当流比較言語学

明治四十二年（一九〇九）七月、『東亜之光』に発表。鷗外が天才的な語学力（とくにドイツ語）の所有者であったことは広く知られている。天才的な語学力の所有者は、しかし鷗外のみに限らないとも言える。にもかかわらず本篇に見られるような、天才的な語学力が彼我の国民性の比較や文明批評に結びつく例は稀有《けう》のことに属する。鷗外の語学は、けっして語学のための語学ではなかったのである。「或る国民には或る詞が闕けてゐる。／何故闕けてゐるかと思つて、よく〳〵考へて見ると、それは或る感情が闕けてゐるからである」という冒頭の二文が本篇の方法と主題の方向を示している。この二文の延長上にStreber, sittliche Entrüstung, Sich lächerlich machenという三つのドイツ語を日本語に欠けている語として取り出し、それぞれの場合について、「Streberを卑むといふ思想」、「義憤が気恥かしいといふ感情」、「自分を可笑しくすること」への嫌悪、などの日本人における欠如を鷗外は指摘していく。学問を出世の道具として学問する人間、自己をかえりみずに他人を槍玉にあげる人間、他人の目に滑稽にみえる自分を客観化しえない人間――いわゆる俗物なるものへの嫌悪は鷗外の生と文学を一貫する原理だが、それを言うのが本篇の主眼とみるならば、鷗外の潔癖な倫理感から見た東西文明比較論となる。しかし、一篇のオチは結末の一文にある。曰《いわ》く、「Maupassantの訳書が発売禁止になるなんぞを見ると、政府も或は自分を可笑しくするのを厭はないのではあるまいか」。比較言語学の新領域を開拓しつつ、〈秩序〉の核心をつく文明批評たりえているところに本篇の生命がある、と言えよう。

鼎軒先生

明治四十四年（一九一一）四月、『東京経済雑誌』の「鼎軒田口博士七回忌記念号」に発表。同年三月九日の日記に「鼎軒先生を草して田口文太に送る」とある。

田口鼎軒（安政2〜明38〈一八五五〜一九〇五〉）は、本名卯吉。経済学者、史論家。主著『自由貿易日本経済論』（明11）『日本開化小史』（明10〜15）『日本開化の性質』（明18）など。自由主義貿易・経済を主張、歴史を財貨の発達と人間の利欲との関係から論じ、日本の開化を貴族的とし、平民的原理の導入によって産業社会の発達を図るべしと論じた。本論は鼎軒を「東西両洋の文化を、一本づゝの足で踏まへて立つてゐる」、「二本足の学者」と見、「現代に必要」にして「最も得難い」、「調和的要素」と評価したもの。鼎軒をかりて鷗外自らを語った、と見ることができよう。文中、デモクラチックな鼎軒を論じた部分には、アリストクラチックな鷗外との差異が窺われ、短篇「里芋の芽と不動の目」（『昴』明43・2）における主人公の言葉をかりた鼎軒評と照応する。「世間では一本足同士が、相変らず葛藤を起したり、衝突し合つたりしてゐる」という末尾の状況認識は、大逆事件や南北朝正閏問題の勃発を近い過去にみた鷗外の憂慮を示す。それは、やがて〈歴史〉と〈神話〉、天皇制国家秩序と合理主義との決定的対立という「かのやうに」（『中央公論』明45・1）における悲劇的認識の定着において究まることになる。

文芸の主義

明治四十四年（一九一一）四月、『東洋』に発表。初出題は「文芸断片」。のち『妄人妄語』に収録。日記同年四月二十一日に「東洋記者福井庄三郎に、断片を書きて与ふ」とある。明治四十一年七月に成立した第二次桂太郎内閣による文芸・思想への発禁・弾圧政策に対する批判としてこの一篇は、著者が陸軍の顕職にある現役軍人であるという一事を以てしても、近代日本文学史における一つの奇蹟と言えよう。学問・芸術の世界の自律性を主張する鷗外の姿勢は、一面、非功利的な学問観の流れを育くみつつ、しかし他面において、秩序や政治への鋭い抵抗精神の拠点たりうるものであった。「学問の自由研究と芸術の自由発展とを妨げる国は栄える筈がない」という本篇の結論は、以後の日本の辿る運命への鋭い予言である。

サフラン

大正三年（一九一四）三月、『番紅花《サフラン》』に発表。のち『妄人妄語』に収録。唐木順三『森鷗外』（世界評論社、昭24）は、この文章に「名」から「物」へ、という鷗外における対象世界への接近のプロセスを見出している。遠く鷗外幼少時代の漢文素読の教養が、「型の精神」を形成し、「型の精神」を失うことで大正期以後の知識人は、知的アナーキズムに陥り、軍部という強力な「型」の出現に際して、抵抗の内的契機を持つことができなかった、と言うのである。大正教養主義による自己形成をとげた唐木の自己批判に基づく鷗外再評価のモチーフを示すものだが、虚心に見れば、本篇には「名を知つて物を知らぬ」「片羽」としての鷗外の自我の空白域の認識もある。それにしても、未完の長篇「灰燼」（『三田文学』明44・10～大元・12）の挫折と乃木殉死を介して歴史小説の世界に座を移した鷗外の自律的営みにまつわる寂寥感も、本篇には漂っているようである。

歴史其儘と歴史離れ

大正四年（一九一五）一月、『心の花』に発表。大正三年十二月十日の日記に「山椒大夫を校し畢る。歴史其儘と歴史離れの文を草して佐佐木信綱にわたす。心の花に載せむためなり」とある。大正元年（一九一二）十月、『中央公論』に発表した「興津彌五右衛門の遺書」以後の一連の歴史小説の方法としての、「史料の自然」を尊重する「歴史其儘」に一つの転機が訪れたことを示す一文である。「歴史其儘」とは言っても、歴史小説である以上、それらの作品群が「史料」の「自然」を尊重しようとする歴史家としての本能と、自己の内面の声に忠実でありたいとする文学者としての自然な欲求との微妙な緊張関係の上になりたつものであったことは否定しえない。鷗外の内部には歴史家と小説家とが対立しつつ、並存していたのである。この緊張関係に耐えきれなくなった時に書かれたのが伝説に取材した「山椒大夫」（大4・1『中央公論』）であった、とひとまず言うことは可能である。

にもかかわらず本篇の趣旨を歴史小説をめぐる主観と客観との対立の次元においてのみ捉えることは、なお皮相であろう。「史料の自然」を尊重する「歴史其儘」の方法は、〈秩序〉という問題と結びついてのみ、鷗外において必須不可欠のものであったからである。とすれば、「歴史離れ」への移行は、〈秩序〉対〈個人〉という主題からの鷗外の飛躍を語るものにほかなるまい。事実、「大塩平八郎」（『中央公論』大3・1）「堺事件」（『新小説』同・2）の二作において、鷗外は幕末・維新期における国家的事件を俎上《そじょう》にのぼせていたのである。前者において大塩事件を「醒覚せざる社会主義」とみ、後者において事件の兵士らを〈裏切られた皇国意識〉の視角から照し出したとき、ほとんど鷗外は大正現代の〈秩序〉の課題に接近していた。「「大塩平八郎」と「堺事件」を二枚のあわせ鏡として、鷗外の歴史小説は危険な断崖にさしかかっていた」（三好行雄「森鷗外——歴史小説について——」『解釈と鑑賞』昭34・1）

という把握の有効なゆえんであり、このとき鷗外は自《みずか》らの保守主義の拠って立つべき新しい地盤を求めて「歴史を超えるもの」(唐木順三『鷗外の精神』)――与えられた〈運命〉に従いつつ、その中で安心立命する人間主体の追求へと移る。「歴史離れ」とは、そのような鷗外の新しい主題意識の誕生をめぐる方法的比喩にほかならない。

盛儀私記

大正四年(一九一五)十一月十二日から二十二日にかけて、六回にわたり『東京日日新聞』『大阪毎日新聞』に発表。のち私家版として印刷、配布。大正天皇の即位の礼および大嘗祭など一連の儀式への参会の記である。大正四年十一月八日から十九日に至る日記に、関係記事が所出。なお『東京日日新聞』に掲げた「大嘗祭」と題する次の七絶もある。「帝座高懸旧鳳城。壇前設燎薦新秔。蒸成祥霧凝恩露。秔気燎烟描太平」。本篇における鷗外の筆は、精細にして克明、あたかも記録の魔にとりつかれたもののごとくである。そこに浮び上るものは、大礼への参列と贈位された旧幕時代の儒者の墓を求めて京都の街を徘徊する営みとを、あわせて時空という共通の座標軸の中に正確に定位しようとする執拗なまでのモチーフである。明治人鷗外における〈秩序〉と〈個〉、〈公〉と〈私〉をめぐる二元にして統一的な精神のたたずまいとも言えよう。しかし、それは又、歴史進行の軌跡と、記述者の〈わたくし〉とを同時に描く、きたるべき史伝の方法の先駆けとも眺めることができる。事実、十一月八日の京都行きに先立つ十一月二日の日記には、「澀江保始て至る。」とあり、抽斎の嗣子保への資料執筆の依頼など史伝『澀江抽斎』執筆の段取りは着々と整備されつつあった。また、帰京後四日、二十二日の日記は「次官大嶋健一に引退の事を言ふ」と記しており、即位礼への参列は、反面、国家や〈公〉とともにあった鷗外の過去半生の二元的生活に訣別する一つのステップであった、と見ることができる。

高瀬舟縁起

大正五年（一九一六）一月、『心の花』に発表。原題「高瀬舟と寒山拾得――近業解題――」。のち『高瀬舟』（春陽堂　大7・1）に収録。日記大正四年十二月六日に「高瀬舟を瀧田哲太郎に付与す」、同九日に「近業解題を佐佐木信綱の許に送る」とある。『高瀬舟』に収めるにあたり、前半を「高瀬舟縁起」、後半を「寒山拾得縁起」として分割し、それぞれの作品の後に配した。

「高瀬舟」は、京都奉行所の同心庄兵衛に仮託して、罪人喜助の〈知足〉の境地への畏敬の念を記し、あわせて安楽死可否の問題を提示した作品。〈知足〉の境地は、同時に発表を開始した『澀江抽斎』のイメージの中核をなす。それは退官時鷗外の心理の微妙な揺れと無縁ではない。その意味で〈安楽死〉の主題は副次的にして派生的である。

しかし本篇で鷗外は、前者を「面白い」とし、後者を「ひどく面白い」として力関係を逆にしている。さらに〈知足〉の主題を「財産の観念」と卑小化した上で、「銭を持つたことのない人の銭を持つた喜は、銭の多少には関せない」と具体的に述べている。〈知足〉の主題との離れがそこに浮び上ってくる。「「高瀬舟縁起」はひとつの嘘をついている。（略）鷗外の権威主義的メンタリティは、自己を昔のこの無知な一庶民に同一化させることをきらったのだ」（高橋義孝『森鷗外』）という批判が成立するゆえんである。作品「高瀬舟」と「縁起」との間には離れがあり、作者の何より嫌った嘘（「二人の友」）がある。この「嘘」を誰よりも自覚しえていたのも作者である。なぜなら作者は作品「高瀬舟」で喜助に対する頌歌を高らかに謳いあげているからである。「嘘」の実効性は、〈知足〉の主題と〈安楽死〉の主題との意図的逆転に示されている。読者も研究者も欺かれてはなるまい。

寒山拾得縁起

書誌については前項参照。日記大正四年十二月八日に「寒山拾得を春陽堂に遣る」とある。春陽堂は大正五年一月に「寒山拾得」を発表した『新小説』の発行元。「寒山拾得」は、唐の天台州の主簿（知事）閭丘胤における「道」への「盲目の尊敬」を批判、寒山拾得の二人に嘲笑させた作品。「盲目の尊敬」とは、「道」の存在を知りつつ実践しない「道」への傍観者が、「道」を行う人に対して呈する尊敬の意。すなわち「寒山拾得」が閭丘胤批判に仮託して〈公〉と〈私〉に分裂した鷗外の過去半生への批判・清算と、退官を契機として一元的統一主体としての「行為者」（平岡敏夫「歴史小説と史伝・森鷗外」『解釈と鑑賞』昭34・10臨増号）として甦えろうとする鷗外の自己変革のモチーフを仮託した作品と、みられるゆえんである。ともあれ、本篇の末尾における「実はパパアも文殊なのだが、まだ誰も拝みに来ないのだよ」という作者の言葉は、傍観者閭丘胤を批判した「寒山拾得」の主題と完璧に符合している。認識と実践の統一体としての鷗外の自己確立は、史伝『澀江抽斎』という新たなジャンルにおける客観と主観を峻別しつつ、ともに救抜する新しい叙述の方法の発明と表裏するものである。のみならず、主人公澀江抽斎は、考証学を通じての自覚的な「道」の追求者であった。すなわちジャンルとしての史伝は、方法・内容両面において、鷗外における自我の課題を充足する器《うつわ》たりえたのである。この意味で、「高瀬舟」「寒山拾得」および各々の「縁起」は、公と私、芸術と実生活の二元的分裂およびその方法的反映としての、歴史小説における「歴史其儘」と「歴史離れ」の二律背反性に対する清算と訣別のモチーフに基づく諸作品であった、と総括できよう。

空車

大正五年七月六日、七日、『東京日日新聞』『大阪毎日新聞』に発表。同年四月二十三日の日記に「空車を艸し畢る」とある。すでに鷗外は『澀江抽斎』につぐ長篇史伝第二作『伊澤蘭軒』（大5・6・25〜大6・9・15）を両紙に執筆中であった。本篇「上」における「古言は宝である。しかし什襲してこれを蔵して置くのは、宝の持ちぐされである。（略）わたくしは宝を掘り出して活かしてこれを用ゐる。わたくしは古言に新なる性命を与へる」という言葉は、正則を絶対とした「仮名遣意見」の保守主義への微妙な反措定でもある。これと呼応して、本篇「下」における、白山の大通りを「左顧右眄することをなさない」で「旁若無人」に行く空車に寄せる畏敬の念は、「実用主義との訣別、立身出世からの自由、啓蒙とか警世からの自己解放」（唐木順三『森鷗外』）と評される、「有用無用を問はない」（『蘭軒』「その三百七十」）史伝述作にかけた鷗外の自我の充足、自負の念を語りつつ、政治的〈秩序〉（「お国柄」）に対する私《ひそ》かな反措定の意図を示すものであった。本篇末尾「縦ひその或物がいかに貴き物であるにもせよ」の一文の意味がそこにある。「真成の男子、真成の学者」（「大学の自由を論ず」）としての若き日の鷗外理想の自我像は、その晩年、このような形で結実したのである。

本篇執筆と発表の時間の懸に注目した長谷川泉は、その原因として当年の鷗外をめぐる貴族院議員勅選の動きをあげている（「「空車」の怨念」『続森鷗外論考』〈明治書院　昭42・12〉）。「空車」は、そのような動きへの見切りの上に発表された点で、最後の遺言と「密接なつながりを持つ」と指摘される訳だが、その背景には、〈正則〉や〈秩序〉を絶対とする貴族主義からの脱却のモチーフが鋭く顕在化しつつあった、といえよう。

なかじきり

大正六年（一九一七）九月、『斯論』に発表。本篇は、小説「妄想」（明44・3〜4『三田文学』）と並んで、鷗外生涯の回想的概括として注目されてきた。「妄想」で鷗外は半生の精神的思想的閲歴を辿り、「永遠なる不平家」としての自己の総括を行った。「永遠なる不平」は、本篇で消えたであろうか。おそらくは否である。生涯の文業の過半は〈夢〉と〈挫折〉の歴史であり、「約《つづめ》て言へばわたくしは終始ヂレツタンチスムを以て人に知られた」という要約がそれを示している。

すでに木下杢太郎は、鷗外のかくも多産な文業にかかわらず「その随筆、創作の至る処に、悲哀に似る一種の気分」の横溢《おういつ》することを指摘している（「森鷗外」岩波講座「日本文学」昭7）。「悲哀に似る一種の気分」をいかに解釈するかは、それぞれの鷗外理解の個性の問題を規定する、と言っても過言ではあるまい。

にもかかわらず、本篇の問題は、そこにとどまらない。本篇後半において鷗外は「プロドユクチイフの一面」にふれて「文士としての生涯の惰力が、僅に抒情詩と歴史との部分に遺残してヰタ、ミニマを営んでゐる」と述べている。「ヰタ、ミニマ」（最小限の生）は、しかし当年の鷗外においては「ヰタ、マキシマ」（最大限の生）にほかならなかった。顧炎武の懸牌にならった文章注文への謝絶は、実は「歴史」（史伝）の領域に、残る生涯をあげて懸けようとする凄絶な覚悟の表明である。「わたくしは此の如きものを書く為めに、此の如く世に無用視せらるゝものを書く為めに、殆ど時間の総てを費してゐる。それゆゑ別に文を作る遑がない。（略）」（「観潮楼閑話」「二」『帝国文学』大6・10）。この地点にこそ、本篇の前半と後半とをつなぐ強い糸が存在する、と言えよう。いわば、当年の鷗外にとって、本篇に言う「ジエネアロジツク」（系譜的）の方向を取る「古人の伝記」の追求こそは、「ヂレツタンチスム」を以て括られる前生涯の文業に対する苛烈な反措定なのであった。そして、「ジエネアロジック」の意味を〈皇統〉に対する〈国民の血脈〉の追求と読みかえることも、むろん可能である。史伝もまた、反〈秩序〉の営みであったゆえんがそこにある。

その意味で本篇を統率する鷗外の修辞法は、〈反語〉のそれであり、鷗外の経歴をめぐる世人の世俗的同情は、あたかもそれを誘発するかのように、本篇において巧みに張りめぐらされたレトリックとしての〈反語〉の彼方に蔵されている彼の倨傲の意識を、あまりにも容易に見過しがちなのである。

礼儀小言

大正七年（一九一八）一月一日から十日にかけて『東京日日新聞』に、同五日から十四日にかけて『大阪毎日新聞』に発表。

本篇における礼義の「意義」と「形式」とをめぐり、現代日本文明の混乱を衝く鷗外の筆法もまた、〈反語〉のレトリックと無縁ではない。「今の邦人は啻《ただ》に意義を抛擲せむと欲せざるのみではない。わたくしの観察する所を以ってすれば、今人はもはや意義を寓するに堪へざる旧形式に慊焉たるがために、別にこれを寓するに宜しき形式を求めてゐるものの如くである」、「竊《ひそか》に今の名流の間に物色するに、能く此《この》解決（「新なる形式を求め得て、意義の根本を確保する」こと――稿者注）に任ずべきものは必ずしも乏しくはなささうである。否。若し著意して大正の叔孫通たるべき人材を求めば、現代は実にその多きに勝《た》へまい」と述べながら、実は鷗外は「意義」の忘却と「形式」の未成という現代日本文明の混乱のやむべからざるゆえんを確実に撃っているのである。

「批評精神の醒覚」を「現代思潮の特徴」とみる鷗外は、「形式の疵瑕《しか》」の発見が、「形式を棄てて罷《や》むか、形式と共に意義をも棄つるかの岐路」に「人を（略）立たしめる」とみる。前者は〈秩序〉の論理であり、後者は反〈秩序〉としての〈革命〉の論理に外ならぬだろう。鷗外は、確実に来るべき激動の未来を予見しえている。この予見が鷗外に〈秩序〉の矛盾をみすえた次の痛烈な批評を放たしめる。「わたくしは人の何故に大なる路標を此《この》岐路に立てむと欲せざるかを怪む。人は形式を破棄するを以って危険なりとし、真の危険は意義を破棄するに至つて始て生ずることを暁《さと》らざるが如くである」。

同じ批評は又、結びの章（「その十」）において「わたくしは人の此《この》形式を保存せむと欲して弥縫《びほう》の策に齷齪《あくさく》たるを見て、心に慊《あきた》らざるものがある。人は何故に昔形式に寓してあつた意義を保存せむことを謀らぬのであらうか。何故にその弥縫の策に労する力を移して、古き意義を盛るに堪へたる新なる形式を求むる上に用ゐぬのであらうか」と、いっそう具体的にパラフレーズされることになる。

鷗外は、先に引用したように「真の危険は意義を破棄するに至つて始て生ずる」と言い、また、その延長上で「我邦の現状がいかに形式の疵瑕を摘撥する傾を有するも、猶未だ併せて意義を抛擲せむと欲するに至らざるは幸である」と言っている。この点に関わらせてさらに鷗外は、「わたくしは上に形式と意義とを併せ破棄するものがあると云つた」と〈革命〉の論理の危険性を暗に踏まえつつ、反転して「しかしわたくしは形式を恪守《かくしゅ》するものの間に、却つて意義を忘れ果てたるものがあつて生《せい》を偸《ぬす》むのを見逃すことは出来ない」と〈秩序〉の論理の頽廃を衝くのである。

本篇の実質的な結論は、「畢竟此《この》問題の解決は新なる形式を求め得て、意義の根本を確保するにある」の一文に収斂《しゅうれん》する。それは、「人生の所有《あらゆる》形式には、その初め生じた時に、意義がある」という「その五」の断言に呼応している。ここで鷗外が「形式」の名のもとに暗喩しているものは、変革可能な歴史的存在としての「お国柄」（「食堂」『三田文学』明43・12）――天皇制国家秩序（国体）そのものに外ならない。この意味で本篇は、国家秩序変革の論理の必要性の指摘と、にもかかわらず現代における、その未成に対する鷗外の諷喩に外ならない。諷喩と反語そして韜晦のレトリックの背後にあるものは、きたるべき〈革命〉の論理の顕在化と〈秩序〉の論理の反動化――両者の尖鋭な衝突の彼方において、合理主義の破産として立ち現われるであろうカタストロフィー（天皇制ファシズム）到来への深刻な危機感であった、と言えよう。

なお唐木順三『森鷗外』は、本篇における「意義」の内容を「帝室」としている。そのことに異議はないが、それ（帝室）が、「形式」（秩序）としての天皇制国家秩序（国体）と区別された概念であることが重要なのである。

古い手帳から

大正十年（一九二一）十一月から十一年（一九二二）七月にかけて九回にわたり、『明星』に連載。鷗外の死（大11・7・9）により中絶、絶筆となった。本篇は、古代西洋における共産主義思想・国家思想の追求と併せて、鷗外最晩年の社会思想を窺うに足る好個の文献である。すでに大正六年（一九一七）にはロシア革命が成立、国内における労働運動、階級問題の激化を背景に鷗外も独自に国家思想の研究に着手、大正六年十二月二十四日の賀古鶴所宛書簡には「国体に順応したる集産主義」という着想《イデー》の披瀝《ひれき》もあるが、本篇の筆致は、あくまで客観的かつ具体的であり、その平易な表現は、よくこなれた思索の跡を示している。たとえば、プラトンの共産主義あるいは国家集産主義（前出イデーは、これに拠ったものであろう）を論じ、その欠点を「上二階級をして全く自利の心を棄てさせようとしたものである。此の如き器械的国家は成り立たない。よしやそれが成り立つたとしても望ましくない。何故といふに、若し自利の心がないときは人の事業に励みがない。緊張がない。緊張がなくては発展がない。文化が滅びる」と、〈自利〉の否定に求めた鷗外の分析は、七十年の歳月をへだてた今日、ソビエト連邦における共産主義の自壊作用の原因を逸早く予言しえたものとして、歴史的な再評価に価するものと言わなければなるまい。共産主義という〈神話〉の剝落に直面している現代の私たちの眼には、私産を認め、貧富の懸隔が大きくならないように調節するところに国家の役割を認める「アリストテレスの社会政策」に対する鷗外の評価も、これまた、きわめて妥当に見えてくるのも自然のなりゆきである。

注目すべきは、鷗外の社会思想の座標軸それ自体が、従来のアリストクラシー（貴族主義）からデモクラシー（民主主義）に向って、大きく動いていることである。「Aristoteles の国家は凡俗の団体である。しかし凡俗をして小人より遠ざかり、君子に近づかしめようとしてゐる。此向上の動機が即仁である。仁は個人の存続（自利）を抑へて、人類の存続（利他）を揚げようとする自然の手段である。国家は凡俗の国家であるから、凡俗をして政に参せしめなくてはならない。（略）国家は少数の君子（貴族）に特権を与へず、自恣を敢てせしめないで、同時に又多数の小人をして横暴ならしめざることを努めなくてはならない。珍物（君子）をもありふれた物（小人）をも併せ用ゐて料理の献立は出来るのである。（Politik III.）」。

あえて長い引用をしたのは、ここに、はっきりと、鷗外におけるブルジョア民主主義への思想的転換が、アリストテレスの政治思想に共感するかたちで表明されているからである。プラトンの貴族主義からアリストテレスの民主主義への道は、賀古宛書簡に示された「国体に順応したる集産主義」から、大正・昭和の現実を踏まえた民主主義者鷗外への道である。「仮名遺意見」の貴族の保守主義から凡俗の民主主義への道のりでもある。

本篇は、「希臘及羅馬時代」の項以後、古代西洋における階級対立の歴史——いわば下部構造の追求へと移るが、本篇の現代的意義は、「Platon」と「Aristoteles」の項において究まっている。そして、その現代的意義の重要性は、必然的に〈明治の精神〉の作家としての鷗外のイメージの変革を要求している。「古い手帳から」における鷗外の社会思想は、明治の作家としての思想的限界を超えて、大正・昭和の思想的地平に確実に到達しえているからである。

従来の鷗外研究は、鷗外最晩年における、このような国家・社会思想の劇的転換と、その到達点の思想史的文学史的意味に、ほとんど全く注意を払ってこなかったようである。

遺言

大正十一年（一九二二）七月六日、賀古鶴所筆受。日記同年六月十五日に「木。晴。始不登衙」とあり、以下各日の日記に「在家第二日」「在家第三日」……「在家第二十日」とあり、七月五日の「水。第二十一日。（略）額田晋来診。（略）」の叙述で日記は絶筆する。七日から諸症悪化、九日午前七時、鷗外は逝去した。年六十一。死因は、結核に由来する萎縮腎であった。

本遺言状の核心が、「余ハ石見人森林太郎トシテ死セント欲ス」「森林太郎トシテ死セントス」の二文にあることは、言うまでもない。にもかかわらず、そのような単純、明快な意思の表明にあたり、なぜ鷗外は「死ハ一切ヲ打チ切ル重大事件ナリ奈何ナル官憲威力ト雖此ニ反抗スル事ヲ得スト信ス」、「コレ唯一ノ友人ニ云ヒ残スモノニシテ何人ノ容喙ヲモ許サス」、「宮内省陸軍ノ栄典ハ絶対ニ取リヤメヲ請フ」（傍点稿者）と、何重にも力まなければならなかったのか。鷗外遺言状のあたえる悲劇的感銘の本質が、鷗外の生の全体とオーバーラップしつつ、問題となるゆえんがそこにある。

はやく中野重治は、そこに「鷗外の生涯をさながらに握つてゐるもの、息を引き取るまで握りつゝ来たもの」としての「官権《ママ》威力」そのものに対する「殆ど絶望的な最後の反噬」を見出し（「遺言状のこと」〈初出題「鷗外と遺言状（鷗外論目論見その一）」（原文「と」欠。「目次」には、「と」あり。但し、「（ ）」内欠。）〉『八雲』昭19・7。『鷗外　その側面』所収）、高橋義孝は、中野説を対極にすえつつ、「ストイシズムとしても外化することのある巨大で非情な理知、そういうものを持つて生れたということこそ、鷗外の悲しみのもつとも深い根拠」とした上で、「人間らしく、愚かな人間らしく生きることのできなかつた恨み」と論じ（『森鷗外』五月書房、昭32・11）、「怨念の文学」という鷗外文学の全体像を立言した。中野と高橋を左右の両極とすれば、その間には、「遅過ぎた悲しい救いのもとめかた」（勝本清一郎）、「自分の死を（略）「大義名分」の側から「個」の側に奪い返そうとする努力、あるいはそのはかない宣言」（蒲生芳郎）、「藩閥に対する秘められた反抗と潔癖」（唐木順三）、「学問と芸術の位は人爵の外にありとする鷗外の信念」（平川祐弘）、「現実世界に対する（略）帰属感の薄」さの表明（山崎正和）などとみる、さまざまなニュアンスの解釈がひしめいている。

　そして、これら諸家の遺言状解釈は、そのまま、それぞれの鷗外像の本質を規定し、ひいては、それぞれが鷗外に向うモチーフを直接、間接に語るものである。稿者にも「幼少期から鷗外の魂に刻み込まれた、ある抜き難い不適合性（倨傲と認識）」を踏まえて「対象世界（略）に向って放った最後の距離測定の試み、そして対象世界に所属することへの積極的な拒否（略）の表明」としての存在論的把握があるのだが、本稿の趣旨の延長上において「遺言状」をかえりみるとき、それはやはり「官憲威力」としての「宮内省陸軍」によって具体的に体現される天皇制的国家秩序（国体）に対する鷗外の「最後の反噬」（中野重治）と見なければならないだろう。遺言状における鷗外のそのような意思表明は、貴族の保守主義から凡俗の民主主義へ、アリストクラシーからデモクラシーへ、明治の精神から大正・昭和の精神へという最晩年の鷗外における社会・政治思想の劇的転換ならびにその到達点と符節を合する出来事であった、と言わなければならない。

　なお、本書の成立ならびに本稿の執筆にあたっては、編集部宇田川真人さんの熱心な勧めと助言に与かることが大であった。末尾に付記して感謝の意を表する。

（一九九〇・一一・六）

第三章　一九一〇年前後

一九一〇年代文学の空間認識――『青年』『三四郎』を視座として

漱石『三四郎』（一九〇八・九・一～一二・二九『東京（大阪）朝日新聞』）の一節の引用から筆を起したい。天長節後の月曜日、団子坂の菊人形小屋の一場面である。

> よし子は余念なく眺めてゐる。広田先生と野々宮はしきりに話しを始めた。菊の培養法が違ふとか何とかいふ所で、三四郎は、外の見物に隔てられて、一間ばかり離れた。美禰子はもう三四郎より先にゐる。見物は概して町家のものである。教育のありさうなものは極めて少い。美禰子は其間に立つて、振り返つた。首を延ばして、野々宮のゐる方を見た。野々宮は右の手を竹の手欄《てすり》から出して、菊の根を指しながら、何か熱心に説明してゐる。美禰子は又向《むかふ》をむいた。見物に押されて、さつさと出口の方へ行く。三四郎は群集《ぐんじゅ》を押し分けながら、三人を棄てゝ、美禰子の後を追つて行つた。（「五」。傍点稿者〈以下略〉）

美禰子が野々宮と自己との距離を知る、その意味で決定的な重さを持つ、この場面で、私が注目したいのは、傍点を付した「見物は概して町家のものである。教育のありさうなものは極めて少い。」という叙述である。ここには「町家のもの」「教育の」ないものに対する、語る三四郎や叙述する作者における、それと自覚せざる差別意識が自覚せざるが故に、直接的に露呈せしめられている、と思われるのだ。

もう一つ例を挙げたい。二人が団子坂下の小川（藍染川）に架けられた「石橋」（藍染橋。根津の北端と団子坂下とに同名の橋があった。(1)──稿者注）を渡って「左へ折れ」、やがて「広い野」に出た直後の場面である。

三四郎は此静かな秋のなかへ出たら、急に饒舌《しやべ》り出した。
「どうです具合は。頭痛でもしますか。あんまり人が大勢ゐた所為《せゐ》でせう。あの人形を見てゐる連中のうちには随分下等なのがゐた様だから──何か失礼でもしましたか」
女は黙つてゐる。やがて河の流れから、眼を上げて、三四郎を見た。二重瞼にはつきりと張りがあつた。三四郎は其眼付で半ば安心した。（同）

傍点部は、先の引用部分の傍点部の叙述を伏線とする、いっそう直接的な差別意識、あるいは差別感覚の表現である。作品『三四郎』は、実は、そのような差別意識によって、自らを底辺の民衆、庶民と差異化した知的エリートの〈青春〉、もしくは、底辺に谷中や根津をのぞみ、中間に団子坂という坂を置く、東京帝国大学を中心とする本郷台地上の〈青春〉の物語である。──いっそう正確に言えば、『三四郎』の世界は、本郷台地上の東京帝国大学と第一高等学校の塀の内部に棲息する人々の世界である、と言うことだ。

余りにも周知の、かかる事実をことさらに取り上げたのは、『三四郎』を意識した鷗外『青年』（『昴』一九一〇・三〜一九一一・八）の、これ亦余りにも明瞭な、『三四郎』の作品空間との、いわば棲み分けの強烈な意識を第一に指摘したいために他ならない。従来、主人公の設定や作品プロットの、『青年』と『三四郎』との共通性を指摘する論は数多くあっても、作品内の物理的空間そのものの共通性と異質性に微視的に注目した論は、殆んど皆無に等しいからである。(2)

先に『三四郎』が東京帝国大学と第一高等学校の塀の内部に棲息する人々の物語と規定したが、鷗外『青年』は、『三四郎』と知的空間を共有しつつ、しかし、決して塀の内部には立ち入らぬ、もしくは、そこに立ち入るという行為を厳しく自らに禁じる青年、小泉純一の物語である。まず彼の言葉を聞こう。

今東京で社会の表面に立つてゐる人に、国の人は沢山ある。世はY県の世である。国を立つとき某元老に紹介して遣らう、某大臣に紹介して遣らうと云つた人があつたのを皆ことわつた。それはさういふ人達がどんなに偉大であらうが、どんなに権勢があらうが、そんな事は自分の目中に置いてゐなかつたからである。（略）自分は東京に来てゐるには違ない。併しこんなにしてゐて、東京が分かるだらうか。かうしてゐては国の書斎にゐるのも同じ事ではあるまいか。同じ事なら、まだ好い。国で中学を済ませた時、高等学校の試験を受けに東京へ出て、今では大学にはいつてゐるものもある。瀬戸のやうに美術学校にはいつてゐるものもある。（略）自分が優等の成績を以て卒業しながら、仏蘭西語の研究を続けて、暫く国に留まつてゐたのは、自信があり抱負があつての事であつた。学士や博士になることは余り希望しない。世間にこれぞと云つて、為て見たい職業もない。家には今のやうに支配人任せにしてゐても、一族が楽に暮らして行かれる丈の財産がある。そこで親類の異議のうるさいのを排して創作家になりたいと決心したのであつた。（一五）

引用が長くなったが、前半には、純一が「Y県」（山口県）の出身でありながら、元老や大臣への紹介状を悉く断ったこと、後半には、純一が優等の成績で卒業しながら、フランス語の研究を続けつつ、「暫く国に留つてゐた」のは、「創作家になりたい」という決心、ひいてはそれに伴う「自信」や「抱負」が存在したためであることが述べられてゐる。「支配人任せにしてゐても、一族が楽に暮らして行かれる」財産の存在は、彼の目的追求の自由を保障する必須の条件とは云え、同郷の元老、大臣を頼らず、帝国大学や美術学校に入ろうともせず、中学生である間に聖公会の宣教師ベルタンさんの許に通ってフランス語をものにし、パリの書店から新刊書を直接とりよせて読破、身につけた、オーレリアス・オーガスティン、J・J・ルソー、フロオベル、モオパッサン、ブールジェ、マアテルリンク、ベルハーレン、イプセン、ゲーテ、シェークスピア、ゴーチェ、バルザック、ゴンクール、ゾラ、ユイスマン、ニーチェ、マネ、セガンチニ、ワットォ、コンスタンタン・ギス、ル・モンニエー等々、(3)西洋の過去・現在、戯曲・小説から絵画・哲学に亘る小泉純一の博大な文学的芸術的、かつ思想的・哲学的なる教養の幅と深さは、確かに彼の独立の精神と、その内実としての「自信」と「抱負」とを支えるに適わしい、と言えよう。

小泉純一の培った西洋的教養は、いわば東京帝国大学という国家枢要の研究・教育の最高機関を窓口として、教師によって受容・移入され、学生に伝達・受売りされた間接的な知識ではない。彼自身の金により、直接輸入、購われ、自己の語学力で読破した諸々の原書から摂取された自前の知識であることは確認しておいて良い。尤もいかに博大な知識・教養と云えども、生の現実、青春の現実の前には畢竟空しい。純一の生のドラマ、青春のドラマは、そこから出発する。にもかかわらず従来、小泉純一なる存在の老成ぶり、青年らしからぬ生悟り、あるいは作者による何重もの現実からの手厚い庇護等々の批判の強い、(4)この主人公の設定のうちには、しかし、ある制度的なる知識の体系、端的には外発的な輸入思想としてのアカデミズムなるものに対する暗黙の対峙の姿勢が仮託せしめられている事実を、軽々に見逃してはならないと言うべきではないか。

いわば、そのような既成の外発的かつ制度的なる知識の体系に対峙する小泉純一なる存在固有の倨傲の意識の反映を、私は、作品冒頭の次のような客観的空間の叙述のうちに見届けることができる、と思うのである。

小泉純一は芝日蔭町の宿屋を出て、東京方眼図を片手に人にうるさく問うて、新橋停留場から上野行の電車に乗つた。目まぐろしい須田町の乗換も無事に済んだ。扨本郷三丁目で電車を降りて、追分から高等学校に付いて右に曲がって、根津権現の表坂上にある袖浦館といふ下宿屋の前に到着したのは、十月二十何日かの午前八時であつた。（「壹」）

小泉純一の手にする「方眼図」が、純一の上京二ヶ月前の一九〇九年（明42）八月に春陽堂から刊行された鷗外編『東京方眼図』を指すことは、注するまでもない。余りにも素朴な疑問であるかも知れないが、問題は傍点部にある。本郷三丁目から追分に至る道筋を通る純一が、右手に当って必ずや目にしなければならぬ東京帝国大学の象徴とも言うべき赤門、そして正門、広くは東京帝国大学の存在そのものが、右の空間叙述から忽然と消えているのである。しかし、「追分から高等学校に付いて右に曲がつて」表坂（S字坂、新坂とも言う）上に至ったのであるから、本郷通りを追分まで直進し、右に高等学校の外郭を辿った純一の歩行の軌跡は、まさに東京帝国大学と第一高等学校の塀の外を見事に、忠実になぞっているのである。そして純一の目指す目標は、「根津権現の表坂上にある袖浦館といふ下宿屋」であり、ここには、周知のごとく自然主義作家大石路花が下宿しているのだ。

東京帝国大学も表坂上にある袖浦館も、根津、谷中の低地の西に当り、東の上野台地に対面する本郷台地上、並びにその東方斜面上に位置することは言う迄もない。鷗外がのち『雁』で詳しく解析したように本郷台地の上は、東京帝国大学が象徴するエリートの空間、あるいはエリートの卵としての帝国大学生たちの棲息する空間に他ならない。(5) それに対して、『雁』の高利貸末造がそのほとりに居住せしめられることになる不忍池を南に擁する本郷台地の下の根津・下谷の空間は、庶民の空間、そう言って良ければ、底辺の空間である。そして、鷗外は、純一の「景仰」「畏怖」する自然主義作家大石路花を、本郷台地の上ではあるが、あえて、東京帝国大学並びに言問通りを隔てて地続きの第一高等学校の塀のすぐ外部、詳しくは第一高等学校の「外囲《そとがこい》」が九〇度東へ折れて、低地に向って下る、その坂の頂点に位置する袖浦館に下宿せしめたのである。町名は駒込追分町、地番は三十一番地に当る。

　純一の歩行した本郷三丁目から追分、追分から表坂上の袖浦館というコース、大石路花の下宿する表坂上にある袖浦館は、ともに東京帝国大学・第一高等学校の外囲いの輪郭、そのすぐ外部に位置する。外囲い（塀）によって隔てられた、この二つの空間は、無限に近く無限に遠い。二つの空間を隔てる境界線（「塀」）は単なる物理的なそれではない。そのすぐ外側の空間とは、二つの空間のエネルギーが、せめぎ合う場所、その意味でそれは殆んど拮抗する二つの〈知〉の空間の対立と緊張のエネルギーの最も凝縮された内面空間の暗喩ですらある。——一つは制度的にして外発的な、一つは主体的にして内発的な〈知〉のエネルギーの。

　ともあれ、純一は、制度的な空間に無限に近いコースを歩みながら、一度として作中、塀の内部の空間に立ち入ることはなかったし、事情は、大石においても同様であったろう（確証はないが）。そして、そこに立ち現われるのは、東京帝国大学や第一高等学校の内部の空間——制度としての知の空間から自らを厳しく差異化せしめようとする純一の自己決定の位相に他ならず、そのような主体の位相の外的空間への投射こそ、彼によって生きられた空間としての本郷三丁目から追分への道筋における東京帝国大学の存在それ自体を消去せしめたテキスト空間の出現という事態であったのだと言えよう。そして、それは同時に、東京帝国大学の内部に棲息する人々の小説としての漱石『三四郎』の文学空間に対する『青年』の文学空間の差異化をも示す鮮やかな徴標でもあった、と言って良い。

　大石路花のモデルが正宗白鳥であることは通説化されている。東京新聞文芸欄の主宰、脱因習的な言動、虚無的人生観、東京新聞からの馘首など路花をめぐる様々なディテールは、読売新聞入社（一九〇三・六）、美術・文学・教育記事を担当、文芸欄を主宰、同紙上で活発な評論活動を展開する傍ら、「塵埃」（一九〇七・二）「妖怪画」（同七）「何処へ」（一九〇八・一）「五月幟」（同・三）「地獄」（一九〇九・一）など初期の秀作を相次ぎ発表、やがて本野新社長によって馘首される（一九一〇・五）という経歴を辿った正宗白鳥のそれをなぞったものであることは、ほぼ間違いあるまい。（但し『青年』では、路花の誠首は、作品内時間に従って一九〇九年の十二月。）さらに、白鳥は、一九〇四年（明37）九月から一九〇九年（明42）十一～十二月の交まで、本郷台地上に居住していた。手元の十三巻本全集（新潮社刊）第十三巻所収の「年譜」から抜粋すれば、次のとおりとなる。

明治三十七年（一九〇四年）　二十五歳
　九月頃、本郷森川町一ノ九八、幸田方に移る。
明治四十年（一九〇七年）　二十八歳
　この年、本郷森川町一、桜館に下宿。
明治四十一年（一九〇八年）　二十九歳
　同月（九月を指す。稿者注）、森川町の下宿を去り、老婢を雇ひ本郷東片町に一家を構へた。
明治四十二年（一九〇九年）　三十歳
　このころ（十一～十二月か。稿者注）、小石川関口町に住む。

　右の年譜の記述に従えば、正宗白鳥は、一九〇四年（明37）九月頃、一八九九年（明32）十月頃から住んでいた小石川同心町六、内田方から、本郷森川町一ノ九八、幸田方に転居以来、『青年』作中時間の起点、一九〇九年（明42）十月下旬より一、二ヶ月後に小石川関口町に転じる迄、足掛け六年にわたり本郷台地上に居住しており、小泉純一が大石路花を訪問する一九〇九年十月下旬には、本郷東片町の一角に一家を構えていたことになる。しかし、白鳥は本郷台地上で森川町一ノ九八、幸田方→森川町一、桜館→東片町と転居してはいるが、根津権現表坂上の駒込追分町に居住した事実はない。従って路花のモデルを白鳥とする限り、「根津権現の表坂上にある袖浦館といふ下宿屋」という路花の住所の設定は、明らかに意図的な虚構である、と言えよう。先の年譜に明らかなように、当時白鳥は、東片町に「老婢を雇ひ」「一家を構へ」ていたのであり、下宿住いでもなかった。又、白鳥が本郷台地上で転居をくり返した森川町及び東片町は、何れも、本郷台地上を南北に走る本郷通りの西側にあり、「根津権現表坂上」が本郷通りの東側、即ち反対側に当ることも付け加えておこう。

本郷台地の西側斜面に言問通りを隔てて対面する西片町、東片町が、東大教授や作家などの居住する空間、その意味では東京帝国大学と地続きの知的エリートの空間――いわば『三四郎』的空間であるとすれば、「根津権現表坂上」の空間は、根津・下谷という低地の空間に連続し、下方に向って開かれた空間の起点にして頂点である。作者が私立の早稲田専門学校出身にして、知識人の虚無的心情を描き続ける白鳥をモデルとした大石路花を、東京帝国大学と同一の（＝対等の）平面上に下宿せしめつつ、小泉純一の視界から東京帝国大学及びその空間を消失させると共に、「第一高等学校の塀が直角に根津権現の方に西に折れるT字路の頂点に」と書かず、「根津権現の表坂上にある袖浦館」と書き、又、引き続く叙述で「此処は道がT字路になつてゐる。権現前から登つて来る道が、自分の辿つて来た道を鉛直に切る処に袖浦館はある。」と書いたのは、単に地理的空間的叙述の正確さを期したのみでなく、純一の知の空間、具体的には路花に仮託せしめられた純一の未だ茫漠としてはいるが、理想の知のイメージ、文学のイメージが、東京帝国大学の象徴する官製アカデミズムや文学とは異なって、台地下の空間に向って開かれ、それとの連続、統一関係を見失わぬものである所以、即ち台地上に自足し、閉鎖される〈知〉の世界から自らを解放し、分節化せしめようと意図するものである所以を、空間的に寓喩せしめる意図に基づくものと推測できるのではないか。

そして「根津権現の表坂上にある袖浦館」という袖浦館の空間表示、即ち「根津権現の表坂上」とは、単に下方に向って開かれた空間という客観的意味ばかりでなく、路花が十時でなくては起きないことを「ませた、おちやつぴいな小女《こをんな》」（「十五六の女中」）に言われ、「散歩」に名を借りて、彼女の目に映った「色の白い、卵から孵つたばかりの雛《ひよこ》のやうな目をしてゐる青年」、いわば「椋鳥」（「混沌」）、タブラ・ラサとしての小泉純一が、そこから坂を下る起点――純一によって「生きられた空間」としての坂の空間の始発点であることをも意味する。

云う迄もなく坂とは、境界線であり、越境への誘惑――純一に即して言えば、大都会東京の都市空間に投げ出されてある純一の、この都市空間との関わりにおける自らの生の具体的あり様への、分節化の誘惑を呼び起す場所として、いま、ここにあるのだ、と言えよう。

さらに言えば、境界線や越境への誘惑を呼び起す場所とは、必然的に状況認識や自己認識の成熟する場所、客観的空間に名をかりた内的空間――密室の空間にして孤独の空間の比喩でもなければならない。袖浦館前を南北に千駄木に至る通りから直角に、表坂に至る通りに曲がった純一の体験するのは、そのような空間の変容――群集の空間から孤独の空間へ、外部に向って開かれた客観的空間から、内部に向って沈潜する密室の空間への変容であることを、次の叙述は示唆している。

> 純一は権現前の坂の上へ向いて歩き出した。（略）自分の来た道では、官員らしい、洋服の男や、角帽の学生や、白い二本筋の帽を被つた高等学校の生徒や、小学校へ出る子供や、女学生なんぞが、ぞろぞろと本郷の通の方へ出るのに擦れ違つたが、今坂の方へ曲つて見ると、丸で往来がない。右は高等学校の外囲、左は角が出来たばかりの会堂で、その傍の小屋のやうな家から車夫が声を掛けて車を勧めた処を通り過ぎると、土塀や生垣を繞らした屋敷ばかりで、其間に綺麗な道が、ひろびろと付いてゐる。（「壹」）

袖浦館の前を南北に通じる千駄木に至る通りを歩む「官員らしい、洋服の男」、「角帽の学生」、「高等学校の生徒」、「小学校へ出る子供」、「女学生」などの群は、むろん、「午前八時」（「壹」）という通勤・通学の時間帯における街路の活況の描写であることは、云う迄もない。同時に、これら「本郷の通の方へ」歩む人々の群と、それに一人逆行して、根津権現に下る「（表）坂の方に曲」る純一の姿との対照には、あるシンメトリカルな図式が密かに塗り込められているのではなかろうか。少くとも、そこに大学・高等学校・女学校・小学校、そして官員という近代の制度、もしくは近代の知という制度を疑わず、これと一体化し、あるいは一体化しようとする人々と、近代の知という制度への一体化を拒み、そこから自己を分節化せずしては已まぬ、純一固有の認識並びに自己形成へのモチーフとの対比を見ることは、さほど的外れとは思われない。

ともあれ、そのような純一の無意識的かつ意識的な自己形成のモチーフは、むろん、彼の作家的自己形成のモチーフと一体不可分のものだ。その意味で、表坂に至る「広い道を歩くものが自分ひとりになると共に、此頃の朝の空気の、毛髪の根を緊縮させるやうな渋み」を純一が感じるのは、近代の知の制度を疑わぬ人々の日常から自己を分節化する彼の〈生活（＝日常）の意味〉の獲得が、ひとえに作家的自己確立の成否にかけられてあることを、今さらに再認識したが故に他ならぬだろう。上引のような緊縮威を感じると同時に「大石の日常の生活を思」い、彼に対する「景仰と畏怖との或る混合の感じが明確になつた」と叙述されるのも、そのような彼の内部のコンテクストに基づくものであろう。

それにしても、この孤独の空間における純一の視線が、当然のことながら、東京帝国大学や、人々の忙し気に向う「本郷の通」——それら本郷台地上の近代の知の空間、制度の空間によって取り残され、いわば隠蔽されたものとしてその彼方にひっそりと広がる、上野台地と本郷台地という二つの台地の狭間、その底辺に澱む「灰色」の都市空間の広がりを垣間見ることになる瞬間の叙述は、純一がこれから生きようとする都市空間の意味を暗示して感動的ですらある。

坂の上に出た。地図では知れないが、割合に幅の広い此坂はSの字をぞんざいに書いたやうに屈曲して付いてゐる。純一は坂の上で足を留めて向うを見た。

灰色の薄曇をしてゐる空の下に、同じ灰色に見えて、しかも透き徹つた空気に浸されて、向うの上野の山と自分の立つてゐる向うが岡との間の人家の群が見える。ここで目に映ずる丈の人家でも、故郷の町程の大さはあるやうに思はれるのである。純一は暫く眺めてゐて、深い呼吸をした。(一壹)

下谷・根津の低地に犇《ひしめ》き合う人家の群は、この瞬間の純一には「ここで目に映ずる丈の人家でも、故郷の町程の大さはあるやうに思はれる」と、東京という大都会のスケールの大きさへの感慨を誘うのみだが、その錯雑たる実態は、純一の下方への歩みと共に次第に明らかとなるのだ。いわば巨視から微視へ、俯瞰から同一平面への純一の視野・視角の変化は、この根津・下谷の空間が単に眺められる空間から、歩行し観察する空間――視線と心情の交互作用によって意味を形成する生きられた空間に変容しつつあることを物語っている。偶然にして恣意的と見える、純一の視線の動き――純一の視線の動きに導かれる純一の歩行の照し出すものは、しかし、思いがけぬ客観的空間の階層的序列に他ならない。

純一は、表坂を下り「左側の鳥居を這入」り、「根津神社の方へ行く」。根津神社は、徳川家宣由縁《ゆかり》の神社だが、近代によって見捨られる運命を持つこの神社は、やがて「藪下の狭い道」に入り、毛利鷗村（鷗外）邸のある団子坂上の四辻迄上り、再び、左右の菊細工小屋を見つつ、団子坂を下り、「右手の広い町へ曲」る迄の、純一が歩行する客観的空間の最低部に位置することに注意したい。

因みに、鷗外の文学において、都市空間の高低の差は単なる標高差を示す記号ではない。飛躍を怖れずに言えば、それは直ちに社会的階層的意味の比喩である（『雁』参照）。この段階において純一によって生きられる空間の最低部に位置する根津神社の空間は、本来は聖や禁忌の空間でありつつ、現実には近代によって取り残されようとしている空間であり、それ故にこそ、東京帝国大学や第一高等学校、そして本郷通りに急ぐ人々によって占められる台地上の空間に対する――台地下の空間、近代の知の制度の空間の垂直的な対蹠点として意味づけられよう。

「拝む気にもなれぬ」純一にとって、根津神社の空間は、もはや聖の空間でもなければ、禁忌の空間でもない。純一の内面にも、むろん、近代の知は浸潤しているのだ。それ故、本郷台地上の空間に棲息する人々にとっても、そこから分節化しようとしている純一にとっても、根津神社の空間は、ともに忘却されようとしている空間としての統辞的な意味を明らかにするのである。そして、それは殆んど出京した純一に忘却されようとしている〈故郷《ふるさと》〉の空間の位置に等しいものである、と言えよう。そして、この忘却の空間において、忘却されようとする〈故郷《ふるさと》〉の空間――「お祖母様のお部屋」が純一に想起されるのは、決して偶然ではあるまい。

（略）剝げた木像の据ゑてある随身門から内を、古風な瑞籬《たまがき》で囲んである。故郷の家で、お祖母様のお部屋に、錦絵の屏風があつた。その絵に、どこの神社であつたか知らぬが、こんな瑞垣があつたと思ふ。（略）

（「壹」）

作品『青年』における「お祖母様」の意味の重さに注意すれば[6]、根津神社の空間が、近代の知の空間から排除され、忘却されようとしている周縁の空間でありつつ、確実に純一なる存在の〈故郷《ふるさと》〉――「お祖母様」の世界へ通じる空間、その意味で〈故郷〉としての空間の一つの比喩でもある所以が明らかと言っても良いのではあるまいか。逆に言えば純一は、「お祖母様」の世界・空間を内面に抱えつつ、未だその意味を自ら解読しえない存在として立ち現われているのだ、とも言えよう。そこに本郷台地上の空間——近代の知の空間から自らを分節化しつつ、しかし、自己の内面深く浸潤している知という近代の制度を、未だ自らは客観化しえないでいる純一の自己認識の空白領域が示唆せしめられていると言って良い。作品『青年』における純一の空間認識の旅は、実在の都市空間への旅でありつつ、実は、そのような空白の領域、忘却の領域への旅でもあり、それらを意識の領域に架橋せしめることによる内面認識の統一が待たれているのだ、と言えよう。そして、そのような内面認識の統一は外部空間への統一的把握と不可分のものであるところに、鷗外作『青年』のテキストとしての固有性があるのだ、と言えよう。

それにしても私達は、純一の内面の最深部に位置し、根津神社の忘却の空間に通底するものとしての「お祖母様」の空間が、まさに「お祖母様」の空間（「お部屋」）であることとそれ自体において、男性的空間としての近代の空間から自らを分節化して不動のものである所以にも注目しなければなるまい。男性としての純一における〈故郷〉の空間の、そのような女性性こそ、近代の知という男性的制度に鋭く屹立するものであり、純一の認識の旅の未だ定かならぬ到達点のみならず、作品『青年』の文明批評性の最も深い根拠を明かすものと言えるのではあるまいか。(7)

ともあれ、そのような本郷台地上の空間に対する根津神社の垂直的な対蹠点としての空間の周縁性を具体的に縁取るものは、社殿の縁に「赤ん坊を負《おぶ》つて」「寒さうに体を竦《すく》めてゐる」小娘と、「濁つてきたない（略）水の、所々に泡の浮いてゐる」「溝《みぞ》のやうな池」等が象徴する停滞のイメージに他ならぬ。殆んどそれらは、時間そのものの停止をさえ意味するものだが、永遠性の象徴というには、余りにも薄汚れている。下層や〈忘却〉の空間への純一の精神の牽引は否定しえないとは言え、彼の内面の〈故郷〉への旅は、しばしば外的世界の錯雑性——美も醜も、ディテールをディテールとしてあるが儘に見てしまう捉われぬ視線の強力な作用によって阻碍されて了うのである。

しかし、同時に、そのような錯雑を錯雑とし、美を美、醜を醜として、明暗共々に見て了う視線の作用を介してのみ立ち現われる、内と外との現実への公平無私な認識の領野の存在も亦(8)、否定し難いのである。それは、明らかに、明るみを指向する情感によって取捨選択される『三四郎』の主人公――内なる指向性の反映としてのみ外的風景をもつ三四郎の視線(9)とは、異なったものであった。純一は、先に挙げた「溝のやうな池」の水の汚なさを見て「厭になつたので、急いで裏門を出」るのだが、純一の美意識の反撥如何に拘わらず、ここには、醜を醜として見てしまう強力な視線の捉えた外界が確実に定着されている、と言えよう。

根津神社の裏門を出た純一が「藪下の狭い道」に入るためには、作品には省かれたが、左手に道を僅かに登って右折した筈である。現在東京医科大学の二階通路が架された小道の一帯は右折してきた大通りからは、やや下るが、この一帯の叙述には、既に指摘した錯雑を錯雑として美醜ともどもに見てしまう純一の視線の作用が、一九一〇年前後の藪下の小道の空間の錯雑性を錯雑なるが儘に描き出して、一種の歴史的証言性を獲得していると言う一般的意味をさえ超えて、いわば根津神社の低地の空間から再び本郷台地上の千駄木の空間、もしくは団子坂上の空間に至る境界領域としての、この一帯の空間における下層と上層との共棲ともいうべき一特徴を、見事に捉えていることに注意しなければならない。

多くは格子戸の嵌まつてゐる小さい家が、一列に並んでゐる前に、売物の荷車が止めてあるので、体を横にして通る。右側は崩れ掛つて住まはれなくなつた古長屋に戸が締めてある。九尺二間といふのがこれだなと思つて通り過ぎる。その隣に冠木門のあるのを見ると、色川国士別邸と不恰好な木札に書いて釘付にしてある。妙な姓名なので、新聞を読むうちに記憶してゐた、どこかの議員だつたなと思つて通る。それから先きは余り綺麗でない別荘らしい家と植木屋のやうな家とが続いてゐる。左側の丘陵のやうな処には、大分大きい木が立つてゐるのを、ひどく乱暴に刈り込んである。手入の悪い大きい屋敷の裏手だなと思つて通り過ぎる。(「壹」)

いわば、「藪下道」という境界領域の散策者としての純一は、「爪先上がりの道」を昇り、再び本郷台地の上の空間——団子坂上に至るのだ。「平になる処まで登ると、又右側が崖になつてゐて、上野の山までの間の人家の屋根が見える。」という一文における「又」は、根津権現表坂上という純一の散策の起点としての本郷台地上の高見に、彼が再び回帰したことを示している。作者は、明らかに純一の歩行経路を、平面軸における移動よりも、垂直軸に沿った下降と上昇というベクトルから捉えているのであり、そこに純一の歩行、もしくは越境する空間の社会階層的な序列化への企図が働いている、と見られよう。単純化すれば、純一の低地への歩行は、支配の空間から被支配の空間への越境であり、低地から高台への歩行は、被支配の空間から支配の空間への越境である。この反復される純一の越境によって、作者は、平面軸的なベクトルでは、この場合不可能な、垂直軸に沿った空間の微分化、即ち空間の社会階層的な序列化を図り、ジャン・ジャック・オリガス氏の指摘する[10]「「測地師」の眼」の作用の上に、その社会化、歴史化をこそ図ろうとしているのだ、と見られよう。『青年』第一章において遂行されつつある、このような都市空間の微分化、序列化、そして、それらの社会化、歴史化のモチーフの意味するものは、大都市の空間が〈近代〉という美名の下に隠蔽する「支配と抑圧の構造[11]」——二つの空間の性質に仮託された秘められたイデオロギー的構造の暴露というテキストを通じてのみ立ち現われることが可能な、作者における密かな戦略的意図の存在に他ならない。そして、それは恐らく、後にセガンチニの死の画像を前にして「自分の画がくべきアルプの山は現社会である。」(「五」)と思惟することになる純一の文学的企図にも符合する。

とすれば、他ならぬ団子坂上の空間で純一が発見する「毛利某といふ門札」と、「おや、これが鷗村の家だなと思つて、一寸立つて駒寄の中を覗」く純一の脳裡をかすめる、「干からびた老人の癖に、みづみづしい青年の中にはいつてまごついてゐる人」、「愚痴と厭味とを言つてゐる人」、「竿と紐尺とを持つて測地師が土地を測るやうな小説や脚本を書いてゐる人」云々という諸々の思念のうちには、既に指摘されているような作者の自虐や反面における自尊、虚傲をも越えて、本郷台地上——正しくは千駄木の台地上の空間の住人としての作者が、自らに差し向けた痛烈な反語《アイロニイ》が仮託せしめられていない、と言う保障はない。純一における都市空間の下降と上昇の足どりと、純一の視線の作用のうちに現われる都市空間の微分化、階層化、序列化——その秘められたイデオロギー的構造の暴露という半ば予期しなかった結果は、坂上の空間の住人としての作者自らの社会的な存在様態をも原理的には刺し貫かねばならないからこそ、テキストの論理に基づく自らへの卑小化、相対化のモチーフは、必須にして必然であったのだ、とも言えるはずだからである。

蛇足ながら、純一は「藪下の狭い道」を「爪先上がり」に辿るうちに、何時の間にか坂上の鷗村邸の前に来てしまったのだが、この下から上への越境は、どうやら純一の志に反するもののようで、彼は、団子坂上の四つ角を左折も直進もせず、即ち高台の空間に留まることを潔しとしないで、「右へ」折れて、「坂」を下るのである。枠を広げて言えば、抑も『青年』において、坂は下るためにあって、上るためにあるのではない。むろん、坂は、下ると上ると、二つの指向性に向けて開かれており、下ったら、元の地点に戻るためには、上らなければならない。しかし、「壹」章に限っても、袖浦館に戻るための上る行為の描写は省かれているし、『青年』全篇に亘ってみても殆ど上る描写は欠けている。その意味では、純一が「藪下の狭い道」の後半で「爪先上がりの道」を鷗村邸のある台地上まで上る破目になった事態は、歩く純一にとっては見通しのきかない藪下道固有の迷路性が齎した偶然の事態であったに違いない。

鷗村邸の門前を「身顫をして（略）立ち去つた」純一は、「四辻を右へ坂を降り」て団子坂を下る。表坂と同じく団子坂も台地上と台地下という二つの都市空間を分節化する境界線に他ならぬ。「（略）坂を降りると右も左も菊細工の小屋」なのだが、人通りの少い通りを下る純一「一人を的《あて》にして勧める」客寄せの声が、却って人形への純一の視線を妨げる結果となり、「覚えず足を早めて通り抜け」た純一は、坂下を「右手の広い町へ曲」る。「広い町」が不忍通りを指すことは言う迄もなく、坂下の左手は、まだ人家の家並で、不忍通りは、当時ここで突き当りである。表坂と同じく団子坂も越境する線的境界として単純化されているが、それは同時に『三四郎』第五章での団子坂にある人形小屋の内部の場面の重さに対する鷗外『青年』の空間的棲み分けの強烈な意識の作用でもあろう。純一が坂下を右へ、不忍通りへと曲るのも、美禰子を追った三四郎が、菊人形小屋を出てから二人で左へ、田端の小川（藍染川）のほとりへと歩くことになる『三四郎』のプロット、空間設定に対する同様な意識の所産である。

　ともあれ、ここで、団子坂下に降り立った純一が、根津神社の標高を更に下回る実在の空間、そして『青年』第一章のテキスト空間の最低（深）部に到達したことを確認しておくことは、重要である。直後に純一は、「好い加減な横町を、上野の山の方へ曲」り、「広い町」の屋並の背後に隠された、上野台地と本郷台地の谷あいに広がる、文字通り、大都市東京の底辺の空間を発見することになる。そして、それは漱石『三四郎』が遂に発見することのなかった空間、いっそう巨視的に言えば、東京帝国大学に象徴される本郷台地上の空間の住人としての近代日本の知識人・文学者たちが、今迄相対化、もしくは認識の領野に絡めとることをしなかったもう一つの都市空間――即ち、具体的イメージを伴った被支配の空間の発見であったことだけは、疑えない。

　狭い町の両側は穢ない長屋で、塩煎餅を焼いてゐる店や、小さい荒物屋がある。物置にしてある小屋の開戸が半分開いてゐる為めに、身を横にして通らねばならない処さへある。勾配のない溝に、芥《ごみ》が落ちて水が淀んでゐる。血色の悪い、瘠せこけた子供がうろうろしてゐるのを見ると、いたづらをする元気もないやうに思はれる。純一は国なんぞにはこんな哀な所はないと思つた。（「壹」）

純一は、「国なんぞにはこんな哀な所はないと思」うのだが、この感慨は、その人道主義的な下層への眼をさえ超えて、「国」即ち〈故郷《ふるさと》〉の想起において、あの根津神社の境内における「お祖母様のお部屋」への連想と同じく、純一における「国」、〈故郷〉の意味の重さを指し示している点においてこそ、意味深いのである。何よりも、このような「国」、〈故郷〉の意味の重さは、漱石『三四郎』における、「戻らうとすれば、すぐに戻れる。たゞいざとならない以上は戻る気がしない」、「言はゞ立退場《たちのきば》の様なもの」(〔四〕)としての〈故郷〉の意味の〈現実〉との隔絶に対する反措定に違いない。そこに大都市東京の台地上の「高い空気の下」、「広い天地の下」(〔五〕)に自己を放下し去って、〈故郷〉を忘却し、中心としての東京と周縁としての田舎とを連続の視点で捉ええない三四郎、ひいては三四郎に象徴される近代日本の知識人・文学者の空間認識、もしくは社会認識のあり方に対する鋭い批評意識の介在を見ることは許されよう。

さらに言えば、そのような批評意識は、本郷台地上の都市空間——支配の空間と本郷台地下の都市空間——被支配の空間とを、連続的な垂直軸で捉えた鷗外『青年』の都市空間把握の、本郷台地上の都市空間にドラマを限定し、本郷台地下の空間を忘却し去った漱石『三四郎』の平面軸的な都市空間把握に対する暗黙の批判として、パラフレーズすることも可能である。ひいては、鷗外『青年』の都市空間把握における、漱石『三四郎』のそれに対するのみに留まらぬ、一九一〇年代文学の一般的な都市空間把握の水位をも超えた確実なプライオリティーが、そこにあったと言うことでもあろう。

要約すれば、純一に仮託された『青年』の空間認識の旅は、水平軸においては周縁(「国」、〈故郷〉)と中心(東京)とを、垂直軸においては台地上の空間(支配の空間)と台地下の空間(被支配の空間)とを、それぞれ、統一的かつ連続的な視座、即ち構造的な視座において把握しようとする半ば無意識の意図に基づいている。そして、それらは、台地上を歩む、もしくは台地上へと歩む人々の群れとは逆行する、そう言って良ければ、下方へと歩む純一の反制度的な姿勢によってのみ可能化されたものだ。このような純一の姿勢は、よし、その到達点において、既に注（4）に引いたような「『青年』の作としての不出来は、純一を使つて、時代の悩みから、自身をむき玉子を見たように防衛しようとした鷗外のはからいの失敗を語つている。」（中野重治）という苛烈な批判を受けざるをえないにせよ――尤も稿者は、「その到達点において」さえも、実は中野の批判の妥当性への判断を下しかねているのだが――、いま、ここにあるテキストとしての『青年』第一章の内実に限って言えば、批判を反駁するに足る十分な具体的な根拠を持つ、と言えよう。

ともあれ、そのような垂直軸と水平軸とに相亘る『青年』第一章の空間認識の二重の構造性は、引き続く〈近代〉という制度に浸潤された、この隠された空間の特質を、〈故郷〉のそれとの対比において見出す純一の視線のうちにも否定し難く定着化せしめられることになる。

曲りくねつて行くうちに、小川に掛けた板橋を渡つて、田圃《たんぼ》が半分町になり掛かつて、掛流しの折のやうな新しい家の疎《まばら》に立つてゐる辺《あたり》に出た。一軒の家の横側に、ペンキの大字で楽器製造所と書いてある。成程、こんな物のあるのも国と違ふ所だと、純一は驚いて見て通つた。（「壹」）

純一の表坂を経由しての本郷台地上から本郷台地下へ、さらに、団子坂を経由しての千駄木の台地上から台地下へという、反復される下への越境――空間探索の旅は、大都会東京の底辺の空間としての根津・下谷の庶民の空間、被支配の空間における、「墓地の横手を谷中の方から降りる、田舎道のやうな坂の下」で、「灰色の雲のある処から、ない処へ日が廻つて、黄いろい、寂しい暖みのある光がさつと差して来た」のを浴びつつ、「佇立」するところで終わる。故郷の中学の同級生で東京美術学校の学生である瀬戸との邂逅が直後に配され、プロットの進行が再開されるからである。

ともあれ、作品『青年』の成否が、このような純一の下への視座に仮託された都市空間の分節化、微分化の成否に相伴うものであったとすれば、台地下の空間、ひいては〈故郷〉の空間に纏わる、その〈忘却〉性もしくは〈無意識〉性を、純一がいかに自覚化、意識化しうるかに作品『青年』の成否がかけられてあるという、残された課題を指摘せずに了ることは、片手落ちと言うものだろう。その意味では、現在の彼が、本郷台地上の制度的な知の空間を拒否しつつ、半面では表坂上の袖浦館に住む台地上の住人、大石路花を訪れるために再び坂を上らねばならないのは、そのような純一における空間認識の旅が下への旅において自己完結していないことを示して逆説的ですらあると言って良い。

（一九九四・三・二八）

注

（1）戸板女子短大教授宇田敏彦氏の示教による。

（2）『三四郎』との対比という枠を取り払って言えば、『青年』の客観的空間の地誌的調査としては、目下進行中の庄司達也「森鷗外『青年』第一章注釈——地誌・風俗の視点から」（『近代文学・注釈と批評』〈東海大学・注釈と批評の会、平6・1〉創刊号）が、従来の説の集成の上に、独自の知見を加えて重要である。

（3）『青年』第二章、第五章、第六章、第七章、第八章、第九章、第十章、第十一章等を参照。

（4）たとえば、「一九一〇年代の青年のあらゆる底の浅さにさえあらわれた時の動き、時には滑稽にさえみえた時代の悩みから、はからいによつて、むき玉子をみたように防衛された純一は、言葉の真実の意味で「青年」と呼ばれるに価しない。「青年」の作としての不出来は、純一を使つて、時代の悩みから、自身をむき玉子をみたように防衛しようとした鷗外のはからいの失敗を語つている。」云々という中野重治の評価（「青年について」〈『鷗外その側面』所収〉）は、その代表的事例である。

（5）以下一文と共に、拙論「『雁』論――現実認識の錯誤をめぐり」（『森鷗外論　実証と批評』明治書院、昭56・9）参照。

（6）『青年』には第一章、第三章、第十章、第二十二章に「お祖母様」の想起もしくは手紙の叙述があるが、ここでは、特に「国の亡くなつたお祖母あさんが話して聞せた伝説」への純一の文学的主題の回帰（「二十四」）を指す。前の四つの章に登場するのは、現に生きている「お祖母様」として、区別できるようである。

（7）『青年』と〈女性〉的世界との関わりについては、拙論「『青年』〈鷗外〉」（『解釈と鑑賞』平1・6）参照。本書に「『青年』「日本の女」をめぐって」として所収。

（8）「灰燼」「拾肆」章における主人公節蔵の、「己は刹那の赫きに眩惑せられもせず、灰色に耽溺もしない。己はあらゆる価値を認めない。いかなる癖好をも有せない。公平無私である。」という自負は、『青年』における純一の現実への囚われない視線の発展線上に位置づけられよう。

（9）例えば、『三四郎』第五章において、広田・野々宮・美禰子・よし子の四人とともに団子坂の菊人形見物に出かける際の三四郎の以下のような空間認識は、その典型である。「（略）四人は細い横町を三分の二程広い通の方へ遠ざかつた所である。此一団の影を高い空気の下に認めた時、三四郎は自分の今の生活が熊本当時のそれよりも、ずつと意味の深いものになりつゝあると感じた。曾て考へた三個の世界のうちで、第二第三の世界は正に此一団の影で代表されてゐる。影の半分は薄黒い。半分は花野の如く明かである。さうして三四郎の頭のなかでは此両方が渾然として調和されてゐる。のみならず、自分も何時の間にか、自然と此経緯《よこたて》のなかに織り込まれてゐる。（略）」

（10）J・J・オリガス「物と眼――若き鷗外の文体について――」（『国文学研究』昭39・10。のち『日本文学研究資料叢書　森鷗外II』〈大屋幸世「解説」。有精堂、昭54・4〉収録）。

（11）前田愛「ベルリン一八八八年――都市小説としての『舞姫』」（『文学』昭55・9。のち「BERLIN 1888」として『都市空間のなかの文学』〈筑摩書房、昭57・12〉に収録。）における鷗外のベルリン市街の分節化への意味づけの一つ。但し、前田論は、この視点の発展を自らに抑止している。

「半日」――癒着する〈語り〉

「半日」の〈語り〉には奇妙な親和性がある。それを一種の安定性と言いかえても良い。あるいは、それを調和感覚と評しても良い。ドラスチックな家庭内対立劇でありながら、奇妙にもここには破局の予感がない。言うまでもなくそれは、高山峻蔵という一個卓抜（！）な主人公の造型にかかわっていよう。悲劇の要因を抱えこみながら、娵《よめ》と姑との決定的対立という爆弾を破裂せしめず、家庭という〈雰囲気〉を作品に醸し出しているのは、高山峻蔵という不抜な調和的感覚の持主が確固として存在しているからにほかならない。「半日」の〈語り〉を問うならば、それは、ほとんど高山（＝鷗外）という存在を問うことと同じである、という論理がここに導き出されても不自然ではないだろう。

にもかかわらず、作品「半日」は形式上けっして〈私小説〉ではない。あるいは〈心境小説〉と呼ぶにも、いささかためらわれる。「半日」という作品は、形式面では、どのように見ても客観小説だからである。

しかし、客観小説でありながら作品の認識のレベルが主人公の認識のレベルを超えないという事態は、いったい、どういうことなのだろう。認識という語を〈語り〉という語にずらしても同じである。この作品には高山の〈語り〉を超える超越的な〈語り〉や、無人称の〈語り〉は存在しない、いや、形式的には存在しても、それらは畢竟、高山の〈語り〉に代替しうるものばかりなのだ。

この奇妙な事態を私は〈癒着〉という語で捉えたい。「半日」という小説の特徴は、〈私小説〉もしくは〈心境小説〉と〈客観小説〉との癒着であり、主人公の〈語り〉と無人称の〈語り〉との癒着にある。拡げて言えば、それを主観的願望と客観的認識との癒着、ひいては作者と主人公との癒着と呼ぶことも可能であろう。

しかし、癒着とはけっして健全な、あるべき形ではない。本来、切り離されるべきものが自他未分のままに放置されている状態である。医学的に見れば、それは病《やまい》の徴候であろう。しかし、作品「半日」の示すところのものは、けっして、そこにとどまるものではない。それは、自他未分の混沌であり、認識生成への一プロセスにほかならないからである。

したがって、ここにおいては、端的に言って通常の作品論的タームは無効である。〈私小説〉（心境小説）か〈客観小説〉かを問う「半日」論のアポリアは、「半日」に一義的定義を与えようとするために、そのような問いかけの自家撞着につねに逢着せざるをえないはずである。

とは言うものの、この癒着の構造、その生成への一過程としての混沌は、単なる矛盾のそれではない。まさに分化への、生成への一プロセスのそれであるがゆえに、論理的もしくは合理的に把捉可能なものであるからにほかならない。私たちに求められているものは、癒着を癒着とし、混沌を混沌として認識生成への必須不可欠の一プロセスとして論理的に捕捉しようとする柔軟な思考である、と言えよう。とにかく作者鷗外が「正直」（「混沌」）に徹しようとしていることだけは、認めておかなければならないのである。

＊

作品のドラマは、孝明天皇祭の行われる一月三十日の早朝（午前七時）に始まり、正午に終る。宮中に参内しなければならない主人公は、妻のヒステリーのために所労届を出す破目になるのだが、この時間設定の意味については、すでに山田晃氏に鋭い指摘がある。(1)いっそう興味深いことは、ドラマの展開される空間が夫婦と一人娘玉ちゃんの寝（居）室である六畳の間に限定されるとともに、ドラマの発端が「母君」の「鋭い声」によって喚起され、作品は昼の食事の仕度をする台所の音によって呼び醒される「今に母君が寂しい部屋から茶の間へ嫌はれに出て来られるであらう。」という博士の述懐を以て終ることである。

　すでに、このような作品の終結のありかたそれ自体の裡に、作品発端の無人称の〈語り〉と、主人公の〈語り〉との癒着という作品構造の特質が象徴的に示されていると見られるわけだが、事態は、それに留まらない。子細に見れば、作品終結部の博士の述懐は、妻に嫌われているために「寂しい」生活を強いられている「母君」に対する主人公の同情、あるいはこの作品に一貫する主人公の意識、もしくは論理それ自体の象徴的体現たりえているのだが、それらは、作品発端に布置せしめられた作品のドラマが、前述のごとく夫婦の静謐な早朝の寝室（六畳の間）への「母君」の「鋭い声」の闖入によって喚起されるという、これまた作品のドラマの枠組を象徴的に体現する設定と、微妙ではあるが、ある決定的な違和を持つと言わなければならない。

　作品発端における無人称の〈語り〉は、それと意識せずして〈夫婦〉の世界の平和を脅かす存在としての「母君」の姿を「鋭い声」によって暗喩しつつ、そのような自らの〈語り〉の意味をそれと自覚しえていない〈語り〉であると私は考えたい。そこに浮び上るのが、作品「半日」の〈語り〉における意識性と無意識性との癒着である、ということは、もはや贅説の要がないだろう。

　「母君」の「鋭い声」の闖入は、「奥さん」の「母君」に対する生理的嫌悪を一挙に吐き出させるきっかけとなる。彼女のあまりにも〈正直〉な一語一語は、それらへの博士の反駁や彼女の過去の行動についての博士の回想等の挿入によって、彼女の嫉妬に基づく病的なヒステリーや、前引山田論に言う「鍛冶とそれに応ずる自修の賜」としての「自覚的」「意志的」「情操的」「理知的」な、もろもろの属性の欠如という否定面を明らかにしてゆく。それは同時に、主人公である高山や、高山に寄り添う作品の意識的な〈語り〉が、「奥さん」に対する相対的優越性を作品に刻印しつづけてゆくプロセスでもある。かつまたそれは、高山の反駁が「母君」の弁護という立場からのそれである限り、「母君」の立場や「母君」の論理が勝利してゆくプロセスでもある。具体的に言えば、「奥さん」に欠落したものとしての先のもろもろの属性が、「母君」の所有とされ、「母君」が肯定化され、「奥さん」が批判化されてゆくプロセスである。そして「奥さん」の〈個〉の立場が、〈近代〉を象徴するものとすれば、それは、〈近代〉の未熟性が、「母君」に体現される〈封建〉や克己と抑制を美徳とする〈前近代〉のモラルによって撃破されてゆくプロセスであるとも云えよう。

私たちは、かかる事態の裡に〈前近代〉による〈近代〉批判のアナクロニズムを見出しがちだが、そうであってはなるまい。克己と抑制の原理を欠く〈近代〉〈個〉が私たちをどこに導いたかは、今日の事態の指し示すところだからである。だから、「母君」の立場やそれを意味づける高山の論理が〈近代〉（「奥さん」）の未熟を撃つ、そのアクチュアリティは、その限りにおいて原理的な正当性を主張しうると言わねばならないだろう。

にもかかわらず、そのような原理的な正当性が作品のプロット展開全般において、ついに維持、主張しうるものたりえていない点に、作品「半日」の〈語り〉固有の特質がある。作品の〈語り〉は、原理的な正当性によって裏打ちされた高山の意識的な〈語り〉の背後に、高山や、あるいは作者自身によってさえ意識化されなかった無意識の〈語り〉を潜在化（癒着）せしめねばならなかったからである。

この事態は、高山が「奥さん」の議論の「理性的方面」と名づけた会計一件をめぐる「奥さん」の主張と、それへの高山の対応において明らかとなる。ついでに言えば、大石直記氏が指摘するように[2]「半日」が対話劇としての実質を持つとすれば、それは、この地点においてにほかならない。なぜなら「奥さん」の議論の「意識的方面」と名づけられる「母君」に対する嫉妬において、奥さんと高山の言動・心理をめぐり、饒舌とも称すべき多弁さで事柄を委曲にわたって説明しえていた〈語り〉が、ここではうって変って控えめとなり、二人の議論になりゆきを任せることになるからである。そして、「奥さんの議論」がまさに論理としての一般性を獲得し、「母君」の立場を代弁する高山の論理が奇妙に特殊的かつ便宜的なそれに見えてくるのも、この地点においてにほかならない。具体的に「奥さん」の発言を並べてみよう。（以下、傍線稿者）

「いゝえ。当前の人の声なら、気にはならなくつてよ。一通の人ではないのですものを。お金はみんな持つて行つて、好い加減にしてゐて、あなたをまで取つてしまはうと思つてゐるのですものを。ちよいと油断をすると、すぐあなたの側へ来る。あなたにはあれが当前に見えて。え。気味が悪い。」①

「それはあの人とあなたとが、未亡人《ごけ》さんの処へ来た養子のやうになるとは、わたしも思つてはゐなくつてよ。年が寄つても気が若くて、誰かと夫婦のやうにしてゐたいのです。それだから会計をどうしても自分ですると云ふのです。」②

「譲つて貰ふのではないでせう。あなたの月給でせう。わたしだつてそれを勝手にしようといふのではなくつてよ。あなたがなされば、わたしに相談をしてなされば、わたしだつて妻《さい》のやうでないと云ふもんですか。紀尾井町のお母様なんぞは、兄さんの月給なんぞにお構なすつたことはありやあしない。」③

「いゝえ。それが余計なお世話だわ。あなたの取つて来る月給なのでせう。あの人の御亭主は判任官で、なんにもなかつたのだから、あの人はあなたに食べさせて貰ふ丈で、おとなしくしてゐれば好いのだわ。人の物なんぞに手を出して。」④

「そりやああなたが貸費生とかになる迄、少しは出したのでせう。それは親のする当前の事ですわ。あなたが今のやうに月給の取れるやうになつたのは、あなたの腕ぢやあありませんか。内の兄さんなんぞは、学費はいくらでも出して貰つて、洋行までさせて貰つたけれど、博士になんぞなりやあしない。」⑤

「えゝ〳〵。そんならたんと恩にお着なさい。それはそれで宜しいとしても、此内に財産がいくらあるか、あなたの月給がどうなるのだか、少しもわたしに知らせないで置いて、あなたが亡くなりでもしたら、わたしと玉ちゃんはどうなるのです。」⑥

以下「奥さんは論鋒を一転」して遺言状の一件に及ぶのだが、右に列記した「奥さん」の発言が、「意志的方面」としての「嫉妬」に色濃く染められつつも、傍線部に注意すれば、それらは極めて合理的にして近代的、今日においては至極当然すぎる主張であることが分る。むろん、それらは、〈家〉が社会秩序の根幹であった明治四十年代初頭において、〈家〉や〈家父長〉に従属すべき嫁の主張としては、余りに早すぎるものと見ることも可能であろう。にもかかわらず、母君が「会計」を掌ってはいるものの高山家の法律上の〈家父長〉は、高山博士であり、「母君」ではない、という事情も考慮しなければならない。その点からすれば「奥さん」の主張（特に③）には、家父長制家族制度の内部においてさえ、法的な妥当性がないとは言えないのである。そこには、大審院判事を父に持つ「奥さん」の意外にクリアーな法感覚さえ認められる。そして、そのような「奥さん」のクリアーな法感覚を排除しなければならないところには、明治民法の枠組をさえ超える母系制家族としての高山家（ひいては作者の所属する森家）の特殊事情が影を落している、と言えよう。

そのような「奥さん」の主張に対する高山博士の反駁の根拠は、どのようなものであったか。感情的神経的反撥は、この際除くとして、①②に対するそれは、「会計なんぞといふものは何でもない。（略）大い内になれば、三太夫にもさせる。」という「会計」の意義そのものの矮小化であり（その実、高山家は、博士の言にもあるようにお世辞にも「大い内」とは云えない）、「お前は来た当分には、勿論会計などがさせられるやうな人ではなかつた。」という「奥さん」の会計能力の否定であり（しかし、「奥さん」は博士が会計をしろ、と言っているのであり、問題点のスリカエ)、「お母様が楽《たのしみ》にしてお出なさるものを、無理に取り上げるには及ばない。」という子としての〈情〉であり(むろん、実の娘でない「奥さん」には通用しない)、「謂はゞ素直に譲つて貰ふやうにすべきだ。」という禅譲の心構えの必要性の指摘である(その実、禅譲などの期待される事態でないことは、後の「母君」の言葉に明らかである)。

③に対しては、高山家では博士の月給が収入のすべてであるという固有の事情の指摘であり(「譲つて貰ふのではないでせう。あなたの月給でせう。」という奥さんの主張の本質を捨象、副次的発言への反駁に留まる)、又「お母様がそれを預かつて、節倹をして下さる」云々という便宜性の指摘である(奥さんの主張の本質を、便宜面にスリカエ)。

④は③のくり返しだが、⑤に対して高山は「学費を少し出して貰つたの、沢山出して貰つたのと、そんな勘定で、親の恩に軽重を付けることは出来ない。」と「孝」のモラルを前面に押し出す(敷衍すると「親の恩」のためには、妻や子の立場は、無視されてよい、ということになる)。

ここにおいて⑥の「奥さん」の危機感は切実なものとなるのだが、にも拘わらず高山家の財産の実態や「遺言状」の内容についての高山の言及は、ついに奥さんを納得させるには至らない。高山は、「奥さん」に事実を具体的にそれとして提示していないからである。高山としてはさもあろう。しかし、あの無人称の〈語り〉が高山同様に沈黙を守るのは、まことに奇妙な事態である。〈語り〉の沈黙は、高山、「奥さん」双方の立場に対する判断の自由を読者から奪って了うからである。(そして現代の読者は、作者鷗外が日露戦出征直前に作成した遺言状が、妻茂子に対して如何に苛烈を極めた内容のものであり、「半日」発表の時点において、なお有効であったことを知っている。)

にもかかわらず、「半日」の「奥さん」の主張をそれとして救抜しえたのも亦、この無人称の〈語り〉にほかならない。「半日」の客観小説性の過半は、ここに懸けられてあると私は思う。同時に、まことに奇妙にも、この同じ無人称の〈語り〉が、事柄の正否に対する読者の判断の自由を奪ったのである。高山家が森家に重なるとすれば、今日から見て、それは「奥さん」の直観的批判の正しさを覆い隠し、〈家〉を代表する「母君」の立場に加担した所為、すなわち鷗外の妻茂子に不利に、母峰子に有利に作用する意図的な所為にほかならぬ。ここから「半日」の〈自家用〉小説性を云々しても始まらない。興味深いのは、「半日」の〈語り〉が、一面において「奥さん」の発言の合理性を救抜しつつ、それに意識的でなく、他面において「母君」の立場を高山に代弁させつつ、その論理的破綻に意識的ではなかったという事態そのものである。かかる意識と無意識の癒着の構造そのものの端的な矛盾の発現が、「遺言状」をめぐる〈語り手〉の沈黙にほかならなかった、と見るべきだろう。

ともあれ、以上の対話（劇）から明らかとなるのは、論理的に首尾一貫した「奥さん」の主張に対し、高山の発言のほとんどが便宜性の主張か、本質面の特殊性へのスリカエであり、まともな回答や批判たりえていないことだろう。語り手の説明や作品の展開とは逆に、真に論理的なのは「奥さん」であり、非論理的なのは高山である、という一般的印象を打ち消すことは難しい。

にもかかわらず、「半日」のドラマの意味するものは、〈自我〉対〈家〉、〈封建〉対〈近代〉と言うごとき単純な図式に当て嵌らない。端的に言って、それは、「奥さん」に体現される未熟な〈近代〉と、「母君」に象徴される固牢な〈封建〉との対立の図式なのであって、両者に共通するのは、嫁——姑の関係をめぐって現われるそれぞれの否定面を媒介としての〈自〉と〈他〉との関係定立の失敗にほかならない。二者の対立、緊張関係のただ中にあって高山は、亡父生存時代の和気藹々《あい〱》たる家庭の雰囲気を懐かしむが、そのような雰囲気そのものが、直系親族のみを以て構成される未分化な〈家〉のそれであることに想到すれば、「近代の侵襲によって喪失した風景」という三好行雄氏による著名な規定[3]も、実は半面を言い当てているに過ぎないと言えよう。遺憾ながら高山自身、この事態に十分正確な認識を未《いま》だ確立しえていないのである。そして、そのような高山の姿は正確に、「奥さん」の主張を批判しつつ救抜し、母君の立場を弁護しつつ、結果として相対化している「半日」の〈語り〉の未分化性に対応している。

＊

「あの娵さんに会計を渡したら、わたしは其日から、ちよいと何かでお足《あし》が入ることがあつても、頭を下げて往つて頼まねばならない。娵さんは此内へ来て（略）お辞儀といふものをした事のない人だ。（略）あんな人でさへなければ、娵さんに会計を渡すのは、貰はない前からの覚悟なのだから、とうにこつちから進んで渡してしまふのだ。」云々という「母君」の言葉も明かすように「半日」のドラマの核心に存在するのは「会計」の問題である。高山は「お母様の云ふことは一々尤だ。」と考えるのだが、問題は、高山の内部で「母君」による「会計」掌握という事実の意味が、価値規範としての絶対性を喪失しつつあるところにこそ存在する。この事態は、作品の眼目としての穀物問屋の婆さんのエピソードをめぐる高山の思考の裡に、顕現する。（先の「母君」の立場を「一々尤」と考える高山の判断も、実はその一部である。）

婆あさんは毎日五味を選《よ》つてゐる。主人は果して小言を言はぬと見える。博士は今此婆あさんの事を思ひ出した。妻のやかましく言ふお母様の会計も、是非お母様にして貰はねばならぬのでは勿論ない。或は自分でする方が好いかも知れぬ。併しお母様が家の為めになると信じてする事であるのを、止めさせるのは好くない。そんな事をすれば、彼穀物問屋の主人にも劣つた事をするといふものだ。（傍点稿者）

三好行雄氏は、この一節を踏まえて「あきらかに詭弁である。旧民法下の妻の座のあやうさを念頭におけば、奥さんが家計にかかわるかどうかの問題は、米穀のごみを選り出す仕事などとは次元のちがう、はるかに重い意味をもつ。博士のあげつらうのは、比較にもならぬ比較である。」と批判するが[4]、引用の一節の意味は「奥さんが会計にかかわるかどうかの問題」にあるのではない。「或は自分でする方が好いかも知れぬ」とあるように、高山自身が「会計にかかわるかどうかの問題」にあるのだ。そして高山は、会計を「自分でする」という事態収拾の道の選択に耐ええないのである。

　にもかかわらず、引用傍点部の叙述が明かすように高山の〈語り〉がここで、はっきりと「母君」の会計掌握の正当性にかかわる絶対的根拠の喪失を認めている点を見逃す訳には行かない。「母君」の会計掌握を肯定する根拠は、そこでは「お母様が家の為めになると信じてする事であるのを、止めさせるのは好くない。」という、最早理屈にならぬ理屈、子としての〈情〉（いたわり）の論理にほかならぬ。従って、それはさらに「そんな事をすれば、彼穀物問屋の主人にも劣つた事をするといふものだ。」という引用末尾の一文に収斂、帰結せしめられるのである。

　しかし、皮肉なことに、このような高山の〈情〉の論理それ自体が、「母君」による「会計」掌握という行為の価値を、穀物問屋の婆さんの、文字通り無益な手作業と同じレベルの位置、少くとも比較可能な次元にまで引き下げる結果に陥っていることを無視できぬ。にもかかわらず、このような客観的事態に高山が全く無自覚なのは、一見驚くべきことではあるまいか。

　しかし、翻って考えれば、高山の〈語り〉における、それと自覚されざる主観と客観、意識と無意識の分裂こそが、作品「半日」における認識の全構造の象徴的縮図なのであり、この事態は、その儘「半日」をめぐる無人称の〈語り〉と高山の〈語り〉との矛盾・分裂の問題、語を代えれば二重の〈語り〉の癒着の構造へと拡大、敷衍化されて然るべき問題にほかならぬはずである。

換言すれば、高山は意識的には〈孝〉(〈恩〉)のモラルの絶対性に依拠しつつ、無意識的には「奥さん」の主張する近代の功利主義、もしくは合理主義の論理に内面深く浸潤されつつあるのだ。たとえば三好行雄氏は、前引エピソードをめぐる高山の態度決定の意味を「有用であることを価値の基準とする近代の論理に対して、(略)無用の用の認識をせまる(略)」ものと説明するが(5)、そのような一元的把握では、高山の〈語り〉が持つ複雑な陰翳を把握しえないのみならず、作品「半日」をめぐる認識の多元性を多元性として救抜しえないことは、最早明らかであろう。のみならず作品「半日」のリアリズム性の過半は、高山の意識的な〈語り〉以上に、その無意識な〈語り〉にこそ依拠していると見るべきなのであって、三好氏の把握は、作者の認識、もしくは作品「半日」における認識のやがて進むべき方向を、文字通り百八十度後ろ向きに逆転させたもの、と言わなければなるまい。

＊

かくして、作品「半日」における〈語り〉は、「奥さん」を批判しつつ、実は「奥さん」を擁護し、「母君」を擁護しつつ、実は「母君」を批判したものと言わねばならない。にもかかわらず、この事態に作者は決して自覚的ではなかった。おそらく作者は、意図的には、以上の把握の逆をこそ志向していたはずである。意図と結果との、この逆転現象のうちに示されるものは、作者における〈認識〉の営みそのものの意識性と無意識性の分裂にほかならない。そこに、文学者鷗外における〈認識〉の薄明を読みとることも自由であろう。にもかかわらず、作品「半日」に今日なお読むに耐える価値があるとすれば、無意識的にせよ、無自覚的にせよ、作者の〈認識〉の運動が多元的な現実に「正直」に目を開きつつ、歴史の進むべき方向を直観的に救抜して見誤らなかった、という一点に帰せられて然るべきである、と考える。作品「半日」が〈第二の処女作〉と呼ばれるに価する作品であるか否かは姑く措いて、〈自家用〉のモチーフをも、〈私小説〉のジャンルをも超える(それらの要素が無いと云うのではない)、現実の矛盾をあるが儘に作品世界に救抜し、そのあるべき解決の姿を見まいとしても見てしまう作者生得の〈認識〉の運動は、この作品の底部にも確かに潜在していたのである。

注

（1）山田晃「「半日」閑話」（『古典と現代』四六、昭53・10）に「孝明天皇祭は、時の帝明治天皇が、父帝の御霊をまつる祭り、すなわち国家的な『孝』の大礼である」「「半日」は、孝の国の、孝の家庭の、孝の日の、半日の物語にほかならぬ（略）」という指摘がある。

（2）大石直記「ジャンルの交錯、ドラマと小説と――鷗外「半日」の位置付けのために――」（『日本近代文学』四三、平2・10）は「半日」のうちに「対話劇的劇構成」を見出している。但し、「高山峻蔵のようなストイックな主体を（略）介在させることによって、対話劇的形式本来の目的であるはずの、葛藤の生成並びにその劇的展開が（略）意図的、あるいは方法的に、阻止されている（略）」と見ているのは、〈語り〉の二重構造もしくは癒着を主眼とする本稿の視点と微妙に異なる。

（3）三好行雄「鷗外の〈私小説〉――「半日」をめぐって」（『吉田精一博士古稀記念　日本の近代文学――作家と作品』角川書店、昭53・11）のち三好行雄著作集第二巻『森鷗外・夏目漱石』（筑摩書房、一九九三・四）中「私小説の意図」の項に「「半日」をめぐって」として所収。引用は初出に拠る。

（4）注（3）に同じ。

（5）注（3）に同じ。

『青年』――「日本の女」をめぐって

森鷗外『青年』（『昴』明43・3―44・8）が夏目漱石『三四郎』（東京・大阪『朝日新聞』明41・9・1～12・29）の構成、主題を意識して執筆されたことについては、すでに多くの先学の指摘がある。それら指摘の内容をくり返す余裕はないが、それらの適切な一つの要約として、吉田精一氏に『三四郎』を恋愛小説《ロマンダムール》もしくは雰囲気小説《ロマンダトモスフェール》、『青年』を思想小説《ロマンイデオロジック》とする見方があること（筑摩書房版全集第二巻「解説」）を想起することは無用ではないだろう。『青年』には確かにそう言いうる面があり、感覚よりは観念に、具象よりは思弁に、その一つの眼目があることは、「二十」で大村の説く「利他的個人主義」に向かって作品の構造が収斂してゆくことを見ても強ちに否定できない。

にもかかわらず、作品の思想面にのみ注目して描写の意味を捨象する時、『青年』の〈青春〉をトータルに救抜する途は、ついに閉ざされるのではなかろうか。夙《はや》く石川淳に『青年』の「こなれ」の「悪さ」「まづいと云ふに近い」あり方を踏まえた上での『青年』を書くことの「むつかしさ」の「現在形」を指摘した適評がある（『森鷗外』）わけだが、この指摘を私なりに言いかえれば、『青年』の「こなれが悪い」「まづさ」とは、思想と描写、即ち全体と部分との統一の欠如にあり、その分裂・欠如は、現代の私たちにまで引き継がれている課題であるということになろう。この事情を作家主体に還元すれば、それは、傍観者にして認識者である作家鷗外における観念と肉体、認識と実践という主体の分裂、その二元的立場の作品的反映にほかならない。そして、作者主体における、そのような分裂、その二元的立場を仮託せしめられた正当な分身として登場するところに『青年』の主人公小泉純一の位置がある。このように見る時、作者における観念と肉体、認識と実践、意識と無意識の分裂を生きるのは、小泉純一であって、彼の思想的先導者大村荘之助ではない。作品『青年』は、純一の主体をそのような分裂としてトータルに把握することによって、初めて正当に読み解かれると云えよう。

　従来、漱石『三四郎』の主人公と比較して小泉純一に青年らしからぬ老成を嗅ぎ分ける向きは多いが、すでに丸善から洋書を取り寄せ、日本文壇の状況に通じ、フランス語を仏人の神父に学び、大学への途を拋棄して独学で小説家となるために一人上京した純一に、抑も三四郎のような椋鳥としてのナイーヴさを求めること自体、土台無理な話なのである。しかし、純一に、三四郎におけるようなナイーヴさが全くないと見るのも、また極論に過ぎよう。

　美禰子を愛した三四郎も、坂井夫人に執着した純一も、自らの影を愛し、これに執着したという点では同軌なのだ。彼らの幻滅は、彼らの「己惚」「自ら愛する心」に対する現実（女性）からの正当な懲罰の結果に過ぎない。結果として彼らは、その恋愛、執着への〈幻滅〉において初めて真の現実に出会うのである。

　このように、小泉純一の〈青春〉の実態は、三四郎におけると同じように、彼の女性に向けられた眼差しのうちにこそ現われる。

　すでに『三四郎』において美禰子は、混迷し、錯綜する〈迷《ストレイ》羊《シープ》〉としての現実の比喩であった。〈迷羊〉としての三四郎の自己覚醒の彼方に、美禰子の〈迷羊〉性——いっそう根源的な現実の凶凶しい相《すがた》が髣髴するところに『三四郎』における美禰子像の決定的な新しさがあった、と云えよう。その意味で『三四郎』における美禰子像は、二重、三重の重要性を担いえているのだが、『青年』における坂井夫人は、精神よりは肉体を、恋愛よりは欲望を優先せしめる一元的存在たる点で、〈迷羊〉としての美禰子とは、自ら別種のカテゴリー——いわば「性欲」「本能」という形而下レベルに属する存在と言わなければならない。とりわけ美禰子と坂井夫人との異質性は、前者における〈青春〉や〈恋愛〉の課題の後者における完全な欠落のうちに明示されている。そこに浮び上るものは、性的欲望をめぐる男女の〈支配〉と〈被支配〉の関係図式に外ならない。

確かに坂井夫人の〈エロス〉、男女の性本能をめぐる敵対的関係、支配と被支配の力学は作品にみごとに定着しえた。ここで日本的状況下における典型性の稀薄さを、坂井夫人に見出して非難しても始まるまい。坂井夫人の〈エロス〉は、「好い子」としての純一のvanité（「己の影を顧みて自ら喜ぶ情」）と宦官のような「媚」のもつ心理的間隙を衝き、彼を征服し蹂躙する。この事態は、純一に深刻な内省を強いるとともに「怯惰な人間」としての自己批判と「真の生活」の自身における欠如とを痛感せしめる。箱根に夫人を追って行った純一は、画家岡村と夫人との関係の真相を悟り、やがてその寂しさの中から作品が生れるであろうことに望みをつなぎつつ、箱根を去る。

以上のようなプロット展開を辿る限り『青年』作中における坂井夫人の勝利、純一の敗北は紛れもない事実であり、時代の〈青春〉の挫折をそこにみることも強ち不可能ではない。

にもかかわらず、作中における純一の女性に対する視線は、余りにも多角的多元的なのであり、そのような純一の視線のうちにこそ、〈恋愛〉や〈青春〉とりわけ〈女性〉をめぐる『青年』独自の課題を読みとりうるのではなかろうか。

たとえば、Y県出身者の懇親会で、手洗いから出る純一を待って秘かに名刺を手渡す美妓おちゃら。彼女の「人形喰」のゴシップ記事を箱根の宿で読んだ純一を、作者は「（略）純一は覚えず微笑んだ。縦ひ性欲の為めにもせよ、利を図ることを忘れることの出来る女であつたと云ふのが、殆ど嘉言善行を見聞きしたやうな慰めを、自分に与へてくれるのである。それは人形喰ひといふ詞が、頗る純一の自ら喜ぶ心を満足せしめるのである」（傍点稿者、以下同じ）と書く。時代の功利主義への純一の否定的まなざしはおちゃらへの好意的まなざしに重なる。また、純一がおちゃらに遭遇したその当日の昼、純一を当の懇親会に誘いに来た瀬戸の「植長の上《かみ》さんのお安」には芸者にはない「女といふ自然」を見出すことが出来るという指摘を承けた純一の次のような述懐もまた興味深い。

> 一体己には esprit《エスプリイ》 non《ノン》 préoccupé《プレオキユペエ》 が闕けてゐる。安といふ女が瀬戸の frivole《フリヲル》 な目で発見せられるまで、己の目には唯家主の娵《よめ》といふものが写つてゐた。（略）それであの義務心の強さうな、好んで何物をも犠牲にするやうな性格や、その性格を現はしてゐる、忠実な、甲斐甲斐しい一般現象に対しては同情を有してゐたが、どんな顔をしてゐるといふことにさへも、ろくろく気が附かなかつた。瀬戸に注意せられてから、あの顔を好く思ひ浮べて見ると、田舎生れの小間使上がりで、植木屋の女房になつてゐる、あの安がどこかに美人の骨相を持つてゐる。（略）あの円顔の目と口とには、複製図で見た Monna《モンナ》 Lisa《リイザ》 の媚がある。芸者やなんぞの拵へた表情でない表情を、安は有してゐるに違ひない。（「十六」）

引用が長くなったが、ここには「一般現象」や〈観念〉には留まらぬ「女といふ自然」の純一における発見があるので、引き続く「思つて見れば、抽象的な議論程容易なものは無い。瀬戸でさへあんな議論をするが、明治時代の民間の女と明治時代の芸者とを、簡単な、而かも典型的な表情や姿勢で、現はしてゐる画は少いやうだ。明治時代はまだ一人の Constantin《コンスタンタン》 Guys《ギス》 を生まないのである。自分も因襲の束縛を受けない目丈をでも持ちたいものだ。今のやうな事では、芸術家として世に立つ資格がない」という純一の感想をみれば、明治時代の「女といふ自然」を捉えうる「因襲の束縛を受けない目」を彼が持ちえた時、彼の芸術家としての自立が達成されることが自明だろう。坂井夫人の謎の目に惹かれる現在の純一は、明治の女も「女といふ自然」も把握しえないのであり、彼の作家としての自立のためには、坂井夫人との訣別が必然とされる所以も実はここにある、と言えよう。

　こうして坂井夫人なる存在と明治の「女といふ自然」と云う秘められた対立項が次第に浮び上るのだが、さらに一章遡れば、純一の視線は、坂井夫人との再度の閲歴の直後に「美しい十四五の小間使」しづえの「フランスの小説や脚本にある部屋附きの女中とは違つて、おとなしく、つつましやかに」「かういふ時に恐るべき微笑もせずに、極めて真面目に」純一が借りるべき書物を選択するのを待つ姿を捉えてもいた（「十五」）。そして、ここに又、箱根柏屋の「特別な女中」お絹を見る純一の同様な視線を付け加えても良いだろう。

『青年』には外に、大村に接近し、やがて「恩もなく怨もなく別れ」た三枝茂子、crème を四皿も舐めて了う「薄給の家庭教師ででもあらうかと思はれる、痩せた、醜い女」、高名な教育者高畠詠子（下田歌子）などの姿もあるが、これら〈近代〉に係わる女性に向けられる純一の視線には、冷淡、恐怖、敬遠などの距離感が絡みついて離れないのに対し、先にあげた女性たちへの視線には、親しみや共感が纏りついている。彼女らは、社会の下層に位置するが故に、「開化」（『雁』）の恩恵に浴さぬ代り、〈近代〉の毒にも染まらぬ人々である、と言えよう。いわば、「開化」に置き去りにされたストイシズムと克己の、旧き、この国の精神土壌に根を下しつつ、小さいが可憐で美しい花々を社会の片隅でひっそりと咲かせている人々である。それらの花々は、『青年』の女性像の中心としての、西洋的土壌の上に咲いた華かな罌粟の花とも云うべき坂井夫人の周縁に、無言ではあるが確実な存在感のもとに布置せしめられている。そのような周縁の女性群像に向けられた純一の温かな共感と牽引の視線にこそ、実は『青年』における描写の具体、あるいは純一のいまだ論理化を十分に果しえずにいる無意識の境界、観念で救抜しえぬ感覚の領野がある。

純一の感性に託された、そのような反〈現代〉性は、遥か遠く「故郷」の「お祖母様《ばあ》」の世界に由来するとともに、「鏽びた鉄瓶、焼き接ぎの痕のある皿なんぞが、それぞれの生涯の ruine《ルユイヌ》 を語る」「古道具屋を覗く」純一の「或る一種の好奇心」、「一種の探検」（「二十一」）のモチーフにつながるものでもあることは、すでに言うまでもあるまい。そして、このような無意識の感性のありかたこそ、やがて坂井夫人という西洋的自我の土壌に狂い咲いた毒の花に訣別することによって、純一の書こうとする作品の世界を「自分の画がくべきアルプの山は現社会である」（「五」）と語られるそれから、「純一が書かうと思つてゐる物は、現今の流行とは少し方角を異にしてゐる。なぜと云ふに、そのsujet《シュジェ》は国の亡くなつたお祖母《ば》あさんが話して聞せた伝説であるからである」（「二十四」）と語られるそれへと屈折、転換せしめた真の原因にほかならない。

にもかかわらず、この事態を、作者鷗外も主人公純一も、まだ明瞭に意識化しえていない。純一における「現社会」から「伝説」への内的プロセスの作品における欠落がそれを示す。しかし、「女といふ自然」への純一の注目は、「利他的個人主義」の観念としての限界をこえて、認識と実践、意識と無意識を統一化しうる作家的営みへの第一歩であったことは確実である。

「国の亡くなつたお祖母《ば》あさんが話して聞せた伝説」が山椒大夫伝説を指す限り（唐木順三『鷗外の精神』）、そこに「女といふ自然」探求への純一の一貫したモチーフを措定することは可能だろう。同時に後の鷗外の歴史小説的世界が『意地』（籾山書店、大2・6）所収三作以後、りよ、佐代、安寿、魚玄機、るん、いちなど一連の女性を主人公とし、もしくは重要人物として描き続けられたことを想起したい。その意味で、女性をめぐる純一の多角的視線、とりわけ坂井夫人への対立項としての「女といふ自然」への注目は、その儘作者のものであったと考えられ、そこに歴史と現代をつなぐ一つの有力な媒介項を措定しうるのではなかろうか。

その意味で純一においても鷗外においても、「真の生活」の追求は、女性存在なるものの再認識、西洋近代でも擬似西洋的（日本的）近代でもない真に内発的な女性像の確立、獲得と一体のものであったのであり、『青年』における純一の〈青春〉は、そのような課題獲得（意識化）のための必須の関門にほかならなかったのである。

「牛鍋」の「女」

「牛鍋」(『心の花』明43・1)の作品的構図は極めて明瞭である。浅草と覚しき店の牛鍋を囲む男と女、そして女の子供(「七つか八つ位の娘」)の三人を登場人物として、男と女の子供との食欲をめぐる「悲しい競争」の傍らに、亡夫の友人としての男に注がれる〈女〉の「永遠に渇してゐるやうな目」を置き、そのリフレーンによって、性欲のために食欲をも母性愛をも忘れた永遠の女性像を刻み込む、というのがそれである。

確かに作者は、そのような女性像への感動と、にも拘わらずこの女性像と自己との距離の測定というモチーフを、作品結末の「一の本能は他の本能を犠牲にする。/こんな事は獣にもあらう。併し獣よりは人に多いやうである。/人は猿より進化してゐる」という一節のうちに確実に定着している。「牛鍋」の女が「本能的人物」(『仮面』)である所以は動かない。にも拘わらず、例えば『青年』二三章で主人公純一が、かつて私かに名刺を手渡された芸者栄屋おちゃらのゴシップ記事を披見し「読んでしまつて純一は覚えず微笑んだ。縦ひ性欲の為めにもせよ、利を図ることを忘れることの出来る女であつたと云ふのが、殆ど嘉言善行を見聞きしたやうな慰めを、自分に与へてくれるのである」と書かれてあるのを参照すれば、この「本能的人物」(女)に対する作者のもう一つの視角は、否定しようがなく明瞭なのだ。

アナクロニズムの譏《そし》りを冒して言えば、それは物質主義・功利主義としての所謂〈開化〉の現実を越ええている底辺の庶民的女性像の一つの発見に外ならない。作品「牛鍋」において、そのような〈開化〉の体現者は、言う迄もなく〈男〉である。この「箸のすばしこい男」を、作者は「丈夫な白い歯」と「鋭く切れた二皮目」を持ち、「世に苦味走つたといふ質の（略）顔」の所有者として設定することで女の男への愛の根拠を明かすとともに、「三十前後であらう。晴着らしい印半纏を着てゐる。傍に折鞄が置いてある」と叙述した。「折鞄」の点出が一際鮮やかに〈男〉の本質を照射する効果をあげている点に注意したい。飛躍を怖れずに言えば、ここに私たちは、数年後に書かれることになる『雁』の高利貸末造の先蹤的イメージを見出すことも許されよう。

言う迄もなく「男と同年位」で亡夫の遺児である「七つか八つ位の娘」を持つ〈女〉は、その儘では『雁』のお玉には重ならない。にも拘わらず『青年』の純一と坂井未亡人との肉の閲歴のうちに現代における恋愛の不毛を軈《やが》て確認することになる鷗外の視線が、〈開化〉という現代の社会構造を垂直に下降したところに、いわば伝統的な底辺の女性像における〈愛〉の一つの存在形態を探り当てていること――そのことのうちに作者の現代に対する私かな反噬のモチーフを見る自由は、許される筈である。それはやがて『雁』のお玉――〈開化〉の現実に傷つけられ、裏切られる正直な底辺の庶民像を一つの架橋として、現代に対する反措定としての過去の歴史のうちへと自己の文学的主題を屈折させてゆく鷗外の潜在的なモチーフの一つの現われに外なるまい。

にも拘わらず作品「牛鍋」本来の魅力と言うならば、男と女の愛をめぐる一つの錯誤のドラマという日常的にして永遠なるイメージの摘出に留まらぬ、作品表現そのものの特質に私たちは目を向ける必要があろう。この時私たちの眼前に浮び上ってくるのは、前出〈女〉における「永遠に渇してゐる（やうな）目」のリフレーン（六回）による聴覚的な効果である。リフレーンは、リズムを生む。そしてリズムというならば、それは女の「永遠に渇してゐる目」のリフレーンにのみ限定される訳ではないのだ。「牛鍋」の文体の特徴は、それが散文表現であるにも拘わらず、終始一貫、この聴覚的リズムが流れているところにこそ求められるからである。例えば冒頭、鍋はぐつ〳〵煮える。

牛肉の紅《くれなゐ》は男のすばしこい箸で反される。白くなつた方が上になる。

斜に薄く切られた、ざくと云ふ名の葱は、白い処が段々に黄いろくなつて、褐色の汁の中へ沈む。


又、箸を出す度に「待ちねえ。そりやあまだ煮えてゐねえ。」と男に制止された娘が、「生活の本能」から「箸を鍋から引かなくなつた」後の描写、

男は（略）死んだ友達の一人娘の顔をちよいと見た。叱りはしないのである。
只これからは男のすばしこい箸が一層すばしこくなる。代りの生《なま》を鍋に運ぶ。運んでは反す。反しては食ふ。
併し娘も黙つて箸を動かす。（略）
大きな肉の切れは得られないでも、小さい切れは得られる。好く煮えたのは得られないでも、生煮えなのは得られる。肉は得られないでも、葱は得られる。

以上の引用に示される快いリズムこそ、作品「牛鍋」の文体上の魅力に外ならぬ。そしてこのリズムは、まさに牛鍋そのものの持つリズムなのだ。このリズムから匂い立つのが、幻想としての牛鍋そのものの美味であり、それにかぶりつかないではいられない「生活の本能」としての食欲の発動なのだ。

作者はまず対象そのものに内在したリズムを手中にし、これを文体に活かした。そこに「牛鍋」の文体の独創がある。言う迄もなく物質や食欲のレベルにおけるこのリズムに拮抗し、作品のリズムとその主旋律をさまざまに変奏するのが、あの〈女〉の「永遠に渇してゐる目」のリフレーンであった訳である。牛鍋のリズムが〈男〉や

もの〈娘〉の「生活の本能」を映し出すとするならば、このリフレーンは、食欲を超越した女の内面をリズム化したものであることは確実だろう。

かくして対象としての牛鍋やその牛鍋に捉われた〈男〉と〈娘〉、そして「とう〳〵動かずにしまつた」「今二本の箸」の所有者である〈女〉、この動と静とのコントラストを背景として彼らの内面と外面とを、すべてリズム化し、耳に快い表現と化したのが作品「牛鍋」である。このような聴覚を通じて対象の本質に迫る散文表現の可能性を私たちは忘れて久しい。そうして、このようなリズムによる散文表現の故郷を、私たちは作者における遠い幼時のあの漢文素読の時代に迄、溯らせることが可能であるならば、作品「牛鍋」は、その表現内容のみならず、表現のレベルそのものにおいて、明治四〇年代の散文形式に対する反措定に留まらず、私たちの現在所有する散文形式に対する新鮮な問いかけにもなりえている筈である。

（一九八四・一・七）

「藤棚」覚え書き——作品空間の隠喩性をめぐって

五条秀麿物の第三作「藤棚」（『太陽』明45・6）に登場する「I男爵」邸が、当時東京市芝区高輪南町三十五番地（現・東京都港区高輪四丁目二十五番地三十三号）にあった岩崎彌之助（当主は小彌太）別邸を指す[1]ことは、改めて指摘する必要はないだろう。鷗外日記明治四十五年（一九一二）五月五日に「(日)。晴。妻、茉莉と高輪岩崎邸の philharmonie 会にゆく。」云々とあり、大正七年（一九一八）十二月十七日、山田珠樹宛鷗外書簡に「藤棚ハ小生ガ妻ト当時ヲサナカリシ茉莉トヲ連レテ岩崎別荘ニ参リシ記事ニ候只妻孥ハ表面ニ不出候貴人ハ閑院宮様ニ候」とあって、確証されることも亦、言を俟たない。

ところで、同じ山田珠樹宛書簡で鷗外は秀麿物第二作「吃逆」（『中央公論』明45・5）について「吃逆以下ハ前ニワイヒンゲルヲ取リシ如ク当時読ミ居リシオイケンヲ使ヒ候（略）吃逆ハ殆ド模倣ニ近キ写生ニシテ芸者一人々々皆実在シ対話マデ哲学問題ノ外ハアリノマヽニ候」と述べている。秀麿物一連は、従来、言不言にかかわらず、「秩序」をめぐる一種の思想小説として諒解され来ったことは、明白な事実と言って良いが、この書簡に現われた「吃逆」の写生小説性は、少くとも「藤棚」にも受けつがれていると見られ、それは、むしろ「藤棚」に至って空間小説性をも兼備して、独特の境地に達していると言っても良いだろう。この空間小説性や写生小説性と、従来から指摘されている思想小説性、即ち作中でくり広げられる秀麿内部における思念の劇が如何なる相関性のうちに捉えられるべきであるか、それが本稿の主題である。むろん、ここで言うところの「秀麿内部における思念の劇」が

「自由」と「秩序」をめぐる、次のような秀麿の思索を指していることは、言う迄もない。

（略）秀麿は社会の秩序と云ふことを考へた。自由だの解放だのと云ふものは、皆現代人が在来の秩序を破らうとする意嚮の名である。そしてそれを新しい道徳だと云つてゐる。併し秩序は道徳を外に表現してゐるもので道徳自身ではない。秩序と云ふ外形の縛には、随分古くなつて、固くなつて、改まらなくてはならなくなる所も出来る。道徳自身から見れば、外形の秩序はなんでもない。さうは云ふものゝ、秩序其物の価値も少くはない。秩序があつてこそ、社会は種々の不利な破壊力に抗抵して行くことが出来る。秩序を無用の抑圧だとして、無制限の自由で人生の諧調が成り立つと思つてゐる人達は、人間の欲望の力を侮つてゐるのではあるまいか。余り楽天観に過ぎてゐるのではあるまいか。若し秩序を破り、重みをなくしてしまつたら、存外人生の諧調の反対が現れて来はすまいか。人は天使でも獣でもない。Le《ル》 malheur《マリヨオル》 veut《ヴヨオ》 que《ク》 qui《キイ》 veut《ヴヨオ》 faire《フエエル》 l'ange《ランジエ》 fait《フエエ》 la《ラ》 bête《ベエト》 である。さう云ふ人達は秩序を破つて、新しい道徳を得ようとしてゐるが、義務と克己となしに、道徳が成り立つだらうか。よしや欲望と欲望との均斉を纔かに保つことを得るとしても、それで人生の能事が畢るだらうか。人生にそれ以上の要求はないだらうか。只官能の受用を得る丈が人生の極致であらうか。さう云ふ人達は動《やゝ》もすれば自然に還れと云つてゐるが、その蓄へてゐて縦たうとしてゐる官能的欲望が、果して自然であらうか。その自然は此藤棚のやうになつた自然ではあるまいか。

決して分り易いとは言えない「秩序」をめぐる秀麿のこの思索が「現代人が在来の秩序を破らうとする意嚮」を体現するものとしての「自由だの解放だのと云ふもの」に対する、「秩序」の有用性の認識の側に決定的に傾いていることは、否定し難い。秀麿ひいては鷗外が、「秩序を無用の抑圧だとして、無制限の自由で人生の諧調が成り立つと思つてゐる人達」という言葉で、如何なる思潮流派を念頭に置いているかは定かではないとしても、「自由だの解放だの」という一見、文芸思潮のスローガンのような衣裳を纏って外見をカモフラージュしつつ、「無制限の自由で人生の諧調が成り立つと思つてゐる人達」への批判を「人間の欲望の力を侮つてゐるのではあるまいか」、「若し秩序を破り、重みをなくしてしまつたら、存外人生の諧調の反対が現れて来はすまいか。」として、不幸は天使を野獣にしたがるものだ、の意のフランス語の格言に集約せしめてゆく、以下の論理のプロセスは、一先ず、諒解し得るものである。

しかし、急いでつけ加えなければならないが、私が「一先ず、諒解し得るもの」と言った「一先ず」はいつ迄経っても、「一先ず」なのであって、明快、達意を旨とする鷗外の文章スタイルの中で、この一連の秀麿の思索は、表現・内容共に、今一歩明確でない。石川淳の流儀に倣って言えば、主人公秀麿というより、作者鷗外自身にどこかしら、心、ここにあらざるの概《おもむき》がある。それは、なぜなのか。

ところで先の秀麿の思索の末尾は、次のようになっている。くどいようだが、改めて引いてみる。

さう云ふ人達は動もすれば自然に還れと云つてゐるが、その蓄へてゐて縦たうとしてゐる官能的欲望が、果して自然であらうか。その自然は此藤棚のやうになつた自然ではあるまいか。

フランスの啓蒙思想家アンリ・ルソーの『エミール』における自然に還れの思想を近代の進歩的社会思想の源泉と見、それに対する否定的批判的視座の集約とも見られる、この秀麿の発言は、一面、おそらく明治四十五年の時点に限定されない作者鷗外のルソー受容の一面を示して興味深いが、作品表現としての問題は、そこにあるのではない。むしろそれは、この短文のうちに四回も繰り返されている、「自然」という語の意味の凝縮性にこそあるのではなかろうか。蓋し鷗外は十分に意識的に「自然」という語を用い、「自然」という語は、いわゆる自然らしさの「自然」であると共に、山川草木の意の「自然」（ここでは「藤」）即ち文字通りの自然でもあるからだ。そして、この後者の「自然」は作品所出、藤棚の不「自然」性を介して、前者の「自然」につながってゆく、それが作品「藤棚」における「自然」という概念の固有の枠組である、と一先ず言えよう。

＊

ところで、鷗外、もしくは鷗外文学と草花（即ち「自然」）については、石川淳、竹盛天雄、稲垣達郎、大屋幸世ら先学による周到で充実した文学的伝記的諸事実の博捜や作家論的作品論的解釈の積み重ね(2)があり、とりわけ、大屋氏の論は、研究史の尖端、文字通りの頂点に位置するという点で必読に値いする名論であることは改めて指摘する迄もないところであろう。私のこの論も、大屋氏論によって蒙を啓かされた点が多い。そこで、やや長くなるが、その大屋論の中でも、とりわけ字眼と言って良い、解釈上の発展的可能性を秘めている、と少くとも私には思われる結論部分を次に引用する。

（略）先に摘記した日記一覧の、大正二年四月三日の記事を再び引用してみよう。

終日園を治す。夕より興津弥五右衛門に関する史料を整理す。

言うまでもなく、後半の記事は『興津弥五右衛門の遺書』（『中央公論』大1・10）の改稿にかかわる。そして周知のようにその改稿は、初稿の弥五右衛門の「野放図」とも言い得る主情性を殺ぐものであった。とすれば、この日の日記に「終日園を治す」とあるのは、決して偶然とは言えまい。その主情性の否定は、先の「野放図な〈自然〉」性への規制と、意識として無縁ではなかろうからだ。そしてそれのみならず、「終日園を治」している庭での鷗外の手付きと、「興津弥五右衛門に関する史料を整理」している書斎でのその手付きとが、鷗外の思念において私にはどうしてもオーバーラップして来る。いわば『興津弥五右衛門の遺書』の改稿というのは、「自然らしく」「園を治する《ママ》」ということと相似であったのではないか。そして多分このことは、時に「間々の雑草を抜い」たり、「あちこちに植ゑ替へ」たりする手付きと共に、『歴史其儘と歴史離れ』で言う、「史料」のうちに窺われる〈自然〉を尊重するという、その「史料」の園の〈自然〉の扱い方についても言えるはずである。たとえば『田楽豆腐』について言う先の稲垣氏の評言は、あたかも鷗外の歴史小説論の一節のように読めはしないか。もちろんここから先は、「藤棚」について見たのと同様、歴史小説論ということになろう。

今ここでは、歴史小説の「創造」と結びつく、鷗外における植物的な〈自然〉性とでも言うべき生命的なるものを見て置くだけにする。

大屋氏のこの把握は、何一つ、つけ加える必要がなく、又、何一つ削除することもできない、遠近法のよく利いた優れた把握である訳だが、その前提に、鷗外の歴史小説への移行やその歴史小説における「歴史の自然」の問題と、鷗外の実生活における草花、自然への統治の仕方とのアナロジーへの注目というものがある。私が蒙を啓かされたのは、このような実生活と文学とを一貫する鷗外における「自然」という語や概念の同心円的広がりという視角そのものに外ならず、それは、とりもなおさず大屋氏によって掲げられた前出先行諸論に潜流し続けた視角の優れて意識的な総括と言って良いものである。

ところで今、私にとっての問題は、そのような鷗外「自然」をめぐる大屋氏の論の卓抜性を卓抜性として尊重しつつ、それをもう一歩掘り下げることによって、作品「藤棚」の解釈に新転回を齎しうる可能性があるのではないか、という一種不遜な予測にあるのだが、例えば、大屋氏は結論部に先立つ部分で作品「藤棚」における藤棚と、鷗外歴史小説における「歴史の自然」（大屋論では「〈歴史其儘〉」）、「〈自然其儘〉」との関わりについて次のように述べていた。

（「歴史其儘と歴史離れ」における――稿者注）「事実を自由に取捨して、纒まりを付けた迹」という一節からは、「一層人工の加へ」られた藤棚が連想されては来ないか。造られ、意味づけられた一つの「纒まり」として、両者は等価と言えようからだ。あるいは〈自然〉に対する〈人為〉〈人工〉と言い換えてもよい。いわばそれゆえに、藤棚にあって「全然自然を離れた」という形容があるのに対して、「纒まりを付けた迹」の否定として、〈自然〉を「猥りに変更するのが厭になつた」という言葉があるのではないか。人為的な「纒まり」が必然のものとする〈自然〉離れとして、鷗外にとっては両者は相似だったと言ってよかろう。そしてもしこのようなアナロジーが可能であるなら、鷗外歴史小説における〈歴史其儘〉〈自然其儘〉というのは、先の藤棚に見たような、文明開化、近代化が必然的に招来する〈自然〉離れへの、蒲公英を蒲公英に還すような本卦帰り的な反噬であったのではないか、という考えに私たちを導いても行く。

大屋氏論のこの部分を引用したのは、鷗外歴史小説における「自然」と、鷗外の草花を治する態度との間に「相似」やアナロジーを見出そうとする大屋氏によって統括された問題の画期性が、必然的に作品「藤棚」における、当の藤棚の問題に触れてきているからに外ならないのだが、他の箇所でも、大屋氏は、秀麿はこの藤棚を「開化と云ふものの或る raffiné せられた方面を代表してゐる」と考える。この〈自然〉離れの極致と言ってもよいほど人工化された藤棚が、いわば文明開化の一つの洗練された象徴として、秀麿の眼に映じているわけである。あるいは「raffiné せられた方面」であるがゆえに、それは文明開化の行きついた果てを象徴していると言ってもよかろう。

と論じている。

藤棚をめぐる大屋氏の叙上の見方は、三好行雄氏や竹盛天雄氏の見方とも一致するものであり、殆んど揺らぐことのない確立済みの定説という観がある。実はかくいう稿者も旧稿「灰燼」論(3)の中で、そのような作品「藤棚」に対する定説的イメージを以て、非合理な天皇制国家秩序と合理主義的な歴史追求の精神との決定的な対立の認識という「かのやうに」の地点からの鷗外主体の後退を論じ、秀麿物第三作「藤棚」の執筆のうちに長編「灰燼」挫折への必然性を見たことがあることを、ここに告白しておこう。しかし、今回機会あって作品「藤棚」を読み返して見て、そのような従来の定説的解釈は、果してその儘で良いのか、という強い疑問に捉われることになったのである。以下、そのことについて略述し、大方の批判を仰ぎたい。それは、大屋氏論の鷗外における「自然」の解釈を、一般的な近代文明批判のレベルのみに留めず、日本的近代固有の「秩序」批判のレベルに迄拡大、止揚することが十分に可能なのではないか、という些《いささ》か茫漠たる見通しに支えられた疑問でもあるのだ。

*

鷗外における草花の問題が、「歴史」のみではなく、「現代」の問題でもあることは、既に稲垣達郎氏も触れているところだが、ここで再確認しておきたい。次作「羽鳥千尋」(『中央公論』明45・8)を挟んで三ヵ月後に発表された、もう一つの連作である木村物第三作「田楽豆腐」（『中央公論』大元・9）には、次のような叙述がある。

木村は僅か百坪ばかりの庭に草花を造つてゐる。造ると云つても、世間の園芸家のやうに、大きい花や変つた花を咲かせようとしてゐるのではない。なる丈種類の多い草花が交つて、自然らしく咲くやうにと心掛けて、寒い時から気を附けて、間々の雑草を抜いて、宿根のあるものが芽を出したり、去年の黐れ種が生えたりする度に、それをあちこちに植ゑ替へるに過ぎない。動坂にゐる長原と云ふ友達の持つて来てくれた月草までが植ゑてある。俗にいふ露草である。木村の知つてゐる限りでは、こんな風に自然らしく草花を造つてゐるものは、麹町にゐる友達の黒田しか無い。黒田はそこで写生をするのである。併し黒田は別に温室なんぞも拵へてゐて、抵抗力の弱い花をも育てる。木村は打ち遣つて置いても咲く花しか造らない。

木村は初め雑草ばかり抜く積りでゐた。併し草花の中にも生存競争があつて、優勝者は必ずしも優美ではない。暴力のある、野蛮な奴があたりを侵略してしまふやうになり易い。今年なんぞは月見ぐさが庭一面に蔓りさうになつたので、隅の方に二三本残して置いて、跡は皆平げてしまつた。二三年前には葉鶏頭が沢山出来たのを、余り憎くもない草だと思つて其儘にして置くと、それ切り絶えてしまつた。

中には弱さうに見えないのに弱くて、年々どの草かに圧倒せられて、絶えさうで絶えずに、いつも片蔭に小さくなつて咲いてゐるのがある。木村の好きな雁皮の樺色の花なんぞがそれで、近所の雑草を抜かうとして手が觸れると、切角蕾を持つてゐる茎が節の所から脆く折れてしまふ。

（傍点稿者　以下同じ）

本文における、主人公木村における西洋草花の名称奈何という関心のありどころを故意に削ぎ落した右の引用部分のみからでも鷗外における同時代文壇概観が窺われることは言う迄もないが、事柄は、そこに留まらない。大逆事件以来の政治・社会的風潮の「野蛮」な暴力性を、それらが押し立てる天皇制本来の〈自然〉に反する「侵略者」の所為として、鷗外は隠喩的に指弾しているのではないか。傍点部は、少くとも、その有力な傍証となり得るものである。とは言え、そのような解釈が従来、あったか否かを、寡聞にして私は知らない。石川淳、稲垣達郎、竹盛天雄その他の畏敬すべき先学も、「田楽豆腐」の〈自然〉については、殆んど触れていないようである。しかし、「田楽豆腐」末尾における次の叙述は、明らかに当時の思想検閲の社会風潮に対する暗々裡の批判であって、あの、既に著名な「食堂」(『三田文学』明43・12) 末尾における大逆事件被告への死刑求刑の予想を踏まえた作者のこれ又、暗々裡の牽制と好一対であろう。

左に躑躅の植ゑてある所を通り過ぎると、平地になる。手入れの悪い芝生の所々に、葵やなんぞが咲いてゐる。小学生徒らしい子供が寝転んだり、駆け回つたりしてゐる。美術学校の生徒かと思はれるやうな青年が写生をしてゐる。

高野槙や皐月躑躅には例の田楽札が立ててあつたのに、此辺の草花にはそれが立ててない。木村は少し失望した。

十歩ばかりも進んだ時、左側に札を立てた苗床の並んでゐるのを見付けた。桔梗や、浜菊や、射干や待宵草が咲いてゐる。併し花が咲いてゐて札が立てて無いのもある。札が立ててあつて、草の絶えてしまつたのもある。或る草が自分の札の立ててある所から隣へ侵入してゐるのもある。門にゐるお役人と同じやうに、花壇を受け持つてゐるお役人も節力の原則を研究してゐるものと見える。草刈女と見える女が所々をうろついてゐるが、それに指図をしてゐるやうな人は一人も見えない。暫く苗床の間を廻って見ても、今頃市中で売つてゐる西洋草花は殆ど一種も見当らない。木村はいよいよ失望した。(略)

木村は跡へ引き返して四阿の中に這入つた。木の卓と腰掛とがある。竹の皮やマッチの明箱が散らばつてゐる。卓の上にノオトと参考書とを開いて、熱心に読んでゐる書生がゐる。その傍では子守が子供を遊ばせてゐる。

木村は暫く書生の向ひに腰を掛けて、ぼんやりしてゐた。あたりはひつそりとして、高い木にも低い艸にも、砕いた硝子のやうな光線の反射がある。

西洋草花の名を見に来た木村は、少しもその目的を達しなかつたが、それでも不平の感じは起してゐなかつた。子供が木蔭に寝転ぶにも、画の稽古をする青年が写生をするにも、書生が四阿で勉強するにも、余り窮屈にしてない方が好いと思つたからである。

木村は近頃極端に楽天的になつて来たやうである。

＊

さて、いかにも持って回った言い方で恐縮だが、ここでI男爵邸における藤棚をめぐる秀麿の思索の前半、つまり、先に引用した〈秩序〉をめぐる秀麿の思索に先立つ、作品の題名に直接に関わるそれを、引用して見たい。

演奏は始まつた。誰やらの進行曲である。客の手にプログランムが配される。秀麿は殊勝らしく聴いてゐる客の群とその周囲との上に目を遊ばせた。此藤棚は尋常の藤棚ではない。細い鉄の円柱の上に鉄の桁を渡して、その桁の形づくつた、大きい格子が、更に竹の小さい格子に為切られてゐる。その小さい格子から、余り長くない花房が同じ丈に垂れてゐる。大小の格子の上にヅツクの張つてあるのが、有るか無きかの風に煽られて、折々ぴたり〳〵と音をさせる。尋常の藤棚でも、大いに人工の加はつたものであるのに、それに一層人工を加へて殆ど劇場の弔枝《つりえだ》と云ふ物を見るやうに、全然自然を離れた花が造つてある。此藤や、一輪づつ白紙のdisque《デイスク》の上に載せた菊は、開化と云ふものの或るraffiné《ラフイネス》せられた方面を代表してゐると、秀麿は考へた。

秀麿は、先ず「此藤棚は尋常の藤棚ではない。」とし、藤棚の姿を巨細に描写した上で、「尋常の藤棚でも、大いに人工の加はつたものであるのに、それに一層人工を加へて殆ど劇場の弔枝《つりえだ》と云ふ物を見るやうに、全然自然を離れた花が造つてある。」と述べる。つまり、この藤棚は、元来「大いに人工の加はつたもの」としての藤棚を超える、殆んど過激とも言える「人工」の加はった藤棚、それ故に「全然自然を離れた花」としての藤棚であるのだ。既に多くの指摘があるが、百尺竿頭更に一歩を進めて、これを私なりに字句通りに解釈すると、それは、藤の花の「自然」(=本質)を全く離れた藤、即ち、殆んど擬いものの藤ということになるのではあるまいか。にも拘わらず、形だけは藤なのである。そこには、通説的解釈としての近代の宿命としての人工化という一般的普遍的命題を超越した何かがある。もしや、この藤棚は、後半の秀麿の思索に現れる〈秩序〉のもう一つの隠喩、いや正確には、もう一つの擬似的〈秩序〉の隠喩なのではあるまいか。そのように疑い出すと、その直後に現われる「此藤や、一輪づつ白紙のdisque《デイスク》の上に載せた菊は、開化と云ふものの或るraffiné せられた方面を代表してゐると、秀麿は考へた。」という先に見たように研究史の上で盛んに論じられている叙述も、従来の解釈を超える歴史社会的な現代的意味を帯びて甦ってくるように、少くとも私には思われる。それは、ここで、作者はなぜ、藤と並列する形で現実とも、非現実とも明確化されえない「一輪づつ白紙のdisque《デイスク》の上に載せた菊」を登場せしめたのか、という疑いでもある。

なるほど、「白紙のdisque《デイスク》の上に載せた菊」は、極めて人工的であり、「自然」を離れてもいる訳だが、私には、この菊の点綴それ自体に重い意味が込められている、と思われる。即ち「菊」は、藤棚のイメージを補足し、それに方向性を与えるのみならず、「藤」と相俟って強烈な隠喩、それも寓喩スレスレのものとしての近代天皇制秩序それ自体に向けられた隠喩としての含意を持つものと思われてならないのである。

こうして気づいてみると、I男爵邸をめぐる「藤棚」の空間は、実は、全てが近代天皇制空間の構造的隠喩であることに、思い至る。I男爵、そのモデル岩崎彌之助は、明治政府の手厚い庇護下に、海上輸送を殆んど独占した三菱会社（のち日本郵船）社長岩崎彌太郎の弟。開東閣建築に着手、また居住したが、完成（明41・2）直後の四十一年三月、没。作品内時点での当主は、彌之助の長男小彌太、従って「I男爵」のモデルは、直接には岩崎小彌太であろう。但し、小彌太夫妻の居住は明治四十一年十一月から二、三年と伝えられているので、既にゲスト・ハウスとなっていたのではないかと推察される。

開東閣及び彌太郎、彌之助並びに小彌太についての実証的ディテールは、前出注（1）初出北島瑞穂論に譲るが、作品は正門から高台の建物までの路筋を空間的にほぼ正確になぞってゆく。途中から秀麿の同伴者となった「某省」の参事官渡辺の鉄の扉の門をめぐる感想は「自動車と云ふ、ごつ〳〵した、あら〳〵しい monstre《モンストル》 の出入するには適当で、どうもこの怪物が出来て出入するのを予知して立てたやうな門ですね」と云ふものであり、又、高台正面に位置する開東閣本館をめぐる語り手の印象は「老とか死とか云ふものを知らない人の住みさうな、白い石で造つた、がつしりした家」というものである。

鉄の扉、モンストルとしての自動車、病や死を超越した人の住みそうな建物——それら「未来派の画（家）」を連想せしめるような事象に対しても後出藤棚をめぐって秀麿のいう「raffiné せられた」ウルトラ・モダンな開化の極致を当て嵌めることは容易い。しかし又、これら「I男爵」邸をめぐる諸ディテールは、五条子爵家における、馬車を家に置くのをやめ、その時々に御者や馬を雇い、「大抵の場合は人力車で済ます」節倹ぶりと対置せしめられており、とりわけ、今日の秀麿は、参事官渡辺と共にたった二人、電車・徒歩を以て「I男爵」邸に至りついたのであること等々の秀麿をめぐる諸ディテールと対比せしめられていること、その上、当の秀麿の身分は、男爵の上の子爵、つまり旧公卿であることなどを併せると、近代天皇制によって叙爵せしめられた「I男爵」邸をめぐる空間描写には、自ずからなるアイロニカルな意図が込められていると見なければならない。つまり、余りにも法外な富の蓄積と、それが造り出した極端な迄に人工的な空間へのアイロニイが、五条子爵家のつつましい生活ぶりとの対比の上に自然に醸し出されてくる仕掛なのだ。

要するに、これら「I男爵」邸をめぐる諸ディテールの描写を通じて、作品「藤棚」は、いわば伝統的天皇制と切り離された近代天皇制の傲りの空間を、それとなく、写し出している訳である。そして、この〈自然〉を離れた人工的な傲りの空間の枠組のなかに置かれるのが、「開化と云ふものの或るraffinéせられた方面を代表してゐる」「藤」や「菊」なのである限り、作者が、この近代天皇制空間を、「全然自然を離れ」(天皇制の本質を離れ)、「raffinéせられた」(人工的に歪曲され、もしくは本質をスリ替えられたまがいものとしての)近代天皇制(=国体)の隠喩として機能せしめていることは、ほぼ間違いのないところであろう。

くり返して言えば、作品「藤棚」の空間は、アイロニーを潜在せしめた、近代天皇制空間の隠喩なのであり、明治的国家秩序への秘められた批判的寓喩的空間であるのだ。付け加えれば、そこで催されるphilharmonieの会は、「弾奏器を手にした黒服の群」である管弦楽団、おそらく音楽家のグループと、「吹奏器を手にした赤い徽章の軍服の群」である陸軍軍楽隊のグループによって演奏される会なのであり、ここにも、軍国主義的近代天皇制国家秩序の浸透があろう。

秀麿の目は、貴婦人である女性達の服装の「際限のない変化」に惹かれている。それは「田楽豆腐」に見た先の木村の感想に共通する視角でもある。しかし、その「際限のない変化」の上にも、「まだ待たれてゐる貴い方々」に象徴される「秩序」の圧力が無言のうちに加わっていたことを、直後に秀麿は認識することになる。曲が始まると、秀麿は、「殊勝らしく聴いてゐる客の群とその周囲」との上に目を遊ばせるのだが、藤棚や菊をめぐる思索を挟んで、次のような秀麿の感覚的印象が物語られる。

　秀麿の考は周囲から群集の上に及んだ。貴い方々の御前で身じろぎもせずにゐる、美しい人達の群が、譬へば色がはりの紙を揃へて畳《かさ》ねて、文鎮で押へてあるやうに感ぜられる。文鎮の重みは、貴い方々のまだお見えにならない時から、もう紙の上に無形に加はつてゐて、群集は擅《ほしいまゝ》に芝生の上に散らばらずに、藤棚の下に纏まつてゐたのである。

　こうして見てくると秀麿の思索は、感覚によって物語られる「変化」の自然性（＝「自由」）とそれに「無形」の圧力を加える「秩序」の問題とによって枠どられ、又、前提を構成されていることがわかる。右の感覚的叙述は、「藤棚」の作意が、秀麿自身が後に述べるような「秩序」の課題にあるのではなく、「道徳」即ち「自由」の課題にあることを示唆している。作者は、むしろ、秀麿の「秩序」に収斂する観念的思索を隠れ蓑として、視覚や聴覚などによって捉えられる「自由」即ち「秩序」批判の課題を、隠喩的に浮き彫りしてゆくのである。そして、それら感覚的イメージの頂点に位置するのが近代の宿命としての人工化の極致としての意味を踏みこえた前記のような「藤（棚）」や「菊」であったのではなかろうか。飛躍をおそれずに言えば秀麿の思索は、「自然」を枠組として、「無制限の自由で人生の諧調が成り立つと思つてゐる人達」を撃つと云う見せかけを隠れ蓑としつつ秩序を撃ち、更に「大いに人工の加はつた」上に「一層人工を加へて（略）全然自然を離れた」藤棚を表面に押し立てつつ実は藤棚のイメージのかげに忍び込ませた「菊」のイメージによって近代天皇制国家秩序の人工性、贋物性を撃っているのである。そうして、これら表層（観念）と深層（感覚）の二極の批判のそれぞれが、作者の真実であったことは疑いえないところだが、論理の言葉、感覚の言葉の軽重と、文体の「自然」、文体の「不自然」性の軽重とに判断の根拠を求める限り、作者の意図が、「菊」のイメージに象徴される近代天皇制秩序への批判にこそ存在したことは、どうやら否定し難いように思われる。

＊

鷗外は、「灰燼」の挫折を見透していながら、座視し、手をこまねいていただけではなかった。隠喩という表現技法を極限的なレベルに迄活用しながら戦いうるだけ、戦っていたことが、ここに確認できる。その意味では、「藤棚」のI男爵邸は、作者鷗外の、そして作中の主人公秀麿の「秩序」に対する文学的狡知を駆使した反噬の空間であったのである。

（二〇〇七・一・一九）

注

（1）以下、岩崎別邸・開東閣及び岩崎彌太郎・彌之助・小彌太に関する事項の詳細については、北島瑞穂「森鷗外『藤棚』論　意味づけられた花―「岩崎邸」をめぐって―」（『近代文学　注釈と批評』第六号、平19・3）を参照されたい。前掲各人物・事項のデータについても、同氏の調査に負うところがある。

（2）石川淳『森鷗外』（三笠書房、昭16・12）中「詩歌小説」の章・竹盛天雄「解説」（岩波文庫『森鷗外』昭53、6）・稲垣達郎「鷗外、草花、自然」（『群像』昭51・7、のち『稲垣達郎学藝文集』第二巻〈昭57・4〉所収）・大屋幸世「鷗外と草花――鷗外日記から――」（信州白樺』第四一・四二合併号、昭56・4、のち大屋氏著『鷗外への視角』〈有精堂、昭59・12〉所収）。

（3）「『灰燼』覚え書き――「中絶」と「新聞国」との相関関係をめぐり――」（根本萌騰子編『言語と文学にみる文明』昭53・7、東海大学出版会、のち『森鷗外論　実証と批評』〈明治書院、昭56・9〉所収）。

鷗外訳「正體」の〈正体〉——言論・思想弾圧政策と鷗外の抵抗

伊狩章氏『鷗外・漱石と近代の文苑（付）整・譲・八一等の回想』（翰林書房、二〇〇一・七）は、その五部から成る構成のうち特に第一部「森鷗外」、第二部「夏目漱石」の部分において、鷗外及び漱石を中心に研究を続けてきた者の立場から見て、近来稀に見る反権力的な気骨と熾烈な実証精神に支えられた注目すべき労作と思われる。たとえば実証的には、本書の第一部巻頭に据えられた「「ヰタ・セクスアリス」の発禁と文芸院——鷗外・漱石の触れあい——」において、伊狩氏は鷗外・漱石の初めての出会いが明治二十九年一月三日の子規庵における初句会の席上においてであることを指摘するとともに、その後の両者の邂逅が明治四十年十一月二十五日の上野精養軒における上田敏洋行送別会と、これを機会に成立した青楊会第三回（明41・4・18）及び第二次桂太郎内閣の文相小松原英太郎が官邸で催した文士招待会の各々の席上においてであることを、新聞等諸種の資料を丹念に調べて立証、合計四度にわたることを明らかにした上で、特に後者の席上、当時猖獗を極めていた発禁政策との関係で話題にのぼった文芸委員会設立をめぐる、賛成派の鷗外と反対派の漱石との立場の違いが、やがて両者の疎隔を生んでゆくとして、その後の、作品「ヰタ・セクスアリス」発禁問題や大逆事件の勃発等を閲した後の鷗外の諷刺的諸作品や翻訳作品を通じての「腹をくくった」官憲に対する抵抗の諸相や漱石における文芸委員会への徹底的拒否の傍らでの発禁問題や大逆事件への無関心（の装《よそおい》）という姿勢の違いを浮き彫りにすることに成功している。

また、先述した氏の論に一貫する〈反権力的な気骨〉との関わりでは、続く「大逆事件と鷗外の抵抗——五篇の翻訳の意味」において、大逆事件に対する鷗外の批判的姿勢を「自由を守る闘いに挺身する姿勢ではなく」、「傍観者の繰言」程度のものだったとする向坂逸郎「森鷗外と社会主義」(『唯物史観』二号、昭41・5)に代表される通説への果敢なアンチテーゼの提出として、これ又、鷗外の反権力的文学的営みの実態を明らかにし、鷗外のために冤を雪ぐことに成功している。そして、この時、鷗外に迫る氏の方法的視角は、次のようなものである。

　鷗外は自分の官僚としての立場から直接には書けなかった。しかし何とか婉曲に、諷刺的に、しかも作家や文士たちには通じるように書いた。或いはまた遠まわしに翻訳小説によって暗示した。(「『ヰタ・セクスアリス』の発禁と文芸院」)

「大逆事件と鷗外の抵抗――五篇の翻訳の意味――」は、氏のこの基本的視角を具体化したものに他ならない。もっとも大逆事件と鷗外との関わりについては、近年、森山重雄『大逆事件＝文学作家論』(三一書房、一九八〇・三)篠原義彦『森鷗外の構図』(一九九三・三　近代文藝社)及び中村文雄『森鷗外と明治国家』(三一書房、一九九二・一二)などにおいて、多面的にして精緻な追求があったことは、広く知られている。特に森山・篠原論における大審院特別法廷での鷗外傍聴説の発掘(1)、中村論における鷗外も出席した山県有朋の永錫《えいじよう》会と大逆事件との関係への究明・示唆(2)は、鷗外と大逆事件との関わり方を考える上で、今日、決定的な重みを持ってきている。いわば、フレームアップを支えた体制の思想的中核とも目されるメンバー達と同席し、且つそのメンバーの一人として山県にみなされつつ、その傍ら内面の奥深い処で、鷗外は大逆事件批判への認識的かつ思想的視座の構築を自らに課しつつあったとも言え、「沈黙の塔」(明43・1)から「食堂」(同12)へ、また「妄想」(明44・3〜4)「かのやうに」(明45・1)から「灰燼」(明44・10〜大元・12)へと至る作品の流れは、鷗外が眼前に見てしまったものとしての明治の国家体制の終局的に到達した形と、それを相対化、批判化しようとする鷗外内面の営みとの文字どおり息づまるような緊張・対峙の関係を無視しては、もはや一言も発しえない地点にまで研究史の現在は到達して了っている、と言っても決して言い過ぎではないであろう。

伊狩氏は、先行研究における、そのようなさまざまな到達点を手堅く押さえながら、大逆事件に対する鷗外の「抵抗」を示す新しいデータとして、明治四十四年一月に発表された五篇の翻訳、即ち「襟」「人力以上」「二髑髏」「一人舞台」「パリアス」の意味を提起し、「これら五篇には、どこか、おかしい、異常さが感じられる」として、その「題材、筋立、内容」の怪奇さや不自然さのうちに「鷗外の積極的な意図」としての「反動的な風潮や権力者の無法に対する（略）憤りと、弱者への同情」とが存在していると指摘する。

詳細な分析は本文に譲るとしても、明治四十年代後半に鷗外の発表した翻訳諸作品の多くに幻想的怪奇的な雰囲気の、濃密に漂っていることが一つの謎として一般に認識されてきたことは事実であり、伊狩氏の指摘と、各作品をめぐる犀利、周到にして多角的な分析は、以前からのそのような漠然とした疑問に、初めて明確な解答を与えたものとして、高く評価されるべきものであろう。

氏の論の驥尾に付して、私なりに言いかえれば、文学者にして同時に官僚でもあった鷗外は、のち、歴史小説創作の営みにおいて歴史を「隠れ蓑」（尾形仂氏）として現代を撃ったように、翻訳的営みにおいては、翻訳というジャンル自体を「隠れ蓑」として体制批判の意図を貫徹しえたのであり、そこには又、数々の方法的自己韜晦の試みが駆使されているのである。ともあれ、伊狩氏の挙げた五篇は、叙上の意味で、鷗外の韜晦的技法の問題とも絡め、その「積極的意図」が改めて注目されるべき対象として浮上してきている、と言って良い。

もっとも、プライオリティーの尊重において非常に潔癖な氏は、すでに先行研究で取り上げられている他の翻訳作品へは、その追求の網を一々拡げてはいないが、明治四十四年一月という時間的限定を外せば、大逆事件発覚以後の「笑」「死」「塔の上の鶏」「汽車火事」「正體」「十三時」「刺絡」などの諸作も、同じく「積極的意図」(3)と関わって位置づけ得るはずであり、これらの翻訳作品を一概に怪奇・幻想小説のジャンル論でのみ片付ける時代は、もはや確実に過ぎ去ろうとしているのである。

ところで、以上の記述は、別の場所(『鷗外』七二号)に執筆し、未だ未刊の、伊狩氏著に対する私の書評の一部の反復でもあるのだが、ここで改めて注目、紹介したいのは、氏の二論に触発されて、先行論を踏まえつつも、なお検討すべき対象としてそこで私が指摘した六篇のうち、今まで、全く見逃されてきたものとしての「正體」の翻訳的営みのうちに秘められた、当時の明治国家によって遂行されつつあった言論・思想弾圧政策に対する大胆極まりない諷刺、挑戦の意図の存在についてである。その具体相を解明することは、伊狩氏が切り拓いて見せた大逆事件に対する鷗外の抵抗の諸相への画期的な解明に対する些《ささや》かな補足であると共に、あの「ヰタ・セクスアリス」発禁処分(明42・7)への怒りに発する鷗外の官憲への逆襲、即ち痛烈な意趣返しの成功裡の達成と見なされるべきものと私には思われるのである。

*

「正體」は、明治四十五年六月から八月にかけて雑誌『三田文学』誌上に発表、のち『諸国物語』(大4・1)に収録された。原題は“Die Geliebte”即ち『恋人』であり、原作者はドイツの詩人・劇作家Karl Vollmoeller カール・フォルメラー(カルル・フォルミョルレル〈鷗外〉)である。(4)『三田文学』六月号には「(KARL VOLLMOELLER) 鷗外訳」として掲載、七、八月号には原作者名なく、八月号には単に「鷗外」と署名されている(岩波新版鷗外全集第十巻「後記」)。フォルメラーについては「椋鳥通信」に前後五回その名が所出している。小堀桂一郎氏は、この作品の原題及び翻訳名について「この命名(原題「恋人」—稿者注)は平凡すぎて腑におちぬところがある。惨死したロッコの次に、一人称の主人公もまたその正体不明の機械に魅入られてしまふ。さうなつた以上、主人公の〈身の行末はどうなることやら〉わからない。だからこそ題名の『正體』はよく一篇の趣向を表し得てゐるのである。」と述べているが、(5) まさにこの一篇の主題は、ロッコとその追随者であり、かつ語り手である主人公の「己」が命を賭して迄も見入られてしまう「正体不明の機械」の〈正体〉にあるのである。そしてこの機械は、かつてロッコがパリの辺鄙な場末に住むけちな塑造家の暗い製作室で見つけ、一点非の打ちどころのない「完全無闕」なその形を長い時間と努力を費して彼が「模造」し、製作したものである。それは無機質の金属から成り立っているが、ロッコの言う「極美」の具現化であり、この「極美」への崇拝と渇仰の念が、人をしてその命をも犠供せしめるものである。つまり、それは一種の殺人マシーンでもあるのだが、恍惚のうちに人を死に至らしめるところが、一般の殺人とは違う。むしろ、人はこの機械の表現する「絶対美」に打たれ、それに服従し、自らこの殺人マシーンに殺されることを選ぶに至るのである。この殺人マシーンが既に実際に殺人を犯したことのあるらしいことは、この機械の置かれている「名状すべからざる程、怪しげで、不気味」な、河と街道沿いの土地の名称が、主人公の「己」に既知のものであり、かつて数年前に自動車で通った時、「土地の名を人に尋ねて、それを聞くと同時に、つひ昨今残酷極まる人殺しのあつた土地だと云ふことに気が付いた」と「己」が回想していることからも推測されよう。この殺人事件のみならず現に作中で殺されてしまうロッコや作品の結末で死の予感を抱きつつ再びこの機械のもとに帰ってゆく「己」の未来の運命が何よりも良く示すように、作品「正體」(「恋人」)は「極美は人を殺す」「終極の美は人を殺す」とロッコによって反復され、「己」によって共感されている言葉によって、そのプロットの全幅が必要にして十分な形で覆い尽されている趣のある作品なのである。

にも拘らず「終極の美は人を殺す」という観念の具現化としてのこの殺人マシーンの具体的意味、語を換えれば、この殺人マシーンが表現している「終極の美」の実体が不明であるところに、作品「正體」をめぐる謎がある。かと言って殺人マシーンの描写が不足している訳ではない。事態は逆で、機械としての殺人マシーンの素材、構造、そして動きのすべてにわたって、作者は微視的に、そして包括的に、又、物理的、美学的に、委曲を尽して語っている。にも拘わらず、作者は、この機械の表現している「終極の美」の具体的意味については、既に述べたように沈黙して語らないのである。つまりは、その意味の解読は読者側に委ねられていると言えるであろう。

こうして、人を服従させ、命を捧げさせるほど強烈な魅力を発揮するこの機械の正体は何かという問いに読者の思念が趣くことになるのは、無理からぬ事態ということになる。読者は、この殺人マシーンの正体は何か、という謎に囚われてしまうのである。このように見れば、原題「恋人」は必ずしも不適切な題名ではない。おそらくそれは「終極の美」の魅力の本質を指し示す暗喩なのだが、それを訳題「正體」に置き換えた鷗外の作為の背後には、「終極の美」の具体的解明を読者側に委ねた原作者フォルメラーの姿勢以上に、挑発的挑戦的な、あたかもこの作品の正体を解き明かしてみろ、と言わぬばかりの不敵な態度が潜んでいるように思われる。それは喩えればスフィンクスの謎かけであり、スフィンクスの薄笑いを何ものかに向って浮べている鷗外の面貌と敷衍化しても良いのである。そして私には、この鷗外の〈薄笑い〉と、それを指し向けられた〈何ものか〉の実態を解明することが、翻訳作品「正體」の翻訳的意図を解明することに直結する、と思われてならないのである。

筆が先走ったが、歴史的事実として、この作品の読者は、初出「正體」発表以来、今日に至る迄、誰一人として作者、就中訳者鷗外の「謎かけ」の謎解きに成功していない。例えば初出から二年半後に刊行された翻訳作品集『諸国物語』（国民文庫刊行会　大4・1）収録の「正體」を読んだ、後の昭和の代表作家であり、名著『森鷗外』（三笠書房、昭16・2〈のち角川文庫、岩波文庫所収〉）の著者でもある石川淳は、同書「諸国物語」の項で当時東京の中学生であった彼が大正四年の夏休みに『諸国物語』を読んで魅了され、とりわけ「正體」に「最も顚倒」し、偶然通学途上の市電で乗り合わせた鷗外の姿に見とれているうちに、降りるはずの本郷一丁目を通り過ぎてしまい、とうとう鷗外が下車した先の須田町まで乗り越して、遂にその日は学校を欠席した、というエピソードを記しているが、この時、彼が鷗外に教えを乞いたかったのが「正體」（の謎）についてであった、と言う。もっとも当代一流の小説の読み巧者でもあった淳は、この文中、「当時わたしはこれがよく判るに至らなかつたからである。」云々と記しているので、「当時」の語に注意すれば、執筆時の今は「判るに至」っていたらしいことは分るのであるが、それでは「正體」の正体、即ち謎としての殺人マシーンの実体という謎の謎ときをしてくれているかと言うと、それには一言も触れずじまいなので、結局、「謎」は謎の儘残され、謎ときはなされていないのである。もっとも石川淳『森鷗外』が刊行された時代を想えば、謎ときをしては、官憲の忌諱にふれる危険があったので、昭和十年代の当時としてはやむを得ないことではあったであろう。

しかし、謎の未解明というこの事態が「正體」発表以来、九十年を閲した現代に迄及んでいるとすれば、もともとの作品の難解さもさることながら、この儘では今後永久に鷗外の翻訳意図が見逃され、折角の近代文学史上の壮挙が――しかも成功裡のそれが歴史の闇の中に葬られて了いかねない。以下、先学の業績に対して、結果として、もし些《いささ》かの批判的筆致が見られるとしても、そこに本意がある訳ではなく、鷗外のなした文学的にして政治的な快挙を湮滅させるに忍びない後進の情のなせる業として俯して御海容を乞う次第である。

翻訳「正體」に関して今迄に言及した論は遺憾ながら極端に少く、僅かに小堀桂一郎氏『森鷗外――文業解題翻訳篇』（岩波書店、一九八二・三）中、第一章「小説」における「『諸国物語』」の項が、最も精細な論及として管見に入ったのみである。小堀氏は、そこで上記の石川淳の回想を引いて、先ずこの作品の難解さについて次のように述べている。

だいたい石川淳氏ほどに『諸国物語』といふ書物の文学史的意味を痛感し、深く洞察し、強靭な、的確な言葉でこの作品集の価値を賞揚した文士は他にゐない。(略)氏の如くに『諸国物語』に心酔し、深入りし、従つて我々が安んじてその評言に耳傾けてよいと思はれるその人がかう言つてゐるのはまさに象徴的であらう。つまり『諸国物語』にはそれまでの日本文学に通有の常識・感覚を以てしてはどうにも捉へやうのない、不思議な、綺談的性格が満ち〳〵てゐるとすれば(略)、その不思議な性格を象徴的に体現してゐるのが『正體』の一篇だからである。

『諸国物語』所収の諸作品には「不思議な、綺談的性格」が横溢しており、しかも「その不思議な性格を象徴的に体現してゐる」のが、「正體」である、という小堀氏の見解は、一見まことに妥当であって間然するところがない。しかし、一歩内側に立ち入って見れば、氏はこと「正體」に関する限り、その主題、モチーフについて全く何も語っていない。「不思議」という語の連発は、作品を前にして案じあぐねた氏の表情を語って余すところがない。同じ『諸国物語』におけるシュトローブルの「刺絡」、アンリ・ド・レニエの「復讐」に対する鋭利かつ精到な論及に比べれば、些か首をかしげたくなるような事態なのだ。しかし『諸国物語』に対する氏の解説的論及の全体は、比較を絶して優れたものである、と云う感銘は動かし難い。そこには、国文学畑の私達が汲みとるべき無数の示唆が存在している。その小堀氏にして「不思議」という語を発せしめてやまない「正體」の方にこそ問題がある、と思わせかねない事態さえ、ここにはある。しかし、実際は「正體」は何ら難しい作品ではない。その謎にしても決して難解な謎ではない。作品の表現的方法に従って読めば、直ちにとは言えないにしても、自然に明快な解答――謎ときに至りうる底の作品なのだと言ってもよい。だからこそ、私は、いぶかしむのである。

ともあれ、引き続く小堀氏の次のような解説は、「正體」を考察する予備的にして基礎的知識として、必須不可欠な優れたものと言って良いであろう。

作者フォルメラーのことは『椋鳥通信』に度々出てくる。一九一〇年二月八日頃の新聞に、〈ダヌンチオの飛行機小説（「諾ならんか否ならんか」）は Karl Vollmoeller が独逸訳をライプチヒの Insel から出す〉と報道されたらしいことは面白い。『正體』における正体不明の機械も、「空中螺旋機」と呼ばれてゐる個所もあり、「廻転数」が問題にされ、発動機で運転するらしいからである。主人公はパリで友人のコスタに〈ライト式の飛行機にも木造の空中螺旋機がありはしないかと、問はずにゐられなかつた〉と、言つてゐる。また一九一一年二月分の『椋鳥通信』中にも〈ベルリンの独逸座で興行になつた Vollmoeller の Wieland は、……ピアノの師匠で飛行機の発明を企てるといふ人物である〉と報告されてゐる。実際フォルメラーは職業的飛行士でもあつたので、この詩人が、この新しい機械に熱中してゐたという事実は、『正體』中の機械の正体に或る種の示唆を与へるものと見てよいであらう。といつても、もちろんこの作品の真の持味は、作者が読者に対して謂はば謎を懸け放しにしたままで一篇を結んでしまふというところにある。こんな不思議な作品はたしかに、それまでの近代日本文学中には絶えて例がないものだつた。（傍点稿者、以下同じ）

小堀氏はここでドイツ文学並びにドイツ文学史に深く通暁した氏ならではの知見をも加えつつ、飛行機に対するフォルメラーの熱中ぶりを明らかにし、そこに「正體」作中の「空中螺旋機」とも呼ばれる機械の正体解明への「或る種の示唆」を読みとっているのだが、しかし結局、その正体の明示はなく「作者が読者に対して（略）謎を懸け放しにしたままで一篇を結んでしまふ」ところに「この作品の真の持味」がある、としている。いわば「謎」が「謎」の儘に放置されているところに原作者フォルメラーの本来の意図を読み取っている、のである。

おそらく、このような小堀氏の読解は、石川淳の前出文における「当時わたしはこれがよく判るに至らなかつたからである。」という一文の「当時……判るに到らなかつた」という構文を不覚にも読み落としてしまったことに由来する錯誤と私には思われるのだが、その結果としては、作品「正體」がとるに足らない前記エピソードに体現されているような翻訳作品集『諸国物語』の、「不思議な性格を象徴的に体現してゐる」存在であることには疑いがない、という引用前者の結論が導き出されたとすれば、それは余りにも重大な錯誤であったと言わなければならない。再言すれば、「正體」はすでに述べたように決して難解な作品ではないし、機械の〈正体〉も極めて明快だからである。ただ、「正體」と言う作品の表現意図や作中の機械の〈正体〉が白日の下にあばかれれば、作者の立場が非常な危険にさらされることになるから、作者ひいては訳者は、深遠にして神秘的な言い回し、特に隠喩を用い、あるいは難解な漢語を文中に象嵌して、「機械」の正体に能う限りのカモフラージュをかぶせているに過ぎない。そして、そのカモフラージュが余りにも効果的であったがために、作品の主題や機械の〈正体〉が、読者の目から長い間隠されてしまう結果を招いたのである。しかし、それらのカモフラージュも、作品を主人公ロッコの言葉や彼の感受性に即して読み進めれば自然に剝落し、読者の眼前に作品の意図並びに主題が鮮明に浮び上って見えてくるはずなのである。そこで、以上のような観点から、以下「正體」を解読してみたい。

＊

すでに見たように、この作品の解読に当って、その中核をなす課題は、ロッコが製作した「機械」の〈正体〉であるが、その「機械」は作中でロッコが抱いた「極美」の観念を実体化したものなので、「機械」の〈正体〉を明らかにするためには、先ず、ロッコ及び「己」が取り憑かれる「極美」もしくは「絶対美」とは何か、という問題を解明する必要がある。この点をめぐってロッコは、その「極美」なるものの内容を「己」に繰り返し説明し、具体的に明示しない迄も感覚的に「己」に諒解させようとしている。なぜロッコが「己」を選んだかと言うに、彼は

「己」の裡《うち》に、芸術的製作欲によって夜も寝られない、という悩みを抱える自己の同類を見たからである。それ故ロッコは、「極美」を模造した製作物（機械）の姿を「己」に見せる決意をしたのである。

そして、その「極美」なるものの本質は「己」によって語られる、ロッコと「己」との次のような肉体的感応性のうちに予め示唆されている。

> さて近頃の数日間になつてからは、毎晩体を密接させて据わつてゐると、我々二人の間に恐るべき形体的交流が往来し始める。己はそれを禦《ふせ》ぎ留めようとするが、それが出来ない。己の神経の尖《さき》が隣の男の体の内に根を這はせて、そこで熱してゐるのが、己にははつきり知れる。隣の男の隠忍してゐる情欲が己の同じ情欲を煽動してゐるのが、己にははつきり知れる。今ふいと見れば、男は名状すべからざる暢美の感じを以て、ふつくりした曲線を大理石の上に引いてゐる。

即ち傍点を付した「恐るべき形体的交流」とは、ロッコの「隠忍してゐる情欲」と「己の同じ情欲」との感応であり、「名状すべからざる暢美の感じ」とはロッコにおける男性としての性欲的美感の高揚を言い、「ふつくりした曲線」とは、そのような性欲的美感の対象としての女性の肉体的曲線の隠喩的表現である。ロッコの言う「極美」とは、男性の「情欲」の理想的対象としての女性的なる絶対美であることが、すでにここに明瞭に治定されている、と言えよう。

ところで女性的な極美とか絶対美とか言う言葉を弄すれば、私達は例えば作家谷崎潤一郎がその作品『痴人の愛』で追求したような女性の皮膚の色や手ざわり、あるいは西洋の映画女優の肉体の鮮やかな凹凸に示される立体的なヴォリュームやフォルム、即ち平面や立体という二次元的もしくは三次元的なるものの喚起する魅力への牽引を連想しがちであるが、ロッコの欲望は曲線という一次元的なものへの固着として現れるのが特徴的である。語を換えれば彼は何よりも極美としての曲線の追求者である。そのような線を彼は先ず風景のうちに発見する。

「(略)僕は或る時モンタトンの奥の峠で湖を見たことがあるのです。(略)小さい山の中の湖です。それをしらちやけた暁の薄明りで、初めて朝らしくなり掛かつた、うぶな、おぼこな光で見たのですね。まだ星がちらほらと水の面に映つてゐました。当前の、余り大きくもない、死水を湛へた湖ですね。併しその岸の曲線と云つたら無かつたのです。その曲線と云つたら。」①

「(略)あのフインステル・アアルヨツホの傍に、軟い、角の刓《つぶ》れた巌石の鞍部があります。(略)あの山の鞍部の線と云つたら無いですね。漂ふやうに右から降りて来て、溜息を衝くやうに左へ登つて行くのですね。あれなんぞが線と云ふ名を付けて好い線の一つです。最も強烈な線の一つです。(略)純潔な柔軟な輪郭をして、しなやかに撓《たわ》んだ鞍部が無感覚な星空にゑがかれてゐます。女の体の腹から腰へ曲るうねりのやうに柔かに、オルグのモル大諧音のやうに温かに、数のやうに冷澹で抽象的なのですね。(略)ポリカストロの湾で、僕は或る時夏の昼中《ひるなか》に山を見ました。妥《おだやか》に、優しく、ふつくり膨んだ、長く引き延ばしたやうな、低い山なのです。(略)滑かな、黄いろい石で出来てゐる、この低い山の神々しい曲線が、鋼鉄の弔鐘《つりがね》を伏せたやうな天の下に流れてゐます。女の体の髖《くわん》部のふくらみのやうに柔かに、極美のやうに不妊性で残酷なのですね。僕はそれを見詰めてゐると、受ける感動が余り強いので、実が入つてはじける莢豆《さやまめ》の莢《さや》のやうに、十八歳の僕の純潔な体が、ひとりでに伸びをして反り帰るのです。僕は倒れさうになつたので、たつた一本あつた、傍の木の幹に倚り掛かりました。ごろ〳〵した石の中に生えてゐた無花果の木でしたよ。」②

「どうも後に思つて見ると、その時僕はちよいとの間気を失つてゐたらしいのです。君はバツのマライ人が祈禱をする時の姿勢を知つてゐますか。知らないでせう。（略）その姿勢は尊敬の極度を表現する、殊に暗示的な姿勢です。（略）バツ人は先づ烈しく、とんと膝を地に衝くのです。そして両手を出来る丈伸ばして、前へ出して、手の平をぴつたり地に着けて、それで体を支へるのです。さうして置いて、ゆる〳〵と項《うなじ》を反らして仰向くのですね。（略）僕がポリカストロの港で山を見て気を失つてゐて、後に醒覚して見た時に、僕の体は丁度そのバツ人の祈禱の姿勢をしてゐたのですね。」③

引用が長くなったが、モンタトンやフインステル・アアルヨッホやポリカストロ湾の風景の中にロッコが見出した美が、例外なく男性の性的欲望の対象としての女性の肉体的曲線美になぞらえられていることが分る。いや作者の意図においては、事情は逆で風景は女性美の隠喩なのである。とりわけ、引用文②においてポリカストロの湾でロッコが見た低い山の姿は「女の体の髖部のふくらみのやうに柔かに、極美のやうに不妊性で残酷なのですね。」と語られていて、「髖部」という難解な漢語によってその意味が隠蔽される仕掛になっている処が訳文の眼目である。大修館版『大漢和辞典』に拠れば、「髖」とは先ず「こしぼね」であり、又「両股の間」の意である。又、「髖」は「臗」であり、「臗」は「㊀からだ。㊁しり。㊂もものつけね。」とある。ここは㊂を採るべきであろう。以上「髖」の〔一〕の項だが〔三〕の項には「からだ。又、しり。又、もものつけね。臗に同じ。」とある。つまり、『正體』における「髖部」の語は、女性の両もものつけね、陰部の意となる。これは訳者鷗外が原作の表現意図を貫きつつ、難解な漢語を以てカモフラージュした例である。おそらく先に見たように「正體」において風景が女性美になぞらえられているのではなく、女性美が風景になぞらえられているとすると、ここなどは、曲線としての女性美を追求するロッコの終局の到達点を示唆する相当きわどい部分と言ってよいであろう。

しかし、きわどさという点では、先の引用文②から③にかけて描かれる、この「低い山の神々しい曲線」への感動の余り、ロッコの肉体が示した反応の叙述の方が、いっそう立ち勝っていよう。即ちロッコの肉体は、「女の体の髖部のふくらみ」のような曲線への感動の余り、「実が入ってはじける莢豆《さやまめ》の莢《さや》のやうに（略）ひとりでに伸びをして反り帰」り、祈禱するバツのマライ人のように、「先ず烈しく（略）膝を地に衝」き、「両手を出来る丈伸ばして、前へ出して、手の平をぴつたり地に着けて（略）体を文へ」、「ゆる〳〵と項《うなじ》を反らして仰向」いて失神するのだが、この叙述に単に「極美」としての線を持つ「風景」へのロッコの感動しか読み取らないとすれば、凡そ鈍感の至りと言うものであろう。ロッコはここで自らの「極美」がまさに女性の「髖部」に関わるものであり、同時に男女交合時のエクスタシーに関わるものであることを、「己」に示唆しているからである。しかし、この段階における、風景の女性的なる曲線へのロッコの激しい固着は、ロッコにおける究極的な曲線の探求の第一段階でしかなかったことを次のような彼の語りは明かしている。

「無論最初に僕を魅したのは風景でした。風景が僕を全然占領してしまつたのです。僕の若い魂をも、僕の純潔な体をも占領したのです。それから後に女になりました。丁度山や水の線を発見したやうに僕は女の線を発見しました。こん度は女の体が僕を占領しました。全然占領したのです。救抜の途の無いやうに。」（略）「それからですね、その女や山水の後《うしろ》に、久しく待つてゐた第三者、熱心に求めた第三者が来たのです。前の女にも山水にも共通してゐる者でその二つの者から生れたものです。それは極美です。絶対の曲線です。」

ここでロッコが語っている「久しく待つてゐた第三者、熱心に求めた第三者」、「女にも山水にも共通してゐる者でその二つの者から生れた」、「極美」「絶対の曲線」と呼ばれるものこそ、若き日の石川淳や又、小堀氏が謎とした「機械」に外ならない。ロッコは最初それとパリの辺鄙な場末の「けちな塑造家の暗い製作室」で出会い、それが「完全無闕」であることを見届けて以後「只あいつを崇拝して、あいつに服事《ふくじ》」し、「一切何もかも打ち棄てて」、「只あいつを摸造すること」に熱中し、ついに「あいつ」を完成するに至ったのである。そして「己」に今、それを見せようと川に沿った場末の秘密めいた家へと導いていく。

「三方の壁に囲まれてゐる限《かぎり》は、何の飾《かざり》もない、平凡な工場の体裁をしてゐる」部屋の「どつしりした暗緑色の絹の帷《たれぎぬ》で鎖《とざ》され」た部屋の一隅にそれは居たのだが、「己」はそれを次のように描写している。

此時始て己の目に見えたのは台石めいた物の上に、三米突《メエトル》か四米突《メエトル》の高さの、すらりとした、真つ直に立つた物があると云ふ事である。其物は暗色の布で全体が覆はれてゐる。（略）其物の台と接触してゐる部分を目で捜した時、己は其物が全く台の上に立つてはゐないで、台を離れて空中に懸かつてゐると云ふ事を発見した。猶好く見れば、布で覆つてある物体の上下二端が緩かな重複曲線を形づくつてゐる。譬へば引き伸ばしたSの字のやうな形である。（略）

己は（略）物体の背後《うしろ》を一目見た。垂直に立つて居る、細い鉄の二本柱の上に、大抵人の胸の高さ位の所に、水平な軸があつて、それが垂直に空中に懸かつてゐる物体の中央に来て布の下に隠れてゐる。軸の後端には、暗色の漆で塗つた金属の球形の物があつて、それが第二の柱に連なつてゐるらしい。そこから床の方へ電線が走つてゐる。電力発動機だらうか。

これ丈の観察をしてゐるうちに己はぎくりとした。それは布で覆はれてゐた中央の大物体が音も立てずに位置を変換したからである。物体は今軸に由つて水平に空中に懸つてゐる。

ロッコは物体の一側を覆つた布を翻《あらは》した。緩く波を打つた、磨いた、暗褐色の面が露れた。

此刹那に己は理解した。この露れた面は実に人を圧服するやうな絶対美を具へてゐる。合準の最後の完成が此の絶対美として表現せられてゐるのである。

物体の強く隆起した、肉厚の中片から、次第に薄く、次第に広くなつて、軽く彎曲した双風翼が出てゐる。翼端は緩かな鈍円線を画して巾広に終つてゐる。この霊《れい》のあるやうな物体の中央に、青色に磨いた、滑かな鋼鉄の円板が轂にして嵌め込んである。その鋼鉄の面に、室内の微かな光線が共心圏の形をして反映してゐる。

「謎かけ」の「謎」（小堀氏）が姿を現わしたと言う訳だが、この「物体」は果して「謎」であろうか。垂直に立っていた「物体」は、やがて位置を変換して「軸に由つて水平に空中に懸か」るのだが、傍点部における「物体」への精細な描写を見れば、それが水平に仰臥した姿勢における女性の外性器の構造を忠実に模造した機械的作品であることに疑いを狭む余地はないであろう。又、その中心に「轂」（心棒）にして嵌め込んである「鋼鉄の円板」は、女性器に合体した男性器とも見られよう。すでに「己」は、「物体の背後《うしろ》」に、この「物体の中央」をさし貫くように懸っている「水平な軸」と、その軸の「後端」に付属する「金属の球形の物」を見ている。これらが男性器の外形を模造した機械としての暗喩であることは明らかであろう。傍線部において「己」は、この機械的製作物の表現意図を直ちに領解し、それを「絶対美」と呼んだ上で、その「絶対美」なるものの内容を「合準の最後の完成」と説明しているが、この機械的製作物の「正体」が叙上の如きものであるとすれば、漢和辞典の類に見えない「合準」なる漢語を用いたこの表現が〈造化（大自然）の法則の究極的な完成〉即ち男女両性器の完全な合体を表す語であると推測しても大過ないであろう。「己」は前記引用文の後に、この「物体」を「殆ど個人的に完成してゐるとでも云ひたいやうな、一見手の舞ひ足の踏むところを知らなくなる、この善美を極めた表現」、「弧線、彎曲、薄刃から成り立つてゐる、鈍く光る此物体」、「無体形の線から有体形の物象を造り出した、秘密な此物体」、「獣と「数」との混血児が不思議に浄められて高尚になつたやうな此物体」と言い換えながら賛美の気持ちを露わにしてゆくのだが、特に最後の例における「獣と「数」との混血児」という表現は、人間の性的本能と機械工学的理性との結合としての「此物体」の本質を鋭く衝いている。しかし、ここでも、これらの言い換え総てが極めて抽象的かつ形而上学的にして哲学的であり、結果としてそれらは表現される対象の本質を隠蔽し、朧化することに成功していることに留意しなければなるまい。

ともあれ「己」は「風翼の緩かな波線」と、「中片の強い、ふっくりした隆起」（以上の機械としての暗喩の指し示す対象も、自ずと明らかであろう。）とを、「自分の平手でさすってみたいと云ふ誘惑」に駆られ、思わず双風翼の縁に嵌められた鋼鉄の刃に触れて負傷するのだが、それはすでにロッコによって繰り返されていた「極美は人を殺す」「終極の美は人を殺す」という観念を体現したのが、この女性器の外形を模造した双風翼の縁に嵌められた金属の刃であったという事態の必然の結果である、と言えよう。殺人マシーンとしてのこの機械の表わす「絶対美」の具体的内容はすでにこの逸話に否定し難く示唆されているのだが、それはもはや単なる自然でも、単なる女性の肉体でもなく、本能と機械工学的理性との結合としての現代の「絶対美」即ち現代人の「神」とロッコによって呼ばれることになる、そのもの自体なのである。

すでに見たように、この「絶対美」にして、殺人マシーンとしての「神」への渇仰、思慕のため、人は自らの命を犠供することになる、と言うのがロッコの思想である。事実、ロッコは「己」の要請に応じて、「己」によって「空中螺旋機」と名づけられた、この機械に電流を通じて起動させ、猛烈な勢いで吸い込まれる空気と共に機械に吸い込まれて跡形もなく消えてしまう。「己」は辛うじて助かり、パリに逃げたのだが、「あいつ」への想いを断ち切り難く、作品の結末では再び汽車で「あいつ」（機械）の待つ街へと急ぐことになる。「己はあいつに逢ふのだ。あいつは己の物になるだらう。己の身の行末はどうなる事やら。」というのが作品の最後における「己」の呟きであるが、「己」がロッコの演じ切った運命を繰り返すであろうことは、疑いを容れまい。

それにしても、暗喩という方法を最大限に活かした作者フォルメラーの作家的力量には端倪すべからざるものがある。ロッコや「己」を魅了する、この「空中螺旋器」別名殺人マシーンの運動、即ち男女両性器のダイナミックな交合の運動の模倣は、次のように段階を逐って活写せしめられている。

己の前の方では微かな、平等な、虫の羽ばたきをするやうな、糸を繰《く》るやうな音がする。褐色に磨いた木で出来て、水平に横はつてゐた、彎曲した、大きい物は見えなくなつた。只轂《こく》だけがまだ見えてゐる。その形は小さい、暗色な斑点のやうで、その辺縁の所は動揺して、隠顕してゐて、どうも見定められない。謂はば中心の色の濃い所の周囲に、霧のやうな共心圏が忽ち生じ忽ち滅してゐるとでも云ひたいのである。この轂《こく》より外の一切の部分は、透明な、きらきらと目を射る渦巻になつてしまつて、外囲には或は共心的に、或は輻線的《ふくせんてき》に閃き震ふ光を放つてゐる。

＊

男女両性器の合体部分、とりわけ女性器のそれをめぐる、このような即物的にしてかつ幻想的な叙述は、かつて世界文学史上にも登場したことがないのではなかろうか。そして原作の持つそのような魅力は、漢語を多用し、正確で抑制の利いた鷗外の訳文によって、まさに光彩陸離たる詩的描写にまで増幅され、昇華されている、と言えよう。すでに、起動時の段階で「空中螺旋機」の置かれた密室内にある総ての物が活動し出す。次手に言えば、「間口の狭い、奥行の深い」この密室の構造自体が女性器の内部の隠喩に外ならない。「左右の壁に貼つてある絹」が「風を妊んだ帆のやうにふくら」み、「背後《うしろ》には絹の帷《とばり》が吸ひ寄せられて、これも帆のやうにふくらんでゐる。」という絹の帷をめぐる描写が何を指し示すかは、云う迄もないことであるからである。ロッコと同じ心性を持つ「己」は、「この秘密らしい、生きてゐるやうな物体が、研《と》ぎ澄ました刃と同じ殺人の能力を具して、目に見えないやうに、空《くう》に懸つてゐる処は、己の心を引き附け、己を誘惑するには十分である。」と考えるのだが、電流を最大にするロッコの操作とともに起った事態は「己」の想像をも遥かに超えて危険極まりないものであった。詳細は省くが、この段階における「轂」を中心とした巨大な空気の渦巻きの出現や描写には、原作者フォルメラーが、あのエドガー・アラン・ポオの名作“A Descent into the maelstrom”（鷗外訳題「うづしほ」、『諸国物語』所収。）の巨大な海水の渦巻の設定や描写を空気の捲き起すそれらに換骨奪胎して用いた跡が顕著である。それにしても「己」が激しい空気の渦巻に抗して、倒れては又起き、「そして跳ね起きようとして、又前へ倒れて膝を衝」き、自ら発見した次のような姿勢は、あのポリカストロ湾の低い山の「女の体の髖部のふくらみのやうに柔かに、極美のやうに不妊性で残酷な」曲線への感動によってロッコが呈した「バツのマライ人」の「祈禱する時の姿勢」に見事に対応し、ポオの作品とは完璧に別種なこの作独自の主題を再び強調するものと言ってよい。

　此時己は意外にも前より体が支へてゐ易いのに気が附いた。今のやうに膝を衝《つ》いてゐれば、前よりは応へ易くて、少くも暫時の間空気の運動に抗抵してゐることが出来るのである。（略）己は一層体を前に曲げた。己は自分の姿勢を忽然意識した。己はその時両膝を床に衝いて、両臂をずつと前へ伸ばして、手の平をぴつたり床に着けて、頸《くび》を背後へ反らせてゐた。あのロッコ奴が話したバツ族のマレイ人が祈禱をする姿勢がこれだと意識したのである。

この瞬間、「己」は、この「空中螺旋機」と不知不覚のうちに理想としての交合を果たしたのだ、と言ってよいだろう。

＊

以上で翻訳作品「正體」をめぐる私の読解は尽きる。私はこの文の序の部分で、伊狩章氏の開拓的業績を踏まえつつ、氏の所説を補足する意味で今まで全く見逃されてきたものとしての「正體」の翻訳的営みのうちに秘められた当時の言論・思想弾圧政策に対する鷗外の大胆極まりない諷刺・挑戦の意図の存在への推測と、「ヰタ・セクスアリス」発禁処分への怒りに発する鷗外の官憲への逆襲、もしくは痛烈な意趣返しの成功裡の達成という仮説を提示して置いた。そして、「正體」において提示された「機械」の〈正体〉の解読の不可能性、即ち〈謎〉の未解決性のうちに、スフィンクスとしての訳者鷗外の何ものかに向って浮べた薄笑い、即ち嘲笑を想定し、その薄笑いとそれを投げかけられた〈何ものか〉の実体を解明することが「正體」の翻訳意図を解明することに直結する、と想定した。この想定への仮説的解答は、すでに前の推測・仮説の裡に提示されていた訳だが、それらの真偽もしくは正否が、総て「機械」の正体という〈謎〉の〈謎とき〉の立証に関わっていたはずである。そして、少なくとも私一個の見解としては、翻訳「正體」の〈正体〉という〈謎〉の〈謎とき〉は以上を以て、ほぼ完全に達成されたと考える。

くり返せば、鷗外訳「正體」は、明治四十年代において当時の明治国家によって激しく展開されつつあった言論・思想弾圧政策に対する、鷗外の、究極的な性的テクストを以ての果敢な抵抗であり、かつ挑撥であった。「正體」の〈正体〉が持つ起爆力は、囚われの処女レオネルロを犯すことを委託されて、その目的を達し、後に男装した彼女の復讐の刃を己が身に受ける主人公バルタザアル・アルドラミンを描いた、アンリ・ド・レニエの翻訳「復讐」（初出『三田文学』大2・1、『諸国物語』所収。）における闇中のレイプ場面のリアルな描写のそれをも遙かに上回っている。検閲官に見破られれば、たちどころに発禁処分以上の処置が、講じられたのではあるまいか。結果として「正體」は、鷗外のなした様々な翻訳のうちで最も突出した抵抗と挑発の書としての名誉ある地位を要求できる作品となったのであり、その文体、描写、カモフラージュのすべてにおける、近代文学史上に特筆されるべき、権力に抵抗する優れた隠喩の文学の芸術的達成として、無視すべからざる記念碑たりえているのである。

拙論が「正體」の〈正体〉を解読しえた最初の考察であるとすれば、それは真に慶ぶべきことである。しかし、そのような近代日本文学研究史上に要求しうるプライオリティーの獲得にも増して、鷗外による「正體」翻訳の営みの真意が思想警察国家としての近代日本において、明治・大正・昭和三代にわたって、網の目のように張りめぐらされて来た精密な国家的検閲制度の監視の目をくぐり抜けて戦後に迄至った、という事実こそ、反面において慶ぶべきことであろう。その意味で鷗外翻訳作品「正體」は、文学的思想表現の国家秩序による言論・思想統制からの自立の可能性を立証しえた稀有の例であるのみならず、思想や表現の統制そのものへの果敢な逆襲的批判をその文学表現自体によって成功裡に達成しえた存在として、日本近代文学・思想史上の快挙である、という一事を快哉の念とともに最後にくりかえし指摘して、本稿のまとめとしたい。

（二〇〇三・一・二二）

注

（1）『森鷗外の世界』中「七　「食堂」と大逆事件」及び『森鷗外の構図』中「七　大逆事件高等官傍聴席の鷗外」。
（2）『森鷗外と明治国家』中「第六章大逆事件の衝撃」の「2事件の渦中」（「『永錫会』の存在」）。
（3）たとえば小堀桂一郎氏『森鷗外——文業解題　翻訳篇』（岩波書店、一九八二・三）。
（4）カール・フォルメラーは『諸国物語』中、オーストリア作家に分類されているが、小堀桂一郎氏『森鷗外——文業解題翻訳篇』に「シュトゥットガルト生れのドイツ人」である旨の指摘がある。
（5）小堀氏、前掲著。

第四章　歴史小説・史伝の断面

「堺事件」論――一つの拾遺

鷗外歴史小説「堺事件」（『新小説』大3・2）に対する大岡昇平氏の鋭い批判（「「堺事件」の構図―森鷗外における切盛と捏造」）に対する反駁として、かつて私は「「堺事件」再論――鷗外は体制イデオローグか――」（『鷗外』昭52・7）を発表したことがある。そこで私は大岡氏の指摘する「切盛と捏造」二十四箇条を逐条的に検討し、大岡氏が批判の枢要な対象とした、「朝命」「朝旨」の削除を文学者にして官僚である鷗外の意図的な韜晦による「叙述の空白化」として捉えると共に、作品第五段及び第六段のそれぞれ末尾に据えられた「士分取扱の沙汰は終に無かつた」、「小頭以下兵卒の子は、幼少でも大抵兵卒に抱へられて、成長した上で勤務した」の二文の作品構造上に占める重要な意味に注目し、当「堺事件」を「裏切られた忠誠、裏切られた皇国意識」を主題とする作品であるという見解を提出した。

私論は、初め日本近代文学会の昭和五十一年度秋季大会（於聖心女子大学）で口頭で発表されたものだが、『鷗外』誌に掲載された同じ月の『文学』に尾形仂氏による「もう一つの構図――鷗外「堺事件」再説――」が発表され、同氏も亦作品結末の前引二文に注目し、ほぼ同趣旨の（もっとも細部においては相違があり、その点は後述する。）立言による大岡説への反駁を試みたことは、周知の事実である。

ところで尾形・小泉論の発表以後、山崎一穎氏が『日本文学』昭和五十四年十二月号に「『堺事件』論争の位相」を発表して、それ迄の論争経過への詳しい整理を加えるとともに、自説を展開し、蒲生芳郎氏が『文学』昭和五十五年一月号に「『堺事件』私見―『堺事件』は〝反〟権力的な小説か―」を発表して、大岡説、尾形・小泉説それぞれに対する批判を展開、自説を開陳した。山崎・蒲生両氏の立論は、それぞれの作家的イメージを基軸に据えた作品への真摯な問いかけであることは否定できない。しかし批判された側には、又それなりの言い分があることも事実であり、併せて鷗外歴史小説研究の方法論という点からも明確にしておかねばならない問題が残っているように思う。以下、そのようなモチーフに基づき、二氏の論を検討の俎上に上せたいと思う。もっとも山崎論は論争史の整理と各論の位置づけという点に重点が置かれてはいるが、整理のされ方への不満という点は無論省略し、もっぱら山崎・蒲生論の作品把握を通じて、現段階でクローズ アップされてきた問題点を中心に求心的にまとめてみたい。

　山崎論によれば大岡昇平氏が「切盛と捏造」として指摘した二十四箇条のうち、最も重要なものは次の三箇条である。

①フランス側の要求五ケ条のうち皇族陳謝の一条を削除したこと。
②助命された九名の流罪が、朝廷の決定であるのに、土佐藩の処置にすりかえ、朝廷を免罪としたこと。
③土佐藩士の無私と勇気との対比において、フランス人の無法と臆病とをことさらに強調していること。

　以上の三箇条のうち①と②は今日なお論争の眼目となっている観があるが、③は現段階における有効性は最早認めがたい。「堺事件」論争が、なお継続中という観点に立てば、これにかえて、尾形・小泉論の指摘する結末二文の位置づけと、その可否が問題となろう。

　ところで前出の第一点については、私論は第二点に関する大岡氏への反駁と同じく「叙述の空白化」と捉えたのだが、尾形論は、「『始末』に「時勢上止むを得ず彼れが要求を容れ、土佐侯をして親ずから徂て仏艦に謝せしめ、土佐兵士をして仏人目前に屠腹せしめ、尚ほ十五万元を償元する等のことを決答せしむ」云々と述べているのをそのまま襲ったまでで、〈史料〉との関係に関する限りまったく問題にならない」という方向で反駁し、山崎氏も尾形説に賛成している。とはいえ、山崎氏も指摘するように五箇条の要求そのものを、鷗外があえて三箇条に切り詰めた点については、果して尾形論で必要かつ十分な回答たり得ているかどうかは、疑問としなければならない。大岡氏も『始末』における仏国側要求五箇条に付記された「右の内何れにても三ケ条」の叙述を、鷗外弁護への一つの根拠として注目した上で立言している以上、やはり、このような反駁のみでは大岡氏に分があると見る方が自然であろう。

従って山崎氏は東久世通禧の談話「維新の際朝廷外交事件を処理せられた事実付十九話」(『史談会速記録』19、明27・4)を踏まえ、そこにおける「寺師宗徳の発言に注意するならば、佐々木甲象の『烈挙始末』が速かに三ケ条というのは、土佐藩が引き受けなければならなかった箇条故の記述であることが立証される。それ故に佐々木甲象の記述が尾形氏の指摘する本文となったのである」と、尾形説を補強することとなった。東久世通禧の談話を発掘した山崎氏の労は多とするが、作者の与り知らぬ第三史料(=史実)による作品的モチーフの立証は、手続きとして如何なものであろうか。さらに大岡論では前記①と②は密接不可分の関係にある。にも拘わらず山崎氏はこの第二点については、「この点は大岡氏の読みは正しい」として、尾形・小泉説を斥けるのである。私は、①と②を表裏の関係とする大岡氏の読み自体は正しいと思う。そう捉えた上で、①と②をどう位置づけるかが作品の構造に即した読みというものだろう。

不思議なのは、山崎氏がその論の末尾で作品結末の「士分取扱の沙汰は終に無かつた」の「一文は重い」としつつ、作品の構図を次のように集約していることである。

これらの兵士達を切り捨てることによって日本の近代化は成り立って来た。そして切り捨てた側は実は土佐藩ではなく朝廷であった。公権力はこの切腹した十一人と生き残った九人を同一に扱えないのは当然である。その場合相手を納得させるために、「此度の流刑は自殺した十一人の苦痛に準ずる御処分であらう」と、公権力は精神論に摩り替えてしまうのが常である。政治の力学の中に、本来次元の異なる道徳論を持ち込むことによって、切り捨てを隠蔽してしまったのである。それは日本が近代化される途上の通らねばならない道でもあった。また同時に兵士達の情念の不毛さも鷗外に伸し掛って来た問題でもあった。（略）（傍点稿者）

右引用文の傍点部分に着目する限り、山崎氏は鷗外が「堺事件」の中で流罪処分の責任主体が朝廷であることを少くとも暗示していることを認めていることになろう。それは、大岡氏の説に反し、尾形・小泉論の立場なのである。にも拘わらず先に述べたように山崎氏は、この点について論の前の方では「大岡氏の読みは正しい」と言っているのである。これは矛盾ではなかろうか。

この矛盾がどこから由来したかは、推測の域を出ないのだが、おそらく山崎氏が前記引用文で用いている「公権力」という語にあろう。「公権力」とは朝廷も土佐藩も一括し得る言葉である。事実氏は後に「天皇を頂点とする組織と公権力」というふうに用いている。私は山崎氏が後に「堺事件」の位置づけに当って「鷗外は大逆事件にも並々ならぬ関心を寄せ、社会主義も深く研究しある点に共感を抱いていた。それも鷗外の一面なら、組織や公権力＝擁護もまた鷗外の一面である」と述べている見方を否定するものではない。しかし、ことが抑も作品形象上の問題である以上は、鷗外が大岡氏の指摘のように「朝廷」と「藩」を区別したのか、それとも「藩」と「朝廷」とを一括して（「藩」によって代表させはしたが）「公権力」として扱ったのかは、氏自身の作品レヴェルの見解として明確にする必要があると思う。その時、大岡論と尾形・小泉論との狭間における氏自身の統一的見解がより明晰な姿をとって現われるだろうと思う。
次いで蒲生氏の論に移れば、とりあえず尾形・小泉論に対する氏の基本的姿勢は、次のような二文の裡に自ら明かであると言えよう。

（略）鷗外の小説の骨格が右のようなものである以上、作中に「権力の欺瞞」、その「裏切り」が描かれていないとは言えぬ。（略）しかし、それははたして鷗外が意図して描きあげた「構図」であったのか、それとも原資料の枠組みに従った結果、おのずから見えてくる「構図」であったのか。（蒲生氏論〔二〕）

（略）とすれば、『堺事件』作中に、よしんば権力と兵士たちの対立、あるいは権力の欺瞞という「構図」を認めうるにせよ、それをもってただちに鷗外の発明とみなすわけにはゆかないはずではないのか。それがまず資料それ自身の中に内在する「構図」、あるいは太い骨格ということになれば、それが小説の中にあるからといって、〈権力の欺瞞とそれに対峙するけなげな兵士たち〉という一点に、鷗外の「関心」や「共感」を収斂してしまうのは考えものである。――鷗外は例によって「史料」を尊重し、「歴史其儘」を心がけたまでのことかも知れぬ。（同、いずれも傍点稿者）

蒲生氏は、このような基本的視角から『始末』前編十二章の中から「いわゆる〈権力の欺瞞〉がクローズアップされるくだり」として、①第十一章「九士又流刑に処せらる　川谷配所に病没す」のくだり、②第十二章「御即位に依て九士赦免せらる」の部分を詳細に検討、紹介し、「まさしく、ここにあるのは繰り返される〈権力の裏切り〉の構図であり、そして〈裏切られた献身者たち〉の癒しようもない痛憤のなまなましさである」（〔三〕）とした上で作品結末における、尾形・小泉論のいわゆる「権力の裏切り」、即ち小論冒頭に掲げた第三の問題点に及び、『始末』と作品を対照し、作品における史料の省筆の具体相を明らかにし、尾形論を引用した上で「(略)はたして、見てきたような〈史料〉と〈小説〉との関係において、どこに尾形氏の言われるごとき〈権力の欺瞞のクローズ・アップ〉が認められるであろうか。それが『クローズ・アップ』されるのは、(略)鷗外の書いた小説の中ででではなく、鷗外が下敷にした『始末』の中でではなかったのか。」(「四」)として次のように論じた。

『堺事件』の収束部に「士分取扱の沙汰は終に無かつた」、「小頭以下兵卒の子は、幼少でも大抵兵卒に抱へられて、成長した上で勤務した」と繰り返して書かれるにせよ、それは鷗外がことさらにそうしたわけではない。要するに鷗外は『始末』の伝える事実の骨格に従ったまでだ。したがって、このくだりをもとにして言えることは、せいぜい鷗外は「体制イデオローグ」ではなかったから、あるいは「体制イデオローグ」としてこのこの小説を書いたわけではなかったから、前後思い切った省筆をあえてしながら、収束を急ぐこのくだりでも、権力側にとって都合の悪い事実をあっさりと切り捨てるようなことはしなかったということまでである。大岡氏によって糾弾される「朝廷御沙汰」の取り扱いに問題を残しこそすれ、大筋、史料尊重の態度を崩すことなく、最後の一行を結んでいると言ってよい。(「五」)

因みに『始末』と作品との対比、作品が『始末』の枠組に従った迄であるという、前記第三点に関わる蒲生氏の論証(ここでは委曲に引用はしないが)自体は、私は首肯すべきものと思う。しかし、史料と作品が同一の枠組であるから、そこに鷗外のモチーフを認め難いとする蒲生氏の方法意識そのものには大きな疑問を呈さねばなるまい。史料と作品との差異から鷗外歴史小説のモチーフ、テーマを抽出するという方法論を確立したのは尾形仂氏だが、客観的に見て〈歴史其儘〉を標榜する鷗外歴史小説においては、史料と作品との共通性にも作者のモチーフが潜んでいることは、今日否定できない筈である。この共通性を一先ず〈構造〉と呼び得るとすれば、そのような〈構造〉を持つ史料を、作品の素材として選択したこと自体に鷗外のモチーフは既に働いているのである。要は、共通性と相違性の〈関係〉をどう措定するかにあるのであり、この〈関係〉の措定に当っての決定的な決め手は、作品そのものの自律的な構造でしかあるまい。だから、たとえ『始末』にその記載があろうと、その記載をその儘「堺事件」の構造上決定的な意味を持つものとして襲用したこと（作品第五、六章の各末尾に士分取扱のなかったことを断ったこと）それ自体のうちに、鷗外の「権力の欺瞞」（尾形氏）をクローズ・アップしようとする「作品本来の主題」（小泉）を指摘し得るという立論はなお有効性を失っていない筈なのである。蒲生氏の尾形・小泉論への批判において、私が第一に感ずるのは、このような方法論上の疑問である。

次いで蒲生氏は流罪申し渡し以下の作品叙述と『始末』の叙述とを対照した上で鷗外の叙述には「〈権力の裏切り〉に激昂し、悲憤する兵士たちの感情」、「もとの資料にはあったところの、ある具体的な感じ、なまなましい感じ」が捨象されており、その結果「『士分取扱の沙汰は終に無かつた』というさりげない一行は〈権力の非情さ〉（略）を鋭く告発するというよりは、いわば〈歴史の非情さ〉（略）そのものを暗示する効果を持」（二五）つことになったと論じつめる。このような見方そのものの成立する可能性そのものは、私も否定しない。「堺事件」に「歴史の非情さ」への鷗外の視点を読みとることは、それを基本モチーフと見るか、派生的モチーフと見るかはともかく、大方の一致し得ることがらと言ってよい。

紙幅の都合上、流罪申し渡しにおける「朝廷御沙汰」の省略をめぐる大岡、尾形・小泉論の拘わりを、ともに無用とし、否定する蒲生氏の論断の可否については触れ得ないが、無視できないのは蒲生氏が流罪申し渡し以下における前出第二点及び第三点の問題点における作品評価にふれつつ、次のように論じている点である。

(略)歴史上の堺事件(=『始末』に描かれた堺事件—稿者注)には、それが本来、わが国における近代国家の草創期に起きた国家的事件であるだけに、国家と個人、権力と民衆との避けがたい、ほとんど宿命的な対立の契機が早くも露呈している。にもかかわらず、鷗外は、事の経緯の重要な部分で、あっさりと権力の正体をぼかし、あるいは見すごしてしまった。とすれば、その時、あいまいにされ、見すごされてしまったのは、単に九士流罪の命令主体が朝廷か土佐藩かというふうなことにはとどまるまい。真に見のがされたのは、一方で民衆の忠誠と献身を要求しながら、他方で民衆の期待や願望を汲みあげてそれにこたえる情味というふうなものは決して持ち得ない、国家という巨大なメカニズムの冷たさ、その本質の露頭部にほかならぬ。(「六」傍点稿者)

先に「無視できない」と私が言った理由は、右引用文中の「ぼかし」が「見すごし」と同義であるとすれば、これは凡そ『始末』の読み手としての鷗外を完全に捨象した発想だ、という一点にある。抑も『始末』を一読した者ならば、いかに素朴な読者といえども、朝廷と兵士、国家と個人、権力と民衆との対立の図式を「見すごしてしま」う可能性は、それこそ絶対にあり得ない筈なのだ。だからこそ大岡氏の批判や、尾形・小泉論における大岡論への反論の起こる必然性があるのであって、ここには『始末』を読む機会を持ち得ない読者、研究者に対する蒲生氏の自らはそれと意識せぬ詭弁が潜んでいる。

おそらく蒲生氏は「見すごしてしまった」と言わず「切り捨ててしまった」と言うべきだったのである。しかし「切り捨て」は、対象の存在を認識した上での行為であるから、〈歴史の非情さ〉への鷗外の注目、ひいては「歴史に寄せる理想主義と観照主義とのスタティックな共存」(「六」)を、「堺事件」のみならず鷗外歴史小説の普遍的性格と見る蒲生氏にとっては、都合が悪かったのかも知れない。

ともあれ、「堺事件」における「史料其儘」性の指摘や、「歴史の非情さ」への鷗外の注目、即ち歴史のダイナミズムへの鷗外の把握の欠落の指摘によって、大岡論と尾形・小泉論の対立のあわいをくぐり抜けようとする蒲生氏の試みも十分な有効性を保ち得ていない、と言うことは確実である。「堺事件」論の新たな出発点は、再び秩序と個との関係をめぐる抑もの対立点に回帰するのではあるまいか。

（一九八二・五・五）

「ぢいさんばあさん」論――〈エロス〉という契機をめぐって

「ぢいさんばあさん」は、大正四年（一九一五）九月、雑誌『新小説』誌上に発表された。日記によれば、脱稿は大正四年八月一〇日である。既に、この年一月、『心の花』に発表したエッセー「歴史其儘と歴史離れ」において、鷗外は、それまでに発表した歴史小説において「歴史其儘」――「歴史の『自然』」の縛《いましめ》の下に「喘ぎ苦しんだ」ことを言い、「これを脱せようと思つ」て「山椒大夫」を書いたことを述べている。すなわち「歴史離れ」の作品世界の開始である。そして、このモチーフの推移の延長上に生まれたのが「魚玄機」であり、「ぢいさんばあさん」であり、ひいては「最後の一句」であり、やがては「高瀬舟」「寒山拾得」という、鷗外歴史小説の掉尾を飾る二作品であることは、周知の事実に属すると言えよう。

しかし、抑も「歴史離れ」とは何であるか。それを単に史料の「自然」を尊重したり、あるいは逆に史料の「自然」に捉われなかったり、というレベルでの問題――即ち歴史小説執筆の方法的レベルに限定される問題とみなされるならば、皮相の観察と言わなければなるまい。おそらく、鷗外歴史小説における「歴史離れ」の問題は、そのような方法的レベルでの問題を超えて、作者のモチーフや作品の主題の位相の転換それ自体を意味している、と考えることが至当と言わなければならないはずである(1)。

この点、すでに指摘されているように、たとえば「山椒大夫」（『中央公論』大4・1）において、〈運命〉という主題が登場していること、ひいては〈運命〉をのりこえる主体として安寿というヒロインが登場していること――即ち主題とそれを担う主人公の両面において、注目すべき転換が見られることは、「ぢいさんばあさん」という作品を考察する上においても大いに示唆的であると言えよう。鷗外歴史小説における「歴史其儘」から「歴史離れ」への原理的転換は、〈秩序〉という主題から、〈運命〉という、より普遍的主題への転換であると一先ず言い得るとしても、そこに示される人間への鷗外の生き生きした関心のありかは、「歴史其儘」の世界を支えた数々の男性（武士）像から、伝承や実在の歴史を生きた数々の女性像へと決定的に移行していることこそが、「歴史離れ」の諸作品の文学的魅力の根源であると見ることの方が一層大切であると私は考えたいのである。

「歴史離れ」の世界における女性原理への注目と云っても大過ないであろう作者の主人公に向けられる視線は、たとえば「山椒大夫」における次のような安寿の描写のうちに示される。

二人の子供が話を三郎に立聞せられて、其晩恐ろしい夢を見た時から、安寿の様子がひどく変つて来た。顔には引き締まつたやうな表情があつて、眉の根には皺が寄り、目は遥に遠い処を見詰めてゐる。そして物を言はない。（傍点稿者、以下同じ）

安寿のこのような変化がやがて厨子王を逃がすことで一家再興への道を現実化させる第一歩であったことは言う迄もないが、その変化の内実について作者は寡黙であり、僅かに次のような数行が作品中に示されるのみである。

厨子王はなんとも思ひ定め兼ねて、ぼんやりして付いて降りる。姉は今年十五になり、弟は十三になつてゐるが、女は早くおとなびて、その上物に憑かれたやうに、聡く賢しくなつてゐるので、厨子王は姉の詞《ことば》に背くことが出来ぬのである。

安寿の突然の変化は、自己の命を犠牲に供して、弟と一家の運命を死と廃滅とから救抜しうるというイデーを自らのものとしたことに起因することは言うまでもあるまい。少なくとも、論理的には、そう解釈することで辻褄があう。しかし、それのみでは、これらの叙述のもつ不思議なリアリティが捨象されて了いはしないであろうか。先に引用した安寿のイメージには、あえて言えば直接的な生々しさがある。そして、その直接的な生々しさは、殆んど肉体的なるそれと言っても良い。そこに「山椒大夫」という作品の根源的魅力があるのである。そして、そのような魅力を説きあかす作者の僅かな表現のうちに私達が見出すのは、「姉は今年十五になり（略）女は早くおとなびて」云々という叙述に他ならない。

誤解を怖れずに言えば、鷗外はここで、安寿に象徴される〈日本の女〉の肉体を発見している。(2) 安寿の変化は、未成熟、未分化な〈女〉——（少女）の、〈女〉になる過程である。むろん、鷗外は、作品「山椒大夫」の内部で、そのような露骨な表現を慎んではいる。しかし、鷗外が書きたかったのは、安寿における成熟した女への脱皮、即ち〈エロス〉の開花であり、安寿の〈エロス〉の開花が、彼女の運命への洞察の誕生と表裏一体のものであった、という事実に他ならなかった。そのような思いを込めて鷗外は「姉は今年十五になり（略）女は早くおとなびて、その上物に憑かれたやうに、聡《さと》く賢《さか》しくなつてゐるので」と書いたのだ、と私は思う。

こうして作品「山椒大夫」は、やや大胆な言い方ながら、〈運命〉と〈エロス〉との対立を描いた作品とみることが可能である。鷗外は安寿の〈エロス〉の発現のうちに、安寿の自己変革のみならず、〈運命〉との葛藤における勝利への道筋を設定したのである。

安寿における〈エロス〉の発現——成熟した〈女〉への脱皮は、彼女の〈死〉と背中合わせのものであった。しかし、後に鷗外は、いわば思春期の〈日本の女〉の突然の変貌が、〈父〉の命を救い、一家を破滅から救うことになる物語を「最後の一句」において描くことになる。（尤も「最後の一句」の主題は、〈運命〉と〈エロス〉との対立というより、〈秩序〉と〈エロス〉との対立と言うべきであるが。）

そして、このような、うら若き日本の女の突然の変貌は、「歴史其儘」から「歴史離れ」への原理的転換の前夜――いっそう正確に言うならば、そのような原理的転換への移行のプロセスにおいて執筆、発表された「安井夫人」（大3・4『太陽』）のヒロイン佐代の、安井仲平との婚約・結婚のエピソードの描写において、既に点綴されていたことも改めて指摘する必要もないことだろう。

にもかかわらず、「安井夫人」のヒロイン佐代を描く鷗外の視線は、彼女の肉体（エロス）に対してよりも、彼女の精神――その「尋常でない望」の所在に強くさし向けられていたことも亦、否定し難い。それを象徴的に示しているのが彼女の死後、その生涯への概括のうちに示されることになる「或は自分の死を不幸だと感ずる余裕をも有せなかつた（略）」と形容されるところの「遠い、遠い所に注がれてゐ」た、彼女の「美しい目の視線」＝「尋常でない望」の点出であったと言ってよい。

むろん私は、醜男の仲平に仕えて質素な生活に耐え、「其報酬には何物をも要求しなかつた」佐代の内部から「遠い、遠い所に注がれてゐ」た「美しい目の視線」を救抜しえた鷗外の炯眼に深い敬意を払う者の一人である。にもかかわらず、作品「安井夫人」を生彩あらしめているものは、何よりも歴史上の実在の人物としての安井佐代なる女性に仮託された鷗外の〈夢〉であり、かつ〈詩〉であることも亦、否定し難い事実であろう。安井佐代に仮託された鷗外の〈夢〉や〈詩〉は、確かに現代の〈自我〉や〈主体〉の課題の検覈《かく》にも耐えうるパースペクティブを持つ。しかし、その〈夢〉や〈詩〉が美しければ美しいだけ、佐代の姿が前面に浮び出て、夫仲平は影の存在となり了る結果を齎されていることも亦否定し難い。そこから捨象せしめられたものは、夫婦を固く結びつける〈エロス〉の問題であり、かつ佐代における肉体の課題であると言えよう。

これを裏返して言えば、作者鷗外は、「岡の小町」といわれる美女と「猿」とあだ名される醜男との組合せにおける、根源的な〈エロス〉の合一を信じるほど、男と女の結びつきをめぐって現われる美醜の問題において、おめでたいオプティミストではなかった、ということにもなろう。(3)

「安井夫人」「山椒大夫」に続いて中国唐の閨秀詩人をめぐる女性における肉体の開花と、それ故の破滅を描いた「魚玄機」(大4・7『中央公論』)が書かれることになったのは、女性存在における〈エロス〉の課題をめぐる、鷗外のリアリストとしての関心の所在を証するに足りよう。しかし「魚玄機」の枢要のモチーフは、女性性欲の発動と開花のプロセスへの客観的分析に対するそれもさることながら、ヒロイン魚玄機と、その師温飛卿とによって体現される、才能ある男女における人格のやや奇に亘り矯激に趨る傾向あるために、一人は刑死に至り、一人は遠く都を逐われるという不幸な運命に対する作者の深い同情のうちにこそあろう。「魚玄機」に示されたのは、人間の徳行より才能や美貌を愛する鷗外の好尚の一面である。やや性急な言い方をすれば、短篇「二人の友」(『アルス』大4・6)も証していたように、鷗外は世間普通の見解とは逆に、才能や知識・学殖を常識・人格の上に置いた人でもあったのである。(4)

それを私は〈奇〉を愛し、〈正直〉を尊ぶ精神と呼びたい。そのような精神は、時に〈秩序〉や〈常識〉の織り成す現実の堅固な砦を打ち破り、中空高く真実の炎を噴き上げ、鷗外文学の骨格を構成する。『伊澤蘭軒』末尾に示された「わたくしは学殖なきを憂ふる。常識なきを憂へない。」(「その三百七十一」)という言葉も亦、そのような〈奇〉を愛してやまなかった鷗外の精神――その中核としての反〈秩序〉の情念のもう一つの表現に外ならない。「魚玄機」に稟然たる品位を与えているものは、そのような鷗外精神の中核に根ざし、魚玄機や温飛卿の生の軌跡――いわば、人間実存の深部にさし向けられた鷗外の深い理解と同情の念に外ならない。

作品「魚玄機」のヒロインは、自らの〈エロス〉のために、人生の中道にして斃れる。しかし、女性の〈エロス〉は、玄機のごとき過激な形をとって自他を滅亡の淵に追い込むばかりではない。あるいは、日常の生活の底深く潜り入って、自他の〈生〉を支え、〈生〉そのものにみごとな完成を齎らすことも確かにありうる。そのような私たちのささやかな生の実感を汲み上げ、〈エロス〉による〈秩序〉としての〈運命〉（作品「ぢいさんばあさん」においては、運命は殆んど秩序と同義である）への勝利と、〈生〉そのものの完成を高らかにうたいあげようとしたところに、「ぢいさんばあさん」という完璧な虚構の世界の出現があると言えよう。そこにおいて〈生〉の完成は、文字通り〈性〉の完成でもあったのである。「ぢいさんばあさん」を、以上のような意味における〈歴史離れ〉の作品と捉えるならば、この作品にさしむけられた一連の〈歴史其儘〉、〈史実其儘〉の立場からの批判も、(5) 歴史研究や史実研究としての意味を確実に持ちつつ、反面、文学研究や作品研究の立場、そして作者の思想や主観を重んずる立場からは、所詮第二義に留まるであろうことは否定しえない筈である。

＊

作品「ぢいさんばあさん」の梗概は、例えば吉野俊彦氏がまとめたもの(6)を藉りれば、次のようなものである。

①　明和四年、松平石見守の家臣・宮重久右衛門の実兄・美濃部伊織は、房州生まれの内木るんと結婚した。伊織は、石川阿波守の家臣で、文武両道にすぐれた武士であるが、肝癪《かんしやく》持ちがただ一つ欠点であった。
　るんは美人ではないけれども、体格がよく押出しも立派で、目から鼻へ抜けるように賢く、かつ勤勉である。封建制の下であるから、もちろん二人は典型的な見合結婚をしたわけだが、「るんはひどく夫を好いて、手に据ゑるやうに大切にし、七十八歳になる夫の祖母にも、血を分けたものも及ばぬ程やさしくするので、伊織は好い女房を持つたと思つて満足した」。このため肝癪も全く起こさず、何事も我慢できるようになっていた。

② 明和八年の春、伊織は病気の弟に代わって松平石見守に従い、京都の二条城に勤めることになった。兄弟のつかえた二人の主君は共に大番という役だったので、病気の弟の代人となることが許されたのである。伊織が京都在勤となったとき、るんは妊娠し臨月になっていたため、江戸に残らざるを得なかった。

伊織はその年の秋、刀剣商の店で見出した古刀がほしくてたまらず、代金百三十両のうち不足の三十両を、同僚の下島甚右衛門から借金してやっと手に入れた。伊織はこの刀の拵《こしら》えの修理が出来た八月の十五夜に、親しい友達二、三人を招いて、刀の披露を兼ね御馳走をしたが、金を貸してくれた下島は平生それほど親しく交わっているというほどでもなかったので、この席には呼ばなかった。

下島はそれを不平に思い、酒宴の最中にたずねてきて、いやみをいったのがもとで、伊織の肝癪が破裂し、下島に斬りつける。下島は斬られながら刀を抜いたが、刃向かう意志もなく、逃げるだけだったので、伊織と同席していた親友の柳原小兵衛は、伊織の罪を少しでも軽減しようと、下島に追いすがろうとする伊織を背後からしっかり抱き締めた。

③ 下島はひたいに受けた傷が案外重く、二、三日してから死んだので、伊織は江戸へ護送されて取調べをうけた末、知行を没収され、越前丸岡に配流された。伊織の祖母は間もなく老衰のため世を去り、父の顔を見ることの出来なかった息子の平内も五つのとき疱瘡で死んだ。るんは祖母をも、息子をも、力の限り介抱して臨終を見とどけた後、親族の世話で筑前の黒田家に奥女中として入り、三十一年間も勤めたが、欠かさず給料の一部を美濃部家の墓のある松泉寺に納めて、香華を絶やさなかった。

④ 文化五年、黒田家から隠居を許されたるんは、故郷の房州江見村に帰ったが、翌文化六年、伊織は十代将軍家治追善の法事が行なわれる機会に「御慈悲の思召を以て」ようやく江戸へ帰ることを許されたので、伊織の弟である宮重久右衛門の邸の一部を修復して造った隠居所で、房州から出てきたるんと伊織は、三十七年ぶり

に再会して、仲むつまじく暮らすことになる。二人が結婚したとき、伊織はちょうど三十歳、るんは二十九歳で、わずか四年足らずの結婚生活の後に別離を余儀なくされたのであるから、三十七年ぶりの再会の当時、夫は七十二歳、妻は七十一歳になっていた。

⑤　再会できたのは文化六年の四月上旬のことであったが、その年の暮、るんは久右衛門の主君松平左七郎に呼び出され、「永年遠國に罷在《まかりあり》候夫の爲、貞節を盡候趣聞召され、厚き思召を以て褒美として銀十枚下し置かる」という十一代将軍徳川家斉《いえなり》の命を伝達された。これは、当時としては異数の褒美であった。

（①～⑤の番号は、稿者の付記）

吉野氏のこの要約は、作品内部に描かれた事件を年代順に整序して遺漏のない立派なものである。しかし、年代順・編年的整理というものは、なかなかに曲者でもあるのだ。なぜなら、鷗外は年代順に生起した一まとまりの事件を、作品構成上、自らのモチーフやテーマに従って、縦《ほしいまゝ》に組み替えているからである。その意味では、この時間の組み替えそれ自体が、既に鷗外の意図を作品に効果的に表現するための虚構《フィクション》と言わねばならない。[7] 少くとも「ぢいさんばあさん」は、そのように読まれるべき作品である。鷗外によるこのような時間的操作を私は今、仮りに〈時間の遠近法〉と名づけておきたい。[8] そのような〈時間の遠近法〉による作品構成を、先の吉野氏の梗概の内容段落に付した番号を用いて示すならば、次のようになる。

第一段……④⑤
第二段……①②
第三段……③④

一見して明らかなように鷗外は実に大胆な時間的枠組の再構成を行っているのであって、これを一層単純化して言えば、現在（④⑤）から過去（①②／③）に遡及し、再び現在（④）に還る、という三段構成の採用と云うことになる。実に大胆な構成法であるが、しかし、それは、鷗外の歴史小説において初めての試みではない。既に私たちは、そのような時間的枠組の再構成の先縦形態を「佐橋甚五郎」（『中央公論』大2・4）のうちに見出すことができる。（鷗外の文壇的処女作「舞姫」、後年の「雁」も亦、この手のものであった。）鷗外にとって、その意味では、いわば手慣れた手法であったと言っても良いだろう。

そして、このような時間的枠組の再構成、すなわち大胆な〈時間の遠近法〉の採用の目的は、太田豊太郎、佐橋甚五郎、そしてるんや伊織など作品主人公達の半生もしくは生涯の到達点、即ち彼らの〈現在〉をこそ作品の主題として強く押し出す点にあったと考えられて良いだろう。作品「ぢいさんばあさん」に即して言えば、愛の時間に対する勝利こそが、大胆な〈時間の遠近法〉の採用を介して謳い上げられた主題――先の現在の内容そのものに他ならない。

しかし、虚構《フィクション》と言っても、このような時間的枠組の再構成――〈時間の遠近法〉の採用は、史実の改変という意味での虚構《フィクション》ではない。又、例えば「阿部一族」「大塩平八郎」に多用された心理解釈という意味でのそれでもない。そうではなくて、作品の主題を強く前面に押し出し、強烈に印象せしめるための虚構《フィクション》の一種であると考えられる。「ぢいさんばあさん」の様に、出典史料への改変が殆んどなく、史料から受けとめた作者の感動を大きくふくらませて主題を謳い上げようとした作品の場合、そこに採用された大胆な時間の枠組の再構成は、もはや単なる手法の域を大きく超えていると見たいのである。

なぜなら、「ぢいさんばあさん」の主題は、何よりも三十七年という目くらむばかりの永い時間の腐蝕に冒されることなく生き続けた夫婦愛への感動を謳い上げるところにこそあったからである。言いかえれば、時間と愛の葛藤と愛の時間に対する勝利こそが、作品「ぢいさんばあさん」の主題であり、そのような主題のあり方は、大胆な〈時間の遠近法〉の採用によって鮮烈に印象づけられることになっているのである。そして、愛の時間に対する勝利の物語を描くに際し、作者は些《いささ》かの躊躇もなく、一旦、大胆に史実の歴史としての年代的時間を解体して、みごとな物語的時間として再生させることに成功したのである。

私は今、愛の時間に対する勝利が、作品「ぢいさんばあさん」の主題であると述べたが、その点、先行諸説との大きな違いはない。だが、考察を一歩進めて、そのような時間に対する愛の勝利がなぜ可能であったかという問題に立ち入るならば、それを知足や克己即ち自己抑制のモラルの所産とする以外の合理的説明は、今まで殆んどなされてこなかったと言って良い。

しかし、「ぢいさんばあさん」の虚構は、果してそのような日常的かつ合理的なモラルの枠内にのみ留まっているのであろうか。ここに表現という問題が浮上して良いと思う。作品「ぢいさんばあさん」の表現には、タイトルの字面から連想されるような〈枯淡〉に達した夫婦愛の理想的境地というような視点からは、どうしても説明し尽せない、抑制しても抑制し切れぬ生々しい夫婦愛の真実、いわば男女の〈エロス〉の機微が、その内部から滲み出ているように思われるからである。作品主題を打ち出した第一段の叙述のうちにも、それは既に明らかなのだ。

四月五日に、まだ壁が乾き切らぬと云ふのに、果して見知らぬ爺《ぢ》いさんが小さい荷物を持つて、宮重方に著いて、すぐに隠居所に這入つた。久右衛門は胡麻塩頭《ごましほあたま》をしてゐるのに、此《この》爺いさんは髪が真白《まつしろ》である。それでも腰などは少しも曲がつてゐない。結構な拵《こしらへ》の両刀を挿《さ》した姿がなか〳〵立派である。どう見ても田舎者らしくはない。

爺さんが隠居所に這入つてから二三日立つと、そこへ婆《ば》あさんが一人来て同居した。それも真白な髪を小さい丸髷《まるまげ》に結《い》つてゐて、爺いさんに負けぬやうに品格が好《い》い。それまでは久右衛門方の勝手から膳《ぜん》を運んでゐたのに、婆あさんが来て、爺いさんと自分との食べる物を、子供がまま事をするやうな工合に拵へることになつた。

此翁媼《をうをん》二人の中の好いことは無類である。近所のものは、若しあれが若い男女であつたら、どうも平氣で見てゐることが出来まいなどと云つた。中には、あれは夫婦ではあるまい、兄妹《きやうだい》だらうと云ふものもあつた。その理由とする所を聞けば、あの二人は隔てのない中に礼儀があつて、夫婦にしては、少し遠慮をし過ぎてゐるやうだと云ふのであつた。

二人は富裕《ふゆう》とは見えない。しかし不自由はせぬらしく、又久右衛門に累《るゐ》を及ぼすやうな事もないらしい。殊《こと》に婆あさんの方は、跡から大分《だいぶ》荷物が来て、衣類なんぞは立派な物を持つてゐるやうである。荷物が来てから間もなく、誰が言ひ出したか、あの婆あさんは御殿女中をしたものだと云ふ噂《うはさ》が、近所に広まつた。

ここに引用した、三つの段落から成る文章の内には、確かに、三十七年という艱難の時間に打ち勝つことによって一対の男女が到達した人間性の高みと云うべきものが「久右衛門は胡麻塩頭をしてゐるのに、此爺いさんは髪が真白である。それでも腰などは少しも曲がつてゐない。結構な拵の両刀を挿した姿がなか〳〵立派である。どう見ても田舎者らしくはない。」、「(略)そこへ婆あさんが一人来て同居した。それも真白な髪を小さい丸髷に結つてゐて、爺いさんに負けぬやうに品格が好い。」(傍点稿者)という叙述によって示されている。さらに又、親しさの中に礼節をわきまえた夫婦としての理想の境地が、「あれは夫婦ではあるまい、兄妹《きやうだい》だらう」という世間の判断の根拠としての「あの二人は隔てのない中に礼儀があつて、夫婦にしては、少し遠慮をし過ぎてゐるやうだ」という叙述によって暗示されてもいる。しかし、これら一連の描写の眼目は、決して、それらのうちにあるのではないだろう。これら一連の描写を生彩あらしめている、その中核の一つは、「此翁媼二人の中の好いことは無類である。近所のものは、若しあれが若い男女であつたら、どうも平気で見てゐることが出来まいなどと云つた」という二文のうちにこそある、と私は思う。近所の人々の岡目八目に、(9)もし若い男女であったなら、羨望と嫉妬を惹き起こしたに違いないと写ったような、この年老いた男女の漂わす生き生きした〈エロス〉の発露こそが、実は作品「ぢいさんばあさん」の不思議に艶っぽい生気――即ちこの作品の文学的魅力の中核を構成する与件そのものに他ならないからである。そこには、老年になっての夫婦の再会を前提としての時の権力や秩序の無慈悲さへの批判や、二人の主人公の不幸な運命に対する同情などという次元をこえる作者鷗外の視座が存在すると云わなければならない。

このように考える時、くり返しての引用になるが、「此翁媼二人の中の好いことは無類である。」という鷗外の叙述こそが、「無類」なのであり、空前にして絶後のものなのである。まさに秩序も時間も決して抹殺することのできなかった男女の本然なるもの――本能的かつ肉体的な男性の〈エロス〉と女性の〈エロス〉との稀なる邂逅とその持続とを、鷗外はここに確実に刻みつけているのである。

このように見れば、「ぢいさんばあさん」は、例えば鷗外がその精神的自叙伝「妄想」に云うところの「永遠なる不平家」の対極としての「日の要求に甘んじ」得る人間像、あるいは足ることを知り日々の務に「全幅の精神を傾注」（「カズイスチカ」）しうる人間像を描いた作品と見ることは、確かに必要にして不可欠の前提だが、しかし、そのような視点にのみ留ってはその中核的主題を捉え得る作品ではありえないことも亦、明らかであろう。作品「ぢいさんばあさん」は、何よりも〈性〉に根ざす〈夫婦愛〉の物語であり、いわば〈エロスの神話〉として、作者が史実を踏まえつつ、史実には欠けている夫婦の肉体の和合への讃歌を謳った作品と云わなければならない。

作品において、やがて、その姓名を明かされる二人の男女――美濃部伊織とその妻るんをして、三十七年という長い歳月の艱苦に耐えしめ、その人格的錬冶を可能化せしめたものは、彼ら夫婦の〈エロス〉の契合であり、あえて云えば男女の〈性愛〉の合一の機微であったと言わなければならない。

しかし、私は、作品「ぢいさんばあさん」にこと寄せて、余りにも自己の〈夢〉もしくは幻想を語っていると誤解されてはならない。そこで、私一個の読みを離れて、再び作品の具体相に立ち戻れば、鷗外は、第一段において、「富裕とは見えない」が「不自由はせぬらしく、又久右衛門に累を及ぼすやうな事もないらしい」二人の経済的事情や、その日常生活、ひいては「過ぎ去つた昔の夢の迹を辿る」と形容される菩提寺松泉寺への度々の墓参などを叙した後、文化六年十二月二十八日におけるるんに対する将軍家斉の賞美の詞と銀十枚の下賜という事件を契機とする江戸市中における彼らへの評判の高まりを叙し、二人の姓名、その素性、年齢を明かすとともに一挙に読者を彼らの過去へと導くのである。みごとな起承転結の叙述法であり、同時に、既に山崎一穎氏がその周到な論考の中(10)で述べているように、この第一段（序）の描写の視点が、終始、一対の翁媼をめぐる周辺の耳目の存在——即ち周囲の人々の好奇心のありかに即して設定されていることが、作品世界への読者の接近を容易ならしめていることを忘れてはならないだろう。いわば、推理小説の謎解きに近い興味の喚起が、二人の男女への読者の好奇心を惹き起し、以下に語られる伊織、るんの数奇な過去へと読者の興味を繋ぐことになるのであって、作品の序の部分としてのこの第一段における短篇作家としての鷗外の技巧の冴え方は、市井の耳目という視点の発明において、心憎いばかりの域に達していると言って良い。むろん、私も佐々木充氏が説くような(11)「近所のもの」＝市井の耳目という設定の歴史離れ性を知らぬのではない。しかし、ここでは、作者の過誤は過誤として（尤も意識的な過誤という視点も成り立ち得よう）、あくまでも作者の主観に即しつつ、作品の意図もしくは作者のモチーフに遡ってみたいのである。それが〈歴史離れ〉の作品としての「ぢいさんばあさん」に対する最も正当な方法だと信ずるからである。

さて、作品第二段——いわば序を承ける破の段において前面にせり出すのは、もはや世間の耳目という視点ではない。それは既に伊織・るんの過去・現在のつながりを全局的に掌握し尽した存在による超越的な視点であり、それと対応するところの〈無人称の語り〉の登場である。これら超越的な視点や〈無人称の語り〉を支えている主体は、無論、作者鷗外その人に他ならない。にもかかわらず、以上のような説明は、歴史小説「ぢいさんばあさん」の叙述法について殆んど何も語っていないのに等しい。なぜなら既に見た序の段における世間の耳目に倚り添うという形の語りや視点それ自体も既に事柄の全局を見渡している作品世界の主宰者にして作者である鷗外によって採用された戦略的手法に他ならなかったからである。ここには、いわゆる〈現代小説〉の方法と〈歴史小説〉の方法との本質的な違いが露呈していると見られるのであって、そのような方法の違いを齎す所以を一言で言えば、原理的に自らの創り出した人物の活動の自律性にテーマの成立を賭けねばならない〈現代小説〉に対し、〈歴史小説〉の場合、その素材としての〈事件〉やストーリーは、既に作品成立以前に完結し了ったものとして作者の前にあるということになろう。この本質的な相違について考えて行くと、鷗外がかつて記した「歴史其儘と歴史離れ」の問題にまで行き着くことになるが、今はその余裕はない。とりあえず私たちは、序の段を含めて、作品「ぢいさんばあさん」に結晶する以前の完結した歴史上の〈事件〉の全貌を、史料（出典）としての大田南畝『一話一言』所収「黒田奥女中書翰写」および同書所収「元大御番美濃部伊織並妻留武始末書」の裡に眺めることができるのである。

そこで、本稿は、後述のように出典と作品との厳密な比較作業を目的とするものではないが、叙述の公正性を損なわぬために、一先ずそれらの全文を引用することとしたい。

○黒田奥女中書翰写　美濃部伊織妻貞節なる事

黒田公奥勤候幾せより亀屋 飯田町薬店 久右衛門 へ来る書簡写

尚々何か認めちらし日永の御慰よろしく御らん分可被下候、早々以上。

拝見申上候、揃かね候時こうに御ざ候へども、まづ〳〵御揃まし御機嫌よく御暮し被成候御事、御めでたく存候べく候、毎度御こまやかにおりから御尋被下有難、こなたより御ぶさたのみ申上候、扨亦こなたに御勤申上候女中の内にて、公義より御ほうび頂戴いたし候御事、所々にもはなし御ざ候由、御委しく御聞被成度段被仰下承知いたし候、右の女中生れ房州の出生にて、御当地御出候て尾州へひさ〴〵の内かるき御奉公に出相勤、しばらくも御奉公いたし候間金子も少々たくわへ出来候間、御暇戴候て番町辺のみのべ伊織と申候御はた本へ縁付候所、男子壱人出来兼々繁昌いたし居候所、其伊織と申候人何か御用向にても御ざ候てや上京いたし居候内、近辺の心易き人に少し金子借用いたし居候由の所、右の伊織大小こしらへ候て所々の心易き人にもみせ御酒などたべ居候所へ、其金子かし候人参り合候間、右の大小其人にみせ候所其者殊の外いきどふり、借用の金子もなし不申に、さやうな物こしらへ候とか申候て、右の伊織を足にてけ候よし、伊織も御酒のうへと申かんにん出来かね、ぬき候て其人へきりかけ候由、夫より殊の外むづかしく相成先所々へ御預けに相成候所、きられ候者は程なく死去いたし候由、右にて殊の外めんどうに相成、伊織は直に芝の有馬様へ御預けに相成、すぐに其場所より有馬様御国許へ参り候所、番町へ残り候妻子いたし方なくうちもしまひかれ是いたし、何分にも其子を大切にそだて候半と、伊織に母壱人御座候其母は家の親類方へ引渡し、妻は子をつれ候て自分の田舎へ引込居候所、其子五歳の時死去いたし朝夕なげきかなしみ居候内に、伊織母江戸より尋参り、せわいたしくれ候やうに申候に付、また〳〵母引取、見届候て事もおはり候て、自分も其節はさほど老年と申候にも無御ざ候に付、また〳〵御奉公いたし候半と江戸へ出候所、こなた御里様に御婚礼附の御中居召かゝへ御ざ候に付御目見へ致候所御首尾いたし、それよりこなたへ御供いたし参りひさ〴〵御勤上候に付、御上にても厚思召様にて老年にもおよび候間、表使格被下御勤申上候所、金子も余程出来候に付何卒田舎へ引入隠居いたし度願候間、願の通御暇被下、こなたにも三十年来御勤申上候に付、隠居の節生涯御扶持被下候段被仰付下り候て田舎へ引込居候所、去年秋頃其伊織御免御ざ候て、有馬様御国許よりかへり候段承りかぎりなふ歓、さつそく江戸へ参り持合候金子にてさつそくかれ是とゝのい両人新宅に居候所、その段公辺へ達御聴貞節の御事とて御ほうびに銀十枚右伊織妻へ頂戴被仰付候御事に御ざ候。右妻の名こなたに御勤申上候内は、表使格に相成候てたきのと申候べく候御事に御ざ候。先あらましはケ様成わけ合に御ざ候、委しき御事は中々認めとりかね候べく候、ひとへにこなた様御影さまと当人も毎度有難り候て御うえ様のみ申上居候べく候。何もその内御めもじ申上候へば委しく御はなし可申上候、よろしく御らん分可被下候。めで度かしく

幾　せ

久右衛門《かめや》様　御返事

○美濃部伊織伝并妻留武始末書付
元大御番
美濃部伊織并妻留武始末書

西丸新御番松平石見守組与頭宮重久右衛門元七五郎実兄元大御番石河阿波守組美濃部伊織巳七十歳、明和八卯年十二月二条在番にて下島甚右衛門並仲間に手疵を為負、同九年八月有馬左兵衛佐へ御預、祖母貞松院並妾腹男子平内拾五歳迄親類へ御預、安永三年八月廿九日貞松院八十三歳にて病死、赤坂黒鍬谷松泉寺へ葬り、其後平内は従弟大御番斎藤忠右衛門へ引取、平内事忠右衛門在番留守中疱瘡にて病死、
妾るん《(マヽ)》伊織先祖年忌等迄念頃に弔ひ次第に困窮、衣服等売しろなし、はては自身に不及無是非松平筑前守へ奉公、次第に立身後表使を勤む、されど老衰に付暇を乞、生国安房へ隠居、黒田家より扶助弐人扶持、初るん十四歳にて尾州へ奉公十四年勤め、伊織方へ来る、房州浅井郡真門村内木四郎右衛門娘巳六十六歳、るん妹戸田

淡路守家中に嫁す、るん隠居後美濃部家年忌等の事右妹へ托せし由、
去辰年浚明院様御法事に付伊織預御免、左兵衛佐在所丸岡より江戸へ来、西丸新番与頭宮重久右衛門同居、
巳年十二月廿八日るんへ御褒美として銀十枚被下之、
松平石見守宅にて久右衛門へ申渡、

御蔵手代
甚右衛門惣領 下島友之助
同人次男 断絶翌出生 田中幸古

美濃部伊織妻儀は私実叔母〔頭註〕土州庵中広瀬左兵衛門人也。戸田家来有竹与惣兵衛母。」に御座候、伊織方へ縁組仕候訳は、叔母儀幼年より尾州御守殿に相勤罷在候、然る処伊織叔母聟《ムコ》大御番相勤候山中藤右衛門殿、私共内縁有レ之養女に仕嫁候、明和八卯年四月嫡男平内出生仕候、同月伊織儀二条為在番罷登候、同年八月於二条相番下島甚右衛門殿と及二口論一手疵為レ負候に付知行被召上、伊織儀は有馬左兵衛佐様へ御預、御在所越前丸岡城中に罷在年数余程相立候、後は有馬家藩中之面々へ劔術并素読手跡等を教罷在候之由此度承知仕候、然る処伊織家族之者祖母壱人有之候、是は伊織実弟宮重七五郎へ御引渡、妻子は伯母連斎藤忠右衛門へ御引渡相成申候処、祖母義も無間妻子方へ罷越同居仕居候、安永三午年九月廿九日八十五歳にて病死仕候、翌未年三月廿八日嫡男平内疱瘡煩五歳にて病死仕候、是迄美濃部家断絶仕候てより五ヶ年に相成申候、右之間聊一類共より合力無之故難渋至極仕、自今着類等売払、祖母并平内養育仕居候処、祖母平内共病死仕無レ頼奉レ存、且又美濃部家先祖無縁に相成、菩提所赤坂松泉寺へ仏供料等も可レ遺手当無之儀共相歎き、無レ拠安永六酉年松平筑前守様奥へ奉公仕、昨辰年迄三十二年之内給金之内を以年々仏供料并美濃部家先祖年回等無懈怠回香料相備申候、然処及老年候に付、昨年七月筑前家隠居願仕首尾好御暇被下扶持方頂戴仕罷在候、依之私弟同藩中笠原新八郎方并当人実姉房州浅井郡真間村に罷在候此者方へ罷越居候処、当三月伊織儀蒙御免此表罷越候に付再同居

仕、当時新御番松平石見守様御組与頭宮重久右衛門方屋敷内へ別宅仕罷在候、伊織儀当年七十弐歳に相成申候、妻儀は七十一歳に相成候、右は御内々御尋に付荒々申上候。以上

十月

戸田淡路守内　有竹与惣兵衛

宮重七五郎（改名久右衛門）

斎藤忠右衛門（改名八左衛門）

追而前文ニ相認候

当時新御番相勤申候

覚

一私儀大御番石河阿波守殿組相勤罷在候節、為代人京都在番松平石見守殿組へ罷登候節、於在番心得違之儀御座候に付御吟味之上、私儀有馬左兵衛佐殿へ永御預被㆓仰付置㆒御在所表へ罷越罷在候処、此節御慈悲の思召を以永御預御免被仰付、当四月五日江戸表へ罷帰候之段冥加至極難有仕合奉存候、乍併何之御奉公不申上罷在候儀甚以残念至極奉存候に付、奉願抔は恐多御儀候故、左様之儀にては無㆓御座㆒候得共私存寄之程申上候にて御座候、権現様より御代々御奉公奉申上、台徳院様御代近江国知行所御朱印等迄拝領仕罷在御奉公仕候処、私存寄違不調法之段可申上様無御座候へ共、御奉公之不相勤処誠残念至極奉存候、乍併甚及老年候、御用立候身分にては無御座候得共存念之程申上度迄荒増相認申候、猶又御慈悲之処奉拝儀候。以上

十月十日

新御番与頭　宮重久右衛門方同居仕候　美濃部伊織

別紙

戸田淡路守内　有竹与惣兵衛

文化六巳年十月廿三日大目付伊藤河州会日留守へ広瀬実勝持参、翌廿四日摂津守殿会日委細及物語候処早速右書付差出候様に被申候。

差出候扣《ひかえ》

此一件摂津守殿稽古講書之跡にて御咄申上候処、書面一覧致され度段被申聞、此書面差出候処、御評議之上極月廿八日伊織妻於留武へ銀十枚被下置、右松平石見守宅にて被申渡宮重久右衛門、廿八日夜老若廻勤、伊織は松平石見守へ計御礼に罷出、此節病気に付駕籠にて罷越候、午正月朔日広瀬伝左衛門を以風聴、同七日拝領銀初穂之由銀壱枚交肴、おるんより有竹与惣兵衛を以被恵請不申処、無拠志之処故受納、追て肥後国産一反相祝相贈候積。

右の一件猗蘭園全拾巻右之内作文有之候。

猗蘭稿

氏長父子

二代目　国隆　号決山

四代目　国豊　号九皐

五代目　国雄　号甘縄

右三人ノ詩文家蔵不許他見。

私ニ下島甚右衛門改名悴壱人、青楼の芸者次男木蔵の手代、右改名委細の訳別録にあり。

美濃部此時大御番後転御代官刄傷之節柳原小兵衛刀奪取候節詠候由。

黒髪のみだれ心のあとさきをひとに問はれていふよしもなし

右得白水文庫所蔵写畢。庚午年五月八日

〔貼紙〕明和九辰年八月七日周防守殿へ上村政次郎を以

月番　杉浦出雲守

石川阿波守元組美濃部伊織此度有馬左兵衛佐へ永御預被仰付、知行上候に付御勘定奉行へ被仰渡御座候様仕度
と存候。
阿波守大坂在番に付、此度月番私申上候。以上
　右見計府簿《ママ》中。」

さて、歴史小説の分析をめぐる通常の作品論的手続きにおいては、史料（出典）と作品を比較対照し、その共通点と相違点とを詳しく検討した上で作品主題を考察するということになるのだが、そのような詳しい比較検討は、既に数々の先行論文が十分に行っており[12]、改めて付け加えるべき何物もないので、ここで繰り返すことは無用であろう。唯、長年、私も大学の演習等で学生達とともに、そのような比較検討を行ってきた経験を持つので、その経験に基づいて言えば、鷗外は、細部において、あるいは具体的描写等において史料に手を加えて整合化し、あるいは場面を活き活きと描くことで小説としての魅力を付加し、あるいは二人の主人公の性格や行動そして心理に解釈を加え、さらには又、副次的もしくは二次的部分で史実離れのミスを犯したけれども、完結した事件の全局を動かすことはしていないと言って良いと思う。

従って、その限りで、作品「ぢいさんばあさん」は、〈歴史基儘〉の作品――少くとも事件の全局を尊重した、という鷗外の態度に限定して言えば、紛れもなく〈歴史其儘〉の作品に属するものと言わねばならない。にもかかわらず、「ぢいさんばあさん」が既にみたように〈歴史基儘〉の範疇に留まるべき作品でないことも亦、自明なのである。この一見矛盾した事態を合理的に説明するためには、いっそう深い作品への〈読み〉が必要とされるのではないか。そこで、従来の論が必ずしも正当に問題視しなかったものではあるが、るんと伊織をめぐる出典には決して見られない次のような叙述に注目したい。この叙述が、前出作品第二段にさし挟まれる時、それが作品におけ

るるんの人間像に積極的に関わり、主題を決定づけることになるという点で作品「ぢいさんばあさん」は、〈歴史基儘〉の縛めを脱し、作者の能動的なモチーフの発動に裏づけられた、紛れもない「歴史離れ」の作品へと脱構築されると少なくとも私には見えるのである。

るんは美人と云ふ性《たち》の女ではない。若し床の間の置物のやうな物を美人としたら、るんは調法に出来た器具のやうな物であらう。体格が好く、押出しが立派で、それで目から鼻へ抜けるやうに賢く、いつでもぼんやりして手を明けて居ると云ふことがない。顔も顴骨が稍出張つてゐるのが疵であるが、眉や目の間に才気が溢れて見える。伊織は武芸が出来、学問の嗜もあって、色の白い美男である。只此人には肝癪持と云ふ病があるだけである。さて二人が夫婦になつたところが、るんはひどく夫を好いて、手に据ゑるやうに大切にし、七十八歳になる夫の祖母にも、血を分けたものも及ばぬ程やさしくするので、伊織は好い女房を持つたと思つて満足した。それで不断の肝癪は全く迹を斂《をさ》めて、何事をも勘弁するやうになつてゐた。

むろん、この一節が、作品「ぢいさんばあさん」読解の勘所であることは、夙《つと》に知られているところである。しかし、この一段における真の鷗外の独創、その主観の発動がどこにあるかの一点に限って云えば、先行諸説の到達点は、遺憾ながらまだ私を満足せしめるものではない。なぜなら、私の見るところ、それは「るんは美人と云ふ性《たち》の女ではない。」という美人でないるんの設定と、「伊織は（略）色の白い美男である。」という、あたかも水のしたたる如き美男としての伊織の設定こそが、鷗外の真の独創であり、主観の発動を示す部分に外ならないと思われるからである。世に美男、美女の組合せの夫婦は少ない。妻が美女、夫は風采上らぬ男、その逆に夫は美男、妻は不美人という類の組合せは多い。なぜかと云う問いかけは暫く措く。この一見、不釣合な組合せの夫婦関係の安定度は、美男——美女の組合せによる夫婦関係の安定度を遥かに抜く。これは俗見には違いないが、しかし軽視できない真理を内包した俗見のように思われる。鷗外は、この俗見の内包している普遍的真理を確かに見抜いていたのではあるまいか。そして鷗外は、その普遍的真理が、男女のエロスの領域の機微に根ざしていることをも十分に弁えていた筈である。

ところで鷗外は、このような設定の上に「さて二人が夫婦になつたところが、るんはひどく夫を好いて、手に据ゑるやうに大切にし」と書き加えた。「ひどく夫を好いて」とは尋常一様の表現ではない。鷗外は、この簡潔な表現のうちに美人ではないるんの美男の夫伊織に向けたひたむきな〈エロス〉の燃焼とその充足とを共共に形象化しえたのである。「ひどく（略）好いて」という表現は、るんの精神のみならず、女性としての彼女の肉体の奥底までさし貫ぬく表現に他ならない。かくして「ぢいさんばあさん」における、るんの三十七年に亘る困難に打ち克つ原動力は、従来説かれ来ったごとき封建の世の克己や自己抑制のモラル、将又《はた》、「日の要求」（「妄想」）に甘んじうる〈知足〉の境地に少くとも全的に根ざしたものではないことが明らかとなる。それらが全く関わらないと云うのでは無論ない。しかし、それらは二次的与件ではあっても、決して本質的与件ではなかった。美男の夫伊織によってもたらされた女性としてのるんにおける精神も肉体も蕩《とろ》かすような〈エロス〉の充足があってこそ、その記憶が、彼女をして三十七年の夫婦関係の空隙によく耐えさせたのだと云わねばならないのである。こうして見れば、鷗外は作品「ぢいさんばあさん」において、封建の世において〈奇蹟〉とも見える行為を現出しえた女性のエロスの強力な力を描いたのである。ヒロインるんは、エロスに根ざす夫婦の和合の記憶を支えとして、〈制度〉や〈秩序〉の重圧そして歴史の重圧や時間の腐蝕の一切をみごとに克服しえたのである。その意味で、この一節は、序におけるる〈エロスの神話〉への謎解きの鍵を呈示したものと云えよう。

かくして文化六年、夫の赦免を聞いたるんは、「喜んで安房から江戸へ来て、龍土町の家で、三十七年振に再会したのである。」という作品結末の一文における「喜んで」の一句が作品「ぢいさんばあさん」の字眼であることの意味も、いっそう鮮明になる筈である。（出典にも「かぎりなふ歓」（「黒田奥女中書翰写」）とある。想像を逞しくすれば〈エロスの神話〉としての本作品の主題を鷗外に喚起せしめたものは、出典のこの一句であろう。）

以上が、作品「ぢいさんばあさん」の〈歴史離れ〉性及び主題をめぐる私の些《ささや》かな読解の一部始終である。ここで筆を擱いても良いのだが、最後に作品の出典史料それ自体をめぐる、埋没せしめるには忍びない文献遭遇上の奇遇を紹介して結びとした。

『一話一言』巻二十三所収の『ぢいさんばあさん』出典史料は、先に見たように、大まかに云って「〇黒田奥女中書翰写」と「美濃部伊織伝并妻留武始末書付」の二部から成っている。このうち、前者は「美濃部伊織妻貞節なる事」の副題をもち、さらに行を替えて「黒田公奥勤候幾せより亀屋（「飯田町薬店」と傍註）へ来る書簡写」と題されている。又、文末に「幾せ／かめや久右衛門様御返事」とあって、差出人「幾せ」の名前と受取人「久右衛門《かめや》」の名前を確認できる。（「久右衛門」の名前は先の傍注〈飯田町薬店〉の反対側の行間にも書き込みとして所出している。）「黒田公」とは、筑前福岡の城主、四十七万三千百石黒田家の当主を指す。作品があかしているように、るんは、安永六年（一七七七）から文化五年（一八〇八）まで三十一年間、治《はる》之、治高、斉隆、斉清の四代の藩主の奥方に仕えたのだが、夫伊織に再会したのが文化六年（一八〇九）の春、さらに将軍家斉から賞美されたのが同年暮のことである。そこで、将軍家斉に賞美されたるんについて、飯田町の薬屋亀屋久右衛門が委細を知りたいと思い、知人である黒田家奥女中幾せなる者に問い合わせたところ、幾せが亀屋久右衛門の依頼に応えて、彼女の経歴のあらましを書き送ったのが、先にみた出典史料の最初のものと云うことになる。その冒頭部分にある「扨亦こなたに御勤申上候女中の内にて、公義より御ほうび頂戴いたし候御事、所々にもはなし御ざ候由、御委しく御聞被成度段被仰下承知いたし候」という幾せの言葉は、その間の事情をあかしている。久右衛門は、幾せにとって、時に見舞の品や金なども送ってくれるパトロン格の存在であったろう。

ところで、ここで問題にしたいのは、この「幾せ」という奥女中その人についてである。「幾せ」とは誰であるか。端的に言えば、鷗外史伝『伊澤蘭軒』の主人公伊澤蘭軒の姉、伊澤幾勢子その人である。その父は、宗家伊澤第四代、信階《のぶしな》（幼名門次郎。実は近江国の人、武蔵国埼玉郡越谷の住人、井出権蔵の子）。その母は、宗家伊澤第三代、信栄《なが》の妹、曽能である。『伊澤蘭軒』[13]史料「伊澤文書　一」（東大総合図書館森鷗外文庫蔵）所収、「歴世略伝」伊澤信階の項に〈児〉として蘭軒、安佐子、幾勢子の三人の名があり、幾勢子については「終身黒田家に奉仕す。正宗院湛然禅定尼。八十一才」との付記がある。同じく「伊澤文書　一」所収、鷗外筆「先霊名録」[14]十三日の項に「正宗院妙総禅尼」[15]と所出、「隆升軒（信階をさす——稿者）女芳桜軒（蘭軒の諡名——稿者）之同胞姉也　嘉永四年辛亥十二月十三日終　葬于祥雲寺中霊泉院」とある。嘉永四年（一八五一）に八十一歳とあるので、その生年は明和八年（一七七一）である。『伊澤蘭軒』「その十」「その十三」「その十四」「その五十一」「その七十九」「その百十」「その百八十七」「その二百五十七」「その二百五十九」等に登場しており、「その百九十四」から「その二百五十九」に至る文政一二年（一八二九、蘭軒没年）より嘉永三年（一八五〇）までの叙述の区切り毎に蘭軒親族の一人として当年の齢《よわい》が記されている。

これらの記述中、幾勢子生涯の全貌を彷彿たらしめるものは、「その百十」及び「その二百五十八」「その二百五十九」所出の叙述である。そこで、それらの内容を年表的に摘記すれば、次の如くである。

安永七年（一七七八）　八歳。黒田筑前守治之室幸子《さち》（三十二歳）に仕う。世代《せよ》と称す。

天明六年（一七八六）　幸子の夫治之卒。

天明八年（一七八八）　十八歳。暇を乞い、旗本坪田三代三郎に嫁す。子あり。

寛政二年（一七九〇）　二十歳。黒田家に再勤。祐筆となる。

文政三年（一八二〇）　五十歳。主故黒田治之夫人幸子歿。六十三歳。以後、黒田家に留まり、剃髪して正宗院と号し、幸子の位牌に侍す。京都産《うまれ》の女中二人とともに、長屋を三分して住み、お玉が池の比丘尼長屋と称せらる。(16)

文政十二年（一八二九）　五十九歳。蘭軒歿す。五十三歳。

嘉永三年（一八五〇）　八十歳。十二月十一日から三日間、八十の賀宴を催す。本郷丸山の伊澤邸（当主棒軒）に遷《うつ》る。

嘉永四年（一八五一）　八十一歳。十二月十三日、本郷丸山の伊澤邸に歿す。


鷗外は「その百十」において「伊澤分家の伝ふる所」として、幾勢子と治之夫人、幸子との親密な主従関係及び文政三年（一八二〇）における幸子の死を叙し、「幾勢は主《しゆう》の喪に逢つた時、正に五十歳になつてゐた。榊原氏《うじ》幸子は天明六年より三十五年間寡婦生活をなしてゐたもので、そのうち少くとも三十一年間は幾勢がこれと苦楽を共にしたのである。」と述べている。二十九歳で夫を喪った寡婦たる幸子の、以後三十四年間の余生の裡、三十一年の歳月が幾勢子を中心とする三人の女中を相手に過されたことを明かし、幸子の女性としての不幸、将又《はた》、幾勢子たちの女性としての不幸をも併せ示唆しつつ、同時に過ぎ去りし時代の主従関係の情誼の厚さに想いを致していると考えられる。そこには又、前藩主治之未亡人幸子付きの女中たちに対する黒田家の配慮の深さを賞する気持ちもこめられていよう。

ところでここで興味深いのは、作品「ぢいさんばあさん」のヒロインるんの黒田家に仕えた年月と、幾勢子の黒田家に仕えた年月との交錯の存在である。るんが伊織の祖母（母?）の最期をも、一子平内の死をもみとって、

「一生武家奉公をしようと思ひ立つて」（出典では「祖母平内共病死仕無レ頼奉レ存、且又美濃部家先祖無縁に相成、菩提所赤坂松泉寺へ仏供料等も可レ遺手当無之儀共相歎き、無レ拠」という具合になっているが、鷗外の造型しようとするるんには、ふさわしくなかった。作品「ぢいさんばあさん」における〈歴史離れ〉の方法原理の貫徹をみるべきところである。[17]）黒田家へ目見えに往く。「黒田家ではるんを一目見て、すぐに雇ひ入れた。これが安永六年の春であつた。」と鷗外は叙している。引き続いて鷗外は、

　るんはこれから文化五年七月まで、三十一年間黒田家に勤めてゐて、治之、治高、斉隆、斉清の四代の奥方に仕へ、表使格に進められ、隠居して終身二人扶持を貰ふことになつた。此間るんは給料の中から松泉寺へ金を納めて、美濃部家の墓に香華を絶やさなかつた。

と、出典を踏まえつつ、述べている。「三十一年間」は、出典に「三十二年之内」とあるが、鷗外の方が正しい。そこで、幾勢子とるんの黒田家奉公の年月を対比的にグラフ化すると次頁の表のようになる。

即ち、幾勢子が黒田家に仕えた安永七年（一七七八）から、るんが隠居した文化五年（一八〇八）までの三十年間は、幾勢子とるんは、同輩として黒田家の奥に仕えていたことになるのである。但し、るんは、鷗外が述べているように治之夫人幸子に仕えたのみでなく、以下治高、斉隆、斉清、三代の奥方にも仕えたのであり、生涯、治之未亡人幸子付きの女中として終始した幾勢子とのつきあいは、さほど深いものではなかった——と云うより、殆んどなかったのかも知れない。又、元文四年（一七三九）生れのるんは、明和八年（一七七一）生れの幾勢子より三十二歳も年長である。にもかかわらず、黒田家に初めて奉公したのは、るんが安永六年（一七七七）、幾勢子が安永七年（一七七八）と、ほぼ同時期のことであり、先に見たように安永七年以後、文化五年（一八〇八）までの三十年間は、

幾勢子・るん黒田家勤仕年数対照表

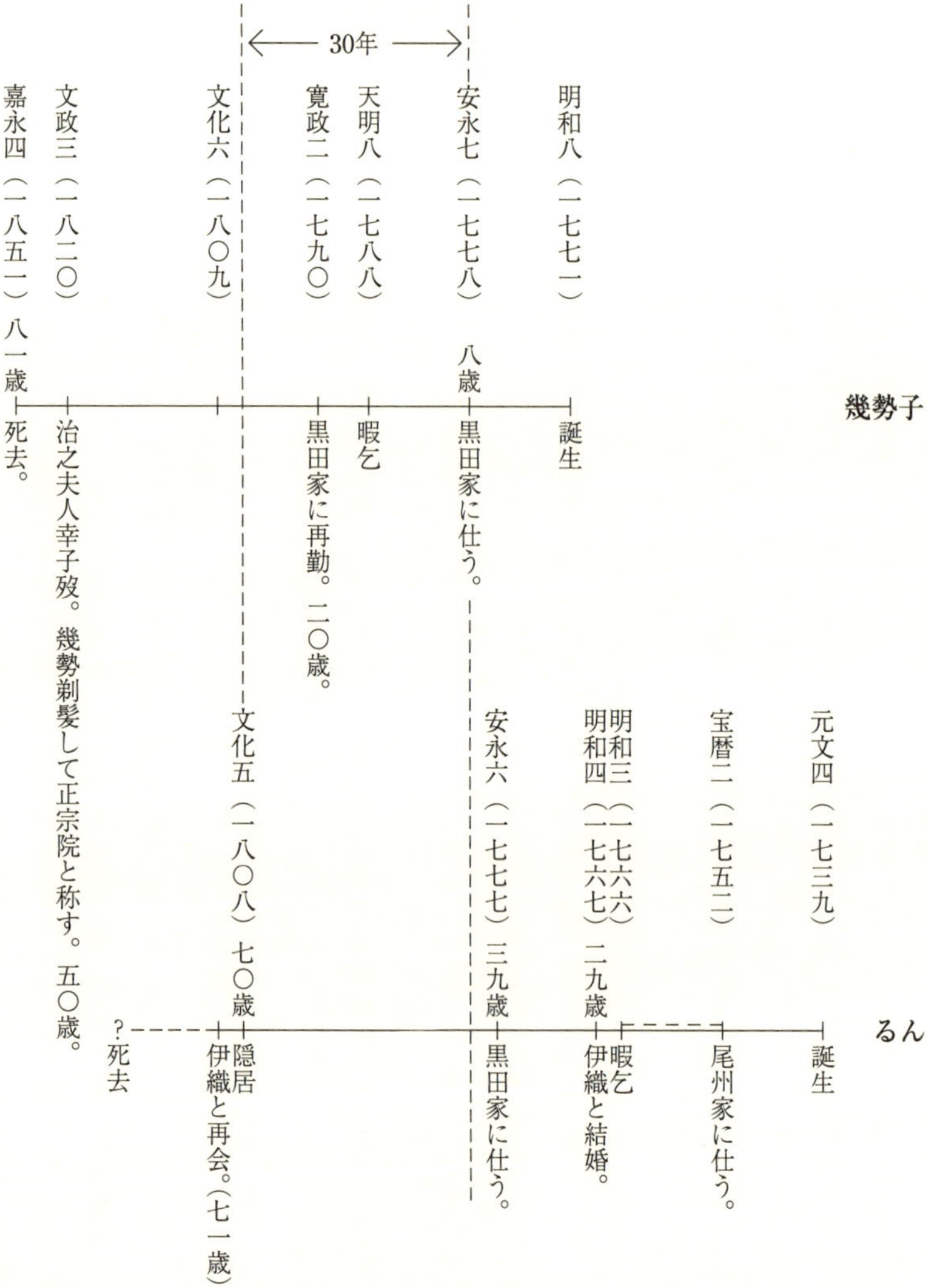
幾勢子
明和八（一七七一）
誕生
安永七（一七七八）
八歳
黒田家に仕う。
天明八（一七八八）
暇乞
寛政二（一七九〇）
黒田家に再勤。二〇歳。
30年
文化六（一八〇九）
文政三（一八二〇）
治之夫人幸子歿。幾勢剃髪して正宗院と称す。五〇歳。
嘉永四（一八五一）
八一歳
死去。
るん
元文四（一七三九）
誕生
宝暦二（一七五二）
尾州家に仕う。
明和三（一七六六）
暇乞
明和四（一七六七）
二九歳
伊織と結婚。
安永六（一七七七）
三九歳
黒田家に仕う。
文化五（一八〇八）
七〇歳
隠居
伊織と再会。（七一歳）
?
死去

るん、幾勢子ともに奥女中仲間として奉公していたことが面白い。

るんが文化五年に七十歳で隠居し、翌年、将軍家斉の賞賜を賜わった時、幾勢子は、三十九歳であった筈である。彼女が治之未七人幸子《さち》の死に会い、剃髪することになる文政三年（一八二〇）は、さらに十一年後の未来に属する。

さて、このように歴史小説『ぢいさんばあさん』の史料『一話一言』所収「黒田家奥女中書翰」の筆者――「黒田公奥勤候幾せ」が、実は史伝『伊澤蘭軒』の主人公蘭軒の姉幾勢子であったという事実に、鷗外は果して気づいていただろうか。「ぢいさんばあさん」の作者としてより、『伊澤蘭軒』の作者としての鷗外の意識が気がかりであるが、どうやら、鷗外は、この事実に気づかず、見過したようである。もし気づいていたならば、かかる文献遭遇上の「絶えて無くして僅かに有る」類の奇遇をめぐり、鷗外が驚きと瞠目の情を『伊澤蘭軒』中に記さないことは、先ず考えられないことだからである。又、『伊澤蘭軒』には幾勢子の朋輩るんについての記述はなく、ましてるんについての幾勢子の筆になる亀屋久右衛門宛書簡についての記述はない。黒田家奥女中であったるん――「ぢいさんばあさん」のヒロインの伝記と伊澤幾勢子の伝記との交錯は、史伝作者鷗外に想起されるべくして遂に想起されずに終ったのである。

むろん、この事実は、史伝『伊澤蘭軒』の文学的価値と何の関わりもないことである。のみならず、歴史小説「ぢいさんばあさん」の文学的達成とも何の関わりもないことである。しかし、にもかかわらず、私かに《ひそ》心娯しい事実ではあるとは云えよう。その娯しさを鷗外に倣って言えば、「私は事柄の奇なるに驚いた。」ということになろう。そして鷗外の歴史小説から史伝に至る文学世界の功徳は、とりも直さず、今日、誰の目にも明らかとなりつつある小説というジャンルの拠って立つ虚構に支えられたリアリティの脆弱さより、事実の秘める奇なるドラマのもつリアリティ――その豊かで奥深い魅力に私たちの眼を開いてくれた点にこそ存在するのである。時間と空間によって定位される座標軸の上で偶然に織り成される人間的かつ文献的な交錯と遭遇のドラマ――そのような鷗外の文学世界の教示する事実のもつ奇なる魅力の延長線上に、美濃部るんの伝記と伊澤幾勢子のそれとの交錯というドラマも亦、確実に位置していたのだと云ってよいのではなかろうか。

（一九九一・六・二。一九九三・一二・一九、補筆）

注

（1）鷗外における歴史其儘から歴史離れへの転換の意味を、戦後、最も尖鋭に截り取ってみせたのは、管見によれば、三好行雄「森鷗外――歴史小説について――」（『解釈と鑑賞』昭34・1）である。氏は、そこで「興津彌五右衛門の遺書」「阿部一族」「佐橋甚五郎」「護持院原の敵討」「大塩平八郎」「堺事件」に関説しつつ、「現代への断念を代償にしてえた歴史の世界において、鷗外のどうしても閉じることのできない醒めた眼は、武士道という牢固な道徳体系の内部にさえ侍たちの自己主張を発見し、ひいては天保時代の険悪な世相のなかで、大塩平八郎という異端の人を見いだすにいたつた。」と論じ、さらに「武士の歴史が宇平や大塩を生む可能性を内包していたかぎり、武士道の讃美の詩をうたおうとする鷗外の意志にかかわらず自然科学者らしい合理的醒覚と、みずからいう「歴史の自然を尊重する念」とは、秩序自体と対決する本質的な反逆の相をそこからひきだすことを避けられない。」とした上で、特に「堺事件」の兵士の「皇国のために死ぬ」という献身の把握の裡に「武士道の純美なモラルがまさに「神話」に転化しようとする一瞬」の捕捉を想望し、「「大塩平八郎」と「堺事件」を二枚のあわせ鏡として、鷗外の歴史小説は危険な断崖にさしかかつていた。」と指摘、そこから「歴史其儘と歴史離れ」の書かれねばならなかったゆえんを抽き出している。歴史其儘から歴史離れへの移行の背後に、鷗外における国家秩序の課題への逢着、即ち氏の云う「「かのやうに」の時点」への問題の回帰を透視している点、同時代の研究水準を遥かに抜く鋭い指摘と云えよう。但し、本稿は「大塩平八郎」「堺事件」における鷗外の達成を、新旧秩序の当為性の解体という鷗外の「合理的醒覚」（三好氏）の自己完結と、それら男性支配的秩序からの脱却という視点から、女性原理への注目という鷗外の歴史離れの作品群のモチーフ、主題を定位しようとするものであることを予めお断りしておく。

（2）　発見とは云い条、既に鷗外は現代小説・歴史小説を通じて数々の「日本の女」を描いてきたことは否定し難い。ここでは、それら数々の女性像への概括的展望を加えることは不可能であるが、それら女性像の作者における一つの総括、集大成として『青年』（『昴』明43・3〜44・8）における様々な女性像の点描があること、ひいては『青年』における観念的理性的かつ男性的なる現実追求の破綻の上に、主人公純一における、女性的言説としての「国の亡くなつたお祖母さんが話して聞せた伝説」への回帰、即ち故郷《ふるさと》としての女性言説の想起が結論づけられていることを指摘するに留める。「国の亡くなつたお祖母《ば》あさんが話して聞せた伝説」が山椒大夫伝説であることは、注する要もあるまい。純一の辿る「現社会」から「伝説」への軌跡を、現代から過去への飛躍とするのが従来の図式であるが、それを男性中心配原理から女性中心原理への転換と受け留めれば、逆に観念（悟性・知性）から現実（生命・感情）への道であるとも云え、歴史小説における鷗外は、『青年』の純一が半ば無自覚、かつ直覚的に行った転換を、歴史其儘から歴史離れへの過程において、男性中心原理としての秩序の当為性の解体、女性中心原理としてのエロスの言説への逢着という形で、いっそう意識的に遂行していると見たいのである。その徴標が〈日本の女〉への注目に他ならない。

　時代は明治だが、同義の「女といふ自然」という語が『青年』十六章の画学生瀬戸によって提起され、純一に少なからぬ衝撃を与えている。この語は、純一の借家の家主植木屋植長の娵《よめ》安に向けられたものだが、瀬戸の指摘を承けた純一の次のような内省は、その儘『青年』の秘められた構図、ひいては歴史離れの歴史小説群の根底に横たわる女性言説、〈日本の女〉の救抜による、男性言説の自己解体と脱構築へのモチーフを明るみに引き出す不可欠の手懸りと云えよう。

　思つて見れば、抽象的な議論程容易なものは無い。瀬戸でさへあんな議論をするが、明治時代の民間の女と明治時代の芸者とを、簡単な、而かも典型的な表情や姿勢で、現はしてゐる画は少いやうだ。明治時代はまだ一人のConstantin《コンスタンタン》 Guys《ギス》を生まないのである。自分も因襲の束縛を受けない目丈をでも持ちたいものだ。
　今のやうな事では、芸術家として世に立つ資格がないと、純一は反省した。

（3）『澀江抽齊』「その五十八」に、抽齊著『衞語』に関説しつつ、「抽齊は終に儒、道、釈の三教の帰一に到着した。若し此人が旧新約書を読んだなら、或は其中にも契合点を見出だして、彼の安井息軒の弁妄などと全く趣を殊《こと》にした書を著したかも知れない。」という鷗外の論賛があり、鷗外の息軒評価が必しも高くなかったことが知られる。

にも拘わらず「安井夫人」において猿と渾名される仲平についての叙述は概ね好意的である。『澀江抽齊』をめぐる石川淳の評語を藉りれば、〈佐代への「親愛」が氾濫したけしきで、鷗外は佐代の周囲をことごとく、愛撫して極まらなかった〉と云うべきであろう。「ヰタ・セクスアリス」の金井湛や『雁』の「僕」の語りに示されるように、鷗外は〈恋愛〉の根源に男女の美醜の問題を置いた人である。美男でない金井にとって恋愛は永遠に充たされぬ「美しい夢」でしかなく、『雁』の僕も美男の岡田と異なって、「お玉の情人になる要約の備はつてゐぬことは論を須たぬ」恋愛の傍観者である。そのような美醜を恋愛の根源にすえる鷗外のリアリズムが、半面において「美しい夢」の領域を温存していたことこそが、注目するに価するのである。そのような夢は、「安井夫人」において佐代の精神――「遠い、遠い」「未来」に仮託した「尋常でない望」を救抜する傍ら、やがて女性の肉体、その深部に潜む生命性としてのエロスの把握として結実することになる。

（4）拙論「鷗外と官僚の問題」（『彷書月刊』一九八九・六）参照。本書所収。

（5）例えば稲垣達郎「『ぢいさんばあさん』――その『歴史離れ』について――」（『日本文学』一九六〇・八）は、出典史料（大田南畝『一話一言』巻二十三「黒田奥女中書翰写」「美濃部伊織伝井妻留武始末書付」）との対比を通じて作品の問題点に迫り、伊織配流後「るん伊織先祖年忌等迄念頃に弔ひ次第に困窮、衣服等売しろなし、はては自身に不及無是非松平筑前守へ奉公」、「菩提所赤坂松泉寺へ仏供料等も可レ遣手当無之儀共相歎き、無レ拠」（傍点・稲垣氏）とあるるん再勤の事情を作品では「るんは一生武家奉公をしようと思ひ立つて」と簡潔化した点に、「人間追求《ママ》上の、ひとつの回避ないしは怠惰」を見出し、「歴史の創造のための歴史離れとは反対に、歴史をことさらに抹削することにおいて歴史離れをおこなつている（略）」と批判している。今日から見れば、氏の批判は部分に執することで作品と史料との大枠における対応性を失念させる結果を招いたと云う率直な印象を禁じえないが、以後の研究が稲垣説への何らかの態度表明を迫られ、稲垣説の提起した枠組の中で、作品研究を深めてきたことは疑えない。たとえば、佐々木充「「ぢいさんばあさん」論」（「千葉大学教育学部研究紀要」35、昭62・2）は、その序説部分でこの間の事情を次のように説明している。

稲垣氏のこのような方法意識は、山崎一穎氏の「ぢいさんばあさん」（「国文学」学燈社、昭44・6）、清田文武氏の「『ぢいさんばあさん』論ノート――歴史離れ二、三について――」（「秋田語文」一号、昭46・12）などを経て、松浦武氏「森鷗外『ぢいさんばあさん』論と私註」（「名古屋市立保育短期大学研究紀要」十九号、昭55・6)、浦部重雄氏「『ぢいさんばあさん』の歴史離れ(一)、(二)」(『解釈』昭55・10ならびに11)において徹底され、素材との厳密な比較・対比が行われて、「ぢいさんばあさん」研究の画期を迎えた。

ことにも松浦氏の資料分析は細部にわたって入念で、作品と資料との相違を、(略)徴証を明確にして鷗外の錯誤は錯誤とし、鷗外流の美学による創作はそれとして、冷静に判断を下していて、まことに説得力が強い。(略)

つまり、稲垣氏以来の「ぢいさんばあさん」研究は、「ぢいさんばあさん」と出典史料との対比に留まらず、出典史料へのいっそうの吟味を通じての史実と作品「ぢいさんばあさん」との歴史離れを闡明化するに至っているのであり、そのような作品の歴史離れ性の闡明化への営みは、るん再奉公の段に示されるような「鷗外流の美学」(松浦氏)の炙り出しへの試みと共に、殆ど戦後の研究の一頂点に達した、と一先ず要約しうる筈である。先に「以後の研究が(略)稲垣説の提起した枠組の中で、作品研究を深めてきたことは疑えない」と記した所以だが、しかし私たちはこの辺りでそろそろ「ぢいさんばあさん」に対する歴史其儘の理論やリアリズム理論に立った作品批判の色眼鏡を外しても良い頃ではないか。既に鷗外は〈歴史其儘〉論者ではないのである。端的に〈歴史離れ〉の方法、意図に則った作品「ぢいさんばあさん」を〈歴史離れ〉だと云って批判されては、作者としても立つ瀬があるまい。抑も、作品の主題は、稲垣氏以下各氏が論じられているように、「「抑制」ということと深く関係しあうところの献身の精神と知足のよろこびを形象化する」(稲垣氏)ところにあったと見るのみでは不十分で、後述のように、作品主題の実態は、さらに深くそのような抑制、献身、知足を齎らしめた根源的要因としてのるん・伊織における〈エロス〉の契合そのもののめでたさを謳いあげるところにあったと眺められるのである。この地点から俯瞰すると、従来の全ての「ぢいさんばあさん」論に用いられてきた主題把握の用語は、作品の実質以上に固いのである。そのような、固いタームによっては作品「ぢいさんばあさん」に横溢するエロティックなムードの瑞々しさは、到底正確には把握しえないのである。やや言が過激に亘ったが、たとえば「親和感」「親愛感」(稲垣氏)などのソフトな語の掘り下げがもっとなされねばなるまい。

(6) 吉野俊彦『権威への反抗　森鷗外』(PHP、昭54・8)。

(7) 作品第一章のみに限定すれば、山崎一穎注(5)所出論が説くように「近所の人々の好奇な目と鷗外の補足説明の目とが交互に、あるいは二重になりながら、あくまでじいさんばあさんという形で(名前さえ伏せられている)、その風貌と生活とが紹介されて行く（略)」、「人々の目と、鷗外の目とを交錯させながら、伏線と推測をめぐらして行く」ところに「鷗外の歴史小説作法の一つ」かつ「魅力」としての「推理小説擬の手法」を読みとることも可能である。

(8) 清田文武注（5）所出論は、岡村和江「近代作家文体の展望」(『講座現代語　五』明治書院、昭39）に所出する「回顧法」の語を適用している。

(9) 翁媼二人に向けられた「近所のもの」のまなざしの役割については、稲垣達郎「鑑賞」(『近代文学鑑賞講座森鷗外』〈角川書店、昭35・1〉「ぢいさんばあさん」の項)、注（5）注（7）所出山崎論が作品のコンテクストに即して分析しているが、注（5）所出佐々木論は、松浦・浦部論の成果を踏まえ、独自に宮重久右衛門の屋敷位置の定位を行った上で、「『寛政重修諸家譜』や『武鑑』によれば、宮重家の家禄は扶持米二百俵で、これは、知行取りに直せば二百石取りに相当する。二百石取りの拝領屋敷は六百坪ぐらいで、片番所付きの長屋門の構えだというから（松平太郎『江戸時代の研究』)、別宅を建てるに十分な面積であるとともに、やはり、いかなる「近所のもの」も、ふらりと入ってくるわけにはいかぬ構造になっているだろうと思う。また、一帯は、大名・旗本屋敷である。」と「近所のもの」(のまなざし）の存在自体に疑義を呈している。

(10) 注（7）参照。

(11) 注（9）参照。

(12) 注（5）参照。

(13) 安佐子は幾勢子の妹。『伊澤蘭軒』「その五十一」参照。

(14) 鷗外による忌日覚え書。

(15) 『伊澤蘭軒』「その二百五十九」に、黒田家の家史編纂に従っている中島利一郎からの報せとして、墓石正面の刻文が「正宗院湛然妙総禅定尼」であるとしている。

(16) お玉が池は、現千代田区岩本町三丁目、神田岩本町一丁目の一部。

(17) 注（5）参照。

「最後の一句」論——その〈最後の一句〉をめぐり

作品「最後の一句」（『中央公論』大4・10）の出典が、大田南畝の随筆集『一話一言』巻十所収「元文三午年大坂堀江橋近辺かつらや太郎兵衛事」であることは、すでに大方の認めるところとなっている、と言ってよい。もっとも南畝の伝えるこの事件は、根岸肥前守鎮衛の『耳嚢』、松崎堯臣（自圭）の『窓の須佐美追加』にも記されているが、その内容は『一話一言』所収のものより遥かに粗く、到底作品「最後の一句」の出典となりえない。作品「最後の一句」の構成や叙述は、むろん『一話一言』所収の前記記事より精密であるけれども、それは、『一話一言』の記事を骨格とし、これに肉づけすることにおいてはじめて、可能となった精密さである。そこで、すでに周知の内容であるが、論の手続きとして、以下「元文三午年大坂堀江橋近辺かつらや太郎兵衛事」を引用し、その構成と展開を考察してみたい。（以下、引用文中、内容段落の区切りを』で示し、番号及び符号を傍に示す。）

〇元文三午年大坂堀江橋近辺かつらや太郎兵衛事
①㋑元文三午年大坂堀江橋近辺にかつらや太郎兵衛といふ者あり大船をもつて船長水主を養ひて北国通路させて是を渡世とす船に乗行ものを沖船頭と云り家に居て懸引するものを居船頭と云太郎兵衛ハ此居船頭なり沖船頭ハ新七といふものなり』①㋺然るに去ル辰の年にや新七に申付出羽国秋田へゆく人の方より米を多く積て運賃をとり大坂へ登るとき海上にて風荒くして船も損じけれども漸に助命して大坂へ帰るに新七ハ今幸ひに米も多くいま

だ残れり有躰にせバ米主へつくのひ可申所詮残らず破船の分にせんと残米を潜に売はらひ金子にして船をバ水船にして大坂へ帰り太郎兵衛にひそかに申やう此度海上にて難風の次第津々浦々迄も存じたる事なれバかやうに計らひたりとて右の金子を出し渡しけれバ太郎兵衛是ハ邪なる事とハ思ひながら当然の金子に心ひかれて必々人にもらす事なかれと深くかくし扨人を遣し彼水船をも売払ひ其浦の法にまかせて事済けり』然るに前の①(ハ)米主後に怪しと思ふ事有て津々浦々を尋ねとひ此旨を聞出しけれバ則大坂の奉行所へ訴へ出たりさらバ太郎兵衛が船頭新七を召ける所に此もの此事を聞よりも行方なく迯失ける依之船主太郎兵衛を召れ新七尋の内牢舎に被仰付妻子をバ町内へ預られ斯て新七を尋れども去午の年迄三年見へず今ハ新七代りとして太郎兵衛罪科極りて午霜月廿三日高札に罪の趣き書き記して木津川口に三日さらし同廿五日きらるべきにぞ極りける』②然る処太郎兵衛が娘いち十六歳次ハまつ十四歳其次長太郎十二歳その次とく八歳其次初五郎六歳如此子供五人ありいづれも父牢舎の時より久しく預けられ世間の事知らず暮しけるに父の噂聞まほしくおもふ折からさる者ありて来る幾日切らるべき也といふ沙汰を聞ゆへ能々尋聞バ父の事なりと廿三日に聞出したり姉いちハ殊さら食をもくはづ終夜ね入りもせずため息して独言をいふに母と三人の子供ハよくねいりたり妹のまさ。是をきゝ姉さま私もいねられず悲しさといふ姉さあらバもの云んとて耳元へより父の罪を犯し給ふも我々を養はんため也然らバ今度父の命に代らん事を御奉行所へ願ひ奉らん長太郎ハ養子なり男なれバとめ置父母の養ひをさせん初五郎ハ未だ幼けなけれバ残しても詮なし我等に随ハしめんと頓て起出て灯によりて書けるハ親の代りに子ども五人と申ながら長太郎ハ義理ある事に候残り四人を親の代りに命御取被下候ハバ難有可奉存候と認入て』③御奉行所に出んとするに御奉行所ハいづ方とも知らねバ長太郎を起して案内させけるその夜寒気つよくありしかども事ともせず行しが程なく夜ハ明けたり長太郎もかくと聞て我をも願ひに入れ給へといふに姉両人きゝいれずやう〳〵御奉行所へ行至りぬ其時御城代太田備中守殿両町奉行ハ稲垣淡路守殿佐々美濃守殿御勤番なり月番美濃守殿たり御番衆中此者共の願ひを聞し召最早罪科極りたり明日きらるべき者に何の願ひ叶ハぬ事ぞ早々罷立帰れとあらゝかにいへどもたゞ泣志づみて帰らず此段美濃守殿聞れけれども詮かたなく不便のものゝ願ひ哉物をとらせすかせて帰せよとありけれバ銭など賜りて帰れとあれバ親の命をこそハ乞奉り候銭など何にかハせんと推かへして人々引立れども足たゝずやう〳〵と送り出したまひけり折しも備中守殿も外の公事にて此館へ渡り給ふ美濃守殿のたまふやう今日かゝる哀れなる願ひこそ候とありしまゝ物語りしたまひけれバ委しく聞し召扨々不便の事や併実か偽りかの処を糾し見ばやと存じ候まゝ明日罷出候様申て召出して尋問ん也と』④廿四日備中守殿も美濃守殿館へ入り給ひけれバ則町の年寄五人の者召つれ召出べしと被仰付故皆々召連れ出候処白洲にハせめとハるべき道具をかざりさらばきらんづ有さまにて其前にかしこまらせ被仰出にハ汝等が願ひ無益の事也身代りに立んといふも今一度父に逢ん為なるべし願ひの如くになりても先汝等を殺して後に父を免ずべきなれバ逢ひ見ん事あるべからずさもあれバ父殺されてあひ見ぬ事もかハる事なしとのたまへバ姉畏りて申やう其事もとく存じ奉り候父の命さへ御免し被下候ハゞ逢見ぬ事もいさゝか恨み奉らじと申上るさあらバかゝる苦しみかゝる責ありと数々いひ聞かするにたとへいかやうの苦しみなりとも受候べしと少しも滞りなく申上る処また此願ひに母を除きたるハいかにとあれバ我々命失ハんと思ひ立つ子供にいかにも死ねと申す母や候べきそれ故知らせ不申参り候といふ偖又長太郎ハいかにとあれバ乍恐私独りの願書有之候とて差出しぬ親子のたね違ひ候へ共其恩をうけたるハ同じ事にて其上母の身代りならバ女子なるべし父の身代りにて候へバこの長太郎が命を召とらるべき事に候と進み出たりとくハいかにとあれバ色をかへたり初五郎ハかしらをふりぬ是また哀れ也又こそ召出されめとて其日ハ帰されたり』⑤明れば廿五日父が切らるべき其前夜町年寄へ下知ありて明日五人のものを召連出べしと被仰付たり則廿五日五人のものを召連出候処に被仰渡けるハ此程彼等が願ひ不便なれバ江戸表へ伺ひ申の間父が命さし延られ牢舎へめしかへさるゝ子共ともまづ〳〵難有そんじ奉るべきむねなれバ何れも先難

有存じ宿へ帰りぬ』⑥かくて元文四年三月二日また候五人ながら召出され仰渡されけるハ太郎兵衛事死罪つみふかしといへども今年大嘗会行ハれたる赦として命を御助け大坂北南組天満の三口の地を御かまひ汝等が願ひにて召赦さるゝにてハなけれども願ひの志不便に思召あげられ御評議もあれバこそ去年より只今迄の程も過ぬ子共にハかまひなし近辺のもの憐み片付くべき道もあらバ何方へも身を寄さすべし先四年が間父を見ざる也此後めぐり逢ん時もあるべし暇乞をすべしとて引あハするに父ハ子をいだき子ハ父をさゝぐる様ハして嬉し泣きになくばかり也其座にあり合たる人上より下に至る迄いづれもなみだを流さぬ者もなかりき見聞の人各袖をぞしぼりける道ある御代の御恵み申すも中々おろかなり

⑦右之趣其町の役人金屋何某の書記したるを乞求めて元文四未年三月廿三日に写し畢ぬ

（以上の引用は、集成館版『一話一言』巻十〈明一六〜一七〉に拠る）

さて以上の典拠本文に付した符号及び段落分けに基づき、典拠の構成を整理すると次のようになる。

①かつらや太郎兵衛、罪科の次第。
㋑かつらや太郎兵衛・新七の紹介。
㋺新七・太郎兵衛の罪科の内容。
㋩新七逃亡、太郎兵衛の罪科決定、処刑の高札（元文三年一一月二三日）。
②太郎兵衛長女いち、助命の歎願書を認める。
③太郎兵衛の子どもたち奉行所に訴え出る。奉行佐々美濃守、城代太田備中守の対応。
④奉行所の吟味と、子どもたちの対応（一一月二四日）。

⑤奉行所、「江戸表へ伺ひ申の間父が命さし延られ」ることを申し渡す（一一月二五日）。
⑥奉行所、大嘗会執行の特赦として、太郎兵衛の死罪を追放刑に減ずる旨、申し渡す（元文四年三月二日）。親子の対面、諸人の感動。奉行所の処置に対する讃美。
⑦以上の記事書写の由来。

右のうち、とりわけ項目⑥において「奉行所の処置に対する讃美」としたのは、出典末尾に「道ある御代の御恵み申すも中々おろかなり」とある叙述を踏まえたわけであるが、まさにこの部分に出典の記述者の事件に対する基本的視座があると言え、それは鷗外作品の主題と対立する。むろん、対立点は、それのみではないが、とりあえず、そこに作品「最後の一句」の〈歴史離れ〉性の一端を見出すことは可能であろう。

次に作品の構成を、各段の内容を要約しつつまとめると、次の如くである。

①元文三年十一月二十三日、桂屋太郎兵衛処刑の高札。当日の桂屋の様子。平野町のおばあ様。桂屋の子どもたち。太郎兵衛の女房の虚脱状態。ものかげで父処刑の噂を聞くいち。
②桂屋の厄難の次第。新七逃亡、太郎兵衛の死罪決定。
③当日の夜、いち、父の助命歎願の願書を書き、まつ、長太郎とともに西町奉行所に赴き、与力に願書を提出。（この間、夜警の爺さんの親切、奉行所門番の門前払いの態度、いちの機略による歎願書の提出成功などの布置あり。）
④西町奉行佐々、いちの願書を読み、条理の整いすぎていることに疑念をもつ。城代太田への相談。とりあえず、子供らを帰す。

⑤十一月二十四日午後、いちらの取調べ。長太郎、願書提出。まつ、長太郎、とく、初五郎への尋問と、それへの反応。佐々の問い糾しに対する、いちの〈最後の一句〉。奉行らの驚愕と憎悪。いちの「献身の中に潜む反抗の鋒」が「書院にゐた役人一同の胸」を刺したこと。

⑥城代、奉行のいちへの同情の薄さ。「当時の行政司法の、元始的な機関」の「自然な活動」による、いちの願意の貫徹。

右のように構成面における出典と作品とのあり方を整理し、対比して、第一に気づくことは、作品が出典の枠組を忠実に踏まえた上で、それをさらに整理し、固有の構成意識に則って、いわばメリハリを利かせている、ということである。たとえば、その顕著な例の一つとして、作品冒頭の時間的処理の問題があげられよう。出典における、やや曖昧な時間感覚を、鷗外は尖鋭なまでに意識化することによって、作品の時間的構成、ひいては作品構成そのものを、きわめてドラマチックに引き緊めているのである。具体的に言えば、出典は冒頭に「元文三午年」と時間設定しているのだが、以下桂屋太郎兵衛・新七の紹介（①㋑）、両人の罪の内容（同㋺）、新七逃亡、太郎兵衛処刑の決定そして高札掲示（同㋩）、という具合に、過去三年にわたる事態の推移を踏まえて、改めて「午霜月廿三日高札に罪の趣き書き記して、（略）同廿五日きらるべきに極りける」と冒頭の「元文三午年」に戻るという、きわめて迂遠な叙述法を採っているのだが、それは出典における、叙述上のややルーズな時間感覚を物語っている、と言わざるをえない。逆に、それを鋭敏に意識化し、明析に整理したところに作品「最後の一句」冒頭の「元文三年十一月二十三日の事である。大阪で、船乗業桂屋太郎兵衛と云ふものを、木津川口で三日間曝した上、斬罪に処すると、高札に書いて立てられた。」（傍点、稿者）という効果的な書き出しの文章が生れた訳である。

いわば、典拠の説明的叙述を、鷗外は、明快な小説的叙述にくみかえた、と言えよう。その場合、鷗外における小説的叙述へのくみかえの中心課題は、作品冒頭部分の〈現在〉を何時に設定し、又どこから始めるか、という問題であったろう。そこに選ばれたのが、「元文三年十一月二十三日」という高札の立てられた時間であったのである。どこの課題と相俟った、この時間の選定こそは、桂屋にふりかかった「厄難」としての、過去の時間をみわたすとともに、桂屋の家族のおかれている〈現在〉の状況を鋭く照し出し、ひいてはそこから進み始める未来の時間——作品の真のドラマの出発点として、最も恰好の時点であった、と言えよう。

高札の立てられた「元文三年十一月二十三日」という時点の、作品構成上のかかる重要な意味を意識化しえたのは、むろん小説家としての鷗外の手柄であるが、同時にそのような時間的設定への未分化な芽が、出典のうちにまったく胚まれていなかった、と断ずるのは、公平を失することは言うまでもない。

いずれにせよ、小説家としての鷗外の鋭敏な、時間的かつ空間的感覚は、「元文三年十一月二十三日」の太郎兵衛処刑の高札をめぐる「市中到る処太郎兵衛の噂ばかりしてゐる」という大坂市内の喧騒状態を的確に布置し、読者の興味を集中せしめた上で、当の桂屋内部における外界と杜絶した静謐な状況をクローズアップすることによって、以後の作品展開への周到な布石を敷くことになる。そこで以下、作品の段落展開、すなわち各章に即しつつ、分析を進めてみたい。

＊

作品第一章において鷗外独自の設定は、出典にない太郎兵衛の女房の母、「平野町のおばあ様」の存在であることは言うまでもない。この「平野町のおばあ様」設定の目的は、主人不在の間の桂屋の家族の生活の可能であった理由を読者に明かすことと、外界から孤立した桂屋の家族と、世間とをつなぐパイプ役を設けることにあった、と言ってよいだろう。従って出典では、太郎兵衛処刑の噂は、「さる者ありて来る幾日切らるべき也といふ沙汰を聞ゆへ能々尋聞バ父の事なりと廿三日に聞出したり」というように、子供たちが聞き出したことになっているが、作品では「平野町のおばあ様」が、その情報を齎したことになっている。

同時に私たちは「おばあ様を慕つて、おばあ様にあまえ、おばあ様にねだる孫が、桂屋に五人ゐる。」という具合に、桂屋の家族構成が自然に紹介されることになっているところに、作者の手腕を見ることもできる。だが、それのみではない。作品第一章は、以下「平野町のおばあ様」を契機として、この三年間にわたる桂屋の育ちざかりの、あくまでも元気な五人の子供たちの姿と、愚痴と嘆きの繰返しで「器械的」に生きているばかりの「暗愚」(長谷川泉氏)な女房の姿とを対比的に描き出すのだが、それはむろん、作品第三章以下の理知的にして行動的な長女いちの姿を、強烈に押し出すための布石であることは、見易い道理であろう。そして、来るべきいちの活躍への布石は又、この章末尾のおばあ様のもたらす太郎兵衛処刑の高札の情報を「(略)長女のいちは、襖の蔭に立つて、(略)聞いてゐた。」といういちの行動の独自の設定のうちにも明らかに窺うことができよう。

以上のような主要な相違点の外にも、第一章のうちには、幾つかの問題点がある。その一つは、出典で「長太郎は養子なり」といちが言い(②)、「親子のたね違ひ候へ共其恩をうけたるハ同じ事にて」云々と当の長太郎が言う(④)ところの養子としての長太郎の身の上を、作品では「太郎兵衛が娘をよめに出す覚悟で、平野町の女房の里方から、赤子のうちに貰ひ受けた」と説明したことである。これは、設定の精密化の意図を示すものと言えようが、傍点部は、後に太郎兵衛助命のため独自の身代り歎願書を提出するに至る長太郎の心情の自然さを強く補強する効果をもつことも無視しえない。第二に、出典では太郎兵衛が「新七尋の内牢舎に被仰付妻子をバ町内へ預られ」(①)と桂屋の家族の町内預りの事が記されているが、作品では、この事実が消去され、「(略)太郎兵衛の家族は、南組堀江橋際の家で、もう丸二年程、(略)暮してゐるのである。」と、自宅で暮していることに設定されていることである。

この事実は、すでに筑摩書房版森鷗外全集第三巻の語注で尾形仂氏の指摘するところだが、しかし、これは単に鷗外の杜撰ではなく、そこには、より深い製作意図も秘められているようだ。すなわち、ことは先の子供たちの状況に関わって、「そして『遠い遠い所へ往つて帰らぬ』と言ひ聞かされた父の代りに、このおばあ様の来るのを歓迎してゐる。」という叙述の、傍点部分に関わる。この部分を踏まえる限り、桂屋の子供たちは、父不在の真の理由を知らない。従って、子沢山の他の家庭における子供らと何の異なるところもなく、彼らは「元気」「盛ん」に「小さい争闘と小さい和睦との刻々に交代する、賑やかな生活を続け」ることが可能であったと言えるわけである。長女いちを含めて、桂屋の子どもたちは、他のどこの家の子どもたちとも違わぬ子供らしい子供、ごく尋常の子供であったのである。むろん、十六歳のいちは、もう子供とは言えない年頃であるはずだが、作者は、十六歳のいちと他の子供たちとを、ことさらに分けへだてようとは、この段階ではしていないのであり、そこに却って作者独自の意図が明瞭に窺えるはずなのだ。

　このように見てくると、父が「遠い遠い所へ往つて帰らぬ」と言い聞かされていた間、ごく普通の子供らしい子供であった桂屋の子供たち、とりわけ長女いちが、父不在の真相を知った瞬間から突然変貌する――、このいちの予期せざる突如の変貌のうちに作者のかなり重いモチーフが賭けられているはずである。ここに至って、桂屋の家族が、作品においては、出典と異って町内預りとはならなかった理由も明らかとなるだろう。町内預りとなっては、父不在の真相が子供たちにも当初から明らかとなって了い、以後彼らが子供らしい子供としての、ごく尋常の生活を送ることが不可能となって了うからである。そして、作品「最後の一句」の主人公いちは、父不在の真相、いっそう端的に父処刑の報道を耳にした時、それまでの子供らしい子供から、幻怪不可思議な精神の作用を閲して、あく迄も落ちつき払った氷のやうに冷やかで無気味な存在へと、突如として変貌を遂げる。そして、そのようないちの変貌の突発性によってこそ、逆に、作品末尾（第五章）の作者解説中にある「献身の中に潜む反抗の鋒」の遍在性と普遍性、作品の叙述をかりれば、「人間の精神に、老若男女の別なく、罪人太郎兵衛の娘に現れたやうな作用があること」即ち人間精神の自由の発現とも言うべき、幻怪な精神の秘儀それ自体の発現可能性が強く保障せしめられる——そのような作品の主題や構造に深く根ざすものとして、あの出典と作品との「町内預り」をめぐる落差があった、ということなのではないか。(因みに出典においては、すでに早くから父の罪人であることを知った子供たちが、父の処刑の告知を知り、文字通り哀れな孝心からの歎願へと動くことになっている。むろん、そのような行動の発起者が、いちであることは作品と変らない。)

こうして作者は、自らの把持する明瞭なテーマあるいはモチーフに従って、作品のプロットを展開するに至る決定的布石を第一章に敷いた。第二章において桂屋太郎兵衛の冒した罪の内容を読者に明かした作者は、第三章から作品固有のテーマをいっそう具体的に構築し始める。そしてそれは、長女いちの人物の独自な造型のうちに最も端的に現われるのである。第三章は、助命歎願書の執筆から奉行所への願書提出までを描くが、この時、その主役を担うのがいちであることは、出典作品ともに共通である。にもかかわらず、出典と作品における、いちのイメージの落差にはすでに決定的と言ってよいものがある。

出典のいちは二十三日の夜、「(略) 殊さら食をもくはづ終夜ね入りもせずため息して独言をいふ」のを妹のまつが聞き、「姉さま私もいねられず悲しさ」と言う次第であり、そこから「姉さあらバもの云んとて耳元へより父の罪を犯し給ふも我々を養はんため也然らバ今度父の命に代らん事を御奉行所へ願ひ奉らん」という企てに至るわけで、まさに「哀な孝行娘」のイメージなのだが、作者が作品において払拭したのは、とりも直さず、そのような「哀な」イメージであり、それに代って象嵌したのは、次のようないちのあくまでも不敵なイメージであった。

暫く立つて、いちが何やら布団の中で独言を言つた。「ああ、さうしよう。きつと出来るわ」と、云つたやうである。

まつがそれを聞き付けた。そして「姉えさん、まだ寐ないの」と云つた。

「大きい声をおしでない。わたし好い事を考へたから。」いちは先づかう云つて妹を制して置いて、それから小声でかう云ふ事をささやいた。お父つさんはあさつて殺されるのである。自分はそれを殺させぬやうにすることが出来ると思ふ。どうするかと云ふと、願書と云ふものを書いてお奉行様に出すのである。しかし只殺さないで置いて下さいと云つたつて、それでは聴かれない。お父つさんを助けて、其代りにわたくし共子供を殺して下さいと云つて頼むのである。（略）いちは妹にそれだけの事を話した。（傍点稿者、以下同じ）

いちの発言内容の後半部は省いたが、分析上の不都合はあるまい。右の叙述の中で、私たちがとりわけ注目しなければならないのは、傍点部分に示されているように、いちの企てが、ここではもはや、歎願ではないと云うことである。いちの心意に即して言えば、それは、幕府中枢の支配機構（大坂町奉行所）を相手に回し、その支配のメカニズムを逆手にとって、自己の意思通りに動かそうという冷徹な計算に基づいての謀りごとなのだ。そのような見透しに基づいて「しかし只殺さないで置いて下さいと云つたつて、それでは聴かれない。お父つさんを助けて、其代りにわたくし共子供を殺して下さいと云つて頼むのである。」という身代りの歎願が発想されるのである。すなわち、ここにあるのは、無気味なまでに〈秩序〉の本質を見抜いている、冴えわたった理知とも言うべきものである。この底気味悪さ、無気味さこそが、いちの身上であって、作者のいち造型上の力点がそこにあることは動かしがたい。私は、ここに鷗外の造型した〈民衆〉像の一つの可能性、あるいは到達点を見出しうると思う。

『一話一言』の〈哀な孝行娘〉としてのいちと、「最後の一句」の底気味悪く、無気味かつ非情な迄に理知的ないちとの落差は、言うまでもなく〈秩序〉への隷属を前提として、その慈悲を乞う民衆像と、〈秩序〉への一体化を拒み、そのメカニズムを透視し、それを逆手に取ることで〈秩序〉を自己の目的とする方向に動かそうとする民衆像との落差である。したがって鷗外が作品「最後の一句」のいちの形象を通じて造型しようとしたものは子の親を思う人間自然の性情に発しつつ、究極的には「上を偽る横着物」としての立場にまで進み出た一人の民衆の像であったと云ってよいだろう。

ともあれ、そのようないちであってみれば、彼女が作品「最後の一句」において、以後一貫して、奉行や城代、下っては門番に迄至る〈秩序〉の視線からは、どこからみても小憎らしく、「物でも憑いてゐるのではないか」と妄想せしめられるような人間として造型されなければならなかったのは、まことに必然のなりゆきと言わねばなるまい。それと同時に、〈秩序〉の側も又、その〈慈悲〉の仮面をかなぐりすてた、酷薄非情な素顔を白日のもとにさらけ出すことになるのも、これ又、必然の事態であった、と言えよう。そのような両者の厳しい対峙、緊張関係は、いちら姉弟を迎えた奉行所の門番といちとのやりとり、与力に願書を渡すまでの坐り込み作戦や奉行所内部への進入作戦、そして何よりも「(略) わたくし共はお願を聞いて戴くまでは、どうしても帰らない積りでございます。」という決然たる言葉に示されるところの、「上を恐れ」ぬ「しぶとい」いちの意思と行動とのうちに早くも否定しがたく定着されているのである。

にもかかわらず、いちのそのような行為が、あくまでも自らの行為と官僚機構のメカニズム、その動き方との相関関係への明敏な洞察に由来するものであることを、私たちは見逃すことは許されまい。いちにとって、奉行所への歎願が、まず門番により一蹴されるであろうことは、その行動計画の中に既に予定せしめられていた、という感が強い。朝の開門を待って奉行所内に平然と進み入り門番との対立を惹き起すいちは、実はそのことによって「玄関脇」の「詰衆」(与力)のレベルにまで自己の願書を伝達することに成功するのである。

子供達は引き返して、門番の詰所へ来た。それと同時に玄関脇から、「なんだ、なんだ」と云つて、二三人の詰衆が出て来て、子供達を取り巻いた。いちは殆どかうなるのを待ち構へてゐたやうに、そこに蹲つて、懐中から書付を出して、真先にゐる与力の前に差し付けた。

こうして、一旦官僚機構のメカニズムにのったいちの願書は、半ば自動的に奉行（佐佐）の手元に伝達され、作品後出の佐佐の言葉に所出する「目安箱をもお設になつてをる御趣意」からも、客観的に独立した一箇の存在として自らの意志を主張し始めるのである。このような事態が、いちにおいて既に予測ずみであったとすれば、もはやいちの眼中に門番など存在しなかったことになる。それのみではない。極言すれば、門番から奉行その人に至る迄、彼女の眼には自立した人間として存在せず、官僚機構という巨大かつ非情なメカニズムの一つの歯車（よし、大小の差違はあろうとも）もしくは木偶、傀儡としてのみ存在しているかに思われる。だから、いちの目的が達せられるとするならば、それはありもしない傀儡の善意を介してではなく、彼ら傀儡たちを支配する権力機構のメカニズムそれ自体を逆手に取ることによって以外ではないのである。

そして、ここに至れば私たちは作品「最後の一句」の世界が、徳川官僚体制を超えて、明治から昭和そして現代にまで至る日本における近代官僚制の問題そのものに、いつの間にか重なってくることに否応なしに気づかざるをえない。作品「最後の一句」が、官僚制の問題――とりわけメカニズムの一歯車としての官僚の問題に鋭く切り込もうとしていることは、他の日本近代小説のなしえなかった手柄の一つと言えるだろう。「最後の一句」の主人公いちは、作品における、そのような鋭い状況認識の課題を担わねばならなかったがために、決して出典におけるような「哀な孝行娘」であってはならず、不敵でしぶとく、冷眼で小憎らしい人間像として造型されなければならなかった。一方、そのような、作品のかかえる状況認識の課題を定着するためには、いちと対立する奉行の佐佐は、出典におけるような「哀な孝行娘」を憐れみ、いとおしみ、温情的処置を彼女らのために図る、慈悲心にみちた人間像であってはならなかった。そこに作品第四章における奉行佐佐の次のような内面把握の生れる所以があった。

西町奉行の佐佐は、両奉行の中の新参で、大阪に来てから、まだ一年立つてゐない。役向の事は総て同役の稲垣に相談して、城代に伺つて処置するのであつた。それであるから、桂屋太郎兵衛の公事に就いて、前役の申継を受けてから、それを重要事件として気に掛けてゐて、やうやう処刑の手続が済んだのを重荷を卸したやうに思つてゐた。

そこへ今朝になつて、宿直の与力が出て、命乞の願に出たものがあると云つたので、佐佐は先づ切角運ばせた事に邪魔がはいつたやうに感じた。

「参つたのはどんなものか。」佐佐の声は不機嫌であつた。

新参の奉行である佐佐は、桂屋太郎兵衛の一件について「やうやう処刑の手続が済んだのを重荷を卸したやうに思つてゐた」のであり命乞の願に出たものがあると聞いて、「先づ切角運ばせた事に邪魔がはいつたやうに感じ」、「不機嫌」になる。上層官僚の、このような場合における典型的な心理といえよう。佐佐にとっては、桂屋太郎兵衛の事件は、彼が処理すべき事務の一項目に過ぎず、太郎兵衛の処刑は、彼の行うべき事務手続き上の終着点に過ぎない。太郎兵衛に人間としての関心を持たぬと同じ割合で、佐佐自身が官僚機構の非情にして有能な一つの歯車となって自ら怪しまない姿が、ここにはみごとに描き出されている。

しかし、有能な歯車である以上は、命乞の願いに対しても「切角運ばせた事に邪魔がはいった」ことからの「不機嫌」というような私の情に支配されることをも自ら抑制せねばならない。そこに願書を披見するか否かという与力の質問に対する「それは目安箱をもお設になつてをる御趣意から、次第によつては受け取つても宜しいが、一応はそれぞれ手続のあることを申聞せんではなるまい。（略）」という佐佐の言葉が生まれる。佐佐にとってすべてに優先されるべきは〈手続〉であり、将軍の意向によって設けられた目安箱の存在も、概念を拡大すれば、いちらの願書を受けとるための根拠であるとともに、広義の〈手続〉の一つとも見られよう。ともあれ、佐佐が目安箱を設けた将軍（吉宗）の意向を体し、正規の〈手続〉を踏んだ上で、いちの願書をも受けとろうとする有能な歯車でもあることだけは、認めておく必要がある。

まさに巨大な官僚機構の優秀な一歯車としての佐佐のそのような有能さこそは、いちの願書の背後に、自らの帰属する官僚機構の権威を冒すうさんくさい何物かが存在することを、直覚的に嗅ぎつけさせたものである。確かに、佐佐が簡潔に条理の整った願書の背後に「上を偽る横着物」としての「大人」の存在を猜疑したことは誤りではあっても、いちの歎願書の背後に「上を偽る」うさんくさい意図、いわば反〈秩序〉の意図を嗅ぎ分けた佐佐の直覚は決して誤ってはいなかった。佐佐らに錯誤があったとすれば、それは、徳川封建制の秩序に慣れ親しんできた彼ら上級官僚たちが、封建体制下の庶民それもまだ大人になり切っていないような僅か十六歳の小娘の書いた願書の背後に、彼女の心底から突如噴出した〈秩序〉そのものを相手に回しての捨て身のカケが潜んでいたことに、ついに想いを及ぼすことができなかった、という一点にこそある。そしていちの本質、その真のモチーフは、作品終末時まで、ついに佐佐ら上級官僚らに諒解されずに終る。先回りして言えば、いちの主体の深奥から突如噴出した反〈秩序〉の情念をそれとして認めるためには、彼ら上層官僚は余りにも封建的官僚制の有能な傀儡——非主体的な一つの歯車でありすぎたのである。

すでに見たような疑念を出発点として「一応の処置」を考えた佐佐が、与力に子供らを帰すことを命じたところへ、「私の用事」（出典では「外の公事にて」とある。）で城代太田備中守が訪れる。佐佐から一部始終を聞いた太田は、佐佐の処置に同意し、「白州へは責道具を並べさせることに」する。「子供を嚇して実を吐かせようと云ふ手段」である。この段出典③には「今日かゝる哀れなる願ひこそ候とありしまゝ物語りしたまひければ委しく聞し召扨々不便の事や併実か偽りかの処を糾し見ばやと存じ候まゝ明日罷出候様申て召出して尋問ん也と」とあり（責道具については「白洲にハせめとハるべき道具をかざりさらばきらんづ有さまにて」と後出〈④〉）、奉行、城代ら「上」の憐愍という視点は、ここにも一貫していることが分る。出典での「併実か偽りかの処を糾し見ばや」という副次的条件は、作品では「疑念」という形での奉行らの主要関心事なのだ。

このような作品における〈秩序〉側の「疑念」の強調と対応して、奉行所から追い帰されるいちの姿にも、「たゞ泣志づみて帰らず」、「銭など賜りて帰れとあれバ親の命をこそハ乞奉り候銭など何にかハせんと推かへして人々引立れども足たゝずやうく〳〵と送り出したまひけり」という出典③の叙述とは対蹠的な、「（略）お菓子を遣しまして帰さうと致しましたが、いちと申す娘がどうしても聴きませぬ。とうとう願書を懐へ押し込みまして、引き立てて帰しました。妹娘はしくしく泣きましたが、いちは泣かずに帰りました。」（傍点、稿者）と与力によって伝えられ、城代太田によって「余程情の剛い娘」と評される特質が強く設定されたのは、作品論理の必然と言えるだろう。

作品第五章は、十一月二十四日午後の白洲における取り調べの情景とその次第を述べる。作品一篇の山場であり、最も鋭く主題の噴出する場面と言えよう。出典④と対比してみると、登場人物として相違するのは、出典では桂屋から出頭する者達は子供五人のみであるが作品では太郎兵衛の女房も召喚されている点である。これは、夙に長谷川泉氏が説くように、(1)「暗愚な母親」の姿を点出して、第一章、第三章の場合と同様に、主体的かつ理知的ないちの姿をいっそう強調するためであることは、大方の指摘するとおりであろう。又、作品に「町年寄五人」とあるが、これはおそらく出典の「町の年寄五人の者召つれ召出べし」という奉行所の命令を鷗外が誤読したもので、

原文は町年寄一名が、五人の子どもたちを召連れ召出せ、との意であろう。この点については三好行雄氏に指摘がある。(2)

尋問は、太郎兵衛の女房から始められたが、殆んど要領を得ない。次いで長女いちに及ぶが、作品では初めてここで「当年十六歳にしては、少し穉く見える、瘦肉《やせじし》の小娘である。」と、いちの形姿についての具体的叙述がなされる。続いて「しかしこれは些の臆する気色もなしに、一部始終の陳述をした。」と言う。傍点部に自信のほどが窺えよう。白州に出て了えば、勝負はもうこっちのものという感じである。それほどのいちが、奉行側の尋問に言質をとられる不用意な発言をするわけはない。もともと願書の背後に大人の影をみるのは奉行所側の錯覚であってみれば、いちの返答に何のよどみもないのは怪しむに足りない。結果は、すべていち一人の発意によって歎願の次第となったことが明瞭に供述され、奉行側の疑念はここで一先ず打ち消されることになったわけだが、しかし真に納得せしめられたのではなく、それが、いちに対する佐佐直々の取調べという戦いの第二ラウンドを用意することになる。この段、出典においては、子供らの身代りの真意及び覚悟の真偽が糺されるのみで、「上を偽る横着物」への疑念という作品での視点そのものが皆無である。作品の以後のドラマの眼目は、従って、「大人」の介在をめぐる奉行側の明瞭な錯覚にもかかわらず、結果的には「上」の〈秩序〉を瞞着するモチーフの有無をめぐるいちと佐佐との火花を散らす角逐に移行することになるのは言う迄もない。その時、いちが佐佐にけっして打ち明けなかったのは、二十三日夜の「ああ、さうしよう。きつと出来るわ」という独白や、「お父つさんはあさつて殺されるのである。自分はそれを殺させぬやうにすることが出来ると思ふ。」というまつへの説明の背後に秘めた「上を偽る横着物」としての意志である。おそらく、以後の佐佐が、なお執念深くいちにまつわりついて行くのは、彼女の胸底深く秘められた、この、いわば反〈秩序〉のモチーフの所在を、本能的に嗅ぎつけているからに外なるまい。にもかかわらず、佐佐がついにいちにおける反〈秩序〉のモチーフの摘発に成功しなかったのは、既にみたように封建的官僚機構の歯車としてのあり方に心身ともに絡めとられて了った彼（ら）にあっては、人間の内面から突如噴出する、自己の一命を賭しての〈秩序〉に対する〈反噬〉の内発的情念が、この「当年十六歳にしては、少し穉く見える、痩肉《やせじし》の小娘」の内部に煮えたぎっていることを諒解することが、ついに不可能であり、彼の注意が大人の介在の有無に集中して了ったからに外ならない。ともあれ、作品「最後の一句」の主題措定の背後に潜むものは、そのような人間情念の普遍性と永続性に強く注目しての、鷗外における〈秩序〉をめぐる忠誠と反逆の相への重い問いかけであることは否定しがたい。

作品は以下、長太郎の願書の提出、まつ、長太郎、とく、初五郎という順序での奉行側の尋問とそれに対する子供たちの反応とを、ほぼ出典④の記述に即して叙述してゆくが、長太郎の願書をいちが代筆したこと、「親子のたね違ひ候へ共其恩をうけたるハ同じ事にて其上母の身代りならバ女子なるべし父の身代りにて候へバこの長太郎が命を召とらるべき事に候」という出典の長太郎の言葉を、作品では「みんな死にますのに、わたしが一人生きてゐたくはありません」とおきかえて、封建的な親の恩（孝）という徳目を切りすてたことなどを主要な改変として、やがてこの場面の眼目としての、佐佐直々によるいちの取調べへと移ってゆく。

佐佐直々によるいちへの尋問の場面は、前後二段に分けられる。前段では佐佐が「お前の申立には譃はあるまいな。若し少しでも申した事に間違があつて、人に教へられたり、相談をしたりしたのなら、今すぐに申せ。隠して申さぬと、そこに並べてある道具で、誠の事を申すまで責めさせるぞ。」と問い糾すのに対し、いちは「指された方角を一目見て、少しもたゆたはずに」、「いえ、申した事に間違はございません」と言い放つ。作者は「其目は冷かで、其詞は徐かであつた。」と注釈するが、佐佐がいちの内面奥深く秘められた〈叛逆〉のモチーフに風馬牛である限り、佐佐の尋問はいちに何らの畏怖を与えるものではない。いちの佐佐に向けた〈冷か〉な眼差しと〈徐か〉な語調とは、彼女のもつ絶対の自信の上にむしろ〈秩序〉の一つの歯車としての佐佐らに対する嘲笑の気味合いさえ含むものと推測できる。そして、この場面の中核が、そのような前段の展開を踏まえての、後段における佐佐といちとの次のような火花散るかのごとき鋭い対立にあることは、衆目の一致して認めるところであろう。

「そんなら今一つお前に聞くが、身代りをお聞届けになると、お前達はすぐに殺されるぞよ。父の顔を見ることは出来ぬが、それでも好いか。」

「よろしうございます」と、同じやうな、冷かな調子で答へたが、少し間を置いて、何か心に浮んだらしく、「お上の事には間違はございますまいから」と言ひ足した。

佐佐の顔には、不意打に逢つたやうな、驚愕の色が見えたが、それはすぐに消えて、険しくなつた目が、いちの面に注がれた。憎悪を帯びた驚異の目とでも云はうか。しかし佐佐は何も言はなかつた。

この段の眼目が、佐佐に対するいちの「お上の事には間違はございますまいから」という〈最後の一句〉にあることは疑う余地がない。それは、今迄の作品の全ディテール、全構造の収斂する一点でもある。むろん、いちのこの一語は、出典になく作者の創作に係る。したがって、いちのこの一語には、作品「最後の一句」のモチーフ、テーマの全量がかけられている、と見て決して誤りではない。

いちの〈最後の一句〉は、佐佐に「不意打に逢つたやうな、驚愕」と、「憎悪を帯びた驚異」の情を瞬間的に喚起せしめたのみではない。いちの退出後、太田と稲垣に対して、「生先の恐ろしいものでござりますな」と云った佐佐の「心の中には、哀な孝行娘の影も残らず、人に教唆せられた、おろかな子供の影も残らず、只氷のやうに冷かに、刃のやうに鋭い、いちの最後の詞の最後の一句が反響してゐるのである。」とあるように長い余韻を残す。作者は、それを更に「元文頃の徳川家の役人は、固より『マルチリウム』といふ洋語も知らず、又当時の辞書には献身と云ふ訳語もなかつたので、人間の精神に、老若男女の別なく、罪人太郎兵衛の娘に現れたやうな作用があることを、知らなかつたのは無理もない。しかし献身の中に潜む反抗の鋒は、いちと語《ことば》を交へた佐佐のみではなく、書院にゐた役人一同の胸をも刺した。」と丁寧に解説している。「献身の中に潜む反抗の鋒」とは的確な表現である。いちの〈最後の一句〉に対する作者の自注としては、おそらく必要にして十分なる条件を充した、この上なく簡潔な把握であることを率直に認めなければならない。そして、出典④におけるいちの、作品と同趣旨の佐佐の最後の尋問に対する答えが、「其事もとく存じ奉り候父の命さへ御免し被下候ハゞ逢見ぬ事もいさゝか恨み奉らじ」という〈秩序〉（上）への絶対恭順の姿勢の表明であって見れば、私たちは作品におけるいち及び彼女の〈最後の一句〉が含みもつ問題の特殊性へと再び注意を喚起されることになろう。

ところで、「お上の事には間違はございますまいから」といういちの〈最後の一句〉が作者の言うとおり〈献身〉と〈反抗〉の結合体であると認めるとして、それにしても、いちの〈最後の一句〉は、具体的には、どのような意味で〈反抗〉であったのであるか。その点、従来の論は必しも明確でないようだ。そこでこの点を絡めて、いちの〈最後の一句〉をめぐる諸家の代表的見解を以下において通観してみたい[3]。

*

先ず吉田精一氏は『近代日本浪漫主義研究』（武蔵野書院、昭15）所収「森鷗外の歴史小説」の中で「最後の一句」に関説し、出典との相違が「この話の扱ひ方、重点の置き方にある。」とし、「鷗外は小娘いちの献身の情に含まれた権威《オホトリテエ》への反抗にその主眼を置いた。力なき者、自由を奪はれたる者が、絶対権力の下に身を任せることによつて、その事実によつて、権力と権威への疑惑と反抗とを実現してゐるのである。」と論じた。作品の構造全体の把握において剴切至極だが、いちの最後の一句の反抗である所以は不明と云うべきだろう。

次いで岩上順一氏は『歴史文学論』（中央公論社、昭17）第一部「三、庶民的ヒロイズムの発見」において「最後の一句」を取り上げ、「いちのこの最後の一句は、実に当時のあらゆる「老若男女」の心をしめつけてゐた感情の、もつともつきつめた瞬間に於ける、もつとも純粋な迸出であつたらう。それは無垢であればあるだけ、より本質的に彼等庶民達の真の心理を映出し得てゐると言はねばならぬ。まことに、いちの一言のなかに、抑圧されながら頭をもたげようとしてゐた商人たちの、服従のなかにひそむプロテストの、もつともするどい鋒先が包まれてゐたのである。言ふならばいちの一言の背後には、数万の大阪商人達の無言の同情と支持とが立つてゐたのだ。」と論じた。この岩上説は、作品を歴史の文脈の中に据えて反映論の立場から作品の到達点と限界とを明かそうとするもので独自の牽引力をもつが、いちの〈最後の一句〉が史料になく、作者の付加した虚構であることを看過している点に、内在的分析上の一つの難点がある、と言えよう。〈最後の一句〉の具体的解釈についても今一歩不明である。

以上は戦前の所産であるが、戦後に入ると第一に唐木順三氏が、その著『森鷗外』（世界評論社、昭24）の中で『最後の一句』のモチーフの根幹に大正四年九月十六日の『婦女通信』による鷗外引退の誤報事件が介在することを指摘し、いちの〈最後の一句〉は、「この時の鷗外の心と無関係ではない」と論じたが、いちの〈最後の一句〉についての具体的解釈は、そこでも見られない。続いて荒正人氏がその著『市民文学論』（青木書店、昭30）所収、「漱石・鷗外・龍之介」（初出、岩波講座『文学』第四巻〈昭29・1〉、同第五巻〈同・2〉）の中で、いちの〈最後の一句〉に触れ、この一句が役人たちの胸を突き刺したのはむろん、その底に潜む不気味な反抗の心の故だが、この反抗が素裸の反抗としてではなく、献身という美しい外衣に装われたものになっていることに留意しなくてはならぬ。この献身に鷗外はいちばん心を打たれたのだ。力点はそこにある。他人のために生命を棄てることができる精神を、鷗外は、近代個人主義のなかに見出せぬものと考えていたようだ。」と論じた。荒説は、鷗外と個人主義と云うテーマのもとでは示唆的な立論だが、作品のテーマの力点が〈反抗〉にではなく〈献身〉にある、と見るのは、逆立ちした見解である。〈反抗〉のテーマがなければ、作品の主題は成立しないはずだからである。〈献身〉の重要性は言う迄もないが、それは鷗外歴史小説に一貫する基礎的与件と言うべきであろう。したがって荒説においても、いちの〈最後の一句〉をめぐる解釈は、具体的に詰められてはいない。

以上のように眺めてきて、いちの〈最後の一句〉をめぐる解釈の現段階での到達点、少くとも今後の考察への必須不可欠の出発点としては、長谷川泉氏『森鷗外論考』（明治書院、昭37）所収の作品論「最後の一句」における、次の如き見解を挙げるのが、今なお妥当であると言わざるを得ない。

（略）鷗外の描いてきたいちは、理性的に計算して得た結論を合理的実践的に果たしてゆく少女であり、それらの万全を尽くしたのち最後は役人の処置にゆだねる諦念を持った少女である。その知性と諦念が、いちをして終始冷静な行動をとらせ、佐佐のおどしにも屈せずそれとわたり合うことばを発せしめたのである。（略）いちの最後の一句は、形式上は「よろしうございます」という絶対無条件の肯定承服の理由を述べたものである。しかしながら内容上はより強い意味を持って絶対無条件の肯定に対する限定条件となっている。お上の処置に間違いのないことが前提となり、条件であってはじめて絶対的肯定が成立する。ゆえに、いちはこのことばによって、佐佐のくだすべき処置に完璧を厳しく求めていることになる。佐佐は一人の娘いちの問題をこえて、絶対的な正しい処置、お上の権威にかけての完璧の断案を求められることになったのである。佐佐がその反抗の鋒の鋭さにたじろぎ、驚愕したのは、そのゆえである。（略）

長谷川氏の説は、最初にあげた吉田精一氏説における「力なき者（略）が絶対権力の下に身を任せることによつて、その事実によつて、権力と権威への疑惑と反抗とを実現してゐる」という見方の発展線上に位置すると眺められるが、作品の実質にいっそう近づき、奉行といちとを対比的に捉えた上で、委曲を尽したものとなっている、と言えよう。その作品構造への接近において、諸説の到達点にして今後への出発点と見ることのできる所以である。

長谷川説は、いちの〈最後の一句〉の〈反抗の鋒の鋭さ〉を、〈佐佐のくだすべき処置に完璧を厳しく求めている〉ところに見出すのだが、このような〈最後の一句〉への氏の解釈は、〈理性的〉かつ〈合理的実践的〉にして〈諦念〉をも併せ持つ人物像としてのいちへの把握と見事に符節を合するものと言えよう。ここに作品「最後の一句」の構造に対する合理的な解釈の究極相さえ存在する、と言っても過言ではない。にもかかわらず、氏のそのような解釈が、佐佐に「不意打に逢つたやうな、驚愕」や「憎悪を帯びた驚異」の念を惹き起したいちの〈最後の一句〉に潜む〈反抗の鋒〉の鋭さを十分に言い当てているとするには、今一歩の感がある、というのが大方の率直な感想ではあるまいか。即ち、お上に完璧の断案を求めるいちの〈諦念〉が、何故その儘〈反抗〉となるのか、という自然な疑問の介入してくる余地がそこにはある。治者としてなすべき当然の論理を被治者が要求しても、それは必しも〈反抗〉には当るまい。

おそらくここに浮上するのが、長谷川説におけるいちの〈最後の一句〉をめぐる表現論的もしくは修辞論的考察の欠如ではなかろうか。そして、それは又、大方の「最後の一句」論においても決定的に欠落せしめられているものと、少くとも私には思われる。

ここで長谷川説を始めとする諸説における、いちの〈最後の一句〉をめぐる表現論的もしくは修辞論的考察の欠落と私が指摘した事情は、具体的には、この一句を反語として捉えた説の皆無であることを指している。すなわち、いちの〈最後の一句〉は、反語という表現法もしくは修辞法を駆使しての秩序（権威）への反抗、反噬であったのであり、反語が表面の意味と正反対の真意を裏面に寓する修辞法であって見れば、「お上の事には間違はございますまいから」といういちの言葉は、「たとえお上でも間違いを冒すことは、きっとございますでしょう」の意となる。これこそは、「お上」に対する鋭い〈反抗の鋒〉でなくて何であろう。しかも、いちの言葉は表面的には「お上」に対する絶対的従順を打ち出したものである故に、奉行側といえども、これを咎め立てすることはできない。「しかし佐佐は何も言はなかつた。」という叙述のある所以である。

かくして、重い封建的秩序の下にあって、いちの「献身の中に潜む反抗の鋒」が、諸役人の胸を鋭く刺しつつ、何の咎めもなく、その真意の伝達に成功しえたのは、十六歳の小娘のよもや駆使しようとは思われなかった反語という表現法の故であったことが明らかであろう。そして、この事実は、作品「最後の一句」に登場せしめられた諸役人のよく諒解しえなかった事柄であったばかりではない。後世の読者、研究者も、又よく諒解しえなかった事柄であった。同時に鷗外が、万一、あの虚偽の引退報道を企んだ、陸軍部内の一部の動きへの諷論と反噬の意図とを、このいちの〈最後の一句〉に込めていたとすれば、この作を読んだ仮想敵も又、作中の役人同様に作者の鋭い〈反抗の鋒〉に刺し貫かれつつ、その何の故であるかを理解するのに苦しんだに違いない。

さて、以上のようにいちの〈最後の一句〉を反語による権威への反噬として捉え、作品「最後の一句」の主題をそこに見うるとすれば、もはや私たちが、この作品を反語の文学と規定することに何の不都合もないだろう。私たちがいちの〈最後の一句〉を聞きとった役人たちの衝撃を描く次の叙述に一種のカタルシスを感じうるとすれば、それは徳川封建制下の被治者の鬱屈した情念が、実はその儘今日における巨大な支配のメカニズムの下における無名の大衆としての私たちの鬱屈した情念に感応するからに外なるまい。そこに鷗外のみすえた秩序と個の対立のドラマの最も尖鋭な相――時間と空間をこえて未だ未解決な普遍的課題への芸術的定着の達成があった。

　白洲を下がる子供等を見送つて、佐佐は太田と稲垣とに向いて、「生先の恐ろしいものでございますな」と云つた。心の中には、哀な孝行娘の影も残らず、人に教唆せられた、おろかな子供の影も残らず、只氷のやうに冷かに、刃のやうに鋭い、いちの最後の詞の最後の一句が反響してゐるのである。元文頃の徳川家の役人は、固より「マルチリウム」といふ洋語も知らず、又当時の辞書には献身と云ふ訳語もなかつたので、人間の精神に、老若男女の別なく、罪人太郎兵衛の娘に現れたやうな作用があることを、知らなかつたのは無理もない。しかし献身の中に潜む反抗の鋒は、いちと語を交へた佐佐のみではなく、書院にゐた役人一同の胸をも刺した。

右の叙述のうち、〈献身〉と〈反抗〉の両極の間に鷗外の個人主義の過不足のない充足の相を読みとり、さらには、そのような鷗外的なる個人主義が秩序と個という具体的現実の内部で追求せしめられるその一点に一つの可能性を見出すことも当然可能だが、今はその方向を採らない。作品「最後の一句」の具体相を踏まえる限り、比重はどこ迄も〈反抗〉にあり、〈献身〉は、そのための前提的与件に過ぎないからである。作者のモチーフは献身への讃歌を謳い上げるところにあるのではなく、献身が反抗に収斂してゆく人間精神の幻怪な作用の救抜にこそあったのだ。十六歳の小娘いちの「氷のやうに冷かに、刃のやうに鋭い」人間像への変貌の突発性は、実はその儘人間精神に普遍的かつ一般的なる作用の救抜という作者の視点——すなわち人間実存の歴史の桎梏からの解放のモチーフと殆ど表裏するものであった、と言えよう。作品「最後の一句」が〈歴史離れ〉の方法原理に立脚した「歴史に借景した現代小説」(菊地昌典)もしくは鷗外の心境小説でありつつ、そのマイナス性よりは、プラスの意義を評価しうる所以である。

さて私たちは、作品第五章末尾の作品の付言に、これ以上あえて立ち止る必要はないだろう。残るは作品第六章の問題である。第六章冒頭における「城代も両奉行もいちを『変な小娘だ』と感じて、その感じには物でも憑いてゐるのではないかと云ふ迷信さへ加はつたので、孝女に対する同情は薄かつたが」という叙述は、むろん、既に見てきたごとき作品構造全体を貫ぬくモチーフ、テーマの必然的帰結と言って良いだろう。ついで作者は、いちの願いが「当時の、行政司法の元始的な機関」の「自然」の「活動」によって「期せずして貫徹した。」と書く。そのプロセスは①太郎兵衛の刑の執行が「江戸へ伺中日延」とされたこと、②元文四年三月二日に「京都に於いて大嘗会御執行相成候てより日限も不相立儀に付、太郎兵衛事、死罪御赦免被仰出、大阪北、南組、天満の三口御構の上追放」となった、という具合である。いちの願意の貫徹を「当時の行政司法の、元始的な機関」の「自然」の「活動」に求めているところに、(4) 官僚機構の作用と官僚的人間の心性への不気味なまでに冴えわたった透徹した認識に立脚し、あえてこの巨大な支配のメカニズムをわが意志に従えようと戦いを挑んだいちの意志の終局的な貫徹の意が寓されているのである。いちにおける戦いへの理知と意志の発動がなければ、この勝利はありえなかったからで、その意味では大嘗会執行による特赦への際会という偶然も、半ば以上は必然であった、と言えよう。それは又、反語の文学としての作品「最後の一句」の世界の最終的な芸術的完成、作者の芸術的勝利の達成を意味する。

巨大かつ冷酷な支配のメカニズムと、それに対する反抗の意志との角逐は、いちという「氷のやうに冷かに」支配のメカニズムを透視する、不気味な実存の深淵をさえ垣間見させる鷗外独自の民衆像の創造と相俟って、ここに見事なカタルシスに到達した。秩序のカラクリと人間実存の深淵という双極に向けられた鷗外の視線は、そこで内外両面に亘る真ニ現代的な状況認識に逢着したと言っても過言ではない訳で、歴史小説「最後の一句」の〈歴史離れ〉性の最も鋭い断面を、そこに求めることができよう。

＊

さて、以上のように作品「最後の一句」の構造を、出典と対比しつつ辿ってくると、作者の意図が、主人公いちの〈最後の一句〉にこめられた「献身の中に潜む反抗の鋒」を反語としての抵抗もしくは反噬として作中に定着せしめるところに存在したことは、もはや明らかであると云えよう。主人公いちに、そのような反語を駆使せしめる能力を付与することによって、作者は「哀な孝行娘」の歎願に対する慈悲深い〈お上〉の憐憫という、出典における、いわば大岡裁きの物語を、冷眼に〈秩序〉のメカニズムを透視し、その本質を逆手にとって目的を達せようとするばかりか、〈秩序〉の当為性それ自体への懐疑をも提起しえた不気味な少女いちと、官僚機構の有能な一歯車に徹することで人間としての主体を形骸化せしめられ、単純極まる封建的愚民観に安住することで〈秩序〉の権威を侵すものへの本能的嗅覚を持ちつつも、ついに相手の本質を把握できなかった奉行佐佐との対決の構図にくみかえ、前者の勝利と後者の敗北とを明確に謳い上げたドラマに換骨奪胎しえたのである。おそらく、そのような作品「最後の一句」の世界は、その儘近代官僚制にまつわる〈秩序〉と〈個〉の対立の課題にスライド可能であり、作者の実生活のレベルにまで下降すれば、あの虚偽の引退報道に象徴されるところの官僚機構のメカニズムの背後に隠見する陰湿な悪意に対する鷗外の怒りの芸術的結晶化をそこに見出すことも強ち誤りではあるまい。

にもかかわらず、作品「最後の一句」の芸術的成功は、単に虚偽の引退報道に触発された怒りの純粋な結晶化を超えて、およそこの世あって以来の、いわば先験的与件としての〈秩序〉それ自体の当為性に対する反語の提起という実存の深奥からほとばしる叫びの芸術的定着化にこそあったということを、私達は、しばしば看過しがちであったのではなかろうか。桂屋いちの魂の深奥からほとばしったそのような〝叫び〟は、むろん〈秩序〉の内部にありつつ、たえず〈秩序〉と〈自己〉とを峻別し、〈秩序〉を相対化することを通じて自己の主体を留保し続けてきた過去半生に亘る作者の行き方に深く関っていることは云うまでもない。そのような鷗外の立場を、公と私、封建と近代、保守と合理、芸術と実生活という日本近代の根源的矛盾の双極に足を置く「二本足」の立場、「二つ寝床に身を横たえ」る「偉大な」「折衷主義」（平野謙）と呼ぶことも決して誤りでない。

にもかかわらず、作品「最後の一句」にその氷山の一角を露頭した作者内面の〝叫び〟の水面下の巨大な本体に思いを凝す時、私たちが究極において到達するものは、鷗外最後の遺言状における、あの「余ハ石見人森林太郎トシテ死セント欲ス宮内省陸軍皆縁故アレドモ生死ノ別ルヽ瞬間アラユル外形的取扱ヒヲ辞ス森林太郎トシテ死セントス」という本文と、その前提としての「死ハ一切ヲ打チ切ル重大事件ナリ奈何ナル官権（憲）威力ト雖此ニ反抗スル事ヲ得スト信ス」という部分とに示された鷗外の決然たる自己主張に外なるまい。

　つまり、こういうことを死の間際に言い残すこと——今までその内部において生きてきた陸軍や宮内省（＝天皇制）に、自己の生の最後の瞬間に平手打ちをくわせること、そういう行為によって自己の存在を証し立てた鷗外の心の内部には、その生涯に亘って〈秩序〉に従って生きたにもかかわらず、絶えず一人の桂屋いちが棲んで、〈秩序〉のメカニズムを冷眼に透視し、その存在の当為性そのものを秘かに嘲笑し続けていたということを、それは物語るものに外なるまい。つまるところ、稿者は、鷗外という存在の根底に生涯、息をつめて潜んでいたものを反語的なる精神と仮定し、反語こそは、鷗外の戦いの武器であり、認識の方法であり、総じて鷗外的なる実存の構造、本質そして生のエネルギーそれ自体であった、と見たいのである。通俗にヘソ曲りと言い、やや高尚に反骨と言い、鷗外の用語に〈畸人〉〈拗ね者〉と言う、そのような、鷗外の実存の深奥に潜む〈反語〉的なるもの（＝意地）の、最も尖鋭にして明瞭な露頭として作品「最後の一句」が存在し、その最終的な到達点として死に臨んでのあの遺言状があると見うるのではないか。

　すでに文壇的処女作「舞姫」（『国民之友』明23・1）の主人公太田豊太郎の「空想に富みたる畸人」（「舞姫に就きて気取半之丞に与ふる書」）性に胚胎し、やがて野心的な未完の長篇「灰燼」（『三田文学』明44・10〜大元・12）の主人公節蔵に結実し、ひいては歴史小説「阿部一族」（『中央公論』大2・1）の阿部彌一右衛門、その子権兵衛において性格的異端者として分化、発展せしめられ、「佐橋甚五郎」（『中央公論』大2・4）の主人公に「畸人」「意地強き拗ね者」として明確に刻印づけられ、『澀江抽斎』（『東京日日新聞』『大阪毎日新聞』大5・1〜5）以下の史伝類において、森枳園以下「奇癖」ある諸人物への遍愛へと拡散せしめられるとともに、初期から晩年に至る迄、一貫して文壇主流への反措定の立場を貫き通した鷗外の文学〈史〉的立場、制服組に対して軍医という陸軍の傍流に坐を占めつづけた、その官僚的立場――これらすべてを、「最後の一句」や、死に臨んでの遺言状に鋭く露頭した、鷗外的なる実存の機構と絡めて総括することは、今後に残された課題と言うべきであろう。

（一九八六・八・八）

注

（1）長谷川泉『森鷗外論考』（明治書院、昭37）所収「『最後の一句』」。

（2）三好行雄『近代文学注釈大系　森鷗外』（有精堂、昭41）当該部分頭注に「ただし、大阪の町年寄は一町一人が原則で（略）、尾形注は町年寄および町内五人組の者の意に解すべきだとする。あるいは原文の「五人の者」はいち・まつ・長太郎・とく・初五郎の五人の子どもを指すと解釈することもできよう。」とする。

（3）以下の諸説通観に当っては、前注所出三好氏著の当該部分頭注の諸説掲出に負うところが大きい。但し、整理・批判は、稿者の責に帰する。

（4）いちの願いは五十一年間中絶していた朝廷における大嘗会復活に伴う特赦令の公布という偶然によって成就されたわけだが、この点、出典と比較すると多少問題が残る。出典においても「江戸表へ伺ひ申の間」（⑤）処刑延期というのは作品と同様だが、この引用文の前には「此程彼等が願ひ不便なれバ」という但し書が付されていることを看過するわけに行かない。引き続く出典の叙述にも、この視点は一貫している。太郎兵衛死罪への特赦令の適用を申し渡した後の「汝等が願いにて召赦さるゝにてハなけれども願ひの志不便に思召あげられ御評議もあれバこそ去年より只今迄の程も過ぬ」（⑥）とある部分がそれである。「哀れな孝行娘」としての出典におけるいちのイメージと対応しての、奉行側における憐憫の存在が、ここに明確に強調されているわけだが、事はそこに止まらない。出典においては奉行所側は、太郎兵衛死罪特赦の申し渡しにおいて「今年大嘗会行ハれたる赦として」（⑥）と述べており、「今年」というのは「去年」（十一月十九日）の誤りだが、しかし、この叙述は、後出「願ひの志不便に思召あげられ御評議もあれバこそ去年より只今迄の程も過ぬ」（傍点稿者）という部分にその儘響いて行く、と考えてさし支えあるまい。即ち出典における奉行所は、明らかに太郎兵衛一件をやがて発令されるだろう特赦令に該当せしめるために、故意の時間稼ぎをしたわけで、江戸幕府への伺いもそのための手段であった、と云う事情が、ここに明かされているわけだ。大嘗会の日取が「今年」（元文四年）と誤っているのも、少くともこの出典の記述者における、そのような解釈を裏づけていると言えよう。半面、史実それ自体に戻れば、大嘗会挙行の元文三年十一月十九日という日取りは、太郎兵衛処刑の高札の立った同年十一月二十三日の四日前のことで、大坂町奉行が特赦の発令を現実的可能性として予想しえた少くとも一つの根拠を、そこに見出すことができよう。奉行所としては、無論、罪人の家族の歎願に一々耳を貸していたならば司法行政の最高機関としての権能を果すことができない。そのような秩序の論理と「哀れな孝行娘」への憐憫という〈情〉の論理との間での極めて巧みな選択のあり方が、そこに示されていたわけで、「道ある御代の御恵み」という出典の末尾の一句も必しも虚偽ではなかった訳である。尤も、以上の事実は、鷗外作品「最後の一句」の〈歴史離れ〉性への一つの決定的証拠とはなりえても、作品の独立的世界、その芸術的価値を脅かす類のデータではありえない。蓋しそこでは、むしろ〈歴史離れ〉の方法的原理に立脚することで、作者がいかなる普遍的にしてアクチュアルな課題を追求、形象化せしめえたかが問われなければならないからである。

「高瀬舟」論――〈語り〉の構造をめぐって

「高瀬舟」（『中央公論』大5・1）は、問題の多い作品である。たとえば片岡良一・笠井清・長谷川泉氏等の指摘する主題の分裂は、その一つなのだが、とりわけ桑原武夫・三好行雄・長谷川泉氏らによって提起された、作品前半の〈知足〉の主題そのものへの批判は、いわば戦後受容史上におけるこの作品の不幸を、きわめて象徴的に体現しているかに思われる。なぜなら、〈知足〉の主題にこそ、この作における作者の喫緊の課題は存在し、後半部の「ユウタナジイ」（安楽死）の主題は、派生的かつ副次的なものであることは、作品それ自体の展開・構造が証明している以上、〈知足〉の主題の否定は、作品そのものの否定と異ならぬからである。このような、いわば作品と研究主体とのスレ違いはどこから、なぜ生じたのか。新たな「高瀬舟」評価のためには、その所以をふりかえって然るべき時期にわれわれはそろそろ到達しているのではあるまいか。[1][2]

そのような私の思念をひときわ駆り立てるものは、たとえば「分と足ることを知っているだけの人間喜助の「頭から毫光がさすやうに思つた」という同心庄兵衛のつまらなさ、そこに意地への憧れすら忘れた瞬間の鷗外のつまらなさ」を見、「「高瀬舟」は鷗外の歴史ものの中で一ばんつまらぬ。少なくとも私の一ばん嫌いな作品」と難じた桑原武夫氏の批判である。現在の私には、戦後早い時期になされた桑原氏のこの批判は、むしろ「高瀬舟」評価を通じて現われた氏の〈近代〉観の限界をこそ示しえている、と思われるのだ。忌憚なく言えば、氏の「高瀬舟」否定は、〈近代〉は〈前近代〉より決定的に勝れているとの前提に基づく否定なのだ。しかるに「高瀬舟」における鷗外が、〈近代〉は果して〈前近代〉に勝れているか、という基本的視座に立って〈近代〉批判を展開している、と解するのは、おそらくは今日のわれわれにおける常識というものではあるまいか。〈近代〉の中から〈近代〉を批判するという難しい業を鷗外は自覚的に遂行しているのであって、この鷗外の自覚を見ずに鷗外の「つまらなさ」を見る桑原氏は、氏の〈近代〉観のアナクロニスティックな楽天性の馬脚を自ら悟らずして露呈し了っているのだ。今日のわれわれは、〈近代〉や〈自我〉の名を以て許容される自己の内外における「欲望」なるものの無限の跳梁と跋扈の病の煩わしさに耐ええないところにいる。鷗外は正当にも、そのような〈近代〉の病を自己の問題としてみつめ直すところから、新たな生へと出発しようとしているのであって、鷗外と桑原氏との差は、〈近代〉や〈自我〉に対する視座の決定的な距離の裡に介在する。そして私は、そのような桑原氏の視座を、〈戦後〉啓蒙主義的＝近代主義的視座として今日括って良いと思う。

「喜助は足ることを知ったのではない。謙虚であったのでもない。喜助が二百文の鳥目に喜んだのは、閉された個我の中での一片の感情に過ぎなかった。二百文の銅銭がどのような価値を持つかは、社会的な流通経済の中での問題である。庄兵衛の胸を去来する二百文の価値転換についての想いも、社会的な機能の中での問題であるべきである。」として、「『高瀬舟』の中の詩は、そのような歴史の掘り起しをよけて通っているために、朧夜の更けゆくままにかすんでいる。」とする長谷川泉氏の見解も、非礼を顧みずに言えば「社会的な流通経済の中での問題」が解決すれば、〈個人〉〈自我〉〈欲望〉の問題が片付くとする楽天観を前提とする点で、〈欲望〉自然主義とも名づけ得る桑原氏の楽天的〈近代〉観の延長上にあろう。抑止の歯止めを欠いた〈近代〉が何をもたらし得たかは、今日のわれわれの生きつつある内外の現実が明白に指し示しえている。そして氏の「社会的な機能」の概念に、抑制の契機の欠けていることは、〈知足〉の主題の否定を帰結する氏の作品批判の論理の指し示すところである。

それにしても「高瀬舟」の中に「詩」を見る長谷川氏の把握は、「『空を仰いでゐる喜助の頭から毫光がさすやう」、と鷗外は書いている。／そらぞらしい嘘である。二百文をさへ喜ばねばならぬ人間、あるいはよろこぶ人間の住む世界の悲しさに、「大塩平八郎」の作者である鷗外が気付かなかった筈はあるまい」と見る三好行雄氏の把握とともに、作品のあり方の一面を正確に衝いていよう。まさしく「高瀬舟」における喜助の——もしくは庄兵衛の主観に映じた〈知足〉の境地は、庄兵衛＝作者の現実を反照として意識的に構築された〈詩〉であったのだ。しかし、その〈詩〉は、やがて現前する『澀江抽斎』という現実（歴史）を下敷きとした詩でもあった。

さて以上のような〈戦後〉研究史をひときわ鮮かに彩る「高瀬舟」批判論に抗し、自ずからなる反批判、もしくは自覚的な再評価の試みも亦、存在したことを無視すべきではない。たとえば、「貧窮と孤独の極限状況がもたらした、いわば本能そのまま、「自然」そのままの人間の姿」すなわち「暗く澱んだ人間性の最底辺における真実」(3)を作品に見出して、二つの主題を「人間存在の暗い一面」との関わりにおいて統一しようと試みた猪野謙二氏の論、逆に喜助を「自覚的な修道者」と殆んど異らず、「その慈悲行のゆえに死を超えた」人間と見て、作者は「喜助を菩薩になぞらえようとする疑いがある」とした山田晃氏の論、(4)「喜助は一旦弟の〈肉体の死〉とともに〈精神の死〉を迎え、かつての日常的現実を超えた〈新たな精神〉に在ったのだ」、「喜助にとって弟殺しが現実の諸々の欲望を断念させ、その結果知足の喜びを獲得させたのであり、その意味で二つの問題の関係は、因果の関係にあって、並列的な関係ではない」として、作者の弟篤次郎の死、不律の死、茉莉重病時の「ユウタナジイ」の問題を踏まえつつ、喜助と弟の関係をめぐって鷗外の書きたかったのは「血族的共同体」としての「精神の故郷」にある、とした田中実氏の論(5)などである。

私は今、戦後「高瀬舟」研究史の主流とも云うべき批判的否定的視角の措定に対する自ずからなる、あるいは自覚的な反批判としてのこれら諸説の意味に詳細な検討を加える余裕はないが、唯一つ「高瀬舟」再評価が、いわゆる〈近代〉主義的視座に対する自ずからなる反批判として提起され来った所以を無視することは何人にも不可能である、という事を指摘しておきたい。その意味で私もこれら諸説の提起され来った、それぞれの研究主体のモチーフに対し相応の敬意を払うことに吝かではないのだが、にもかかわらず、作品「高瀬舟」が、「寒山拾得」と共に鷗外の「追求してきた人間像の、いわば青写真である。見取り図である。地割である。（略）その肉づけがほかならぬ「澀江抽斎」であった。」と、高橋義孝氏によって的確に指摘されている[6]如き作品史的位置を捨象して「高瀬舟」の世界を過大に評価する傾向に対して危惧の念の脳裡を去らないのも事実である。

たとえば、すでに平岡敏夫氏は、鷗外における歴史小説から史伝への流れを退官を契機とする「過去半生への批判と清算」のモチーフに基づく作者主体の「傍観者」から「行為者」への転生の過程として捉え、そこに鷗外における、いわば自己変革のモチーフを見出しているが[7]、かつて「椙原品」や「寒山拾得」を論ずるに際し[8]、平岡氏のこの視座に多大の示唆を与えられた私は、「高瀬舟」の考察においても平岡氏の視座の已然たる有効性を認めない訳には行かないのである。氏は「高瀬舟」「寒山拾得」は、歴史小説的主題・方法への「清算」のために書かれたのだ、とも指摘するが、氏の詳細に言及しない「清算」の語が、具体的には官僚としての鷗外の生の基盤に発する〈秩序〉と〈個我〉、全と個という尖鋭な歴史の矛盾の主題への清算を意味する限り、その全的な達成は「寒山拾得」にあって、「高瀬舟」にはまだない。「高瀬舟」の到達点と限界とが問題となる所以なのだが、いっそう重要なのは、両作品とも主人公の語り手（視点人物）に官僚―身分・役職の高下こそあれ―を設定し、それらの内在的もしくは外在的、あるいは意識的もしくは無意識的な自己否定へのプロセスが、これらの作品の主たるプロットを構成していることではなかろうか。そして、ここにおいて内在的もしくは外在的に自己否定を強いられる二人の存在（庄兵衛・閭丘胤）は、軽重の差こそあれ、いずれも作者の分身、いっそう端的に言えば、作者（鷗外）その人に外ならないのである。「高瀬舟」「寒山拾得」についてかつて私の指摘した〈心境小説〉性がそこにあるのだが、この事実は、両作品の主題が庄兵衛の自己省察に基づく喜助観の提示や閭丘胤の自己満足に対する、外ならぬ作者自身による懲罰へのプロセスにこそあるのであって、喜助や寒山・拾得の存在それ自体に主題があるのではない、という重要な事実の再確認を招来する。即ち官僚鷗外の足ることを知らぬ欲望なるものへの反省、知と行の分裂した二元的あり方への自己否定と訣別の念等こそが、これら両作品の真のモチーフなのであって、喜助や寒山・拾得は、そのような鷗外の分身たる二人の作中人物の相対化を通じての自己変革のために要請された〈詩〉なのである。

さて、以上のように解するとき、「寒山拾得」論の問題とも重なるのだが、「高瀬舟」論において庄兵衛よりも喜助の意味を論ずる「高瀬舟」評価の傾向に、作品の主題・モチーフに対する決定的な理解の倒錯が内在しはしないか、という私の疑問がもたらされるのは必ずしも筋違いとは言えまい。私の見通しを端的に言えば、庄兵衛の主観の展開すなわち作品の〈語り〉の構造それ自体の達成と限界とを、ともどもに明らかにせずして、作品「高瀬舟」の主題・モチーフの客観的な把握に至る途は、原理的に閉ざされているのであり、かかる事態への無視は、先にあげた〈戦後〉的批判の系譜にある「高瀬舟」研究史が、決して自覚的にではないが内在させていた方法的可能性をも取り落すことになるのである。

たとえば、作品「高瀬舟」のモチーフの根底に「血族的共同体」としての鷗外の「精神の故郷」への溯及を見る田中実氏の論は、作品（史）分析においても、作家論的視座においても十分に高度の達成に違いない。〈近代〉に侵襲される「血族的共同体」の問題は、「半日」や『澀江抽斎』の主題解釈においても一定の有効性を持つ。しかし、田中氏の論が、すでに概観したような作品論的かつ作家論的構図を出発点に据える限り、作品後半における「ユウタナジイ」の問題を原点にすえ、そこから「死を越えた」喜助の精神的境位を抽き出し、作品前半における「知足」の問題につなげるという形で、結果として庄兵衛の語りの役割を捨象するという論理的倒錯を免れ得ていないことも亦、明らかだろう。にも拘わらずこのような論理的倒錯は、実は田中氏の論のみならず、「高瀬舟」把握における、きわめて一般的現象であるように私は思う。いったい、なぜ、かかる作品把握における倒錯が一般化して了ったのか。

私の見るところ、そのような事態を惹き起した元凶は作家鷗外その人であり、作家鷗外自ら記した解題「高瀬舟縁起」こそが、その直接的な原因なのだ。いわば「高瀬舟」の研究史は、「高瀬舟縁起」を尊重することで、「高瀬舟」の真の主題から目を逸らされ、そのことで作家鷗外の仕掛けたワナに、まんまと嵌り続けてきたのである。しかし、われわれはそろそろ「縁起」における鷗外の嘘に気がついても良い時機である。

たとえば鷗外は、「高瀬舟縁起」前半で、「高瀬舟」前半部の主題について「財産と云ふものの観念」と要約した上で、周知のように次の如く述べている。

> 銭を持つたことのない人の銭を持つた喜は、銭の多少には関せない。人の欲には限がないから、銭を持つて見ると、いくらあればよいといふ限界は見出されないのである。二百文を財産として喜んだのが面白い。

この部分には、三つの文が含まれている。しかして第一文と第三文は照応している。第二文は、意味やや不明瞭だが、「銭を持つて見ると」人間は、次々により多くの銭が欲しくなり、限界がない、とごく普通に解釈しておこう。さて、このように解すると、第一文と第三文が「高瀬舟」の罪人喜助の境位を意味しているのは明らかである。第二文は、文脈上、落ち着きが悪い。喜助を指すと見るのは、意地悪に過ぎよう。これは、やはり二百文に喜ぶ喜助に対し、一般の人間は、二百文を遥かに越える財産を持っても、さらに欲を抱いて満足しないものだ、とでも解する以外にあるまい。そこで第一文および第三文に戻れば、この二文が喜助の境位の作家による意味づけになっていることは先に述べたが、それらの内容に立ち入るならば、第一文は、喜助は「銭を持つたこと」がなかったから少額（二百文）でも喜んだのだ、の意となり、第三文は、その簡潔な言いかえということになろう。

ところで「縁起」の趣旨が右の如くであるとすれば、それは作品「高瀬舟」の喜助――少くとも庄兵衛の目に映じた喜助像の意味の前半部をしか覆わないのみならず、作品前半の「知足」の主題――庄兵衛が喜助の境位に見出した肝腎かなめの中核的イメージを決定的に捨象して了っていることは、余りにも明らかではあるまいか。

喜助の話を聞いた庄兵衛は、まず「喜助の身の上をわが身の上に引き比べて見」る。そして喜助の身の上は「いかにも哀な、気の毒な境涯」だが、一転自分の身をふり返って「彼と我との間に、果してどれ程の差があるか」という疑問を発する。その結果「彼と我との相違は、謂はば十露盤の桁」の違いと見る。つまり、この段階で庄兵衛は、自己と喜助との経済的状況の落差を相対的な問題とみなし、その落差を絶対的なものと見る視点を排除しているのである。庄兵衛にとって喜助の心理――具体的には「鳥目二百文をでも（略）貯蓄と見て喜」ぶ心理は、相対的なるが故に「桁を違へて考へて見れば」、理解し得るのである。

かくして、作品前半で庄兵衛が喜助に見出した意味の一半は、以上のような庄兵衛の喜助理解に立脚しての「鳥目二百文をでも、喜助がそれを貯蓄と見て喜んでゐる」一見異常に見える事態の一般化、普遍化にあったのであり、それは作者に一層好意的に解すれば、「二百文を財産として喜んだのが面白い」という「高瀬舟縁起」前半の結びの発言に重なると云うことができよう。にも拘わらず、このような「縁起」における作者の喜助解釈が終る地点から、作品「高瀬舟」前半部の中核的主題は出発するのである。既に引いた部分とも重なるのだが、「鳥目二百文をでも、喜助がそれを貯蓄と見て喜んでゐるのに無理はない」云々と述べた直後の次の一文が、その出発点なのだ。

しかしいかに桁を違へて考へて見ても、不思議なのは喜助の慾のないこと、足ることを知つてゐることである。

（傍点稿者）

つまり、ここで「いかに桁を違へて考へて見ても」庄兵衛に理解のできない喜助の境位に庄兵衛は直面しているのであり、それは喜助と庄兵衛との落差が〈桁の違い〉という相対的なるものから、ある絶対的なるものに転化しつつあるということを意味している。換言すれば「縁起」に云う「銭を持ったことのない人の銭を持った喜」「二百文を財産として喜んだのが面白い」と云う一般的な次元の問題ではなく、「慾のないこと、足ることを知つてゐること」という喜助固有の新たな「不思議」さが浮び上りつつあるのだ。この庄兵衛における喜助固有の新たな「不思議」さの発見と確認という肝腎かなめの問題に「縁起」は全く触れないのである。

庄兵衛は、さらに極度の貧困の中にあっても喜助の味わいえた「満足」に触れて、喜助の「慾のないこと、足ることを知つてゐること」の具体的様相を述べた上で、「手一ぱいの生活」にも拘わらず、さまざまな生活上の不安――「疑懼」の心理的顕在化を免れえていない自己の生活をふり返りつつ、「いかに桁を違へて考へて見ても」決して架橋しえない、喜助と自分との間に横たわる「大いなる懸隔」を明瞭に意識化せざるを得ない。文字通り、特殊人としての喜助が前面に登場しつつある、と言えよう。このような喜助の特殊性を、一般性もしくは合理性のレベルに引き下ろそうとする庄兵衛の「上辺」の観察を踏まえての総ての試みは、当の庄兵衛本人によって、「譃」として否定されるのであって、遂に「この根柢はもつと深い処にあるやうだ」という漠然たる、しかし、いっそう深い思念の世界に彼は、導かれてゆくのである。このような庄兵衛の思念を辿る限り、それは喜助における特殊性の発見が深化する過程であると同時に、庄兵衛の一般性の自覚が深化する過程でもある、と言えよう。即ち喜助は、一介の貧民であるにも拘わらず、その「慾のないこと、足ることを知つてゐること」、自己の生活に「満足」を見出すことのできる存在である所以を、あらゆる一般的かつ合理的説明づけを拒否し、その埒外に自立して身を以て実現しえている固有の存在として浮び上りつつあるのである。こうして庄兵衛の喜助のあり方（「慾のないこと、足ることを知つてゐること」）を一般化合理化しようとする総ての試みの挫折の上に、喜助の特殊性の真に固有なるものである所以が把握されてくるのであって、問題は今や「人」なるものの一般性と喜助という存在の特殊性との自ずからなる対立（「大いなる懸隔」）へと止揚されることになるのだ。

庄兵衛は只漠然と、人の一生といふやうな事を思つて見た。人は身に病があると、此病がなかつたらと思ふ。其日其日の食がないと、食つて行かれたらと思ふ。万一の時に備へる蓄がないと、少しでも蓄があつたらと思ふ。蓄があつても、又其蓄がもつと多かつたらと思ふ。此の如くに先から先へと考て見れば、人はどこまで往つて踏み止まることが出来るものやら分からない。それを今目の前で踏み止まつて見せてくれるのが此喜助だと、庄兵衛は気が付いた。（傍点稿者）

すなわち、ここで分るのは、喜助の特殊性をめぐる考察の深化が、庄兵衛の一般性の自覚の深化に留まらず、今や庄兵衛を超えた「人」と云うもの、「人間」というものの一般性（「欲望」の無限性）、より正確には「人間」の「欲望」の、一般的属性をめぐる考察の深化に対応していることなのだ。それを「欲望」と「知足」との対立と言いかえても良いし、「不平」と「満足」の対立と言いかえるのも自由であろう。とにかく庄兵衛が、彼一人のみならず、人間一般が「欲望」とそれの充たされない「不平」との葛藤のあわいに、その一生を終るものであるという、最早動かしようのない確固たる認識に到達しえていることを確認しておけば足りる。今や不動のこの認識を原点として、次のような喜助に対する庄兵衛のまなざしが生れる。

庄兵衛は今さらのやうに驚異の目を睜つて喜助を見た。此時庄兵衛は空を仰いでゐる喜助の頭から毫光がさすやうに思つた。

おそらくこの時、真に「仏」の境地に近いのは、一介の無自覚な貧民、鷗外の所謂「本能的人物」(「仮面」)としての喜助ではなく、喜助なる存在の特殊性・固有性を、自己のみならず人間性一般との相違に迄高めることで救抜し、その固有性に確固たる意味づけを与えた庄兵衛の認識の営みであり、喜助に向けた庄兵衛のまなざしの方である。作品展開を通じて変ったのは庄兵衛のまなざし＝認識であり、喜助の客観的なイメージではない。事実としての喜助のイメージは、一貫して神妙にして大人しい無知な下層庶民の役人に対する時のそれに外ならないからだ。

かくして喜助に対する「驚異の目」も、喜助の頭にさす「毫光」も、実はそのような庄兵衛の認識変革のドラマを踏まえて生まれたもの、庄兵衛の主観を通じてのみ幻視されたものであることを、無視することは許されない。そして鷗外の描きたかったものが、客観的な仏としての喜助(あるいは〈自然〉そのものとしての喜助)ではなく、喜助のうちに仏を幻視しえた庄兵衛の主観であったことを、私は疑うことができない。そして庄兵衛のこのような主観の作用のうちにこそ、退官を申し出た後の鷗外における「不平」や「欲望」からの自己解放の希い——自律的な精神としての「知足」の境地への憧れが投影している、と私は読むものである。

その意味で、ここにおいて庄兵衛は、正に作者鷗外の分身、その等身像に外ならなかったのだ。そして、このような庄兵衛と鷗外との緊密かつ有機的関連を前提とすることによってのみ、作品「高瀬舟」における「知足」の主題と「ユウタナジイ」をめぐる「オオトリテエ」の主題とは、初めて統一的に把握しうるのであり、「歴史の自然」もしくは「仏」としての喜助の実像を出発点とすることによっては、作品構造の倒錯をしか結果しないであろうと思われる。言う迄もなく「ユウタナジイ」の主題も庄兵衛の認識のドラマとして提出されるからだ。猪野・山田・田中氏の各論に深甚の敬意を払いつつ、それらに従いえない所以である。

庄兵衛を鷗外の分身にして、その等身像とみなす限り、喜助に向けた庄兵衛の「驚異の目」、喜助の頭からさす

「毫光」の幻視も亦、作者鷗外のものであるはずである。しかるに「縁起」における喜助に対する作者の言及の何とよそよそしいことか。そこでは喜助の「知足」の境地は「銭を持つたことのない人の銭を持つた喜」に卑小化され、人間一般性と喜助という存在の固有性との落差への逢着という庄兵衛の認識のドラマの到達点、ひいては「驚異の目」や「毫光」の幻視に象徴される庄兵衛の感動は、跡形もなく払拭され了っている。

それのみではない。「財産と云ふものの観念」をめぐる作者の「二百文を財産として喜んだのが面白い」（傍点稿者）という結語と「ユウタナジイ」の問題をめぐる「私にはそれがひどく面白い」（同上）という結語とは、「ユウタナジイ」が主であり、「財産と云ふものの観念」は従である、という印象をわれわれに与える。しかし、作品の実態を踏まえる限り、二つのテーマの力関係は逆であり、この事態をめぐっての、先の引用部分に引き続く高橋義孝氏の次の把握(9)は、今日ますます重みを増しこそすれ、決して軽くなることはないはずである。

> 「高瀬舟縁起」はひとつの嘘をついている。表面は安楽死の問題に鷗外は興味を惹かれたように書いているが、それは嘘である。「私にはそれがひどく面白い」という言葉など、とつてつけたようである上に、一読して鷗外が面白がつていたとは到底思われない。つまり鷗外の権威主義的メンタリティは、自己を昔のこの無知な一庶民に同一化させることをきらつたのだ。彼は喜助には到底なりきれなかつたのだ。作中人物に対する作者の微妙な、アンビヴァレントな気持が、作者にこの「縁起」という嘘をつかせたのだ。作者の理想的人間は「喜助」であつては困るのである。

私は高橋氏のこの指摘を全的に肯定する。しかし同時に、高橋氏のこの指摘は「縁起」にのみ厳しく限定すべきである、と思う。作品「高瀬舟」が、作者の「権威主義的メンタリティ」を免れえている所以は、既に見た庄兵衛の認識のドラマのよく証明しえているところだからである。そして「知足」の問題よりも「ユウタナジイ」の問題を作品把握の原点にすえる「高瀬舟」研究史の誤謬は、作者の「権威主義的メンタリティ」によってこの主題の軽重を倒錯した「縁起」の内容を疑わず、それを自明の前提となしたところに発していたのだ、と考える。

さて「縁起」の内容を相対化した上で、「財産と云ふものの観念」を主に、「ユウタナジイ」の問題を従に据え、それらをつなぐものを庄兵衛の認識のドラマに置く、という私の読み取りは、庄兵衛が作者の分身もしくは等身像なのだ、という仮定を前提としている。そして、このような庄兵衛と作者との有機的関連が、「知足」の主題をめぐって展開した作品前半においては、申し分なく十二分に機能しえたことは、すでに試みた分析の示すところである。われわれは、そこでは庄兵衛によって代行される作者の主観の展開に作品前半の主題を読みとることが可能であった。主題は、喜助それ自体にあるのではなく、庄兵衛＝作者による喜助への意味づけにこそあった。そのような意味づけをなしえた庄兵衛＝作者の境位こそが「仏」に近いものであった。そして今、私は、この「仏」の語を「道」と言い換えたい。やがて「寒山拾得」において主題に上されることになる、あの「道」である。

このような庄兵衛と作者をめぐる、いわば無限の漸近線が、「高瀬舟」後半の「ユウタナジイ」の主題の展開においても、「知足」の主題におけると同様に保障されたならば、めでたしめでたしとなって「高瀬舟」は、さまざまの批判を免れ得たに違いない。そして、事実としてそうならなかったところ、庄兵衛と作者の無限の漸近線、即ち庄兵衛が作者の分身にして等身像であるという前半の構図に破れ目が生じたところにこそ、私は「高瀬舟」という作品をめぐる、もう一つの大きな問題があると見るものである。

事態は云うまでもなく、喜助の弟殺しをめぐって庄兵衛の心に生じた「これが果して弟殺しと云ふものだらうか、人殺しと云ふものだらうかと云ふ疑」の到達点としての結末部の次のパラグラフに関わっている。

庄兵衛の心の中には、いろ〳〵に考へて見た末に、自分より上のものの判断に任す外ないと云ふ念、オオトリテエに従ふ外ないと云ふ念が生じた。庄兵衛はお奉行様の判断を、其儘自分の判断にしようと思つたのである。さうは思つても、庄兵衛はまだどこやらに腑に落ちぬものが残つてゐるので、なんだかお奉行様に聞いて見たくてならなかつた。

とりあえず言って置けば、この庄兵衛の判断を、現代においてもなお未解決といって良い「安楽死」是非論争の未解決性《アポリア》それ自体の作品的定着と受けとめることも無論可能である。しかし、それでは、この結末自体が読者にもたらす非明析性《フラストレーション》に対し、何ら有効な救抜の手立とはなるまい。そして、それはおそらく作者主体にとっても非明析性《フラストレーション》を惹き起す不本意な決着のつけ方であった、と私は思う。作品前半において「道」（仏）にまで近づいた庄兵衛の主観の権威は、そこでは著しく失墜し、その能動性を何物かの前に手離すことになって了っているからである。同時にそれは、庄兵衛の主観に自己の主観の権威を託した、作者鷗外の主観それ自体の敗北とさえ読めるではないか。かかる矛盾した事態が、何故生じたのか。

それは既に片岡良一氏の指摘するような、[10] 安楽死肯定を支える人間絶対観と知足への憧れを支える人間性の「限界性の認知や微力な惨めさへの肯定」との矛盾、即ち「「二つの大きい問題」を融合はせて、一つの焦点を作り上げる迄の、題材に対する知的整理」の不在の故だろうか。あるいは又、竹盛天雄氏の指摘するような、[11]「安楽死（略）可否が問題となるため」の「人命がつねに本来あるがままの姿において尊重され、保証されているという条件」の未成立、即ち「庄兵衛がこの問題に頭をしぼる前提」としての「喜助兄弟をはじめとする下層民の悲惨さに対する、当然の人間感情」の確乎たる「表明」の欠如によるものだろうか。ともあれ、作品「高瀬舟」が唐木順三氏の指摘する次のような次元に放置されたことだけは確実であろう。

この末尾で再度鷗外は曖昧になつてしまつた。（略）折角解決したばかりの問題にまた躓いたわけである。オオトリテエを歴史的な権威の上にたつものとする考へを脱しきれないのである。喜助の頭に毫光をみたとき、既にこの第二の疑念は解決されてゐる筈である。喜助がオオトリテエそのものであるのだ。鷗外はそれを言はうとしたのであるが、何時の間にかぼやけて来て、どこやらに腑に落ちぬものが残るといふやうなことを書く。そしてこの曖昧さは次の「寒山拾得」をまたなければ解決のつかぬ問題だと思ふのである。（『鷗外の精神』）

唐木氏のこの指摘は、結果として見事に「高瀬舟」の弱点を衝いていると思う。私はその限りで、この指摘に賛成する。にも拘わらず「高瀬舟」論の深まりのためには、唐木論が「オオトリテエ」の問題をめぐり、庄兵衛と作者を表裏一体として捉え、庄兵衛の「オオトリテエに従ふ外ないと云ふ念」への逢着を作者その人のものと捉えているところに、「高瀬舟」後半をめぐる庄兵衛と作者との離れの問題の見落しがあることを指摘しなければならない。「高瀬舟」の分裂は、後半における、この庄兵衛と作者との離れにこそ起因したのである。

それでは、その離れは何により惹き起されたのか。云うまでもなく〈秩序〉（オオトリテエ）の問題――具体的には庄兵衛における「お奉行様の判断」をめぐる主体的対応をめぐって惹き起こされたのである。「京都町奉行の配下の同心」庄兵衛は、「しみじみと人の哀を身に引き受けて（略）無言の中に私かに胸を痛める同心」、「心弱い、涙脆い同心」に類する一人であるが故に、「町奉行所の白洲で、表向の口供を聞いたり、役所の机の上で、口書《くちがき》を読んだりする役人の夢にも窺ふことの出来ぬ」喜助の「境遇」を理解し、そこに「仏」さえ幻視しえたのだ。だから、庄兵衛の設定は、作品前半において、視点構造（〈語り〉の構造）として見事に成功し、作者の主題意識やモチーフを充足しえた。

にも拘わらず、この同じ視点構造が、作品後半においては破綻を現わす。なぜなら「安楽死」の主題は、「お奉行様の判断」への疑いという〈秩序〉(「歴史の自然」)の矛盾を思いがけなくも内包していたからである。庄兵衛が「江戸で白河楽翁侯が政柄を執つてゐた寛政の頃」、徳川封建制の基盤が未だ揺がぬ近世中期の「京都町奉行の配下にゐる同心」である限り、〈秩序〉に対する〈疑〉は持ち得ても、それを一歩進めて〈秩序〉(「お奉行様の判断」)批判に至る途は、当初から閉ざされていた、と見るのが自然ではないか。ここに浮び上るものは、作品前半において、徳川中期の京都町奉行配下の同心を視点人物に設定し、視点人物における認識のドラマに作者の主題意識やモチーフを仮託しえた、作品「高瀬舟」における視点構造――〈語り〉の構造の、作品後半における破れ、即ち作者の主題意識やモチーフとの離反それ自体である、と言えよう。そして、そのような意味での視点構造の作者主体からの離れによって、皮肉にも作品「高瀬舟」は、「寛政の頃」の京都町奉行配下の同心庄兵衛の認識のドラマとしての一貫性――すなわち庄兵衛の語りの可能性と限界とによって保障される作品世界の自己完結性を獲得しえた、と言えよう。

「高瀬舟」の視点構造――〈語り〉の構造の達成と限界とは、後に作品の達成をめぐる肯否両様のさまざまな論議を呼ぶが、作者は、自己の抱懐する脱〈オオトリテエ〉の主題・モチーフを十全に充足すべく、新たな視点構造――〈語り〉の構造を求めるための旅に出る。「高瀬舟」脱稿後、直ちに「寒山拾得」が起筆されねばならなかった所以がそこにある。

(一九八九・九・一一、高知にて)

注

(1) 片岡良一「「雁」から「高瀬舟」へ」(『近代日本の作家と作品』岩波書店、昭14・11)、笠井清『鷗外「山椒大夫」「高瀬舟」新講』(有信堂、昭31)、長谷川泉「高瀬舟」(『森鷗外論考』明治書院、昭37・11)。

（2）桑原武夫「鷗外と不俗」（『歴史と文学』新潮社、昭26・12）、三好行雄「森鷗外——歴史小説について——」（『解釈と鑑賞』昭34・1）、長谷川泉　注（1）所出論。
（3）「『高瀬舟』における鷗外の人間認識」（『明治の作家』岩波書店、昭41・11）。
（4）「鷗外における「歴史を超えるもの」について——「安井夫人」から「高瀬舟」まで——」（『日本の近代文学——作家と作品』角川書店、昭53・11）。
（5）「〈読む〉「高瀬舟」私考」（『日本文学』昭54・4）。
（6）「作品解説」（『森鷗外』五月書房、昭32・11）。
（7）「歴史小説と史伝・森鷗外」（『解釈と鑑賞』昭35・10 秋季臨増号）。
（8）「「椙原品」の位置」（『湘南文学』昭51・3）、「「寒山拾得」論」（『現代国語研究シリーズ6　森鷗外』尚学図書昭51・5）。
（9）注（6）所出、高橋論。
（10）注（1）所出、片岡論。
（11）「鑑賞」（『鑑賞と研究　現代日本文学講座　小説3』〈三省堂、昭38・1〉所収「森鷗外」中「高瀬舟」）。
［付記］本稿は、「高瀬舟」のテキスト分析としては、特に「安楽死」の主題をめぐって不十分なものがあるが、都合上、後考に回した。稿者のとりあえずの〈読み〉の大枠を示したものとして、御宥恕願いたい。

『澀江抽斎』論――小説ジャンルの崩壊と終焉

　鷗外における〈澀江抽斎〉というイメージの生成・結実と作品形成のプロセスとの相関関係については、すでに多くの先学の指摘がある。今、それら諸説を再検討する余裕はないが、それら先行研究の中心的命題として、退官時鷗外における「不平」の有無及びその内実の問題があることを避けて通るわけにはゆくまい。唐木順三による「不平と焦慮と寂寞」（『森鷗外』）という把握と、それへの反措定としての平岡敏夫による鷗外の過去半生の二元的な生への「不平」という視点に基づく「傍観者」から「行為者」への転生のモチーフの提示、平岡説批判としての三好行雄による「寝耳に水」の噂（「婦女通信」）に接した鷗外の「不平」の再提起、平岡による自説の再確認（「鷗外における官僚の問題」『森鷗外必携』学燈社、昭43・2）のプロセスは、すでに周知の事実と言えよう。

　にもかかわらず、戦後の『森鷗外』における余りにも整理され過ぎた把握に至る前の『鷗外の精神』における、「軍服に対する鷗外の、想像以上の執着」を基本軸とする唐木の把握のもつリアリティは、必ずしも平岡・三好論争において発展的に継承せしめられなかったのではないか。つまり、退官をめぐる〈不平〉の有無以前に、鷗外にとって「軍服」を脱ぐことそれ自体が、すでに痛切な事件であったのだ。『抽斎』執筆の大半の過程にあってさえ、鷗外はなお現役であり、〈公〉の中に身を置き続けたのである。鷗外における〈公〉と〈私〉、〈国家〉と〈個人〉との截然たる二元性は、すでに確立されたイメージとしてあると言えようが、その二元性は、絶えざる緊張関係の故にこそ、かえって二元性が二元性として機能しつづけたのである。

そのような、いわば明治的なる精神が、〈公〉（国家）の軸を喪失し、二元的な緊張関係を見失ったとき、残された〈私〉（個人）の前に、いかなる視野が見出されえたか。ここにこそ、いわゆる退官問題と『抽斎』との関係をめぐる枢要な心理的領域が見出されるだろう。忌憚なく言えば、〈公〉の軸を喪失した〈私〉の虚脱感こそが、退官時鷗外の〈不平〉の実態なのではなかったか。そして唐木順三は、『森鷗外』におけるごとく退官時鷗外の「不平」を「心ならずも」の退官などとイメージするべきではなく、「抽斎・蘭軒とつづく端倪すべからざる努力の連続、『なかじきり』『空車』の枯寂、それも鷗外の心裡の空隙をうづめるためのひたむきなる傾倒であつたかも知れぬ」とした『鷗外の精神』の原点に断乎立ち止まるべきであったのである。

ともあれ、明治的なる精神が〈公〉の軸を喪失せんとする虚脱感は、なによりも『抽斎』冒頭の「述志」の詩の解釈において、「学医伝業薄才伸」の句に謙譲でなく、〈不平〉を読みとった鷗外の主観の発動のうちに示されている、と見る通説に従うべきか。この詩については、すでに竹盛天雄がその第三句が出典（『抽斎吟稿』）では「栄達窮達任天命」となっていることを指摘している[1]が、問題は、そこに留まらない。その成立時点を鷗外は「想ふに天保十二年の暮に作つたものであらう」（傍点稿者）としているが、出典では、直後に「辛丑二月」の付記のある「失児」の詩が配されているのであり、天保十一年庚子十一月八日、数え三十七歳の誕生日、もしくは天保十二年辛丑正月の成立とするのが妥当だろう。以上は成立年月をめぐる鷗外の些かな判断ミスだが、そこに「抽斎の不平」を見た鷗外の判断については、いっそうの精査を要する。

たとえば、天保十一年歳旦の作と思われる「述懐」の和歌は「みそち阿まりむとせの春をたとりきて阿ハ連おろかのわか身かハらぬ」であり、「辛丑五月廿日」即ち「述志」成立の年の五月製作の日付のある「雨後対月」の漢詩一、和歌二の最後の作は「晴間なきさミたれ空の名残なく今宵の月にうさを忘れつ」である。これに続くゆえに、同年の作と思われる「葵花」和歌二首の後の一首には「よしあしもいかなる事に葵ぐさ愚なる身のさとらぬそうき」とある。さらに「辛丑閏正月廿日宿題」の付記のある「雪中」「偶成」二首の前のものは「昇平二百有余年率土億民槃鼓腹食稲衣裘宰我安殺雞炊黍季由宿白尨欣雪走奔〻魯児擬優喧僕〻富貴任天勿羨望忘貧独酌啖蘆菔」（傍点稿者）であり、末尾二句には「述志」に通う心境が仄見える。

以上のような「抽斎吟稿」からの摘記に従えば、そこには「葵花」に象徴される徳川二百年の泰平の治世にあって、人々の豊かさや欣びに引きかえ、いまだ志の伸びぬ抽斎の鬱悶のひそかな形が確かに浮び上がっているのであって、だからこそ弘化元（一八四四）年三月の作と思われる「医学講官の命を蒙りし時」と題する和歌七首――「思はさる道の誉にましてなほ君の恵の深きをそしる」「かけまくもかしこき仰かゝふりておろかなる身そおき所なき」等々における抽斎の喜びの深さを、さこそと察しうるのである。

こうして見ると、「述志」の詩の世界自体も自ずと異なった相貌を呈するかに思われる。

抽斎は「薄才伸」と謙遜しているが、その底には密かな鬱悶が秘められている。まさに「抽斎の不平」「反語」を読みとった鷗外の把握の正確であったことが確認されるのである。鷗外の解釈は、主観的でも自らに引き寄せた虚構でもなかった。「抽斎吟稿」全体への紙背に徹する読みによって、「吟稿」の世界を奥底で支える抽斎の「不平」と「安楽」とを、ともどもに過不足なく救抜しえていたのだ。

にもかかわらず、抽斎の「不平」を救抜しえた、このような鷗外の深い対象への沈潜の背景に、退官後の一元的な〈私〉の生を想望しつつ、なお鷗外の精神の裡に作動することを止めなかった「老驥櫪に伏すれども、志千里に在り」（「その一」）という〈公〉への志を見ることは許されよう。抽斎の「不平」は、そのような鷗外の「明治の精神」と遥かに共鳴し合うものであるがゆえに、作品冒頭に確かな存在感を以て掲げられるに価したのである。

＊

「わたくしは筆を行《や》るに当つて事実を伝ふることを専にし、努て叙事の想像に渉ることを避けた。客観の上に立脚することを欲して、復《また》主観を縦《ほしい》まゝにすることを欲せなかつた」(『蘭軒』「その三百六十九」)とは鷗外自ら言う史伝の「体例」である。「想像の馳騁《ちへい》、主観の放肆《ほうし》」を「断乎として(略)斥ける」(同上)立場は、鷗外の牢固たる信念となった観がある。しかるに『抽斎』においては、各人物のエピソードにおける、抽斎の政治的建策における、そして抑も抽斎探求の経緯(「その一」から「その九」)における鷗外の〈私〉の主観の解放や、想像力の発動の跡の著しいことは、すでに研究史が明らかにしてきたところである。にもかかわらず「考証」を必須の方法とした「歴史」という鷗外史伝の端緒としての『抽斎』の位置は已然として不動である。

蓋し、あえて挑発的な言い方をすれば、『抽斎』に豊富なエピソード群、その小説的描写法、また史料の採択者にして、作品の語り手かつ司会者としての「わたくし」の一貫した登場を以て、小説と断じる大方の見解は、もはや枯渇しきった小説の生命力に「見果てぬ夢」を託し続けているのであって、現実は夙に小説なるジャンルを見限って、遥か先に出てしまっている。そのようなジャンルとしての小説の終焉という、今日誰の目にも明らかとなりつつある文学全体が置かれている厳しい状況をたじろがずに見据えるとき、『抽斎』以下鷗外史伝のもつ不動のリアリティが改めてわれわれの眼前に甦ってくるのだ。

すでに篠田一士が言うように[2]、そのような「歴史」(『蘭軒』「その三百七十一」)としての『抽斎』以下鷗外史伝のもつ不動のリアリティは、「考証」(同上)という彼の方法の如何なる特質に由来するか。この一見陳腐な問いは、鷗外なる作家の認識の原形質とも関わって改めてふりかえられるべきだろう。幸いに全集中に、史伝執筆中のものと覚しい「京都叢書発行趣意書」なる短文がある。いわく、「夫れ人生の智識は、正確に事物を時間と空間との上に排列するにあり、是れ学者の最も歴史と地理とを重んずる所以なり」。すなわち鷗外の「考証」は、なによりも、「事物」の「排列」の「時間」と「空間」をめぐる「考証」であった。

「時間」と「空間」とは、われわれの日常に最もなじみの深い概念であり、また、実質である。しかし、なじみが深いゆえに、それはわれわれの日常の意識において、ともすればその本来の意味を見失われがちなものである。われわれは自らの意識によって生きているのであって、物理的客観的な時空間は、われわれの意識の焦点に関わるときにのみ浮上する。その意味では、物理的客観的な時空間は、たえず、われわれの意識から滑落してゆく時空間である。そして、近代小説の主要な関心は、われわれに意識された時空間、即ち意識の世界そのものにあって、そこから滑落する客観的時空間の世界にはなかった、と言えよう。いわば、人間の意識への絶対的信仰こそ、近代小説成立の前提的条件であった。しかるに、今日のように意識（ひいては主体）への絶対的信仰が揺らぐとき、ジャンルとしての近代小説は、必然的に解体の過程を必然化される、と言えよう。

このような近代小説の意識の袋小路に対し、『澀江抽斎』以下の鷗外史伝は、物理的客観的な時空間を絶対的座標軸として、その内部に生きる人間の行為を「考証」する。鷗外は、この方法によって、意識（ひいては主体）への絶対的信仰によって逆にリアリティを失った近代小説の袋小路をクリアーするとともに、稀薄化したわれわれの生の感覚それ自体を、非情な物理的客観的時空のうちに呼び戻すことによって、その本来の姿に立ち戻らせるのである。同時に鷗外のこの方法は、本来〈意識〉（主体）の所産としての〈想像力〉や〈虚構〉という近代小説の基本的方法への決定的懐疑の表明をも意味する。鷗外史伝においては、常に〈事実〉（歴史）は〈想像〉（虚構・主体）より奇（豊饒）なのである。

さて、このような意味で、滑落してゆく時空間をつなぎとめ、人間の生の姿を再認識せしめる鷗外の方法が、具体的には如何なる形をとって作品内に立ち現われたのか。抽斎伝の実質的出発点と言うべき「その二十四」後半から恣意的に引用してみたい。

抽斎が始て市野迷庵の門に入つたのは文化六年で、師は四十八歳、弟子《ていし》は五歳であつた。次いで文化十一年に医学を修めんがために、伊沢蘭軒に師事した。師が三十九歳、弟子が十歳の時である。（略）

文化十一年十二月二十八日、抽斎は始て藩主津軽寧親に謁した。寧親は五十歳、抽斎の父允成は五十一歳、抽斎自己は十歳の時である。想ふに謁見の場所は本所二つ目の上屋敷であつただらう。（略）

右の叙述で注目されるのは、第一にやがて〈系譜的方法〉に発展せしめられるものとしての編年体、第二にそれと対応する年号及び年齢の並記である。年号という客観的時間が、〈永遠〉につながるものであるとすれば、年齢とは、人間という存在の限局された生を踏まえた生物的時間の指標である、というありきたりの事実は無視されてはなるまい。

近代小説は、ふつう、意識の中の時間——生きられた時間を追求する。それは、生きられた時間を通じて人間の生を永遠化する作業とも言えよう。しかし、滑落してゆく物理的時間の回復を通して生の意識に到達しようとする鷗外史伝においては、人間の生や意識の有限性（死）こそが、むしろ人間の生を把握する出発点である。それは、近代小説の方法・内容たる意識の絶対化、細分化が、ついに人間の生の全体像《リアリティー》の領略に挫折した今日的事態を見越した上での鷗外における生の全体像《リアリティー》を回復するための、もう一つの独創であったと言えないだろうか。

こうして見れば、安政五年八月における主人公抽斎の突然の死が、「その五十三」前半において次のように思いがけぬ平静さで叙述されるのも、鷗外の方法の原理的必然であったのだ。

二十八日の夜丑の刻に抽斎は遂に絶息した。即ち二十九日午前二時である。年は五十四歳であつた。遺骸は谷中感応寺に葬られた。

＊

「その五十三」から「その六十四」にかけての「衞語《えいご》」に基づく抽斎の「心術身行の由つて来る所」の考察、抽斎の「一種の語録」、澀江氏の勤王をめぐる献金強盗の逸話、「抽斎の日常生活」についての叙述を挟んで、作品は、抽斎歿後の「子孫、親戚、師友等のなりゆき」に立ち入ることとなる。作品構成上、いわゆる〈抽斎歿後〉の成立であり、また、鷗外の言に従えば、「一人の事蹟を叙して其死に至つて足れりとせず、其人の裔孫のいかになりゆくかを追蹤して現今に及ぶ」（『蘭軒』「その三百七十」）、「ジエネアロジツク」（「なかじきり」）の方法としての「独特」の「体例」の成立である。この「体例」について鷗外はさらに「わたくしは（略）前代の父祖の事蹟に、早く既に其子孫の事蹟の織り交ぜられてゐるのを見、其系を断つことをなさずして、組織の全体を保存せむと欲し、叙事を継続して同世の状態に及ぶ（略）」（『蘭軒』同上）とも説明している。しかし、これらの説明もなお作の実態を汎《あまね》く弊いえてはいない。

　そもそも伝記が、物理的客観的現象でなく、人間の生を対象とする以上、主人公に発するジェネアロジーの追求に留まらず、主人公をめぐる「親戚、師友」等の横のひろがり、社会的人間的諸環境の追求をも必須の与件とすることは、当初から余りにも明らかな事態と言わなければならない。その意味で鷗外は、すでに抽斎の伝記叙述に先立ち、その前提として、「当時の社会」における「学問芸術界の列宿」、「他年抽斎が直接に交通すべき」「抽斎から見ての大己」（「その十二」）たる迷庵・棭斎、蘭軒から石塚豊芥子に至る諸人物について、それぞれの目《もく》を立て、彼らについてのジェネアロジーとその学問・芸術について予め総括している（「その十二」～「その二十四」）のは、当然の作業と言えよう。のみならず、抽斎の伝記に立ち入ってからは、抽斎の行実に留まらず、抽斎と彼らとの交渉そして彼ら各自の行実とを、通時的かつ共時的に追求しているのである。

すなわち、抽斎の伝記は、主人公抽斎の生をめぐる叙述であるとともに、実は軽重の違いこそあれ、このような「大己」である人々をめぐる伝記でもあった、と言えよう。そして、『澀江抽斎』がよくその社会的なひろがりとリアリティとを獲得しえている理由は、このような共時的多層的な人間関係の錯綜と交響の効果によるところが大きい。「組織の全体」とは、そのような意味での人間関係におきかえられた共時的多層的な社会的空間的ひろがりの全体像をも、実は指し示していたはずである。

すでに抽斎生前の叙述において、周到に布置せしめられていた共時的な視点は、作品のミクロ・コスモスの強力な統括力であった主人公を失って以後、その本来の力を存分に揮い始める。諸人物は、文字通り、時間と空間の中に解き放たれ、いわば各人物がそれぞれ主人公として、おのがじしの生を歩み始める。恰も好し、時代は抽斎の生きた調和と安定のミクロ・コスモスの世界から〈秩序〉の原理の動揺に由来する混沌としたカオスとしての世界――幕末・維新期へと突入してゆく。〈抽斎歿後〉は、こうして依然健在な時間軸を中心とする生の認識、生の全体性《リアリティ》の回復とともに、空間軸を中心とする無数の人物の織りなす共時的多層的な生の交響を奏で始める。『澀江抽斎』は、ここに至って初めて通時と共時とを統合した真の〈歴史〉の姿を浮び上がらせることに成功したのである。

*

おそらく、ここに浮び上がるのが、作品『澀江抽斎』の歴史としての豊饒性をめぐる史料提供者澀江保の存在の意味の重要性である。抽斎の嫡子として漢方の学医たるべきであった保は、抽斎もひそかに予感したように西洋の侵襲による時代の激変により、蘭語にあらず英語を学ぶことになり、士族の階級的没落の過程を生きぬく過程で、維新後、師範学校を卒業して教育家となり、また、ジャーナリストとなり、江戸から弘前へ、弘前から東京へ、さらに浜松、静岡、東京へと幕末・維新期の時空間を放浪する。彼は、やがて書肆博文館に抱えられた文筆家として百五十部もの著作・飜訳を出版するに至るのだが、このような保の変化と波乱にみちた生の軌跡は、あるいは「ヂレツタンチスムを以て人に知られた」（「なかじきり」）という鷗外生涯への総括に示される徒労感とも重なりつつ、その思想、交遊、知人層のひろがりにおいて「時代の変遷」、社会変化の具体相を展望するに足る、確実なひとつの〈窓〉たりうるものであった。抽斎・枳園の学統の維新を挟む顚末も、士族の没落やその後の生活も、維新を挟む庶民・官吏の人情・世相の転変も、すべて保の眼に依拠することによって展望しうるはずであった。また、上層と下層、知識人にして生活者、旧時代と新時代を一身に兼備した保の生は、〈挫折〉の生であったが、にもかかわらず、決して挫けぬ〈明るみ〉を求めての生であった。それゆえにこそ、保の生の軌跡は、その〈徒労感〉において、幕末・明治の歴史の必然的に抱えこまざるを得なかった根源的な喪失感を象徴しうるものであった。そして、おそらくこの徒労感と喪失感の深さへの共鳴こそ、鷗外に〈歿後〉の構想を抱かせた最後、究極のモチーフであったろう。こうして私は、「歿後」の構想成立の直接の契機を、保との会見時（大4・11・2）にまで溯って求めうると見たいのである。[3]

*

そのような保を中軸とする〈歿後〉への出発に当り、鷗外は「筆端に纏繞《てんじょう》して、厭ふべき拘束を加へようとする」「許多《あまた》の障礙」の存在するだろうことに言及した（「その六十五」）。鷗外はまた、「此障礙は上に抽斎の経歴を叙して、その安政中の末路に近づいた時、早く既に頭を擡《もた》げて来た」とも言うが、その具体的意味は必ずしも明確ではない。あえて臆測すれば、安政二（一八五五）年における藩への甲冑改めの建言、翌三年の国勝手の議の建策、さらには同じく安政三年と目される「某貴人」への献金及び献金強盗事件の叙述などが挙げられよう。とりわけ献金強盗事件をめぐっては、鷗外は「此一条は保さんもこれを語ることを躊躇し、わたくしもこれを書くことを躊躇した。しかし抽斎の誠心《まごころ》をも、五百の勇気をも、かくまで明に見ることの出来る事実を堙滅せしむるには忍びない。ましてや貴人は今は世に亡き御方である。（略）わたくしはかう思惟して、抽斎の勤王を説くに当つて、遂に此事に言ひ及んだ」（「その六十一」）と長い弁疏の語を連ねるところがあった。この叙述を見れば、「安政中の末路」における「障礙」を献金（強盗）一件を指すと考えることも可能だが、おそらくは、そうではあるまい。抽斎の二件の藩当局への建策をも含めて〈政治〉や〈秩序〉の問題の作品世界への介入それ自体を、鷗外が「障礙」と見、「厭ふべき拘束」としたとするのが妥当と思う。

ここに想起されるのは、安政二年の建言の叙述の前提をなす鷗外の学問観の披瀝（「その四十五」）における、「学藝を研鑽して造詣の深きを致さんとするもの」、即ち「学者」における「用無用を問はざる期間」の強調である。鷗外は、この「期間」について「啻《たゞ》に年を閲するのみでは無い」「或は生を終るに至るかも知れない」「或は世を累ぬるに至るかも知れない」と例の時間感覚を尖鋭に、かつ漸層的に畳みかけ、この「期間」における「学問の生活」と「時務の要求」との「截然」たる二元性を強調した上で、「時務の要求」に立ち上がった「学者」の背面における「学問のための損失」を指摘してゆくのだが、実質的には安政二年の建策をめぐる叙述の枕でありながら、それにしては異例なまでの思い入れのこもった、そして異様なまでに尖鋭な時空感覚を介して強調された、このような学問と政治との截然たる二元性の主張は、実にさまざまな感慨をわれわれに喚起しないではいない。

鷗外の言う「学問の生活」と「時務の要求」との截然たる二元性の主張は、一応は尤もである。しかし、「時務の要求」と「截然として二をなしてゐる」学問とは、逆にそれ自らがきわめて限定された学問であるとも言えよう。反対に「時務の要求」に敏感に対応する学問もまた、ありうるだろう。時はまさに一時代の終焉に向かって激しく動き出しているのだ。とすれば、ここで鷗外の言う「学問」とは、いわば反政治、非政治の極に位置する「学問」

でこそあろう。そして、そのような「学問」の位置は、抽斎の身を置く考証の学、校勘の学のそれにみごとに照応している。その意味では鷗外の主張には何ら矛盾はない。

一歩進めて言えば、ここでの「学問」とは、彼自ら言うように「用と無用とを度外に置い」た学問、「用無用を問はざる」学問でこそあろう。それは積極的には、外界からの一切の干渉を斥けた自律的かつ独立的な「学問」と言えないこともない。このような学問観は、あるいは明治二十年代の文学・医学論争以来、鷗外に一貫したものである、とも見られよう。にもかかわらず、そこには反政治のみでなく、非政治としての側面に関わる現実回避の退行性もまた、不可避的に絡みついてはいないだろうか。

さらにまた、このような学問観をめぐる「用無用」の排除という考え方は、実はそのまま鷗外の史伝的営みのありかたに重なるものであった。後に鷗外は、自らの史伝を「無利害の述作」と言い、「自家の文の有用無用を論ずることを忌避する」と言い（『蘭軒』「その三百七十」）、「わたくしは（略）此等の伝記を書くことが有用であるか、無用であるかを論ずることを好まない。只書きたくて書いてゐる」と言い（「なかじきり」）、「彼虚舟にも比すべき空白」と比喩した（『蘭軒』「その三百七十一」）。そのような鷗外の立場から見れば、抽斎の政治的建策は「喙《かい》を時事に容るゝ」（「その四十五」）ものであり、「安政三年になつて、抽斎は再び藩の政事に喙《くちばし》を容れた」（「その四十九」）と否定的に叙述されても仕方のないものであったのだ。

確かに鷗外も言うように抽斎の「本色」（「その四十六」）は、「古書を講窮し、古義を闡明するにあつた」。にもかかわらず抽斎らの安政三年の国勝手の議が受け容れられなかったことについて、なぜ鷗外は後に「憾むらくは要路に取つてこれを用ゐる手腕のある人が無かつたために、弘前は遂に東北諸藩の間に於て一頭地を抜いて起つことが出来なかつた。又遂に勤王の旗幟を明にする時期の早きを致すことが出来なかつた」（「その五十」）という、きわめて政治的な「論讃」を加えたのか。にもかかわらず、その後にまた、これらの抽斎の行動を指して、なぜ鷗外は執筆上の「許多の障礙」「厭ふべき拘束」の対象と見たのか。これは矛盾ではなかろうか。

このように見てくるとき、私は鷗外の言う「用無用を問はざる」史伝的営みの根底にさえ潜在し、鷗外の「わたくし」を現に羈束しつつある〈政治〉や〈秩序〉による呪縛の深さに想い至らざるを得ないのである。

埋もれた学者抽斎の生の発掘、考証学という非政治の学統の追尋の中に〈秩序〉による呪縛からの解放を夢みた鷗外に、しかもなお執拗に絡みついて離れようとしない〈秩序〉や〈政治〉——その意味で市井の自由人たりうるはずであった史伝の作者は、同時に、思いがけず自己をなお規制しつづける〈政治〉や〈秩序〉の影に脅かされる不幸な作者でもあったと言えよう。

こうして、極言すれば、〈自由〉の追求者鷗外は、同時に〈秩序〉や〈政治〉からの無限の逃避者でもあった。もちろん、「時代の変遷」（「その九」）と言ったとき、そして〈抽斎歿後〉の発想を手に入れたとき、鷗外はすでにこの事態を予想することができたにちがいない。その上で、あくまで〈書く〉決意に固執したにちがいないのだ。〈歿後〉への出発に当っても「しかしわたくしは縦《よ》しや多少の困難があるにしても、書かんと欲する事だけは書いて、此稿を完《まった》うする積である」（「その六十五」）と言っている。

にもかかわらず、叙上の事態は〈歿後〉に抜くべからざる幾つかの瑕瑾を遺すに至った。

すでに稲垣達郎氏は、その論文「鷗外一面」（「国文学　解釈と教材の研究」昭48・8）において、抽斎歿後第二十三年、明治十四（一八八一）年の条りにおける澀江保と三河国国府《こふ》の政治家武田準平とが政治結社進取社を結成した件を取り上げ、出典「抽斎歿後」の叙述中「「政党が争ひ起」ることに直接かかわりをもつ「開拓使官有物払下事件」をテコにした反政府運動と体制側の対応」が作品で捨象されていることを見出し、「この政変をめぐっての、日本を動かしたエネルギーに内在する契機」が、鷗外の「要約の為方のなかに潜んでしまった。（略）簡潔な、みごとな状況説明でいながら、その余白に、歴史の空隙が感じられないだろうか」と指摘している。

稲垣氏の顰みに倣って言えば、抽斎歿後第三十年、明治二十一（一八八八）年の条りにおける保と中江兆民との親交をめぐる叙述にも問題がある。出典「抽斎歿後」と対比して以下に示す。

（略）一月に東海暁鐘新報は改題して東海の二字を除いた。同じ月に中江兆民が静岡を過ぎて保を訪うた。兆民は前年の暮に保安条例に依つて東京を逐はれ、大阪東雲新聞社の聘に応じて西下する途次、静岡には来たのである。

（『澀江抽斎』「その百九」）

（欄外に「一月三日、東海暁鐘新報。暁鐘新報と改題（単に東海の二字を除く）」とある—稿者注）一月二日。旧臘二十八日保安条例に依つて退去を命せられたる中江篤介（弘化三年丙午生、兆民と号す）大坂東雲新聞の聘に応じ通行の途次、来訪した此の人ハ私が在京の時より親交したが此の時兄弟の誓約書を私に交付し私にも交付せよといつた依て交付した此の人亦奇人にて東京以来屡〻奇事あり此度滞岡中も亦諸種の奇行があつた

（「抽斎歿後」傍点稿者）

すなわち「歿後」における保と兆民との兄弟の誓約書の取り交わし、さらには東京時代以来の保と兆民との「親交」が、作品では全く捨象されているのである。

むろん、鷗外は、兆民が保安条例によって東京を逐われたこと、大阪東雲新聞社の招きに応じて西下の途次であったこと、さらに抑も「東海暁鐘新報」が自由党の機関紙であり、社主前島豊太郎が明治十五年に禁獄三年、罰金九百円に処せられ、「世の耳目を驚した人」（「その百九」）であったことも、引用直前の前年（明20）の段に記している。行き届いた記述である訳だが、兆民と保との「親交」と、その極点としての兄弟の誓約書の相互交付の事実は、

これらを作品から削除したのである。

出典「抽斎歿後」に拠る限り、澀江保は確実に自由民権思想家――少なくともその無視できぬ論客の一人であったはずで、それは明治十五年の段に記されているベンサムの選挙論をめぐる島田三郎（「東京横浜毎日新聞」）と福地桜痴（「東京日日新聞」）との論戦において、福地を応援した外山正一に対し、島田を支持する立場から堂々の論陣を張った一事によっても明らかである。むろん、このような自由民権論者としての彼の活動を、鷗外は客観的には記述しているのだが、保の活動を支えた内面の情熱や、大状況と関わる保の政治意識のもっとも鋭い面――たとえば兆民との親交に示される反秩序意識――を根底から救抜することを鷗外は慎重に忌避したのである。同様のことは、維新後の森枳園の動静をめぐる叙述ぶり等にも言えるのだが[4]、私はそこに、「縦《よ》しや多少の困難があるにしても、書かんと欲する事だけは書」くという先の決意にもかかわらず、〈抽斎歿後〉を執筆する鷗外の筆端にまつわりついて、如何ともなしえなかった「厭ふべき拘束」の具体的痕跡を見出さざるを得ない。

学藝の徒のミクロコスモス、その自律的展開の追求という『抽斎』の世界は、政治や秩序の世界に拮抗しうる反、世界、もう一つの維新史の構築のモチーフの裏面に、政治や秩序との対立、個人の意識を通じて現われる歴史の最も鋭い矛盾の相への剔抉の回避という鷗外生涯に関わる退行のモチーフを潜ませていたのであり、先の「用と無用とを度外に置い」た「無利害の述作」としての史伝執筆の営みは、この二面性において把握されなければならない、と言えよう。

にもかかわらず、史伝『澀江抽斎』が、その尖鋭な時間・空間の感覚を駆使して、小説ジャンルにおいては喪失された文学的リアリティの回復を図るとともに、他面多元的多層的に錯綜するもう一つの歴史（維新史）を描きえていること――少なくとも、新しい歴史叙述への決定的な、新しい一つの方法を齎しえていることは、これを否定しえない。直線的単一的な歴史でなく、さまざまな可能性を胚む複合的な現実の競合としての歴史、多層的重層的な、個人の生と時代との交響としての歴史、そのような今日求められ、未だ未解決の課題であり続けている新しい歴史叙述に向けて、『澀江抽斎』以下鷗外史伝の方法のもつアクチュアリティーは、依然生き続けている、と言って良い。

このような〈文学〉と〈歴史〉との二領域にわたる『抽斎』の達成を踏まえて、叙上の事態を瑕瑾と呼ぶ所以である。

注

（1）竹盛天雄「『澀江抽斎』論―その邂逅と追蹤」（『現代文学講座7大正の文学』至文堂、昭50・5）

（2）篠田一士『傳統と文學』（筑摩書房、昭39・6）―「Vテエベスの大門から」。

（3）拙稿『日本近代文学大系12　森鷗外集Ⅱ』（角川書店、昭49・4）『澀江抽斎』補注五五八参照。

（4）作品「その九十五」に保が枳園を訪ねると枳園は「酒を被つて世を罵つた」とあるが、出典には「一杯を酌ミながら、時世を痛論し、当時の政府を攻撃し、且つ／『塩田良三さへ権大丞（略）に為つて居るのだもの、実に乞児芝居だ』／などと言つた」とあり、作品では薩長藩閥政権に対する枳園の反感が時代一般への批判に置き換えられ、抽象化されている。注（3）所出、前掲書二二六頁頭注一一参照。また、枳園に関わらないが江戸期の叙述における同様の傾向については同書補注二三六参照。

短篇「余興」の位置

短篇「余興」は、大正四年（一九一五）八月、雑誌「アルス」（『ARS』）第一巻第五号に発表された。鷗外日記大正四年七月二五日（日）に「余興を艸して北原白秋に寄す。」とあり、同日の成稿と思われる。作品冒頭に「同郷人の懇親会があると云ふので、久し振りに柳橋の亀清に往つた。」とあり、作品空間は柳橋の料亭亀清になっているが、「同郷人の懇親会」に着目して日記を検すると、三日前の七月二二日（木）に「亀井伯第に祭典ありて往く。」とあるので、現実の舞台は、亀井邸であった可能性がある。

「余興」は殆んど人に注目されて来なかった作品と言って良いだろう。私の拙ない記憶では、高橋義孝『森鷗外』（昭和三二年一一月、五月書房）の「作品解説」の章に「余興」の項があって、次のように説いているのが先駆的であった。

> 人はあまりにこの作品についていわないが、鷗外の魂の歴史の上では、この作品は重要な位置にあると思われる。この作品の先駆は「杯」（明治四三年一月）――「私は私の杯でのみます」という「杯」である。この「杯」＝「余興」の線は、もう一方の「百物語」＝「なかじきり」の線とともに鷗外心性の二大支柱のごときものと見られる。「己の感情は己の感情である。己の思想も己の思想である。天下に一人《いちにん》のそれを理解してくれる人がなくたって《ママ》、己はそれに安んじなくてはならない。それに安んじて恬然としていなくて《ママ》はならない。」

それは四年後にみずから文壇のネストルと称した鷗外の言葉であることを留意せられたい。

冒頭部分で「人はあまりにこの作品についていわないが」と高橋氏は断っているが、それは名著、五月書房版『森鷗外』が刊行された昭和三二年（一九五七）当時もそうであったし、半世紀余を経た現在においても亦、そうであると言って良いだろう。のみならず、引き続く氏の指摘――即ち「鷗外の魂の歴史の上では、この作品は重要な位置にあると思われる」と云う指摘も亦、現在に至るも少しもその鮮度を減じていないと少くとも私には思われる。

そこで、作品「余興」をめぐる高橋氏の指摘の重要性、又は有効性を一先ず認めえたものと仮定して、その重要性、有効性を保証する者は何かと問えば、それは主人公の長い心中思惟からその一部を高橋氏が抜き出した次の叙述に外ならない。

己の感情は己の感情である。己の思想も己の思想である。天下に一人のそれを理解してくれる人がなくたつて、己はそれに安んじなくてはならない。それに安んじて恬然としてゐなくてはならない。

ところで以後高橋氏は、「鷗外の魂の歴史の上」で作品「余興」が占めるべき「重要」な「位置」について具体的に指摘する代りに、「余興」の「先駆」として明治四三年一月発表の「杯」を挙げ、「この「杯」＝「余興」の線は、もう一方の「百物語」＝「なかじきり」の線とともに鷗外心性の二大支柱のごときものと見られる」と云う方向に筆を転じている。「私は私の杯でのみます」という第八の娘の一句を含む作品「杯」の基本性格について、氏は他の個所（「作品解説」）で取り立てて何も記していないが、例えば「高瀬舟、寒山拾得」（同上）の項で、鷗外の歴史小説時代の根本主題を「官僚的メンタリティとエゴティスムとの戦い」と規定し、「鷗外の中に強烈に生きていたらしいエゴティスム」の作品例として「阿部一族」を挙げた上で「あるいは「杯」という小篇でもいい。あるいは晩年の「余興」という作品でもいい。(「余興」は「魚玄機」より一月おくれて発表せられた興味深い作品である。)」と言及しているところを見ると、「余興」も「杯」も鷗外内面の強烈なエゴティスムの作品例として等号で結ばれている所以に納得が行く。

又、もう一方の「「百物語」＝「なかじきり」の線」については、同じく「作品解説」「百物語」の項で「「僕は生れながらの傍観者である」となんども断っていて、その意味ではこの短篇は、鷗外の、いってみれば「傍観者」の系列――「ヰタ・セクスアリス」「あそび」「妄想」「なかじきり」「予が立場」などの系列に属する」と説明しているので、「「百物語」＝「なかじきり」の線」が「「傍観者」の系列」の意味であることが明らかである。

このように見てくると高橋氏は、「鷗外心性の二大支柱のごときもの」を「エゴティスムの系列」と「「傍観者」の系列」と云う二つの要素のうちに求め、「鷗外の中に強烈に生きていたらしいエゴティスム」の系列の代表的な作品例として「余興」を捉え、その根拠として、主人公の長い心中思惟の中から前出「己の感情は己の感情である。己の思想も己の思想である」云々という部分を引いているとも考えられるのだが、しかし、それだけでは先に高橋氏が提起した「鷗外の魂の歴史の上」で作品「余興」が占めるべき「重要な位置」について十分具体的に説明されたと言えないことも亦、明らかであろう。このように見てくると作品「余興」をめぐる高橋氏の「解説」には、未完の部分があり、それは私達の手によって補足されるべき空白として、今なお放置されていると言って良いであろう。私のこの短論は、この未完の課題をめぐるささやかな解明への試みに他ならない。

＊

「鷗外の魂の歴史の上」で作品「余興」が占めるべき「重要な位置」の考察に当って、とりあえず断っておきたいのは、「鷗外心性の二大支柱」として高橋氏が提起した「エゴティスムの系列」と「「傍観者」の系列」という鷗外精神の構造、その図式に対する私の無条件の支持である。高橋氏の図式に代る新しい図式を私は用意してはいないし、高橋氏の図式なくして、私の説は成立しない。その意味で私の以下の考察は、高橋氏の提起した「鷗外心性の二大支柱」のダイナミズムの中で作品「余興」が如何なる位置を占めているかをめぐる考察であり、高橋説を根幹としつつ、高橋説の空白部を充足し、補完するための修正意見の提出に留まるものである。

誤解を惧れずに言えば、「鷗外の魂の歴史の上」で「エゴティスムの系列」や「「傍観者」の系列」のいずれかに作品「余興」を一元化せず、「「傍観者」の系列」と「エゴティスムの系列」との熾烈な二元的葛藤の中に作品「余興」を置き、「余興」作中における「「傍観者」の系列」の最終的勝利を認めた上で、「エゴティスムの系列」への作者主体の必然的移行を予知せしめる作品として「余興」を捉え直すことが私の目的に外ならない。率直に言えは、以上で私がこの短論で言おうとすることの大半は尽きているのだが、とりあえず作品世界の具体的検証に移って見たい。

＊

高橋氏の顰《ひそ》みに倣って言えば、傍観者の仮面を着けて世の中を渡っている作品「余興」の主人公の「私」（尤も「余興」作中で主人公は一度も仮面とか傍観者とか云う言葉を口にすることはないが、内と外とを使い分け、内面を隠して世の中を渡っているその根本姿勢は、明らかに傍観者のそれである）は、同郷人の懇親会で、会の幹事畑陸軍少将が招いた辟邪軒秋水の浪花節「赤穂義士討入」を聞かされる破目になる。即ち「余興」の題名のある所以である。

秋水にも三味線弾きの婆さんにも何の信仰も持たない私は、唯先輩の畑に対する敬意から「長い長い時間」、「死を決して堅坐」して「赤穂義士討入」を聞く。そして秋水の口演が終わった時、「鎖を断たれた囚人の歓喜」を以て拍手したのであった。

ところが宴会場の末席に坐った私の前に若い芸者が酌をするためにやって来て、私の顔を見つつ、「面白かつたでせう。」と言う。彼女は私を浪花節愛好者と誤解したのである。

彼女の言葉によって自尊心を余りに深く傷つけられた私は思わず杯を持つ手を引っ込めたが、訝《いぶか》しがられて我に返り、注《つ》がれる酒を見つつ、深い自省の念に駆られる。

以上が作品「余興」前半の要約であるが、ここには既に高橋氏の言う「「傍観者」の系列」と「エゴティスムの系列」との二つの要素が複合的重層的に示されている。「余興」の主人公は明らかに「傍観者」であり、「仮面」をつけて世を渡っている人物であるが、作品「余興」は、「あそび」や「百物語」のように主人公の「傍観」や「仮面」の論理が自己完結して終わる世界ではない。逆に、それ迄主人公が堅持してきた「傍観」や「仮面」の論理が一瞬消滅し、それらが自壊の危機に見舞われながら、主人公の強力な理性的自己制御によって危うくバランスを回復し、日頃の「傍観」や「仮面」の世界への回帰を果たすと云う、危機を内包した、いわば傍観者としての日常性回復の物語とも言い得る世界である。そして、以上を前提とした、作品後半の主人公の深い自己否定こそが、作品「余興」の主題であると言えよう。

そこで、以下作品後半の中心部分とも言うべき主人公「私」の長い心中思惟を一字一句省かずに引用して見たい。尤も余りにくどいので高橋氏引用に係る部分は今回は「(中略)」を以て示すこととしたい。又、引用文における内容段落の冒頭部分を①から④迄の番号で示すこととする。

①まあ、己はなんと云ふ未錬な、いく地のない人間だらう。今己と相対してゐるのは何者だ。あの白粉《おしろい》の仮面の背後に潜む小さい霊が、己を浪花節の愛好者だと思つたのがどうしたと云ふのだ。さう思ふなら、さう思は

せて置くが好いではないか。試みに反対の場合を思つて見ろ。此霊が己を三味線の調子のわかる人間だと思つてくれたら、それが己の喜ぶべき事だらうか。己の光栄だらうか。己は其光栄を擔《にな》つてどうする。それがなんになる。②（中略）③それが出来ぬとしたら、己はどうなるだらう。独りで煩悩するか。そして発狂するか。額を石壁に打《ぶ》ち附けるやうに、人に向つて説くか。救世軍の伝道者のやうに辻に立つて叫ぶか。④馬鹿な。己は幼稚だ。己にはなんの修養もない。己はあの床の間の前にすわつて、愉快に酒を飲んでゐる、真率な、無邪気な、そして公々然と其の愛する所のものを愛し、知行一致の境界に住んでゐる人には、逈《はるか》に劣つてゐる。己は此の己に酌をしてくれる芸者にも劣つてゐる。

見られるように作品「余興」の主題部分を担う主人公の長い心中思惟は、彼が一瞬垣間見た〈強烈なエゴティスム〉の系列を担うもう一人の自分を受容し、肯定する方向においてではなく、逆に「傍観者」や「仮面」の系列を担う現にある自分を維持し、補強する方向において、危機的局面の収拾を図っていることが明らかである。

その基本姿勢を前提として、芸者の酌を拒もうとした自己の行為は「未錬」で「いく地のない」ものとされ（①）、高橋氏引用に係る「己の感情は己の感情である。己の思想も己の思想である。」云々の境地が到達すべき理想として提示され（②）、そこに達しえない場合の自己の選択肢が戯画的に提示された上で否定され（③）、最終的に芸者の酌を拒もうとした自分を「幼稚」で「なんの修養もない」存在と総括した上で、懇親会の幹事畑陸軍少将や酌に来た若い芸者よりも逈《はるか》に劣った存在としての自己規定に到達している（④）のが、「私」の心中思惟の概容と言って良いだろう。

こうして「私の大学時代からの親友」を檀那とし、「私」のひととなりを知る芸者鼠頭魚《きす》の「私」への理解と同情を点景としつつ、作品の波乱および主人公の心の動揺は共に収束に向うのだが、以上のように作品「余興」の構造を把握することが妥当であるとすれば、既に見たように高橋氏が主人公の長い心中思惟の中から、段落②の叙述を抜き出し、その表現内容を「鷗外心性の二大支柱」の一つとしての「傍観者」の系列に立つものとしてではなく、「エゴティスム」の系列に立つものとして提示しているのは、単なる錯誤、勘違いと言うことになるのだろうか。

　しかし、私は断然そのような見方を退けたい。

　そこで、もう暫く主人公「私」の言葉に耳を傾けて見たいのだが、第一に主人公が段落①で芸者の酌を拒もうとした自分の行為を「未錬」で「いく地のない」ものとしたのはなぜだろうか。その解答は第二段落全体、特にその後半部、まさに高橋氏の引用に係る「己の感情は己の感情である。己の思想も己の思想である。」云々の部分に示されていると言えよう。そして、第三段落ではそのような理想の境地に達することのできない場合の「私」が取るべき道を四つ挙げた上で、それらの選択肢を総て否定し、再び第一段落冒頭部分と同様の自己否定の言辞、即ち第四段落冒頭の「馬鹿な。己は幼穉だ。己にはなんの修養もない。」という自己の率直な現状確認に帰るのだが、今回の己が「幼穉」であること、己が「なんの修養もない」ことの根拠も亦、先の第二段落に示されていることを明白として、それではなぜ「私」は、そこで畑陸軍少将や自分を誤解した若い芸者を自分より優越した存在と位置づけ自らの劣位を最後に強調したのだろうか。ここに「傍観者」らしからぬ非論理や超論理のニュアンスを感じ取るのは、稿者のみであろうか。と云うのも、そこに所出する、彼らの「私」への優越性を保証する論理的根拠としての「知行一致」の理念ほど、凡そ「傍観者」の言葉としてふさわしからぬものはないからである。そう言えば、あの第二段落の「己の感情は己の感情である。己の思想も己の思想である。」云々の言葉にも、主体の一元化を希う差し迫ったパトスの響きがあると言えよう。

　因みに畑陸軍少将の「知行一致」である所以は、「あの床の間の前にすわつて、愉快に酒を飲んでゐる、真率な、無邪気な、そして公々然と其の愛する所のものを愛し」（傍点稿者）と云う、「知行一致」の語に先立つ叙述の中にその根拠を求め得るし、若い芸者が「私」への優越性を誇り得ている所以も亦、「私」という存在への認識の欠如に基づく主体の一元性にその根拠を求め得ることは、言うまでもあるまい。ここでは、知っていて行わないということこそが不徳なのである。

このように見てくると、「傍観者」である主人公の論理のうちには、傍観者の理想としての「己の感情は己の感情である。己の思想も己の思想である。」云々の理念のうちにさえ、不知不識のうちに一元的な〈行為〉の言葉が浸潤せしめられて居り、それは段落④の畑陸軍少将や若い芸者への「知行一致」という語の献呈に至って極点に至っていると言っても良いだろう。なぜなら、本来彼らは決して主人公の理想を担いうる存在ではありえなかった筈だからである。そこには「「傍観者」の姿勢」に必須の二元性に耐えて生きてきた主人公の、最早その重荷に耐ええないとする一元性への渇望が自虐的に逆投影されているのではなかろうか。例え、それがこの論の筆者である私一個の錯覚に過ぎなくても、作者鷗外が、作品「余興」の主人公を過去の分身として葬り、「己は己だ」（「阿部一族」）の「エゴティスム」への徹底化としての、史伝[1]『澀江抽斎』の創作主体へと転身する、その第一歩を日記に記すのは、「余興」脱稿後一八日のことであるという事実は動かない。作品「余興」は史伝『澀江抽斎』の創作主体としての鷗外の自己確立のための確かな踏み台だったのである。

*

以上、高橋義孝氏が作品「余興」を鷗外の「「傍観者」の系列」に立つ作品としてでなく、「「エゴティスム」の系列」に立つ作品として位置づけたことの妥当性についての立証、ひいては同じく「鷗外の魂の歴史の上」で短篇「余興」が占めるべき「重要な位置」についての私なりのささやかな解明の試みとして江湖の批判に俟つ次第である。

（二〇一一・三・二一）

注

（1）　鷗外日記大正四年八月一四日に「中村範（弘前）（略）柏村保（弘前）に書を遣る。」とあり、抽斎の嗣子澀江保探索への第一歩が記されている。又、この前日に広島高等師範学校長幣原坦宛に澀江保についての問い合わせの書簡を発送している。

［付言］「余興」作中の辟邪軒秋水・畑陸軍少将のモデルについては、それぞれ桃中軒雲右衛門、海軍少将西紳六郎が措定されている（筑摩書房版『森鷗外全集　第三巻』「語注」〈尾形仂氏執筆〉）。又、辟邪軒秋水の命名を始め「余興」には大逆事件後の風教政策に対する諷喩小説としての一面もあるが、今回は省略に従った。

第五章　地誌と時誌

向島の「初の家」の所在をめぐり

鷗外伝記の空間的な未確定部分に明治五年、父と共に上京し、向島の旧藩主亀井邸に落ち着いて、暫く後引き移った「初の家」（『澀江抽斎』一六）のロケーションの特定がある。この問題について私は、雑誌『近代文学 注釈と批評』第二号（東海大学　注釈と批評の会、平7・5）所載「森鷗外『ヰタ・セクスアリス』注釈（二）」の補注一において概略的な推定と立論を行ったが、何分、同誌は、小部数の研究誌であり、且つ『ヰタ・セクスアリス』注釈における一問題ということで、未だ広く学界流通の考説となりえていない。そこで、ここでは、『近代文学 注釈と批評』第二号の考察の上に、その詳細化を図ると共に、新たな知見を加えて、「初の家」のロケーションの特定へのささやかな基礎固めを試みてみたい。

因みに鷗外の父静男は、明治八年四月三〇日に小梅村に家を買って、家族と共に引き移る（「自紀材料」同年同月日の項に「小梅村の家を買ふ。」長谷川泉『鷗外「ヰタ・セクスアリス」考』〈明治書院、昭43・7〉所引、津和野町役場「除籍簿綴」写真に「明治八年三月十五日武蔵国葛飾郡小梅村八十七番地へ全戸移住」とあり、同じく足立区の「除籍簿」の記載に「明治十四年八月南葛飾郡小梅村二百参拾七番地より移転」とある。前者が「初の家」、後者が「後の家」に当たる。―稿者注）が、この東京府南葛飾郡小梅村二三七番地（前掲長谷川著所引、足立区「除籍簿」写真に拠る―同）の「後の家」（『澀江抽斎』一六）のロケーションの特定については、鷗外日記大正六年五月八日の「与妻歩根岸千束村浅草。至向嶋旧栖之地。今有廃屋。如為須崎町二百九十三番地及二百九十四番地者。庭猶存所謂雪見燈籠。」と云う鷗外自身による地番特定を出発点としての、冨崎逸夫「鷗外縁かりの土地――向島の旧居」（『鷗外』四三、昭63・7）における精密な考察があって、結論として現在の墨田区向島三丁目三七番四号の一部、並びに同三八番三号の一部及び四号、一二～一五号となっていると云うことが既に解明されている。因みにこの地番の現況は、冨崎論に「一部は都立本所高等学校用地（屋内体育館の斜め前方運動場付近）内にあり、他の一部は住宅の敷地および路地になっている。」と報告されている。

ところで「初の家」の所在について、冨崎論は、「水戸街道沿いの向島四丁目付近」と推測するに留めている。「向島の森家居住宅についての記述は、何といっても、小金井喜美子の記憶に頼るよりほかはない。」とは、長谷川泉の前掲書における言だが、とりわけ「初の家」のロケーションについては、喜美子の幾つかの回想が絶対的手掛りであり、目下のところ、それ以外に拠るべき資料がない。と言うのは、明治五年当時の向島の地番地図が発見されていないことと、向島の地番変動がこの時期、特に甚しく、明治十一年以後の地図地番を以て、明治五年当時の小梅村八十七番地の地番を推定することは、実際上不可能であり、かつ危険であるからである。

そこで喜美子の回想を逐次検討すると、まず『森鷗外の系族』（大岡山書店、昭18・12）所収「不忘記」にある次の叙述が手掛りとなる。

初めに住みつるは、向島なる牛の御前を真直ぐに行き、秋葉の社の方へ曲る道のべにて、旧藩主亀井氏の広き邸宅に近き家を択び給ひしが、程なく父君の好みに由りて、小梅村の奥まりて隠宅めきたるに移りぬ。

右文中「牛の御前」は、牛島神社の通称、昭和七年に現墨田公園内、旧水戸（藩）邸跡地に移されるまで現桜橋の東のたもと、北側に位置して存在、「牛嶋神社舊趾」の石碑が現在は建っている。その旧地番は、柏書房版『五千分一江戸東京市街地図集成Ⅱ』所収、「浅草・向島」（内務省地理局編『東京実測全図』、明19～21（図①））に拠れば、須崎村二八番地、同じく「浅草・向島」（東京市区改正委員会編『東京実測全図』、明28（図②））に拠れば、向島須崎町七八番地である。喜美子は先の文中で「向島なる牛の御前を真直ぐに行き、秋葉の社の方へ曲る道のべ」と書いているが、この引用部分の前半は、図①に掲げた地図の西北隅、牛島神社の前から南方向に斜めに下る通り、現桜橋通り（旧称墨中通り）を其儘東南方向へ歩くことを意味していよう。とすれば、先の引用部分の後半「秋葉の社の方へ曲る道のべ」とは、この道が、図①、図②において共に、東北隅に図示されている秋葉神社へと北方向に鋭く折れ曲る地点への、おそらくは極く近接した一地点を指すと考えることは、首肯しうるところであろう。そして、この桜橋通りの鋭角的なカーブは、桜橋通り（墨中通り）が大正中期以降敷設された水戸街道によって、殆んど暴力的に截断されて以後、ほぼ八十年弱の後に至る現在においても、地図上においても——無論、実在の空間としても——、明瞭にその形を留めていることを、図③に掲げた住宅地図（『ゼンリン住宅地図'94墨田区』一九九三・一〇、株式会社ゼンリン）の部分抜粋図は示している。

ところで図①、図②のそれぞれにおける須崎村九五番地、向島須崎町四二番地は、地図上同一地積で亀井家別邸の所在地であるが、旧亀井藩邸、つまり亀井家の所有地は前掲九五番地（四二番地）を核とする広い周辺に及んでいたことが、長谷川泉『鷗外「ヰタ・セクスアリス」考』（前出）「金井湛十一歳の体験」中「鷗外の向島での住居」の項に掲出されている、「明治四十三年十二月三十一日に亀井家が向島別邸を含む土地の管理を東京信託株式会社に委託した際の書類」における委託物件として記された番地、坪数の記載は示している。（因みに、この書類記載の委託物件の番地は、図②掲出の明治二八年作成の地図の地番と正確に符合するので、少くとも明治二八年から同四三年にかけては、向島のこの地域に地番の変動のなかったことが分る。）

今、長谷川氏著に拠って、その地番を記せば、東京市本所区向島須崎町四一、四二、四三、四四ノ二、四八、三八、同小梅町二二〇、二二一、二二二、二二八、二二九、二三〇、二三一、二三二、二三三、二三六、二三七、二

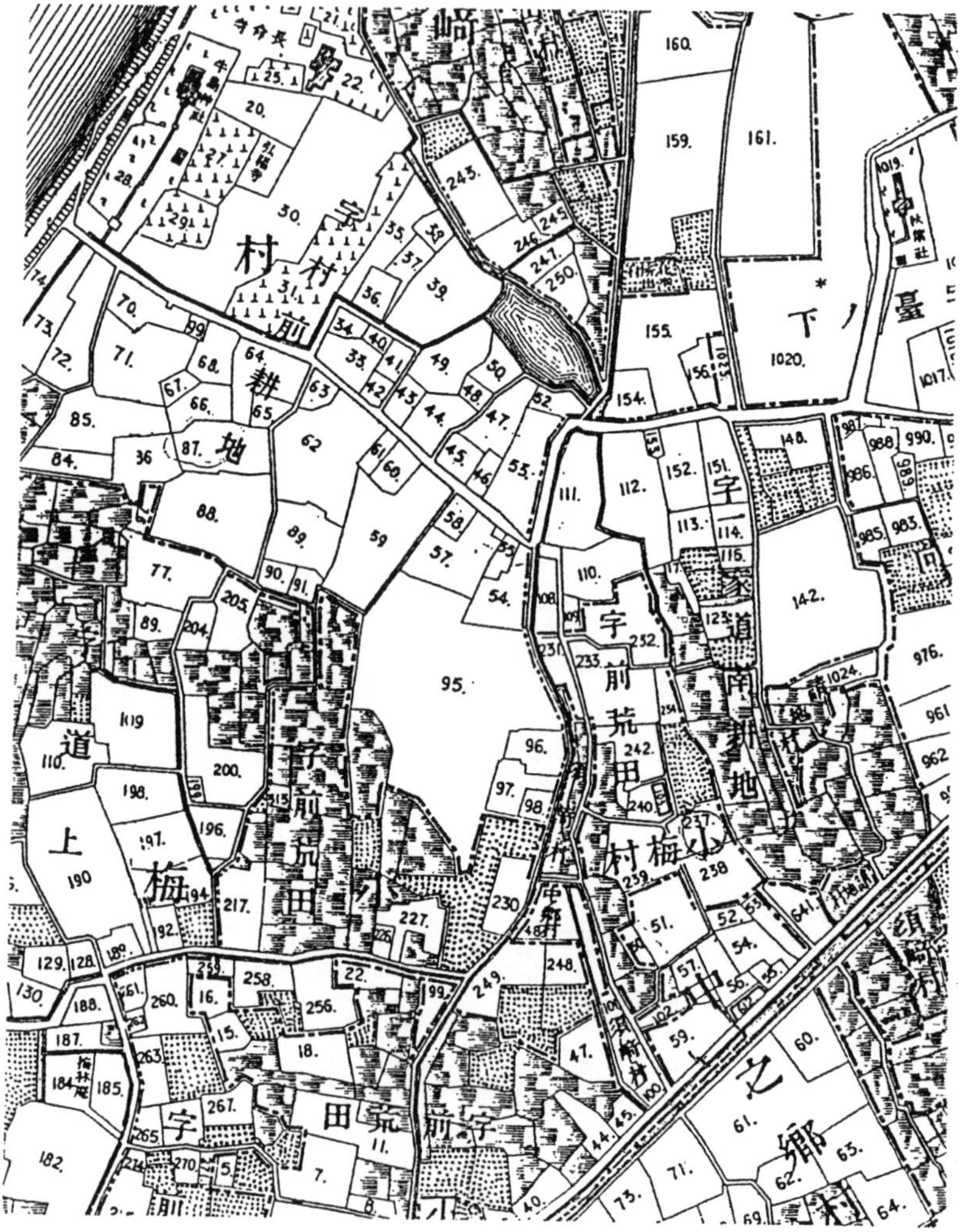

図①　内務省地理局編『東京実測全図』中「浅草・向島」（明19～21）
〈柏書房版『五千分一　江戸東京市街地図集成Ⅱ』所収〉の部分図。

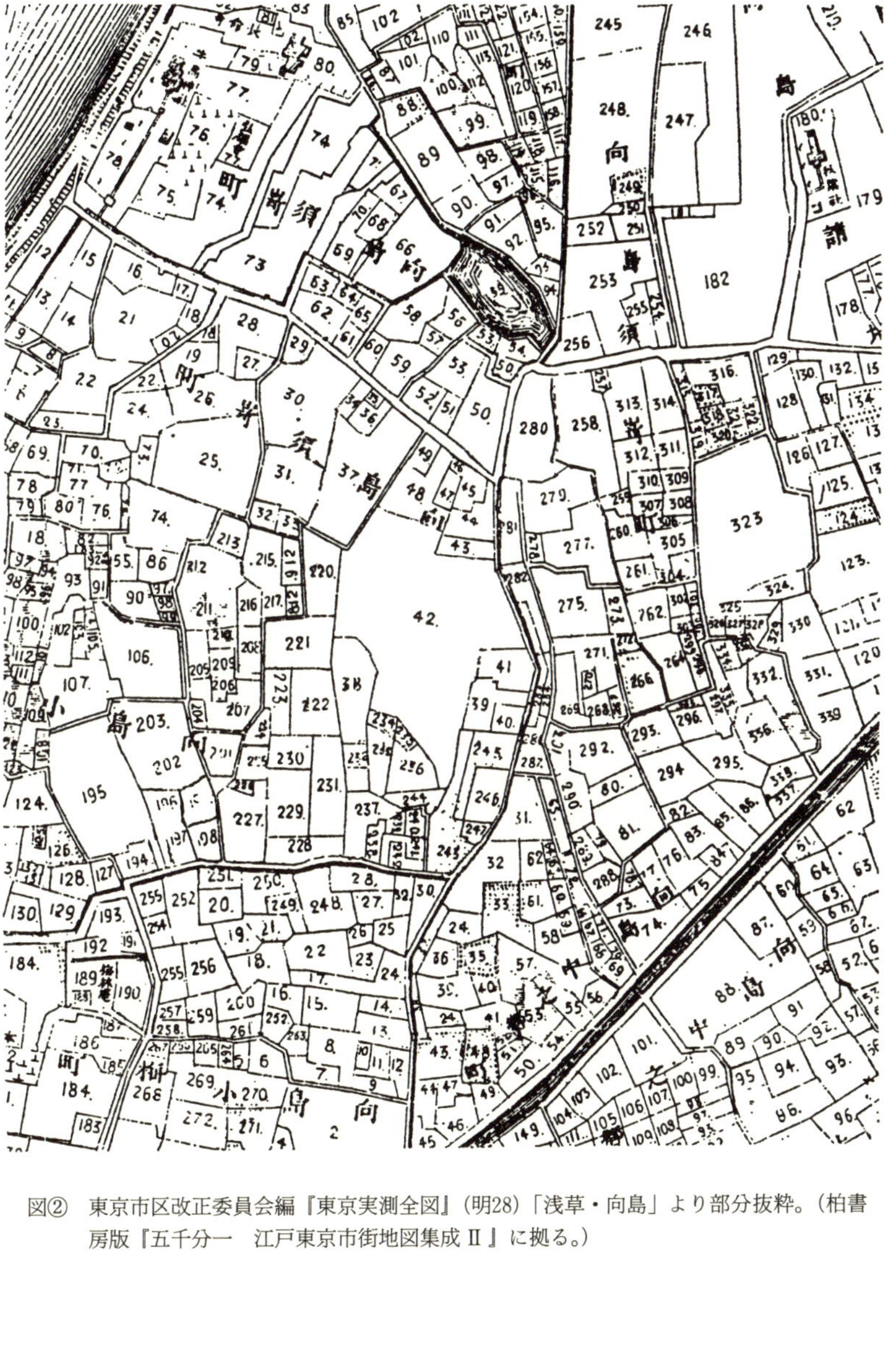

図②　東京市区改正委員会編『東京実測全図』（明28）「浅草・向島」より部分抜粋。（柏書房版『五千分一　江戸東京市街地図集成Ⅱ』に拠る。）

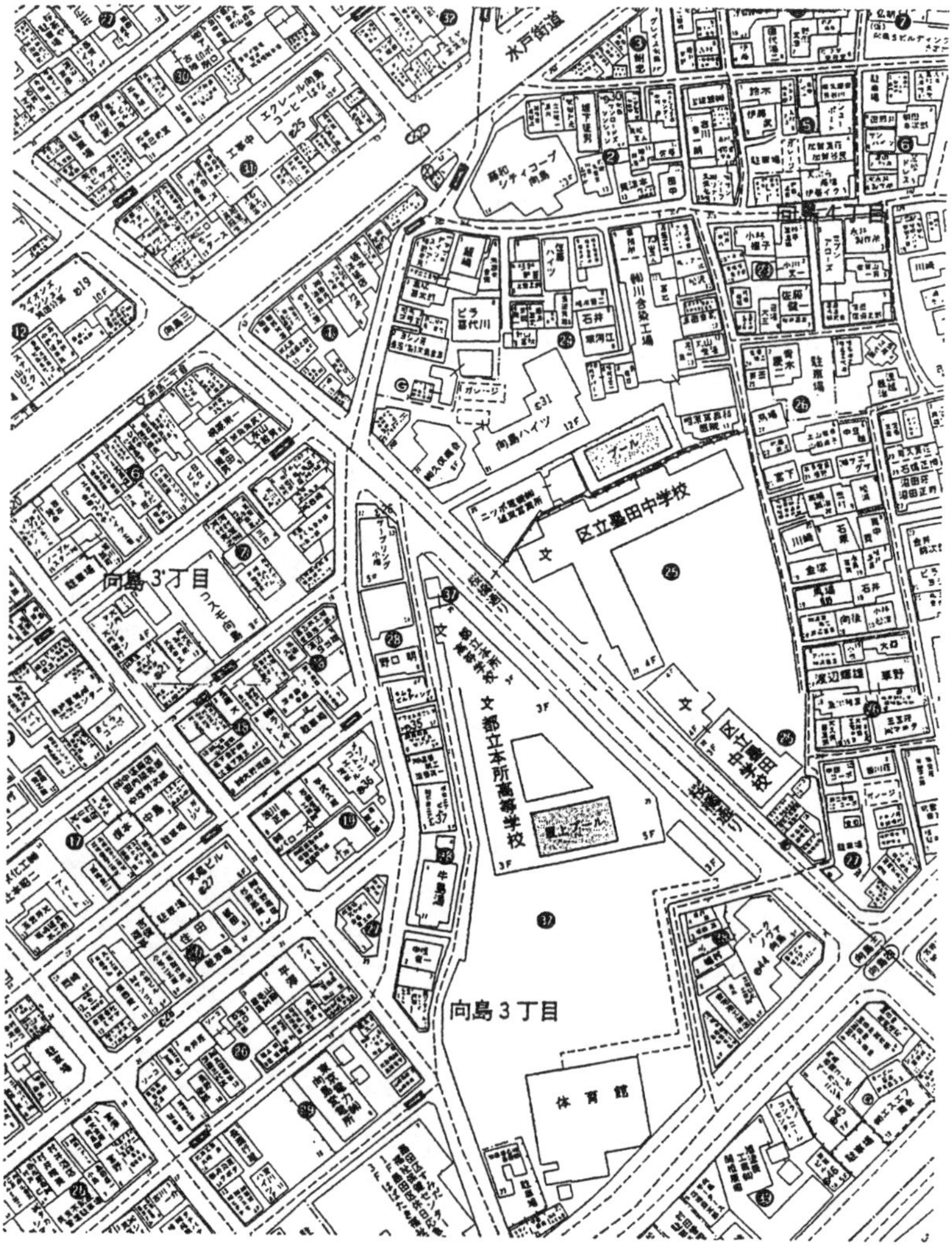

図③　『ゼンリン住宅地図、94墨田区』（株式会社　ゼンリン　1993. 10／国立国会図書館所蔵）中、向島２、３、４、５丁目部分を抜粋。４つの丁目の接する点が向島３丁目の交叉点。

二三、二四〇ノ二、二四一、二四二、二四三、二四四、二四五、二四六、二四七の各地番となる。このうち四四ノ二、二四〇ノ二は、地図上のそれぞれの地番が地図の作成された明治二八年から委託書類の作成された明治四三年末までの時点において分筆され、四四ノ一及び二四〇ノ一が他に割譲せられたことを示していると考えられる。委託物件の総坪数は、八一八九坪である。

一方、現津和野町立森鷗外記念館所蔵「向島須崎町小梅町亀井家所有地実測之図　縮尺参百分之壱」（東京信託株式会社設計係印あり—稿者注）の写しは、作成年月日不詳であるが、長谷川氏著引用の地番に加えて須崎町四六、四七、四四ノ一、四九、三九、四〇、小梅町二三四、二三五、二三八、二三九、二四〇ノ一の各地番が所出しており、総面積は八八七七坪三合七勺と明記されている。即ち長谷川氏著に引く地番の総坪数八一八九坪より六八八坪強多い。ということは、津和野町立森鷗外記念館の亀井家所有地実測図は、明治四十三年作成の書類より以前に溯る時点（上限は向島の地番の異なる明治二二年から同地番の明治二八年迄のある時点）において作成されたものであることが確証されるのである。

さらに、津和野町立森鷗外記念館所蔵実測図におけるもう一つの注目すべき点は、亀井家所有地の北限が其儘、桜橋通り（旧墨中通り。但し実測図では須崎町通りと記載—稿者注）に接していることである（図④）。即ち須崎四九、四六、四七、四四ノ一の北が直ちに桜橋通りである。そして亀井家所有地の東側は直ちに、曳舟通りに向って南下するもう一つの道となっている。即ち、亀井家所有地（旧亀井藩邸）の東北隅は、実はその儘、桜橋通りとこの曳舟通りから北へと溯上する（逆に云えば）もう一つの通りとのT字型交叉点であり、このT字型交叉点（前出、「鋭角的なカーブ」）から秋葉神社へと至る道が派生しているとも言いうるのである。当時、桜橋通りは、このT字路が行き止まりであったことは図①、図②の示すところである。

亀井邸（所有地）が桜橋通りの南側に直ちに接していたことの考証上の意味は、鷗外が父静男と共に棲んだ小梅

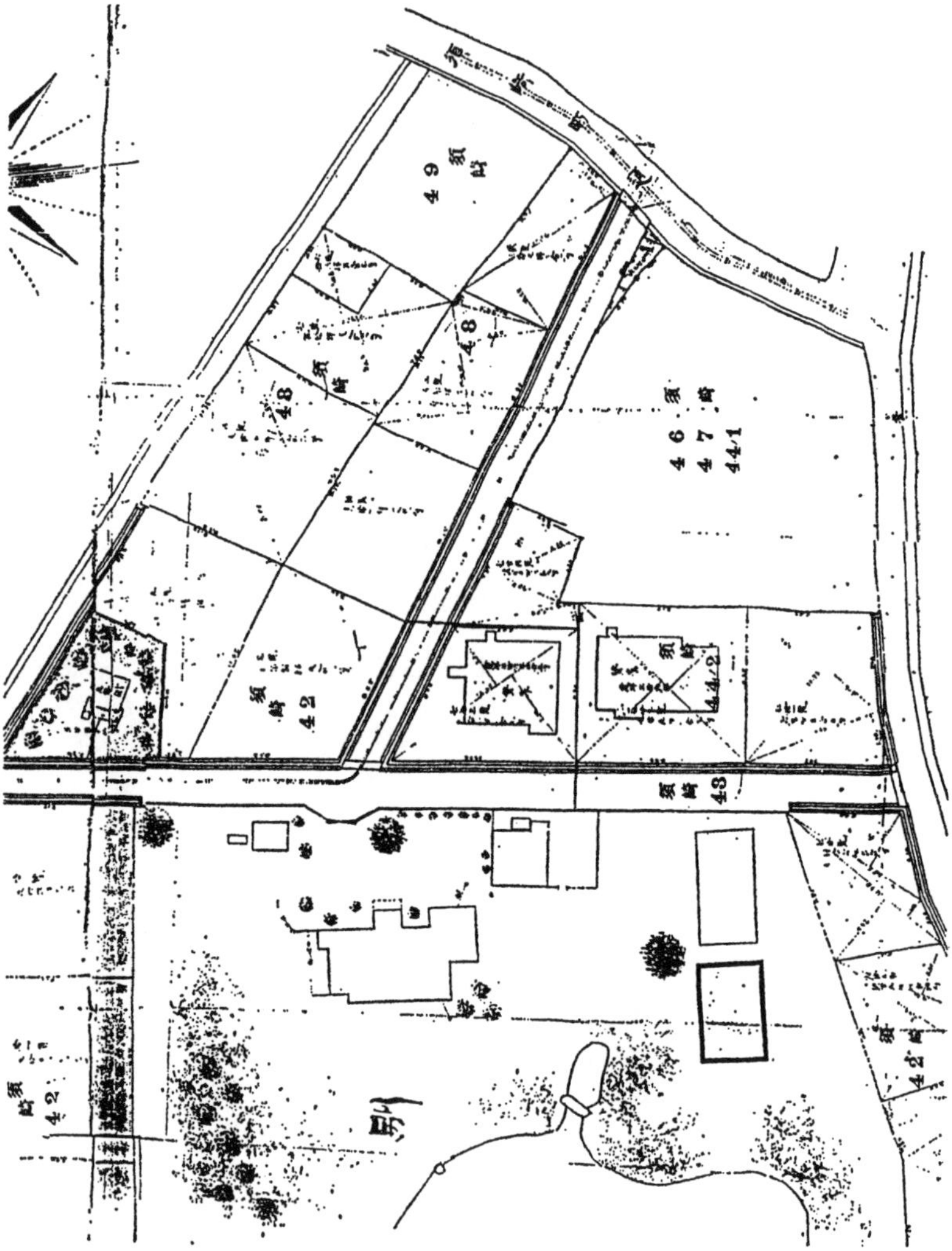

図④　津和野町立森鷗外記念館蔵「向島須崎町小梅町亀井家所有地実測之図」（写し）の北側部分の縮小図。上端の須崎町通りが現桜橋通り、右端（東端）にＴ字路交差点が図示されている。

町八七番地の向島の「初の家」が、喜美子の「旧藩主亀井氏の広き邸宅に近き家」という前出回想文の叙述を踏まえる限り、現桜橋通りの南側には決してなかったことを示している点にある。なぜなら、そこには亀井家の家作しかなかったからだ。こうして、鷗外が父と共に棲んだ借家は、現桜橋通りの北側で「秋葉の社の方へ曲る道のべ」にあったことが明らかになった、と言って良いだろう。

ところで、小金井喜美子には別に『鷗外の思ひ出』（八木書店、昭31・1）に収める回想「向島界隈」があり、ここでも「初の家」にふれている。こちらは『森鷗外の系族』所収「不忘記」の回想より詳しいので次に関連部分を引いてみたい。（前掲長谷川著も既に引いているが、未だ考証の余地があろう。）

> 向島も明治九年頃は、寂しいもので、木母寺から水戸邸まで、土手が長く続いてゐましても、花の頃に掛茶屋の数の多く出来て賑ふのは、言問から竹屋の渡の辺に過ぎませんでした。その近く石の常夜灯の高く立つあたりのだらだら坂を下りた処が牛の御前でした。そこからあまり広くもない道を二三町行つた突当りに溝川があつて、道が三つに分れます。左は秋葉神社への道で割合に広く、右は亀井邸への道で、曲るとすぐに黒板塀の表門があります。邸に添つて暫く行つた処に裏門があり、そこからは道も狭くなつて、片側は田圃になります。川の石橋を渡つて、真直といつても、ぢきにうねうねする道を行くと小梅村で、私共が後に引移つた処でした。石橋に近い小さな家に、早くお国から出て来られたお父様とお兄様（長兄）とが住んでお出のところへ、お祖母様、お母様に連れられて、お兄さん（次兄）と私とが来たのでした。

この文章は、「不忘記」に言う「秋葉の社へ曲る道のべ」即ちT字型交叉点についての説明ではあるが、T字型交叉点に溝川があって、石橋が懸っており、その石橋を渡って「後の家」に行くことのできる小道があり、石橋を渡らない石橋に近い個所に「初の家」があった、という趣旨の意味を表現しているもの、と解釈できるであろう。そして、この趣旨での小道も亦、図①及び図②（特に図①）において判別可能である。

とにかく、この石橋のあるT字型交叉点は、秋葉神社へも、隅田川の土手へも、南の曳舟の通りへも通じる、この界隈の交通の要所であり、その近傍にあった「初の家」は「庭といふほどのものもなく、往来に向いた竹格子の窓から、いつも外ばかり眺めてゐ」ても、往来即ち桜橋通りの通行人の姿や風俗――「目に触れる何もかも珍しくて、飽きるといふことがありません。」（「向島界隈」）と回想される賑かな環境の中にあったのである。開業医としての父静男にとっても、「その頃の（略）いかにも僅かな」亀井家からの手当を補う生計の場としては、うってつけのロケーションであった筈である。

さて、「初の家」即ち小梅村八七番地のロケーションについて、かつて私は雑誌『近代文学 注釈と批評』第二号所載「『ヰタ・セクスアリス』注釈（二）」の補注一において現地番との関係を次のように整理した。

（略）このT字路（三叉路）に至る、現桜橋通り（旧墨中通り）に面して、「初の家」（小梅村八七番地）は存在した筈であり、向島三丁目の交叉点を含め、その現地番は、向島五丁目二五～三一（北側）、同二（「四」とあるのは誤植―小泉注）丁目一一～一二番地（南側）交叉点を越えて、先のT字路迄の南側三丁目六番地と、北側の向島四丁目一番地のうちにあったものと推定される。

右の推測はいまだ津和野町立森鷗外記念館所蔵「向島須崎町小梅町亀井家所有地実測之図」（写し）が管見に入る以前のものであったので、かなり広域に亘る可能性を記したものだが、率直に言って冨崎論が明らかにした「後の家」の現地番が向島三丁目三七～三八番地であり、先のT字型交叉点から図③で見られるとおりの近距離であるのに、喜美子の上記回想類では、かなり距離のある不便な所として登場している（おそらく、いとけない、それも女の子供にとっては、それがいつわりのない実感的な距離感覚であったのであろう。）ことを考えると、逆に「石橋に近い小さな家」（傍点―稿者）と回想され、かつ「秋葉の社へ曲る道のべ」（同上）とも述べられる「初の家」は、T字型交叉点のすぐ近くに位置したと受けとめた方が妥当であるかに思われるので、先の私論における現水戸街道を隅田川方向に越えた「向島五丁目二五～三一（北側）、同二丁目一一～一二番地（南側）」という二つの地域は、蓋然性の対象から外しても良いであろう、と思われる。その上で、亀井家所有地であった桜橋通り南側の「向島三丁目六番地」（正確には同七番地も含め）が可能性から外されるので、残るのは、北側の「向島四丁目一番地」のみとなろう。

　しかし、ここにもう一つ、クリアーすべき与件がある。それは前出、内務省地理局編『東京実測全図』「浅草・向島」（明19～21）においても、東京市区改正委員会編『東京実測全図』中「浅草・向島」（明28）においても、現在の向島四丁目一番地に当る地番は須崎村五三番地（図①）、向島須崎町五〇番地（図②）であって、小梅村ではないことである。一体に小梅村（町）は、以後の地図においても亀井邸（旧藩邸）の南半分より以南にあって、桜橋通りまで北上した様子がない。とすれば、桜橋通りの北側、桜橋通りに南面する形で小梅村の一部が存在したことは、かつてありえたのであろうか。

　ところが、この不可解な疑問に決定的な解答を与える一枚の地図が最近管見に入ったのである（図⑤参照）。この図は、明治一一年（一八七八）、内務省地理局作製に係る一枚図『実測東京全図』（雑誌『太陽』別冊『太陽コレクション　古地図散歩　江戸明治現代　第一号　江戸・東海道』〈平凡社、一九七七・二・二五　初版第一刷刊行、一九九五・五・一二初版第四刷刊行〉付録）の向島部分の部分拡大図である。見てのとおり、この図では小梅村の北側境界が丁度T字型交叉点（尤もこの図では小金井喜美子の回想〈「向島界隈」〉の言うとおり、桜橋通りが東方向に突き抜けて終った地点からもう一つの通り（先の小道）が曳舟通りへと南下している。つまり、T字型交叉点から結果として二本の道路が南下しているのだが、この二本の道は現存している（図③参照）のである。即ち二本の道の東よりの一本が喜美子

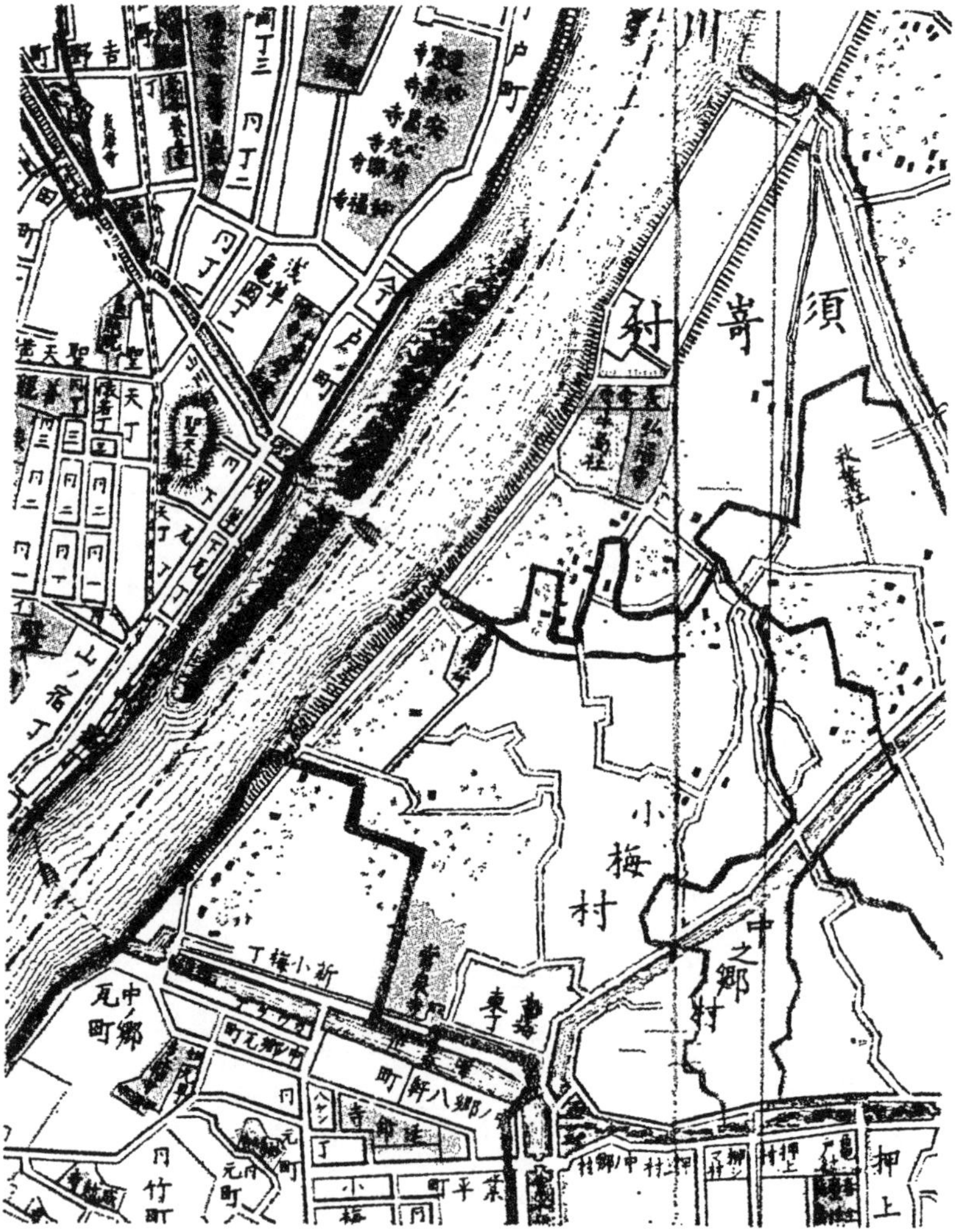

図⑤　内務省地理局作製『実測東京全図』（明11）の部分拡大図。（『太陽コレクション「地図　江戸・明治・現代」第１号「江戸・東海道」』平凡社1977. 2. 25初版第１刷、1995. 5. 12初版第４刷、付録）凸版化に当って、村界線を判別可能の程度に迄、強調した。

の言う「川の石橋を渡つて、真直といつても、ぢきにうねうねする道」で、それが即ち「後の家」即ち現都立本所高校屋内体育館の斜め前方運動場付近とその外部の住宅敷地としての向島三丁目三七番（号数略）並びに三八番（同上）の一部へと至る道であることは、図③で明らかに読みとれるはずである。）のすぐ北側を通過するのであり、小梅村八七番地が現桜橋通りの北側に位置しうることになり、併せて小梅村八七番地が小梅村の北限であって、以後小梅村は須崎村に押されて南下し続けることになったことも分るのである。

結論として現墨田区向島四丁目一番地が明治五年当時の小梅村八七番地であり、鷗外が父と棲んだ「初の家」のロケーションであると断じても最早、早計ではあるまい。尤も小梅村八七番地が向島三丁目交叉点、即ちのちの水戸街道に迄掛ってあったか否かは、已然不明と言わざるをえないのだが……。

（一九九六・一〇・二七）

［付記］　本稿執筆に当り、津和野町立森鷗外記念館から所蔵地図資料の借覧（コピー）及び部分図掲載の許可を得ました。記して謝意を表します。

「ヰタ・セクスアリス」の年立をめぐり

「ヰタ・セクスアリス」の主人公金井湛は、一体、何年の生れであろうか。作品中、最初のヒントとして注目されるのは、次の叙述である。

六つの時であつた。
中国の或る小さいお大名の御城下にゐた。廃藩置県になつて、県庁が隣国に置かれることになつたので、城下は俄に寂しくなつた。

この叙述を引きながら長谷川泉氏は、次のように述べている。(1)

鷗外六歳の時はすなわち慶応三年である。明治新政府による廃藩置県の措置がとられたのは、明治二年六月の版籍奉還についで、明治四年七月十四日、在京の諸藩知事を召集して詔書が発せられたことによる。ゆえに「ヰタ・セクスアリス」の記述は、金井湛を鷗外その人の事実と考える場合には事実とは相違する。廃藩置県の時をもってすれば、明治四年はすなわち鷗外十歳の時となる。

廃藩置県という史実をめぐる長谷川氏の叙述、ならびに主人公金井湛と作者鷗外との間に、年齢の差が存在する、という趣旨の指摘は、その通りと言える。しかし、あるいは、揚げ足とりの譏を免かれないかも知れないが、問題は、氏が右に引いた文の末尾で「廃藩置県の時をもってすれば、明治四年はすなわち鷗外十歳の時となる。」と述べていることである。

すなわち、長谷川氏の脳中にあったのは、次のような観念であろう。

明治四年（廃藩置県）　鷗外一〇歳　金井湛六歳

ここに生ずるのは、作者と主人公との年齢差四歳という結論に外ならない。尤も長谷川氏が、そう明言している訳ではない。しかし、明言する必要のないほど、自明の事実として、言及不要と考えたのかも知れない。

ところが、冒頭に引いた作品の叙述は、実は曲者である。なぜなら、続く部分には、以下のような叙述があるからである。

　或日お稽古が済むと、お母様は機《はた》を織つて入らつしやる。僕は「遊んでまゐります」といふ一声を残して駈け出した。

　此辺は屋敷町で、春になつても、柳も見えねば桜も見えない。内の塀の上から真赤な椿の花が見えて、お米蔵の側の臭橘《からたち》に薄緑の芽の吹いてゐるのが見えるばかりである。

　西隣に空地がある。石瓦の散らばつてゐる間に、げんげや菫の花が咲いてゐる。僕はげんげを摘みはじめた。

（略）晴れた麗《うらゝ》かな日であつた。お母様の機を織つてお出なさる音が、ぎいとん、ぎいとんと聞える。

すなわち、廃藩置県の公布が明治四年七月一四日であるのは、長谷川氏の言われる通りなのだが、とすれば、それは夏でなくてはならない。にもかかわらず、作品内の季節は、春なのである。「廃藩置県になつて、県庁が隣国に置かれることになつたので、城下は俄に寂しくなつた。」というのも、余りに早過ぎる。だから、金井湛六歳の時とされる作品内現在は、明治四年の春に非ず、実は、翌明治五年の春なのである。すなわち、次のように整理される。

明治五年（廃藩置県の翌年）　鷗外一一歳　金井湛六歳

こうして作品「ヰタ・セクスアリス」の作者と主人公との年齢差五歳という結論が導かれる。又、歴史的時間と主人公の年齢との関係も、すべて、この事実を原点として再構築されなければならない。

冒頭に設定した「金井湛は、一体、何年の生れであろうか。」という設問に対する答えは、慶応三年（一八六七）生れ、ということになる。これは、漱石の生年と同じであり、鷗外の脳中には金井湛の年齢を設定するに当って、自己の文壇的ライバル漱石の年齢と対応させようとする意図があったらしい。東京帝国大学文科大学で、「近世哲学史の講義」をしている金井湛が、同じ文科大学英文科講師としての「夏目金之助君」の『吾輩は猫である』以下の小説を「非常な興味を以て読」み、「技癢を感じた。」というのも、まことに尤もな話である。そう言えば、後に金井湛が独逸語をやめ、東京英語学校に入学し、英語を（今日風に言えば）第一外国語として修めるに至るのも、自伝的作品「ヰタ」の中では独逸語を専修した鷗外との最も大きな相違の一つで漱石のコースに対応させる意図があったのかも知れない。（尤もこれは、意図的な〈作者離れ〉の問題としても考えなければならないのだが。）

ここで主人公金井湛、明治五年六歳、慶応三年生れという私の仮説に一つの傍証を加えておく。金井湛十一歳の項、「涅麻《くりそ》といふ家従」が、金井を「浅草の観音様」に連れて行く条りに、次の叙述がある。

吾妻橋を渡つて、並木へ出て買物をした。それから引き返して、中店をぶらぶら歩いた。亀の形をしたおもちやの糸で吊したのを、沢山持つて、「器械の亀の子、選《よ》り取つた選り取つた」などと云つてゐる男がある。亀の首や尾や四足がぶるぶると動いてゐる。涅麻は絵草紙屋の前に立ち留まつた。おれは西南戦争の錦絵を見てゐると、涅麻は店前《みせさき》に出してある、帯封のしてある本を取り上げて、店番の年増にかう云ふのである。
「お上さん。これを騙されて買つて行く奴がまだありますか。はゝゝゝ。」（略）

すなわち、歴史的時間を中心に言えば、明治四年（廃藩置県）に、六歳であった金井は、六年後の明治十年（西南戦争）に、一二歳となって、「十一」歳という作品の設定と合わない。金井の年齢を中心に言うと、明治四年に六歳であった金井の十一歳は、五年後の明治九年であるはずで、まだ起ってもいない「西南戦争の錦絵を見」ることはありえない。この齟齬は、廃藩置県一年後の明治五年に、金井六歳と見ることによってのみ解消されるのである。

以上は、〈読み手〉の側の先入見が作品の〈読み〉の上で誤りを冒した場合であるが、逆に作者の錯覚が作品に矛盾を生じさせた例もある。その甚しい一例をあげて、バランスを取って置く。金井湛十歳の項に次の叙述がある。

或日お父様のお留守に蔵の二階へ上つて見た。蓋を開けた儘にしてある長持がある。色々な物が取り散らしてある。もつと小さい時に、いつも床の間に飾つてあつた鎧櫃が、どうしたわけか、二階の真中に引き出してあつた。甲冑といふものは、何でも五年も前に、長州征伐があつた時から、信用が地に墜ちたのであつた。お父様が古かね屋にでも遣つておしまひなさるお積で、疾うから蔵にしまつてあつたのを、引き出してお置になつたのかも知れない。

金井が鎧櫃の中に入れてある枕絵を初めて見る体験なのだが、長州征伐（第二次であろう）の際に、旧式兵制の幕府軍が、兵式・兵備の西洋化に努めた薩長連合軍のゲーベル銃などの威力の前に粉砕されたことが踏まえられている。

言う迄もなく、第二次長州征伐は慶応二年（一八六六）のことである。しかるに、作品内現在は、金井十歳の明治九年であるから、「五年前」としたのでは、明治四年に第二次長州征伐があったことになってしまう。この錯誤は、作者十歳、明治四年の記憶が無媒介に作中に混入したため生じたものである。鷗外が枕絵を初めて見たのが明治四年、十歳の時であった、という伝記的事実が、そこから逆に鮮明に帰納されるのが面白い。

長谷川泉氏の正続『「ヰタ・セクスアリス」考』は、鷗外伝記研究の白眉である。氏の研究方法は、金井湛の年齢と鷗外の年齢との対応に注目して、伝記的事実の共通性を掘り起し、「ヰタ・セクスアリス」を鷗外伝記の貴重資料として意味づけることにあったと思う。おそらく、伝記研究として氏の書をのりこえる研究は、今後永く出現しないであろう。

小文の意図は、長谷川氏の研究方法や意図のそのような客観的価値とは別に、作品を一つの完結された虚構の時空として捉える視点の必要性もあるということを確認したいという点に遠く発している。その時、〈読み手〉の先入見とは別に作者も錯覚を冒すほど、自伝的作品であればあるほど、作品に施された時間的作為は複雑かつ隠微を極めているということを最後に確認しておきたい。

鷗外作品における〈時間〉の問題は、なかなか一筋縄で行かない。

注

（1）長谷川泉氏『鷗外「ヰタ・セクスアリス」考』（明治書院、昭43・7）中「金井湛六歳の体験」。

［付記］　なお、本稿は、新潮文庫版『ヰタ・セクスアリス』（平5・6刊）語注作業の過程で気づかされることになった問題の一端のささやかな報告である。

鷗外伝記をめぐる一、二の問題——西周邸出奔事件の位相

先に稿者は雑誌『近代文学　注釈と批評』第二号（東海大学注釈と批評の会、平7・5）掲載の「森鷗外「ヰタ・セクスアリス」注釈（二）」補注五において『座談会明治文学史』（岩波書店、昭36・6）「鷗外」の項における柳田泉氏の発言を手がかりとして、従来の鷗外伝記・年譜に欠落しているものとして、明治六年、東京医学校入学前における西周邸の女中お梅に対する恋愛事件を発端とする若冠一二歳（数え歳）の少年森林太郎の西邸からの脱出、本郷の「桜木天神の神楽殿に並んだ裏二階」（『伊澤蘭軒』「その四十一」）の下宿への逃避という事実の推定を試みたことがある。いわばお梅事件と称されるべきこの事件は、後年のエリーゼ事件の先蹤であるばかりでなく「多情多恨」（柳田氏）な少年鷗外の特質——いわば鷗外伝記の原点として大きく鷗外像全体に関わってゆく重大な意味を持つものと考えられる。

既に山崎一穎氏「鷗外における津和野」（『講座森鷗外1　鷗外の人と周辺』新曜社、平9・5）は、稿者の立論並びに発言を踏まえつつ、少年鷗外の西邸からの出奔並びに、この事実の秘めたる告白としての『伊澤蘭軒』冒頭部分における頼山陽の聖堂における尾藤二州の官舎からの脱出、蘭軒邸への駈け込みという叙述の意味について触れている。氏が公平にも注記しているように、『伊澤蘭軒』冒頭における頼山陽出奔事件が鷗外における、少年期の秘められたお梅事件の間接的な——即ち頼山陽の事蹟（これ又、鷗外の推定に係る）を藉りての——自己告白であったという視座それ自体も一九九六年度鷗外忌における稿者の発言のうちにあったものである。

「森鷗外「キタ・セクスアリス」注釈（二）」において、稿者がそれに触れなかったのは、この創見が、稿者の前掲論を出発点とする、当時東海大学大学院博士課程在学生であった山根弘子による立論(2)であって、山根論文における公表に俟つ意図によるものであった。しかるに、山根論文の成稿が大幅に遅れ、かつ既に山崎氏論においてその輪郭が公表されたという事情から、この鷗外像全体に関わるお梅事件の位相について、既発表分をも含めて改めて整理し、鷗外研究における現下の再検討の機運に一石を投じてみたい、というのが本稿の意図である。

＊

抑も鷗外の三大史伝――『蘭軒』は暫く度外に置くとしても『抽斎』『霞亭』冒頭が悉く私的モチーフによって薫染せしめられていることは事実であり、とすれば『蘭軒』のみを除外するのは不自然でさえあろう。その『蘭軒』冒頭を鷗外は頼山陽の屏禁問題並びにその「前後の情実」の謎から説き起こしている。この意外な事態が発生する必然性を鷗外は、森田思軒『頼山陽及其時代』(明31)において発表された、先の山陽屏禁問題の謎に解決の端緒を与えるかに見える菅茶山書簡における宛名人伊沢澹夫が、坂本箕山『頼山陽』(大2)において伊澤蘭軒のことであると判明する迄に、実に十九年の歳月を閲していることを指摘し、そこに「蘭軒の名が一時いかに深く埋没せられてゐたかを示さむがためである。」と説明している。しかし、これは如何にも持って回った言い方であり、史伝『伊澤蘭軒』の主人公蘭軒の名の埋没という事実を示す目的が、逆に頼山陽の「幽屏の前後に亙る情実」の謎あるいは「山陽幽閉問題」を強くクローズアップする結果となってはいはしないだろうか。

つまり、蘭軒の名の埋没という事態は、何もこのような形で叙述される必要はないのであり、抑も『伊澤蘭軒』は鷗外の言に拠れば「抽斎よりして蘭軒に及んだのは、流に溯つて源を討《たず》ねたのであ」り、鷗外は「学界の等閑視する所の人物を以て、幾多価値の判断に侵蝕せられざる好き対象《たいざう》となし」、「自家の感動を受くること大なる人物を以て、著作上の耐忍を培ふに宜しき好き資料となした」（「その三百六十九」）のであるから、現に歴史に名を残している山陽の問題を以て蘭軒の埋没を示そうとする、この鷗外の叙述法は、そのような鷗外の執筆の動機に対しても倒錯した結果を生んではいないだろうか。

　大袈裟に言えば、頼山陽は、その学問・思想・人間、いずれから見ても、考証学者・医家伝としての『伊澤蘭軒』ひいては鷗外史伝全体の中の一つの異分子である。しかるにこの異分子は、史伝『蘭軒』の冒頭に既に登場せしめられたのみか、「その二百四」から「その二百十一」に至る山陽終焉前後の事蹟に至る迄、その生の輪郭が追尋され、追求が完結化せしめられているのである。むろん、これは鷗外の言う「体例」（「その三百六十九」）を共時的に敷衍化せしめた、史伝の主人公の親戚知友のなりゆきをも併せ叙して現在に至る『澀江抽斎』に発する独自の叙法の自動的な作用の結果と言えないこともない。(3)にも拘わらず、山陽がその死に当って、自著刪定の熱情の余り、眼鏡を掛けた儘、逝ったか否かにあく迄こだわる鷗外は、果して唯にそのような自動作用に身を任せただけの人であったろうか。ここには『伊澤蘭軒』を「整理された素材の粛々たる行列」（石川淳『森鷗外』）と見る通説を覆すに足るだけの、今迄、見逃されてきた秘密の精神的エネルギーが伏在していたのではあるまいか。

　端的に言って鷗外が山陽を嫌ったことだけは疑えない。『蘭軒』にも『霞亭』にも、そのような鷗外の言説は、鏤められていて誰の目にも明らかである。しかし、嫌悪の表現を顕在化させればさせるほど、鷗外の山陽に寄せる興味が内攻し、密度を増してゆくアンビバレンツ・ポラリティー(4)とも呼ぶべき状態が明確に出現してくるのは何故であろうか。そして、山陽の人間のもつエネルギーは、『北条霞亭』の主人公を鷗外がやがて俗物として批評化、解体化することにさえ、与かって力があることを示すに至るのである。(5)

　つまり、鷗外は、山陽の思想を嫌ったが、山陽の人間は必しも嫌いではなかった、と推定するのは決して誤りとは言えないのではなかろうか。むしろ、山陽の人間——端的に言って蕩児山陽に鷗外は、むしろ深湛なる興味を示したと考えて良いのではあるまいか。そこに『伊澤蘭軒』冒頭における、蘭軒を立てるべきところで山陽を立ててしまう、という思いがけぬ倒錯が生じたのではなかろうか。

鷗外が蘭軒に親近感を抱いていたことは疑いえないが、同時に、より深いところで鷗外は山陽に強く牽引される自己を感じていたのである。蘭軒は、史伝執筆時の鷗外の等身像であったかも知れないが、山陽は、若き日の鷗外の、秘められ、そして倒錯された等身像であったのではなかったか。そして、そのような現在と過去の等身像がテクストとしての『伊澤蘭軒』で交錯した。蘭軒を捨てて山陽はなく、山陽を捨てて蘭軒はなかった。蘭軒と山陽を併せて、鷗外の過去と現在、現実と夢は交錯し、そこに全き自我像が完成された。そのような、二つの自我像、蘭軒と山陽の交錯する現実の、歴史的にして社会的、物理的にして客観的なトポスこそ、「本郷真砂町」の桜木天神を中核とする空間であったのである。

＊

鷗外が総宗家伊澤、宗家伊澤、そして分家伊澤の系譜的事実を語って、再び山陽の江戸遊学の問題に立ち帰るのは、「その十三」即ち寛政九年、蘭軒二一歳の項においてである。以て、かの『蘭軒』冒頭における山陽幽屏問題の謎の提示が、いかに慎重に考慮された結果の構成的配慮であったかが分る。要するに『蘭軒』「その一」から「その十三」、ひいては「その十三」を出発点として山陽幽屏の「前後の情実」に前人未踏の考証的探索を試みる「その二十」迄は、山陽屏禁問題を出発点とし帰結点とする自己完結的な円環構造を構築していると言って良いだろう。ここに、鷗外の山陽に寄せる熱い関心がテクスト内部の現実として見事に治定されているのである。

＊

鷗外が山陽の伊澤邸奇寓説を樹立するに当って、第一に重視したのは、伊澤氏に伝わる口碑である。その口碑は、「江戸に於ける山陽の動静」（「その十三」）を伝える通説に反して、次のような「異聞」を伝えていた。

（略）蘭軒は頼春水とも菅茶山とも交つた。就中茶山は同じく阿部家の俸を食《は》む身の上であるので、其交が殊に深かつた。それゆゑ山陽は江戸に来たとき、本郷真砂町の伊澤の家で草鞋《わらぢ》を脱いだ。其頃伊澤では病源候論を写してゐたので、山陽は写字の手伝をした。さて暫くしてから、蘭軒は同窓の友なる狩谷棭斎に山陽を紹介して、棭斎の家に寓せしむることゝした（略）。（「その十四」）

因みに前出「江戸に於ける山陽の動静」を伝える通説は、寛政九年四月より翌一〇年四月に至る江戸滞在中、山陽は「従母壻」（叔母壻）尾藤二洲の聖堂内の官舎に寄寓して聖堂に学んだ、と云うものである。二洲は、六年前に幕府に召し出され、足疾のために聖堂内に官舎を賜わっていたのである。鷗外は、通説は「一見いかにも自然らしく、これを前後の事情に照すに、しっくりと脗合《ふんがふ》する。」としつつ、しかし、通説を絶対化する余り、直ちに口碑の内容の信頼性を顧みずして、これを捨て去ることの「太早計」である所以を説き、山陽退去後の伊澤氏の家世交替の実状からみて、山陽寄寓説を捏造とする立場の甚しい不合理を指摘、山陽の伊澤邸寄寓説を信ずる独自の立場を打ち出すのである。

山陽が江戸にあっての生活は、恐くは世の伝ふる所の如く平穏ではなかつただらう。山陽がその自ら云ふ如くに、又茶山の云ふ如くに、二洲の塾にゐたことは確である。しかし後に神辺《かんなべ》の茶山が塾にあつて風波を起した山陽は、江戸の二洲が塾にあつても亦風波を起したものと見える。風波を起して塾を去つたものと見える。

去つて何処へ往つたか。恐くは伊澤に往き、狩谷に往つたであらう。伊澤氏の口碑に草鞋を脱いだと云ふのは、必ずしも字の如くに読むべきではなからう。（「その十四」）

山陽についての、この鷗外の筆は暢び暢びしている。確信に充ち、躍動する文体である。それは必しも正を排し奇を愛する鷗外固有の性格によるのみではない。おそらく、ここで鷗外は山陽と共に若き日の自分を再び生きているのである。文体の暢達とそれを支える、事実に対する確信とは、奇への鷗外の好尚を超えて、鷗外と山陽における青春の原体験の共通性にこそ起因している、と見ることができるのである。そして、山陽の尾藤邸を去る原因を巡っても同様の事態を指摘できる。

山陽は尾藤二洲の塾に入つた後、能く自ら検束してはゐなかつたらしい。山陽が尾藤の家の女中に戯れて譴責せられたのが、出奔の原因であつたと云ふ説は、森田思軒が早く挙げてゐる。唯思軒は山陽の奔つたのを、江戸を奔つたことゝ解してゐる。しかしこれは尾藤の家を去つたので、江戸を去つたのでは無かつたであらう。（「その十五」）

鷗外は作品「ヰタ・セクスアリス」（『昴』明42・7）の中で、主人公金井湛に「僕は東先生（モデル、西周—稿者注）の内にゐる間、性慾上の刺戟を受けたことは少しもない。」と述懐せしめた。又、「今から思へば、当時の大官であの位閨門のをさまつてゐた家は少からう。お父様は好い内に僕を置いて下すつたのである。」とも回顧せしめた。これらを見れば、西周邸における鷗外は、「能く自ら検束して」孜々として勉学に励んでいたかに見える。しかし、既にお梅事件を知り、西周によるお梅馘首を知る私達は、「尾藤の家の女中に戯れて譴責せられ」、それが「原因」

となって「出奔」したと鷗外の推測する山陽の行動の軌跡が、実は、鷗外その人の若き日の実像であり、少くとも、その行動のアウトラインを示すものであると考えることの妥当であることを主張する権利を持っている、と言っても良いだろう。

「ちっともまじめな勉強をしないで、小説ばかり読んで一度落第している。進文学舎という予備校めいた学校ですがね。（略）そうして西氏に叱られて、それから奮発して勉強し直している。[6]」（柳田氏）と云うのが西邸における鷗外の実態であったとすれば、「山陽は尾藤二洲の塾に入つた後、能く自ら撿束してはゐなかつたらしい。」という先の『蘭軒』の叙述は、実は西国の片田舎から突如、文明開化の中心地東京の真唯中にただ一人放り出された、西周邸時代の少年森林太郎における自我の解放と情念への耽溺という、今迄秘められていた行動の輪郭（「暗黒面」）をも併せ指し示しているものであったに違いあるまい。そのように解釈するのでなければ、『蘭軒』において引き続く、聖堂出奔事件をめぐる山陽その人、並びに監督者としての尾藤二洲及びその妻直に対する、以下のような深い洞察の生れた所以を、私達は到底理解することができない筈である。

> 二洲が此の如き小疵瑕の故を以て山陽を逐つたのでないことは言を須《ま》たない。又縦《よ》しや二洲の怒が劇《はげし》かつたとしても、其妻直は必ずや姉の愛児のために調停したことを疑はない。しかし山陽は「例の肝へき」を出して自ら奔つたのであらう。（同上、傍点稿者、以下同じ）

私達は右の叙述中「二洲」の名に代えて「西周」の名を、「其妻直」の名に代えて西の妻「升子」の名を、又「山陽」の名に代えて「林太郎」の名を挿入して読むことの可能であることを、最早疑うことはできないだろう。

既に述べたように（前出「「ヰタ」注釈（二）」）お梅事件に際して、監督の責を負う西周が少年森林太郎を軽率に追放するとは信じられない。西は、その代りに梅に暇をやったのであろう。しかも梅は西が気に入っていた女中でさえあったのだ（前掲、柳田氏の発言に拠る）。また、たとえ西の怒りが烈しくても、「女丈夫」（「キタ」）と言われる夫人升子は、必ずや林太郎のために「調停」の任を買って出たに違いあるまい。その一方で彼女は、前途ある林太郎少年の軽挙をも戒めたことであろう。周歿後の夫人の歌集『磯菜集』（明43）序において、少年の日の西邸寄寓時代をふり返り、「操行は夫人升子の君の訓戒を蒙りぬること数〻なり。当時夫人の善く家を治め深く人を愍み給ふをば、見聞して知れりしかど」云々と述べる異例なまでの鷗外の温かい筆致に、お梅事件当時のそのような升子の暖かい配慮に対する、余人には知られぬ深い感謝の念が表明されていると感じるのは、稿者一人に留まるまい。そして、周や夫人升子のそのような配慮にもかかわらず、少年森林太郎は、頼山陽と質を同じくする「例の肝へき」を出して西邸を出奔したのではなかったか。ここには、老年期に至り、「レトロスペクチイフ」（「なかじきり」）の境涯に達しつつある鷗外の、かつての少年の日の激情のドラマを、自他への公平な視線を以てふり返る余裕が示されてもいる。

こうして、山陽の劇に仮託して、自分の若き日の劇を語る鷗外の筆は、そのような性格や心理の共通性にのみ留まらぬ、時間を越えた、この劇の物理的空間的共通性という奇中の奇とも言うべき事態の次の如くリアルな叙述へと収斂してゆくのである。

わたくしは此事のあつたのを何時だとも云ふことが出来ない。寛政九年四月より十年四月に至る満一箇年のうち、山陽がおとなしくして尾藤方にゐたのは幾月であつたか知らない。しかし推するに二洲の譴責は「物ごとにうたがひふかき」山陽の感情を害して、山陽は聖堂の尾藤が官舎を走り出て、湯嶋の通を北へ、本郷の伊澤へ駆け込んだのであらう。山陽が伊澤の門で脱いだのが、草鞋でなくて草履であつたとしても、固より事に

妨は無い。(同上)

私は、右の叙述中「二洲の譴責は「物ごとにうたがひふかき」山陽の感情を害して」という部分には、お梅の緘首を耳にした当時の西周に対する少年森林太郎の猜疑と憤激とが生々しく仮託せしめられていると感じ、又、傍点部分には、そのような山陽と共通する「物ごとにうたがひふかき」、「肝へき」の結果としての鷗外の西邸出奔という激しい行動の形が、物理的客観的な経路説明と併せて定着化されていると感じる。なぜなら、東南方向の聖堂からと西南方向の神田西小川町からとという出発点の違いこそあれ、両者の最終目的地は、一つは本郷通りを三丁目交差点で左折して約二六〇メートルほどの距離にある桜木天神横の蘭軒邸であり、もう一つは同じく「桜木天神の神楽殿に並ぶ裏二階の下宿」であったからである。両者は云う迄もなく真砂町の地名のうちに包摂される同一空間に外ならない。

こうして私達は、『蘭軒』冒頭の山陽説話が、如何に鷗外にとって心躍る執筆体験であったかを一瞬たりとも疑うことを許されない地点に到達する。鷗外は、山陽の尾藤邸出奔という独自の仮説のうちに、自己の青春の原点を確実に造嵌しえたし、過ぎ去りし日々の反逆の情熱を秘かに告白しえたのである。その限りで『蘭軒』は決して「蘭軒といふ人物像をめぐつて整理された素材の粛粛たる行列」(石川淳)のみに留りえてはいない。『抽斎』を特徴づける「うつくしい逆上の代りに(略)「蘭軒」には沈静がある」と言うのみでも不十分である。『蘭軒』を「考證」と断言[7]するのは可能だが、その裏に作者の流した夥しい精神の流血が存在することを見逃してはなるまい。

*

かくして、「伊澤氏の口碑」への信頼から出発した鷗外の考証の到達点は、「伊澤氏の口碑」の枠組をさえ超えていた。なぜなら「伊澤氏の口碑」は、山陽が「本郷真砂町の伊澤の家で草鞋を脱いだ」こと、即ち旅装を解いたことを伝えるに留まっていたからだ。これに対し、鷗外説に拠れば、「聖堂の尾藤が官舎を走り出て（略）本郷の伊澤へ駆け込んだ」山陽が「伊澤の門で脱いだのが、草鞋でなくて草履であつたとしても、固より事に妨は無い。」（「その十五」）のである。

従来説とも異なり、「伊澤氏の口碑」をさえ超える自己の考証に、しかし、鷗外は絶対の自信を持っていた。彼には、永い文学生活を通じて培った鋭い言語感覚があり、文字表現に対する超一級の感性があった。そして山陽の伊澤邸駆け込みという未曽有の新説への出発点は、「伊澤氏の口碑」への信頼という鷗外の態度決定の上に、山陽が江戸出発前に広島にある父春水に宛てた寛政一〇年三月二一日付書簡に対する、そのような鋭い言語感覚による独自の分析の結果に支えられたものでもあったのだ。結論を先に提示し、その奇なる推論の大胆な提出によって読者を眩惑し、その後で徐ろに理由を開示するという鷗外の通常とは異なる叙述法のうちに、私たちは鷗外における「うつくしい逆上」のもう一つの形を認めることができないであろうか。

具体的に言えば、寛政一〇年三月二一日付頼春水宛山陽書簡で鷗外が問題とするのは、同書簡の追記における「猶々昌平辺先生へも一日参上仕候而御暇乞等をも可申上存居申候、何分加藤先生御著の上も十日ほども可有之由に御坐候故、左様の儀も出来不申かと存候、以上」という二文における「昌平辺先生」という指示語の意味と、「出来不申かと存候」という語の訓みについてである。

先ず後者について鷗外は口語に訳して「出来ぬかと思ふ」（傍点稿者）という語の不合理を衝き、「これはどうしても暇がありさうだから往かれようとなくてはならない。原文は「左様の儀も出来可申かと存候」とあるべきではなからうか。只「不」を改めて「可」とすれば、文義は乃ち通ずるのである。」と提言する。そして、この大胆な提言の持つ研究史上の意味を鷗外は良く知っていた。なぜなら鷗外は、右の推断に先立って既に次のように述べていたからである。

わたくしのしろうと考を以てするに、先づ此追記には誤謬があるらしく見える。誤読か誤写か、乃至排印に当つての誤植か知らぬが、兎に角誤謬があるらしく見える。わたくしは此の如く思ふが故に、手紙の原本を見ざるを憾む。元来わたくしの所謂誤謬は余りあからさまに露呈してゐて、人の心付かぬ筈は無い。然るに何故に人が疑を其間に挟まぬであらうか。わたくしは頗るこれを怪む。そして却つて自己のしろうと考にヂスクレヂイを与へたくさへなるのである。（「その十五」）

ともあれ、筑摩書房版鷗外全集第四巻の『蘭軒』の該当部分について、語注を担当した野々村勝英氏が「鷗外の推測通り原書簡は「出来可申かと存候」とあり、木崎好尚氏の『頼山陽全書全伝下』では「可」に改められている。」と既に注しているように、この部分について鷗外の提起した新説（「しろうと考」）は、今や学界公認のものとなっている。これこそ、鷗外の鋭い言語感覚が専門研究者の誤謬を打破した象徴的な事例である。

以上を枕として、鷗外は同様の鋭い言語感覚を以て「昌平辺先生」の呼称の対象を「昌平黌の祭酒博士」、「即ち林祭酒述斎を始として、柴野栗山、古賀精里等の諸博士」とする従来説に疑義を呈する。（ここで鷗外は従来説の指示対象について「その二洲でないことは明である。二洲の家にあるものが、ことさらに二洲を訪ふべきでは無いからである。」と周到にも付言している。）

独りわたくしの思索は敢て別路を行く。山陽が江戸にあつた時、初め二洲の家にゐたことは世の云ふ所の如くであらう。しかし後には二洲の家にはゐなかつたらしい。少くも此手紙は二洲の家にあつて書いたものではなささうである。「昌平辺」の三字は、昌平黌の構内にゐて書くには、いかにも似付かはしくない文字である。外にあつて昌平黌と云ふ所を斥《さ》すべき文字である。

わたくしは敢てかう云ふ想像をさへして見る。「昌平辺先生」は、とりもなほさず二洲ではなからうかと云ふ想像である。二洲は瓜葛の親とは、思軒以来の套語であるが、縦《よ》しや山陽は一時の不平のために其家を去つたとしても、全く母の妹の家と絶つたのでないことは言を須《ま》たない。しかし少くも山陽は些《ちと》のブウドリイを作《な》して不沙汰をしてゐたのではなからうか。すねて往かずにゐたのではなからうか。そして「江戸を立つまでには暇がありさうだから、例の昌平辺の先生の所へも往かれよう」と云つたのではなからうか。これは山陽が二洲の家を去つたことは、広島へも聞えずにゐなかつたものと仮定して言ふのである。（「その十六」）

あげ足とり的に言えば「昌平辺先生」が昌平黌の内部に寄寓する者の弁として不自然であり、むしろ昌平黌の外にあって二洲その人を指称する語として読むべきである、という鷗外の主張は、尤も千万であるかに見えるが、形式論理的に必ずしもスキがないとは言えない。なぜなら「昌平辺先生」の語は、二洲をも含めて「林祭酒述斎を始として、柴野栗山、古賀精里等の諸博士」を指すと広義にとることの方が遥かに客観的だからである。そのように解釈しても、昌平黌の外にあって内部の諸博士を指称したとする限りにおいて山陽伝記に関わる鷗外説の新しさは不変である。しかし、鷗外において「昌平辺先生」はあく迄も二洲その人でなければならなかった。なぜなら、二洲は西周であり、山陽は若き日の鷗外その人の暗喩であったからだ。にもかかわらず、鷗外のそのような解釈を山陽の心事を己のためにねじ曲げたものとする非難は成立しないであろう。なぜなら「昌平辺先生」という屈折した表現に込められた山陽の真意は、形式的な昌平黌の諸先生達への挨拶にあるのではなく、実質的にはかつて自己を譴責し、その恋路を絶った二洲その人への「ブウドリイ」（しかめ面）の表現にこそある、と見られるからである。

ここでも瞠目されるべきは、鷗外の言語感覚の余人の及ばぬ鋭敏さであり、そこに再び私達が見るのは、そのような鋭敏さを喚起するに当り、山陽と鷗外の原体験の共有が果している不可欠の役割の存在であろう。「ブウドリイ」とは西周に対する、少くとも一時の鷗外の感情のあり方であり、そしてお梅事件による出奔の後、鷗外も亦、一時は西周邸との交通音信を自ら断っていたことが、逆にこれら山陽に対する鷗外の考証の余りの生々しさによって確証されうるのである。

かくして、山陽が聖堂の二洲の官舎にいなかったとすれば、彼は何処に居たか。既に「伊澤氏の口碑」を信ずる以上、改めて問題とするにも当るまい。こうして、鷗外の自称「しろうと考」は、従来説の排除の上に独自の山陽解釈を打ち出し、併せて山陽の伊澤邸駆け込み及び滞在という思いがけぬ新事実を確証することとなった。その結論の余りの新奇なるが故に、鷗外の考証のプロセスに何等かの論理的欠陥の存在を見出そうとしても、遺憾ながらそのようなスキはどこにもない。

＊

こうして鷗外は『蘭軒』「その十七」冒頭で「わたくしは寛政九年四月中旬以後に、月日は確に知ることが出来ぬが、山陽が伊澤の家に投じたものと見たい。」と断じることになる。「寛政九年四月」とは、山陽の江戸来遊の月である。鷗外は「蘭軒が初め奈何《いかに》して頼菅二氏に交を納れたかを詳にすること能はざるを憾と」しているが、今日、いっそう興味深いのは、この考証の驥尾《きび》に付した鷗外の次のような予言的叙述であろう。

山陽は伊澤に来て、病源候論を写す手伝をさせられたさうである。果して山陽の幾頁をか手写した病源候論が、何処かに存在してゐるかも知れぬとすると、それは世の書籍を骨董視する人々の朶頤《だい》すべき珍羞であらう。

（「その十七」）

蘭軒邸で山陽の筆写した病源候論ではないが、後に山陽が引き移った狩谷棭斎邸で、山陽の手写した頁を含む「金石記」二巻のあることを、既に岩波戦後版全集著作篇第九巻『伊澤蘭軒二』（昭27・9）所収、森潤三郎「校勘記」は明かしている。

（略）棭斎の後裔狩谷三市氏の所蔵に棭斎が唐土の金石文を集録手写した「金石記」二巻がある。この書は嘗て中井敬所、大槻如電両翁に分蔵されてゐたが、説文会の展覧の際市島謙吉翁が注意され、狩谷家の縁戚今泉雄作翁の斡旋により、敬所翁の女壻新家孝正氏から狩谷家へ贈られたもので、上巻の見返しに森枳園が

此冊石鼓下第卅四五両頁頼山陽子成壮時在東都所賃書者

と書いてある。これが山陽寓居の際写したものとすれば、先の推察が的中したので、甚だ面白いとおもふ。

以て、鷗外の考証的予言の的中の一端を知りうるのである。(8)

次いで鷗外は、考証を専らとして著述を喜ばなかった蘭軒生前の面目を伝える山田椿庭の七古を引いた上で、蘇子の論策に感動、立身出世の志を遂げ、「天下其名を識らざるなきに至つた」山陽の面目をこれに対比し、次の如きアイロニイに充ちた想いを告白している。

少《わか》い彼《かの》蘭軒が少《わか》い此山陽をして、首《かうべ》を俯して筆耕を事とせしめたとすると、わたくしは運命のイロニイに詑《た》異《い》せざることを得ない。わたくしは当時の山陽が顔が見たくてならない。（「その十八」）

ここに、既に述べた若い山陽に仮託されたもう一人の鷗外と、現にある鷗外との対話を読むことも可能だが、今はむしろ、鷗外史伝に一貫する学問と時事、考証学と政治の対立―いわば反秩序という価値観の一極を見るに留めたい。なぜなら、ここに若い山陽に仮託されたもう一人の鷗外を読むには、同章末尾の次の一節の内容は、余りに痛烈だと言わねばならない筈だからである。

洋人の諺に「雨から霤《あまだれ》へ」と云ふことがある。山陽はどうしても古本の塵を蒙ることを免れなかつた。わたくしは山陽が又何かの宋槧本を写させられはしなかつたかと猜する。そして運命の反復して人に戯るゝを可笑しくおもふ。(9)

既に私は、山陽の人間に惹かれ、山陽の思想に反撥する鷗外内面のアンビバレンツ・ポラリティーの存在を指摘しておいたが、その反撥の最も鋭い相がここには示されていると言うことができよう。そして、あえて言えば、その反撥は、山陽の学問のもつ思想性にのみ向けられたものではない。まさにその思想のもつ内実即ちイデオロギーに対してこそ、鋭くさし向けられていたのだ、と言うのが私の解釈である。即ち、晩年の鷗外の目には、それほど明らかに山陽の思想・イデオロギーが築いた日本的近代の到達点とその限界とが映じていたのだ、と言うことにもなろう。逆に言えば、山陽思想に対置せしめられた考証学なるものの自《おのず》からにもつことになる文明批評性――実現された日本的近代とは質的に異なるもう一つの近代としての豊饒性が、鷗外における山陽的なるものの相対化のモチーフの延長上に確実に浮上しつつある、と言えるのではあるまいか。

＊

ともあれ、山陽に対する共感と反撥という二元構造のもつアクチュアリティは、『蘭軒』という本文《テクスト》の裡において、まだ終ってはいない。と言うより、或いは、それは本来終りうるものではなかったのである。なぜならテクストとしての『蘭軒』は、山陽的なるものの築き上げた秩序としてのテクストに対峙する、もう一つのテクストであったからだ。飛躍を怖れずに言えば、それは万世一系的なる秩序のテクストに対する、いわばもう一つの、過去から現在に至り、現在から未来につながりうるものとしての確実な血の流れを描き出そうとするテクストであったからである。その意味で『蘭軒』は、既に言われているように客観的物理的な時間や空間に向って広がってゆくテクストであると同時に、日本人がそこに生き、そこに死ぬ現実の日本的なる時空、即ち日本の歴史や社会に向って広がってゆくテクスト――近代的なシステムとしての万世一系的な秩序のテクストに対する暗黙の批評的機能を秘めたもう一つのテクストであったのである。そこに「一人の事蹟を叙して其死に至つて足れりとせず、其人の裔孫のいかになりゆくかを追蹤して現今に及ぶ」、「前代の父祖の事蹟に、早く既に其子孫の事蹟の織り交ぜられてゐるのを見、其絲を断つことをなさずして、組織《そしよく》の全体を保存せむと欲し、叙事を継続して同世の状態に及ぶ」（「その三百七十」）という史伝『蘭軒』に至って「前に倍する発展を遂げた」と作者自ら揚言する、鷗外史伝固有の「体例」（「その三百六十九」）の持つ苛烈な文明批評的意味が存在したのである。

つまるところ山陽の思想・学問は、史伝『蘭軒』において、蘭軒的なるものに対立する万世一系的な近代的システムの象徴であり、少くとも隠喩であった。鷗外は、そのような隠喩、象徴を作中に秘かに持ち込むことにより、逆に対立項としての蘭軒を隠喩とするもう一つの「組織」としての血の意味を際立たせようとする。そこにおいて作者の「わたくし」なるものは、万世一系的なるものへの反措定としてのこの対比の意味を、あくまでも山陽・蘭軒に対する個人的な好尚の密室の内部のものとして、外部に向って語り・騙《かた》る強固な防塁と化す。このとき、まさに『蘭軒』における「わたくし」は、その好尚の故に山陽思想（＝万世一系の近代的システム）を縦横無尽に切りながら（むろん隠喩として）、そのような反秩序思想の存在を、「わたくし」なる語りの私性即ち公的なるものへの切断性の故に否定する、巧妙な隠蔽の装置と化すのである。そこに『抽斎』における一元的な「わたくし」を、外部世界との緊張関係のもとに、自己開示に向けた「わたくし」と自己隠蔽に向けた「わたくし」との複雑、隠微な函数関係に基づく統一体として高次に発展せしめた、史伝『蘭軒』における「わたくし」なる語りの固有の形があった、と言って良いだろう。

既に著名な「その二十」における次のような叙述は、『蘭軒』における「わたくし」なる語りをめぐる、そのような複雑、隠微な函数関係の存在を象徴的に開示しえている、と言えよう。

> 寛政十二年は信階父子の家にダアトを詳にすべき事の無かつた年である。此年に山陽は屏禁せられた。わたくしは蘭軒を伝ふるに当つて、時に山陽を一顧せざることを得ない。現に伊澤氏の子孫も毎《つね》に曾て山陽を舎《やど》したことを語り出でて、古い記念を喚び覚してゐる。譬へば逆旅の主人が過客中の貴人を数ふるが如くである。これは晦《かく》れたる蘭軒の裔が顕れたる山陽に対する当然の情であらう。
>
> これに似て非なるは、わたくしが澁《ママ》江抽斎のために長文を書いたのを見て、無用の人を伝したと云ひ、これを老人が骨董を掘り出すに比した学者である。此の如き人は蘭軒伝を見ても、只山陽茶山の側面観をのみ其中に求むるであらう。わたくしは敢て成心としてこれを斥ける。わたくしの目中の抽斎や其師蘭軒は、必ずしも山陽茶山の下には居らぬのである。

前段における山陽に対する鷗外の語りは、厳しく山陽の個人的性行に局限せしめられているかに見える。あるいは、山陽・蘭軒の顕晦の差に対してのみ向けられているかに見える。さらに後段における鷗外は、『抽斎』執筆を老人の骨董いじりに比した学者への反撥の私情を叙し、その極、抽斎・蘭軒、山陽・茶山への世間的評価逆転への、これ又、激しい「わたくし」の情を強調しているかに見える。とりわけ、蘭軒に抽斎を、山陽に茶山を付随せしめた鷗外の戦略《ディスクール》は、甚しく顕《あらわ》れたるものの倖いに対する、甚しく晦《かく》れたるものの不幸への同情という私情の叙述にこの段の眼目のあることを自《みずか》ら自証しているかに見える。しかし、果して、この一段の叙述の真意が、本当にそこにあったのか、と言えば、それは甚しく疑わしい。

既に、実現したものとしての、日本的近代の到達点と限界とを共々に透視する鷗外の文明批評的史眼の成熟を『抽斎』『蘭軒』執筆のモチーフから切り放すことが至難であるとすれば、私情への固執を隠れ蓑として、実現した日本的近代、山陽的なるものとしての近代的統治システムへの批判化、相対化の意図を抽斎・蘭軒的なるもう一つの近代――いわば江戸考証学的なる近代の再評価によって充足しようとする、「わたくし」なる語によって隠蔽された鷗外の公の情の存在を右の叙述から切り放すことも亦、同様に至難なのである。

かくして、鷗外のそのような秘められた戦略《ディスクール》を仮託せしめられた「わたくし」は、叙上の文明批評的意図に従って、死に至る迄、山陽を追尋し、その死の散文性を即物的に叙して、山陽神話を解体、無化せしめるに至る。(10)

＊

しかし、既に鷗外と山陽との私的、個人的なる共鳴及び親密感の謎を主題とする本稿においてより重要なのは、蘭軒の長崎紀行によって、文化三年六月三一日の頼春水との松雨山房における初対面を叙した「その四十三」の次の叙述である。やや長いが、重要なので一言一句省略しないで引用することを許して頂く。

松雨山房の夜飲の時、蘭軒の春水に於けるは初見であるが、山陽は再会でなくてはならない。わたくしは初め卒《にはか》に紀行の此段を読んで、又微《すこ》しく伊澤氏が曾て山陽を舎《やど》したと云ふ説を疑はうとした。それは「男子賛亦助談、子賛名襄、俗称久太郎なり」の数句が、故人を叙する語に似ぬやうに覚えたからである。しかし更に虚心に思へば、必ずしもさうではなからう。春水との初見も、特に初見として叙出しては無い。春水も山陽も、此紀行にあつては始て出づる人物である。父は已に顕れた人物だから名字を録することを須《もち》ゐない。子は猶暗い人物だから名字を録せざることを得ない。此の如くに思惟すれば、此疑は釈け得るのである。且山陽の伊澤氏と狩谷氏とに寄つたのは、山陽の経歴中暗黒面に属する。品坐の主客は各心中に昔年の事を憶ひつつも、一人としてこれを口に出さずにしまつたと云ふことも、亦想像し得られぬことは無い。

わたくしは既に述べた諸事実と、後に引くべき茶山の手柬とに徴して思ふ。伊澤氏と頼菅二氏とは、縦《たと》ひいかに旧く音信を通じてゐたとしても、山陽が本郷の伊澤氏に投じたのは、春水兄弟や茶山に委託せられたのでは無からう。山陽自己がイニチアチイヴを把握したのであらう。そして身を伊狩の二家に寄せた山陽の、寓公となり筆生となつた生活は、よしや数月の久しきに亙つたにしても、後年に至るまで関係者の間に一種の秘密として取り扱はれてゐたのであらう。

ここにあるのは、山陽伝記の謎（「暗黒面」）をめぐる鷗外の自問自答であり、それは『蘭軒』における鷗外の考証及びその過程の率直な開示であるとも言えよう。私達は、鷗外なる「わたくし」の提示したデータの事実性と、「わたくし」の展開する考証的プロセスの客観的妥当性を信じうる限り、鷗外におけるこのような叙述法に安心して依拠することができる。鷗外なる「わたくし」とは、そのような自らのデータ並びに仮設の真実性を検証する

「わたくし」であると共に、その真実性並びにその真実性を支えるデータや考証的プロセスを挙げて読者の検証に委ねる「わたくし」であることは、疑いえない。そして、そこに史伝『蘭軒』の話法があり、そこに作者鷗外固有の発明がある。

つまり、この『蘭軒』において確立された話法は、真実性の追求という共通の目的の下に、作者に向って開かれると共に、読者に向っても開かれている話法なのだ。そして、今日、甚しくその権威を失いつつある真実性なる語の意味も、ここにおいては山陽の伊澤邸滞在の事実性の可否という具体的なるカテゴリーに属する概念であって、その論理的妥当性《ヴァリディティ》に何らの疑いもないのである。

かくして、この鷗外の発明した話法には、作者――作品概念をめぐる私有制もしくは資本主義制を否定し、万人共有なるものとしてのテクスト概念をこれに対置し、テクストに対する読者の主観の絶対性を主張する、今日流行のいわゆるテクスト論の立場を取った社会主義的イデオロギーの浸潤する間隙は一切ないのである。そして、それは同時に神話を絶対化し、事実性を遊離した万世一系的なイデオロギー、その絶対主義的な一元的話法に対する暗黙の闘いでもあったことを私達は決して見逃してはならないだろう。

飛躍を怖れずに言えば、この『蘭軒』の話法には、社会主義的なる話法・イデオロギーの無限定性と万世一系的なる話法・イデオロギーの絶対的一元性とを共々に否定し、ブルジョア民主主義的イデオロギー、即ち資本主義的民主主義的イデオロギーに基づく相対的、双方向性的なるものとしてのテクスト概念、ひいては国家《テクスト》概念を確立しようとする鷗外晩年の苛烈な、そして孤独な闘いのモチーフが込められていたのである。そして、この闘いは真直に「古い手帳から」における、プラトンの貴族主義的（＝共産主義的）な国家観を否定し、アリストテレスのブルジョア民主主義的な国家概念を再評価する、最晩年の鷗外が到達した国家思想の高見へと続いて行ったのである。(11)

＊

さて、右の叙述には、そのような話法をめぐって現われる鷗外のブルジョア民主主義的イデオロギーと共に、あのお梅事件と、その秘匿・隠蔽という鷗外の伝記・個人史をめぐる謎への暗黙の告白が表明せられていることも最早自明であろう。即ち、傍点を付した「山陽の伊澤氏と狩谷氏とに寄つたのは、山陽の経歴中暗黒面に属する。品坐の主客は各心中に昔年の事を憶ひつつも、一人としてこれを口に出さずにしまつたと云ふことも、亦想像し得られぬことは無い。」「（略）身を伊狩の二家に寄せた山陽の、寓公となり筆生となつた生活は、よしや数月の久しきに亙つたにしても、後年に至るまで関係者の間に一種の秘密として取り扱はれてゐたのであらう。」という叙述は、鷗外の生前から歿後にさえ至るお梅事件をめぐる関係者の緘黙、ひいては関係史料の隠蔽という事態に正確に符合するし、「山陽が本郷の伊澤氏に投じたのは、春水兄弟や茶山に委託せられたのでは無からう。山陽自己がイニチアチイヴを把握したのであらう。」という叙述は、鷗外の西周邸出奔が、まさに鷗外自身が「イニチアチイヴを把握した」主体的なる行為であって、向島の両親の全く与り知らぬ衝撃的なる事件であったことの切実なる告白として受けとめうるのである。

＊

かくして、お梅事件に鋭く露頭した明治初年の東京における鷗外の「経歴中暗黒面」の実態の多くは、未だ謎——「一種の秘密」のうちにあるが、少くとも、鷗外の山陽に対する叙述法を藉りて言えば「少《わか》き鷗外が東京にあつての生活は、恐くは世の伝ふる所の如く平穏ではなかつただらう。後に上野花園町の赤松の持家において風波を起した鷗外は、神田の西周の邸にあつても亦風波を起したものと見える。風波を起して西周邸を去つたものと見える。去つて何処へ往つたか。恐くは本郷桜木天神の神楽殿に並ぶ裏二階の下宿に往つたであらう。」と云う鷗外青春の蕩揺の情の実在だけは、ここに証明せられた、として良いのではなかろうか。

（一九九七・一二・二三）

注

（1）鷗外入学時の正式名称は、第一大学区医学校。

（2）一九九五年七月一九日（水）より二一日にかけて行われた東海大学大学院小泉ゼミ合宿研修会での発表。於私学共済相洋閣。

（3）『蘭軒』「その二百四」より「その二百六」参照。

（4）この語は内田道雄氏の漱石論「『漾虚集』の問題」（『文学』昭41・7、のち『日本文学研究資料叢書　夏目漱石』〈有精堂、昭45・1〉に収録。）より借用した。語義は「両価性又は両極性又は対極性反応」（内田氏論による）。

（5）石川淳は「霞亭生涯の末一年」「その一」の「霞亭はわたくしの初より伝を立てようとした人ではない。儒林に入るとしても、文苑に入るとしても、あまり高い位置をば占め得ぬ人であらう。（略）」という叙述と「北条霞亭」「その一」における鷗外の霞亭の嵯峨生活に寄せた共鳴の情との落差を指摘した上で、「生涯の末一年」「その十七」（最終章）における、その死の二ケ月前、山陽が「病を力めて書した」、霞亭墓碣銘への鷗外の評価等を踏まえて以下の如く記している。「鷗外は声を大きくはしない。だが、山陽を好まなかつたにしろ、この死を踏まへての最期の振舞に対しては言外に賞揚の意を籠めてゐる。山陽が俗物の野心家であつたとしても、悍々漢久太郎の気魄はとても霞亭のポオズに拠つて対抗し得るものではない。霞亭の人間的敗北は鷗外にとつてあるひは内証の悲痛な出来事であつたかも知れない。（略）鷗外自身死を踏まへての最後の作品が「霞亭」であつたとは、凄惨なる作家の宿命であらう。」（『森鷗外』「北条霞亭」）

（6）本文前出、『座談会　明治文学史』（岩波書店）における柳田泉氏の発言。

（7）篠田一士『傳統と文學』（筑摩書房、昭39・6）中「V　テエベスの大門から」。

（8）中村真一郎『頼山陽とその時代』（中央公論社、昭46・6）「第一部　山陽の生涯」「一　病気と江戸遊学」中に山陽が榱斎宅でも古書の筆写をさせられたであろうとの『蘭軒』「その十八」の鷗外の推測を引いた文末でカッコを付して「そして驚くべきことには、当時榱斎が筆写していた『古京遺文』中に、実際に山陽の謄写した金石文が挿入されているのが、後になって発見された。鷗外の想像は事実であったのである。」との指摘がある。

（9）前注参照。

（10）『蘭軒』「その二百三」より「その二百六」参照。

（11）稿者編『付遺言　鷗外論集』（講談社学術文庫、一九九〇・一二）「解説」並びに「森鷗外論」（『国文学解釈と鑑賞』別冊「卒業論文のための作家論と作品論」至文堂、平7・1）参照。いずれも本書所収。

鷗外の考証・その発想法――『北条霞亭』の第二北游・南帰をめぐり

『伊澤蘭軒』「その百四十三」で、鷗外は霞亭の第二北游（越後茨曽根〈現新潟県白根市茨曽根〉関根邸滞在）を、文化四年（一八〇七）春夏（一～六月）のこととし、その根拠を次の三項目に求めている。

① 霞亭「嵯峨樵歌」山口凹巷序詩に「去此客于越。（略）越人虚席迎。敬待物如儀。（略）游賞渉春夏。」とあり、「霞亭の越後に寓したのが、某年の春夏であつたこと」。

② 「霞亭渉筆」戊辰（文化五年）の記に「去年仲春。主茨曽根関根氏。」云々と、関根氏と一夕「大杯満酌」し、深夜目覚めて、戸外の月明かりに照らされた雪景色に感嘆したことが叙されており、即ちこれは、去年（丁卯、文化四年）仲春（二月〈鷗外「三月」と誤る〉）のことであるから、①の「某年」は、文化四年のことであり、文化四年の春夏（一～六月）を霞亭が越後に過した証である。

③ 霞亭の親友、山口凹巷の「北陸游稿」に序した亀田鵬齋の文に「友人志州北条子譲。丁卯歳先我游于信越之間。」云々とあり、これによっても、霞亭の第二北游が文化四年、丁卯の歳にあったことを「確証」することができた。

『北条霞亭』「その十七」で、鷗外は新たに霞亭『歳寒堂遺稿』所収「関根仲彝墓誌」を読んで、霞亭が既に文化三年丙寅の歳の八月に越後に在ったことを知ったことを述べている。

「予始踵其家。仲彝大喜。揖予執弟子之礼。自此与其弟錫。並案対牀。朝誦夕読。日進受業。兼以誘後進為務。適逢中秋。把酒玩月。分韻賦詩。仲彝作七絶。」「居数日。偶感微疾。猶在我側。予戒以宜慎調護。其翌予出寝。婢僕驚慌告急。予就臥内視之。僵然偃伏乎被褥。扶起之。口噤不能言。但微笑而已。家人馳驟。百方祈治。然神益虚。気益耗。竟不可救。属纊之際。予親臨之。（略）是為文化三年丙寅八月晦日。（略）」（以上、「関根仲彝墓誌」）

鷗外は、その結果北条霞亭の第二北游は「丙寅（文化三年——稿者注、以下同じ）より丁卯（文化四年）に亘つたのであらう。そしてその江戸を発したのは恐くは丙寅夏秋の交でもあつただらうか。」と考証を進めるが、その限りで、鷗外の考証は誤ってはいない。確かに丙寅（文化三年）秋に霞亭は、茨曽根に居たからである。そして、霞亭を招いた関根仲彝は、「墓誌」にあるように、霞亭着後、数日にして（「居数日」）、文化三年八月晦日死去しており、霞亭は、その臨終に立ち会ってもいる（「属纊之際。予親臨之。」）からでもある。序でに言えば「居数日」という「墓誌」の表現によれば、霞亭の茨曽根到着は、八月二十五日前後と見られ、とすれば霞亭の江戸出発は、越後、江戸の距離から推して八月上旬以降と見られ、それを「夏秋の交」即ち六、七月の交とする鷗外の考証は、どう見ても早過ぎる。しかし、これは指摘するに足らぬ些事である。前に述べた如く、これに先立って鷗外は、『伊澤蘭軒』「その百四十三」で霞亭の「嵯峨樵歌」山口凹巷序詞①及び「霞亭渉筆」②の叙述を根拠として、霞亭が翌文化四年丁卯の春夏（一月〜六月）を越後に過した証としている。確かに霞亭が、文化四年一月から六月の間、越後に滞在していたことは事実であろう。山口凹巷「北陸游稿」に序した亀田鵬齋の文③にも「友人志州北条子譲。丁卯歳先我游于信越之間。」とあり、それを傍証しているからでもある。この時、霞亭の滞在した家が、死歿した仲彜の家ではなく、その父関根五左衛門栄都の家であることは、言う迄もあるまい。鷗外の考証は、間然するところなく、確実そのものと見える。つまり、書かれてある史料による限り、鷗外の考証は、正しい。正確そのものである、と言えよう。それは、史料（実）考証のみごとな手本と言える。残された史料、すでに記載されている事実――書記史料から史実を復元するのは、歴史を手懸ける際の王道、その第一前提であるからである。そのような第一前提に拠る限りは、史実考証に誤りが生じる筈がない。だから、鷗外の考証手続きを私達は、安易に批判することはできない。

しかし、だからこそ、私は、鷗外の考証の誤りを重大視したいのである。この誤りは、鷗外において決して自覚されなかったし、従来の史伝『北条霞亭』研究、又、北条霞亭の伝記研究においても、決して自覚され、顕在化せしめられることのなかった誤りである。その誤りは、考証の手続きの誤りではない。むしろ、書記史料を絶対視することから生じた誤りであり、だから歴史研究の手続きの誤りではなく、歴史研究の方法論、もしくは歴史研究の方法論を規定する、発想上の誤りである。従って、北条霞亭の越後滞在をめぐる鷗外の考証の誤りを、鷗外の歴史研究の誤りと言うより、歴史研究の方法論をめぐる、普遍的一般的な発想上の誤り、広く言えば、日本の実証史学における、現在でもおそらく、まだ明確に自覚化されえていない、発想上の普遍的な誤りとして、私は、ここにあえて問題化したいのである。何しろ、鷗外の史伝は、鷗外の自覚にあっては、明確に「歴史」（「なかじきり」〈『斯論』大6・9〉）なのであって、それは、当時いまだ自律的な実証性を確立しえていなかった日本の歴史学それ自体に対する批判的なモチーフに基づいた歴史考証的な営みであったことは、今日、否定することのできない事実であるのだから。

さて、前口上は、これくらいにして、鷗外の誤りは何かについて、私の考えを述べてみたい。序でに付言すれば、以下の鷗外の考証に対する私の批判は、書き記されている史料に基づく批判ではない。書き記されている史料に基づく考証については、鷗外に批判されるべき落度、従って誤りはない。しかし、書き記されていない事実、従って推測されるべき事実によれば、鷗外の考証の手続き、その結論には、大いに批判されるべき余地があるのだ。従って、事柄は、書かれている史料から歴史や史実が抽出されるべきであり、抽出することができる、という帰納法に傾く鷗外の史実考証上の発想を俎上に上すということになるのは、蓋しやむをえない仕儀と言って良いであろう。

具体的に言えば、先の言と矛盾するようだが、鷗外のあげた史料それ自体の中に、既に鷗外の考証の有効性をめぐる歴史の矛盾、史料自体の矛盾が、細かく見れば内包されている。それは、江戸において霞亭を自家に寄宿せしめた亀田鵬齋その人が霞亭の第二北游を「丁卯歳」（山口凹巷「北陸游稿」序）と規定していること、山口凹巷もまた「游賞渉春夏」（霞亭「嵯峨樵歌」序詞）と言っていること、即ち鵬齋・凹巷という霞亭に最も親しい二人の漢詩人・学者が、一致して、文化四年丁卯霞亭の越後滞在の事実のみを記し、文化三年丙寅中秋八月の霞亭の茨曽根の関根仲彜邸にあったことを不問に付していることである。鵬齋・凹巷の二人、特に鵬齋が文化三年八月の霞亭の越後滞在を知らなかった筈はないだろう。又、凹巷も、霞亭の「嵯峨樵歌」に題する詩に、仲彜の死に触れている事実を、鷗外自身指摘、引用もしているのである（「その十七」）。とすれば、亀田鵬齋・山口凹巷の二人は、霞亭が文化三年八月に、越後茨曽根の仲彜宅にあったことを知っていたにも拘わらず、霞亭の第二北游を文化四年丁卯のことと敢て記したのだ、と考えざるを得ない。

では、文化三年丙寅八月の霞亭の関根仲彜邸滞在を、彼らが霞亭の第二北游のうちに数え入れなかった理由は、何か。おそらくその第一の理由は霞亭を招いた仲彜その人が霞亭の仲彜邸到着後、極めて短期間ののちに死亡したことへの弔意と慎しみの念のためであり、第二の理由は、第一の理由とも関わって、文化三年丙寅の霞亭の越後への旅が殆んど〝游〟の名に価しないものであったからであろう。そして、この第二の理由は、先に私が指摘しておいた考証上の鷗外の誤り、その誤りを必然化した書き記された事実のみを重視する帰納法的な考証的発想法の限界と密接に関連している。つまり、書き記された事実のみをつなぎ合わせれば、霞亭は、文化三年丙寅仲秋から文化四年丁卯の春から夏にかけて越後に滞在していたことになるのは自然であり、尾形仂氏「北条霞亭年譜・考」（「成城国文学論集」第十一輯、昭54・3）を始めとする従来の年譜類も、作者鷗外のそのような考察に従っている。だが、そのように考えると、既に見たように鵬齋・凹巷二人が霞亭の文化三年丙寅の越後への旅を不問に付した、具体的理由が空白のまま残ってしまうのである。そして、その空白の意味について、鷗外は何も語っていない。とすれば、鵬齋・凹巷の証言は、文化三年丙寅の旅を語っていない故に、結果的には誤りということにもなろう。それは、納得しがたい矛盾ではなかろうか。

ところが、書き記されていない事実にも注目すると、書き記されている史料のみに基づく帰納法的解釈――それは、しばしば実証的考察と誤解されているが――による史実再現とは異なる、新しい第三の史実の形が演繹的な論理的説得力を伴って立ち現れることにこの場合はなるのである。

持って回った言い方を離れて、直接的な事実を指摘したい。それは、即ち「霞亭渉筆」には、文化四年丁卯春の雪の夜景の叙述はあっても、その前年文化三年丙寅秋冬の越後滞在を記す、いかなる叙述もないという事実である。この文化三年九月から十二月に亘る叙述の「霞亭渉筆」における空白という書き記されていない事実は、霞亭がこの期間、越後茨曽根にいなかったことの、少くとも傍証であると私は考える。

それでは、この期間霞亭は、どこに居たか。つまり、江戸に帰って居たのである。具体的には関根仲彜の突然の死に遭遇した霞亭は、越後滞在の継続を断念し仲彜の葬儀後、江戸に帰還したのである。律儀な霞亭の性格を考えれば、鷗外が推理した如く、仲彜の死後、父栄都の家に移って、学問伝授を兼ねるとは言え、のうのうと〝北游〟の游を続けることは余りにも故人に対し敬虔の念に欠ける行為と思われたに違いない。おそらくは、父栄都のひきとめの言葉にも逆らって、霞亭は一旦江戸、鵬斎のもとに戻ったのである。

そして、以上のような事柄のなりゆき上、丙寅の年の越後茨曽根の関根仲彝邸への旅を、霞亭は、北游の旅として数えることをしなかったのであり、鵬齋・凹巷もまた霞亭のそのような意向に従ったのではあるまいか。そして、彼らは翌文化四年丁卯の春夏半年に亘る霞亭の越後への旅を、その名所巡歴のめでたさと共に、鷗外のいわゆる第二北游としてあえて数え立てたのであろう。こうして、亀田鵬齋、山口凹巷の霞亭に最も親しい二人が、丙寅の霞亭の越後への旅の事実を知りながら、翌丁卯の霞亭の旅のみを、第二北游として数え上げている（鷗外の呼び方に従って言えば）ことの不可解な謎が氷解することになるのである。

整理すれば、霞亭の北游を、丙寅八月から丁卯春夏に亘ったものとする鷗外の解釈は一部正しく、一部は誤りである。

霞亭が文化三年丙寅八月及び文化四年丁卯春夏に越後に居た、という意味では鷗外の解釈は正しいが、文化三年丙寅八月から文化四年丁卯春夏に亘って霞亭が越後に滞在し続けた、という意味では、鷗外の解釈は誤りである。霞亭は越後に二度旅をしており、仲彝の死に遭遇した初度の旅と仲彝の父栄都に招かれた再度の旅との間には四、五ケ月間の時間の介在があったに相違ない。その間、霞亭は江戸に戻っていたのである。

鷗外は、このような第三の解釈の可能性について、一度も考えてはいない。なぜか。——それは書き記されていいる事実があったからに違いない。だから、問題は、書き記されている事実が、鷗外を誤らしめたのは、なぜか、という点に帰着する。付言すれば、この時、「霞亭渉筆」に文化三年丙寅の晩秋以下の記述が欠けていることに気づきえたか否か、という点も、第二義的な意義しか持ちえない。事柄は、もっと根本的な発想の問題に帰すると思う故である。

この時、私は、対立や矛盾を浮び上らせることに長《た》け、総合する力に稍々弱い鷗外の発想法上の弱点に想い到らざるをえないのである。総合するには、事実を如何に拾い集めても、畢竟、無効である。それは、対立する諸事実の彼方に仮説としての総合、もしくは収斂する点を構築する演繹力を必要とする。総合とは、結局、一つの仮説なのではあるまいか。そのような総合の力、演繹する力の弱さが、鷗外をして、その周到な事実考証にも拘わらず、霞亭の二度の越後滞在を、一度のそれに誤らしめたのだ、と私は結論したい。先に挙げた記されていない事実を考証に織り込むことも、結局は、仮説もしくは演繹の力を持ち得るか否か、の問題に回帰するのである。

＊

鷗外のいう霞亭の第二北游が一度であったか二度であったかという問題は些《さ》末に見えて実はそうではない。なぜなら、それは霞亭の伝記上、引き続く霞亭の、故郷志摩国的矢への帰還の年月如何という問題──「南帰」の問題に直ちに接続してくるからである。つまり、霞亭の第二北游の問題は、実は其儘、霞亭の「南帰」の年月の確定の問題でもあったのである。そして、ここでも書き記されていない事実が再び鷗外の考証を誤らせていることを、私たちは目の当たりに見ることになる。以下鷗外の考証過程は微細に亘るが、その要点のみを『北条霞亭』（「その十九」）における鷗外自身の文章によって見てみたい。

わたくしは初め霞亭南帰の年を以て、その渉筆を林崎に刻した文化庚午（七年─稿者注、以下同じ）となし（以上『蘭軒』「その百四十三」から「その百四十四」の考証を言う。）、次でその山口凹巷の北游を餞した己巳（文化六年）となし、後には更に溯《さかのぼ》つて戊辰（文化五年）に至つた。（以上、以下の本文において展開される考証の概括。）（略）

しかし此等の証拠は皆未だわたくしの心を厭飫《えんよ》せしむるに足らなかつた。わたくしの想像は霞亭の南帰を思ふ毎に戊辰己巳の間に彷徨してゐた。

以上わたくしは此問題の時間方面を語つた。しかし問題は啻に時間方面にのみ存するのではない。わたくしは丁卯に霞亭の足跡を追うて越後に至つた。上に記した其後の消息は皆霞亭に伊勢に遭遇してゐる。林崎と云はむも、凹巷不騫等の山田詩社と云はむも、皆伊勢に外ならない。京都の游の如きも亦伊勢よりして游んだものである。

そして此越後と伊勢との間に問題の空間方面があつて存する。霞亭南帰の道は越後、江戸、的矢、伊勢であつただらうか。又は旅程が江戸を経なかつたであらうか。又は霞亭は先づ伊勢に往つて、然る後に的矢に帰省したであらうか。

年月が既に数へ難く、旅程も又尋ね難い。わたくしはとつおいつして輙《すなは》ち筆を下すことを得なかつた。（「その十九」）


この時、鷗外を救ったのが、浜野知三郎齎らすところの河崎敬軒の子誠宇松《せいうしよう》の雑記十一冊中、「聞見詩文《ぶんけんしぶん》」所収、霞亭「祭菊池孺人詩並引」の一文であった（「菊池孺人」は、亀田鵬齋の妻。「孺人」は、貴人の妻を言う語。「詩並引」とあるが、詩はなく、引のみ存在。「引」は、漢文の文体の一）。故郷にあって菊池氏の死を知った霞亭が、その「小祥忌」（一周忌）に当って林崎書院の弟子達と共に菊池氏を祭る営みをした際の文章で、日付は、「文化己巳（六年）三月二十六日」。つまり、前年文化五年戊辰の三月二十六日以後妻の死を告げる鵬齋の霞亭宛書簡が着く迄に、霞亭は、「南帰」していた証となる。鷗外は次の如く言う。

此より逆推《げきすい》すれば菊池氏の死は戊辰三月二十六日である。そして霞亭は自ら郷にあつて訃を得たと云ふ。（イ）霞亭が戊辰に的矢に帰つてゐたことは明かである。（ロ）さて次年己巳に菊池氏を祭つた時には、霞亭は既に林崎書院の長となつてゐたであらう。（「その二十」　傍線稿者）

　確かに「祭菊池孺人詩並引」によれば、傍線部（イ）及び（ロ）の鷗外の判断は、正しい。但し、傍線部（イ）に関わって言えば、ここから分るのは、戊辰文化五年以前に霞亭が的矢に帰って居たことのみであって、帰郷の年として可能性があるのは、文化四年丁卯、文化五年戊辰の二年である筈なのだが、霞亭南帰の年の追求は、以上で終ってしまい、『北条霞亭』「その二十」は「霞亭は此年戊辰には二十九歳であつた。」と結ばれ、「その二十一」は、林崎書院の長となったのは、何時かの問題に移るので、文化四年丁卯の歳の霞亭南帰の可能性については、ついに鷗外において意識化されることもなく終った、と判断せざるを得ない。つまり、ここでも鷗外は書き記されている事実を重視し、書き記されていない事実、及びそこからの演繹の問題に注意を払わなかったのだ、と見える。

　この問題の致命的重要性は、今日、尾形仂氏の一連の『北条霞亭』研究によって、新たに発掘された河崎敬軒の「敬軒日記」文化四年の項に「子譲的矢より至り、聯玉子（凹巷）と同に、維祺を問ふ」とあって、文化四年に既に霞亭が的矢に帰っていたことが立証されており、更に同じく山口凹巷「学礼漫録」「二」の中に引用されている霞亭自身の「余出游七年、始メテ勢南ニ帰ル。（略）時丁卯十月十二日也」という語から、霞亭南帰の月日が文化四年十月十二日であったこと迄が確定されている、という霞亭伝記研究の深まりから、鷗外の考証の史的限界が浮上している（小川康子・興膳宏他『鷗外歴史文学集第十巻・北条霞亭（上）』〈岩波書店、二〇〇〇・七〉六十七頁注九参照）という研究史上におけるその過程的位置の問題にのみ留まるものではない。鷗外が文化五年戊辰という書き記された事実を重視する余り、書き記されていない事実への論理的演繹を欠落させたということの上に、更に書き記されている事実の中にも既に存在していた、あるべき史実への表現上の手掛りをも跨いで了ったという錯誤の繰り返し、反復のうちにこそ存在するのである。即ち、先の「祭菊池孺人詩並引」には、鷗外のいわゆる第二北游以後の霞亭の行動をめぐる、霞亭自身による叙述が、次のように記されているからである。

後予游越。不復出府下。直帰郷。（傍点稿者）

鷗外は既に、丁卯の歳、文化四年の春から夏にかけて霞亭が越後にあったことを知っているのであるから、この叙述が、丁卯の春夏を過ぎてその秋冬に、霞亭が今度は江戸を経ずに、真直に郷里をめざしたことを意味していることは、それこそ直ちに分った筈ではあるまいか。剰え、鷗外は、『北条霞亭』「その二十三」において霞亭宛和気柳齋書簡に記された柳齋への亀田鵬齋の「老兄（霞亭）一先江戸御帰、其後御帰省」いう語をさえ記しているのである。この鵬齋の言葉が、文化三年八月晦日の関根仲彛の死以後、霞亭が「一先」江戸に帰り、文化四年春夏越後に再游、その後江戸に寄らずに直接帰郷した、という経緯を縮約したものであったことは、疑いを要せないだろうにも拘わらず、鷗外は、「鵬齋が十月に柳齋を訪ひ、霞亭が十一月に摘稿を柳齋に贈つたのは何年か。霞亭の的矢にあるを見れば、戊辰ではなくてはならない。そして柳齋のこれを謝したのは、此年己巳（文化六年）の初であらう。」（「その二十三」）と、誤りをくり返したのである。この間の鷗外の思索のありどころを、上の引用に続く「只怪むべきは霞亭が越後より江戸に帰り（一先江戸御帰）、次で南帰した（其後御帰省）と云ふ鵬齋の語である。霞亭の「游越、不復出府下、直帰郷」と云つたのと相反してゐる。或は柳齋が錯り聴いたのか、わたくしは姑く疑を存して置く。」という叙述は、端的に明かしている。

つまり、鷗外は「祭菊池孺人詩並引」によって、文化五年戊辰に霞亭が故郷的矢にあったことを立証しながら、霞亭の帰省（南帰）が文化四年丁卯であった可能性の存在することを論理的に意識化せず、また、同じ霞亭文中に、霞亭の南帰が文化四年春夏の越後滞在に接続する同年の秋以下のことであった可能性を示唆する「直帰郷。」の語があるにも拘わらず、これを跨いでしまうという二重の錯誤を冒しているのである。そして、これら総てが文化五年戊辰に霞亭が故郷にあったという既に確定、書記せしめられた事実のみへの重視に発していると見られる限り、先に述べた帰納法に強く、演繹法に弱い――即ち帰納法を重んじる余り、史実追求のもう一つの武器というべき論理的演繹に基づく仮説の構築の有効性やその認識に弱い、鷗外の歴史考証に関わる発想法上の弱点は、ここにもう一つの範例を提示していると見られ、私達近代日本人の発想法上の弱点を指し示す一つの象徴的事例として、クローズ・アップしてよい問題と思った次第である。

なお、本論中において言及した鷗外参照の主要文献について、簡単な解題を最後に付しておく。

「霞亭渉筆」一巻一冊。文化七年刊。『続続日本儒林叢書』に収録。『伊澤蘭軒』「その百三十七」に初出。浜野知三郎提供。大正五年十一月二十三日浜野宛鷗外書簡で借覧、返送を言う。即ち同日筆写。

「嵯峨樵歌」一巻一冊。文化九年刊。文化八年二月からの霞亭の嵯峨隠棲時の詩。百五十一首を以て構成。菅茶山序。韓（山口）凹巷序詞を付す。『伊澤蘭軒』「その百三十九」に初出。大正五年十月十九日浜野知三郎宛書簡に貸与の礼が見える「北条並山口ノ著述数種」のうちにあったものと思われる。鷗外は『北条霞亭』「その二」に浜野知三郎から借覧したことを記している。

「北陸游稿」山口凹巷著、文化十年の鵬齋序あり。『伊澤蘭軒』「その百四十三」「その百四十四」『北条霞亭』「その二十一」参照。

「歳寒堂遺稿」三巻三冊。斯道文庫蔵。写本。「関根仲彝墓誌」を収録。『北条霞亭』「その二」に「今これを浜野氏に借ることを得た」とあるので、前出、浜野宛鷗外書簡中に「北条並山口ノ著述数種御貸被下」

云々と見える「著述数種」中にはなく、『北条霞亭』執筆直前の大正六年十月の上中旬ごろ浜野知三郎より借りたものか。

「聞見詩文」河崎誠宇著。霞亭「祭菊池孺人詩並引」を収録。『北条霞亭』「その十九」「その二十」に所出。

（二〇〇五・一〇・一七）

〔付記〕本稿は、二〇〇五年七月九日、日本近代文学館・図書資料委員会で行った発表の礎稿に若干の修正、補足を施したものである。当日、御出席の委員諸兄姉並びに発表の機会を与えて下さった同館理事であられた故紅野敏郎先生に深甚なる謝意を表します。

第六章　石川淳『森鷗外』管見

『北条霞亭』「その一」のディスクール――石川淳『森鷗外』「北条霞亭」の位相をめぐり

鷗外『北条霞亭』は、不幸な作品である。ここで不幸と言うのは、研究史において初めにこの作品に与えられた評価の範型が余りに強力であり、かつ魅力に富むものであったがために、後続の研究がそれらの枠組の外に出るのが困難であったことと、これと係わりつつ、作品の客観的読みが深められることが不可能となって了ったこと、又、作品と作者との相対的関係に対する追求が、結果として極めて一義的になって了ったことなどを指す。「研究史において初めてこの作品に与えられた評価の範型」とは、石川淳『森鷗外』（三笠書房、昭16・12）におけるそれと唐木順三『鷗外の精神』（筑摩書房、昭18・9）におけるそれとを意識して言うのだが、就中、前者は、以後の研究史に対する呪縛力において強力であった。これら両者の説の強力な呪縛力の非なる所以を比較、対比して説くのが、今、ここでの課題ではない。しかし、前者における、『北条霞亭』という作品もしくはそのディスクールを、あくまで表現として客観化し、自立せしめようとする清潔な努力と、同じく後者における、表現を直ちに作者の実生活の微妙な息づかいに直結せしめようとする姿勢とを対比せしめる時、今日、文学研究の方法として明らかに前者が立ち勝っているように見えることとは、やむことを得ない仕儀であること位は指摘して置くことが許されても良いのではなかろうか。

因みに石川淳は『森鷗外』中「澀江抽斎」の冒頭、即ち、その『森鷗外』の冒頭で、既に次のように発言している。

> 「抽斎」と「霞亭」といづれを採るかと云へば、どうでもよい質問のごとくであらう。だがわたしは無意味なことは云はないつもりである。この二篇を措いて鷗外にはもつと傑作があると思つてゐるやうな人々を、わたしは信用しない。「雁」などは児戯に類する。「山椒《ママ》太夫」に至つては俗臭芬々たる駄作である。「百物語」の妙といへども、これを捨てて惜しまない。詩歌、翻訳の評判ならば、別席の閑談に委ねよう。
> 「抽斎」と「霞亭」と、双方とも結構だとか、撰択は読者の趣味に依るとか、漫然とさう答へるかも知れぬ人々を、わたしはまた信用しない。この二者択一に於て、択ぶ人の文学上のプロフェッシオン・ド・フォアが現はれる筈である。では、おまへはどうだと訊かれるであらう。直ちに答へる、「抽斎」第一だと。そして付け加へる、それは必ずしも「霞亭」を次位に貶すことではないと。

即ち石川淳において、鷗外文学を論ずることは、つきつめて言えば、『澀江抽斎』と『北条霞亭』を論ずることと同義であった、と言っても良いだろう。そして、石川淳において、『北条霞亭』は、必ずしも『澀江抽斎』の下位に位する作品ではなかった。ここに史伝もしくは文学作品としての『北条霞亭』に対する、石川淳の透徹した批評眼が光っている、と私は思う。そして、このような、飽くまで作品の客観的な形に徹する批評眼の清潔さを、私たちは往々にして忘れがちなのではなかろうか。しかし、その石川淳にして同じ『澀江抽斎』の末尾で次のような外連《けれん》に充ちた文章を物さなければならなかった処に悲劇はあるのだ、と思う。

> もし鷗外の文学的生涯が「抽斎」をもつて終つたとしたらば、話はめでたしめでたしであつたらう。だが、その後死期に迫る五ヶ年を費して、鷗外はみづから「抽斎」の位置を動揺せしめる底の奇怪なる文章を書く宿

命を持つた。「北条霞亭」である。

石川淳の文における、先に指摘した清潔な批評眼は、ここにおいて作家論の領域に関わることによって、読者の興味に阿《おも》ね、俗情的な好奇心を挑発するかに見える。そうして、事実、『北条霞亭』に対する以後の読みは、直後（事実は、二年後だが）の唐木順三『鷗外の精神』における『霞亭』への言及が何よりもよく示すように、石川淳の把握のもつ強力な呪縛力の外には出られなかったのである。そのことは、直ちに以後の鷗外研究のあり方の浅薄さを言うことではない。しかし、原点に立ち帰って言えば、作品『北条霞亭』と作者鷗外との関係を、石川淳の提示したような「奇怪」な関係において捉えることは、果して真に当を得たものであったろうか。むしろ逆に、今日、このような「奇怪」な把握の持つ怪しい魅力を相対化することによってこそ、鷗外史伝『北条霞亭』は、その真の歴史的位置を獲得、回復しうるのではなかろうか。文学者としての出発期に当り、梗塞化する時代との関係もあって、評論『森鷗外』は、一面において、淳の清潔な精神の運動であると共に、他面において、文学者として生きる以後の生活を保証するに足る、飯のタネでもなければならなかった。この両極的な要請を共々に充足するものとして産み出されたものが、名著『森鷗外』の枠組を規定するものとしての『北条霞亭』を巡る、上記のような「奇怪な」図式であったのではなかろうか。即ち、石川淳においても、文章は何よりも飯のタネであったのだ。このことを私は否定するものではない。むしろ、それを第一としない文章は、現代において、生き延びることはできない、とさえ考えるものである。しかし、であればこそ、同様に文章を飯のタネとする後続の世代は、石川淳の文章を一度、徹底的に相対化することによってのみ、自らの飯にありつけるのではなかろうか。

そして鷗外作品『北条霞亭』は、原理的に文章を飯のタネにした人、そうせざるをえなかった人、又、そうせざるをえない歴史の趨勢――その必然性を共々に描いた文章ではなかったか。その意味で鷗外作品『北条霞亭』の主人公北条霞亭こそは、完結した儒教的世界や漢詩文の世界を生き抜いた幸福な存在――澀江抽斎や伊澤蘭軒とは異なる利害の世界――原資本主義の世界を生き、かつ死んだ、一個宿命的なるボヘミヤン精神の象徴であった、とも読み換えうるはずの存在ではなかろうか。そのような理想と現実との中有をさ迷い、且つ滅びる放浪者の精神を見ることなくして、『北条霞亭』も作者鷗外の精神も、論ずることができないとする立場こそは、石川淳の名評論『森鷗外』を相対化する上での必須の前提たるべきものではなかろうか。

＊

筆が先走ったが、肝腎の「北条霞亭」において石川淳は『伊澤蘭軒』の方法として作者自ら言う「無態度の態度」と、それを支える「一貫した努力」「努力のきびしさ」が人を打つことを言い、又「「蘭軒」全篇を領する」「異様な沈静」を指摘している。結果として『伊澤蘭軒』に対する石川淳の評価が次のようなものであったことは、既に周知の事実である。

出来上つた作品としては、「蘭軒」はついに「抽斎」に及ばない。うつとりした部分、遺瀬ない部分、眼が見えなくなつた部分、心さびしい部分をもつて、しかも「抽斎」はその弱いところから崩れ出しては行かない世界像を築いてゐる。云はば、作者の美しい逆上がこの世界を成就したのであらう。さういふ美しい逆上の代りに、今「蘭軒」には沈静がある。世界像は築かれるに至らないとしても、蘭軒といふ人間像をめぐつて整理された素材の粛々たる行列がある。

「異様な沈静」「素材の粛々たる行列」という指摘に立脚しつつ「「蘭軒」はついに「抽斎」に及ばない」とする

石川淳のこの評価は、作品の客観的把握に立脚して、揺ぎがたい堅固さを獲得しているかに思われる。石川淳のこのような把握を更に推し進め、石川淳の『蘭軒』評価を覆し、文学の本道としての考証として『蘭軒』の本質を道破した上で、鷗外三大史伝中『蘭軒』第一とした篠田一士『傳統と文學』（筑摩書房、昭39・6）所収『伊澤蘭軒』論のあることも、また、今日研究史上の常識に属する事柄であろう。このこともまた、石川淳『森鷗外』の透徹した批評眼を証する一資料とさえ思われる。

にもかかわらず、石川淳の『蘭軒』把握には、一つの重大な欠落がある。石川淳は、どうして『伊澤蘭軒』冒頭部分における、作者鷗外における頼山陽の逸事を以ての『蘭軒』起筆の異様さを取り落してしまったのだろうか。『蘭軒』全篇における鷗外のディスクールは、冒頭部分における頼山陽の逸事をめぐる鷗外の異様な執心と決して切り離して考えられるはずのものではなかったし、事柄の本質は、「異様な沈静」「素材の粛々たる行列」という石川淳の『蘭軒』把握の基本を揺がしかねないものであったからである。

端的に言って『伊澤蘭軒』全篇は、石川淳が細井平洲の学派について「叢桂社の学は徳行を以て先となした。（中略）要するに、折衷に満足して考証に沈潜しない。学問を学問として研窮せずに、其応用に重きを置く。即ち尋常為政者の喜ぶ所となるべき学風である。」と云う鷗外の言葉を引いて「言外に軽侮の意を含めてゐる。」と捉えたように、反実用、反功利、そして反政治の基本軸に立脚した「集書校勘を生涯の事業とした人物」の伝であることは動くまい。にもかかわらず、その『伊澤蘭軒』の冒頭部分を江戸における頼山陽の、尾藤二洲の官舎における婢に戯れての譴責による尾藤邸からの出奔事件という山陽の伝記中暗黒面への関心から起筆した鷗外の心中を顧れば、それは単に蘭軒伝追求の一プロセスと見るべきものではなく、静謐なるべき『伊澤蘭軒』の世界に頼山陽伝が必須不可欠の要素として有機的に組み込まれている、と見ることの方が真相に近いのではなかろうか。それは『伊澤蘭軒』の静の世界に、動の世界が意図的に組み込まれたことであった。一歩進めて言えば、山陽という動の軸――反極を得て、蘭軒の静の極が益々輝きを帯びることになっているのではなかろうか。このように見れば「「蘭軒」全篇を領するものは異様な沈静である。」とか、作品『伊澤蘭軒』を「蘭軒といふ人間像をめぐつて整理された素材の粛々たる行列」とか捉える石川淳の把握は、作品の全体を捉えて遺漏のないものとは言えず、複合的、多元的な『伊澤蘭軒』の世界を、強いて一元的に捉え、整理し過ぎたもの、と見ることの必ずしも的外れではない所以に想い到らざるを得ないのである。一言で言えば、石川淳の『蘭軒』把握からは、複合的多元的な『伊澤蘭軒』の世界から浮び上ってくる歴史という動の世界が決定的に脱落せしめられているのである。そして、このことは柏軒・棠軒という人々を中心とする作品後半部、特に末尾の幕末・維新史に相当する激動の部分の叙述を踏まえる時、いっそう強く実感せしめられざるを得ない底の事柄でもあるのだ。

＊

さて、以上のような『伊澤蘭軒』における、鷗外の蘭軒のみならず山陽への関心、静のみならず動への関心、完結的な校勘学の世界のみならず反極的な政治の軸への関心という複合的多元的な相を踏まえる時、『北条霞亭』に対する石川淳の把握の限界も、また石川淳の『伊澤蘭軒』把握の限界と相似形を描くに至るであろうことを予想して良いのではなかろうか。

『蘭軒』評の場合と同じく、『霞亭』評においても、石川淳は、その「北条霞亭」において、作品冒頭部分の検討から筆を起している。公平を期すために石川淳の引いた『霞亭』文を次に煩を厭わず引いてみる。

「わたくしは伊澤蘭軒を伝するに当つて、筆を行る間に料らずも北条霞亭に逢著した。それは霞亭が福山侯阿部正精《まさきよ》に仕へて江戸に召された時、菅茶山は其女姪にして霞亭の妻なる井上氏《ゐのうえうぢ》敬《きよう》に諭すに、蘭軒を視るこ

と猶父の如くせよと云ふを以てしたからである。」（「　」及び引用文は石川淳の原文に拠る、以下同じ）

「霞亭の事蹟は頼山陽の墓碣銘に由つて世に知られてゐる。文中わたくしに興味を覚えしめたのは、主として霞亭の嵯峨生活である。霞亭は学成りて未だ仕へざる三十二歳の時、弟碧山一人を挈して嵯峨に棲み、其状隠逸伝中の人に似てゐた。わたくしは嘗て少うして大学を出た比《ママ》、此の如き夢の胸裏に往来したことがある。しかしわたくしは其事の理想として懐くべくして、行実に現すべからざるを謂《おも》つて、これを致す道を講ずるだに及ばずして罷んだ。彼霞亭は何者ぞ。敢てこれを為した。霞亭は奈何にしてこれを能くしたのであらうか。是がわたくしの曾て提起した問である。」

石川淳は、右の『霞亭』冒頭の二つのパラグラフを引いて「右のとほり、霞亭といふ人物は「蘭軒」途上で発見されたものである。（略）霞亭に於て、鷗外はまづ自分の若き日の夢の実現者を見た。そして、さういふ人物の心事を忖度することから始めた。」と述べているが、これは、先ず当り前過ぎて何の変哲もない指摘と言えよう。ところが、この何の変哲もないと見える石川淳の指摘の文献的根拠は、引用第二パラグラフ冒頭の鷗外文（「霞亭の事蹟は頼山陽の墓碣銘に由つて世に知られてゐる。」）が明かすように、頼山陽の霞亭墓碣銘（正しくは「北条子譲墓碣銘」）なのである。先走って言えば、それは恰かも『伊澤蘭軒』において冒頭部分から頼山陽が纏わりついて離れなかったように、『北条霞亭』においても、冒頭部分から頼山陽が纏わりついて離れない、と云う趣なのだ。

このような私の印象は、石川淳が引用しなかった『北条霞亭』「その一」における、第三パラグラフから第五パラグラフに至る鷗外の叙述を読むに至って、益々強まるのである。

原来《ぐわんらい》此問は墓に銘した山陽の夙く発した所で、山陽も亦あからさまに解釈するには至らずして已んだ。試に句を摘んで山陽の思量の迹を尋ねて見よう。

「北条君子譲。慕唐陽城為人。自命一字景陽。甞徴余書其説。時酒閒不遑詳其旨。諾而不果。」按ずるに霞亭の嵯峨は亢宗の及第後に隠れた中条山である。碧山惟長は亢宗の弟堦域である。北条が起つて阿部氏の文学となつたのは陽が起つて徳宗の諫官となつたと相類してゐる。しかし山陽も終に霞亭の口づから説くを聞くことを果さなかつた。

「君盍欲自験其所学者也。其慕陽城。豈非慕其雖求適己。亦能済物哉。不然。烏能舎其所楽。而役役以没也。」是が山陽の忖度する所の霞亭の心事である。山陽は霞亭の自ら説くを聞かなかつたので、已むことを得ずして外よりこれを推求した。霞亭が済物の志は他《かれ》をして嵯峨生活の適、嵯峨生活の楽を棄てしめたのであらうと謂ふのである。

先に記したように、石川淳は、その「北条霞亭」において右の三つのパラグラフを省略している。そして『北条霞亭』「その一」原文における第六及び第七パラグラフに飛ぶのだが、そこには既に頼山陽の名はない。再び公平を期するために石川淳が引用した『北条霞亭』「その一」における第六、第七パラグラフを煩を厭わず引用して見よう。

「問ふことは易い。しかし答ふることは難い。わたくしは書を読むこと五十年である。そしてわたくしの智識は無数の答へられざる問題の集団である。霞亭は何者ぞ。わたくしは今敢て遽にこれに答へんと欲するのではは無い。わたくしは但これに答ふるに資すべき材料を蒐集して、なるべく完全ならんことを欲する。霞亭の言行を知ること、なるべく細密ならんことを欲する。此稿は此希求より生じた一堆の反故に過ぎない。」
「わたくしは此稿を公衆の前に開披するに臨んで独り自ら悲む。何故と云ふに、景陽の情はわたくしの嘗て霞亭と与に偕にした所である。然るに霞亭は縦ひ褐を福山に解いてより後、いかばかりの事業をも為すことを得なかつたとは云へ、猶能く少壮にして嵯峨より起つた。わたくしの中条山の夢は嘗て徒に胸裡に往来して、忽ち復消え去つた。わたくしの遅れて一身の閒を得たのは、衰残復起つべからざるに至つた今である。」

見られるように、第六パラグラフ第一文（「問ふことは易い。しかし答ふることは難い。」）は、「外より推求」して、問に答えた頼山陽墓碣銘の「君蓋欲自験其所学者也。其慕陽城。豈非慕其雖求適己。亦能済物哉。不然。烏能舍其所楽。而役役以没也。」と云う霞亭解釈に対する反措定のモチーフによって書かれている。第六パラグラフの以下の内容は、「わたくしは但これに答ふるに資すべき材料を蒐集して、なるべく完全ならんことを欲する。霞亭の言行を知ること、なるべく細密ならんことを欲する。」という霞亭伝叙述の方法の開示であるが、これもまた、山陽の霞亭墓碣銘、その霞亭解釈もしくは、その方法に対する反措定のモチーフの延長上にある。第七文は、かつて鷗外自身も霞亭と同じように「景陽の情」「中条山の夢」を懐いたが、霞亭の僅かとは云え、それを現実化しえたのに対し、自らが、「一身の閒」を得たのは「衰残復起つべからざるに至つた今」であることへの嘆きである。

以上のように見てくると鷗外『北条霞亭』「その一」は、元来、北条霞亭の生の本質をめぐる頼山陽の解釈、解答を敢えてクローズ・アップし、これに叙述者鷗外の解釈、というより反噬のモチーフを対置する構造を持つ章段と言っても良いだろう。ところが、石川淳は、『北条霞亭』「その一」を対象としながら、山陽の霞亭解釈に言及した「その一」の第三、第四、第五パラグラフを評文に組み込まない儘、鷗外の霞亭伝追求の方法、鷗外の「景陽の情」「中条山の夢」の挫折の喪失感を述べた「その一」の第六、第七パラグラフのみを引用したから、これら三つのパラグラフが頼山陽の霞亭解釈及びその方法への鷗外の反措定である所以が、石川淳の評文からは綺麗に落されてしまっていることになるのである。

例えば、石川淳の引用した『北条霞亭』「その一」の第六パラグラフ第一文「問ふことは易い。しかし答ふることは難い。」は、石川淳が引用しなかった「その一」の第三パラグラフ第一文「原来此問は墓に銘した山陽の夙く発した所で、山陽も亦あからさまに解釈するには至らずして已んだ。」及び第四、第五パラグラフに具体的に展開された処の「山陽の思量の迹」の追尋を前提とすれば、山陽の発した問と、それに対して山陽自らが与えた答を踏まえての鷗外の感想に外ならないことが明らかなのだが、石川淳の文章では、発問と解答と云う一般的抽象的命題をめぐる鷗外の判断の開示、いわば自問自答となってしまう。そこから脱落するのは、山陽の解答をめぐる叙述者鷗外の提起した反措定のモチーフに外ならない。そして再び先走って言えば、これら鷗外の山陽に対する反措定、反感、アイロニイという主体的心情の発露こそが、『北条霞亭』「その一」に生動の趣を与えている当の者である。さらに一歩を進めて言えば、鷗外は山陽への反感を表現するためにこそ、ここで霞亭を素材に用いている、とさえ見える。石川淳は、そのような異常とも見える鷗外の山陽もしくは山陽文に対する反措定、反感、アイロニイの主体的表白の意味を不用意にも取り落している——と言うよりは、正しくは跨いでしまっている。そして、ここで言う〈跨ぎ〉は、問題の回避の謂である。

そのような石川淳における〈跨ぎ〉、もしくは回避が意識的意図的なものであったか否かを問うことは、無益である。だが、石川淳における鷗外における反山陽のモチーフへの跨ぎや回避が、彼の『北条霞亭』論をどのような地点に導いて行ったかを見届けることは、後代の者の務めと言って良いだろう。事柄は、石川淳引用に係る『北条霞亭』「その一」第七パラグラフ、即ち「その一」の最終パラグラフに関わっている。

（略）曾て抽斎に対しては、鷗外は自分の外部に親愛すべき人間像を想見して、これを造型して行く努力に於て自分を放下した。その場合、抽斎は既に考証の学業を立ててゐるのに自分はまだ好事家の域を出ないなどと述懐を洩らしたにしろ、それは実感よりも修辞に勝つた文句であつたらう。しかるに、今「霞亭」に至つて、事情は全く前二者と相違する。まつさきに鷗外を打つたものは霞亭の嵯峨生活である。それは鷗外少時の夢想の生活様式であつた。霞亭とは、昔さう在りたいと念じつつ実現しなかつたところの、もし実現し得たとすればかうも在つたらうかと思はれるところの、夢の中の自分の姿であつた。抑々書かれようとする霞亭の像はその初めに当つて、作者の「胸裡」に甦つたであらう遠い情緒の中に胚胎してゐる。「衰残起つべからざるに至つた今」といふ言葉は信じがたいが、「独り自ら悲む」とは必ずしも漫に辞を措いたのではあるまい。

鷗外にとって抽斎を「親愛すべき人間像」とし、霞亭を「夢の中の自分の姿」とする石川淳の把握は、率直に言って、驚くべきナィーヴさである。なるほど抽斎は鷗外において「親愛すべき人間像」であったかも知れないが、霞亭は、なぜ「夢の中の自分の姿」なのか。石川淳がそう信じたのは、『北条霞亭』「その一」の最終パラグラフに拠ったものである。信ずるのは良い。しかし、それは、「その一」最終パラグラフの実態を良く見極めた上でのことである。と言うのは、石川淳が『北条霞亭』「その一」に見た「（鷗外の）夢の中の自分の姿」は、鷗外自身の述べる〈自分の姿〉と微妙に、それでいながら、決定的に相違するからだ。

即ち、上に引いた文の中で、石川淳は、「まつさきに鷗外を打つたものは霞亭の嵯峨生活である。」と述べ、「それは鷗外少時の夢想の生活様式であつた。」とした。そこから、霞亭という存在は、鷗外にとって「昔さう在りたいと念じつつ実現しなかつたところの、もし実現し得たとすればかうも在つたらうかと思はれる」、「夢の中の自分」である、と言う結論を抽き出すのだが、見られるように、石川淳の言う鷗外の「夢」とは、『北条霞亭』「その一」の第二パラグラフにおける、霞亭の嵯峨生活に対する鷗外の関心、興味を踏まえての「わたくしは嘗て少うして大学を出た比《ママ》、此の如き夢の胸裡に往来したことがある。」云々という文章中の「此の如き夢」を指したものに相違あるまい。そして、この「理想として懐くべくして、行実に現すべからざる」と思ったが故に、「これを致す道を講ずるだに及ばずして罷んだ」鷗外の「夢」の問題こそが、『抽斎』『蘭軒』と『霞亭』とを分つものだ、と石川淳は言うのである。それは、それで良いだろう。にも拘わらず、石川淳がこの「夢」の問題を『北条霞亭』「その一」末尾、第七パラグラフ冒頭の「わたくしは此稿を公衆の前に開披するに臨んで独り自ら悲む。」という悲哀の情を齎す、当の原因として捉える時、どうしても私は、待った、と言いたくなるのである。再確認のためだが、前に引用した文中にある様に石川淳は、次のように書いていた。

　抑々書かれようとする霞亭の像はその初めに当つて、作者の「胸裡」に甦つたであらう遠い情緒の中に胚胎してゐる。「哀残復起つべからざるに至つた今」といふ言葉は信じがたいが、「独り自ら悲む」とは必ずしも漫に辞を措いたのではあるまい。

石川淳の文意は極めて明瞭である。それは、鷗外における〈隠棲〉の夢を中核に旋回している。ところが、鷗外『北条霞亭』「その一」第七パラグラフの文意は、それほど明瞭ではない。――と言うより、それは寧ろ、中核を欠いている。

先に引用した「その一」第七パラグラフを参照して欲しいのだが、鷗外は、その第一文で石川淳の引用する「悲哀」の情を告白している。第二文で「何故と云ふに、景陽の情はわたくしの嘗て霞亭と与に偕にした所である。」と、その理由を書き出している。ここで不思議なのは、「景陽の情」とはあっても、あの若い日の「夢」の実体であるべき〈隠逸〉〈隠棲〉の語の無いことである。明らかに「景陽の情」は、鷗外にあっては、〈隠逸〉〈隠棲〉への夢と別個の存在でなければならない。しかも、鷗外の言おうとする眼目は、石川淳の見るところとは逆の位相にあるかの如くである。なぜなら、引き続く第三文において「然るに霞亭は、縦ひ褐を福山に解いてより後、いかばかりの事業をも為すことを得なかつたとはいへ、猶能く少壮にして嵯峨より起つた。」と鷗外は、述べているからである。そして、霞亭が「嵯峨より起つた」ことは、「その一」第四パラグラフに言う「北条が起つて阿部氏の文学となつた」と同意であり、それは「陽が起つて徳宗の諫官となつたと相類してゐる。」ことも、鷗外自ら述べているところである。一体、鷗外は〈隠逸・隠棲〉への「夢」に主体を仮託しているのか、霞亭における「嵯峨より起つた」こと、即ち「事業」への夢に主体を仮託しているのか、恰かも鷗外自身の霞亭に寄せる〈夢〉が両極に引き裂かれているかのような奇怪な様相が現出するに至っているのである。この感は、引き続く「その一」第七パラグラフ第四文「わたくしの中条山の夢は甞て徒に胸裡に往来して、忽ち復消え去つた。」に至っても打ち消し去られるものではない。この文中「中条山の夢」は、文脈上、第二パラグラフにおける「此の如き夢」、即ち霞亭が弟碧山を伴なって嵯峨に棲んだと同様の〈隠逸・隠棲〉への夢を指すことは疑いないからである。(「按ずるに霞亭の嵯峨は亢宗の及第後に隠れた中条山である。」〈「その一」第四パラグラフ、第二文〉参照。)にも拘わらず、それが第七パラグラフ第五文「わたくしの遅れて一身の間を得たのは、衰残復起つべからざるに至つた今である。」に接続するものとすると、極めて落着きが悪い。なぜなら第五文の内容は、〈隠棲〉への「夢」ではなく、どうしても「事業」への「夢」を語ったものとしてしか受け取れない――特に第三文との関係で、そうなるからである。

つまり、鷗外はここで、霞亭が嵯峨に隠棲したことを踏まえて「独り自ら悲」んだのではなく、反対に霞亭が「嵯峨より起つた」ことを踏まえて、起つことのできなかった自分を「独り自ら悲」しんでいるのである。

このような『北条霞亭』「その一」第七パラグラフの真の意味や客観的構造を、石川淳は読み取ろうとしなかった。石川淳にとっては、鷗外の悲しみの意味は、隠逸・隠棲の夢の適わなかったことに単純化され、一元化された。そのような単純化、一元化によってこそ、石川淳言うところの「俗情満々たる小人物」としての霞亭に寄せた鷗外の夢が欺かれ、鷗外自ら、自己の裡に潜む「俗情」に直面する悲劇としての石川淳「北条霞亭」における主人公と作者との関係をめぐるドラマチックな図式が完成する仕掛けであった。この仕掛けは、見事に成功した。事実、石川淳の「北条霞亭」は、その著『森鷗外』中の白眉として、以後永い間、圧倒的な影響を与え続けている。

にも拘わらず、読み誤りは、やはり、読み誤りであることも動かない。新進作家としての石川淳が、その批評的才能を世間に示し、文学者としての地位を『森鷗外』によって築くために、『北条霞亭』「その一」を格好のだしに使ったことは、今迄の「その一」を巡る分析で否定しようがなく明らかである、と言わなければならない。一歩譲って、石川淳の『北条霞亭』「その一」を巡る読みが、功利的打算に拠るものでなかったとしても、石川淳の眼が北条霞亭への軽蔑や反感――成心のために曇っていたことだけは疑えない。

石川淳の「北条霞亭」は、名著『森鷗外』中において、読みの結果の提示に留まらぬ、論理的に極めて精緻な構築物である。それは、俗物霞亭の像を築くために知能の限りを尽した芸術品であることは否定できない。しかし、そのために、『北条霞亭』における鷗外の霞亭に寄せた夢、翻って頼山陽への反感や反噬が――飛躍をおそれずに言えば――明治的国体即ち天皇制国家秩序からの脱却の夢であり、それへの反感・反噬であったことを、見事に取り落している。『北条霞亭』「その一」の鷗外の悲しみが、鷗外における、もう一つの近代への夢の現実化を果せなかったことに由来する悲しみであったことを石川淳は、跨いでしまっている。霞亭の嵯峨隠棲への鷗外の関心も、嵯峨より起った霞亭の〈事業〉欲に触発された鷗外の、自らを顧みての悲哀も、すべて、鷗外における明治国家という地点から逆算されなければならないのに、そうなってはいない。『北条霞亭』再評価も、石川淳「北条霞亭」の再検討も、なお未完の課題であり、本稿は、そのためのささやかな第一歩に過ぎない。

（二〇〇四・九・二九）

［付記］文中、石川淳『森鷗外』の引用は、架蔵の角川文庫版『森鷗外』（角川書店、昭和28・7）第三版（昭30・6）に拠る。以下諸論も同じ。

石川淳「北条霞亭」(『森鷗外』)の位置

稿者は先に、別稿「『北条霞亭』「その一」のディスクール――石川淳『森鷗外』「北条霞亭」の位相をめぐり――」(『国学院雑誌』二〇〇四・一一)において、石川淳『森鷗外』(三笠書房、昭16・12)中「北条霞亭」の章を取り上げ、その内容が鷗外『北条霞亭』、とりわけ「その一」の論理的構造への単純化や一元化を齎していることを明らかにした上で、しかし、そのような単純化や一元化という把握の偏差こそが、霞亭に寄せた鷗外の夢が欺かれ、鷗外の裡に潜む「俗情」に鷗外自らが直面する悲劇としての石川淳の「北条霞亭」論ひいては鷗外論を完成するためには、必須不可欠の前提であったことを論じた。

ところで、私は、当該論の末尾で紙幅の関係上、論証を省いた、次のような舌足らずの見取図を提出して了っている。

石川淳の「北条霞亭」は、名著『森鷗外』中において、読みの結果の提示に留まらぬ、論理的に極めて精緻な構築物である。それは、俗物霞亭の像を築くために知能の限りを尽した芸術品であることは否定できない。しかし、そのために、『北条霞亭』における鷗外の霞亭に寄せた夢、翻って頼山陽への反感や反噬が(略)明治的国体即ち天皇制国家秩序からの脱却の夢であり、それへの反感・反噬であったことを、見事に取り落している。『北条霞亭』「その一」の鷗外の悲しみが、鷗外における、もう一つの近代への夢の現実化を果せなかったことに由来する悲しみであったことを石川淳は、跨いでしまっている。霞亭の嵯峨隠棲への鷗外の関心も、嵯峨より起った霞亭の〈事業〉欲に触発された鷗外の、自らを顧みての悲哀も、すべて、鷗外における明治国家という地点から逆算されなければならないのに、そうなってはいない。『北条霞亭』再評価も、石川淳「北条霞亭」の再検討も、なお未完の課題であり、本稿は、そのためのささやかな第一歩に過ぎない。

一見ラジカルな偶像破壊の念のみ先走っていると受けとめられかねない、わたくしのこのような総括的評言は、先にも述べたように作品の実証的分析を省いている点で当該論においては十分な論証を尽していない飛躍を含むものである。しかし、一方それは、『北条霞亭』「その一」における鷗外の、頼山陽の霞亭解釈に対する熾烈にして隠微な反措定のモチーフの反復を見れば――それらは既に『伊澤蘭軒』の叙述中においても明らかに看取しうるものでもあるだけに――、鷗外が頼山陽的〈近代〉のイメージや近代天皇制的イデオロギーに取り込まれず、その思想的汚染を免れえた一種の自由人もしくはボヘミアン精神の実在への夢を、北条霞亭という存在の裡に夢みていたことだけは明らかに観取できる。先に引用した拙文も、鷗外史伝『北条霞亭』に寄せるそうした意味での私の夢を語ったものであることだけは、ここに再確認して置きたい、と私は思う。

他方、屋上屋を架す愚を冒して更に言えば、『北条霞亭』「その一」において、霞亭に寄せた鷗外の夢は、石川淳の言うような霞亭における嵯峨への隠棲の敢行という事実への共感を超えて、霞亭が嵯峨より起って福山藩の「文学」（＝儒官）となったことをも併せ含んで初めて完結している、と私は思う。それは、霞亭の慕った中国唐の陽城が、科挙及第後、一旦中条山に隠れたが、やがて徳宗の諫官となったことによって、その事蹟を完結せしめていることとも符節を合している（『北条霞亭』「その一」第七段落参照）。結果として『北条霞亭』「その一」は、霞亭に寄せる鷗外の夢の叙述において、鋭い分裂を露呈することになった。しかし、そのような分裂の露呈を介してこそ、分裂そのものを構成する二つの要素に一貫するものとしての、頼山陽的なるものに対する最早生理的なるものとまで化した鷗外の反感、嫌悪の情が否定し難く浮び上って来る構造になっていることも否定し難い。そこにわたくしは、『北条霞亭』「その一」の叙述を支える文章構築術《ディスクール》の最奥に秘められた鷗外固有の世界観、ひいてはイデオロギーの隠喩的輪郭を見出すことさえできると考えるものである。

蓋し「隠棲」への夢の実現だけでは、頼山陽的なるものとしての近代天皇制国家秩序という現実に決して相拮抗することはできない。むしろ、「済物の志」を決して放棄しないことによってこそ、初めてそれに拮抗しうるのである。そうした意味で、少くとも『北条霞亭』起筆の時点で、鷗外は澀江抽斎とは質的に異なるもう一つの自画像構築への夢を霞亭の上に想い描いていたことだけは、確実と言えよう。

ところで、以上の不遜めいた揚言をも含めて、この論も亦、鷗外作『北条霞亭』の実態を明らかにして、石川淳「北条霞亭」への叙上のような私の批判の立脚地を明確化するものではないことを先に明かして置くのも、大方に対する礼儀と言うものであろう。本稿の趣旨は、あく迄も石川淳「北条霞亭」、ひいては、『森鷗外』相対化のために、鷗外『北条霞亭』を論じる彼の発想の形態を明らかにしようとするところにこそあるからだ。にも拘わらず、掌中の玉を隠すことによって、鷗外作『北条霞亭』における石川淳言う処の、鷗外の幻滅の実態への、淳とは異なる私の把握が存在するや否やへの大方の疑惑を招くことも私の屑《いさぎよ》しとするところではない。そこで、霞亭に対する鷗外の幻滅が何によって生じたか、その主たる要因二つをここに挙げて置きたい。即ち第一の要因は、霞亭が菅茶山の姪敬との結婚において、茶山への畏敬や両親の命令はともかく、結果として優柔不断なる儘に、俗累に囚われ、生来のボヘミアン精神を自ら裏切ったことにあり（この点、鷗外初婚における、弟潤三郎を引き連れての赤松家の持家である上野花園町の家からの脱出という伝記的事実との好箇の対照。）、第二の要因は、楠正成の顕彰碑文の執筆において、近代天皇制イデオロギーへの思想的隷従に陥って自らそれを自覚化しえなかった点にある。第一の要因はともかく、第二の要因は、霞亭に賭けた鷗外の夢が決定的に潰えたことを意味する。淳の如く、それを霞亭の俗情に帰することはできても、鷗外の霞亭に対する幻滅を、鷗外の俗情の責めに帰することは不可能である。ことは、俗不俗のレベルの問題ではなく、国家論という思想的次元の問題に属するからである。言う迄もなく、楠正成は近代天皇制イデオロギーにおいて、中核的な思想的偶像であるからに外ならない。そして楠正成顕彰碑文の問題以後、鷗外の霞亭に対する筆致が著しく冷淡になることは、『北条霞亭』(「霞亭生涯の末一年」)の読者の眼には、否定し難く明白なはずなのだ。私の霞亭に対する鷗外の幻滅の実態への把握のアウトラインは、以上に尽きる。

この楠正成顕彰碑文の問題は、石川淳「北条霞亭」において恰好の餌食であった。

この建碑の企ては、もし言葉を酷にして評すれば、霞亭の俗情が死の直前に馬脚を露はしたとも云へるであらう。さすがに鷗外も、「月堂の言は霞亭のためには苦言である。霞亭の何の辞を以てこれに酬いようとしたかは、今知ることが出来ない。」と云つてゐる。

「月堂の言」とは、松平定信の家臣田内月堂が、正成顕彰碑に定信の題額を付したいと言う霞亭の依頼に対して、茶山の詩「楠公墓下作並引」をも併せ刻しては如何と霞亭に忠告したことを指すが、霞亭の人間的落度は確かに明白である。にも拘わらず、鷗外の霞亭への幻滅が鷗外自身の俗情への直面に重なるという石川淳の把握が鷗外における国家思想の問題を取り落したが故に、鷗外自らの「俗情」への直面という把握以上に深まっていないことも亦、明らかである。ここでは「俗情」なる語を万能の武器として霞亭、鷗外を共に一刀両断する石川淳の炯眼の深度こそが問われているのである。

石川淳は鷗外の霞亭に寄せる共感を「痼疾」(隠棲への夢)として捉えても、それを国家論のレベルに止揚させることができなかった。国家論スレスレのレベル迄、接近する機会を持ちながら、その機会を逸してさえいる。山陽晩年の行実を論じる石川淳の次の文章を読む時、私は一代の文章家にして読み手であった石川淳の炯眼にして、そこに終始纏りついて離れなかった「俗情」という視点の執拗さに対し、深い嗟嘆の想いを禁じ得ない。（「　」内、石川淳引用に係る鷗外原文）

天保三年は霞亭歿後九年、山陽がこの亡友のために墓碣銘を書いた年である。「文は好く出来てゐる。凹巷が書いたり、樫宇が書いたりしたら、これ程の文ができなかつたことは勿論である。死して此文を獲たのは霞亭の幸であつた。「拠実而書、不泯没其人之真様にいたす」と云ひ、「景陽不死と申様には書て可上」と云つた山陽は、実に言を食まなかつた。」「山陽は此文を草するに先つて、わざ〳〵嵯峨の三秀院を訪うた。（中略）山陽の嵯峨行は徒事ではなかつた。碑文の精彩ある末段は此行に胚胎してゐる云々」「わたくしは山陽がいかなる時に於て此文を作つたかを言つて置きたい。行実に拠るに、山陽は壬辰の六月に吐血した。朿を朴齋悔堂に寄せたのは其翌月である。踰ゆること二月、九月二十三日に山陽は歿した。是に由つて観れば、山陽が此文を艸したのは初て血を喀いた前後で、今墓碣に残つてゐる隷の大字、楷の細字は並に皆病を力めて書したものである。」

鷗外は声を大きくはしない。だが、山陽を好まなかつたにしろ、この死を踏まへての最期の振舞に対しては言外に賞揚の意を籠めてゐる。山陽が俗物の野心家であつたとしても、悍々漢久太郎の気魄はとても霞亭のポオズに拠つて対抗し得るものではない。霞亭の人間的敗北は鷗外にとつてあるひは内証の悲痛な出来事であつたかも知れない。人は鷗外の評言を公平だと云ふであらうか。そんなことはどうでもよい。考証のやうな著実な仕事でも、人間を扱ひながら文章を書いて行くと、いつどんな羽目にぶつかるか判らないといふことだ。鷗外自身死を踏まへての最後の作品が「霞亭」であつたとは、凄惨なる作家の宿命であらう。

右の文章は、石川淳『森鷗外』中、屈指の名文として既に著名なものである。確かに石川淳は「霞亭の人間的敗北は鷗外にとつてあるひは内証の悲痛な出来事」云々と、鷗外の内奥の霞亭に関わる悲痛な心情の劇を剔抉しえている。しかし、それ故にこそ、石川淳の把握は、「霞亭の人間的敗北」云々という措辞に明らかに示されているように、まさに「人間的」レベルに終始している。だが、鷗外の霞亭と山陽をめぐる「内証の悲痛な出来事」は、「人間的」レベルを超えた思想的レベルにおいて生起したのであって、決してその逆ではない。このような把握の逆倒は、『北条霞亭』の読み手石川淳の炯眼に纏わりついて離れなかった、人間的な余りに人間的な「俗情」と云う視点によって齎され来ったものである。

人は或いは言うかも知れない。石川淳にあって「俗情」とは、石川淳の敵視する、近代天皇制イデオロギーの隠喩なのではないか、と。実は、私もそのような疑いに囚われて、何度も石川淳『森鷗外』を読み直して見た。しかし、石川淳『森鷗外』における「俗情」の語は、タテから見てもヨコから見ても、文字通り、字義その儘の「俗情」なのであって、一向に意味が深まる気配さえないのである。そして私は再び怪訝の思いに囚われるのである。頼山陽対北条霞亭、一方への反感・敵意と他方への共感・支持という、この明白なテクストの現実に相対して、なぜ、石川淳の把握は、「人間的」レベルに留まって国家思想のレベルに止揚され得なかったのであるか、と。先に述べた「石川淳は鷗外の霞亭に寄せる共感を『痼疾』(隠棲への夢)として捉えても、それを国家論のレベルに止揚させることができなかった。国家論スレスレのレベル迄、接近する機会を持ちながら、その機会を逸してさえいる」事情とは、以上のような石川淳『森鷗外』中「北条霞亭」の具体的なあり様《よう》を指して言ったものである。

ところで、筆が先走ったので、この辺で石川淳が霞亭をどのように見ていたのかを、その「霞亭」論から引用しておくのが、遅ればせながらの礼儀と云うものであろう。淳の霞亭観は、以下の行文に必要十分な形で示され、「霞亭」論中において、微動だにしていないのである。

＊

話を持つて廻らないために、結論を先に書く。実在の、すなはち鷗外に依つて実在性を与えられたところの、霞亭といふ人間は俗情満々たる小人物である。学殖に支持され、恣態に扮飾されて、一見脱俗清高の人物かと誤認されるだけに、その俗物ぶりは陰にこもつて悪質のものに属する。嵯峨幽棲が既にその卑屈な俗情から発明された片輪の生活図形であつた。それが中条山に隠れた唐の陽城の風を模倣したのだとしても、現実の世界の中に恣意に設定された分離的な境界であつたとしても、もし生活がそこに徹底したならば傍から可不可を気にすることはあるまい。しかし、霞亭の場合では徹底の場はどこにもなかつた。山陽が飛び去つた後の廉塾の講壇に坐り、次いで福山藩の文学の地位に納まつて、迷惑さうにもぢもぢしながら、実は得意の様子が見える。あながち茶山の誘致に依るせゐばかりでないらしいのは、前掲鷗外の弁護の言葉の中にも窺はれる。

ここには評者石川淳による北条霞亭という史的存在に対する徹底的な戯画化、もしくは卑小化のモチーフがある。そのような徹底した卑小化は石川淳「北条霞亭」の根本的戦略《ディスクール》である。卑小化の語を俗物化の語に置き換えれば俗物霞亭への容赦ない剔抉は、その儘、鷗外の内なる俗物性への容赦ない剔抉として撥ね返ってくる仕掛である。「鷗外六十歳、一世を蓋ふ大家として、その文学的生涯の最後に、『霞亭生涯の末一年』に至つて初めて流血の文字を成した。作品の出来ばえ、稟質才能の詮議は別として、右は通常これから小説に乗り出さうといふすべての二十代の青年が立つであらう地点である。」云々は、石川淳「北条霞亭」の結語である。

しかし、石川淳は、この時、霞亭の山陽に対する敗北が、ブルジョワ市民国家思想の近代天皇制国家イデオロギーに対する敗北であったことを、少くとも作者鷗外がそのように意識していたであろうことを念頭に置いていたであろうか。——否である。そして、ここで再び私は、すでに前節において述べたような強い怪訝の思いに囚われざるを得ないのだ。石川淳はなぜ、これほど明々白々な山陽対霞亭対立の意味を、その『北条霞亭』論において取り落して了ったのであろうか、と。

石川淳「北条霞亭」は、彼の設定した「俗情」批判というフィルターを通じて眺めれば、水も漏らさぬ完璧な論理的布陣を誇りえている。だが、以上のような私の疑念を踏まえて読み直せば、叙上のような考察の空白が存在することは、否定し難い。なぜ、このような事態が生じたのか。石川淳の作品鑑識眼は、一瞬曇ったのであろうか。しかし、もしそうだとしても、そこには、それ相応の理由がなくてはなるまい。それは何なのか。そのような想いに囚われて逡巡する私の眼に、彼の「北条霞亭」論の末尾近く、江戸で病臥中の霞亭が的矢の弟碧山に書いた伊勢山田の女子風俗の奢靡を批評した書簡に対する鷗外の言及をめぐる次の一節が飛び込んで来るのは、一つの必然ではなかろうか。


ところで、病中の霞亭を叙した一節に、次のような箇所がある。事は手紙の中の記載に係る。

「霞亭は女子首飾の奢侈を語つて、貧富の懸隔に及んでゐる。伊勢国山田が当時特殊の状態をなしてゐて、地方行政の制裁を受くること少く、奢靡の風が盛であつたと云ふは、げにさもあるべき事である。「何国にても貧富の違に而、千金を芥にいたし候者も、また銭百文も持不申ものも有之、不同の世也。貧人が富人をうらやむといふは愚者の常なれど、これほど分をしらぬ事はなき也。皆人に命禄といふもの有之候。」今の社会主義乃至共産主義を駁するものとなして読まむも亦可なりである。霞亭をして言はしむれば、社会主義の国家若くは中央機関は愚者の政を為す処である。」

これを書いたとおなじ年の大正十年十一月より、鷗外は明星に「古い手帳から」を掲げ始めてゐる。記すところはもつぱら貧富に関する感想で、表現は講壇者流の博識をもつて扮飾されてゐるが、根柢は右の一節と意相通じてゐる。鷗外晩年、漸く衰へようとする時、その社会的関心は「社会主義乃至共産主義」の批判にあつたと見える。説の当否は問はない。ただわたしは初め右の一節の言葉を浅薄だと思つた。しかし、按ずるに「古い手帳から」の装飾文などよりもこのはうが含蓄があるに相違ない。浅薄なのではなく、鷗外は物を云ふに性急になつたのであらう。あるひは、小市民の言葉でづけづけ物を云ふことを知つたのであらう。ここでもまた霞亭と見解をおなじくしてゐるのは一奇である。

ここで石川淳は霞亭書簡に対する鷗外の評語を「浅薄だと思つた」と記している。しかし「古い手帳から」の「装飾文」に比べれば、「含蓄がある」とし、「浅薄」の語を引込めて、「鷗外は物を云ふに性急になつた」のであり、「小市民の言葉で（略）物を云」っているのだ、としている。そして最後に「（鷗外が）霞亭と見解を同じくしてゐる」のを「一奇である」と締め括っている。

締め括りの一文を除いて、石川淳の批評を整理すれば――その真意は淳の文章の前後関係を逆倒すれば分り易い――、「小市民の言葉」で「性急に」「物を言」った鷗外の霞亭書簡への言及は、「古い手帳から」の「装飾文」よりは「含蓄」があるので当初の「浅薄だ」と云う印象は引込めよう、の意となる。つまり、石川淳は、霞亭書簡への鷗外の言及は、「古い手帳から」の「装飾文」の「浅薄」よりはまだ増しだと言っているのである。くり返せば、石川淳は「霞亭生涯の末一年」に現われた霞亭書簡に対する鷗外の言及の「浅薄」を言う代りに「古い手帳から」の「浅薄」であることを言外に暗示しているのである。

ところで私は、「初め（略）浅薄だと思つた」と云ふ石川淳の批評に相応の理があることを肯定する。鷗外の評語が、十分の論理的裏付けもなく、突然、「社会主義乃至共産主義」への反駁として霞亭の書簡文の内容を意味づけている点、ひいては「社会主義の国家若くは中央機関は愚者の政を為す処」と更なる飛躍を重ねている点、その論理的空白は明白だからである。しかし、だからと言って「古い手帳から」よりは、「霞亭生涯の末一年」における碧山宛霞亭書簡に対する鷗外の評語の方が「含蓄があるに相違ない」と断じる石川淳の行文には、鷗外に劣らない「性急」さがあると思う。鷗外の場合は、「性急」な物言いの背後に「古い手帳から」における論理的思索があって、碧山宛霞亭書簡に対する評語の「性急」さや論理の空白を埋めることが可能だが、「古い手帳から」を碧山宛霞亭書簡への鷗外の評語に劣る、とする石川淳の断定的命辞の論理的空白を埋め合わせる如何なる論理も、石川淳「北条霞亭」のどこにも用意されてはいないのである。一般には、それは昭和十六年という発表時において言表不可能なものであった、と敷衍化して解釈しても大過ないものと思われるが、もしそうであるとしても、抑も「古い手帳から」に対する石川淳の読みの空白、不在こそが先の事態の決定的原因なのであって、この一点において、石川淳は、内発的な思想形成の欠如において、文学者、思想家として責任を負わなければならないと私は考える。あるいは石川淳は、自らの思想的立場ひいては見識の、鷗外「古い手帳から」の思想的位相に対する圧倒的優位を、昭和十六年の時点で信じていたのかも知れないが、もし仮にそうだとすれば、そのような石川淳の自己の思想への過剰な自信こそが、思想家としての石川淳の盲点であった、と言って良いだろう。なぜなら、鷗外「古い手帳から」は、決して石川淳が言うような「もつぱら貧富に関する感想」でもなければ、「表現は講壇者流の博識をもつて扮飾され」たものでもなく、又「根柢は右の一節と意相通じてゐる。」と述べられるように、碧山宛霞亭書簡に対する鷗外の評語に従属せしめられるべきものでなく、事態は逆であるからだ。

「鷗外晩年、漸く衰へようとする時、その社会的関心は「社会主義乃至共産主義」の批判にあつた」云々という石川淳の把握は、半分正しいが、鷗外の真意、そして必須不可欠の他の半分を見落としてしまっている。「古い手帳から」における鷗外の主張は、「「社会主義乃至共産主義」の批判」を社会主義乃至共産主義の原理の内包する矛盾を根源的に剔抉することによって遂行し、傍ら、個人主義・民主主義・私有制に基づく資本主義的にして市民的な国家像を樹立しようと意図したものであって、そこには大正デモクラシイの齎した普通選挙支持への明白な態度決定が表白されているのみならず、富の懸隔の甚しくなった国家の現況を踏まえての社会政策の必要性が強く訴えられている点で、既に当時のアメリカ合衆国においてその姿を具体的に現わしつつあった修正資本主義的国家思想にも対比しうる現代における新しい国家像構築への思索的営みであったからである。(1)

石川淳が自らの国家思想を明らかにしなかったとは言え、石川淳の私有制を悪とする反資本主義的国家像、もしくは私有制を否定する「社会主義乃至共産主義」的国家思想への親昵・共鳴の心情は、「古い手帳から」への実態を遊離した前引把握のうちに明瞭である。

そして、私は、石川淳「北条霞亭」における山陽・霞亭をめぐる鷗外の前者への反感と後者への共感の意味の取り落しの原因は、逆に石川淳におけるそのような国家思想への性急な跨ぎにあると断定したい。今、私達にとって重要なのは、このような石川淳の名著『森鷗外』における国家思想の限界を明確に意識化することであると私は思う。

石川淳における国家思想の問題は、単に森鷗外論におけるのみならず、日本の近現代文学・思想の全体に普遍化しうる、現代における未《いま》だアプリオリな難題とも言え、なお個々の対象、領域において具体的に掘りさげられなければならない。鷗外論においては、とりわけそうである。幸いなことに——石川淳『森鷗外』の次節は、「古い手帳から」論である。かくして、本論の課題は、さらに石川淳『森鷗外』中「古い手帳から」論批判の完遂において、一先ず完結せしめられるはずのものであろう。

注

（1）拙稿「解説　劇的な転換――貴族主義《アリストクラシー》から民主主義《デモクラシー》へ」（講談社学術文庫『付遺言　鷗外論集』、一九九〇・一二）、同「森鷗外論」（『国文学解釈と鑑賞』別冊〈卒業論文のための作家論と作品論〉、至文堂、一九九五・一）参照。いずれも、本書所収。

森鷗外と石川淳――「古い手帳から」をめぐり

石川淳『森鷗外』は、昭和一六年（一九四二）一二月五日、三笠書房から刊行された。その詳しい書誌的考察は竹盛天雄「解説」（岩波文庫版『森鷗外』昭53・7）に譲るとして、竹盛氏の言うように、この書が「まさしく石川淳氏の文学に賭ける「精神の努力」が、巻首の「鷗外覚書」から「あとがき」までの全二百三十七頁にわたって、光彩を放っている著述」であることは、今日に至るまでほぼ一般的な見方と言って良いだろう。石川淳が鷗外の文筆活動を指して言う「精神の努力」「精神の運動」とは、実は現代散文精神の自立に賭けた石川淳自身の文学的企図そのものの比喩であったことも改めて指摘する要のない事柄に属すると言えよう。そして、そこには共感と同時に批判があり、牽引と同時に反撥があった。共感と牽引の核を構成するものは鷗外の「精神の運動」（稿者なりに言いかえれば〈認識の運動〉）の見事さへの賛嘆であり、批判と反撥の核にあったものは、鷗外における社会主義・共産主義への敵意の固陋性への慨嘆であった、と要約しても不可ではあるまい。そして前者を体現するものは、『森鷗外』の第一部（この呼称は原著にない）「鷗外覚書」所収「澀江抽斎」であり、後者を体現するものは、同じく「古い手帳から」であることも亦、周知の事実である、と言えよう。この二極の緊張関係こそ、石川淳『森鷗外』の鷗外像、そして石川淳の鷗外をめぐるエクリチュールを光彩陸離たらしめている原動力であり、そのいずれを欠いても、鷗外に託された石川淳の主体的真実の十全なる表現たりえないのである。

今、私は「主体的真実」と言ったが、その裏面には主体的真実が必しも客観的真実ではない、の意を寓している。

ここで言う「客観的真実」とは、テキストの表現をあるが儘に受けとめる、という極めて素朴な意味でのそれである。端的に言って「鷗外覚書」所収「澀江抽斎」は、テキスト発生の機微のみならず、テキストをテキストとして的確に受けとめ、その文学的生命を丸ごと生け捕りにした傑作である。しかし「古い手帳から」においては、テキストをテキストとして受容する中間論理が徹底的に省かれている。そこでは、モチーフの穿鑿が、その儘テキストの意味の把握にすりかわって了っているのである。むろん、そのような裁断批評は、石川淳『森鷗外』の基本的方法ではあるのだが、「古い手帳から」においては、反撥の余り、テキストの論理構造に全く立ち入っていないのだから、始末が悪いのだ。「古い手帳から」に対するこのような扱いは、石川淳の鷗外像の二極性を構築するための必須の要請ではあったろうが、『森鷗外』刊行後、優に半世紀をこえた現在、テキストへの客観的把握を欠落させた石川淳の「古い手帳から」論をその儘鵜呑みにして疑わないのは、作家像の更新という研究・批評の使命から見て怠慢の譏を免れえないものとさえ言いうるだろう。

「鷗外覚書」は「澀江抽斎」「北条霞亭」「古い手帳から」の三節から構成されているが第二節「北条霞亭」には第三節「古い手帳から」への伏線が周到に張りめぐらされている。即ち「霞亭生涯の末一年」「その十」所出、伊勢山田における奢靡の風俗をふまえ、貧富の問題を論じた霞亭書簡にかかわる鷗外の論賛（「今の社会主義乃至共産主義を駁するものとなして読まむも亦可なりである。霞亭をして言はしむれば、社会主義の国家若くは中央機関は愚者の政《まつりごと》を為す処である」）をめぐる次のような叙述がそれである。

これを書いたとおなじ年の大正十年十一月より、鷗外は明星に「古い手帳から」を掲げ始めてゐる。記すところはもつぱら貧富に関する感想で、表現は講壇者流の博識をもつて扮飾されてゐるが、根柢は右の一節と意相通じてゐる。鷗外晩年、漸く衰へようとする時、その社会的関心は「社会主義乃至共産主義」の批判にあつたと見える。説の当否は問はない。ただわたしは初め右の一節の言葉を浅薄だと思つた。しかし、按ずるに「古い手帳から」の装飾文などよりもこのはうが含蓄があるに相違ない。浅薄なのではなく、鷗外は物を云ふに性急になつたのであらう。あるひは、小市民の言葉でづけづけ物を云ふことを知つたのであらう。ここでもまた霞亭と見解をおなじくしてゐるのは一奇である。

一読して石川淳の「古い手帳から」に対する露わな敵意が明らかであろう。なるほど鷗外の「古い手帳から」の主題が「「社会主義乃至共産主義」の批判にあつた」という淳の憶測は事態の真相を言いあてていよう。しかし、鷗外散文として枯痩、平明の極致に達している「古い手帳から」の文体を指して「講壇者流の博識をもつて扮飾され」た「装飾文」に過ぎぬと（暗に）見た上で『霞亭』文の方が「古い手帳から」の文体より「含蓄がある」とは、アイロニイも過ぎたるものと言わざるをえない。石川淳は明らかに鷗外への優越を意識しつつ、ここで筆を行《や》っているのだが、先の伏線的叙述が実は既に殆んど「古い手帳から」における鷗外批判の結論になって了っているところに、鷗外における「「社会主義乃至共産主義」の批判」の問題をめぐる石川淳のエクリチュールの単純さがあったのである。この単純さは、殆んど一本足のそれである。事実、「霞亭」における先のエクリチュールを伏線としての「手帳」におけるエクリチュールは鷗外生涯にわたる淳の知識を総動員しつつ、その実質は畢竟、社会主義、共産主義を「敵」と「想定」しての「甚だ鷗外的な攻勢であつた」の短文に尽きている。石川淳の見た「古い手帳から」の世界は、かくの如く一元的であったのだが、評価の方向性は次の一文に窺われるように明確に否定的であった。

だが、一たび文学の場を離れて、世間一般に流行を極める某々社会思想に対すると、不思議にも巨人鷗外は忽ち流俗の小市民に縮まつたやうな観を呈する。みごとな柔軟性はどこやらに喪失されて、いやに硬くなつたやうに見える。影が真黒にざど《ママ》つて来て、速さが死んだやうに見える。（略）

「古い手帳から」における、このような石川淳の鷗外批判は、それがテキストの客観的意味と終局的に一致するものならば、何の差し支えもないはずなのだが、実はそうではない。そもそも「古い手帳から」におけるような永い思索的努力によって、よく練られた論理的文章を「某々社会思想」は、どうしても嫌だ、という如き「小市民」的生活感情のレベルに一元的に収斂せしめることこそが土台無理な話なのだ。石川淳は、鷗外のそのような「陰微なる感情」の露呈された稀有の例として「Platon」における「此下の階級の中に今相対峙してゐる資本家と労働者とが打して一丸をなして入れてあるのが可笑しい。営々役々として錙銖《ししゅ》の利を争つて、成功して資本家となつてゐるものも、これを羨望しつつ労働者となつてゐるものも、Platonの目から見れば等しく賤業者である。此に個人主義と民政主義との否定がある。」という一条を引き、「なんとか主義の（略）乳臭児といへども（略）鷗外説よりも少しはましな資本家観労働者観を立ててみせることは容易であつたらう」と批判するのだが、ここに披瀝されたのはプラトンの学説であって「鷗外説」ではない。「可笑しい」と云うのは、プラトンの学説への鷗外の反応である。又資本家、労働者を「賤業者」（「下の階級」）と蔑視するのもプラトンであって、鷗外ではない。一体、右の一条のどこに「鷗外説」に相当する「資本家観労働者観」があると石川淳は言うのであるか。鷗外の判断は、僅かに最後の「此に個人主義と民政主義との否定がある」の一文に立ち現われているのだが、これもプラトンの国家学説への鷗外の概括であり、鷗外の「資本家観労働者観」に該当しない。

　石川淳の「古い手帳から」に対する〈読み〉は、殆んど空無であることがここに明らかであろう。しかも驚くべきことに石川淳「古い手帳から」におけるテキストの引用は、右の一例のみに留まる（！）のである。このような

〈読み〉の不在に立って、石川淳は「古い手帳から」という思索的テキストを「なんとか主義はどうしてもいやだと云ふ」「流俗の小市民」の感情表現のレベルに引きずり下ろして了ったのである。そもそも鷗外はプラトンの国家学説に徹底的に反対なのであって、そこに先の「個人主義と民政主義との否定」という把握や、この節結びにおける「概括して云へば Platon は貴族主義者である、非平等主義者である」という鷗外の「概括」が登場することになるのである。

石川淳がテキストの〈読み〉に立って「古い手帳から」を批判しようとしたならば、そこで問題になるべきは、次節「Aristoteles」でこそあれ、その枕としての「Platon」ではなかったはずである。なぜなら「Aristoteles」にこそ最晩年の鷗外が到達したブルジョア民主主義国家の理念が結晶しているからである。「古い手帳から」の眼目は、「Aristoteles」にこそあり、就中、次の一条にそれは集中的に表現されている。

> Platon の国家は上二階級をして全く自利の心を棄てさせようとしたものである。此の如き器械的国家は成り立たない。よしやそれが成り立つたとしても望ましくはない。何故といふに、若《も》し自利の心がないときは人の事業に励みがない。緊張がない。緊張がなくては発展がない。文化が滅びる。
> 国家は私産を認め、結婚を認めて、此励み、此緊張を助成しなくてはならない。ここに共産主義が否定せられる。

プラトンの国家（「共産主義」）を否定し、アリストテレスの国家を肯定する鷗外の根拠は、「純利他」（私産や個人の否定）の非現実性、停滞性、「自利があつた上の利他」（私産、個人の肯定）の現実性、発展性という人間性の本質を踏まえたリアルな認識に置かれている。これらは、まさにブルジョア資本主義の国家理念そのものである。

石川淳の対決すべきは、このような鷗外のエクリチュールの位相であったにも拘わらず、そのような問題の存在さえ、彼の視界に入らなかったのであろうか。

引き続いて鷗外は、アリストテレスに拠りつつ現代資本主義の矛盾に肉迫する。「私産を認め、結婚を認めると、貧富幸不幸が生ずる。国家の制度は此懸隔が大きくならぬやうに調節して行くべきである。（略）ここにAristotelesの社会政策がある」の一条がそれである。「社会政策」も亦、鷗外社会思想上の永年の課題であった。しかし、ここで鷗外の言わんとするところは、原理的な次元に留まるものではなく、独占資本主義段階の現代社会の矛盾に対応する国家施策としての「社会政策」――やがてアメリカ合衆国において採用されるニューディール政策のごとき、修正資本主義への方向性をもつそれに外なるまい。ここに私たちは、鷗外の国家思想がブルジョア民主主義の政治理念と表裏する最も尖端的な資本主義の政治理念であったことを知りえよう。

以上、「Aristoteles」前段における鷗外の課題は、「自利があった上の利他」に基づく現代国家における経済的かつ物質的公平は、いかにして可能か、という命題に外ならなかったが、後段において提起されるのは、現代国家における政治的公平は、いかにして可能かという問いかけに外ならない。

　Platonの理想国は上二階級が人人皆君子でなくては成り立たない。Aristotelesの国家は凡俗の団体である。（略）国家は凡俗の国家であるから、凡俗をして政に参せしめなくてはならない。（略）国家は少数の君子（貴族）に特権を与へず、（略）同時に又多数の小人をして横暴ならしめざることを努めなくてはならない。珍物（君子）をもありふれた物（小人）をも併せ用ゐて料理の献立は出来るのである。

アリストテレスに拠って打ち出された鷗外のこのような政治思想は、鷗外も言っているように明らかに「民政主義」＝民主主義のそれである。そこで主人公たるべきはプラトンの「貴族」に代る「凡俗」（＝「人民」）である。かつて私はそこに鷗外における貴族主義《アリストクラシー》から民主主義《デモクラシー》への思想的転換の劇を見出したが、(1)今は一歩を進めて、引用後段における国家の調整機能の重視に、単なる大衆民主主義の地平をこえる現代的課題への対応を見たい。無論、鷗外のこのような思索は、共産主義・社会主義の革命路線に入れられず、又、軍部ファシズムの超国家主義路線にも入れられなかった。しかし、それは鷗外の思索の内発性や本質的有効性――総じてその国家思想の健全さを否定するものではない。ソビエト連邦の自壊や自利――利他（公平）をめぐる現代日本社会の思想的制度的混乱は、大正・昭和の歴史をこえて「古い手帳から」における鷗外の国家論の原理的な有効性を、ますます明瞭に証し続けている。石川淳のエクリチュールは、そのような鷗外のエクリチュールを汲み取るには、余りに革命（社会主義、共産主義）のロマンに自足し過ぎていたのである。その意味で新たな鷗外像の構築は石川淳『森鷗外』の、そのようなテキスト把握の限界への相対化から出発しなければならないと言って良いだろう。

注

（1）　講談社学術文庫『付遺言　鷗外論集』（一九九〇・一二）「解説」。本書所収。

石川淳「古い手帳から」論の修辞法——鷗外を「敵」とするもの

石川淳は、名著『森鷗外』「鷗外覚書」第三章「古い手帳から」を次のように書き起している。

> 「古い手帳から」（大正十年十一月―翌十一年七月明星《ママ》）は遽にこれを見れば、単に一博識家がギリシャ、ロオマの古典を渉猟して得た手記たるに止まるかのごとくである。だが、この手記の妙趣に富む所以はただ学問思弁の功のみに依るのではない。と云ふのは、仮にそこに示される知識の組立が学問的には全部正しくないものだと決められたにしろ、手記の文学的価値は依然として変りがなからうと思はれるからである。もちろん、文章がうまいなどといふ甘つたるい話ではない。この手記を貫くものは……わたしはあやうく精神とか、あるひは遥かに下つて思想とかいふ言葉を使ひかけるところであつた。そしてその精神なり思想なりの説明にうつかり取りかかるところであつた。しかし、わたしは今ことさらに卑耳を喜ばしめるやうな俗な言葉のはうを使ふ。たしかに精神と云ふよりも器局は小さいが、それでも思想と云ふよりはいくらかましな俗言を使つて、結論を早急に取り出して見せる塩梅に、かう書いておく。この手記を貫くものは鷗外の我であると。あの人は我が強いといふ、その我と解してむしろ通言かも知れない。

石川淳「古い手帳から」論の発想の総ては全体の序に当るこの部分に既に明らかである。内容的には、それは、鷗外「古い手帳から」の発想の根源に遡って、その「妙趣に富む所以」を、「学問思弁の功」「知識の組立」、「文章」の巧拙、「精神」とか「思想」とかから切り離して、鷗外の「我」の強さに帰結せしめるものであった。そのために石川淳は、「精神」や「思想」を卑しめ、「思想と云ふよりはいくらかましな俗言」として、「我」という言葉を取り出してくる。つまり、石川淳は、鷗外「古い手帳から」を、「精神」や「思想」即ち論理の言葉によって成った文章であることを否定し、「文学的価値」においてのみ読むに価する存在であると断定するところから出発する。ここにおいて、石川淳は、「古い手帳から」を論理によって分析する義務から自己を免責し、解放していると言えるだろう。何しろ、相手は、非論理なる「我」なのだから。

さて、石川淳「古い手帳から」論冒頭第一段落に現れた石川淳の発想及び表現は、鷗外「古い手帳から」に立ち向う石川淳自身の戦略の念の入った構築ぶり、深い執念の正確な隠喩となっている。石川淳の、そのような鷗外「古い手帳から」に立ち向かう基本的方向ならびに基本的戦略は、第三段落に至って、顕著に突出してくることになった。

> 既に手記である。(A)自家の覚書の意味もあつたらう。だが、発表は明かに読者を予想してゐる。これは鷗外の他の文章と同様に啓蒙的な意味があつた。ところで、(B)これは鷗外の他の文章と違つて、別に読ませるべき或相手を想定してゐるやうに思はれる。行文の間に作者みづから意識しつつあるけはひを示してゐる、その相手とは何か。敵である。敵とは、社会主義、共産主義である。「古い手帳から」は鷗外の社会主義共産主義に対する甚だ鷗外的な攻勢であつた。作者は進んで敵の短を攻め、直ちに敵の非を打つて、これを破さうとはしない。また自分の思想的立場を金ぴかに塗り上げて、敵をして顔色なからしめようともしてゐない。作者はただ公衆の面前で、云はば敵に聞えよがしに学者ふうの独りごとを洩らしてゐる。そして、もし敵が来てこの筆陣

にふれると、ついその短と非とを分析されてしまふやうな仕掛けになつてゐる。但「古い手帳から」がよく実際に敵を破する底の強い作用をなしてゐるかどうかは、別の話である。（傍線及び符号稿者、以下同じ）

私は先に石川淳「古い手帳から」論の「戦略の念の入った構築ぶり、深い執念」と言うことを言い、又、右に引用した石川淳「古い手帳から」第三段落には「石川淳の、そのような鷗外「古い手帳から」に立ち向かう基本的方向ならびに基本的戦略」が「突出してくること」を言った。これらの指摘について、その論理的根拠を以下に説明する。

それは、右の引用文傍線部（A）と傍線部（B）をつなぐ二重傍線部接続詞「ところで」に関わっている。傍線部（A）と傍線部（B）をつなぐこの接続詞の挿入は、鷗外「古い手帳から」の実体を読者の目から蔽い隠す巧妙なレトリックであったと私は見るものである。なぜなら、傍線部（A）において石川淳は鷗外「古い手帳から」に、「自家の覚書の意味もあつた」が「明かに読者を予想し」た「啓蒙的な意味があつた」ことを認めている。そこに「鷗外の他の文章と同様に」という修飾語さえ付している。とすれば石川淳は第一に、「読者を予想し」た「古い手帳から」の「啓蒙的な意味」について具体的に触れるのが、批評家としての公平性と言うものであったろう。さらには、対象テキストの客観的構造を読者の前に明かすのが、批評を行使する者にとっての最低の義務であった筈である。ところが、石川淳はその何れについてもネグレクトした。そして、突然「社会主義共産主義」を「敵」とする鷗外の主観の問題に飛躍したのである。この飛躍を合理化しているのが、話題転換の接続詞としての先の「ところで」なのである。「ところで」の挿入によって「古い手帳から」の実体は永く読者の目から隠蔽されることになった。以後、読者は、石川淳の巧妙なレトリックによって、「古い手帳から」の実体に目を向けることなく、「社会主義共産主義」は「敵」という石川淳の鷗外観に従って「古い手帳から」に鷗外の社会・国家思想の限界を見ることになったのである。

しかし、そこには「古い手帳から」というテキストの実体に対する客観的分析が欠如している。その責任は、「古い手帳から」論を名乗りながら、「古い手帳から」の実体分析をネグレクトした石川淳の批評の意図的作為に帰せられなければならない。石川淳は、明かに読者の目から「古い手帳から」というテキストの実体を隠蔽するために全力を傾注した。その結果編み出されたのが、テキストの実体分析から読者の注意をそらし、鷗外の主観としての「社会主義共産主義」は「どうしてもいや」という感情の存在の立証へと読者の意識を自然に誘導することのできる「ところで」という接続詞の挿入という修辞的レトリックの行使だったのである。それは、まさに論理の飛躍を覆い隠す絶妙なトリックでもあった。

なるほど石川淳の言うように鷗外に「社会主義共産主義」は「どうしてもいや」という感情のあったことは否定し難いかも知れない。それは「霞亭生涯の末一年」における鷗外の社会主義共産主義の政府をめぐる、ややバランスを失した批評的にして感情的な発言の存在を見ても分る。(1) しかし、それは、あくまで、鷗外の感情であって、元来〈書く〉という行為そしてそれを支える論理や知性は感情のレベルを超えて行くものであることも、自明の事実である筈であろう。だから、批評はあくまで書かれた作品から出発すべきなのである。書かれた作品――「古い手帳から」それ自体から作者の感情や実生活は、相対化されるべきものであろう。そのような批評の第一義を、石川淳が故意に逸脱していることを私は批判したいのである。

なぜ、石川淳のレトリック、あるいは論理的詐術を「故意」と断定しうるか。その根拠が石川淳の「古い手帳から」論のうちに存在するからである。石川淳は、私如き末輩の、先に述べたような「批評の第一義」に立脚した批判の出現を弁《わき》まえていたからこそ、鷗外の先行諸作品や作中人物の言葉などの博引傍証到らざる処なき徹底した引用の膨大な積み重ねの上に、最後に「古い手帳から」から直接証拠として第一節の「Platon」第五段を引用するに至っている。しかし、石川淳が「社会主義共産主義」は「どうしてもいや」という鷗外の感情の存在の直接証拠とするこの引用文に対する石川淳の解釈こそが、先の「ところで」の役割に見た「古い手帳から」の実体を蔽い隠す石川淳のレトリックの作為性、故意性、意識性の存在を明かす客観的根拠に反転しうる当のものである。

なぜか。それは石川淳のこの引用文をめぐる解釈が全く誤ったものであるからだ。そこで次に「古い手帳から」からの引用文を含めて、関連する石川淳「古い手帳から」論の第十九段落の末尾及び同第二十段落の全文を引用する。

（略）文中、おびただしい智識の集積の間に、作者の隠微なる感情を露呈してゐるやうな言葉がただの一句でもあるか。ところが、ただ一句ある。次の条である。「(A)（前略）比下の階級の中に今相対峙してゐる資本家と労働者とが打して一丸をなして入れてあるのが可笑しい。営々役々として錙銖《ししゅ》の利を争つて、成功して資本家となつてゐるものも、これを羨望しつつ労働者となつてゐるものも、Platon の目から見れば等しく賤業者である。此に個人主義と民政主義との否定がある。」（第十九段落、符号及び傍線稿者）

右の鷗外の資本家観労働者観をつかまへて、鬼の首でも取つたやうに、ばかばかしい批評の真似事などはしない。だが、この言葉と、例へば「誰でも金持はやつぱり羨ましいに決まつてる。羨ましかつたら、早く成功して貧乏人の足を洗へばいい。」（「里芋の芽と不動の目」における主人公の語――稿者注）といふたぐひの市井人の生活感情を露呈した言葉と、（プラトンを抜きにすれば）その性質に於てどう違ふか。鷗外は市井人とともに「主義はいけねえ。あんなものはいけねえ。どうしてもいやだ。」と云つてゐるだけのことである。往年流行したなんとか主義の末輩の最も愚鈍な乳臭児といへども、一つ覚えの教典を頼りに、鷗外説よりも少しはましな資本家観労働者観を立ててみせることは容易であつたらうが、この生活感情を殺すことは何人にも困難であつたらう。それにしても、明治大正を通じて第一等の文学上の事業を成就し、「天が下の智者」と称された人物が晩年みづから病を意識し、死に面しつつ、最後に筆をすすめた文章の中で、陽に示した社会観の一端がこれで、陰にちらつかせた究極の生活感情がやはりこれであつたとは、人をして竦然とさせる。智識の木の葉を重ね著した奥の、このいたいたしい老文豪の姿に対して、わたしは傷心、眼を掩ふほかない。「古い手帳から」は嵎を負ふ虎の自己弁護であつた。但、この自己弁護には、鷗外六十一年の生活上の誠実が懸つてゐる。「古い手帳から」は一生活者の虚飾なき筆録であつた。（第二十段落）

石川淳は、「作者の隠微なる感情を露呈してゐるやうな言葉」として「古い手帳から」から傍線部（A）の叙述を引用している。そうして、その後に「右の鷗外の資本家観労働者観」云々と言っている。その「鷗外の資本家観労働者観」とは何か。実は、引用された「古い手帳から」の文中に「鷗外の資本家観労働者観」などないのである。あるのは、彼らを「等しく賤業者」と見たプラトンの「資本家観労働者観」なのである。つまり、石川淳は、ここでプラトンの「資本家観労働者観」を鷗外のそれと錯認しているのである。それでは、鷗外の立場はどこにあるか。それは、引用傍線部最後の「此に個人主義と民政主義との否定がある。」という一文にある。つまり、鷗外はここで、「個人主義」と「民政主義」との立場に立って、「下の階級」である「資本家と労働者」とを賤視するプラトンの立場に反対しているのである。この鷗外の立場は、「古い手帳から」第一節「Platon」の、引き続く最後の次の一文に何よりも明らかに打ち出されている。

Platon の理想国は上中二階級のためには共産主義、下一階級のためには非個人主義、非民政主義を以て組織せられてゐる。概括して云へば Platon は貴族主義者である。非平等主義者である。

念のために言うと、鷗外は、プラトンの国家論を否定し、「古い手帳から」第二節「Aristoteles」に示されているように、アリストテレスの「凡俗の国家」を支持しているので、プラトンの国家を否定する鷗外の論拠は、「Aristoteles」の第三段落に次のように集約されている。

　Platon の国家は上三階級をして全く自利の心を棄てさせようとしたものである。此の如き器械的国家は成り立たない。よしやそれが成り立つたとしても望ましくない。何故といふに、若《も》し自利の心がないときは人の事業に励みがない。緊張がない。緊張がなくては発展がない。文化が滅びる。

ここに鷗外の私有財産制（「私産」）を基盤とする、プラトンの貴族主義的な共産主義的国家論否定の理論的根拠が明示されている。そして、鷗外における、そのような人間の「自利の心」を重視する立場からのプラトンの共産主義国家論否定の論拠の提出は、これから約七十年弱のちのソビエト社会主義連邦崩壊の根本原因を明瞭に予知しえたものとして、高く評価されるべきものであろう。

　ともあれ、先の石川淳「古い手帳から」論に戻れば、石川淳の「古い手帳から」からの引用文が、そのような鷗外のプラトンの国家論への批判、アリストテレスの国家論への共鳴という文脈から全く逸脱したものであったこと、逸脱というよりは寧ろ正しくは正反対に誤解したものであったことは否定し難いのである。

　しかし、一体、石川淳の如き当代一流の文学者が、テキストの〈読み〉において、そのような甚しい誤読をなすこと自体があり得ることなのであろうか。むしろ、あり得べからざることではなかろうか。あり得べからざることであるとすれば、どういうことになるか。石川淳は、故意に曲解をし、鷗外の資本家・労働者に対する賤視という事実を捏造したことになる。そして、私は、この想像をおそらく事実であろうと推定する。

なぜ、そのような捏造をなしたか。蓋し石川淳は、鷗外の「社会主義共産主義」に対する「どうしてもいや」という感情を証明することによって、「古い手帳から」における鷗外の「社会主義共産主義」に対する余りにも明晰な理論的批判の鉾先から「社会主義共産主義」を護ろうとしたのであろう。そのためには、「古い手帳から」の実体を読者の目から蔽い隠すことが是非共必要であったのである。既に見た石川淳「古い手帳から」論第三段落の「ところで」という話題転換の接続詞の挿入というレトリックは、そのために発明され、以降はテキスト外における鷗外の「我」、即ち「社会主義共産主義」は「どうしてもいや」という鷗外の感情の立証のために全力が傾注されることになったのである。そして「古い手帳から」の実体の隠蔽の上に、最後に「古い手帳から」から意図的な曲解による引用が読者の眼前に提示されて、恰かも「古い手帳から」というテキストの必要かつ十分な分析が完了したかの如く装われたのであった。しかし、実は、石川淳は「古い手帳から」に対する如何なる意味での客観的分析もなし得てはいなかったのである。

そして、この地点に至れば、石川淳「古い手帳から」論が、イデオロギーによる欺瞞の書、語りによる騙りの書であると断定することに最早何の遠慮も要るまい。そのような石川淳「古い手帳から」論の曲解性、プロパガンダ性が、石川淳の意識において、十分な整合性を保ち得ていたことは、先の誤読された「資本家観労働者観」を踏まえての、次のような末尾の第二十一段落冒頭の一文のうちに最早打ち消し難い決定的な証拠を遺している。

わたしは冒頭に鷗外の我のことを云つた時、右の隠微なる究極の感情のことを暗に意中に見つめてゐた。

即ち石川淳は、ここでその「古い手帳から」論冒頭で肯定した「この手記を貫くものは鷗外の我である」というテーゼが、先の故意に誤読された鷗外「古い手帳から」の「資本家観労働者観」、そこに示されたと彼が見る鷗外における「主義はいけねえ。あんなものはいけねえ。どうしてもいやだ。」という「究極の生活感情」への注視と一体表裏のものであった所以を、告白していると言えよう。そうして、その「資本家観労働者観」が、鷗外のものでないとして覆えされたことは、つまるところ石川淳「古い手帳から」論における鷗外批判の根拠の悉くが無に帰したことを意味する。それは即ち石川淳「古い手帳から」論によって与えられた私たちの「古い手帳から」への読みの基本的枠組が外されたことでもあろう。しかし、それはまた、「主義はいけねえ。あんなものはいけねえ。どうしてもいやだ。」という生活感情のレベルを超えた、鷗外「古い手帳から」への客観的なヨミの構築への出発点に私たちが今、立っていることでもある。私は、そのような研究史の新段階の到来を確認することで一先ず本論を結びたい。

（二〇〇六・八・九）

注

（1）「霞亭生涯の末一年」「その十」で鷗外は霞亭の弟碧山宛霞亭書簡（文政六〈一八二三〉・五）における伊勢国山田における「奢靡の風」に対する批判（「何国にても貧富の違に而、千金を芥にいたし候者も、また銭百文も持不申ものも有之、不同の世也。貧人が富人をうらやむといふは愚者の常なれど、これほど分をしらぬ事はなき也。皆人に命禄といふもの有之候。」）を踏まえつつ、「今の社会主義乃至共産主義を駁するものとなして読まむも亦可なりである。霞亭をして言はしむれば、社会主義の国家若くは中央機関は愚者の政を為す処である。」と評している。

第七章　鷗外と遺言状

鷗外遺言状私解

余ハ少年ノ時ヨリ老死ニ至ルマデ
一切秘密無ク交際シタル友ハ
賀古鶴所君ナリコヽニ死ニ
臨ンテ賀古君ノ一筆ヲ煩ハス
死ハ一切ヲ打チ切ル重大事
件ナリ奈何ナル官憲威力ト
雖此ニ反抗スル事ヲ得スト信ス
余ハ石見人森林太郎トシテ
死セント欲ス宮内省陸軍皆
縁故アレドモ生死ノ別ルヽ瞬間
アラユル外形的取扱ヒヲ辞ス
森林太郎トシテ死セントス
墓ハ森林太郎墓ノ外一
字モホル可ラス書ハ中村不折ニ

依託シ宮内省陸軍ノ栄典
ハ絶対ニ取リヤメヲ請フ手続ハ
ソレゾレアルベシコレ唯一ノ友人ニ云
ヒ残スモノニシテ何人ノ容喙ヲモ許
サス

周知の如く大正十一年（一九二二）七月六日、死の三日前に鷗外が口授筆記させた遺言状の全文である。大正十一年日記を見れば六月十五日に「木。晴。始不登衙。」とあり、以下各日の日記中に「在家第二日」、「在家第三日」……「第二十日」とあり、七月五日の「水。第二十一日。喜美来。山田要作来。額田晋来診。芝葛盛久保得二同来。夜五味均平来」の叙述で日記は終る。翌七月六日は遺言状作成の日付である。

七日諸症頓に増悪し、九日午前七時遂に薨去した、時に年六十一。危篤の報天聴に達して御見舞品の下賜あり、次で特旨を以て位一級を進められ、従二位に叙せらる。十二日谷中斎場に於て仏式によりて葬儀を行ひ、日暮里火葬場に送りて荼毘に付し、十三日遺骨を向島弘福寺に埋葬した。（森潤三郎『鷗外森林太郎』〈16帝室博物館総長兼図書頭〉）

右の文中「御見舞品」云々については岩波新版全集第三十八巻所収「年譜」に「七日天皇皇后両陛下より葡萄酒を下賜せられ、八日摂政宮殿下より御見舞品を下賜せらる」とあり、「位一級を進められ、従二位に叙せらる」については、同「年譜」に八日の記述として「従二位に叙せらる」とあるのが参照される。ともあれ、ここでは取り敢えず「宮内省陸軍ノ栄典ハ絶対ニ取リヤメヲ請フ」という遺言状の趣旨が本人の生前、既に無視されていたという、これも周知の事実に注意しておきたい。しかし取り急ぎ言えば、今の私の関心は鷗外が遺言状口授時に、そのような事態の発生を見通していたかどうか、もしくは遺言状の趣旨貫徹の現実的可能性を鷗外が真に信じえていたかどうか、の穿鑿にはない。

遺言状の趣旨貫徹の現実的可能性というならば、むしろその現実的不可能性を明瞭に知悉していた上で、にも拘わらず自己の意思を冒す何ものかに対し、それを拒否せんとする主体的な意思そのものの存在証明を確保すること、そこに鷗外の遺言状の真の意図があった、と考える方が遥かに鷗外らしいのではあるまいか。約めて言えば鷗外の遺言状は、現実との関係においてそれを残した鷗外の意識の内部においても遂に二元的であった。そこに鷗外の遺言状、並びにそれを口授させた鷗外本人にまつわる本質的な悲劇性がある、と少くとも私には思われる。そしてそのような悲劇性は、直ちに鷗外その人、鷗外の生そのものの悲劇の本質へと人の想いを誘って已まないということだけは確かであろう。鷗外の遺言状を論ずることは、鷗外の生を論ずることであり、鷗外の生を論ずることは、鷗外の遺言状を論ずることである、という可逆的な命題がそこに生ずる。事実、鷗外の遺言状を論ずる優れた幾つかの先行文献は、必ず遺言状の彼方に論者の一貫した鷗外像を据えている、と云って良い。

＊

そのような鷗外の遺言状にまつわる最も魅力的な論として今日なお新鮮さを失なわぬものは、とりも直さず鷗外の遺言状を最初に強烈な作家論的構図のうちに絡めとったものとしての中野重治の次の如き把握であろう。

（略）死ぬ時になってじたばたしても駄目である。鷗外は死にのぞんで、何を怖れて「栄典」を受けまいとして力んだのか。何を怖れて「奈何ナル官権威力《ママ》ト雖此〔死〕ニ反抗スル事ヲ得ズト信ズ」などという癡愚を力んで主張したのか。文学と文学史とは、こういう鷗外に冷静に復讐したとわたしは思う。（略）（『鷗外　その側面』「鷗外論目論見のうち」）

急いで云って置かなければならないのは、右のような遺言状の把握は、実は中野氏に取って唯一の遺言状把握ではなく、既に戦時中に執筆された「遺言状のこと」（『鷗外　その側面』所収）に「文学と芸術との結局の権威にたいする心の奥所に横わる信念、ほとんど信仰ともいえるもの」に基づく「最後の反噬」として遺言状を捉え、むしろそれ故にこそそこに熱い共感を託した美しい論のあることである。そして中野氏の「遺言状のこと」における共感の美しさは「さて、この絶望的な突破行の目標と結果とが、それが立てられ獲られたとして結局まことに微小、まことに消極的、つまりはほとんど利己的なものでさえあつたとしてもそれは仕方がない」、「獅子であつたものの最後のディオニュゾスの歌が、結局野末のいとどの歌のようなものに終つたとしても責めることは出来ぬ。偉大な鷗外がこれを最後の行為として選び、そのことに安心して往生したということは、太閤の場合とも二葉亭の場合ともちがつた明治大正文化史の一つの悲劇でなければならぬ」という如き把握のうちに十分窺われる訳である。

しかし、それとともに、このような「遺言状のこと」における鷗外の遺言状に対する共感的な中野氏の把握と、先に掲げた「鷗外論目論見のうち」における厳しい批判的な遺言状把握との間には、中野氏の鷗外論におけるひとつの揺れもしくは跨ぎのあることも亦、明瞭であろう。因みに、「鷗外論目論見のうち」は、戦後、河村敬吉編『森鷗外研究』（長谷川書店、昭22・9）に初めて発表されたが、『鷗外　その側面』後記によれば「一九四三・一一・一」の稿了の日付が記されており、「遺言状のこと」の発表が昭和一九年七月の『八雲』第三輯であったことを踏まえると、「鷗外論目論見のうち」の末尾の遺言状論の訂補、発展として「遺言状のこと」が書かれたのではないか、と推測することも可能である。このことは、「遺言状のこと」における鷗外像の位置の中野氏における重さを示唆するものとも言えようが、今日、私にとっていっそう興味深いのは、中野氏の鷗外遺言状論の叙上のような二元的性格が、中野氏の立場の歴史的時間的な変化に拠るものと考えるよりは、鷗外遺言状のもつ本質的な二元的性格が、誠実な鷗外認識者中野氏の遺言状論、ひいては鷗外論をして半ば必然的な二極構造に導いたのではあるまいか、との作業仮説構築の有効性についてである。

＊

ともあれ、中野氏の把握を発条として鷗外の遺言状に「遅過ぎた悲しい救いのもとめかた」を見る勝本清一郎氏[1]、「石見人とは藩閥に縁なき、すなわち長州人にも薩摩人にもあらざる、という意味を含んでいはしないか」と見る唐木順三氏[2]、ニヒリストという「仮面のもうひとつ下に」、「かういふ遺言を書いた「人間」がひとり、実は六十年間息を殺して潜んでゐたのである」と見る高橋義孝氏[3]等の見解が生まれてくる訳だが、ここでは最近における鷗外論の一つの動向を示すものとして平川祐弘氏「地下の鷗外が心」（『和魂洋才の系譜』河出書房新社、昭46・12）に注目したい。

氏は鷗外若年の文章「地下の蘭化が心」（「医事新論」明23・6）に着目し、そこに「学問や芸術の価値が身分的価値とは異なるものである」という鷗外の強調、「学問と芸術の位は人爵の外にありとする鷗外自身の信念」の躍動を見、「「人爵」という言葉は反射的に「天爵」という言葉を思わせるが」、『孟子』に由来する「そのような東洋の倫理を良しとし、しかもその上に学問芸術を尊び精神の自由を尊ぶ西洋の風がすなおに接木された時、そこに新しい活力が芽ばえ、そこに森鷗外の生涯を貫徹したような強靭な精神が生まれたのではないだろうか」と見、「私は「地下の蘭化が心」を読み、ついで三十余年後に死の床で口授された「遺言」を読む時、青年時代の森林太郎の魂が六十歳を過ぎて死ぬ時まで続いた、という感を禁じえない。」として、「余等はギヨウテを愛す、ゲハイムラアト・フオン・ギヨウテを愛せず。余等はコツホを愛す。普魯西軍医監コツホを愛せず。余等はリイビヒを愛す、バロン・フオン・リイビヒを愛せず」という「地下の蘭化が心」の主張は、遺言状の文面に「そのまま通ずる」とするのである。

鷗外の遺言状に、「天爵」（学問や芸術の価値）は「人爵」（身分的価値）の外にありとの信念を読み取る平川氏の解釈は、それとして完結的であり、説得的である。そしてそこには比較文学者にして人文学者《ユマニスト》たる氏の面目があざやかに示されている。にも拘わらず、このような氏の解釈が、まさに意識的に、あの中野氏の解釈の根底を支える鷗外の遺言状における「官憲威力」に対する「反噬」、私なりの言いかえをすれば、権威（秩序）に対する「鋭い反抗の鋒」（「最後の一句」）としての鷗外の自己主張の存在を幾分なりとも抽象、一般化する傾きを持つことを見逃す訳にはいかない。鷗外の生を規定した二元性の課題が身分的価値対学問的芸術的価値という対立に留まり得るものではなく、封建と近代、東洋と西洋、芸術と実生活、合理と保守、公と私、そして就中国家と個人との対立等々、日本近代史の全領域を貫ぬく矛盾、対立の一つの悲劇的象徴として捉えねばならないことが自明であるとすれば、秩序への懐疑を捨象したユマニスム的鷗外像が、真に中野重治的鷗外像をのりこええているかどうか、一抹の疑問なしとしないのである。

*

そして中野重治的鷗外像のりこえの課題は恐らく戦中執筆に関わる「遺言状のこと」における、鷗外の遺言状を「太閤の場合とも二葉亭の場合ともちがつた明治大正文化史の一つの悲劇」、即ち鷗外の遺言状を日本近代史の固有の矛盾の悲劇的象徴として捉える中野氏の視角のいっそうの徹底化の裡にこそ追求されうる筈である、と少くとも私には思われる。その時、私たちの目には、鷗外死後一ヵ月にして刊行された『明星』(〈鷗外先生追悼号〉大11・8)所載、賀古鶴所「通夜筆記」の語る次の如き事実が一つの衝撃的意味を以て蘇ってくるだろう。

　六日の朝電話を掛けさせて、「気分が好いから来てくれ」と云ふので行くと、「自分は一個の石見の人、森林太郎で死にたい。死んだ以上総ての事はお上へ対し無礼にならないやうにしてくれ。墓標は不折君に書いて貰つてくれ。単に『森林太郎墓』として、それに一字も加へてくれるな」と私に遺言し、其夜から漸次に昏睡状態に入り、九日の朝七時に絶息いたされました。(傍点稿者)

鷗外生涯の知友たる賀古鶴所の証言を信ずる限り、鷗外はその死においても、なお二元的であった、と云うべきだろう。そしてそれ故にこそ、鷗外の遺言状は、現実(秩序)との関わり方において、明治大正のアプリオリな課題の、そして恐らくは又、今日に迄及ぶ克服困難な二元的課題の悲劇的象徴として立ち現われてくるのである。

(一九七八・一一・一六)

注

(1)「世界観芸術の屈折」(『文芸評論』昭23・12)
(2)『森鷗外』(世界評論社、昭24・4)
(3)『森鷗外』(新潮社、昭29・9)

鷗外と遺言状

森林太郎トシテ死セントス

余ハ少年ノ時ヨリ老死ニ至ルマデ一切秘密無ク交際シタル友ハ賀古鶴所君ナリコヽニ死ニ臨ンテ賀古君ノ一筆ヲ煩ハス死ハ一切ヲ打チ切ル重大事件ナリ奈何ナル官憲威力ト雖此ニ反抗スル事ヲ得スト信ス余ハ石見人森林太郎トシテ死セント欲ス宮内省陸軍皆縁故アレドモ生死ノ別ルヽ瞬間アラユル外形的取扱ヒヲ辞ス森林太郎トシテ死セントス墓ハ森林太郎墓ノ外一字モホル可ラス書ハ中村不折ニ依託シ宮内省陸軍ノ栄典ハ絶対ニ取リヤメヲ請フ手続ハソレゾレアルベシコレ唯一ノ友人ニ云ヒ残スモノニシテ何人ノ容喙ヲモ許サス(1)

この鷗外最後の遺言状が作成された前後の状況について大正十一年日記（『委蛇録』）を見れば、六月十五日に「木。晴。始不登衙。」とあり、以下各日の日記中に「在家第二日」「在家第三日」……「第二十日」とあり、七月五日の「水。第二十一日。喜美来。山田要作来。額田晋来診。芝葛盛久保得二同来。夜五味均平来」の叙述で日記は終る。（六月三十日以降は、吉田増蔵による口述筆記）そして翌七月六日は遺言状作成の日付である。

七日諸症頓に増悪し、九日午前七時遂に薨去した、時に年六十一。危篤の報天聴に達して御見舞品の下賜あり、次で特旨を以て位一級を進められ、従二位に叙せらる。十二日谷中斎場に於て仏式によりて葬儀を行ひ、日暮里火葬場に送りて荼毘に付し、十三日遺骨を向島弘福寺に埋葬した。

（森潤三郎『鷗外森林太郎』〈16帝室博物館総長兼図書頭〉）

右の文中「御見舞品」云々については岩波新版全集第三十八巻所収「年譜」に「七日天皇皇后両陛下より葡萄酒を下賜せられ、八日摂政宮殿下より御見舞品を下賜せらる。」とあり、「位一級を進められ、従二位に叙せらる。」については、同「年譜」に八日の記述として「従二位に叙せらる」とあるのが参照される。ともあれ、ここでは取り敢えず「宮内省陸軍ノ栄典ハ絶対ニ取リヤメヲ請フ」という遺言状の趣旨が鷗外の生前、既に無視されていたという、これも周知の事実に注意しておきたい。しかし取り急ぎ言えば、今の私の関心は鷗外が遺言状口授時に、そのような事態の発生を見通していたかどうか、もしくは遺言状の趣旨貫徹の現実的可能性を鷗外が真に信じえていたかどうか、の穿鑿にはない。

遺言状の趣旨貫徹の現実的可能性というならば、むしろその現実的不可能性を明瞭に知悉していた上で、にも拘わらず自己の意思を冒す何ものかに対し、それを拒否せんとする主体的な意思そのものの存在証明を確保すること、そこに鷗外の遺言状の真の意図があった、と考える方が遙かに鷗外らしいのではあるまいか。約めて言えば鷗外の遺言状は、現実との関係においてそれを残した鷗外の意識の内部においても遂に二元的であった。そこに鷗外の遺言状、並びにそれを口授させた鷗外本人にまつわる本質的な悲劇性がある、と私には思われる。そしてそのような悲劇性は、直ちに鷗外その人、鷗外の生そのものの悲劇の本質へと人の想いを誘って已まない、ということだけは確かであろう。

先に掲げた鷗外最後の遺言状の内容を形式的に腑分けすれば、ここには三つの大段落がある。それは前書（「余ハ」から「煩ハス」迄）本文（「死ハ」から「アルベシ」迄）後書（「コレ」から「許サス」迄）である。前書と後書は、「一切秘密無ク交際シタル友」「唯一ノ友人」である賀古鶴所を介しての言い置きという事実の確認によって首尾照応する。そして遺言状の実質は、云う迄もなく第二段落の「本文」にある。

遺言状第二段落を構成する本文を子細に検討すれば、ここにも三つの小段落が認められる。それは、第一に遺言の趣旨表明に先立っての前提条件の確認（「死ハ」から「信ス」迄）、第二に遺言の趣旨の表明（「余ハ」から「死セントス」迄）、第三に遺言の趣旨の現実化としての具体的条件の提示と実現への手続きについての言及（「墓ハ」から「アルベシ」迄）の三段落である。

以上は、形式面からの考察であるが、本遺言状の核である鷗外遺言の趣旨は、云う迄もなく「余ハ石見人森林太郎トシテ死セント欲ス」「森林太郎トシテ死セントス」という遺言本文の第二段落の冒頭と末尾の二文のうちに求めることができる。そして、そこに要請された具体的条件は、本文第三段落に示された「墓ハ森林太郎墓ノ外一字モホル可ラス」、「宮内省陸軍ノ栄典ハ絶対ニ取リヤメヲ請フ」の二点に過ぎない。

にも拘わらず鷗外の遺言状が私達に訴えかけている何かは、以上のような論理的分析ではついに把捉できない。鷗外が「余ハ石見人森林太郎トシテ死セント欲ス」「森林太郎トシテ死セントス」という単純明瞭なる意思を表明するに当り、本文第一段落において「死ハ一切ヲ打チ切ル重大事件ナリ奈何ナル官憲威力ト雖此ニ反抗スル事ヲ得スト信ス」、後書において「コレ唯一ノ友人ニ云ヒ残スモノニシテ何人ノ容喙ヲモ許サス」、さらに本文第三段落において「宮内省陸軍ノ栄典ハ絶対ニ取リヤメヲ請フ」（いずれも傍点稿者）となぜ力んだか、力まざるを得なかったか、鷗外遺言状の与える悲劇的感銘の本質は一にかかってここにあると言わなければならない筈である。そして鷗外遺言状の与える悲劇的感銘の本質が、鷗外の生のある根源的矛盾に連なり、そこに発するものであると言うことだけは、一先ず可能な筈である。

中野重治における〈批判〉と〈共感〉

そのような遺言状にまつわる鷗外の生の悲劇、その矛盾を論じて今日なお新鮮さを失なわぬものは、とりも直さず鷗外の遺言状を最初に強烈な作家論的構図のうちに絡めとったものとしての中野重治の著名な分析であることは既に言う迄もない。「一九四三・一一・一」という稿了の日付が記されている「鷗外論目論見のうち(2)」で中野は、二葉亭、紅葉ら明治文士の経済的基盤を明らかにした上で「鷗外に比べて一層の、最後のかなしさ」を指摘しつつ、この論の結びとして鷗外最後の遺言状について、次のように記した。

けれども、死ぬ時になつてどたばたしても駄目である。鷗外は死にのぞんで、何を怖れて「栄典」を受けまいとしてゐるのか。何を怖れて、「奈何ナル官権威力ト雖此（死）ニ反抗スル事ヲ得ズト信ズ」などいふ癡愚を力んで主張してゐるのか。文学と文学史とは、かういふ鷗外に冷静に復讐したとわたしは思ふ。（略）

急いで言って置かなければならないのは、右のような把握は、実は中野にとって唯一の遺言状把握ではなく、鷗外の遺言状をめぐる中野の美しい心情的共鳴を奏でた「遺言状のこと(3)」（『八雲』第三輯　昭19・7）が相前後してあることである。そこで中野は、鷗外最後の遺言状に「獅子のおもかげ」の出ていないことを指摘し、「鷗外は、当の相手を、それに向かつてはその希望、要求を素樸に差し出すことの出来ぬ相手として、同時に、その希望、要求を論理的帰結として認めさせることも出来ぬ相手として見てゐたとも見える」と批判しつつも、「どうしてこの愚が生じたのであらう」と問い、そこに「鷗外の生涯をさながらに握つてゐるもの、息を引き取るまで握りつゝ来たもの」としての「官権威力」そのものに対する「殆ど絶望的な最後の反噬」を見出している。

そして中野は、ここで「あえて最後に愚を演じた」鷗外に激しく感動している。その感動は、引き続く「この愚に突き入る鷗外は行為の人であつた」、「事実遺言状は、鷗外のあらゆる努力を裏切つてその愚においてdionysisch であつた」という叙述を生み、ひいては、ことを鷗外における文学の意味に迄拡大して「彼は、心の奥底で、文学と芸術との終局の権威を信じてゐた」、「彼は彼の受けた辱しめ、彼の自己の受けた苦痛と不当な取りあつかひ、取りかへすことの出来ぬ後悔に対しすべて文学をとほして復讐した」、「彼は江戸の仇を長崎で討つたのであつた。さうして、文学は、終局において長崎であるのに値したのである」、「獅子であつたものゝ最後の Dyonysos の歌が結局野末のいというのやうなものに終つたとしても責めることは出来ぬ。偉大な鷗外がこれを最後の行為として選び、そのことに安心して大往生を遂げたことこそ明治大正史の一つの悲劇でなければならぬ」と論じることになったのである。

すでに明らかなように、鷗外の遺言状をめぐる中野の姿勢は、「鷗外論目論見のうち」と「遺言状のこと」との間において、二極の間を激しく揺れているのであり、それはその儘、鷗外に対する中野の批判と共感という二極構造――中野における戦中鷗外論を貫ぬく内的ダイナミズムの象徴的縮図として眺めることができよう。一歩進めて言えば、「鷗外論目論見のうち」における批判と反撥との鋭さを鋭さとして、「遺言状のこと」における感動と共感とをともに包摂したところに、中野における鷗外像の生生しさ、その全人間的とも言える鷗外に対する中野の姿勢の全体像が浮び上ってくるはずである。

ともあれ、戦後の中野が「鷗外位置づけのために(4)」において、鷗外を「日本の古い支配勢力のための一番高いイデオローグ」、「古い支配勢力の最後の思想的芸術的選手」、「日本の人民および日本の文学の最もすぐれた敵」と位置づけた時、戦中の中野の鷗外像を支えた一種の共生感覚、即ち共感と反発、肯定と否定という中野内部における二極の緊張関係、ひいては保守と合理、芸術と実生活との分裂を分裂として摘出し、それらに基づいて鷗外主体の分裂を厳しく指弾するという論理展開のプロセスの前提に示された鷗外内部の両極性、二元性そのものへの凝視は全く影を払っていることを見逃すことはできない。

言わば、戦後における中野の鷗外像からは、戦中の「遺言状のこと」における共感と肯定の視角が捨象され、「鷗外論目論見のうち」の批判的否定的視角が、拡大・演繹化されて前面に強く押し出されてきているのである。そこには戦中から戦後へという時代の転換と状勢の変化に伴なう中野の鷗外像の一元化と単純化――〈屈折〉というより、正しくは一つの〈跨ぎ〉が介在したことを今日確実に指摘し得るはずである。

戦後〈遺言状〉論の軌跡

ともあれ、中野鷗外論における遺言状をめぐる分析は、中野鷗外論の抱える矛盾、中野と鷗外との全人間的関わりをめぐる諸問題の一つの象徴的表現としてのみならず、そこに提出された鷗外像そのもののアクチュアリティにおいて、以後鷗外を論ずるものの一度は通過しなければならぬ研究史上の原点として揺ぎない地位を占めるに至っていることは云う迄もない。

例えば戦後まもなく発表された勝本清一郎「世界観芸術の屈折[5]」における「遅過ぎた悲しい救いのもとめかたを私はここに見る」という遺言状への視角には、「鷗外論目論見のうち」の中野の批判的否定的視角が、その儘継承されている、と見ることが可能である。

勝本に先立って唐木順三は『鷗外の精神』改訂増補版（筑摩書房、昭23・10）に新たに付した「追補一」において鷗外最後の遺言状の問題に注目し、「石見人森林太郎」は「ただの人間森林太郎、或は官権の威力から自由な人間といふ意味」と解釈し、「それは一方においては死を以てする官権への抗議であり、また他方においては官権からの被害妄想のやうな感もないではない」、「石見人を殊更に強調しなければならなかつた心の中には、藩閥に対する秘められた反抗と、潔癖があつた（略）」と論じた。問題の新たな展開とも言えようが、このような唐木の把握の前提にあるのは「鷗外が晩年山県老公をめぐつて、何か政治的な動きをしたこと」即ち「鷗外の特殊な経験」の措定であり、それは、続く『森鷗外』（世界評論社、昭24・4）において「鷗外は秘密裡に社会革命を目論んでゐた。山県公を中心とする勢力によつてそれを遂行せんとした」という前提のもとで、山県の死による国家社会主義革命の企図の挫折と「官権威力」の接近による不快な体験が遺言状の異常な表現を招いたのだ、という把握に結実することになった。鷗外晩年の国家社会主義革命の企図とその挫折についての唐木の立論は、のち古川清彦による一連の常磐会関係の調査[6]で今日ほぼ否定されるに至っているというのが実情だが、「藩閥に対する秘められた反抗と、潔癖」を鷗外遺言状のうちに見る唐木の視角は、依然、有効性を失っていないと言える。

　続いて高橋義孝『森鷗外』（新潮社、昭29・9）が、以上のような中野、勝本、唐木の敷いた把握の路線を暗黙の裡に視野に入れつつ、彼の言う「ニヒリスト鷗外がこの遺言の書き手だつた」と措定した上で、それのみでは「腑に落ちぬもののあること」を直視し、それを「すべてのものを見てしまふ、すべてのものの正体や動き方やつながりが欲すると欲せざるとにかかはらず見えてしまふといふ呪ひのやうなものに縛られて一生を過さざることをえなかつた人間、そのためにすべてが「馬鹿々々し」くなつてしまつた人間の、人間らしく笑ひ泣き迷ひ悩むことのできなかつた恨み」、「人間らしく、愚かな人間らしく生きることのできなかつた恨み」と把握し、「だから、ニヒリストもやはり仮面のひとつだつたのだ。その仮面のもうひとつ下に、かういふ遺言を書いた「人間」がひとり、実は六十年間息を殺して潜んでゐたのである」と論じつめた時、それは中野、勝本、唐木らの問題史的立場を越える、もしくはそれと対立する鷗外遺言状への人間論的、あえて言えば実存的視点からの最初のアプローチであったと言っても過言ではないはずである。

そして、云う迄もなく高橋のこのような遺言状把握は、のち五月書房版『森鷗外』（昭32・11）所収「怨念の文学」における木下杢太郎の「悲哀に似る一種の気分(7)」の因由を尋ねての「ストイシズムとしても外化することのある巨大で非情な理知、そういうものを持つて生れたということこそ、鷗外の悲しみのもつとも深い根拠」、「偶然の不可量の諸条件が相寄つて結集した巨大な知性を担わされた一箇の生命の苦しみの声」という分析を前提として提出された「怨念の文学」という鷗外文学全体への彼の著名な規定に発展するものであった訳である。

それにしても高橋の提出した図式は、世評が高かったわりに、その真の意図が見逃され、通俗化した「怨念の文学」という言葉のみが一人歩きしてしまった観のあることは否定できない。同時に中野・勝本・唐木らの立場と高橋の立場との架橋し難い亀裂は、山室静による鷗外遺言状への「一切の煩悩を断ち去って赤裸の一人間として死んで行こうとする、おそらくは爽やかな決断(8)」という如き把握によっても畢竟埋められるべき術はなかったのである。

それにしても中野・唐木・勝本・高橋らによって達成されたものが鷗外遺言状をめぐる、いわば戦中・戦後的な問題追求の一つのサイクルの完結であったことは動かない。それは例えば、高橋の所説が、中野・唐木らの説に対立するものではあっても、歴史的・社会的な問題追求の仕方から鷗外の〈人間〉を救抜するというモチーフに基づく限り、これら相対立する立場は、決定的矛盾を構成するものではなく、実は事柄の真の意味においては、相互補完的な存在であったということなのだ。

歴史的視点の捨象と回復と

そして平凡な言い廻しながら昭和三十年代後半から四十年代にかけて経済高度成長政策の遂行と、それと表裏する大衆社会化状況の出現により、戦後的問題追求と全く次元を異にする新しい遺言状の解釈が登場する。云うまでもなく山崎正和『鷗外　闘う家長』（河出書房新社、昭47・11）が、それである。山崎が鷗外遺言状における「余ハ石見人森林太郎トシテ死セント欲ス」をめぐり「鷗外はここで軍医総監、帝室博物館総長として死ぬことを拒絶して、その代りに「石見人」として死ぬことをポジティヴに主張していたわけではなかった。むしろこの実感のない言葉を対置することによって、彼は文士としても、歴史家としても、思想家としても、さらにまた森家の家長、林太郎としても死ぬ実感のないことを表明していたように思われるのである」(9)と論じる時、「現実世界に対する（略）帰属感の薄」さという鷗外像全体の基本的把握を通じて山崎が見据えているものが、混沌たる大衆社会化状況下に生きる知的存在としての自己の課題であったということは動かない。「石見人」という一語のうちに「ほかのいっさいの形容詞を排除しようとする反語的な感情」の存在を認めることは極めて正当だが、それにしても山崎の遺言状の内容把握が極めて受動的消極的な次元に留まっていることは、そのような山崎のモチーフそのものの反映であった筈である。なぜなら客観的に見て鷗外遺言状の問題は、「帰属感」の薄さではなく、「帰属感」を持つことそれ自体への鷗外の積極的な拒否にこそあったからだ。

山崎の遺言状論の卓抜性が過去を現在に短絡する「私批評」性を代償として獲得されたものとすれば、蒲生芳郎『森鷗外　その冒険と挫折』（春秋社　昭49・4）のそれは、明らかにそのような山崎論の立場を視野の中に置きつつ、能う限り歴史的社会的文脈の中に鷗外を絡めとろうとする姿勢によって貫かれていたと一先ず言えよう。同時に鷗外の遺言状を「「個」としての立場に立って「官権威力」と対峙し、そこから自分の死を解放するために最後の力をふりしぼっている」、「(略) 鷗外が必死に試みているのは、せめて自分の死を (略)「大義名分」の側から「個」の側に奪い返そうとする努力、あるいはそのはかない宣言[10]」と氏が把握する時、例えその背後に「(略) 長い間――鷗外が耐えてきた「個」としての痛み」への氏の独自の注目を措定するとしても、それらが既に中野重治によって敷かれた路線の延長上に位置づけられるものであり、それを越えるものでない所以も亦明らかである。恐らく蒲生論の真の意味は、大衆社会化状況の中で風化、解体しようとする鷗外研究――目下の課題に即して言えば、その遺言状把握――における〈歴史的社会的〉感覚を、必死に繋ぎとめ、回復しようとするモチーフにこそあったと見なければなるまい。

そのような〈歴史的社会的〉感覚の捨象という点では、四十年代に出現した鷗外に関わる比較文学研究における最も優れた成果の一つ、平川祐弘『和魂洋才の系譜』(河出書房新社、昭46・12) に収められた「地下の鷗外が心」も亦、例外ではない。氏はそこで鷗外若年の文章「地下の蘭化が心」(『医事新論』明23・6) に着目し、そこに「学問や芸術の価値が身分的価値とは異なるものである」という鷗外の強調、「学問と芸術の位は人爵の外にありとする鷗外の信念」の躍動を見、「「人爵」という言葉は反射的に「天爵」という言葉を思わせるが」、『孟子』に由来する「そのような東洋の倫理を良しとし、しかもその上に学問芸術を尊び精神の自由を尊ぶ西洋の風がすなおに接木された時、そこに新しい活力が芽ばえ、そこに森鷗外の生涯を貫徹したような強靭な精神が生まれたのではないだろうか」と見、「余等はギヨウテを愛す、ゲハイムラアト・フオン・ギヨウテを愛せず。余等はコツホを愛す。普魯西軍医監コツホを愛せず。余等はリイビヒを愛す、バロン・フオン・リイビヒを愛せず」という「地下の蘭化が心」の主張は、遺言状の文面に「そのまま通ずる」とするのである。このような平川氏の遺言状の解釈には比較文学者にして人文学者《ユマニスト》たる氏の面目があざやかに示されていると言えよう。

にも拘わらずこのような氏の解釈がまさに意識的に、あの中野の解釈の根底を支える鷗外の遺言状における「官憲威力」に対する「反噬」、稿者なりの言いかえをすれば、権威（秩序）に対する「鋭い反抗の鋒」（「最後の一句」）としての鷗外の自己主張の存在を抽象、一般化する傾きを持つことを見逃す訳にはいかない。鷗外の生を規定した二元性の課題が身分的価値対学問的芸術的価値という対立に留まり得るものではなく、封建と近代、芸術と実生活、合理と保守、公と私、そして就中国家と個人との対立等々、日本近代史の全領域を貫く矛盾、対立の一つの悲劇的象徴として捉えられなければならないことが自明であるとすれば、秩序への懐疑を捨象したユマニスム的鷗外像が、真に中野重治的鷗外像、ひいては、その遺言状の解釈をのりこええているかどうか、疑問なしとしないのである。

中野重治的鷗外像のりこえの課題にこだわれば、それは恐らく戦中執筆に関わる「遺言状のこと」における、鷗外の遺言状を「太閤の場合とも二葉亭の場合ともちがつた明治大正文化史の一つの悲劇」、即ち鷗外の遺言状を日本近代史固有の矛盾の悲劇的象徴として捉える中野の視角のいっそうの徹底化の裡にこそ追求されうる筈である。しかし、この点については、既に別稿[11]があるので、ここでは再説しない。

〈不適合性〉と〈気質〉的なるもの

それにしても論理展開の矛盾を冒して言えば、現在の私に最も気懸りなのは、高橋義孝論における「ストイシズムとしても外化することのある巨大で非情な理知、そういうものを持って生れたということこそ、鷗外の悲しみのもっとも深い根拠」という把握である。遺言状の根底には、「官憲威力」への「最後の反噬」をも越える「鷗外の悲しみ」が潜んではいないのかという疑いが私の脳裡を去らないからである。それは蒲生氏のいわゆる「個の痛み」とも稍ニュアンスを異にするものでもある。高橋氏の把握に戻れば、私は高橋氏のこの把握に強い共鳴を覚えつつ――鷗外文学は認識の文学であるというのが私の些《ささや》かな読取りである――この高橋氏の把握は、鷗外の文学を時として彩る、ある根源的なぶきみさを十分に説明しえていないと思う。それは歴史小説にしばしば示される武士の死をめぐる冷酷非情な描写という意味に留まらぬ。例えば未完の野心的現代小説「灰燼」の主人公節蔵のア・モラルな破壊的性格（谷田の奥さんはそれを「どこやらに、気味の悪い、冷たい処」と直観している。）、『百物語』の飾磨屋の持つ「マリシヨオな、デモニツクなやうにも見れば見られる目」、歴史小説の世界における阿部彌一右衛門、佐橋甚五郎、桂屋太郎兵衛の長女いちなどに示された、良く言えば強固な自我、悪く言えば、人を人とも認めない、どこか薄気味の悪い性格――これらはすべて対象世界との間に、ある敵意を挟み、意図的に一定の距離を置く人物像であろう。例えば鷗外は彼らの一人（甚五郎）について「奇人。意地強きすね者」（『意地』広告文）と呼んだ。「奇人」と言い、「意地」と言い、「すね者」と言い、一片の形容句に過ぎない。重要なのは彼らの対象世界との関わり方に、ある生得の不適合性がある、ということなのだ。そしてそのような人物像に作者の最も深い共感が託されていることの意味は重い。つまり鷗外代表作中のこれら人物像がもつ「どこやらに、気味の悪い、冷たい処」というのは、作中人物像のそれにとどまらぬ作者鷗外その人の対自的かつ即自的な存在の形態そのものなのではあるまいか。このような不適合性を「奇人」「意地」「すね者」と呼ぶのは自由だが、それらを包括しているものは、もはや〈気質〉と呼ぶ以外にないあるものなのだ。つまり、そういう意味での鷗外的なるものは、対象世界の内部に生き、これに適合し、もしくは積極的に利用もしながら、絶えず自己と対象世界との同一性よりも〈距離〉を測定することにのみ、自己の究極の存在証明、いわば生き甲斐を見出すような人間の存在様態なのである。まさに「俺は俺だ」（阿部彌一右衛門）なのであり、そこに発する対象世界との不協和音は、対象世界からというより、そのような人間存在の内部からくる、というのが真相であろう。だから〈偉大な〉鷗外の核にあったものは、対象世界との関わり方における、存在としての、ある根源的な不適合性であり、遺言状は、そのような生涯のしめくゝりとしての自己の存在形態に対する鷗外の明瞭な意識に基づいての否定の余地のない自己宣明なのである。このような存在形態を病的なものと見るのは近代の、あるいは精神分析学に毒されたセンチメンタリズムに過ぎないだろう。なぜなら、この不適合性を支えるものは、「俺は俺だ」の〈倨傲〉の意識であるからだ。病者や弱者の意識は、かかる〈倨傲〉の最も厭うところである。遺言状は、かかる〈倨傲〉の意識に基づいての〈官憲威力〉に対する痛烈な平手打ちである。そして鷗外は積極的に自分は〈文学者〉であると宣言もしなかったのである。

「本家分家」をめぐる問題

対象世界との、ある根源的な不適合性という鷗外の存在形式の発生因を考える一資料として「本家分家」（大4・9）の次の一節に注目したい。

吉川家は代々中国の或る藩の侍医であつた。然るに博士の曾祖父に子がなかつたので、世に謂ふ取子取よめで家を継いだ。そこで祖父は格の低い奥勤になつた。此人には儒者としての門戸を張つて行かれるだけの学力があつたが、生涯微禄を食んでゐた。よめに来たのは長門国の豪農で、帯刀御免の家に生れた娘で、其腹に博士の母は出来た。

そこへ壻入をした博士の父は、周防国の豪家の息子である。こんな風に他国のものが来て、吉川家を継ぐのは、当時髪を剃つて十徳を着る医者の家へは、藩中のものが養子やよめに来ることを嫌つてゐたからである。

（略）

かう云ふわけで、吉川博士の家には、博士の祖父から博士の母を通じて、一種の気位の高い、冷眼に世間を

視る風と、平素実力を養つて置いて、折もあつたら立身出世をしようと云ふ志とが伝はつてゐた。（傍点稿者）

おそらく津和野藩における森家は、〈家〉としての存在形態において、藩中暗黙のうちに、それとは目立たぬがある不適合性のあったことが、ここに示されていよう。「冷眼に世間を視る風」は、後に鋭い認識力に裏づけられた鷗外の〈倨傲〉の意識に、「立身出世」の志は軍医総監陸軍省医務局長への就任として実現する。後者の成功は、しかし、〈家〉そのものの存在形態を通じて彼に伝わった対象世界へのある不適合性を打ち消すことはなく、そもこの不適合性そのものが「立身出世」の原動力であった。にも拘わらず鷗外が偉大であったのは、〈家〉の不適合性を、〈家〉をこえて対象世界と自我とのあらゆる関わり方に迄、拡大、普遍化しえたからである。ここに至り、鷗外の不適合性を〈倨傲〉と〈認識〉とパラフレーズすることが可能である。

「本家分家」をめぐって、もう一つ気懸りなのは、幼少年期の自己の性格をめぐる作者の次の如き叙述である。

博士は学校でいつも首席を占めてゐる癖に、しんねりむつつりした性の子であつた。（略）
どうも博士のむつつりしたのは父の遺伝らしく、弟の敏捷なのは母の遺伝らしい。（略）
少し大きくなると、俊次郎は兄の学問には服しながら、その世慣れぬのを侮つた。侮ると云ふのは妥当でないかも知れぬが、「兄はおめでたい」とは確に思つてゐた。或る時「兄はえらいが、あれはどうかすると人にかつがれて謀叛をするかも知れない」と云つたのを、博士が人に聞いたことがある。（傍点稿者）

即ち「しんねりむつつり」と「世慣れぬ」とを評して弟の云う「あれはどうかすると人にかつがれて謀叛をするかも知れない」という言葉のうちに、私は幼少期から鷗外の魂に刻み込まれた、ある抜き難い不適合性（倨傲と認識）の刻印を確かに聞く想いがするのである。

このような鷗外の存在形式の投影を私たちは、彼の文学的営みの全体について見ることも可能に違いない。鷗外の得意としたのは総合よりも、反措定の提示であり、演繹よりも帰納、分析であった。領域やジャンル、時代によってニュアンスは様々だが、大根のところで鷗外の文学的営みは、日本近代文学史の主流的なるものへのアンチテーゼの文学であったことは動かない。そして、ことは文学、芸術の問題にのみ留まらないのである。

遺言状は、そのような鷗外の生の終焉に当っての、本来敵意を介在せずには接することの不可能であった対象世界――無論、その中核をなすものは、彼自身がそこに生の殆んどを過した「官憲威力」（いわば鷗外がもっとも愛しつつ、亦もっとも憎んだものとしての）である――に向って放った、最後の距離測定の試み、そして対象世界に所属することへの積極的な拒否（「俺は俺だ」）の表明であった。そして無論それは、表現すると否とを問わず、〈仮面〉をつけて世を渡った鷗外の生涯を貫ぬく最初にして最後の〈本音〉（「気質」）の開示であったのだ。

注

（1）岩波新版全集第三十八巻には「生死別ル〻瞬間」とあるが、遺言状原文によって修正。

（2）河村敬吉編『森鷗外研究』（長谷川書店、昭24・2）所収。論の最後に前出日付がある。初出と『鷗外　その側面』（筑摩書房、昭27・6）所収本文との間には仮名づかい、表現等の異同がある。引用は初出本文による。

（3）初出題「鷗外と遺言状」。初出と『鷗外　その側面』所収本文との間には（注2）掲出論と同様、仮名づかいのみに留まらぬ表現上のかなり多くの異同がある。以下の引用は、初出本文に拠る。又、この論文には「鷗外論目論見その一」という（　）つきの副題が収録本文のタイトルに付されている（目次には副題がない）がここでは指摘のみに留める。

（4）『展望』昭22・8号に発表。原題「解説の解説――鷗外位置づけのための雑文」。

（5）『文芸評論』第一輯（昭23・12）に発表。
（6）「森鷗外と常磐会」（『宇都宮大学学芸学部論集』第一〇号、第一一号　昭36・1、昭37・12）同題（『文学』昭36・2）ほか。
（7）木下杢太郎「森鷗外」（『講座・日本文学』岩波書店、昭7・11）。
（8）『評伝森鷗外』（実業之日本社、昭35・2）第一章「鷗外の歩み」中「八、晩年」。
（9）『鷗外　闘う家長』第三章のうち「Ⅲ『石見人』」。
（10）『森鷗外　その冒険と挫折』序章「二つの遺言状のあいだ　□鷗外における『痛み』の問題」。
（11）「鷗外遺言状私解」（『国文学　言語と文芸』第八八号　昭54・9）。本書所収。

第八章　鷗外研究余滴

鷗外と『戦争と平和』・クラウゼヴィッツ

数年来、いつか書きたいと思いつつ、果せないでいる鷗外をめぐるいくつかの小話めいた考察がある。その一つは、鷗外とクラウゼヴィッツ『戦争論』についてである。

鷗外は『妄人妄語』（明37）の中で次のように述べている。

○戦争と平和とに、Kutusow 将軍が、深入をした拿破崙一世に対して取つて居る大方鍼といふものは、有名な Clausewitz の戦争論に書いてある純抗抵といふものゝ活きた註脚だ。「軍談師見て来た様な譃をつき」と云ふ川柳の反対で、小説家に本当の兵家が有るといふことは誰も認めぬか知らん。

鷗外のこの文章を見る限り、『戦争と平和』におけるトルストイのクトゾフ理解、もしくはクトゾフの対ナポレオン作戦への理解が、偶然にもクラウゼヴィッツの戦争理論と一致した、と鷗外が解釈していることは、明らかである。

しかし、鷗外のこの解釈は、はたして正しいのであろうか。そこで『戦争と平和』第三編第二部第二十五章において、ボロジノ会戦を翌日に控えて、ピエール・ベルズーホフと親友アンドレイ・ボルコンスキー公爵とが戦場において会話を交わす次の場面に注意したい。

（略）ピエールはアンドレイ公爵に近づいて、話をはじめようとしたが、その途端、納屋から余り遠くない街道で、三頭の馬の蹄《ひづめ》が響いた。アンドレイ公爵がその方を見やると、一人のコサック兵を連れたドイツ将校ヴォルツォーゲンと、クラウゼヴィッツの姿が目に入った。その二人はドイツ語で話を続けながら、かたわら近く通り過ぎた。（略）

『戦争は広い空間に移されるべきものだ。僕はこの意見を幾ら自慢しても足りないやうな気がする』と一人が言った。

『全くそうです』といま一人の声が言った。『目的は敵を弱めることにあるのだから、勿論、個々の損害なんか意に介しちゃいられません』

『全くそうだ』と最初の声が賛成した。

「ふん、『広い空間に移す』か」彼らが通り過ぎてしまった時、憎々しそうに鼻を鳴らしながら、アンドレイ公爵は繰り返した。「（略）奴らはヨーロッパ全土をナポレオンに与えておきながら、我々を教えにやって来たのだ。ふん、立派な教師だよ！」（傍点稿者）

以上の叙述の内容はけっしてトルストイの仮構ではない。クラウゼヴィッツは、ボロジノ戦においてロシア軍の指導者としてこの場所にいたドイツ軍人だったのである。そしてトルストイは、『戦争と平和』執筆に当っての膨大な時代考証の過程でクラウゼヴィッツという男に遭遇し、やがてその主著『戦争論』を熟読し、その中核概念としての「純抗抵」の概念を踏まえて先の引用文中『　』内の言葉（原文・ドイツ語）を発せしめたのであった。(1)

とすれば、鷗外の先の解釈は、その基盤を覆されることになる。トルストイのクトゾフ解釈の根底には、彼のクラウゼヴィッツ研究の蘊蓄が傾けられており、『戦争と平和』における、クトゾフの対ナポレオン作戦の要諦は、トルストイのオリジナルな見解というより、彼の『戦争論』受容のあり方に支えられていたのである。その限りにおいて、日本近代文学史上、やがて真に検討し得るに足る歴史小説創造の方法的基礎を打ち立てる鷗外も、この段階では歴史小説『戦争と平和』の作者トルストイの芸術的直観を高く評価する余り、彼の作品を支えた「歴史其儘」の方法論の重さをうっかり見逃して了ったと言えそうである。

注

（1）　クラウゼヴィッツとトルストイ並びに『戦争と平和』との関わりについては広瀬隆『クラウゼヴィッツの暗号文』（新潮社、一九八四）を参照した。なお、『戦争と平和』の訳文も同書に拠った。

『ことばの重み』の〈重み〉について

小島憲之『ことばの重み――鷗外の謎を解く漢詩――』(新潮選書、昭59・1)が名著である所以は、すでに江湖に定着した観があると言えよう。私もこの著が全体として鷗外の漢詩・漢文解釈の上において果した役割の重さについて特に異を立てるものではない。にもかかわらず「漢詩をキーワードに鷗外の実像に迫る」云々という腹オビの一句にこだわれば、そこには鷗外に関心を抱くほどの人間にとって、けっして見逃すべきではない幾つかの問題点があることを、まだ公の場において取り上げた人はいないようだ。

小島氏は人も知る古代日中比較文学研究の碩学とも云うべき人である。その漢詩・漢文学における造詣の深さに圧倒されて、論述の疑問点が、その儘放置され、通用してゆくならば、今日の社会状勢の趨勢である〝脱イデオロギー〟の流れが、無批判に文学研究の場にまで及んできたことの証《あかし》とも見られ、私としては、はなはだ心許なく思う。あえて「王様は裸だ」という童話の子供の率直な発言に倣うゆえんである。

問題は本書の「第七「涙門」」における「「相遇」を深読みした誤り」の項にかかわる。氏はここで鷗外の『還東日乗』七月十九日の条に見えるロンドンの尾崎愕堂に寄せた七絶四首のうちの最後の一首、すなわち「莫触何逢蝮蛇怒。待機箝口是良謀。翻思海嶋孤亭夜。逐客相遇話杞憂」というかねてから著名なあの一首を取り上げ、「この詩に「問題あり」とするのは、漢詩語の約束ごとを承知せぬままに加えられた諸家の注が、どうやら通説として罷りとおっているためである」と述べる。

そこで氏の「問題あり」とする「問題」だが、その第一は第三句の「翻思」の訓みである。ここで氏が言う「思ヒヲ翻《カヘ》セバ」と訓むべきではなく、「翻リテ思フ（二）」「翻ツテ思ヘバ」と訓むべきである、という主張には共感することができる。第二は、そもそもこの項目の眼目で「逐客相遇」の句をめぐる解釈上の〈誤り〉である。氏は第一に「逐客」は「臣として逐放されて客《たび》にある者、尾崎行雄自身をいう」とする。それを氏は、本書全篇にわたる方法論の根幹をなす「用例主義」の一適用として、愕堂が鷗外に贈った『退去日録』中に見える「逐客」の用例を四つあげて〈証明〉する。続いて氏は、もうひとつの問題点として「相遇」の解釈の〈誤り〉に筆を及ぼす。すなわち「「相遇」は漢語の表現でいえば、単に逢うこと、「相」は無意味の助字であって、「共に逢う」意ではない」とするのである。（公平を期すために付言すれば、〈　〉内の語は、小島氏の用語でなく、論旨を明確化するために筆者が使った語である。）氏のこの見解については、後に再び立ち帰るとして、このような立論が小島氏のいかなる研究史的把握に基づくのかを次に一瞥したい。氏は言う——

「逐客相遇」の四字になぜここまでこだわるかといえば、尾崎自身の「逐客」の用例、そして漢詩語のまことに基礎的な知識をなおざりにしてしまうことから、この「逐客相遇」を、逐客尾崎ともう一人の逐客鷗外とが逢って、と解するのがほとんど通説としてまかり通っているからである。これには、さきの「翻思」の二字の誤読もかかわってくる。そして、何よりもこの「深読み」の誤りは、小説『舞姫』にひきつけて漢詩を読み解こうとする姿勢に端を発する。小説の主人公留学生太田がエリスを愛したために免官され、在留邦人社会からも逐われたこと、その筋書と鷗外の現実とを重ね合せてしまう。留学生太田に作者自身の明らかな投影をみるとはいえ、影はついに本体ではない。

氏は、ここで①尾崎自身の「逐客」の用例、②「相遇」の「相」についての基礎的知識の欠如、③「翻思」の誤読、④『舞姫』の主人公太田と鷗外自身を重ねて、この詩を読み解こうとする姿勢という四つの理由を、この詩への誤読の原因として挙げているわけだが、たとえば①については、尾崎の用例が尾崎本人を指すとしても、この詩が鷗外の詩である以上、尾崎の用例を以て、その証とするのは必ずしも十分に説得的でない、と私は思う。作者鷗外における語の意味の意図的なユレの問題である。次に④についても、作中の太田と鷗外自身を重ねることは、むろん短絡としても、鷗外自身の伝記の問題として、この詩が読み解かれてきた従来の解釈を、氏のいわゆる作中人物と作者との混同という論拠で、十二分に覆すことは果して可能であろうか。付け足せば③についても氏の解釈は正当と思われるが、氏の言われるほど従来の論者が「思ヒヲ翻セバ」と捉えていたか否か、おおいに疑問のあるところだろう。むしろ氏の解釈同様に受けとめていた向きが多いのではあるまいか。

しかし、それらは結局、枝葉の問題である。なぜなら、氏の解釈の尖鋭な（？）意図は「逐客」を愕堂と鷗外との複数とするのではなく、愕堂一人として鷗外から「逐客」の意識を斥けるところに眼目があり、そのためにこそ「相遇」の「相」を「無意味の助字」とみなす必要があったのである。

だが果してそうか。たとえば、手元の『大漢和辞典』巻八「相」の部「参考」には「相思・相応など、すべて相はそれを対象としての意であつて、必ずしも相互に・交互にの意とは限らない」という周到な注記があるが、にもかかわらず同じ辞典の見出し語を繰れば「相遇」（あひ遭ふ。〔左氏、昭、二十一〕相二遇城還一。〔六韜、豹韜、分険〕相二遇於険阨之中一。〈略〉）および「相逢」（あひ逢ふ。〈略〉〔杜甫、長沙送二李十一銜一詩〕與レ子避レ地西康州、洞庭相逢十二秋。）の語・解釈ならびに用例が見出され、これらの「相」は明らかに相互に、交互にの意である。「相会《ソウカイ》」の語もあるが、これは「会見する」の意。氏は、なぜこれらの一般的用例を捨てて、「相遇」の「相」を「無意味の助字」と解したのか、説明の必要なところである。

「相遇」を単に「遇」と解することで、氏は「独逸日記」明治二〇年四月一五日の条の郷人中浜と別れる際の鷗外詩の用例を援用しつつ、「私（鷗外）が逐客（尾崎）に遇って、の意」と解釈し、「一般の平凡な詩」と位置づけることになった。そしてそのような、氏の解釈の客観性が、いかに一般的用例を無視し捨象した上での特殊としてのそれであるか、すなわち恣意性にほかならないかを私は語ったつもりである。学問の中立性の名目をもって、作者の「私」（＝イデオロギー性）を殺しては何にもならない。中野重治以来のこの詩への解釈がもつ魅力は、その「私」性の正当なる救抜、批判にこそ発していたはずである。「私」とは〈伝記〉＝作家像であり、「舞姫」解釈とは自ら別の問題である。

鷗外と官僚の問題――「畸人」性をめぐる一つの試論

木下杢太郎「森鷗外」（岩波講座『日本文学』昭7・11）が鷗外生涯の「随筆、創作の到る処に」、「悲哀に似る一種の気分」の存在を指摘して以来、「あそび」「なかじきり」とともに『北条霞亭』「その一」における霞亭の嵯峨隠棲に関する次の叙述は夙に有名となって今日に到っている。

わたくしは此稿を公衆の前に開披するに臨んで独り自ら悲む。何故と云ふに、景陽の情はわたくしの嘗て霞亭と与に偕にした所である。然るに霞亭は（略）猶能く少壮にして嵯峨より起つた。わたくしの中条山の夢は嘗て徒に胸裡に往来して、忽ち復消え去つた。わたくしの遅れて一身の間を得たのは、衰残復起つべからざるに至つた今である。

鷗外退官後の心情が痛切に響いて来る一文であり、又、軍医総監陸軍省医務局長に迄昇った鷗外生涯に亘る軍医としての生活が、実は彼の胸底深く潜む〈夢〉を犠牲として成立したことを想わせる叙述でもある訳だが、この一文の核が「景陽の情」「中条山の夢」の二語にあることは否定し難い。抑もこれらの二語は何を意味するのか。筑摩書房版『鷗外全集』第六巻（『北条霞亭』）の「語注」で梅谷文夫氏は、「景陽の情」に「陽城を慕う情」と注記されている。そこで手近にある大漢和辞典の「陽城」の項を披くと次のように記されている。

唐、北平の人。（略）進士。中条山に隠る。徳宗に召されて諫議大夫となる。諸諫官が細事を論ずるを厭ひ、二弟及び客と日夜痛飲し、諍臣論を作って韓愈に譏らる。陸贄貶せらるるに及び、上疏して裴延齢の奸佞と贄の無罪を論ず。国子司業に改められ、道州刺史に遷さる。州の賦税を貢せず、観察使判官に収載せられ、道にて逸し去る。（略）〔唐書、一百九十四〕・〔旧唐書、一百九十二〕。

右の記事を参照するに官吏として国に仕えたことは鷗外と陽城の與にするところである。鷗外は官吏としての生を全うし、陽城は中途にして斃れた。地方官への流謫は、陽城も鷗外も與にした。何よりも両者の共通性は、陽城について「諸諫官が細事を論ずるを厭ひ」、「陸贄貶せらるるに及び、上疏して裴延齢の奸佞と贄の無罪を論ず」とあるところに示されている反俗、反官僚主義として現われる独立不羈の精神にあると思われる。陽城の生涯を貫ぬく反官僚主義にして反俗の、いわば反骨精神は、「弱くふびんなる心」という半面こそ異なれ、鷗外の文壇的処女作「舞姫」の主人公太田豊太郎の、もう一つの半面としての「独立の思想を懐きて、人なみならぬ面もちしたる男」という設定に遠く重なるものといえよう。

太田豊太郎は、そのような「まことの我」の一つの発展として、免官後、底辺の女性エリスとの共同生活を基盤として、故国を逃れてパリに住み、ドイツ絶対主義への批判の筆を揮い続けたハイネに学んで文想を練り、民間ジャーナリストとして故国日本への通信に従事する。故国の政治的羈束を脱し、絶対主義的な故国の政治体制を痛烈なアイロニイで批判したハイネの精神は、当時の豊太郎のものであると同時に、作者鷗外の、胸底深く潜かに懐いた秘められたる精神でもあったといえよう。

太田豊太郎は、やがて再び故国の官僚的かつ政治的秩序に絡めとられて了《しま》った自分を「足を縛して放たれし鳥の暫し羽を動かして自由を得たりと誇りしにはあらずや。足の糸は解くに由なし」云々と嘆くことになるが、だからと言って、一度彼の心中にめざめた秩序相対化の認識（「綜括的」な「一種の見識」）は、けっして消え去りはしない。多少の飛躍を冒していえばこのような背景においてのみ、ロンドンで尾崎愕堂と邂逅して、自らも「逐客」と称した鷗外精神の辺境は諒解しうるはずである。

それにしても、「舞姫」の太田豊太郎における「まことの我」へのめざめと表裏する官長への抵抗、「広言」の激しさには、瞠目すべきものがある。仮構の人物と実在の人物との相違を一先ず捨象して見れば、陽城——豊太郎そして鷗外をつなぐものとして、一種の潔癖かつ狂熱的な現実否定の精神の所在に想到しない訳には行かないだろう。「舞姫」には確かに想実の対立という重要な側面もあり、気取半之丞（石橋忍月）の「舞姫」評に対する、相沢謙吉（鷗外）の駁論の一節には、豊太郎の自己認識の「四変」を踏まえての「この幾度の自問自答は、太田が所謂事業家にあらずして、空想に富みたる畸人なることを見るに足れり。彼ゴンチヤロツフが崩岸（『断崖』—稿者注）の主人公レイスキイが忽にして自ら詩人なりとおもひ、忽にして又画工なりとおもひ、又忽ちにして彫工なりとおもへるは、太田生が賦性に似て更にこれよりも甚しきものなるのみ。」（傍線鷗外）という、「木強人」を自称する相沢には凡そ似つかわしくない行き届いた解説がある。

おそらく相沢謙吉の指摘する豊太郎の「畸人」性は、「気取半之丞に与ふる書」の文脈における以上に、「舞姫」の主人公の資性にまつわる反現実、反秩序の精神の核と、それと表裏する「烱々たる」（「妄想」）認識の眼の所在を示唆している。「舞姫」における豊太郎の〈恋愛〉が官僚機構に誘引される彼の心情の対立項として機能しえている限り、それは、反現実、反官僚にして反秩序的なる「まことの我」、そしてそこに顕現する「畸人」性と同義なのであり、そのような豊太郎の、ひいては鷗外における〈恋愛〉なるものの総体的意味を明敏に洞察しえたからこそ、帰国の船上でエリーゼの来日を明かされた上官石黒忠悳は、その帰国時の演説で鷗外を直接に名指しして「森氏ノ風ニ於ケル（略）独乙士官ノ風ニハアラズ（略）風流家ノ風多シトモ言フ可キカ」（竹盛天雄「石黒・森のベルリン滝留と懐帰をめぐって（上）」〈「文学」昭50・9〉所引の石黒忠悳「日乗巻四」記載の帰朝演説草稿に拠る―稿者注）と断罪したのであり、同時にその生涯に亘って、鷗外に対する警戒の念を解かなかったのだ、といえよう。

確かに鷗外は、陽城と異なって、官僚としてのその生涯を完うしえた。しかし、その生の最後において、「余ハ石見人森林太郎トシテ死セント欲ス宮内省陸軍皆縁故アレドモ生死ノ別ルヽ瞬間アラユル外形的取扱ヒヲ辞ス森林太郎トシテ死セントス」という一種激烈な訣別の言を遺したことも周知の事実である。私はそこに、生涯を「政府の大機関の一小歯輪」として「廻転」しつつ（「あそび」）、遂に自己を貫き徹しえた、鷗外なる存在の根底に潜む「畸人」（奇人）としての魂の否定すべからざる発露を見る。そして、鷗外の精神を秘かに規定し続けた、このような「畸人」性に注目する時、鷗外における公と私、芸術と実生活、封建と近代、秩序と個との截然たる二元性を二元性として見据えつつ、あえてそれらを架橋しうる微かな望みに期待をつなぎうる想いがするのである。

均衡と抑制という従来の鷗外論の基本的枠組では、その実生活において、又その芸術的生涯において、あえて主流よりは反主流、そして現実よりは反現実、近代よりは反近代に自己を懸け続けた、鷗外生涯にわたる、もはや痼疾といってよい発想の基本的エネルギーをトータルに救抜することは難しい。

鷗外における官僚の問題も、そのような鷗外精神の根源的エネルギーとの関連の下で、正負ともどもに相対化されるべき課題と言い得るだろう。

第九章　森鷗外の世界像

森鷗外論

一　鷗外における西周の問題

今日、鷗外の形而下的伝記に留まらぬ、その精神の密室への接近を目的とする時、外的事実の追求のみでは不十分で、作品の内部にこそ、最良のデータが存在する、という視座は、鷗外研究上の暗黙の諒解事項となりつつあるのではないか。この観点に立つ時、たとえば、鷗外若年時における西周邸寄寓を踏まえた次の二つの叙述の落差は、鷗外の青春をめぐってのみならず、その生涯全体に関わる、一つの大きな謎を提起するものと云わねばなるまい。

東先生は洋行がへりで、摂生のやかましい人で、盛に肉食をせられる外には、別に贅沢はせられない。只酒を随分飲まれた。それも役所から帰つて、晩の十時か十一時まで翻訳なんぞをせられて、其跡で飲まれる。奥さんは女丈夫である。今から思へば、当時の大官であの位閫門のをさまつてゐた家は少からう。お父様は好い内に僕を置いて下すつたのである。

僕は東先生の内にゐる間、性慾上の刺戟を受けたことは少しもない。

（「ヰタ・セクスアリス」金井湛、十一歳の項）

それればかりではない。あの主人の晩酌が此頃次第に神経に障つて来た。初に此家へ来た時に、珍らしい平和の画図に対したやうに驚きの目を睜つた、あの晩酌が一日一日と厭になつて来たのである。主人は役所に出て、その日の業を果して帰つて、曇のない満足の上に、あの酒を澆いでゐる。その日まで経過して来た半生の事業、他人の思想に修辞上の文飾を加へた手工的労作を、主人は回顧して毫しも疚しいとは思はないで、それにあの酒を手向けてゐる。あの晩酌は無智の人の天国である。その天国が詛ひたくなつて来たのである。（「灰燼」伍）

「灰燼」（明44・10―大元・12〈中絶〉）の作品的構図が、西周をモデルとする「谷田の主人」の一人娘、お種を冒して妊娠までさせながら、彼女の夫次郎の入婿と入れ違えに谷田家を出た節蔵による、作家として名をなした後の「第三者の身の上を想ひ出すやう」な、「愛惜」も「悔恨」もない「極めて冷か」な「想ひ出」の裡に求め得るとしても、やはり西周をモデルとする「ヰタ」の「東先生」をめぐる叙述との、この落差は、異様としか云いようがあるまい。谷田の主人（＝西周）をめぐる「灰燼」の叙述には、東先生をめぐる「ヰタ」の叙述の裏に秘められていた西周に対する作者鷗外の本音――忌憚なき批判と反撥とが露頭していると思われるのである。そして、おそらくそれは、西の自己満足の酔態に対してのみ指し向けられた批判であったのではない、西の「事業」、ひいては西に象徴される明治の一代目知識人らの生涯の事業に対して指し向けられた総括的批判であったはずである。そのような総括的批判を端的に示すものが、「他人の思想に修辞上の文飾を加へた手工的労作」という仮借ない規定であり、それを「回顧して毫しも疚しいとは思はない」谷田（西）の硬直的ありようの把握であった、と云えよう。

いわば、小説「灰燼」は、透徹した認識力を拠り所とするニヒリスト山口節蔵の、谷田の主人並びにその生涯の事業に対する批判と反撥に立脚し、自己の青春や人間性の〈灰燼〉化と引き替えに、谷田的世界を自己の血を以て換骨奪胎、解体し、〈灰燼〉化せしめようとする「血の出るやうな」、「毒々しい」（『灰燼』拾捌）情念の物語であったのではなかったか。「自己満足」に基づく「平和の画図」としての谷田家解体へのモチーフは、実はそのまま、谷田（西）らが築き来った明治国家、並びに明治的秩序解体へのモチーフに重なりうるはずであったのではないか。小説「灰燼」は、そのような意味で明治国家への密かな裏切りの意図を秘めた作品であったのであり、そこでは、節蔵における性的好奇心も炯々たる認識の目も、ひいては固有の破壊衝動も、けっして別個のものではなく、同根にして一体なるものであったのである。

明治末年の作品「灰燼」における西周批判の問題を、あえて小論の冒頭に置くのは、それが唯に明治末年に留まらぬ「舞姫」（『国民之友』明23・1）あるいは「舞姫」以前にまで溯りうるかも知れぬ、鷗外精神の原風景――時間が腐蝕しえなかった鷗外精神の密室、その中核を示唆していると考えるからである。確かに鷗外の生涯は、明治国家、明治陸軍の敷いた路線を、小倉左遷という〈危急存亡の秋〉を挿みつつも、忠実に辿ったものであるかに見える。しかし、その生涯は同時に、明治国家や明治国家を築き上げた一代目知識人、明治国家に自己同一化し、それを疑わない知識人と自己との距離を不断に意識し、計量し続けた生涯であったことも否定することはできない。そのような国家や秩序がけっして籠絡しえぬものとしての鷗外内部における、既存の国家秩序相対化への目は、同時にあるべき国家秩序への不断の模索を内在せしめていたはずである。鷗外の自我の課題は、そのような秩序の課題と不可分にして、切り離しえないものであり、「灰燼」の谷田批判は、そのような鷗外精神の密室、その原風景を、何ものにもまして象徴的に示現しえているのである。

二　「舞姫」の密室――都市空間論の射程と限界

それにしても、戦後の鷗外研究史、あるいは「舞姫」研究史に一期を画したものとして、前田愛「ベルリン一八八八年――都市小説としての『舞姫』」（『文学』昭55・9、のち「BERLIN 1888」として『都市空間のなかの文学』〈筑摩書房一九八二・一二〉に収録）を挙げることは、けっして唐突ではないだろう。ベルリン市街形成の歴史的経過を踏まえつつ、ウンテル・デン・リンデンを中心とする新《ノイエ》ベルリンとクロステル巷を中心とする旧《アルト》ベルリンとの対立を抽出し、作品構造にフィードバックしたその読みは、文化記号論的なイデオロギー的意図をも超えて、作品の基本的構図を鋭く浮び上らせるインパクトを持つものであったことは、否定し難い。

　にもかかわらず、前田の読みが、その都市空間論の自己貫徹の故に、実在の都市空間のどこにも対応物を見出せぬ主人公太田豊太郎の抱え持つことになる暗い内面空間、とりわけ作品冒頭に所出する「人知らぬ恨」に象徴される精神の密室の救抜に失敗していることを指摘せずに済ますことはできない。この事態と関連して、前記二つの都市空間の意味づけ、即ち、ウンテル・デン・リンデンをモニュメンタルな空間とし、クロステル巷をエロティックな空間とする前田の規定が、とりわけ後者において抑圧の空間、被支配の空間としてのクロステル巷の歴史、社会的な意味を捨象する結果を齎らしていることを、作品「舞姫」の読みにおける文化記号論、もしくは都市空間論の限界として指摘しなければならないのである。

　前田の読みに従えば、クロステル巷は豊太郎が「謎の美少女」エリスと「愛の巣」を営むエロティックな空間であり、やがて彼はエリスと別れてモニュメンタルな空間としてのウンテル・デン・リンデンに回帰するのだが、作品「舞姫」におけるクロステル巷、並びに豊太郎におけるクロステル巷離脱の意味は、そのような今浦島的な説話的母型のうちに収まるものではない。豊太郎におけるクロステル巷は、支配の空間に対立する被支配の空間、アカデミックな「学問」に対立する「民間」学の空間、国家的選良の空間に対立する民間ジャーナリストとしての空間、いわば国家主導型の近代に対し、民衆を基盤とする〈もう一つの近代〉の理想を育み得た空間なのである。それ故にこそ、彼は「学問」の衰えを代償として獲得しえた「総括的」な「一種の見識」を自負し得るのだ。

豊太郎におけるクロステル巷のもつ、そのような生きられた空間としての意味に着目する時、クロステル巷における豊太郎の生を共同生活者として支えたエリスの意味は重い。エリスこそ、豊太郎をクロステル巷の内部に導き、クロステル巷の意味を彼に開示せしめた底辺の民衆の象徴と云わねばならないはずである。豊太郎のエリスへの裏切りは、従って、民衆としてのエリス、ひいてはエリスに象徴される民衆に根ざし、民衆と共にある〈もう一つの近代〉への裏切りとして把握されねばならない。作品冒頭に所出する「人知らぬ恨」は、エリスと共にあった民衆ひいては民衆に根ざす〈もう一つの近代〉に対する裏切りと、そこに生ずる負い目の意識をこそ指していると云えよう。

クロステル巷を「エロティックな空間」と規定し、その内部に棲息する「謎の美少女」としてエリスを位置づけた時、前田論は、支配の空間から抑圧（被支配）の空間へ、抑圧の空間から再び支配の空間へ、という豊太郎の空間彷徨の形と共に、そのような空間彷徨に見合う豊太郎の自我（認識）の形、ひいては、それらに対応する豊太郎の社会認識の形を取り落とすことになったのである。

前田に歴史・社会的な視角が欠如していたと云うのではない。クロステル巷を「エロティックな空間」と規定したことも全的に誤りと云うのではない。前田論の致命的な弱点は、むしろ、その歴史・社会的な視角がウンテル・デン・リンデンの空間分析においてのみ有効に機能しえた点にこそ存在するのである。その結果として、前田のテクスト分析が、（あくまで相対的にだが）明るい「舞姫」像を齎らしめている点が問題なのである。前田論の方向においては、たとえば夙《つと》に猪野謙二が指摘している如く(1)、「覚醒」よりは「幻滅」において、「上昇」よりは「下降」の方向において――私なりに言い代えれば、「確立」よりは「解体」において切実な日本的近代における、自我の課題が全的に捨象せしめられる可能性を持つことこそが問題なのである。少くとも、そのような諸々の暗さを原点として出発するのでなければ、作品「舞姫」を作家論に架橋することも、日本近代文学史に架橋することも不可能であり、そこに都市空間論に捨象せしめられた、豊太郎最深部に秘められた窖《あなぐら》の空間としての「人知らぬ恨」の意味があるのである。

因みに猪野謙二は、前に言及した部分に続き、歴史的事実として、明治憲法の発布、帝国議会開設から教育勅語制定へと至る明治二二〜三年の交における「幾万のぐうたら人種」の発生を指摘し、そこにこの一時期への評価をめぐる国民意識の分裂を見出すとともに、藤野古白の自殺や広津柳浪「残菊」(『新著百種』第六編、明22・10)の実存的な暗さなどに、その文学史的反映を見出した上で、次のように指摘しているが、「舞姫」の文学史的定位においても示唆的と云えよう。

それぞれ何ほどかはいわゆる文明開化の波に乗って「近代的自我の確立」をめざし、あるいは「国のために書いた」といわれる、代表的な明治の作家たちの奥底にも、一見まったく不毛な、これら敗北者たちの人生とその意味とが、あたかも共通の原点のごとく黒々と蟠っていて、それが、ほとんど無制限な上昇と肥大への方向をとろうとするかれらの自我を、多かれ少なかれ、絶えず抑制し、あるいは否定しつづけているように思われる(略)。

猪野の明治文学史観の「原点」を明かした部分だが、この原点の暗さの問題は、藤野古白や広津柳浪、ひいては「幾万のぐうたら人種」の問題に留まらず、明治二二〜二三年の体制内現実に絡めとられてしまった主人公太田豊太郎、作品「舞姫」、そして作者鷗外の問題でもあったはずである。猪野の驥尾に付して云えば、「ぐうたら人種」の問題は、猪野の指摘する時期をさらに十年ほど溯らせた鷗外自らの処生の課題でもあった形迹さえあり(2)、そのような長期にわたる秩序と自我の関係を巡る苦悩の過程を経て、初めてエリーゼ事件に触発された形での内と外との現実に対する透徹した認識、並びに嘆きの書としての、作品「舞姫」の達成、ひいては窖《あなぐら》としての内面空間の確立があったのだ、と云えよう。

このような意味において、作品「舞姫」は、その最深・最暗黒の内面空間のうちに、敗北せざるを得ない自我暗部への目と共に、敗北を強いた明治国家・軍官僚組織への距離測定の目を封じ込め、封じ込めることでその永続を保障せしめえていることは否定できないのであり、それは、二十年の歳月を介して、「灰燼」の反逆の情念に煮つめられていく核たるべきものであった。

それにしても、豊太郎が窖のなかに封じ込めた〈もう一つの近代〉への夢の象徴が、女性としてのエリスであったことは、意味深い。前田の指摘するエリスの「謎」――女性の自己表現《ディスクール》としてのエロスが、豊太郎における硬い自我の形、男性の自己認識《ディスクール》を解体に瀕せしめるという「舞姫」の作品構造は、豊太郎や作者の意識をも超えて、男性中心主義的な日本的近代の内包する、もう一つの文学史的アポリアの存在を暗示している。問題は二葉亭四迷「浮雲」の構図とも関わるのだが、「舞姫」「うたかたの記」「文づかひ」という鷗外初期三部作が、軽重の差こそあれ、女性のディスクールによって震撼される男性の自我認識の形を描いていることの意味は重い。併せて作家鷗外が女性のディスクール、その存在の深部から発せられる暗い呻き声に鋭敏な聴覚の持ち主であったことをも確認しておく必要があろう。鷗外作品における女性のディスクールは、やがて十数年の歳月の経過の中で、男性のディスクールとしての作品構造そのものの意識性をも解体の危機に瀕せしめることになる。鷗外「第二の処女作」（平野謙）としての「半日」（『昴』明42・3）の場合が、それである。

三 『半日』の〈語り〉

「今の時代では何事にも、Authorityと云ふやうなものがなくなつた。古い物を糊張にして維持しようと思つても駄目である。（略）或る物は崩れて行く。色々の物が崩れて行く」とは、講演「混沌」（在東京津和野小学校同窓会第九回例会、明42・1・17）の一節だが、作品「半日」は、作者の足元の混沌を、混沌たる儘に「正直」に凝視しようとした作品であることは、否定できない。「母君」と「奥さん」とによる板挟みの中で「先づ〳〵現状維持だ」と云う結論に辿りつく主人公高山峻蔵の姿に「二つ寝床」に身を横たえ」る、作者における「耐え抜く勁さ」を見出したのは平野謙だが、(3)作品「半日」の真の問題点は、「母君」による会計掌握を穀物問屋の婆さんの無益な手作業のレベルにまで下降せしめて、猶それに無自覚な高山の〈語り〉の無自覚性のうちにこそある。いわば、高山は、「母君」を擁護しつつ、実は「母君」を批判し、「奥さん」を批判しつつ、実は「奥さん」を擁護しつつある訳で、高山が真に対決しなければならないのは、自らの〈語り〉における主観と客観、意識と無意識との分裂、癒着の問題に他ならないのである。この事態は、そのまま「半日」における無人称の〈語り〉と高山の〈語り〉、客観小説性と私小説性、主人公と作者との癒着の問題――ひいては「封建」と「近代」、絶対主義的近代とブルジョワ的近代との癒着の問題という日本的近代固有の性格にまで及ぶものではあるが、作者の認識の目が歴史の進行方向を、無意識裡にではあるが確と見透して誤らなかったことだけは、確実である。

端的に云って、高山は〈孝〉と云う規範の絶対性に依拠しつつ、実は無意識裡に「奥さん」の主張する個人主義的功利主義的な近代のモラルに内面深く浸潤されつつある訳で、そこに所出するのが既に見た〈語り〉の分裂ひいては癒着、即ち作品構造をめぐる作者の意識と無意識の分裂ひいては癒着という問題であったのである。

それは又、新たに抬頭して来た女性の自己表現《ディスクール》による、男性の自己表現《ディスクール》としての作品構造の分裂、解体の兆しでもあり、同時に男性の自己表現《ディスクール》として築かれ来った明治の国家秩序の絶対的規範性、「Authority」に対して打ち込まれた確かな楔でもあった、と云えよう。

四　鷗外と貴族主義、あるいはニーチェ

「半日」の文学的生命が、作品のモチーフに潜む「自家用」性（中野重治）を、認識の普遍性へと止揚せしめる鷗外の作家的理性ならぬ、その本能により強く依拠していたとすれば、「追儺」（『東亜之光』明42・5）の世界が明かすものは、公と私、封建と近代、昼の世界と夜の世界との截然たる二元性という状況の矛盾を逆手にとった、作家主体におけるいっそう意識的な近代小説家への転生の機微である。石川淳に「精神の運動」の表現として「追儺」、そして「追儺」を出発点とする以後の作家活動の総体に向けた名評のある所以だが[4]、この事態は、すでに「夜なかに思つた事」（明41・20『光風』）で「遠い、遠い西洋の事」として語られた「感じた事を正直に書く」、「兎に角正直に、無遠慮に書く」こと、即ち囚われない批評精神の運動と解放、自己表現《ディスクール》の確立にそのまま重なるはずである。

凡て世の中の物は変ずるといふ側から見れば、刹那々々に変じて已まない。併し変じないといふ側から見れば、万古不易である。此頃囚はれた、放たれた、といふ語が流行するが、一体小説はかういふものをかういふ風に書くべきであるといふのは、ひどく囚はれた思想ではあるまいか。僕は僕の夜の思想を以て、小説といふものは何をどんな風に書いても好いものだといふ断案を下す。

確かに明治四十年代における鷗外のさまざまな文学活動、とりわけ、その変幻極まりない多彩な小説形式の採用は、そのような批評精神の解放のモチーフと表裏をなすものであったに違いない。にもかかわらず、「物質時代の日本建築」と規定された料亭新喜楽の座敷において、思いがけなくも繰り広げられる老いた女主人の豆蒔きに対する感動の表白という「追儺」の主題は、語り手にして主人公である「僕」、ひいては作者鷗外の感性の質を見事に明かしている。

Nietzsche に芸術の夕映といふ文がある。（略）我等の内にある最も善なるものは、古い時代の感覚の遺伝であるかも知れぬ。日は既に没した。我等の生活の天は、最早見えなくなつた日の余光に照らされてゐるといふのだ。芸術ばかりではない。宗教も道徳も何もかも同じ事である。

明治四十年代の混沌とした状況の内部へ、囚われない認識の目を以て立ち入ろうとする作者精神の基底に、物質主義や功利主義、ひいては〈自我〉の時代である現代と決定的に相容れざるもの、反現代的《ブルジョワ》なるものとしての鷗外の〈まことの我〉の輪郭が確かに造嵌せしめられていた、と云う意味においても、作品「追儺」は、その後の鷗外の自己表現活動の文字通りの原点であったことは否定しがたい。端的にニーチェに触発される形で顕在化せしめられた、鷗外の〈まことの我〉の形にかかわる、そのような反物質主義・反ブルジョワ的なる「貴族」の精神は、それが唯に芸術観や人生観に留まるのみでなく、社会、政治思想、国家、秩序の根幹にまで及ぶものであった点こそが、重要なのである。

いささか大胆に過ぎるかに思われる、このような私の見方は、「半日」「追儺」の発表による鷗外の文壇復帰に先立つこと一年弱の時点で公表された「仮名遣意見」（臨時仮名遣調査委員会第四回会合、明41・6・26）の中心軸としての正則主義を、仮名遣いについての鷗外の見解の披瀝に留まらぬ、鷗外の政治、社会思想、もしくは国家観の中核概念を述べたもの、と考えることに基づく。鷗外はそこで、国語学者大槻文彦の表音主義に反対して次のように述べている。

（大槻説は）少数者の用ゐるものは余り論ずるに足らない、多数の人民に使はれるものでなければならぬと云ふのが御論の土台になつて居ります。併し何事でもさう云ふ風に観察すると云ふと、恐くは偏頗になりはすまいかと思ふのであります。政治で言つて見ても多数に依れば Demokratie 少数ならば Aristokratie と云ふ者が出て来ます。此の頃の思想界に於て多数の方から、多数の方に偏して考へますると云ふと、社会説などもそれであります。それから之れに反動して極く少数のものを根拠にして主張する Nietzsche の議論などもある。之れに拠ると多数人民と云ふものは芥溜《ごみため》の肥料のやうなものである。其中に少数の役に立つものが、丁度美麗な草木が出て来て花が咲くやうに、出て来ると云ふ様な想像を有つて居る。（略）一体古来仮名遣と云ふものは少数のものであつたかも知れぬ。（略）併し契沖以来の諸先生が出て来られて仮名遣を確定しようとせられた運動に、之れに応ずるものは国民中の少数ではあるけれども、国民中の精華であるとも云はれる。斯う云ふ意見を推広めて人民の共有にしたいと斯う云ふやうな議論が随分反対の側からは立ち得ると自分は信じます。兎に角多数者の用ゐる者に限つて承認すると云ふ論には同意しませぬ。（略）

いかなる思想も、感性や肉体に根ざさぬ限りは、畢意無力であるという見方に立って云えば、鷗外の精神と実生活の機微を洩らした戯曲「仮面」（『昴』明42・4）の思想に通底する、このような選良主義・正則主義のうちに文壇再活躍時代の鷗外の旺盛なエネルギーを支えた、文字通り内面化された思想としてのニーチェ的な貴族主義を、見出すことは決して誤りではあるまい。

反面から云えば、この時期鷗外は明らかに反多数主義者《アンチ・デモクラット》であった。にもかかわらず、そのような貴族の自負が、いかに有効に機能しえたかを、明治四十年代から大正に至る鷗外の文学活動の多産性それ自体が証《あか》している、と云えよう。いわば鷗外は、自らの貴族的な優越を恃んで、家庭に対し、文壇に対し、社会に対して、「舵を取る」ことに徹したのである。自らの優越を信じ、衆に先んじて時代や社会の未来を洞察することが可能であっただけに、その孤独は深かったのだ、と云うことも可能である。興味深いのは、そのような彼の貴族主義《アリストクラシー》が、社会的政治的、かつ文学的芸術的、ひいては人間的倫理的に、内と外との現実との関わりにおいて、絶えざる自己解体――平俗化への傾向を必然化せしめられていたことである。

たとえば、本論冒頭に引いた「ヰタ・セクスアリス」（明42・7『昴』）の金井湛は、自然主義文学の性欲中心主義に対する批判と揶揄の意図に立って、自己の性欲史叙述へと出発したにもかかわらず、結末において、情熱を欠いた性欲史叙述の営みへの自己否定に到達しなければならなかったし、『青年』（『昴』明43・3―44・8）の小泉純一は、才能・学識・容貌の卓越の上に経済的特権まで付与せしめられながら、「謎の目」を持つ坂井未亡人の仕掛けた性の罠に捕えられ、徹底的な自己解体の憂き目に遇う。作者の精神的自叙伝とされる「妄想」（『三田文学』明44・3―4）の翁が逢着するのも、「真の生」の欠如の自覚、そして真の己を知ることのできぬ「永遠なる不平家」としての自己認識に他ならない。そして、そのような飽くなき自己解体のモチーフは、「神話」と「歴史」の決定的対立――天皇制国家秩序（「お国柄」）の反動化という国民的規模における梗塞化された現実に直面しつつ、なすすべもなく佇立する「かのやうに」（『中央公論』明45・1）の五条秀麿の姿と、彼に対して「八方塞がりになつたら、突貫して行く積りで、なぜ遣らない」と叱咤する友人綾小路の姿との点出において頂点に達していると云って良いだろう。

これら明治四十年代の鷗外の主要作品における主人公たちに仮託された作者の自己解体へのモチーフの反復は、唯に「真の生」や真の自我の鷗外における欠如(5)をさし示すに留まらず、日本における真の近代の不在という状況認識にそのまま見合っているのだと断じて良いだろう。にもかかわらず、あくまでも国家という枠組を介して初めて自我の形があるという点で、鷗外が貴族主義者であったという事実は厳然として残る。したがって問題は再び、自己解体や平俗化への傾向を生む根本的動因の問題に回帰することになるのだが、端的に言って貴族主義者《アリストクラット》鷗外は、その内面深く、自ら明言する貴族主義・選良主義・差別主義の砦を内部から腐蝕し、空洞化し、無化せしめずには已まぬ多数主義・物質主義・個人主義――要約すればデモクラットの魂を飼っていたのである。しかし、この両者の関係は、鷗外にとって未だ必ずしも自明ではなかった。鷗外における「真の生」、「真の自我」の欠如の意識が生まれる所以だが、国家の枠組に自己同一化しようとする限りで、鷗外は貴族主義者であり、「真の自我」の不在が「真の近代」の不在と重なる理由もそこにある、と云えよう。

しかし再び「平日」の構図を藉りて云えば、鷗外は国家を擁護しつつ、実は国家を批判し、多数（民衆）を批判しつつ、実は多数（民衆）を擁護したのであって、この図式は、そのまま貴族主義とデモクラシーをめぐる鷗外のディスクールに重なる。しかも、この事態に鷗外自身は、決して自覚的でなかったという点で、「平日」論における「癒着」の語を再びここに引くことは許されよう。

それにしても作者の自己解体が、そのまま、国家秩序における規範性の喪失という認識（「かのやうに」）と重なった時、鷗外の世界観を支えきたった貴族主義が、その拠って立つべき現実的根拠を最早維持できなくなったことは、当然であろう。野心的長篇「灰燼」が、主人公山口節蔵に仮託せしめられたニヒリズムを介して、秩序及び秩序と同定しようとする自我の解体を極限まで推し進め、国家秩序の枠組から解放された新たなる自我の枠組を確立しようとする作者の画期の試み、いわば貴族主義からの自己脱却への営みであったことは否定しがたい。

にもかかわらず、「灰燼」続稿の不可能性は、明治の終焉に先立つこと数ケ月の時点ですでに明瞭に意識されつつあった。[6] 五条秀麿物第三作「藤棚」(『太陽』明45・6)における「秩序」の有用性の再認識という主題が、その根拠だが、本稿のコンテクストとの関係で云えば、この時鷗外が直面していたのは、国家秩序から離脱しえぬ自己の明治的知性の限界ばかりではなかったはずである。即ち反動化する天皇制国家秩序の相対化という「灰燼」初発のモチーフは、「無制限の自由」によってイメージ化される無政府主義・社会主義の非現実的なユートピア思想・秩序観という、もう一つの敵を意識した時(「藤棚」)、その自己貫徹の内包する危機の認識を鷗外に齎したのだと考えるのが実情に適っていると思われる。語を換えれば、天皇制国家秩序を相対化し、かつ無政府主義・社会主義のユートピア的楽天性、非現実性を克服するに足る秩序のイメージを鷗外は未だ手中にしていなかったのである。この間隙を打ったのが乃木殉死の衝撃であり、その反功利主義にして反現代《ブルジョウ》的なる忠誠の至情への感動が鷗外をして一気に歴史に向かわせ、初稿「興津彌五右衛門の遺書」(『中央公論』大元・10)を執筆せしめずには置かなかったのだと云えよう。要約すれば「興津彌五右衛門の遺書」は、現実の国家秩序とも同定できず、また社会主義のユートピアへの懐疑を捨てることができず、ブルジョワ的物質主義にも共鳴しえなかった鷗外における、貴族の魂のおそらくは最初にして最後の燃焼の激しい光芒であったのである。

五　民主主義国家観の成立

それにしても鷗外の貴族主義が、「藤棚」における「義務や克己」、もしくは「欲望」を超えるものの救抜として現われる傍ら、「人は天使でも獣でもない。Le malheur veut que qui veut faire l'ange fait la bête である。」という秀麿の思考に示される現実主義としても立ち現れることの意味は重い。鷗外の貴族主義は、政治的にして経済的、ひいては社会的なる存在としての人間現実への目によって、不断に解体されつつあるとも云えるので、この観点に立てば、歴史小説の第一作「興津彌五右衛門の遺書」の一元的な主命絶対主義、反功利主義、ひいては規範主義の主張と、それらの前提としての君臣の一体感が、次作「阿部一族」（『中央公論』大2・1）において徹底的に解体せしめられるに至ることは、必然のなりゆきであった。秩序の絶対的規範性を拠り所とする鷗外の貴族主義は、一方でそのような規範性を蝕む人間的にして実存的、社会的にして政治的、功利的にして物質的な諸々の諸条件の剔抉において、内面から掘り崩されつつある、と云えよう。この事態を最も逆説的かつ象徴的にさし示しているのが、秩序への反噬としての阿部彌一右衛門、嫡子権兵衛、ひいては一族の滅亡であったのである。

視界を拡げて云えば、鷗外における貴族的なる精神は、死を怖れぬ武士像のうちに「真の我」を見出しえたのだとは云えようが、肝腎なことは、それが常に反噬や反語の形において表白されることの意味である。反語とは、〈真の秩序〉の不在を逆説的にさし示す精神の謂に他ならない。そのような武士の死をめぐる反語性は、やがて「醒覚せざる社会主義」（「付録」）としての大塩の乱に取材した「大塩平八郎」（大3・1『中央公論』）、天皇政権確立直後に勃発した堺事件に取材した「堺事件」（『新小説』大3・2）の二作において、新旧秩序の空洞化を衝く鋭利な武器と化したことを見逃すことはできない。いわば鷗外の貴族主義の現実的有効性は、これら秩序の空洞化の定着と共に最終的に崩壊せしめられたのだ、と云って良いだろう。

とりわけ興味深いのは「堺事件」の場合であって、奇妙なことに――「奇妙」というのは、あくまで原理的な意味において云うのだが――、鷗外は堺事件の兵士たちにおける皇国への忠誠の至情と、「士分取扱」への固執――本来、功利主義的なるモチーフとを終始、一体不可分のものとして描いて何ら怪しまないことである。そして「裏切られた皇国意識の物語」としての「堺事件」の主題は[7]、まさにこの「士分取扱」という約束の国家による不履行によって浮び上るのである。「秩序」に向けられる鷗外の視座は、作品「堺事件」において下級兵卒の視点にまで下降すると共に、忠誠のエートスと表裏する彼らの功利主義的精神を救抜して、これに温かい同情を示し何ら自ら怪しまなかったのである。

云うまでもなく、功利主義とは鷗外精神において、本質的に現代的なるもの、資本主義的もしくはブルジョワ的なるものの謂に他ならない。そして「堺事件」の「明るい」（唐木順三）のは、兵卒たちの皇国への一体感の故に明(8)るいのでは無論ない。鷗外における資本主義・功利主義・物質主義――総じて多数主義、デモクラシーの精神への和解のモチーフの曙光の故に「明るい」のだ、と云えよう。

そして、あえて言えば、鷗外におけるデモクラシーとの和解とは、ブルジョワ市民階級との和解であり、ブルジョワ市民社会を構成する市民・民衆――かつてニーチェによって「家畜」と呼ばれ、「奴隷」と蔑視された多数《ママ》との和解である。それは、民衆を差別化した選良の立場から、民衆に根ざし、民衆に未来の希望を託し、民衆と共にある選良の立場に、自己の立脚地を移行せしめることでもあった。貴族主義から民主主義への鷗外の立場の移行は、歴史小説における秩序と個をめぐる様々な認識の自己鍛錬のプロセスを経て、ようやく現代思想の地平を抜く水準に到達しようとしていたのである。そして、それは又、「舞姫」以来永く鷗外の精神の密室、もしくは禁忌の領域に封じ込められてきたエリスと共にある意識空間の復活でもあった、と云えよう。

この事態は、同時に鷗外における〈女性の言説〉の救抜、反転して〈男性の言説〉の解体を、「安井夫人」（『太陽』大3・4）「山椒大夫」（『中央公論』大4・1）「魚玄機」（『中央公論』大4・7）「ぢいさんばあさん」（大4・9『新小説』）「最後の一句」（『中央公論』大4・10）等の一連の〈女物語〉で遂行せしめる傍ら、他方、退官を転機とする思想と実行の一元的行為者への転生のモチーフと表裏する『澀江抽斎』（『東京日日』『大阪毎日』大5・1―5）以下の史伝的ジャンルにおける、江戸考証学派の埋れた学者の生涯と、その裔孫のなりゆきを追う「系譜的方法」を齎らしめるに至る。

そこにおいて、たとえば抽斎の生涯に示される調和的世界の解体に伴う喪失感は否定すべくもないが、〈抽斎歿後〉において、嫡子保や四人目の妻五百の辿る幕末から明治への生活の軌跡の叙述は、封建社会の崩壊から近代国家の創出に至る日本近代史の変革期を、あくまでも一人の庶民、もしくは市民としての彼らの視座から描き出したものと云え、そこに作者と作中人物とを貫ぬくブルジョワ市民社会への自己解放のモチーフが重ね合わされると共に、下からの、もう一つの近代史としての先駆的な意味を獲得しえていると云えよう。その意味で史伝的ジャンルも亦、鷗外の武士的貴族主義が、ブルジョワ的近代に下降し、ブルジョワ的近代の功利主義・物質主義・多数主義と和解し、真に現代的な世界観としてのブルジョワ的秩序観・国家観を確立するための認識の自己鍛錬の過程であったのである。

そのような鷗外におけるブルジョワ社会思想・国家観の集大成と目されるのが、死の前年から没後にかけて雑誌『明星』に連載された「古い手帳から」（大10・11―11・7）に他ならない。この論は、従来も現在も、鷗外の反共産主義のモチーフに立つ立論として一面的に理解され、その優れた民主主義的な思索内容が正当に評価されて来なかったものだが、ソビエト・ロシアの内部からの自己崩壊を近い過去に見た私たちの現在から照射する時、執筆時から七十数年後の共産主義の潰滅とその原因を既に大正十年の時点で見透していたと云う点でも、恐るべき洞察の書であり、かつ、共産主義を反面教師として純化、構築されたブルジョワ・デモクラシーの国家思想として、当時においても、今日においても、最高の理論的達成の一つであることは間違いなく、のみならず未来への指針としての、そのアクチュアリティは、益々輝きを増しつつあるのである。

たとえば「古い手帳から」第一節「Platon」において鷗外は、プラトンの国家思想を要約した上で、「Platon の理想国は上中二階級のためには共産主義、下一階級のためには非個人主義、非民政主義を以て組織せられてゐる。概括して言へば Platon は貴族主義者である、非平等主義者である。」と断定する。そして第二節「Aristoteles」

においてプラトンの国家論の限界を、次のように指摘している。

Platon の国家は上二階級をして全く自利の心を棄てさせようとしたものである。此の如き器械的国家は成り立たない。よしやそれが成り立つたとしても望ましくない。何故といふに、若し自利の心がないときは人の事業に励みがない。緊張がない。緊張がなくては発展がない。文化が滅びる。

国家は私産を認め、結婚を認めて、此励み、此緊張を助成しなくてはならない。ここに共産主義が否定せられる。

「純利他」を基盤とするプラトンの国家論の否定は、そのまま、鷗外における貴族主義《アリストクラシー》からの脱却と、今日、私たちの目のあたり見ている共産主義の限界の剔抉、否定に重なる訳で、ここに私たちは、鷗外におけるブルジョワ国家観の成熟の形と、その現代的アクチュアリティーを明確に知ることができる。

そして、このようなブルジョワ・イデオローグとしての鷗外の面目は、アリストテレスの国家論を評価する、引き続く叙述のうちに、いっそう明瞭に示されている。

Platon の理想国は上二階級が人人皆君子でなくては成り立たない。Aristoteles の国家は凡俗の団体である。しかし凡俗をして小人より遠ざかり、君子に近づかしめようとしてゐる。此向上の動機が即仁である。（略）国家は凡俗の国家であるから、凡俗をして政に参せしめなくてはならない。此時に当つて、君子に近い凡俗は政のために有利で、まだ小人より遠ざからない凡俗は政のために不利である。是は已むことを得ない。国家は少数の君子（貴族）に特権を与へず、自恣を敢てせしめないで、同時に又多数の小人をして横暴ならしめざることを努めなくてはならない。珍物（君子）をもありふれた物（小人）をも併せ用ゐて料理の献立は出来るのである。

(Politik III.)

鷗外におけるアリストテレスの国家論への共鳴は、同時に鷗外におけるブルジョワ・デモクラシーの思想、ブルジョワ民主主義的政治思想――国家観の成熟を示すものであった。「仮名遣意見」における反デモクラシーに基づく貴族主義《アリストクラシー》は、十四年の歳月の後、貴族主義（＝仁）を内包する民政主義《デモクラシー》として自己脱却を完遂したのである。

鷗外の民政主義《デモクラシー》は、今日巷間に瀰漫する均質主義的擬似平等主義ではなかった。それは個人の利益追求を原理とし、向上の動機を重視し、文化の緊張を核とする、ダイナミックな有機的国家論であった。そして、その根底に多数における「人間天賦の仁」への信頼があった。このようなダイナミックにして有機的な民主主義国家のイメージは、現在、なお果されざる夢であるはずだ。そして「国家は凡俗の国家であるから、凡俗をして政に参せしめなくてはならない」の一文には、普選制度支持という鷗外の密かな態度決定が込められていたはずである。

「古い手帳から」における、このようなブルジョワ国家思想――民主主義的政治思想の成熟は、それが単なる輸入思想ではなく、鷗外における貴族主義的政治思想からの、長い年月をかけて遂行された自己脱却の努力に裏打ちされているだけに、強靱にしてゆるぎない、内発的なるものと云えよう。アリストテレスにおける「政治上公平」と並ぶ「経済上公平」の思想への注目と合せて、「古い手帳から」における国家・政治・経済思想の到達点を、修正資本主義への歴史の移行と対応する理論的達成と評価することも可能であろう。

こうして「古い手帳から」のブルジョワ・デモクラシー的政治思想・国家像は、あの明治国家に自己同定して怪しまなかった西周ら一代目知識人の、資本主義的にして絶対主義的なる、国家像の分裂と癒着、それらの無意識性を超える、意識的にして統一的なる資本主義的にして民主主義的なる国家像の成立であった、と言えるだろう。

むろん、鷗外は、そのような民主主義的国家像やブルジョワ民主主義者としての自己を高らかに喧伝することはなかったが、宮内省・陸軍と訣別して「石見人森林太郎トシテ死セントス」という遺言状を残して死んだ鷗外の姿には、そのような国家思想に見合う自我の形が確実に示されていたのである。（一九九四・九・八）

注

（1）猪野謙二『明治の作家』（岩波書店、昭41・11）中「序に代えて―明治作家の原点――」。

（2）『座談会明治文学史』（岩波書店、昭36・6）所収「鷗外」（柳田泉・勝本清一郎・加藤周一・猪野謙二）における柳田の発言に、西邸寄寓時代の西周日記における女中梅に対する鷗外の恋慕への困惑、勉強せず小説ばかり読んでいて、進文学舎を一度落第したこと、さらに、伊原青々園の伝えた警視庁巡査部長谷豊栄《とよなが》の、花魁との心中事件から受けた鷗外の衝撃と反省、陸軍入りへの煩悶、ひいては遺言状の問題などを踏まえた「そういう点から考えると、鷗外という人の本質がやはり感情的な、わがままなものがあったので、あとで考えられたような冷たい、打算的な、理智的なドイツ学一辺倒みたいな人ではなかったらしい（略）」、「やはり鷗外の初期のものの文学を考えるときにこの鷗外の本質（略）即ち、鷗外がほんとうは感情的な、強い感情をもった人であったという点を考えに入れなければならないのではないか、（略）ロマンチシズムは勿論、かなり強いヒューマニズムといったものさえあったのではないか」という指摘があり、ここに晩年の史伝「北条霞亭」冒頭に述べられた大学卒業直後の「隠逸伝中の人」たることへの夢、あるいは失なわれた「景陽の情」への悲哀にみちた告白とを付け加えると、陸軍入り前の鷗外における、「ぐうたら人種」的な暗い情念の介在を推測することには、かなり強い蓋然性があると云えよう。

（3）平野謙『芸術と実生活』（講談社、昭33・1）中「森鷗外　二」（初出『人間』昭24・5―6）。

（4）石川淳『森鷗外』（三笠書房、昭16・12）。

（5）山崎正和『鷗外　闘う家長』（河出書房新社、昭47・11）。

（6）拙論「「灰燼」」（『森鷗外論　実証と批評』明治書院、昭56・9）参照。

（7）拙論「「堺事件」鷗外は体制イデオローグか」（注6に同じ）参照。

（8）唐木順三『鷗外の精神』（筑摩書房　昭18・9）中、第一部「鷗外精神史」第一章「鷗外探求『ヰタ・セクスアリス』から『堺事件』まで」に作品結末の「士分取扱の沙汰は終に無かつた。」の叙述について、「これは明治以来、国民がすべて士になつたことを示してゐるものであらう。藩の士でなくて、天皇の兵士となつたのである。」との把握があるが、作品構造上明らかな誤りである。

松本清張と森鷗外――山県・西をめぐる清張と鷗外のディスクール序説

かつて菊地昌典氏は、司馬遼太郎の歴史観を鳥瞰（俯瞰）的歴史観と呼び、松本清張のそれを仰瞰的な怨念の歴史観と呼んだことがある。(1) 主人公に即して言えば、前者には「歴史そのものの流れゆく先を適確にとらえながら、しかも、歴史にあらがっておのれの道を歩みつづけ死に果てる知的エリート」が多く、後者には「歴史の下層に沈殿する庶民」が多い。作者の視座は前者においては「ビルの屋上」に固定され、後者においては、「時間」さえ喪失した歴史の下層に固定される。その意味で両者は「対称的《ママ》」なのだが、ともに「大衆に愛読されるゆえんは、（略）大衆がそこに自分自身を発見するからである。ときには、かつて抱いた青雲の志の挫折をほろ苦くかみしめながら、ときには、浮かばれない身の境遇に、むけどころのない憎悪と自己嫌悪を感じながら」と云うのであるが、このような菊地氏の視座の基本にあるのが、二者の作品ともに「大衆の関心」に迎合した「歴史に借景した現代小説」であり、「過去を過去たらしめることによって、現在と対話する真の歴史小説でない」とする立場であったことを見逃すことはできない。

そのような菊地氏の視界に松本清張の歴史小説『象徴の設計』（『文藝』昭37・3〜38・6、文藝春秋、昭51・11）も入っていたかどうか確認しえないのだが、作品『象徴の設計』は、菊地氏の論の前提に背反する存在であることだけは確かであろう。なぜなら、『象徴の設計』の主人公は、「歴史の下層に沈殿する庶民」であるどころか、まさにその対極としての明治天皇制国家のプランナー山県有朋その人であるのだから。松本清張の作品においても、このような主人公の設定は、おそらく異例の事態に違いない。——にもかかわらず、私は、作品『象徴の設計』を考察するにあたって、既に見たような菊地氏の視座から出発することへの必要性をなお棄て難いと思うのである。

なるほど、『象徴の設計』の主人公は、菊地氏の松本清張歴史小説論の大前提に全く反している。それは、むしろ、菊地氏の云う司馬遼太郎の歴史小説（作品）の主人公の位置に半分、近いと云えよう。しかし、よく見ると、そこには明瞭な相違点が浮び上るのである。再び菊地氏の規定を引くと、司馬作品の主人公は「歴史そのものの流れゆく先を適確にとらえながら、しかも歴史にあらがっておのれの道を歩みつづけ死に果てる知的エリート」（傍点稿者）と云う、その運命の後半部分が、『象徴の設計』の主人公山県有朋の生のコースと全く逆なのである。すなわち、山県有朋は「歴史そのものの流れゆく先を適確にとらえながら」、けっして歴史の犠牲となったり、埋没せしめられなかった人物、むしろ「歴史そのものの流れ」を自ら作り出すことに成功した存在、あまつさえ歴史を己れのために奉仕せしめることに成功さえした人物であるからである。言い方を換えれば、彼は司馬遼太郎描く主人公たちを、利用し、使い捨て、歴史の中に埋没せしめ、歴史の凡てを己れのうちに回収してしまった当の人物なのである。

そういう意味で、松本清張描く山県有朋は、実現しえたものとしての、現実の明治天皇制国家の等身像であり、いっそう正確にいえば、山県有朋の等身像こそ明治天皇制国家であり、かつ「天皇制絶対主義」（五十一章）であった、と云いうる存在なのである。したがって、そのような山県を成功者と呼び、成功者をヒーローと呼びうる限りでは、作品『象徴の設計』の主人公は、名と実とを兼備した偉大なるヒーローなのであり、ヒーロー小説こそ歴史小説『象徴の設計』なのである。そして、近代日本の小説伝統から云えば、成功したヒーローほど、小説の主人公として不向きな存在はない。何しろ、そこには、いかなる意味でのセンチメンタリズムのかけらもないのであるから。要するに、山県有朋は、松本清張の作品の主人公としても、ひいては、司馬作品の主人公としても、例外であり、異数の存在なのである。しかし、成功・不成功を別として、山県有朋の設計した明治天皇制国家や実現した明治天皇制絶対主義の等身像山県有朋が現代の民主主義国家日本の理念に照して、絶対悪であるならば、作品『象徴の設計』はヒーロー小説の対極としてのアンチ・ヒーロー小説となるのであり、絶対悪の内部から、絶対悪の絶対悪である所以を描く、という松本清張の目論見は、まさに司馬遼太郎の描こうとして描きえなかったもの——清張の身上としての、いわば理想もへったくれもない、ゴリゴリの大衆的なる現実主義を以て天皇制の形成過程そのもののの、これ又、一元的な現実主義に対して鋭い批判の刃を差し向けると云う、清張における一種捨て身の賭けを己れに課すことを意味していたことだけは確かであろう。のみならず有朋を斬ることは、おそらく作者自身を斬ることでもあったのではないか。いずれにせよそこに、大正・昭和の下降に対して明治の上昇を、前者の堕落に後者の健康を、暗に明を対置せしめる司馬の歴史観に対する清張の遂行した無言の反語を読みとることができよう。そして、それは、明治を大正・昭和と異質な可能性に充ち充ちた時代とみる司馬の断絶史観に対する、明治こそ大正・昭和の下降、堕落の根源であるとする清張の連続・一体史観の対置でもあった筈である。そして、この意味では、現在、既に勝負はあった（——むろん清張の勝ちである）、と見てよいのではないか。しかし、それにしても作品『象徴の設計』の主人公の設定は、小説として不向きであるどころか、全く不利である、と云う事情は依然として残る。まさに、作品『象徴の設計』が、けっして「大衆」に「愛読」された小説と言い得ない事情は、雑誌掲載後十四年にして初めて単行化された、という書誌的事実そのものが証明しているのである。

　明治天皇制国家のプランナーにして、その等身像でもある偉大なる成功者《ヒーロー》山県有朋ほど、小説の主人公として不適格な人物はない、と云いうる所以は、むろん、菊地氏が指摘した理由の裏返し、つまりは大衆がそこに自分自身を投射しえないからである。すなわち「大衆がそこに自分自身を発見する」どころか、それが拒まれ、同様に「かつて抱いた青雲の志の挫折をほろ苦くかみしめながら、ときには、浮かばれない身の境遇に、むけどころのない憎悪と自己嫌悪を感じ」るどころか、逆に、そのような挫折と敗北の感傷のもつ、自己慰撫と現実追認の効用さえ、国家のうちに回収し尽した一箇のリアリズムの化身に直面せしめられるからである。百年の酔も一ぺんに醒めるからである。

そのうえ、作品『象徴の設計』の主人公は、けっして滅亡することなく、逆にしぶとく生きぬき、彼の死後、やがて国全体を未来における滅亡の淵に追い込みさえしたのである。これを近代日本最大の巨悪と呼ぶことは可能だが、赫々たる成功と栄誉とのうちに既に墓の彼方に国家によって葬られて了った存在を何とすることができよう。（ただ山県有朋の幽霊は、おそらくまだ我々のうちに生きて彷徨っていることであろう。）

このように見れば、菊地昌典の松本清張の歴史小説に向けた批判の刃を『象徴の設計』に適用することは、全く無効であるかのように思われる。しかし、それは真に無効であるのだろうか。結論から言えば、それは、けっして無効ではない。なぜなら、ここにあえて反語的な物言いを許してもらうならば、松本清張は『象徴の設計』において偉大なるヒーローにして、アンチ・ヒーローである主人公山県有朋を十分に愛しているからである。山県有朋の小説の主人公としての不適格性を知りながら、これを採用し、大衆の受けの良くないことを予測しながら『象徴の設計』を執筆せしめたものは、歴史家としての松本清張の正義感や司馬史観に対する反発のみではなく、山県有朋に対して清張の抱懐した、この愛情である。そして、清張の山県への愛によってのみ、大衆の慊焉の情にもかかわらず、『象徴の設計』は、文学としてのふくらみを保ちえていると云っても過言ではないのである。

たとえば、作品『象徴の設計』で松本清張は、有朋の敵、即ち「人民」への「防御の意味を含めた先制攻撃」（五十一章）をくり返し描きつつ、それら有朋の先制攻撃の的確性と赫々たる戦果の数々とを、ほとんど快感を以て十二分に描きえている。それと対照的に、作品巻首に据えられた明治十一年の竹橋騒動の一部始終や、自由民権運動の盛り上りとその衰退、また、その担い手たちの言動の一部始終は、当然ながら有朋の眼や耳によって把えられ、乾いた筆致で意味づけられる。そして有朋や密偵たちの〈語り〉や主観に対する、作者や超越的な語りによる相対化は、作中、ごく限られた回数でしか登場しない。むろん、ごく限られた回数であっても、決定的な部分に楔《くさび》のように確実にそれが打ち込まれていれば、言うことはない。たとえば最終章の地方自治制度をめぐる伊藤博文の議会主義に対する、有朋の先制攻撃としての様々な制度的施策の確立を踏まえて現われる「つまり、地方議会を大地主的な層で固め、民権運動にいささかも惑わされない地方支配階級を構成し、天皇制絶対主義の基礎にした」という超越的な語りは、その好例と言えよう。清張の描出すべく意図した有朋像とは、そのような超越的な語りによって反復される絶対主義者としてのそれであったに違いないのである。にもかかわらず、そのような、有朋の確立した天皇制絶対主義に対する、作者のスタンスを十分に諒解しうるためには、作品『象徴の設計』の叙述《ディスクール》は、余りにも自己抑制的であり過ぎるし、かつ無機的であり過ぎると云わざるをえない。そして、おそらくそれは、自己抑制的などという事態とは、性質の異なった何かなのである。それは、作者や超越的な語り手の言わんとする意味が概念としては分るが、実感としてはよく分らないという言い回しによってしか表現しえない不透明な澱《おり》のように残る何かなのである。

より具体的に言えば、ヒーロー小説『象徴の設計』が、実はアンチ・ヒーロー小説となるであろう、もしくは当初からアンチ・ヒーロー小説であった筈だ、というわれわれ読者共有の感覚が、どこかではぐらかされ、作品読後において、この作品を支えてきた超越的な語りや実体としての作者が、『象徴の設計』というテクスト空間から無限の彼方に遁走し、姿を晦まして了うという印象を禁じることをえない、と云うことなのである。そして、いっそう正確に言えば、それは作中プロットのある時点から、という問題ではなくて、実はそもそもこの作品における語りの構造それ自体から派生する本質的な問題であったのではなかったか、とさえ思われるのである。要するに、それは超越的な語り手や作者の、主人公山県有朋に対するスタンスに、けっして一元的ではない、多元的多層的な遠近両様の距離を感得せざるをえないという困惑すべき事態なのである。

このとき、読者という視座からこの事態を説明することも、無論、可能であろう。偉大な国民作家松本清張は、多元化し多様化する想定上の読者像に被支配者としての大衆のイメージのみならず、大衆を支配する支配者のイメージをも既に組み込みえていたのである、と。つまり『象徴の設計』というテクストは、「人民」に向って開かれたテクストであったのみではなく、「人民」を支配する為政者に向っても開かれたテクストでもあったと考えられると云うことである。

おそらくこの事態は、いわばマス・メディア作家としての清張の書くという行為にまつわる経営者的感覚と密接に関わってもいる。清張にとって書くという行為は、もはや孤立した個人の密室の営みではありえなかった。マス・メディアの肥大化する多様な要求に応じて、同時に複数の長編を書き続けることは、もはや一個人の力量を超えている。それは一種の共同作業であり、より正確に言えば、経営事業であった。経営は利益を齎《もたら》さなければならない。その利益によって従業員の糊口の資を確保し続けなければならない。経営者松本清張における至上の命題は、けっして失敗しない作品を量産し続けることだ。そして、失敗作とは読者を失なう作品であり、成功作とは、多くの読者を維持し、さらにその数を増大させる作品である。その意味で『象徴の設計』は、多様にして多層的な読者、いわば底辺層から支配者層までをも読者に組み込もうと意図した作品として把握することも可能なのである。そして、そこには、下層に沈殿する庶民の情念の世界を振り切り、庶民や民衆を敵として客体視する支配者の無機質にして無感動な目をも自己のうちにとり込もうとする作家松本清張の冒険があったとも云えよう。

だから、あの社会派推理小説と呼ばれたジャンルの数々の名作群――それらに一貫する底辺からの怨念の噴出にも喩えられる、強烈にして、それだけ純粋なパトスへの一体化という、かつての一元的なモチーフは、『象徴の設計』執筆時の松本清張にとって懐かしくはあるが再び帰還することのできない失われた故郷、戦後という国民共通の一元的価値観の時代とともに葬られることを必然とする過去完了の世界のものとなり了っていたのである。

そして出版、ジャーナリズムの世界も、昭和三十年代後半という本格的な高度経済成長時代を迎え、生活様式の多様化や価値観の多元化によって齎される読者層の多元化、多層化の時代に突入しつつあった。小説ひいては文学というジャンルそのものが、十九世紀的であれ、二十世紀的であれ、「戦後」とともに存在した、いわば一元的存在としての読者を失うことによる危機の時代を迎えつつあった。

その意味で作品『象徴の設計』が発表され始めたのが、第一次安保闘争の挫折（昭35）の後、二年の時点においてであった、という自明の事実は、もう一度顧みられて良いだろう。前年一月には三島由紀夫の「憂国」が「小説中央公論」に、大江健三郎「セヴンティーン」が「文学界」（翌月・完）に発表され、二月には、前年十二月に「中央公論」に掲載された深沢七郎「風流夢譚」に憤慨した右翼少年が、中央公論社社長嶋中鵬二宅を襲い、家人二人を殺傷、前記「セヴンティーン」掲載「文学界」編集部もこの作の掲載について右翼の抗議に謝罪するなど活動右翼の事件が目立ち、昭和三十七年六月には安部公房『砂の女』が新潮社から書き下ろし長編特別作品シリーズの一冊として刊行された。転換期文壇の姿が以上のような大雑把なクロノロジカルな素描によっても彷彿せしめられるが、とりわけ、松本清張作『象徴の設計』が「風流夢譚」事件や「セヴンティーン」事件の記憶の薄れぬさなか、安部公房『砂の女』の刊行と相前後して執筆、連載されている事実は、なかなかに象徴的ですらある、と云えよう。なぜなら、『砂の女』こそは、第一次安保闘争終了後における大衆社会化状況を生きる個人の生活感覚に明瞭なイメージと方向性とを与え、いわゆる〈戦後〉と〈戦後以後〉の時代との分水嶺をなす画期の作品と目されるからである。(2) そして『象徴の設計』も亦、そのような社会や文学史の変化に対応し、松本清張における〈戦後〉の精神を近代天皇制生成のプロセスの解明という主題のうちに引き継ぐとともに、〈戦後以後〉の読者層の多元化、多様化という現実への適合を、支配と被支配の両極に向けて開かれたこの作品の語りの構造において達成しようとしたのだと推測することは、必ずしも牽強付会とのみは云いえないであろう。

言い換えれば、作品『象徴の設計』は、近代日本を軍国主義天皇制国家たらしめた元凶に取材しつつ、かつ、多元化し、多様化する読者のニーズに応えるべく、非一元的なディスクールを駆使することの必要性に応えうる作品でなければならなかった。おそらく、この事態は、以後の松本清張における現代史ルポルタージュ文学とも呼ぶべき壮大な『昭和史発掘』シリーズにおいても、固有の語りの方法として引き継がれてゆく課題であったはずである。

しかし、そもそも語りとは何であろうか。語りとは、語りそれ自体において認識の対象を明示しつつ、対象を認識する認識主体の語りを隠蔽すること――このような語りのもつ本質的な二律背反性を自覚し、この語りの構造の騙りとしての原理的な否定性を、主体表現の決定的方法として駆使したところに、作者松本清張の自己決定の位相がある、と云って良いだろう。前述、『象徴の設計』における非一元的ディスクールとは、実は、そのような作者主体における、けっして技巧的要請ではないいわば自己隠蔽への本源的欲求に基づいて発明された方法であったのである。そして、そこにこそ、多元化し、多様化する読者のニーズに応えつつ、さらにそれら多元的な読者の共有する無意識の相にまで溯源して、読者を捕捉しようとする松本清張の経営的にして文学的なる戦略があったのだというのが稿者の見透しに外ならない。

しかし、この事態に清張が意識的であったか否かと問うことは、既にナンセンスである。偉大な作者は――思想家・歴史家と云い換えても良い――、常に偉大なる無意識の闇を他者と共有しうる存在とも云い得る筈だからである。そして、松本清張における、この無意識という闇の存在への注目こそ、作品『象徴の設計』のみならず、数々の清張作品を、歴史学・社会学・文献学等々の成果を博捜《はくそう》しての偉大な考証的作品としての相対的栄誉の域を脱せしめ、国民文学としての真に栄誉ある位置に迄高めるために必須不可欠の関門であるとまで私は思うものである。

すなわち、既に縷々《るる》見てきたところの、多元化し、多様化する社会の変化と、多元化し、多様化する読者層への対応という、社会学的もしくは読者論的視座も、作品『象徴の設計』の読後感をめぐって惹き起こされる、前記、一種不透明な澱の所在という問題を説明するには、なお不十分なのである。そして、その一種不透明な澱は、社会学的にして読者論的な解釈のみならず、あるいはモダニズム的な、全ゆる合理的解釈の総てを峻拒《しゅんきょ》する、外部に対して自己を閉ざした何ものかなのである。

私はいま「社会学的にして読者論的な、あるいはモダニズム的な、全ゆる合理的解釈の総て」と書いたが、それはむしろ、全ゆる論理的、ロゴス的解釈の総てと言い換えた方が適当であろう。まさに、そのようなロゴス的解釈を峻拒するもの――もはやパトスとしか名づけざるを得ぬ、閉ざされた暗い情念が、テクストとしての『象徴の設計』の基層には横たわっているとしか思われないのである。それが澱の正体なのである。松本清張は、やはり松本清張であったのだ。しかし、そのような澱の正体を、清張は、あの非一元的ディスクールの、さらにその彼方にひっそりと忍び込ませ、読者にも自らにも隠蔽しさえしたのである。

*

なるほど『象徴の設計』における清張の、有朋追求は、論理的であり、ロゴス的である。その論理性やロゴス性は、現代日本歴史学における明治前期政治史研究や山県有朋研究の成果を、それと明示してはいないが、十分に汲み上げ、それらと拮抗もしくは雁行し、細部においては、それらを凌ぎえてさえいよう。(この細部がなかなかに本質的細部である、と云う意味では、それは「全体として」と言い換えることも可能である。)その具体相は、たとえば、「軍人訓戒」(明11)から「軍人勅諭」(明16)へ、という軍人・兵士を対象とした天皇制ディスクール確立の作業過程への克明な分析や、それらを含めての山県らによる天皇制国家体制の制度的な基礎固めの作業が、まさに自由民権運動への「防御の意味を含めた先制攻撃」として歴史的に相対化されてくるプロセス――いわば、この作品の史観のうちに明瞭に立ち現われていると云えよう。(3) そして、さらにそこには竹橋事件の事前探知から大阪事件のそれに至る警察における密偵作戦の赫々たる成功と、その延長上における特高警察機構の創設に至る人的にして具体的なる経緯が天皇制国家体制固有の装置の発明のプロセスとして付け加えられてさえいるのである。さらには、松方緊縮財政の投入が、軍備拡張への財政基盤の整備のみならず、自由民権運動の物質的基盤としての米価高騰による農村の好景気を鎮静化し、逆に農村を不況化することによって、民権運動の糧道を絶とうとする狙いの下に導入されたものであって、その狙いが図星に当ったことさえ、新しい見方として展開されているのである。

にもかかわらず、『象徴の設計』におけるそのような歴史追求のロゴス性は、少くともこの作品の取り扱った「教育勅語」発布直前までの歴史的時間に限定する限り、どこにも、通時的かつ共時的なる両面において、かくあった歴史の完結性を打ち破るべき、もう一つの歴史への突破口を見出しえてはいない。それをかくあった歴史のリアリティー、もしくは「歴史の自然」（森鷗外「歴史其儘と歴史離れ」）の重みと呼ぶのは余りに空しい。要するに『象徴の設計』における作者の、あるいは超越的な語りのディスクールは、同じ作者の描く山県有朋のロゴス的なるディスクールに打ち克ちえていない。作者の、もしくは超越的な語りのロゴスのリアリティーは、明治天皇制国家のプランナー、元凶《アンチ・ヒーロー》としての山県有朋のロゴスのリアリティーに比して、なお脆弱なのだと云えよう。たとえば、そこに有朋相対化の決め手として、この作品に一貫する有朋における「人民」への恐怖の首尾貫徹性を持ち出したところで、やはり叙上の事情は残るはずである。なぜなら、有朋こそ、この「人民」を近代天皇制的価値観の内部に籠絡し、封じ込め、封じ込めることで、近代天皇制の破局とともに破滅せしめるという出口のない未来へと「人民」を駆り立てることに成功した、当の存在なのであるから。

おそらく、そのような作品『象徴の設計』をめぐる作者や超越的な語り手の語りの限界は、近代天皇制という一元的価値観に対する、「人民」という観念をめぐるもう一つの一元的価値観に依拠しての戦いの無効性をさえ暗示しえている。それらが伝統や民族性を捨象したモダニズムとモダニズムとの戦いである限り、伝統的な仮面を偽装したモダニズムとしての近代天皇制の一元性に、西洋直輸入のラジカリズムの一元性は、けっして対応しきれはしないはずだからである。問題は、女性原理性を中核とし、もしくは周縁とする伝統的天皇制、その多元的多層的性格を以て、軍国主義に帰着するモダニズム天皇制の贋物性や外発性、とりわけ男性中心主義的な一元性を衝くところにこそあった筈であるから(4)。皮肉に見れば、そのような「人民」をめぐる、あるいは「人民」への恐怖をめぐる『象徴の設計』のディスクールの観念性や空語性は、この作品の発表当時における現代日本社会における「人民」という語をめぐるリアリティーやアクチュアリティーの拡散と消失という事情によく見合ってさえいたのである。

要するに作品『象徴の設計』は、国民作家清張の全知能と全精力とを傾けた力作であるにもかかわらず、歴史小説として成功した作品とは云い難い。その失敗は、有朋のロゴス性が清張のロゴス性を上回ったからだ、という叙上の説明さえ、半分真実であり、半分虚偽である。作品『象徴の設計』の失敗は、ヒーローをアンチ・ヒーローに転化する一瞬の失敗、もしくはヒーロー即ちアンチ・ヒーローであることの意味的、イメージ的空間構築をめぐる作者の計算の失敗に基づいているのだが、そもそも、超越的な語り手や作者が、この事態に無自覚であることこそが、失敗の真の原因なのである。

既にくり返し述べているように、この事態を清張における多様な読者層の多様なニーズに応《こた》える経営戦略に求めようとする読者論的解釈は、なお皮相である。問題の本質は、作者もしくは超越的な語り手が、主人公にして対象である山県有朋を憎悪しつつ、愛している点にこそある。語りつつ、愛してしまったのではない。憎悪と愛情の二元構造は、作品起筆以前において予め決定されていたのである。より詳しく言えば、憎悪と愛情との二重構造の無意識性、未分化性、癒着性こそが、作品『象徴の設計』の失敗作であることの否定し難い証左なのである。そして、おそらくそこには、そのような無意識の領域の介在を直観的に認識しつつ、あえてそこに立ち入ることを自らに禁じた人間にして作家である清張がいるはずである。なぜなら、この無意識の界域こそ、清張が清張たりえた本質的な生の根源であり、一度、この界域に立ち入るならば、清張における書くことをめぐるディスクールの構造そのものが忽ち瓦壊するであろう聖域――禁忌の空間であったからである。

そのような無意識的な癒着の構造――それは絶対支配者を憎悪しつつ、愛着する大衆の心理の構造である。それゆえ、作品『象徴の設計』の超越的な語り手は、近代日本最大の権力者《ヒーロー》にして根源的な悪《アンチ・ヒーロー》としての主人公山県有朋を憎みつつ、愛するのである。同時に有朋に対する敗者としての自由民権運動やその担い手たちを尊重しつつ、軽蔑するのである。ここに有朋のロゴスのリアリティー、即ち「歴史の自然」に、超越的な語り手のロゴスのアクチュアリティー、即ち作者の主観や批評のうち克ちえなかった真の原因があるのである。なぜなら、山県有朋のロゴスは、人民が、自らを呪縛する絶対的なる存在を憎悪しつつ、愛する存在であることを透視した上で「軍人勅諭」や「教育勅語」、ひいては大日本帝国憲法や数々の詔勅における強圧的な天皇制ディスクール、ひいては、そのような天皇制ディスクールの目に見える形としての軍・警察機構、教育制度、行政、司法のみならず、地方自治制度等々をも着々と整備して行ったからである。そして、この絶対的なる存在への敗北のマゾヒスチックな快感なくして、松本清張の文学のもつ固有のリアリティーは、ありえないのである。

結果として、歴史小説『象徴の設計』は、巨悪山県有朋の犯歴立証の弾劾小説であることを意図しつつ、その実、アンチ・ヒーロー山県有朋における自由民権運動や人民圧服の赫々たる戦歴顕賞の武勲小説として成立してしまったのである。そして、この作品に未来への生命があるとすれば、それは叙上のような大衆の一人としての松本清張における無意識の癒着の心理構造が、読者と共有される心理空間として生きのびうる客観的な時空間においてであると云ってよい。

しかし、作品『象徴の設計』のアプリオリティーは、それが小説であるとともに歴史でもあるところにある。小説は、作者における無意識的な癒着の構造の再生産であっても、何らその絶対的価値が揺ぐことはない。小説の成功・不成功は、虚構的世界のリアリティそれ自体のうちに求められるべきものであるからだ。しかし、遺憾なことに『象徴の設計』は、小説であるとともに、歴史叙述でもあるのである。歴史が作者の個を超える存在であることは云うまでもない。そこには必然的に他者の問題が立ち現われるからである。その意味で、有朋像を描くことで、作者の無意識の自画像を描いて了った『象徴の設計』の歴史叙述は、決して真の歴史小説のあり方とは呼べまい。「歴史に借景した現代小説」という名言を遺した菊地昌典の顰《ひそ》みに倣って言えば、作品『象徴の設計』は、「他者に借景した私小説」とでも言いえようか。

そのような、歴史小説『象徴の設計』における私性の浸染を踏まえて言えば、価値観（歴史観を含めて）が多元化、多様化する現代においては、この作品に採用されたような超越的な語り手や視点による歴史小説は、常に多元的多層的な歴史のリアリティーを、叙述者の一元的歴史観（主観）によって截断する危険を冒し易いことだけは、確かなようである。この事態の反省に立ってのみ、歴史小説という虚構のジャンルは未来に向って生きのびうるのではないか。その意味で『レイテ戦記』を頂点とする大岡昇平の歴史小説における潔癖な迄の「私」性と客観的事実との弁別や、その先蹤としての鷗外史伝、とりわけ『伊澤蘭軒』における「私」の語りの主観性と、「私」の追求する史実の客観性との、一点の曖昧性を残さぬ二元的並列構造は、未《いま》だあるべき歴史小説への真に有効な踏み台であることをやめてはいないのである。

＊

以上、私は松本清張の『象徴の設計』をめぐって、あるいは必要以上に批判がましい考察を遂行してきたかも知れない。にも拘わらず、ここで遂行したような清張の魂の聖域の相対化は相対化として、清張が歴史学的に提起した、近代（＝明治）天皇制の形成過程において山県有朋の果した役割の闡明《せんめい》化とそれへの評価は、あくまでも学問的な批判に耐えうるものであったと言わなければならない。一人山県のみならず、鷗外の遠い親戚筋に当たり、少青年期の鷗外の自己形成と深いかかわりをもった西周の近代天皇制の確立において果した役割の分析、評価においても、そのような清張の学問的にとぎすまされた史眼は、学者西周と政治家山県有朋との微妙な差異性を救抜しつつも、例えば、「要するに、西稿本の理性的、或いは哲学的なものは、決定稿によって表現が通俗的となり、天皇の口移し的な言葉、従って、より絶対的となったのである」、「（西の『兵家徳行』〈明二〉における市民社会と軍人社会との峻別と、メカニズムとしての近代兵制の把握による軍紀〈＝軍隊秩序〉の強調を踏まえて）それだからこそ、たとえそれが通俗的となり、絶対的なものに修正されたとしても、西の底本は『軍人勅諭』に有朋と共に生きているのであった」（以上「27」）という叙述や、ひいては「兵賦論」（明11）を踏まえての「即ち、西は徹底的な戦争準備論者であった」（「25」）などの叙述において、思想家としての西周の本質とその限界を鋭く洞察して誤ることがなかったのである。

　そして、おそらく、この時松本清張は、明治末年という歴史的時間に身を置きつつ、四〇年の時間を遡って、自己の目撃した西周の家庭における自己満足的な晩酌を谷田の主人のそれに置き換え、その晩酌を「無智の人の天国」とし、谷田（＝西）の業績を「他人の思想に修辞上の文飾を加へた手工的労作」（「灰燼」伍）と呪詛し、評価する未完の長編「灰燼」の作中人物にして主人公山口節蔵を造型しえた鷗外の、明治天皇制国家への批判的視座に最も近いところにいたと言いうるはずである。

　そして、鷗外と西周との距離は、ほとんど鷗外と山県との距離であることに想いを致すならば、松本清張は、このとき、近代日本を近代日本たらしめた巨悪《アンチ・ヒーロー》山県と、巨悪の巨悪たることを洞察しつつ、固有の鋭い反抗の刃を認識の世界にのみ限局して現実を生きぬいたもう一人の巨人《ヒーロー》鷗外との虚々実々の綱引き、という、もう一つの歴史小説的主題にそれと知らずして近接遭遇していたのだと云って良いだろう。清張―西―山県というトライアングルの構図は、鷗外―西―山県というもう一つのトライアングルの構図を内包させていたとも云え、又、その逆も真であると云えよう。

鷗外における西周評価の問題は、鷗外における山県評価の問題である――もちろん、鷗外は生涯に一度たりとも山県への批判的口吻を漏らすことなどしなかったが――に留まらず、明治末年の鷗外にとって、既にでき上がってしまった近代天皇制国家としての日本に対する評価の問題でもある。その意味で歴史家清張の史眼が、近代天皇制の形成過程に打ち込んだ楔の一撃は、西周や福地源一郎ら体制派知識人でも、植木枝盛や板垣退助や大隈重信ら自由民権派知識人でも、将又《はた》、伊藤博文から岩倉具視に至る議会主義から絶対主義に至る様々のニュアンスを帯びた政治権力者等々でもない、近代天皇制国家秩序の中に生きつつ、生涯近代天皇制への鋭い反噬の刃を秘めて手放さなかった、もう一人の近代日本の知識人鷗外の認識のレベルに、結果として届いていたことは、歴史としての作品『象徴の設計』の手柄と言わなければならない。

そして、この事態は、その儘反転して西周をめぐる清張のディスクールの構造に私たちの注意を再び喚起してやまないだろう。なぜなら、西は、ほとんど山県の狭小な等身像であるにも拘わらず、清張の共感は、殆んど西にはないからだ。そこには、おそらく絶対権力者山県に憧れつつ、反面、決して絶対権力者山県の走狗（例えば西の如く、又数多くの密偵の如く）たることを自らに許そうとはしない作者清張の潔癖な倫理意識がある。それは、もはや一つの態度決定であり、その根底にあるものは、自らの根源としての清張における民衆の問題であるように予感せしめられる。絶対権力者を畏怖（憧憬）しつつ、反面、絶対権力者への自己同一化を否定する魂の運動が、下からの記実の精神、民間ジャーナリズム精神として、作品『象徴の設計』のディスクールの構造を決定しているのであり、そこにかくあった歴史を超えて、かくあるべき歴史への道が、『象徴の設計』において、やはり確と見据えられていたと云えるのではなかろうか。

注

（1）菊地昌典「歴史小説における司馬遼太郎と松本清張の世界」（『月刊エコノミスト』昭49・1）及び同「歴史小説とは何か（下）――史実と虚構の間――」（『展望』昭49・4）。いずれも『歴史小説とは何か』（筑摩書房、昭54）所収。

（2）拙論「安部公房『砂の女』論―その主題把握をめぐり」（『続・テキストのなかの作家たち』〈翰林書房、平4〉）参照。

（3）ここに詳しく例示する余裕はないが、『軍人勅諭』西周草稿から、定稿の成立に至る過程における天皇制ディスクールの核としての「忠節」の観念の第一条への布置や、そのような天皇制ディスクールの発話主体の絶対化の問題などについての分析においては、作家としての清張の鋭敏な言語感覚が清張の分析をして歴史学者のそれらへの分析を遥かに凌駕せしめる力を発揮しえている、と思われる。しかし、そこには有朋の主観に寄り添う形でのこの作の表現構造の必然性と関わって、たとえば「当時民権運動の理論的指導者植木枝盛が構想した国憲を護る国民軍隊、議会制軍隊への方向を断ち切ったところにその発布の歴史的意義」（〈『国史大辞典』第四巻、「軍人勅諭」の項、梅渓昇氏執筆。〉傍点稿者）をみるというような大状況的な史的把握が、若干弱められた憾みのあることも亦、事実であろう。

（4）この点で谷崎潤一郎の近代天皇制との闘いぶりは見事であった。即ち谷崎は『痴人の愛』や『細雪』において、男性中心主義的〈家〉空間や、そのような近代天皇制に支配される東京空間を、女性中心主義的な〈家〉空間や、もう一つの天皇制空間（＝古代天皇制空間）としての関西天皇制空間の虚構的な自立を以て批判化し、相対化することに成功しえているからである。拙論「谷崎文学と天皇制をめぐる雑感（一）――東京天皇制と関西天皇制――」（『湘南文学』〈東海大学日本文学会〉平8・3）参照。

あとがき

本書は私の第二の鷗外論集である。約半世紀に及ぶ鷗外探求の結果が二冊の研究書に過ぎないというのは、その貧しさ言句に絶するものがあると言わねばならない。しかし、慚愧の念いを連ねても無駄であろう。唯、鷗外を研究主題としたことで、幾分か私の人生が豊かになったことに満足すれば足りる。

名付けて「森鷗外の世界像」と言う。名称が立派過ぎて、中味が及ばない。という批判は甘んじて受けよう。唯、私の研究内容の雑駁さを覆うには、このような書名しか想いつかなかったに過ぎない。

本書所収の論は、主として私の四十代から現在に至る約三十年間の所産である。扱った対象・内容・方法はさまざまだが、それぞれに自分なりの小発見のあったことが救いである。とりわけ、文学作品をめぐる客観的空間と作品空間との対応及び離れの問題は、鷗外文学をめぐる想実の問題の一ヴァリエーションとして今後共、発展の可能性を秘めているかに思われる。

鷗外の社会思想をめぐっては、大なり小なり一九八〇年代末におけるソビエト社会主義連邦の崩壊という歴史的事件が私の鷗外読み変えに影を落していることを否定できない。それは、戦前以来の鷗外論の枠組を外すことでもあったが、それに引き続く現代においては、アメリカを中心とする金融資本主義の弊害が頭を抬げていることも事実である。しかし、アリストクラシーからデモクラシーへという鷗外の社会思想の自己変革それ自体の意味は、決して褪色することはあるまい。

一九一〇年代の鷗外の文学は、戦闘的な文学であると共に、自己確認の文学であった。そして、それら二つのモチーフを底部において貫ぬくものは、近代天皇制（国家）の問題であった。鷗外の皇室への愛は疑いえないが、近代天皇制を神話という虚構に支えられたものと見る鷗外の合理主義的炯眼は、江戸考証学派への愛と、頼山陽へのアンチパシイの問題として、史伝的世界に継承せしめられて行く。史伝『北条霞亭』は、そのような鷗外の歴史観の自己証明の書ではあっても、決して北条霞亭の一面に象徴されるような鷗外の世俗的側面の意図せざる自己剔抉の書などではないであろう。石川淳『森鷗外』の功罪を云々した所以である。

なお、明治四十年代の豊饒の時代の開幕を告げた「半日」の論においては、初出の校正ミスを訂し、本来の形に復したことを再度お断りしておく。

第九章は、書名と同題だが、短文とは云え、私の抱懐する鷗外像のアウトラインである。舌たらずではあるが、作家論としては、本書のエッセンスでもある。序章は、最近のものの一つだが、鷗外文学を規定する「想の文学」の近代日本における出発点への照射として、稿者としては想い入れの深い一文である。鷗外文学探求への道は、まだ尽きない。

ふり返るとこの間《かん》、広汎な日本近代文学研究の世界の中でも鷗外研究の領域ほど多士斉々のうちにも世代間のバランスがとれ、研究の質と量とにおいて他を圧して充実している分野はなかったと思えるのが、同時期の鷗外研究者としての私の望外の幸せである。津和野町立森鷗外記念館を拠点として様々な研究成果を発信し続けている山崎一穎氏、又、清田文武氏を始めとして鷗外研究の筆を折ったと宣言されたものの鋭利な感性を以て新鮮な視界を切り開いた大屋幸世氏、初期鷗外の世界に独自の伝記的考証の世界を樹立した田中実氏等、端倪すべからざる同世代研究者が多数存在したことも何よりの刺激であった。その後、大石直記、須田喜代次、宗像和重、金子幸代、大塚美保氏、又、私の下からは、森枳園など江戸考証学派の伝記研究に新生面を拓きつつある小川康子氏など続々と次世代研究者が育っているのも心強い限りである。

そのような鷗外研究の世界の活況に比して、他分野においては、例えば作者の単純な記憶ミスにしか過ぎない作品内データを意識的意図的な虚構的装置と誤読し、以て一種奇矯な作品構図構築の基盤となす如き、目を掩わんばかりのテキスト読解におけるディシプリンの貧困をさらけ出して自他共にそれを自覚しない惨状を呈している状況の出現もあるかに思われるが、こと鷗外研究の分野では、そのような兆しもないのは、やはり記性に優れた鷗外という対象の稟質がしからしめる功徳と言うべきであろう。

なお、稿者は、角川版『澀江抽斎』注釈（『日本近代文学大系　森鷗外集Ⅱ』角川書店、昭四九・四）以来、東京大学総合図書館森鷗外文庫には、多大なるお世話に与かった。同書において、謝辞を述べる余裕がなかったので、この場を藉りて厚く御礼を申し上げる。又、同書を担当して頂いた当時の角川書店編集部川久保十士雄氏の御恩も忘れ難い。

本書の成るに当っては旧に依って翰林書房の今井肇・静江御夫妻のご厚意に与かった。とりわけ、既刊、拙著『夏目漱石論〈男性の言説〉と〈女性の言説〉』（翰林書房、二〇〇九・五）のそれと好一対をなす本書の見事な装幀は、漱石論の場合と同じく令閨静江氏の御高配の賜である。美しい本を二冊も造って頂き、著者としての仕合せ、これに過ぎるものはない。深く謝辞を呈するものである。

最後に一言。本書の諸論執筆に当り、多くの先行研究者、又、同輩・後輩の方々の研究から多大なる学恩を蒙っていることは、言う迄もない。その一端は、各論に記しているが、明記できなかった方々も多い。今となっては偏えに非礼を御海容願うのみである。

二〇一三年三月一二日

小泉浩一郎

初出一覧

序に代えて　〈森鷗外展の鷗外〉前史をめぐるエスキス――逍遙・二葉亭・鷗外における〈想実〉の問題
『神奈川近代文学館年報　二〇〇九年〈平成二一年〉度』（平成二二〈二〇一〇〉・四、財団法人神奈川文学振興会）

第一章　「舞姫」の空間

前田愛氏「ベルリン一八八八年――都市小説としての「舞姫」」をめぐり
『東海大学紀要　文学部』第三十八号（昭和五八〈一九八三〉・三、東海大学文学部）

鷗外「舞姫」の空間・再説――二つの地理的契機をめぐって
『近代文学　注釈と批評』第五号（平成一四〈二〇〇二〉・五、東海大学注釈と批評の会）

空間の言葉――「舞姫」を視座として
『文学・語学』第一九五号（平成二一〈二〇〇九〉・一一、全国大学国語国文学会）

『於母影』の評価
三好行雄・竹盛天雄編『近代文学8　近代の詩歌』（昭和五二〈一九七七〉・六、有斐閣）

〈書評〉嘉部嘉隆編『森鷗外「舞姫」諸本研究と校本』
森鷗外研究会編『森鷗外研究』第二号（昭和六三〈一九八八〉・五、和泉書院）

第二章　鷗外の社会思想

鷗外の社会思想・序説――ブルジョア・デモクラットへの道
平川祐弘・平岡敏夫・竹盛天雄編『講座　森鷗外　第三巻　鷗外の知的空間』（新曜社　平成九〈一九九七〉・六）

劇的な転換――貴族主義《アリストクラシー》から民主主義《デモクラシー》へ
『鷗外論集』「解説」（〈講談社学術文庫〉、平成二〈一九九〇〉・一二、講談社）

第三章　一九一〇年前後

一九一〇年代文学の空間認識――『青年』『三四郎』を視座として
日本文学協会近代部会編『近代文学研究』第一一号（平成六〈一九九四〉・五）

「平日」――癒着する〈語り〉
『国文学　解釈と鑑賞』第五六巻四号（平成三〈一九九一〉・四）

『青年』――「日本の女」をめぐって（初出題「『青年』〈森鷗外〉」）
＊本書収録に当り、初出の結論部に存在した電話校正によるミスを訂した。
『国文学　解釈と鑑賞』第五四巻第六号（平成元〈一九八九〉・六）

「牛鍋」の「女」（初出題「森鷗外「牛鍋」」）
『国文学　解釈と教材の研究』第二九巻第三号（昭和五九〈一九八四〉・三）

「藤棚」覚え書き――作品空間の隠喩性をめぐって
『湘南文学』第四一号（平成一九〈二〇〇七〉・三、東海大学日本文学会）

鷗外訳「正體」の〈正体〉――言論・思想弾圧政策と鷗外の抵抗
『湘南文学』第三七号（平成一五〈二〇〇三〉・三、東海大学日本文学会）

第四章　歴史小説・史伝の断面

「堺事件」論――一つの拾遺
『国文学　解釈と教材の研究』第二七巻第一〇号（昭和五七〈一九八二〉・七）

「ぢいさんばあさん」論――〈エロス〉という契機をめぐって
『日本文学科創設三十周年記念　国文学論叢』（フェリス女学院大学国文学会　平成七〈一八九五〉・六）

「最後の一句」論――その〈最後の一句〉をめぐり
森鷗外研究会編『森鷗外研究』第一号（昭和六二〈一九八七〉・五、和泉書院）

「高瀬舟」論――〈語り〉の構造をめぐって
『安川定男先生古稀記念　近代日本文学の諸相』（平成二〈一九九〇〉・三、明治書院）

『澀江抽斎』論――小説ジャンルの崩壊と終焉
竹盛天雄編『別冊国文学・第三七号　森鷗外必携』（平成一〈一九八九〉・一〇、学燈社）
＊初出には総題「澀江抽斎」の下に「研究史」を付載していたが、収録に当って作品論のみを独立させた。

短編「余興」の位置　　『鷗外』第九一号（平成二四〈二〇一二〉・七、森鷗外記念会）

第五章　地誌と時誌

向島の「初の家」の所在をめぐり　森鷗外研究会編『森鷗外研究』第七号（平成九〈一九九七〉・一二、和泉書院）

「ヰタ・セクスアリス」の年立をめぐり（初出題「鷗外『ヰタ・セクスアリス』の年立をめぐり」）
国文学　言語と文芸の会編『国文学　言語と文芸』第一〇七号（平成三〈一九九一〉・八、桜楓社）

鷗外伝記をめぐる一、二の問題――西周邸出奔事件の位相
全国大学国語国文学会編『文学・語学』第一五八号（平成一〇〈一九九八〉・三）

鷗外の考証・その発想法――『北条霞亭』の第二北游・南帰をめぐり
『東海大学紀要　文学部』第八四集（平成一八〈二〇〇六〉・三、東海大学文学部）

第六章　石川淳『森鷗外』管見

『北条霞亭』「その二」のディスクール――石川淳『森鷗外』「北条霞亭」の位相をめぐり
『國學院雑誌』第一〇五巻第十一号（平成一六〈二〇〇四〉・一一）

石川淳「北条霞亭」（『森鷗外』）の位置（初出題「石川淳「北条露亭」（『森鷗外』）論の位相」）
『湘南文学』第三九号（平成一七〈二〇〇五〉・三、東海大学日本文学会）

森鷗外と石川淳――「古い手帳から」をめぐり
『国文学　解釈と鑑賞』第五七巻第一一号（平成四〈一九九二〉・一一）

石川淳「古い手帳から」論の修辞法――鷗外を「敵」とするもの
『鷗外』第八〇号（平成一九〈二〇〇七〉・一、森鷗外記念会）

第七章　鷗外と遺言状

鷗外遺言状私解　大塚国語国文学会編『国文学　言語と文芸』第八八号（昭和五四〈一九七七〉・九、桜楓社）
＊収録に当り、一部稿を改めた。

鷗外と遺言状　『一冊の講座　森鷗外　日本の近代文学6』（昭和五九〈一九八四〉・二、有精堂）

第八章　鷗外研究余滴

鷗外と『戦争と平和』・クラウゼヴィッツ　『望星』第一九巻第二号（昭和六三〈一九八八〉・一二、東海教育研究所）

『ことばの重み』の〈重み〉について　『日本文学』第三九巻第六号（平成二〈一九九〇〉・六　日本文学協会）

鷗外と官僚の問題――「畸人」性をめぐる一つの試論　『彷書月刊』第五巻第六号（通巻第四五号）（平成一〈一九八九〉五、弘隆社）

第九章　森鷗外の世界像

森鷗外論　『国文学　解釈と鑑賞』別冊「卒業論文のための作家論」（平成七〈一九九五〉・一、至文堂）

松本清張と森鷗外――山県・西をめぐる清張と鷗外のディスクール序説（初出題「山県・西をめぐる清張と鷗外のディスクール序説」）『松本清張研究』創刊号（平成八〈一九九六〉・九、砂書房）

【著者略歴】

小泉浩一郎（こいずみ　こういちろう）

昭和15年　長野県に生まれる。昭和43年、東京教育大学大学院博士課程修了。大東文化大学専任講師を経て、昭和48年東海大学専任講師。昭和59年東海大学教授。平成18年、同大学退職。現在、東海大学名誉教授。

【主要著作】

『日本近代文学大系　12 森鷗外集 II』中『澀江抽斎』注釈（角川書店　昭和49・4）『森鷗外論　実証と批評』（明治書院　昭56・9）『テキストのなかの作家たち』（翰林書房　平成4・11）『続テキストのなかの作家たち』（翰林書房　平成5・10）『鷗外歴史文学集　第5巻　澀江抽斎』注釈・解説　岩波書店　平成11・1）『同第4巻　寒山拾得ほか』中『都甲太兵衛』ほか注釈・解説（岩波書店　平成13・6）『新　日本古典文学大系《明治編》25　森鷗外集』中、鷗外初期三部作　注釈・解説（小川康子氏と共著、岩波書店　平成16・7）『夏目漱石論―〈男性の言説〉と〈女性の言説〉』（翰林書房　平成21・5）ほか。

森鷗外の世界像

発行日	2013年 3月30日　初版第一刷
著　者	小泉浩一郎
発行人	今井 肇
発行所	翰林書房
	〒101-0051 東京都千代田区神田神保町 2-2
	電 話 (03)6380-9601
	FAX　(03)6380-9602
	http://www.kanrin.co.jp
	Eメール● Kanrin@nifty.com
印刷・製本	シナノ

落丁・乱丁本はお取替えいたします

ISBN978-4-87737-346-7